MICHAEL RIDPATH

Tödliche Aktien

Buch

Mark Fairfax ist mit seinem Leben zufrieden. Als Top-Trader von Harrison Brothers schwimmt er ganz oben in der Finanzwelt. Er ist einer der Herren des Universums in der Londoner City, die mit einem Tastendruck Millionenbeträge zwischen Wall Street und den Börsen in Singapur oder Tokio verschieben. Jetzt winken ihm noch größere Erfolge, denn als erster arbeitet er mit Bondscape, einer neuen Software, die dem Trader des Börsengeschehen als virtuelle Wirklichkeit vermittelt. Entwickelt wurde diese bahnbrechende Technik von Marks Bruder Richard, einem genialen Mathematiker, dessen Firma schon als Microsoft des kommenden Jahrhunderts gefeiert wird. Doch Richard hat Probleme. In Panik bittet er seinen Bruder, sofort zu ihm nach Schottland zu reisen, weil jemand die Aktienkurse seiner Firma manipuliert und ihn zum Verkauf zwingen will. Doch Mark kommt zu spät: Er findet seinen Bruder mit gespaltenem Schädel im Bootshaus.

Wenn Mark die Firma seines Bruders retten und den Mord an seinem Bruder aufklären will, muß er seine Karriere in der City aufgeben. Bald spürt er, daß er es mit einer Macht zu tun hat, die vor nichts zurückschreckt, um in den Besitz der neuen Technologie zu gelangen. Und er begreift, daß er nicht mehr um Börsenkurse spielt, sondern um sein eigenes Leben.

Autor

Michael Ridpath, Jahrgang 1962, wuchs in Yorkshire auf und studierte in Oxford Geschichte. Jahrelang war er erfolgreicher Trader einer internationalen Großbank in London. Auch heute noch arbeitet er für eine Investmentfirma, weil er den Kontakt zur Welt der Hochfinanz, über die er schreibt, nicht verlieren will. Mit seinem ersten Roman *»Der Spekulant«* gelang ihm auf Anhieb der Sprung an die Spitze der englischen Bestsellerliste. Er lebt mit seiner Frau und zwei Kindern in London. Ein weiterer Roman ist in Vorbereitung.

Michael Ridpath bei Goldmann

Der Spekulant. Roman (43030)
Der Marktmacher. Roman (44197)

Michael Ridpath

Tödliche Aktien

Roman

Aus dem Englischen
von Hainer Kober

GOLDMANN

Die Originalausgabe erschien 1996 unter dem Titel
»Trading Reality« bei William Heinemann, London

Umwelthinweis:
Alle bedruckten Materialien dieses Taschenbuches
sind chlorfrei und umweltschonend.

Der Wilhelm Goldmann Verlag, München, ist ein
Unternehmen der Verlagsgruppe Random House GmbH

Einmalige Sonderausgabe Juni 2002

Umschlaggestaltung: Design Team München
Umschlagfoto: G + J/Photonica
Satz: DTP Service Apel, Hannover
Druck: Elsnerdruck, Berlin
Made in Germany · Titelnummer: 45352
ISBN 3-442-45352-6

www.goldmann verlag.dc

Für Barbara

1

Viel war nicht nötig, um an den Rentenmärkten weltweit Verluste von zwanzig Milliarden Dollar auszulösen. Nur ein kurzer Satz. Ein paar Worte, gleichzeitig auf jeden Handelsbildschirm der Welt gezaubert:

> 12. April, 14.46 GMT.
> Alan Greenspan, der Vorsitzende des amerikanischen Zentralbankrats, hält den US-Zinssatz für »ungewöhnlich niedrig« und rechnet mit einer baldigen Erhöhung.

Im Handelssaal wurde diese Ankündigung mit den unterschiedlichsten Ausrufen aufgenommen – hier hörte man ein hysterisches »Himmel, hast du das gesehen?«, dort ein ärgerliches »Was, zum Teufel, soll das denn?« oder auch ein leise gestöhntes »Oh, Scheiße«.

Ich schloß die Augen und zählte bis zehn. Leider war die Nachricht nicht verschwunden, als ich wieder aufblickte.

Dann brach die Panik aus.

Die Leute brüllten ins Telefon und sich gegenseitig an. Etienne, mein Chef und Leiter der Handelsabteilung von Harrison Brothers, schrie den Futures-Tradern zu, alles zu verkaufen, zu jedem Preis. Auf den Telefonen flackerten die Lichter wie Laseranlagen in Diskotheken – Kunden mit immer der gleichen Order: Verkaufen, verkaufen, verkaufen. Mit der Hand über der Sprechmuschel fragten Verkäufer ihre Trader, welchen Preis sie für die Anleihe ihrer Kunden zahlen wollten. Aber die waren nicht interessiert. Sie mußten zunächst einmal ihre eigenen Long-Positionen loswerden.

Für einen Augenblick wandte sich Etienne mir zu. »Wie sind Ihre Positionen, Mark?«

»Nicht besonders.«

Ein Anflug von Triumph huschte über Etiennes Gesicht, war aber wieder verschwunden, als er sich umdrehte, um sich erneut in das Chaos zu stürzen.

Ich war wütend auf mich selbst. Noch am Morgen hatten wir uns auf der Konferenz darüber gestritten, wie wahrscheinlich eine Änderung der US-amerikanischen Zinspolitik sei. In der Überzeugung, daß der Rentenmarkt stabil bleiben würde, hatte sich Etienne dafür stark gemacht, unsere Positionen zu lassen, wie sie waren. Ich war anderer Meinung gewesen und hatte mir vorgenommen, meine Positionen gründlich gegen eine Zinserhöhung abzusichern.

Pläne hatte ich zwar gemacht, aber getan hatte ich nichts. Nun hatte es mich long erwischt, und zwar schlimm, sehr schlimm.

Zwei Jahre lang waren die Zinsen Monat um Monat gefallen. Mit gleicher Regelmäßigkeit waren die Rentenkurse gestiegen. Da war das Geldverdienen leicht gewesen. Je mehr Anleihen man hatte, desto mehr Geld kam herein. Genau dieser Strategie verdankte Harrison Brothers die Rekordgewinne des letzten Jahres, so wie die meisten anderen großen amerikanischen Investmentbanken am Markt. Doch mit der Ankündigung einer Zinserhöhung hatte die US-Zentralbank das große Gemetzel eingeläutet. Die Rentenkurse würden nachgeben und dann noch weiter abrutschen, weil die Leute verkaufen würden – um ihre Gewinne zu retten, um ihre Positionen abzusichern oder einfach nur, um ihrer Angst und Panik Luft zu machen.

All das hatte ich kommen sehen und nichts getan. Wie konnte man nur so blöd sein?

»Was sollen wir tun?« Ed Bayliss sah mich durch seine dicken Brillengläser an. Er umklammerte die Kaffeetasse, als hinge sein Leben davon ab. Die erste echte Marktpanik, die er erlebt, dachte ich. Nachdem er das Trainingsprogramm absolviert hatte, war er mir vor drei Monaten zugewiesen worden, um mir zu helfen, das firmeneigene Handelsbuch des Londoner Büros zu betreuen. Eine wichtige Aufgabe: Wir waren für

Harrison Brothers' Eigenhandel am Rentenmarkt zuständig. Zwar fehlte Ed noch die Erfahrung, aber er war intelligent und lernte rasch. Im normalen Geschäftsbetrieb war er mir eine große Hilfe. Wie er unter Streß zurechtkam, würde sich bald zeigen.

»Stellen wir mal fest, wieviel wir verloren haben.«

Ich überprüfte meine Bildschirme. Die anfängliche Panik hatte sich zur Stampede ausgewachsen. Fast zwei Punkte hatten die US-Staatsanleihen mit dreißigjähriger Laufzeit, die sogenannten Langläufer, bereits verloren. Ich blickte hinüber zu Greg, unserem Trader an diesem Markt. Wie ich wußte, hielt er eine Long-Position von hundertzwanzig Millionen Dollar. Die allein hatte ihn schon zwei Millionen gekostet. Wie ein Wilder hantierte er mit den Telefonen, bemüht, wenigstens ein paar seiner Anleihen in der »Street« loszuschlagen, das heißt an Trader anderer Broker.

Auch die deutschen, französischen und englischen Rentenmärkte zeigten einen scharfen Abwärtsknick. Ganz offensichtlich war der Markt von den Ereignissen überrascht worden.

»Gegenüber dem Stand von gestern abend haben wir zwei Komma vier Millionen Dollar verloren«, sagte Ed.

Zwei Komma vier Millionen! Die Gewinne von zwei Monaten, verpulvert in zehn Minuten. Ich gönnte mir dreißig Sekunden, um auf meine Dummheit, den Markt, Alan Greenspan, Ed und noch mal meine Dummheit zu fluchen. Das mußte raus. Damit der Kopf klar wurde. Damit ich überlegen konnte, was als nächstes zu tun war.

»Und nun?« fragte Ed mit ängstlichem Gesicht.

Stimmt, ich hatte Eds Frage nicht beantwortet. »Keine Panik«, sagte ich. »In diesem ganzen Durcheinander tanzen einige Anleihen bestimmt aus der Reihe. Wenn wir sehen, daß irgendeine besonders billig wird, schlagen wir zu.«

So leicht, wie das gesagt war, ließ es sich leider nicht in die Tat umsetzen. Wir mußten nämlich alle Rentenmärkte im Auge behalten, und da sich in jedem wilde Kursbewegungen abspielten, konnten wir sie im einzelnen nicht exakt bewerten.

Bob Forrester blickte mir über die Schulter, was ich mehr

spürte, als daß ich es sah. Bob, ein massiger, breitschultriger Amerikaner Mitte Vierzig, leitete das Londoner Büro von Harrison Brothers. Er war selbst ein sehr erfolgreicher Trader gewesen. Nachdem er die Ankündigung auf seinem Reuters-Bildschirm entdeckt hatte, war er eiligst in den Handelssaal heruntergekommen. Forrester sah besorgt aus. Natürlich wußte er genau, wie Harrisons Positionen am Abend zuvor bei Börsenschluß ausgesehen hatten. Trotzdem lag Mißbilligung in seinem Blick, als er die Panik sah, die sich allenthalben breitmachte.

»Alles in Ordnung, Mark?« fragte seine rauhe Stimme.

Ich drehte mich um und begegnete seinem Blick. »Es hat uns bös erwischt«, antwortete ich kaltblütig. »Aber da gibt's noch Möglichkeiten genug. Das holen wir wieder rein.«

Bob sah mich einen Augenblick an. Dutzende von Malen hatte er sich schon in der Situation befunden, in der ich jetzt steckte. »Gut so, Mark«, sagte er, klopfte mir auf die Schulter und ging weiter zu Etienne, der auf Greg einredete, seine Position abzustoßen.

An manchen Tagen war Etienne brillant, an anderen neigte er zur Hysterie. Heute war einer der anderen Tage, und die Hysterie war ansteckend. Ganz anders Bob, und genau diese Ausstrahlung brauchten wir, damit sich der Saal ein bißchen beruhigte.

An die Arbeit. Auf der Suche nach günstigen Gelegenheiten überflog ich die Bildschirme vor mir mit ihren Kursen und Renditen. Ich erwog einige Strategien, aber bevor ich sie richtig überprüft hatte, hatten die Preise sich schon wieder bewegt. So ging es nicht.

Ich blickte zu Ed hinüber, der auf dem Platz neben mir mit ähnlich fruchtlosen Bemühungen beschäftigt war. »Machen wir einen Versuch mit Bondscape?«

»Du meinst live?«

»Ja. Trockenübungen haben wir genug hinter uns. Wir können nicht ewig üben. Und das ist die einzige Möglichkeit, einen raschen Überblick über diesen Markt zu kriegen.«

»Aber wir haben die Software noch nicht mal portiert.« Ed

meinte damit, daß wir sie noch nicht an unser Betriebssystem angepaßt hatten.

»Vergiß es! Wir holen uns den Computer einfach und schließen ihn an. Für solche Kunststücke ist keine Zeit.«

Bei Bondscape handelte es sich um ein vollkommen neues Computersystem zur Analyse von Rentenmärkten. Es beruhte auf der Virtuellen Realität, kurz VR genannt, einer Computertechnik, die dem Benutzer das Gefühl vermittelt, er befinde sich tatsächlich in einer computererzeugten künstlichen Welt. Bondscape war hervorragend. Entwickelt hatte es Richard Fairfax, mein Bruder.

Also gingen Ed und ich eine Treppe hinunter in den Informationsdienst, die neueste Bezeichnung für die Computerabteilung. Dort schnappte ich mir einen der Computerspezialisten und überredete ihn, uns zu helfen. Zunächst mußten wir das Bondscape-System in den Handelssaal tragen. Es war schwer und mit einer Vielzahl von Kabeln, Steckern und Anschlüssen bestückt. Doch nach zehn Minuten war alles an Ort und Stelle und betriebsbereit. Die anderen Trader waren viel zu vertieft in ihre Geschäfte, um auf uns zu achten.

Als ich mich wieder auf meinen Stuhl setzte, stand der Bondscape-Computer neben mir. Ich nahm den Stab, einen fünfzehn Zentimeter langen Zeigestock, auf dessen Griff sich ein paar Knöpfe befanden. Dann setzte ich die Datenbrille auf, nicht viel größer als eine Sonnenbrille. Doch statt der Gläser gab es für jedes Auge ein Flüssigkristalldisplay – wie zwei winzige Fernsehschirme. Als ich die Halterung am Hinterkopf schloß, umgab mich eine vollkommen neue Welt.

Vor mir entfaltete sich eine sanfte grüne Hügellandschaft, die in der Ferne zunächst in ein braunes und dann in ein graues Gebirge überging. Auf den Hügeln verteilten sich Gebäudegruppen von verschiedener Größe und Farbe, mit Nationalflaggen geschmückt. Langsam verschob sich die ganze Landschaft. Auf halbem Weg zu den Bergen am Horizont glitt ein Adler mit trägem Flügelschlag über einige hohe Gebäude hinweg.

Was ich vor Augen hatte, war eine Darstellung aller Rentenmärkte der Welt. Die Landschaft setzte sich aus einer Reihe von Hügelkämmen zusammen. Jeder Kamm stellte einen Rentenmarkt dar. Je höher die Kämme, desto höher die Renditen. Die Ebene im Vordergrund stand für den japanischen Markt mit nur vier Prozent Rendite, dann folgten, immer höher ansteigend, Amerika, Deutschland, Frankreich, Großbritannien. Und im Hintergrund ragte Italien mit einer Rendite von neun Prozent in die Höhe. Außerdem fiel die Hügellandschaft von rechts nach links ab – die Anleihen mit höherer Rendite und längerer Laufzeit lagen rechts, mit geringerer Rendite und kürzerer Laufzeit links. Ein Blick auf die Landschaft ließ sogleich erkennen, in welcher Beziehung die Renditen in den verschiedenen Märkten zueinander standen.

Am Fuß der Hügel stand ein Uhrenturm. Ich bewegte den Zeigestock in meiner Hand. In der virtuellen Welt sah ich, wie der Stab über die Landschaft schwenkte. Als er auf den Uhrenturm zeigte, stellte ich die Zeit per Knopfdruck um über eine Stunde auf 14.40 Uhr GMT zurück – einen Zeitpunkt, ein paar Minuten vor Greenspans Ankündigung. Dann drückte ich auf das Icon für schnellen Vorlauf und beobachtete, was geschah.

In den ersten Sekunden, die die ersten Minuten Echtzeit wiedergaben, blieb alles ruhig. Dann begannen sich die Hügel plötzlich zu verwerfen und zu buckeln. Erst wuchs der eine Kamm empor, dann der nächste, und schließlich hob sich die ganze Landschaft, worin sich der plötzliche Anstieg der Renditen und der ebenso plötzliche Fall der Rentenkurse in der ganzen Welt ausdrückte.

Dabei fiel mir eine Besonderheit ins Auge. Noch einmal ließ ich die Sequenz ablaufen. Offenbar hob sich der Abschnitt, der den französischen Markt darstellte, höher heraus als seine Umgebung.

Ich deutete also mit dem Stab auf die Trikolore, peilte vorsichtig eine Stelle auf dem Hügel an, ging hinunter, um dort zu landen, und startete die Simulation ein drittes Mal. Abermals war es 14.40 Uhr GMT. Der deutsche und der amerikanische Markt befanden sich auf Kämmen direkt unter mir, während der holländische und der englische Markt auf Hügeln über mir lagen. Als die Sequenz bei 14.46 Uhr angelangt war, hatte ich das Empfinden, plötzlich in die Höhe zu schießen. Auch die Kämme über und unter mir waren in Bewegung geraten, aber nicht so heftig wie meiner. Besonders schnell wuchs der Teil des französischen Hügelkamms, der die Anleihen mit fünfjähriger Laufzeit repräsentierte.

»Die französischen Fünfjahrespapiere sind irre billig. Check das!« rief ich Ed zu.

»Okay«, sagte er. Pause. Ich konnte nicht sehen, was er in der Echtwelt machte, aber ich hörte das Klicken der Tastatur, als er die Preise auf seinem Bildschirm durchging. Er schaltete die Gegensprechanlage ein und bekam Verbindung zu Harrisons französischem Bond-Trader in Paris. »Philippe? Hier ist Ed in London. Was ist mit den Fünfjahresanleihen los?«

Philippe hörte sich nicht gerade glücklich an. »Weiß nicht. Es ist verrückt. BGL hat einen gigantischen Verkäufer. Keine Ahnung, was dahintersteckt. Ich würde ja kaufen, wenn ich könnte, aber meine Position ist einfach schon zu groß.«

»Danke«, sagte Ed. »Hast du es mitgekriegt?« hörte ich ihn fragen.

»Ja«, sagte ich. BGL war eine große Schweizer Bank, die nicht gerade für besondere Raffinesse am Markt bekannt war. Wahrscheinlich war man dort einfach in Panik geraten. »Nun brauchen wir nur noch zu gucken, was für Papiere wir kaufen.«

Jedes Gebäude auf den Hügelketten stand für eine bestimmte Anleihe. Je höher das Gebäude, desto höher die Rendite. Meine Absicht war es, eine Anleihe zu kaufen, deren Rendite in diesem Durcheinander ohne vernünftigen Grund besonders in die Höhe geschossen war.

Noch mal ging ich an den Anfang der Simulation zurück und stand inmitten der Gebäude auf dem Fünfjahressegment des Kamms. Erneut drückte ich auf Vorlauf und achtete auf jede Einzelheit. Wie zuvor konnte ich um 14.46 Uhr GMT sehen, fast fühlen, wie sich die Erde unter mir hob. Diesmal konzentrierte ich mich auf die Gebäude in meiner Umgebung. Eine heftige Bewegung erfaßte sie. Einige wurden höher, andere niedriger. Rechts von mir befand sich eines, das ursprünglich zu den niedrigsten gehört hatte, nun aber mehrstöckig in die Höhe wuchs und sich zu einem kleinen Wolkenkratzer entwickelte. An seiner Seite prangte das Firmenzeichen von Renault. Ich zeigte auf die Tür und klickte sie an. Groß und deutlich erschien die Inschrift »Renault 6 % 1999«.

»Die Rendite für die neue Renault ist gewaltig nach oben gegangen. Sieh zu, ob du ein paar kriegen kannst«, sagte ich.

»Wie viele?« fragte Ed.

»Hundert Millionen Franc sollten reichen, wenn so viele zu haben sind.«

»Okay.« Ich hörte Ed am Sprechkasten mit den Tradern in Paris verhandeln. Er forderte sie auf, die Anleihen für uns zu kaufen. Eine Minute später war der Auftrag ausgeführt. Fasziniert beobachtete ich, wie das Gebäude erzitterte und um ein paar Stockwerke in sich zusammensank. Unser Kauf hatte den Kurs der Renault-Anleihen bereits beeinflußt, und Bondscape hatte es bemerkt.

»Erledigt«, sagte Ed. »Was verkaufen wir?«

Meine nächste Aufgabe bestand darin, die Hügel nach Papieren abzusuchen, die zu teuer waren. Das mußte rasch geschehen. Ich wollte vermeiden, daß der Markt weiter nachgab, bevor wir etwas verkauft hatten.

»Ich probier's mit dem Adler«, sagte ich. Der Adler war ein intelligenter Softwareberater, das heißt ein künstliches Programmgeschöpf, das die Daten nach bestimmten Kriterien durchkämmte. Per Knopfdruck wies ich den Adler an, Anleihen zu suchen, deren Kurs in den letzten beiden Stunden deutlich angezogen hatte.

Rasch flog der Adler ein kurzes Stück den Hang hinauf und umkreiste die niederländische Flagge. Ich folgte ihm. Er schwebte über einer niederländischen Staatsanleihe mit fünfjähriger Laufzeit, die ein Loch im Boden hinterließ, weil ihre Rendite so niedrig war.

»Okay, Ed. Ich hab' eine gefunden. Verkauf die siebeneinhalbprozentige niederländische Staatsanleihe von neunundneunzig!«

»In Ordnung«, sagte Ed. Dreißig Sekunden, und der Handel war abgeschlossen.

Ermutigt setzte ich die Erkundung der Landschaft fort. Dabei unterhielt ich mich ständig mit Ed und vergewisserte mich, daß sich die Echtwelt auch wirklich mit der virtuellen deckte.

»Erde an Astronautenanwärter, Erde an Astronautenanwärter, bitte kommen!«

Als ich die Datenbrille hochschob, sah ich die hochgewachsene Gestalt von Greg auf mich zukommen. Er trug eine Tasse Kaffee. Die Manschetten hatte er hochgeschlagen, sein gelber Schlips war auf Halbmast und der Kragenknopf geöffnet. Trotzdem sah er ruhig und gelassen aus.

»Was treibst du da, Mark? Sondierst du die Zukunftsmärkte auf Alpha Centauri? Denk dran, ich verkaufe.«

Ich grinste ihn an. Ursprünglich kam Greg aus New Jersey, lebte aber schon seit zwei Jahren in London. Wir waren gute Freunde geworden.

»Willst du mal einen Blick auf die Anleihen werfen?« fragte ich ihn. Damit meinte ich den Markt der US-Staatsanleihen, in dem Greg handelte.

»Mann, das ist doch ein Horrorfilm. Blut und Leichen überall. Hast du nicht was Erbaulicheres?«

»Halt die Klappe und setz das auf! Du brauchst jede Hilfe, die du kriegen kannst.«

Greg seufzte. »Da hast du recht.« Er nahm sich die zweite Datenbrille.

Ich brachte ihn zu dem Teil des Berges, der die langfristigen US-Staatsanleihen zeigte. An normalen Tagen lag hier ein sanft ansteigender Hang, übersät mit einstöckigen Bungalows gleicher Bauart. Heute erblickten wir etwas, das eher einer Stadt in der Toskana ähnelte: ein Durcheinander von Gebäuden der verschiedensten Form und Größe, die sich auf einem schroffen Abhang zusammendrängten.

»Was für ein Schlamassel!« sagte Greg. Rasch hatte er das Prinzip von Bondscape begriffen und konnte viele der ungewöhnlichen Erscheinungen erklären: »Kein Wunder, daß die

Neuneinhalbprozentigen so teuer aussehen. Bei denen ist der Zinscoupon schon vor Jahren abgetrennt worden.«

Greg kannte die Beziehungen aller Anleihen, mit denen er handelte, bis ins kleinste Detail. Als er sich direkt auf eines der Gebäude stellte, die verschiedene Anleihen repräsentierten, und auf raschen Vorlauf schaltete, konnte er einige auffallende Veränderungen beobachten.

»Die Achter von einundzwanzig«, sagte er schließlich. Gemeint waren die US-Staatsanleihen zu acht Prozent mit einer Laufzeit bis November 2021. »Die Dinger sind viel zu billig. Ich muß los!« Damit drückte er mir die Datenbrille in die Hand und machte sich eiligst auf den Weg, die Anleihe zu kaufen. Wie ich Greg kannte, würde es eine große Order werden.

Gerade wollte ich die Brille wieder über die Augen ziehen, da sah ich Bob Forrester auf mich zukommen.

»Was spielen Sie hier mit dem Scheiß rum, wenn es an allen Ecken brennt?«

Das hatte ich erwartet. Ich schob die Brille hoch und sah Bob direkt in die Augen.

»Unsere Positionen sind im Eimer«, erklärte ich gelassen, »und sie verschlechtern sich immer mehr.«

Etienne, der neben Bob stand, sah man an, daß er nicht ungern von meinen Problemen hörte.

Bob runzelte die Stirn, hörte aber zu. »Natürlich sind sie im Eimer. Der Markt ist den Bach runtergegangen.«

Ich zeigte auf den Computer. »Mit diesem System überschaue ich die Long- und Short-Positionen der Firma auf einen Blick. Und sie ergeben keinen Sinn.«

»Was soll das heißen?« knurrte Bob.

»Na, wenn beispielsweise ein Trader eifrig deutsche Staatsanleihen kauft, während ein anderer fröhlich deutsche Eurobonds verscheuert, dann ist das verrückt. Sicher, die Staatsanleihen sind billig, aber die Eurobonds sind noch billiger.«

Durch ein Farbfilter, das ich aufgerufen hatte, färbten sich die Gebäude blau, wenn Harrison long war, und rot, wenn die Firma short war. Dadurch kristallisierte sich heraus, daß in den anderthalb Stunden nach Greenspans Ankündigung ein paar idiotische Abschlüsse vorgenommen worden waren.

Bob sah Etienne an: »Nun?«

Etienne wirkte verwirrt und ärgerlich. Er wußte, daß ich recht hatte, war aber nicht gewillt, es zuzugeben. Schnell hatte er sich wieder gefangen. »Das ist eine gefährliche Sache, Bob. In einem Markt wie diesem verkauft man am besten alles, so rasch es geht. Da kann man seine Zeit nicht mit irgendwelchem High-Tech-Spielzeug verplempern. Wenn der Markt morgen wieder fällt, werden die Positionen, die Greg und Mark geschaffen haben, zum Problem. Zu einem Riesenproblem.« Nachdenklich sah Forrester ihn an. »Nichts ist besser als der Instinkt eines guten Traders. Das wissen Sie doch, Bob.«

Ich wollte schon protestieren. Mit unseren Positionen würden wir zurechtkommen, egal, in welche Richtung der Markt sich bewegte. Doch als ich Bobs Gesicht sah, zog ich es vor, den Mund zu halten.

»Ich hoffe nur, Sie verpulvern nicht noch mehr von dem verdammten Geld, mein Junge«, knurrte Bob und verschwand.

Wieder tauchte ich in die Welt von Bondscape ein. Im Laufe der nächsten Stunde machten wir noch ein paar Abschlüsse, die lohnend aussahen. Schließlich hörte die Landschaft auf, sich zu verändern, was darauf hindeutete, daß sich der Markt wieder beruhigt hatte. Ich nahm die Datenbrille ab und streckte mich. »Wie hoch ist unser Minus jetzt?« fragte ich Ed.

Er brauchte ein paar Minuten, um es auszurechnen. »Immer noch zwei Komma eins Millionen«, meinte er bedrückt.

Ich fuhr mir mit den Händen übers Gesicht. Scheiße! Man brauchte lange, um zwei Millionen Dollar zu verdienen, und nun hatten wir sie an einem einzigen Nachmittag verloren. Warum hatte ich bloß heute morgen meine Positionen nicht abgesichert?

Greg kam herüber und lehnte sich an den Schreibtisch. »Mit wieviel bist du im Keller?«

»Mit mehr als zwei Millionen. Und du?«

»Noch 'n Teil mehr. Aber ich hol' mir's schon zurück. Bei

den Einundzwanzigern hab' ich eine Long-Position von zweihundertzwanzig.«

»Himmel! Hoffentlich weißt du, was du tust.«

»Klar«, sagte Greg und lächelte gelassen. »Dank eurer Maschine. War Bob beeindruckt?«

»Eher nicht«, sagte ich. »Er setzt wohl mehr auf den Instinkt als auf rationales Denken. Ich kann nur beten, daß unsere Positionen auch halten, was sie versprechen.«

»Keine Sorge«, sagte Greg. »Das wird schon klappen.« Damit ging er an seinen Platz zurück, um aufzuräumen.

»Alles in Ordnung, Ed?« fragte ich.

Ed nickte. Zwar sah er noch immer erschreckt aus, aber er hatte sich gut gehalten.

»War ein harter Tag«, sagte ich. »Du hast deine Sache gut gemacht.«

Er lächelte und wandte sich wieder den Belegen über unsere Abschlüsse zu. Ich stand auf und sah mich in dem riesigen Handelssaal um. Hier gab es fast zweihundert Arbeitsplätze, verteilt auf acht lange Reihen. Anleihen, Devisen und Aktien wurden alle im selben Raum gehandelt. Fenster gab es nicht, aber ringsherum an den Wanden lagen verglaste Konferenzräume. Am Ende eines turbulenten Tages sah der Saal aus, als hätte ihn ein Hurrikan heimgesucht: ein Durcheinander von Stühlen, die Schreibtische übersät mit Bildschirmen, Computern, Telefonen und Gegensprechanlagen, und überall stapelten sich die Papiere. Die Trader schlenderten umher, streckten sich, schlürften Kaffee und plauderten.

Auf dem Weg zum Ausgang am anderen Saalende kam ich an unserer Aktienabteilung vorbei. Eigentlich war Harrison Brothers für seine Sachkenntnis auf den Rentenmärkten bekannt, glaubte es aber seinem Ruf schuldig zu sein, auch am Aktienmarkt präsent zu sein. Die kleine Gruppe der Aktienhändler saß unter einem riesigen Börsenticker, der wie ein Wandfries aussah und ständig die aktuellsten Kurse der an der New Yorker Börse notierten Aktien zeigte. Das Ding nutzte praktisch niemandem von uns, aber Bob Forrester glaubte, es verleihe dem Saal das Flair einer echten amerikanischen Investmentbank – ganz abgesehen davon, daß es ihm Gelegenheit gab, sein persönliches Portfolio immer auf dem neuesten Stand zu halten. Für die einzigen Leute, die vielleicht berufliches Interesse an dem Börsenticker gehabt hätten, war er leider völlig wertlos, weil sie ihn nicht sehen konnten. Sie saßen direkt unter ihm.

Eine weitere Forrester-Idee war das braune HB-Logo auf allen Säulen und Wänden, das jeder Fernsehkamera ins Bild geraten mußte, die unseren Saal als passenden Hintergrund für die tägliche Börsenberichterstattung benutzte. Der Saal sollte einen professionellen Eindruck machen.

An dem Wasserspender beim Ausgang blieb ich stehen und nahm mir einen Becher. Auch in der Aktienabteilung war man dabei, sich nach einem harten Tag langsam zu entspannen. Mit einer Ausnahme: Karen. Sie saß an ihrem Platz, den Hörer zwischen Wange und Schulter geklemmt, die langen Beine auf einem Stuhl. Trotz aller Aufregung, die es heute gegeben hatte, wiesen der gelbe Rock und die weiße Seidenbluse kein Fältchen auf, und sie sah so frisch aus, als wäre es acht Uhr morgens.

»Ohne Flachs, Martin, das haben Sie wirklich getan?« Sie lachte leise ins Telefon. Während ich mein Wasser in kleinen Schlucken trank, lauschte ich. »Also, wie viele Wal-Mart sollen es nun sein?«

Sie strich sich das feine blonde Haar aus den Augen und winkte mir heimlich zu. Dann wandte sie sich einem Trader zu, der seine Sachen schon zusammenpackte. »He, Jack! Bevor du gehst, wie steht der Briefkurs für Wal-Mart?«

2

Dieses Atrium war lächerlich. Es schien im wesentlichen Wasserfälle, polierte Skulpturen und ausgewachsene Bäume zu beherbergen, und für die Büroräume blieb nur eine dünne Schale drum herum.

Ich betrachtete die dunklen Anzüge, die sich im riesigen Atrium versammelt hatten. Sie war noch nicht da. Beide waren wir zu der Einweihungsfeier geladen worden, mit der die Banque de Genève et Lausanne ihre Londoner Niederlassung eröffnete. Normalerweise drückte ich mich vor solchen Anlässen, aber Barry, der Chefhändler der Bank in London, hatte darauf bestanden, daß ich teilnahm. Ich kannte niemanden und hielt mich etwas verloren an einer fünfzehn Meter hohen schwarzen Marmorsäule und einem Glas Champagner fest.

Was für ein Tag! Zwei Millionen Dollar hatte ich in den Sand gesetzt. Egal, wie man es betrachtete, es war ein Haufen Geld. Zwar würde es meine jährliche Gewinn-und-Verlust-Rechnung verkraften – Ed und ich waren bis zu dem fatalen Ereignis mit drei Millionen Dollar im Plus gewesen –, aber die Tatsache, daß mir ein derartiger Betrag verlorengegangen war, hatte mich tief in meinem Stolz getroffen, zumal ich Greenspans Absicht vorausgesehen und trotzdem nichts getan hatte.

Dennoch hatte ich den Tag auf eine geradezu widersinnige Weise genossen. Ich sah mich einer echten Herausforderung gegenüber – ich mußte an einem unberechenbaren Markt zwei Millionen Dollar wettmachen. Und ich war entschlossen, mir alles zurückzuholen. Es ging um meinen Ruf. Für einen Trader gibt es nichts Wichtigeres als die jährliche Gewinn- und-Verlust-Rechnung.

Und meine bisherige Erfolgsbilanz konnte sich sehen lassen. Vor zwei Jahren hatte ich das firmeneigene Handelsbuch von Harrison Brothers übernommen. Im ersten Jahr hatte ich acht Millionen für die Firma verdient, und im zweiten Jahr waren es fünfzehn Millionen Dollar gewesen. Nicht schlecht für einen achtundzwanzigjährigen Trader. Und die geschäftlichen Erfolge wirkten sich bereits auf mein Gehalt, vor allem auf meine Tantieme aus.

Also, wie konnte ich die zwei Millionen Dollar wieder reinholen? Sicherlich würde mir Bondscape dabei helfen. Es hatte mir ein enormes Gefühl der Macht gegeben. Mit seiner Hilfe hatte ich den gesamten Rentenmarkt vor Augen gehabt; gewissermaßen von innen konnte ich sehen und spüren, wie er sich bewegte. Und ich war der einzige am Markt, dem diese Möglichkeit zur Verfügung stand. Ein paar Monate lang hatten Richard und ich an Bondscape gearbeitet. Ich hatte das System praktisch erprobt und zahlreiche Veränderungen vorgeschlagen. Wenn ich auch damit gerechnet hatte, daß es funktionierte, hätte ich doch nie gedacht, daß es so gut klappen könnte.

Es war schon ein seltsames Gefühl gewesen. Ich hatte tatsächlich eine andere Wirklichkeit erlebt. Eigentlich hatte ich nie daran geglaubt, daß die Virtuelle Realität eine Erfahrung vermitteln könnte, die über die eines raffinierten Computerspiels hinausging. Doch heute hatte ich gemeint, in einer anderen Welt zu leben und zu reisen, einer abstrakten Welt aus Anleihen, Renditen und Währungen. Ich fragte mich, wie andere virtuelle Welten sein mochten.

Mein Blick fiel auf glänzendes blondes Haar, das an den Abendanzügen vorüberwehte. »Hi. Tut mir leid, daß ich mich verspätet habe. Himmel, ich brauch' was zu trinken.« Sie ließ sich ein Glas Champagner bringen und nahm erst mal einen kräftigen Schluck.

»Ich bin so schnell gekommen, wie es ging«, sagte sie. »Martin findet einfach kein Ende am Telefon. Ich weiß nicht, wann er überhaupt arbeitet.«

»Er sülzt gern mit dir rum, das ist es.«

Ihre Augen blitzten mich an. »Solange ich ordentliche Abschlüsse mit ihm mache, ist mir das egal. Aber ich hab' gehört, du hast einen irren Tag gehabt.«

»Das kann man wohl sagen. Zwei Millionen Dollar sind dahin.«

»Trotzdem, Greg war beeindruckt. Du holst sie dir zurück, meint er. Er hat gesagt, daß du dieses Cyberspace-System benutzt hast.«

»Ja, Bondscape. Es ist riesig!«

Karen lachte. »Ich möchte wetten, du siehst komisch aus mit dieser kleinen Brille.«

»Oh, ich weiß nicht. Sie steht mir bestimmt. In ein paar Jahren trägt sie jeder.«

»Blödmann.«

»Von mir aus. Wenn sie mir hilft, die zwei Millionen zurückzuholen, darfst du mich nennen, wie du willst.«

»Klar holst du sie dir zurück. Das tust du doch immer.«

»Hoffentlich hast du recht.« Nachdenklich nippte ich an meinem Champagner. »Wie bist du denn heute zurechtgekommen?«

»Gar nicht so schlecht. Die ängstlichen Kunden haben die Panik gekriegt. Die vernünftigen haben abgewartet. Nichts, was ich nicht im Griff hatte.« Und wirklich, sie sah aus, als sei die ganze Aufregung spurlos an ihr vorübergegangen. »Trotzdem, die Stimmung in unserer Abteilung ist ziemlich mies.«

»Warum das?«

»Es heißt, Harrison wolle weltweit seine Aktienabteilung reorganisieren. Für London wäre das wahrscheinlich nicht sehr günstig. Jetzt halten sich alle bedeckt. Versuchen, ihr Schäfchen ins trockene zu bringen und den andern eins auszuwischen.«

»Das nenn' ich Teamgeist!«

Karen lachte ironisch. »Wir sind eben eine große, glückliche Familie.«

»Aber dir kann doch nichts passieren, oder?«

»Eigentlich nicht«, sagte sie. »Ich habe letztes Jahr fünfzig Prozent mehr Provision gehabt. Aber sicher kann man nie sein.«

Sie hatte recht. Sicher konnte man nie sein. Aber irgendwie wußte ich, Karen würde auf der Gewinnerseite sein.

»Hast du Lust, Samstag morgen Tennis zu spielen?« fragte sie.

»Ach, du großer Gott«, stöhnte ich. »Es gibt doch keine schönere Einstimmung aufs Wochenende als eine Demütigung am frühen Morgen.«

»Was soll das heißen? Vielleicht gewinnst du ja. Das hatten wir doch schon.«

»Ja, zweimal.«

»Es könnte das drittemal sein!«

»Okay«, seufzte ich, »spielen wir.«

Karen spielte weitaus besser Tennis als ich. Außerdem lief

sie hervorragend Ski und war die bessere Schwimmerin. Sie war durchtrainiert, beweglich und hatte einen gesunden Siegeswillen. Ich dagegen vergoß nur viel Schweiß und drosch immer viel zu heftig auf den Ball ein.

Neben Karen tauchte ein geschäftig aussehender Mann auf, ungefähr so alt wie ich. »Peter! Wie geht's dir?« Sie hielt ihm ihre Wange zum Kuß hin. »Vielen Dank für die Einladung.« Sie blickte sich um. »Das Gebäude ist einfach umwerfend!«

»Ganz nett, nicht wahr?« sagte Peter. »Das ist was anderes als der Kaninchenstall, in dem wir vorher gesessen haben.«

»Wann seid ihr eingezogen?«

»Letzte Woche. Wir haben immer noch Ärger mit den Telefonen, wie du ja weißt.«

»Allerdings! Es ist ein Alptraum, wenn man euch erreichen will. Ach, übrigens, das ist Mark Fairfax, zuständig für das firmeneigene Buch bei Harrison. Mark, das ist Peter Tewson vom Anlagenmanagement bei BGL.«

Ich lächelte ihn an. Er nickte mir flüchtig zu und wandte sich dann wieder Karen zu.

»Mit Chrysler hast du vollkommen richtig gelegen. Seit du sie empfohlen hast, sind die Aktien ... um zehn Prozent geklettert.«

»Ich bin froh, daß die Sache so gut klappt«, sagte Karen. »Weißt du, wenn ich etwas läuten höre, dann sehe ich zu, daß meine besten Kunden auch davon erfahren.«

Kein Wort davon war wahr, das wußte ich genau. Karen hatte sich gründlich über Chrysler informiert, bevor sie den Tip gegeben hatte. Aber ihre Kunden waren rascher zu einem Abschluß bereit, wenn sie meinten, sie seien die ersten, denen so ein Gerücht zu Ohren kam.

Ich ließ sie reden, betrachtete die Gäste und hielt Ausschau nach Barry.

Ein hochgewachsener, silberhaariger Mann steuerte auf uns zu. Peter sah ihn kommen und brach mitten im Satz ab.

»Guten Abend, Peter, wie geht es Ihnen?« sagte der Mann mit französischem Akzent.

»Sehr gut, danke, äh, Henri«, stammelte Peter. »Henri

Bourger, Leiter unserer Londoner Niederlassung. Äh, Karen Chilcott von Harrison Brothers, und hier, äh . . .«

»Mark Fairfax«, sagte ich und streckte die Hand aus.

»Ich habe gerade von dieser herrlichen Architektur geschwärmt«, sagte Karen.

»Vielen Dank«, erwiderte Bourger höflich.

»Sie erinnert mich an Ihr New Yorker Gebäude. Aber ich glaube, der Mittelraum hier macht sich sehr viel besser. Ist dieser Bau auch von Fearon entworfen worden?«

Bourgers Gesicht belebte sich. »In der Tat«, sagte er und erging sich in einer umständlichen Beschreibung der Gründe, die BGL veranlaßt hatte, Fearon auch für London zu beauftragen. Typisch Karen: Bevor sie hergekommen war, hatte sie bestimmt nachgesehen, wer der Architekt war.

Jemand berührte meinen Ellenbogen. »Hallo, Mark. Was macht die Kunst?«

Vor mir stand die gedrungene Gestalt von Barry, dem Chefhändler von BGL.

Ich verzog das Gesicht. »Hab' wirklich schon bessere Tage gesehen.«

»Wem sagen Sie das. Meine Jungens haben den ganzen Nachmittag Blut und Wasser geschwitzt.«

Vielsagend sah ich mich um. »Was soll ich hier, Barry?«

Barry lachte. »Nicht gerade Ihre Welt, was? Na ja, meine ist es auch nicht. Kommen Sie mit, ich möchte Sie mit jemandem bekannt machen.« Er zog mich zur anderen Seite des Atriums. »Er ist Leiter unserer Handelsabteilung, weltweit.«

Das war's also. Sie hatten vor, mich abzuwerben, und bevor Barry richtig vorfühlte, wollte er mich seinem Chef vorstellen. Das war zwar schmeichelhaft, aber ich war nicht interessiert. Auf meinem Sektor war Harrison Brothers eines der führenden Unternehmen der Welt. BGL hatte bestenfalls Amateurstatus, begeistert und gut betucht, aber mit hohen Verlusten im Börsengeschäft. Eines Tages würde ich vielleicht meine Erfahrung bei Harrison Brothers in die Waagschale werfen und für einen sehr einträglichen Job eintauschen, aber dieser Zeitpunkt war noch nicht gekommen. Noch war ich dabei, mein Handwerk zu lernen, und es machte mir Spaß. Das Geld kam erst an zweiter Stelle.

Ich war höflich zu Barrys Chef, und wir unterhielten uns eine halbe Stunde, ohne daß einer von uns richtig mit der Sprache herausrückte. Als ich mich endlich loseisen konnte, sah ich Karen allein am Ausgang stehen. Sie sah ziemlich aufgeregt aus und schien erleichtert zu sein, als sie mich sah.

»Können wir gehen?«

»Wenn du möchtest«, sagte ich. »Ich leg' keinen Wert darauf zu bleiben. Was ist los?«

Karen biß sich auf die Lippen, antwortete aber nicht, sondern schüttelte nur den Kopf.

Draußen rief ich ein Taxi herbei, und wir stiegen schnell ein.

»Barry will mir einen Job anbieten, da bin ich mir sicher«, sagte ich.

Karen gab keine Antwort. Zusammengekauert saß sie da und blickte starr aus dem Fenster.

Ich war beunruhigt. Es war Monate her, daß ich Karen so erlebt hatte.

Keiner sagte ein Wort, bis das Auto von der Holland Park Road in die kopfsteingepflasterte Straße mit der umgebauten Stallung einbog, in der ich wohnte. Karen ging sofort ins Schlafzimmer im ersten Stock, um sich umzuziehen, und ich nach oben ins große Wohnzimmer. Das war mein Lieblingsraum: ausgestattet mit einem Sofa, einem tiefen Sessel, Fernseher, Stereoanlage, einem kleinen Eisschrank und dem Klavier meiner Mutter, auf dem ich nicht spielen konnte, von dem ich mich aber auch nicht trennen mochte. Durch ein breites Schiebefenster, das sich auf eine winzige Terrasse hin öffnete, fiel die Abendsonne.

Aus dem Kühlschrank holte ich eine Dose Bier und trat auf die Terrasse, um mir den Sonnenuntergang über dem Londoner Westen anzusehen. Die kleinen Stadtgärten waren mit weißen und rosa Kirschblüten übersät. Ein rascher Blick nach nebenan. Wieder kein Glück. Dort sollte ein berühmter Fußballer wohnen, aber ich hatte noch kein Lebenszeichen von ihm entdecken können.

Vor sechs Monaten hatte ich das Haus dank der letztjährigen Tantieme kaufen können. Nachdem ich sechs Jahre lang in kleinen Wohnungen überall in London gehaust hatte, genoß ich es, mich auf mehreren Wohnebenen bewegen zu können.

Groß war mein erstes Haus nicht, aber es war mir ans Herz gewachsen. Als ich es gekauft hatte, war es ein Alptraum in Orange, Schwarz und Braun gewesen. Überall Plüsch und Staub. Das war selbst mir zuviel gewesen. Also hatte ich die Maler geholt und war angenehm überrascht gewesen von dem Ergebnis. Jetzt war es überall hell und luftig, sparsam möbliert mit den zufällig zusammengekauften Möbeln aus meiner letzten, sehr viel kleineren Wohnung.

Ich nahm einen kräftigen Schluck aus der Bierdose. Alles lief prächtig. Das Haus. Der Job. Karen.

Doch was war heute abend mit ihr? Soweit ich wußte, hatte ich nichts gesagt oder getan, was sie verärgert haben konnte. Zu Anfang der Party schien sie auch bester Stimmung gewesen zu sein. Egal, was es war, ich würde es schon herausfinden.

Ich hörte sie die Treppe herunterkommen.

»Ein Glas Wein?«

Sie nickte, eine kaum merkliche Bewegung. Ich öffnete eine Flasche, goß ihr ein Glas ein und setzte mich neben sie aufs Sofa.

»Was ist los?«

Sie nahm den Wein und blickte stumm die Wand an.

Ich wartete.

»Ich habe ihn gesehen«, sagte sie schließlich. »Er war da, auf der Party.«

»Wer?«

Wieder sagte sie nichts und biß sich auf die Lippe.

»Wer?« wiederholte ich. Dann ging mir ein Licht auf. »O nein. Doch nicht der?«

Sie nickte. Ich holte tief Luft. Das war wirklich schlimm. Ich legte den Arm um sie.

»Hast du mit ihm gesprochen?«

Sie schüttelte den Kopf.

»Nein, aber . . .«

»Aber was?«

»Er . . . hat mich angesehen. Wie . . . Ich weiß nicht.« Sie wandte sich von mir ab.

Ich nahm ihre Hand, drückte sie und wartete. Mist, verfluchter! Nach all der Arbeit, die ich in diese Beziehung gesteckt hatte – nein, die wir hineingesteckt hatten –, war das Schlimmste, was uns passieren konnte, daß ihr ehemaliger Lover wiederauftauchte.

Viel hatte sie mir nicht von ihm erzählt. Ich kannte noch nicht einmal seinen Namen. Nur, daß er verheiratet und viel älter war, wußte ich. Zwei Jahre lang hatten sie eine Affäre gehabt, dann hatte Karen ihn vor die Wahl gestellt – entweder sie oder seine Frau. Er entschied sich gegen Karen.

Nach der Trennung war sie verzweifelt gewesen. Ich hatte mich bemüht, zurückhaltend und freundlich zu sein. Statt in der offenen Wunde herumzustochern, versuchte ich, sie auf andere Gedanken zu bringen. Wir paßten gut zusammen, und es gab vieles, was der eine am anderen wirklich mochte. Hinter der Fassade aus Selbstvertrauen war sie verletzlich und unsicher. Ich konnte nie ganz begreifen, warum, fand das Geheimnis aber faszinierend. Warum sie mich mochte, wußte ich auch nicht so genau. Wahrscheinlich war ich ein angenehmes Kontrastprogramm zu meinem Vorgänger – amüsant, ohne ihr angst zu machen.

Während der letzten achtzehn Monate hatte ich zunächst ihr Vertrauen und dann, wie ich hoffte, ihre Liebe gewonnen. Zwar hatte sie noch ihre eigene Wohnung in Maida Vale, aber vor ein paar Monaten war sie praktisch bei mir eingezogen. Wir hatten kein Wort darüber verloren. Jedenfalls verbrachte sie jetzt fast jede Nacht in meinem Haus, und nach und nach nisteten sich auch ihre Habseligkeiten bei mir ein.

Wir hielten unsere Beziehung geheim. Hätte sie sich im Handelssaal herumgesprochen, hätte es über kurz oder lang Probleme gegeben. Falls doch schon geklatscht wurde, war es uns noch nicht zu Ohren gekommen.

Und jetzt war sie ihm wieder begegnet. Als ich, neben ihr sitzend, die Spannung in ihrem Gesicht sah und in dem Griff spürte, mit dem sie meine Hand umklammert hielt, kroch langsam die Angst in mir hoch. Ich wollte sie nicht verlieren.

Schließlich seufzte sie tief. Ihre Schultern entspannten sich, und sie wandte sich mir mit einem mühsamen Lächeln zu.

»Oh, Mark, es tut mir so leid, daß ich dich da wieder hineinziehe. Du warst wirklich gut zu mir.« Leicht berührte sie mein Gesicht. »Und er ist ein Scheißkerl. Ich weiß überhaupt nicht mehr, was ich an ihm gefunden habe.«

Sie schlang die Arme um meinen Hals und küßte mich.

Eine halbe Stunde später – die Dämmerung kroch langsam über unsere nackten Körper auf dem Wohnzimmerfußboden – spielte ich mit dem Gedanken, ihr zu sagen, daß ich sie liebte. Von Liebe war zwischen uns nie die Rede gewesen. Aber es war eine Bezeichnung, die das Gefühl der Zuneigung, das mich in diesem Moment überwältigte, ziemlich genau traf. Dennoch hatte ich Angst. Wovor eigentlich? Nicht sosehr vor einer Zurückweisung. Eher vor jenem Teil von Karen, den ich noch nicht kannte, auf den ich heute abend aber einen flüchtigen Blick getan hatte. Wie auch immer, ich wollte diesen Augenblick nicht aufs Spiel setzen.

Träge bewegte sie sich. »Was hast du, Mark?«

»Nichts.«

3

Am nächsten Morgen war ich schon um Viertel nach sieben mit einer Tasse Kaffee und einem Croissant an meinem Arbeitsplatz. Es überraschte mich nicht, daß ich trotz der frühen Stunde beileibe nicht der einzige war. Heute morgen gab es für uns alle viel zu tun.

Äußerst gespannt schaltete ich den Computer an. Auf dem großen, hellgrauen Bildschirm konnte ich von Reuters und Telerate Kurse aller Art abrufen und sie auf vielfältige Weise abbilden lassen. Daneben stand das kompakte Bloomberg-Gerät, das die möglichen Beziehungen der Werte zueinander graphisch darstellen konnte. Als sich die Buchstaben und Zahlen auf den Bildschirmen stabilisierten, sah ich mir erst mal an, was sich über Nacht auf dem Markt getan hatte.

In New York hatte er sich den Nachmittag über ganz gut gehalten, war aber in Tokio wieder ins Trudeln geraten. Die Renault, die ich gestern gekauft hatte, hatte niedriger eröffnet, so daß ich an dem Abschluß etwas verloren hatte. Aber es war noch früh am Tag. Auch Gregs Achtprozentige von 2021 notierten etwas schwächer.

Ich sah zu ihm hinüber. Gerade hatte er den Hörer aufgelegt und füllte jetzt einen Orderzettel aus, um den Abschluß festzuhalten. »Tut mir leid wegen der Anleihen, die du gestern gekauft hast, Greg!« rief ich hinüber.

Er wandte sich mir zu und grinste. »Wieso? Wir haben Schlußverkauf! Sie sind noch 'n Viertelpunkt billiger geworden, da hab' ich noch mal fünfzig gekauft.«

Der Bursche hatte Nerven wie Drahtseile. Auf lange Sicht machten wir ähnliche Profite, aber meine Gewinne kamen in gleichmäßigen monatlichen Beträgen herein, während er sie mit spektakulären Coups holte, aber ebenso spektakuläre Flops landete.

Als Ed erschien, war er überrascht, mich so früh zu sehen. Er hatte dunkle Ringe unter den Augen, die durch die dicken Brillengläser noch größer aussahen.

»Nicht geschlafen?« fragte ich.

Verlegen sah er mich an. »Nicht viel. Ich hab' mit Tokio telefoniert.«

Die moderne Technik gibt uns die Möglichkeit, vierundzwanzig Stunden am Tag mit dem Markt Kontakt zu halten. Allerdings sorgt die Müdigkeit dafür, daß jeder, der versucht, mitten in der Nacht Geschäfte abzuschließen, Fehler begeht. Deswegen ziehe ich meist einen gesunden Schlaf vor und lasse den Markt nachts seine eigenen wundersamen Wege gehen.

Bob Forrester kam herüber. »Na, wie hat sich die Maschine gemacht?« fragte er mit einer Kopfbewegung in Richtung Bondscape-Computer auf meinem Schreibtisch.

Die Frage war nicht fair, und er wußte das. »Das läßt sich

noch nicht sagen«, meinte ich. »Aber in unseren Positionen steckt 'ne Menge drin. Wir kriegen unser Geld zurück. Da bin ich sicher.«

»Das sollten wir auch. Sie sind Trader, mein Junge. Ich möchte nicht, daß Sie Ihre Zeit mit teurem Schnickschnack vergeuden. Sie können ihn bis zum Ende der nächsten Woche hierbehalten, aber wenn Sie dann noch keine Ergebnisse vorzuweisen haben, verschwindet er wieder aus dem Saal.«

Das war deutlich. Als er fort war, wandte ich mich an Ed. »Okay, schmeißen wir das Ding an. Irgendwo müssen wir zwei Millionen Dollar herkriegen. Jetzt brauchen wir nur noch herauszufinden, wo.«

Wir setzten jeder eine der kleinen Datenbrillen auf und tauchten in die Computerwelt ein. Vor uns lag die mittlerweile vertraute Landschaft. Am Vortag hatten wir nach Anleihen Ausschau gehalten, die vorübergehend aus der Reihe getanzt waren. Jetzt wollten wir nach neuen Trends suchen, die durch die Zinserhöhung ausgelöst worden waren.

Mir fiel auf, daß die Hügelhänge praktisch überall flacher geworden waren. In besonderem Maße galt das für den amerikanischen Sektor. Der Unterschied zwischen den Renditen der Staatsanleihen mit zweijähriger und zehnjähriger Laufzeit hatte sich von 1,6 Prozent auf 1,4 Prozent verringert. Nach meiner Einschätzung würde diese Differenz nicht wieder größer werden, sondern eher weiter schrumpfen. Vor Greenspans Ankündigung hatte der US-Zinssatz zu niedrig gelegen, und es hatte ein konkretes Inflationsrisiko bestanden. Nun schien der Vorsitzende des amerikanischen Zentralbankrats entschlossen, trotz des Widerstands im Finanzministerium den Zinssatz für Kredite mit kurzer Laufzeit zu erhöhen. Wenn er bei seiner Auffassung blieb, und davon ging ich aus, dann würden dieser Zinssatz weiter steigen und die Inflationserwartungen sich langfristig verringern. Fazit: Verkaufe zweijährige Staatsanleihen und kaufe zehnjährige.

Also verkauften wir zweijährige Anleihen für vierhundert Millionen Dollar und kauften zehnjährige für hundert Millionen Dollar. Nun brauchten wir nur noch zu warten.

Später am Morgen rief mein Bruder an.

»Gestern und heute habe ich zum erstenmal richtig mit Bondscape gearbeitet«, sagte ich.

»Tatsächlich? Wie ist es gelaufen?« Ich konnte hören, wie gespannt er war.

»Phantastisch! Es war einfach unglaublich. Als hätte ich im Inneren des Marktes gesessen und gespürt, wie er sich bewegt.«

»Wie ging es mit der Landschaftsmetapher? Hat sie was gebracht? Oder hat sie nur gestört?«

»Nein, sie hat sich hervorragend bewährt.« Ich war wie das Unternehmen für Finanzsoftware, mit dem Richard zusammenarbeitete, der Meinung gewesen, Bondscape müsse Diagramme der Anleihenrenditen zeigen. Richard hatte die Auffassung vertreten, eine veränderliche Landschaft würde die Information augenfälliger vermitteln, da sie dadurch in einer Form dargeboten würde, die Menschen intuitiv verstehen könnten. Wie gewöhnlich hatte er recht.

In allen Einzelheiten beschrieb ich, wie wir mit Bondscape gearbeitet hatten. Ein paar Minuten lang hörte Richard aufmerksam zu, doch dann unterbrach er mich. »Ich muß jetzt los, um das Flugzeug nach London zu erreichen. Nachmittags habe ich eine Besprechung. Paßt es dir, wenn ich hinterher bei euch vorbeischaue? Ich müßte Kören und dich etwas fragen.«

»Klar, Richard. Worum geht es?« Ich wurde neugierig.

»Das ist ein bißchen schwierig«, sagte Richard. »Wenn es dir recht ist, warte ich damit bis heute abend. Wo können wir uns treffen?«

»Wie wär's um sieben im Windsor Castle? Da trinken wir was, und dann ißt du mit uns. Wenn du magst, kannst du bei uns schlafen.«

»Gern, vielen Dank. Also dann bis sieben.«

Ich freute mich auf den Abend. Bei der Entwicklung von Bondscape hatte ich eng mit ihm zusammengearbeitet. Jetzt fehlte mir der häufige Kontakt. Sein Unternehmen, FairSystems, lag in Glenrothes, einem kleinen Städtchen in der ostschottischen Provinz Fifeshire. Doch trotz der räumlichen

Trennung standen wir uns sehr nahe. Alle ein oder zwei Monate trafen wir uns, meist in London, aber manchmal fuhr ich auch nach Schottland, um das Wochenende bei ihm zu verbringen.

Ich lächelte in mich hinein. Bondscapes Erfolg unter Gefechtsbedingungen hatte Richard Freude gemacht, und mir gefiel es, meinem großen Bruder Freude zu machen.

Auf dem Weg nach draußen fragte ich Greg, ob ich ihn zu einem Glas Wasser einladen dürfe. Er lachte, und wir schlenderten zum Wasserspender.

Mit der Stimmung in der Aktienabteilung stand es nicht zum besten. Ein drahtiger Mann Mitte Vierzig stand an seinem Schreibtisch und schrie eine junge Frau ein paar Plätze weiter an. »Zum Teufel, Sally! Ich weiß, daß diese schottischen Arschlöcher Caremark haben. Die sind bescheuert, wenn sie nicht zu diesem Preis verkaufen. Sie sollen sie doch nur dazu bringen, den Mist an mich zu verkaufen. Mehr verlang' ich doch gar nicht von Ihnen!«

Das war Jack Tenko, ein farbloser, ausgebrannter Aktienhändler, den sie von New York nach London geschickt hatten, weil sie ihn da nicht mehr brauchen konnten. Heftig bearbeiteten seine Kiefer einen Kaugummi, während er die Frau giftig anstarrte.

Sie war Anfang Zwanzig, trug das dunkle Haar kurz und eine Brille. Sie sah ziemlich verschreckt aus. Neben ihr saß Karen und telefonierte, beobachtete das Geschehen aber aufmerksam.

»Hören Sie, Jack, die erzählen mir nicht, was sie in ihrem Portfolio haben«, wandte die junge Frau ein. »Das sei eine vertrauliche Information, sagen sie.« Offenbar war sie den Tränen nahe.

»Ach ja? Und woher, zum Teufel, weiß ich es dann?« fragte der ältere Mann. »Scheren Sie sich gefälligst ans Telefon, und besorgen Sie mir diese Aktien.«

Verzweifelt starrte Sally ihr Telefon an. Sie wußte, wenn sie den Kunden noch einmal anrief, würde er wütend werden. Und

Jack würde es sein, wenn sie nicht anrief. Schicksalsergeben griff sie zum Telefon.

Karen legte auf und hob die Hand. »Einen Moment, Sally!«

Tenko starrte sie an.

»Jack, Sie glauben doch zu wissen, was Sallys Kunde hat, weil es Ihnen jemand beim Mittagessen im Pub gesteckt hat, richtig?«

»Ich hab' eben meine Quellen«, sagte Tenko mürrisch.

»Aha. Sie wissen doch genau, daß diese Burschen schwierig sind, um es vorsichtig auszudrücken. Die machen nur mit einer kleinen Anzahl von Brokern Geschäfte, und wir gehören nicht dazu. Da können Sie Sally anschreien, solange Sie wollen. Ändern wird es daran nichts.«

»Dann muß sie eben dafür sorgen, daß wir auf diese beschissene Liste kommen.«

»Vielleicht schafft sie das, vielleicht auch nicht«, sagte Karen. »Aber Sie müssen ihr Zeit lassen. Und Mut machen.«

Einen Augenblick lang starrte Tenko Sally und Karen an, dann wandte er sich wieder seinem Schreibtisch zu. »Irgendeine von euch wird mir diese verdammten Caremark besorgen«, murmelte er. »Ich hab 'nen großen Auftrag, und der Markt spielt verrückt.«

Greg und ich sahen uns an und gingen.

Wir lehnten an der Bar des Windsor Castle und nahmen unser zweites Pint in Angriff. Es war ein kleiner, alter Pub in Kensington mit drei dichtumlagerten Bars und genügend fleißig trinkenden Stammgästen, die verhinderten, daß die anheimelnde Atmosphäre zur Touristenattraktion verkam. Greg hatte gesagt, er wolle Richard kennenlernen, deshalb hatte ich ihn mitgebracht. Wir waren kurz vor dem verabredeten Zeitpunkt gekommen, und wir hatten Durst.

Dann sah ich, wie sich die hochgewachsene Gestalt meines Bruders zur Bar durchzwängte. Ich winkte ihm zu. »Auch ein Glas?«

»Bitte ja«, sagte er. »Ich hab' eins nötig. Zwei Stunden hab' ich mit unsren japanischen Kunden zugebracht. Himmel, war das ein hartes Stück Arbeit. Der Bursche, mit dem ich zu tun hatte, ist zwar sehr nett, ich mag ihn wirklich. Aber seine Vorgesetzten in Japan . . . Mit denen kann man einfach nicht verhandeln.«

Rasch besorgte ich ihm ein Pint. Er nahm einen kräftigen Schluck. Wenn wir so nebeneinander standen, sah man, daß wir Brüder waren. Die gleiche Nase und das gleiche Kinn. Aber Richard war fünf Jahr älter und acht Zentimeter größer, etwas über eins neunzig. Von unserem Vater hatte er die blonden Haare und die blauen Augen, während ich die krausen dunklen Haare und die fast schwarzen Augen von unserer italienischen Mutter geerbt hatte. Deshalb hielt man mich oft für einen Italiener und Richard für einen Norweger. Er sah sehr gut aus und besaß einen Charme, der nicht nur auf Frauen, sondern auch auf Männer wirkte. Also wahrhaftig ein großer Bruder, zu dem man aufschauen konnte.

Ich machte ihn mit Greg bekannt.

»Sie gehören also zu den bedauerlichen Menschen, die mit meinem Bruder zusammenarbeiten müssen?« meinte Richard.

»Genau«, antwortete Greg. »Es ist der Horror, glauben Sie mir. Aber für 'n verklemmten Tommy ist er gar nicht so übel.« Mit einem Grinsen an meine Adresse fügte er hinzu: »Und hin und wieder hilft er mir auch aus der Patsche.«

»Ach ja?«

»Klar. Nach einer Woche London steckte ich tief in der Scheiße. Ich hatte von einer neuen Staatsanleihe eine Long-Position von einer Milliarde Dollar aufgebaut, als das US-Finanzministerium plötzlich beschloß, noch eine zweite Tranche zu verkaufen. Das heißt, statt zur Geldaufnahme eine neue Anleihe aufzulegen, entschied sich die Regierung, von der bereits aufgelegten noch einmal Papiere im Wert von acht Milliarden Dollar zu emittieren«, erläuterte Greg den Sachverhalt für Richard. »Natürlich gingen meine Papiere in den Keller. Rote Zahlen noch und noch.

Dann tauchte dieser Bursche hier auf und bot mir an, die Hälfte meiner Position zu übernehmen. Die nächsten Wochen haben wir gezittert, aber am Ende sind wir ungeschoren davongekommen. Ohne ihn würde ich den Rentenmarkt nicht mehr unsicher machen.«

Ich hatte Greg damals gern geholfen, auch wenn es ein ziemliches Risiko gewesen war. In vielen Unternehmen, und Harrison Brothers war da keine Ausnahme, herrscht heftige Konkurrenz unter den Tradern. Sie machen sich Ruhm und Tantiemen streitig. Ich sehe das anders: Der Markt ist schwierig genug, da braucht man jeden Freund, den man haben kann. Und umgekehrt hatte Greg mir auch so manches Mal aus der Patsche geholfen.

»Greg ist der zweite Mensch, der Bondscape im Ernstfall ausprobiert hat«, sagte ich.

»Tatsächlich? Und was halten Sie davon?« fragte Richard voller Interesse.

»Oh, es ist großartig«, sagte Greg, »diese schnuckligen Gebäude und alles. Könnte den ganzen Tag damit spielen. Allerdings hätte ich einen Vorschlag.«

»Ah, ja?«

»Könnte man das Programm nicht so verändern, daß da ein hübscher weißer Strand ist, ein paar Palmen und ein oder zwei süße Strandhäschen? Ich bin sicher, das wäre viel aussagefähiger. Blond heißt kaufen, Brünett verkaufen, so was in der Art.«

Richard lachte. »Da wäre noch viel Forschungsarbeit nötig.«

»Sie können auf mich zählen.« Greg machte Platz, damit sich ein älterer Mann ein kleines Guinness an der Bar bestellen konnte. »Aber im Ernst, es hat gut geklappt. Ich hoffe nur, daß Sie das System noch nicht auf den Markt bringen.«

»Ich denke, es wird noch mindestens ein halbes Jahr dauern, bis wir ein marktfähiges System anbieten können.«

»Sehr schön.«

Richard grinste. »Gefällt es Ihnen wirklich so gut?«

Greg lächelte und nahm einen kräftigen Schluck aus seinem Bierglas. »Was, zum Teufel, ist Virtuelle Realität eigentlich? Klar, Bondscape ist Virtuelle Realität. Aber was kann man damit sonst noch anfangen?«

»Virtuelle Realität läßt sich für alles mögliche verwenden.

Die meisten Anwendungen sind aber wirklichkeitsnäher als der Rentenmarkt.«

»Zum Beispiel?«

»In der Medizin. Chirurgen können virtuelle Operationen vornehmen, und Patienten, die sich von schweren Verletzungen erholen, können erst einmal in einer virtuellen Welt üben, bevor sie sich der realen stellen. Architekten können virtuelle Gebäude oder Küchen entwerfen und sich in ihnen bewegen, um zu sehen, ob sie wirklich so beschaffen sind, daß man darin leben und arbeiten kann. Ingenieure entwickeln virtuelle Prototypen – Motoren oder Autos – und stellen dann fest, ob sie sich warten lassen. Und schließlich gibt es noch eine Fülle von militärischen Anwendungen.«

»Etwa für die Burschen, die mit diesen irren Helmen auf dem Schlachtfeld herumwanken?«

»Nein«, Richard lächelte, »das ist der springende Punkt. Man braucht kein Schlachtfeld mehr. Vielmehr schafft man virtuelle Gefechtssituationen, in denen Soldaten Panzer bewegen und Piloten ihre Maschinen fliegen. Das ist viel einfacher und vor allem viel billiger.«

»Und was ist mit diesen Spielhallengeräten, die ich neulich in einer Fernsehsendung gesehen habe?«

»Das ist auch Virtuelle Realität. Tatsächlich ist der Unterhaltungssektor bislang wohl der erfolgreichste Anwendungsbereich von VR.«

»Wahnsinn«, sagte Greg. »Und wie funktioniert das alles? Brauchen Sie riesige Computeranlagen?«

»Keineswegs. Die meisten Systeme ähneln Bondscape. Um die virtuelle Welt zu erzeugen, braucht man einen Computer und eine spezielle Software. Außerdem eine Datenbrille mit zwei Bildschirmen, einem für jedes Auge, eingebauten Stereokopfhörern und einem Sensor, der feststellt, wohin Sie schauen. Wenn Sie sich nach links wenden, wird Ihnen das Bild, das Sie vor Augen haben, in der Perspektive gezeigt, die sich links von Ihnen in der virtuellen Welt darbietet. Mit speziellen Datenhandschuhen lassen sich auch passende Tastempfindungen hervorrufen. Wenn Sie durch Sicht-, Hör- und Berührungserlebnisse vollkommen in die computererzeugte virtuelle Welt eintauchen, dann leben Sie wirklich in dieser Realität.«

»Super«, sagte Greg und nahm einen Schluck Bier. Dann hatte er einen Einfall. »Könnte man nicht auch hübsche Bekanntschaften mit dieser Ausrüstung machen?«

»Perversling«, sagte ich.

»Kein Stück! Da tut sich einfach ein weites Feld auf für all die armen amerikanischen Burschen, die bei den einheimischen Schönheiten nicht landen können.«

»Sie haben vollkommen recht«, stimmte Richard zu. »Virtueller oder Cybersex birgt eine Fülle von Möglichkeiten, von denen die meisten allerdings ziemlich eklig sind. Übrigens nennt man das Ganze auch Teledildonik.«

»Wow«, meinte Greg mit seiner falschen »Naiver Amerikaner besucht London«-Stimme. »Und was für periphere Geräte braucht man dazu?«

Ich warf einen Blick auf die Uhr. »Wir müssen los«, sagte ich zu Richard. »Karen hat das Abendessen bald fertig. Komm!«

Vor dem Pub verabschiedeten wir uns von Greg. Bis zu mir war es nur ein Fußweg von fünfzehn Minuten.

»Netter Bursche«, meinte Richard.

»Das ist er.«

Eine Weile schwiegen wir.

»Ich habe Dad gesehen«, sagte Richard dann.

»Wann?«

»Vor einer Woche. In Oxford.«

»Wie geht es ihm?« Zu meiner Überraschung stellte ich fest, daß es mich wirklich interessierte.

»Gut. Er würde dich gern sehen.«

»Aha.«

Richard ließ es damit auf sich beruhen. Er hatte begriffen, daß in diesem Punkt nicht mit mir zu reden war. Während der letzten zehn Jahre war ich nur ein einziges Mal mit meinem Vater zusammengetroffen: auf der Beerdigung meiner Mutter. Und ich verspürte noch immer nicht den Wunsch, ihn wiederzusehen.

Bis zu meinem siebzehnten Lebensjahr waren wir eine typische Professorenfamilie gewesen. Mein Vater lehrte am Oxford College Mathematik. Er war Spezialist für ein entlegenes Gebiet der Topologie. Mit fünfundzwanzig Jahren hatte er meine Mutter kennengelernt. Damals war sie eine hinreißende zwanzigjährige Studentin aus Mailand gewesen, die zu einem Sommerkurs nach Oxford gekommen war. Abgesehen von einigen Jahren, die die Familie in den Sechzigern an der Stanford University in Kalifornien zugebracht hatte, waren wir in Oxford aufgewachsen. Gelegentlich hatten meine Eltern Streit, heftige Auseinandersetzungen, die rasch wieder abflauten. Meine Mutter konnte ein beachtliches Temperament entwickeln. Aber sie verstand es, jene Atmosphäre der Liebe und Geborgenheit zu schaffen, die wir beiden Heranwachsenden brauchten, um unseren Platz in der Welt zu finden.

Doch eines Tages hatte uns unser Vater verlassen.

Weder unsere Mutter noch Richard und ich hatten das geringste geahnt. Er hatte sich in eine seiner Doktorandinnen verliebt. Vierundzwanzig war sie – nur ein paar Jahre älter als Richard. Sie zogen in ein kleines Haus in Jericho – keine zwei Kilometer entfernt. Meine Mutter hat es nie verwunden. Nie wieder hat sie mit meinem Vater gesprochen und ich auch nicht.

Ein halbes Jahr später stellte man Brustkrebs bei ihr fest. Und nach zwei Jahren war sie tot.

Noch immer war der Zorn auf meinen Vater lebendig. Anders als Richard konnte ich ihm nicht verzeihen, was er getan hatte. Richard war toleranter, ich dagegen hatte das Temperament meiner Mutter geerbt.

Wieder gingen wir ein paar Minuten schweigend nebeneinanderher. Dann fragte Richard: »Was macht die Arbeit?«

»Sehr gut«, sagte ich. »Im letzten Jahr hatte sich der Markt erholt, und wir haben alle viel Geld gemacht. Dieses Jahr wird der Markt wohl einbrechen, und wir werden alle viel Geld verlieren. So einfach ist das. Man sollte uns einfach den Rest des Jahres freigeben, damit wir keinen Schaden anrichten können.«

Richard lachte. »Also diesmal keine Mega-Tantieme?«

»Ich werd' schon zurechtkommen«, sagte ich. »Im allgemeinen kümmern sie sich um die Trader, die sie für eigene Rechnung arbeiten lassen.«

»Jedenfalls vielen Dank für die Hilfe im letzten Jahr.«

»Keine Ursache. Ich habe mich gefreut, daß ich was Nützliches mit dem Geld machen konnte.« Ehrlich gesagt, waren mir die Tantiemen ein bißchen peinlich. Aber wenn Harrison mir fünfzehn Millionen Dollar pro Jahr verdankte, war es andererseits verständlich, daß mir die Firma ein bißchen davon zukommen ließ. Ich wollte mich nur nicht daran gewöhnen.

»Und dein Chef läßt dir freie Hand?«

»Bob? Der ist in Ordnung. Manchmal meckert er ein bißchen, aber daran gewöhnt man sich. Allerdings kann er sich für Bondscape nicht sonderlich erwärmen.«

»Nicht?« sagte Richard besorgt. Er fürchtete wohl, sein System könnte in Verruf geraten.

»Keine Sorge, Greg und ich werden ihm schon zeigen, daß er sich täuscht. Nein, mir gefällt es bei Harrison Brothers. Da gibt es einige nette Leute: Greg, ein Bursche namens Ed, der für mich arbeitet, und noch ein paar andere.«

»Unter anderem Karen.«

»Unter anderem Karen.« Ich lächelte.

»Wie läuft es mit euch beiden?«

»Sehr gut. Mittlerweile viel besser. Ich glaube, sie ist inzwischen drüber weg.«

»Worüber? Über die Geschichte mit dem Kerl vor dir?«

»Ja.«

»Wie hieß der eigentlich?«

»Weiß nicht. Sie will es mir nicht sagen. Eigentlich erzählt sie mir überhaupt nicht viel von ihm.«

»Merkwürdig.«

»Gar nicht so merkwürdig. Ich glaube, es ist einfach noch zu schmerzhaft.«

»Hm. Weißt du, was er ihr getan hat?«

Ich schwieg einen Augenblick. Während des letzten Jahres hatte ich mir die Frage oft gestellt. »Ich weiß nicht, ob er ihr überhaupt was getan hat. Anscheinend war sie einfach fürchterlich verschossen in ihn.«

Ich merkte selbst, wie angespannt meine Stimme klang. Natürlich war es auch Richard nicht entgangen. »Eifersüchtig?«

Ich zuckte mit den Achseln. »Vielleicht. Gestern abend hat sie ihn auf einer Party gesehen. Das hat sie ziemlich mitgenommen. Offenbar hatte sie gehofft, ein solches Treffen besser wegstecken zu können.«

Klar war ich eifersüchtig. Aber das hatte ich im letzten Jahr weitgehend verdrängt und dachte jetzt nicht daran, es mir oder jemand anderem einzugestehen. Ich hoffte, Karens Liebe zu mir werde eines Tages so groß sein wie ihre Leidenschaft für ihn. Doch obwohl unsere Beziehung immer enger wurde, nagte der Zweifel an mir.

»Tut mir leid, das geht mich nichts an«, sagte er.

»Kein Problem, es macht mir nichts aus.« Und das stimmte. Unter anderem unterhielt ich mich deshalb so gern mit meinem Bruder, weil wir häufig auf Dinge zu sprechen kamen, die uns am Herzen lagen und über die wir nur schwer mit anderen Menschen reden konnten.

Als wir die Haustür öffneten, roch es verführerisch nach Gewürzen.

»Hi, Richard«, sagte Karen und hielt ihm die Wange hin. Selbst in ausgeblichenen Jeans und einem alten Hemd von mir kriegte sie es fertig, elegant auszusehen. »Oh, Mark, Brian will gerade gehen. Er wollte mit dir sprechen. Ich glaube, er will sein Geld«, flüsterte sie mir zu. »Entschuldigt mich bitte, das Essen ist auf dem Feuer. Da steht eine angebrochene Flasche Sancerre, Richard.«

Richard goß sich ein Glas ein und füllte Karens auf, während ich mich auf die Suche nach Brian machte.

Der packte gerade seine Pinsel und Bürsten im Gästezimmer zusammen. Er war klein, aber drahtig und kräftig, und er hatte es fertiggebracht, aus der Bande von übel aussehenden Burschen, die für ihn arbeiteten, ein verläßliches Team zu machen. Karens Charme war er hoffnungslos verfallen und überarbeitete mit Engelsgeduld alle Stellen, die nicht ihre Zufriedenheit fanden. Er hatte ihr erzählt, daß er mal gesessen habe, aber nun keine krummen Sachen mehr mache. Den zweiten Teil dieses Bekenntnisses bezweifelte ich zwar, aber seine Arbeit hatte er vorzüglich und schnell erledigt.

»Ich hab' die Rechnung auf den Küchentisch gelegt«, sagte er. »Wenn es Ihnen nichts ausmacht, rechnen wir morgen ab. Und, äh, könnten Sie bar zahlen, Mark?«

»Klar«, sagte ich, fragte mich aber doch, wie ich bis zum nächsten Abend zweitausend Pfund in bar auftreiben sollte. »Vielen Dank, Brian. Sie haben hervorragende Arbeit geleistet. Gute Nacht.«

Als ich in die Küche zurückkam, war das Essen fertig. Es gab ein delikates Currylamm.

»Das Haus sieht sehr schön aus«, sagte Richard. »Kein Vergleich mit den Löchern, in denen du früher gehaust hast.«

Ich lächelte. Recht hatte er. Es war ein ziemlicher Fortschritt. »Klar. Vorhänge in jedem Zimmer.« Tatsächlich war das ein Luxus, auf den Karen bestanden hatte, als sie begann, mehr Zeit in meinem Haus zu verbringen. Auch die meisten Glühbirnen waren mittlerweile mit Lampenschirmen versehen.

»Was war denn bei euch heute nachmittag los?« fragte ich Karen.

»Ich hab' dir ja erzählt, daß sie alle nervös sind wegen der bevorstehenden Reorganisation. Na ja, da hat Jack sich fürchterlich aufgespielt und Sally angemacht. Ich glaube, er will sie rausschmeißen, um zu zeigen, daß er kostenbewußt denkt und Personal spart. Das stinkt mir ganz gewaltig. Gut, sie hat noch nicht viel Erfahrung, aber sie macht sich bestimmt, wenn man ihr Zeit läßt.«

»Sie war mit Ed im selben Trainingsprogramm«, sagte ich. »Er sagt, sie hat sehr gut abgeschnitten.«

»Hoffentlich kriegt sie 'ne Chance, das zu zeigen«, meinte Karen. »Bah!« Sie schüttelte sich. »Ich kann diesen Mann nicht ausstehen. Du hast es gut, Richard. Wenn man sein eigenes Geschäft hat, braucht man sich mit solchen Sachen nicht rumzuärgern.«

Richard lachte. »Ach, ich weiß nicht. Auch in kleinen Unternehmen gibt es Stänkereien, das kann ich dir versichern.«

»Und wie läuft es mit unserem kleinen Unternehmen?« fragte Karen. Mit »unserem kleinen Unternehmen« meinte sie FairSystems; und das war es auch, denn Karen und ich hielten 7,5 Prozent der Aktien.

»Wirklich gut«, sagte Richard und wurde sichtlich lebendig bei dem Thema. »Es war schwierig genug, aber ich denke, wir haben es fast geschafft.«

»Oh, fast?«

»Ihr erinnert euch sicherlich: Als ihr letztes Jahr euer Geld in die Firma gesteckt habt, habe ich euch gesagt, mein Ziel sei es, ein VR-System in jede Wohnung zu bringen. Ich denke, wir verfügen jetzt weitgehend über die technischen Voraussetzungen, um das zu schaffen.«

»Was heißt das? Sollen wir jetzt Mikrowelle und Toaster wegschmeißen und uns statt dessen ein Cyberspace-Gerät aufstellen?«

»Nein«, entgegnete er lachend. »Aber in einem Jahr kann jeder, der einen Personalcomputer hat, ein VR-System kaufen. Und in fünf Jahren wird es auch jeder tun.«

»Was ist denn der entscheidende Fortschritt?« fragte ich.

»Das kann ich leider nicht sagen. Es ist vertraulich. Aber es ist 'ne große Sache.«

»Na, hör mal. Mir kannst du es doch sagen.«

»Tut mir leid. Es ist wirklich vertraulich. Mehr als nur Insiderinformation. Die Geschichte wird die gesamte VR-Industrie umkrempeln und unser aller Leben verändern. Aber die Einzelheiten müssen auf einen kleinen Personenkreis im Unternehmen beschränkt bleiben.«

Ich war ein bißchen verstimmt über Richards Geheimniskrämerei. Als würde ich losziehen und der Konkurrenz alles brühwarm erzählen. So gut mußte er mich doch kennen. Ein bißchen Vertrauen hatte ich schon verdient.

»Wunderbar«, sagte Karen und rieb sich die Hände. »Dann gehen unsere Aktien also wieder in die Höhe.«

Das hatte eine kleine Vorgeschichte. Fast ein Jahr zuvor

hatte sich Richard verzweifelt an mich gewandt. Da es schlecht um die Liquidität von FairSystems bestellt war, sollten die Aktien des Unternehmens an der Londoner Börse plaziert werden. Doch plötzlich hatten die Broker die Plazierung storniert. Die Marktbedingungen seien ungünstig, hieß es. Die Aussichten des Unternehmens waren ausgezeichnet, doch alles Geld, das durch den wachsenden Absatz vorhandener Produkte hereinkam, wurde von neuen Entwicklungen verschlungen.

Daraufhin tat ich zwei Dinge. Erstens investierten Karen und ich gemeinsam fünfundsiebzigtausend Pfund, die ausreichten, um die Firma ein paar Monate über Wasser zu halten. Das war zu einem Preis von fünfzig Penny pro Aktie geschehen.

Zweitens schlug ich Richard vor, Wagner Phillips in San Francisco anzurufen, einen Wertpapiermakler, der auf kleine Technologieunternehmen spezialisiert war. Wagner Phillips leistete ausgezeichnete Arbeit, und das Unternehmen plazierte seine Aktien im November letzten Jahres an der NASDAQ, der Amerikanischen Börse für Kleinunternehmen. Die Aktien, für einen Kurs von zehn Dollar emittiert, kletterten in den ersten Tagen auf stolze zwölf Dollar. Angesichts unseres Investitionskurses von fünfzig Penny, etwa fünfundsiebzig Cent, bedeutete das für jeden von uns einen nicht realisierten Kursgewinn von achthundertfünfzigtausend Dollar. Der Champagner floß in Strömen.

Allerdings hatten wir uns bei der Plazierung schriftlich verpflichten müssen, zwei Jahre lang auf den Verkauf unserer Aktien zu verzichten. Etwa drei Monate lang blieb die Situation unverändert, dann begann der Aktienkurs stetig nachzugeben bis auf den heutigen Stand von sechs Dollar. Und es waren immer noch achtzehn Monate, bevor wir verkaufen durften.

Richard zögerte. »Ja, sie müßten steigen«, sagte er und versuchte, überzeugend zu klingen.

Karens Gesichtsausdruck signalisierte Skepsis. Sie hatte das alles schon mehr als einmal gehört. Das hatten wir beide. Immer wieder hatte Richard gesagt, FairSystems werde eines Tages viele hundert Millionen wert sein, wenn wir nur bei der

Stange blieben. Bis dahin war ich immer geneigt gewesen, meinem Bruder zu glauben. Karen weniger.

Sie hatte gewußt, was sie tat, als sie ihr Geld investiert hatte. Schließlich war sie Wertpapierhändlerin. Und der nicht realisierte Kursgewinn war noch immer recht ansehnlich. Doch achtzehn Monate sind eine lange Zeit in der Welt der Computertechnologie, und Karen war keineswegs davon überzeugt, daß es FairSystems am Ende dieser Frist noch geben würde. In der kurzen Zeit ihrer Berufstätigkeit hatte sie viele High-Tech-Unternehmen kommen und gehen sehen. Ich kannte ihre Auffassung und hatte ein schlechtes Gewissen, weil ich ihr die Sache damals vorgeschlagen hatte.

»Genau über diesen Punkt, den Aktienkurs von FairSystems, wollte ich mit euch sprechen«, sagte Richard.

Interessiert horchten wir auf.

»Ich habe die Kursbewegung seit der Plazierung analysiert und mit einer Stichprobe ähnlicher Aktien verglichen, deren Kurs ebenfalls gefallen ist. Irgendwie verhält sich der Kurs von FairSystems merkwürdig.«

»Wieso?«

»Ich zeige es euch.«

Er holte seinen Aktenkoffer und nahm einige Computerausdrucke heraus – Graphiken und Statistiken. Selbst mit Richards Erklärungen waren sie schwer zu entziffern. Es war typisch für Richard, daß dies die gründlichste Analyse einer Kursentwicklung war, die mir je unter die Augen gekommen war.

»Also, was bedeutet das alles?« fragte Karen.

»Es sieht so aus, als sei der Kurs von FairSystems angesichts aller zu berücksichtigenden Bedingungen ungewöhnlich stark gefallen.«

Karen begutachtete die Diagramme, Tabellen, griechischen Buchstaben und nickte. »Okay. Und nun?«

»Na ja, ich wäre euch dankbar, wenn ihr den Grund herausfinden könntet. Wißt ihr, ich kann mir nur die Zahlen ansehen. Ihr dagegen habt eure Kontakte am Markt, könnt Erkundigungen einziehen und feststellen, ob jemand was weiß.«

»Hast du mit Wagner Phillips gesprochen?« Als die Makler

von FairSystems mußten die Leute dort jede ungewöhnliche Marktbewegung erklären können.

»Ja. Sie behaupten, es liege nur am schlechten Abschneiden des Unternehmens.«

Wir sahen Karen an. Sie betrachtete die Zahlen und dachte nach. Dachte angestrengt nach.

»Wieviel Geld hast du noch?« fragte sie.

»Na ja, nicht mehr viel.«

»Nicht mehr viel!« rief ich aus. »Vor einem halben Jahr hast du acht Millionen Dollar aufgenommen! Ist das alles weg?«

»Fast«, sagte Richard. »Doch wir erwarten eine Vorschußzahlung von einem unserer Kunden, Jenson Computer. Die müßte uns einen Teil des Sommers über Wasser halten.«

»Und was dann?« Ich war außer mir. Dieser verdammten Firma würde schon wieder das Geld ausgehen!

Richard zuckte mit den Achseln.

»Was sagt Wagner Phillips?«

»Die sind keine große Hilfe. Sie sagen, es sei noch zu früh, um schon wieder an die Börse zu gehen. Aber sie haben einen potentiellen Käufer für das Unternehmen.«

»Wer ist das?«

»Das wollen sie nicht sagen. Der Kunde möchte anonym bleiben.«

»Und? Verkaufst du?«

Richard sah auf seine Hände hinunter. Am vierten und fünften Finger der linken Hand fehlte jeweils das letzte Glied. Es sah so aus, als wolle er nachsehen, ob der Schaden inzwischen behoben sei. »Nein.«

»Nein? Richard, du bist pleite, wenn du nichts unternimmst!«

»Es wäre völlig absurd, jetzt zu verkaufen. Das mußt du mir glauben.«

»Mag sein, aber ich finde trotzdem, daß du verkaufen mußt, solange es noch geht. Ein Konkurs ist 'ne schlimme Sache. Da mußt du damit rechnen, daß deine Ideen für immer weg sind. Deine Leute verlieren ihre Stellung. Und wir unser Geld.« Bei aller Intelligenz schien es Richard am nötigen Realitätssinn zu fehlen. Er hatte ein Verlustgeschäft am Hals und mußte zusehen, es so rasch wie möglich loszuwerden. Ich war Trader, ich kannte mich mit diesen Dingen aus. Richard nicht, er war Erfinder.

»Ich weiß, daß ein Konkurs schlimm ist!« entgegnete Richard scharf. »Und du kannst mir glauben, ich mache mir Gedanken. Vor allem über meine Leute. Einige sind schon fünf Jahre bei mir. Sie haben sieben Tage die Woche gearbeitet und wahre Wunderdinge vollbracht, um Termine einzuhalten. Und diese ganze Mühe soll jetzt umsonst gewesen sein? Ich werde schon für sie sorgen. Gut, es wird schwierig werden, aber wir schaffen es, du wirst schon sehen. Und wenn es soweit ist, dann werden eure Aktien ein hübsches Stück mehr wert sein als im Augenblick!«

Schweigen. Karen und ich waren verblüfft. Richard verlor sonst nie die Fassung.

Er holte tief Luft und fragte Karen: »Nun? Wirst du dich erkundigen?«

»Klar tue ich das«, sagte Karen beschwichtigend. »Aber es könnte sich herausstellen, daß die Leute nur deshalb verkaufen, weil sie glauben, daß du pleite gehst. Ich melde mich bei dir.«

Ich kochte Kaffee, aber wir tranken ihn rasch und gingen dann zu Bett. Ich war wütend auf meinen Bruder. Er war im Begriff, unser aller Geld zu verlieren – nicht zuletzt durch finanzielle Blauäugigkeit. Ich hatte geglaubt, was er mir über die Virtuelle Realität erzählt hatte. Und an seine technische Fähigkeit, all das zu verwirklichen, was er sich vorgenommen hatte, glaubte ich noch immer, obwohl mich die ungeheuren Innovationen, die er nicht einmal seinem Bruder erklären durfte, doch etwas nachdenklich stimmten. Wenn er doch nur ein bißchen Vernunft gezeigt und das Geld, das er aufgenommen hatte, besser zusammengehalten hätte!

Als Richard am nächsten Morgen in aller Frühe aufstand, um sein Flugzeug nach Edinburgh zu bekommen, war ich noch immer wütend auf ihn. Was er zum Abschied sagte, als er in der Tür stand, machte die Sache nur noch schlimmer.

»Karen ist sehr attraktiv, nicht wahr?«

»Ja«, sagte ich mit einem Unterton von Stolz in der Stimme.

»Nimm dich vor ihr in acht, kleiner Bruder!« Damit wandte er sich um und trat auf die leere Straße hinaus.

Ich stand wie angewurzelt. Dieses überhebliche Arschloch! Karen hatte ihre Lebensversicherung beliehen, um ihm aus der Patsche zu helfen, und er hatte ihr Geld verpulvert. Und gestern abend war nicht sie wütend auf ihn gewesen, sondern ich! Ich hatte jedes Recht der Welt, auf ihn sauer zu sein, und er nicht das geringste, so über sie zu reden.

Geräuschvoll beförderte ich das Geschirr vom Abend zuvor ins Becken und machte mich an den Abwasch. Doch tief verborgen unter allem Ärger nagte etwas an mir, eine Wahrheit, die sich nicht zum Schweigen bringen ließ. Das machte mich nur noch wütender.

Solange ich mich erinnern kann, hat mein Bruder in solchen Dingen immer recht behalten.

4

Karen und ich hatten viel zu tun. Noch immer rutschten die Kurse, aber langsamer, übersichtlicher. Ein Baissemarkt begann sich abzuzeichnen. Dagegen hatte ich nichts. Auf einen solchen Markt konnte ich mich einstellen. Ich vergewisserte mich, daß alle meine Positionen abgesichert waren. Für jede Anleihe, die ich kaufte, setzte ich den Leerverkauf einer anderen. Einen sogenannten Leerverkauf vornehmen oder short gehen heißt, daß man eine Anleihe verkauft, die man gar nicht hat. An Rentenmärkten ist das erlaubt – eine sehr nützliche Einrichtung. In einem fallenden Markt verliert man dann zwar Geld an den Anleihen, die man besitzt, kann es aber mehr als wettmachen durch die Gewinne, die man erzielt, indem man die per Leerverkauf veräußerten Anleihen zurückkauft. Das geht natürlich nur, wenn man sich gleich für die richtigen Anleihen entscheidet.

Nun, es sah so aus, als hätten Greg, Ed und ich auf die richtigen Anleihen gesetzt. Mein Abschluß mit den zweijährigen und zehnjährigen Anleihen entwickelte sich zwar erst langsam in die richtige Richtung, aber ich war sehr zuversichtlich. Gregs Achtprozentige von einundzwanzig schossen in die Höhe oder fielen zumindest sehr viel langsamer als die Anleihen, mit denen er short gegangen war. Trotzdem saßen wir beide weiterhin tief in den Miesen. Bob war immer noch skeptisch, ließ uns aber Zeit.

Karen umgarnte ihre Kunden. Mit einem ging sie am Donnerstag abend aus, mit einem anderen wollte sie sich am Montag in Paris treffen. Das nahm sie zum Anlaß, um dort das Wochenende bei einer Freundin zu verbringen, die sie bei einem Schüleraustausch kennengelernt hatte. Die Freundin hatte nie richtig Englisch gelernt, und mein Französisch ist kläglich, deshalb war ich nicht eingeladen. Unser Tennisspiel fiel damit ins Wasser. Aber das machte nichts. In Newmarket gab es ein interessantes Pferderennen, zu dem ich gern fuhr.

Am Montag kam Karen erst mit einem späten Flug zurück. So war sie nicht vor zehn zu Hause. Ich schenkte ihr ein Glas Wein ein, und wir setzten uns oben aufs Sofa.

»War's schön?«

»Großartig!« sagte sie begeistert.

»Wie geht's Nicole?«

»Gut. Sie glaubt, daß Jacques endlich der Richtige für sie ist.«

»Und was glaubst du?«

Karen kicherte und zeigte mit dem Daumen nach unten. »Zu langweilig.«

»Aber doch hoffentlich nicht so langweilig wie ich?«

»Nicht doch, Liebster, nicht annähernd so langweilig. Keine Sorge. Wie war es in Newmarket?«

»Gar nicht so schlecht. Nur zwanzig Mäuse verloren. Nächsten Samstag fahr' ich mit Greg nach Ascot. Willst du mit?«

»Tut mir leid. Ich wäre gern mitgekommen, aber nächstes Wochenende muß ich wirklich zu meiner Mutter. Sie hat darauf bestanden. Willst du mit?« Sie lachte. Die Antwort kannten wir beide. Karens Mutter war eine anmaßende, nervöse Person, die sich ständig über irgendwas Sorgen machte, vor allem über ihre Tochter. Noch immer wohnte sie in dem Einfamilienhaus am Stadtrand von Godalming, wo Karen aufgewachsen war. Karens Vater hatte die Familie verlassen, als Karen zwölf Jahre alt war, und ihre Mutter hatte ihm das nie verziehen. Karen genausowenig. Ich konnte das den beiden nachempfinden, und tatsächlich war das ein Punkt, über den Karen und ich uns nähergekommen waren. Verständnis hatte ich also für ihre Mutter, aber das Wochenende mußte ich nicht unbedingt mit ihr verbringen.

»Das muß aber noch nicht am Freitag abend sein, oder?«

»Ich kann sie sicherlich bis Samstag vertrösten. Warum? Ist irgendwas Besonderes?« Sie lächelte. Am Freitag hatte sie Geburtstag.

»Ich habe einen Tisch im Café du Marché bestellt. Erinnerst du dich?«

Sie nickte, und ihr Lächeln vertiefte sich. Zuletzt waren wir vor anderthalb Jahren dort gewesen, an dem Abend, an dem aus unserer Freundschaft eine Liebesbeziehung geworden war. Natürlich erinnerte sie sich.

»Eine wunderbare Idee«, sagte sie und gab mir einen raschen Kuß.

Karen war müde, und wir gingen zu Bett. Offenbar war sie guter Dinge, denn ich konnte sie im Badezimmer summen hören. Dann kam sie ins Bett, und ich nahm sie in die Arme. Doch als sie meine Hand auf ihrem Schenkel spürte, küßte sie mich auf die Nase und sagte: »Nicht jetzt, Mark. Ich bin wirklich müde.«

Ich lag wach und beobachtete, wie sie mit einem Lächeln auf dem Gesicht einschlief.

Das hartnäckige Läuten des Telefons weckte mich. Ein Blick auf den Wecker zeigte mir, daß es Viertel vor zwölf war. Wer rief eine Viertelstunde vor Mitternacht an?

Ich nahm den Hörer ab. Es war Richard.

»Tut mir leid, daß ich so spät noch störe«, sagte er.

»Schon gut«, sagte ich und stützte mich auf den Ellenbogen.

Kurzes Schweigen. Ich wartete, um zu hören, was er wollte. »Richard?«

»Hör mal, Mark, würde es dir etwas ausmachen, am Wochenende nach Schottland zu kommen? Ich müßte was mit dir besprechen.«

»Aha, hm«, murmelte ich, um Zeit zu gewinnen. Schottland war ein bißchen weit für eine Unterhaltung. »Können wir nicht am Telefon reden?«

»Nein, ich würde dich gerne sehen. Es ist ziemlich schwierig. Sehr schwierig sogar.«

Das mußte es wohl sein, wenn Richard mich deswegen um Mitternacht anrief. In seiner kurzen Laufbahn als Unternehmer hatte er mit Problemen aller Art zu tun bekommen, und abgesehen von den Liquiditätsschwierigkeiten im letzten Jahr, hatte er meine Hilfe nie in Anspruch genommen.

Also blieb mir wohl nichts anderes übrig, als mich in einen Flieger zu setzen. Dann fiel mir das Café du Marché ein. Und Ascot. Am Samstag abend nach dem letzten Rennen konnte ich es gerade noch schaffen.

»Ist Samstag abend früh genug?«

»Freitag geht es nicht?«

Ich überlegte, ob ich meine Verabredung mit Karen absagen sollte. Aber schließlich hatte sie Geburtstag. Das war ein wichtiges Datum für sie – für uns. Auf dieses Essen wollte ich nicht verzichten. Und dann erinnerte ich mich an die Bemerkung, die Richard bei unserer letzten Begegnung über sie gemacht hatte.

»Nein, vor Samstag abend kann ich nicht.«

»Okay, sehr schön«, sagte er, war aber offenbar enttäuscht. »Nimm den Flieger um acht, und ich hol' dich am Flughafen in Edinburgh ab.«

»Gut, bis dann.« Ich legte auf.

Karen bewegte sich. »Wer war das?«

»Richard«, sagte ich. »Er möchte sich am Wochenende mit mir treffen.«

Plötzlich hellwach geworden, setzte Karen sich auf. »Warum das denn?«

»Weiß ich nicht«, sagte ich. »Aber er klang besorgt.«

»Fährst du hin?«

»Nicht am Freitag«, sagte ich und strich ihr über die Wange. »Aber am Samstag, nach den Rennen in Ascot.«

»Danke«, sagte Karen und gab mir einen raschen Kuß. »Was will er bloß? Wollte er es dir am Telefon nicht sagen?«

»Nein.«

»Manchmal übertreibt es dein Bruder mit der Geheimniskrämerei.«

Mindestens eine Stunde lag ich noch wach, während mir die Gedanken im Kopf herumgingen. Bewegungslos lag Karen neben mir. Ich war mir ziemlich sicher, daß sie auch noch wach war, aber ich weiß nicht mehr, wer von uns zuerst einschlief.

Wir hatten uns im Restaurant verabredet. Das Café du Marché liegt am Charterhouse Square in der Nähe von Smithfield Market und nicht weit von Harrison Brothers entfernt – das war der Grund, warum ich es vor einem Jahr vorgeschlagen hatte. Es ist ein umgebautes Lagerhaus aus hellem Holz mit schwarz gestrichenen schmiedeeisernen Verzierungen. Kein Vergleich mit der aufs Spesenkonto zielenden Aufmachung der Restaurants in der City, trotzdem ist die Küche ausgezeichnet.

Karen kam direkt von der Arbeit. Häufig blieb sie bis spät in den Abend hinein im Büro. Für den Fall, daß einer ihrer rührigeren Kunden Transaktionen an der New Yorker Börse wünschte, mußte sie länger verfügbar sein.

So kam sie eine halbe Stunde zu spät. Sie trug ein dünnes schwarzes Armani-Kostüm mit kurzem Rock. In Wirklichkeit war das Kostüm gar nicht von Armani, sondern von einem Schneider in Hongkong, auf den sie bei einer Reise vor drei Jahren gestoßen war, aber ich war der einzige, dem sie das anvertraut hatte. Sie sah hinreißend aus, und sie war sich dessen bewußt. Als sie zwischen den kleinen, weiß gedeckten Tischen auf mich zukam, zog sie die Blicke aller Männer und der meisten Frauen auf sich.

Sie lächelte, als sie mich sah, und bedachte mich mit einem flüchtigen Kuß.

»Tut mir leid, daß ich zu spät komme. Martin ist wieder nicht in die Puschen gekommen. Stundenlang hat er überlegt, ob er ein paar Disney kaufen sollte oder nicht. Zum Schluß ist er einfach nach Hause gegangen.«

»Macht er überhaupt jemals Abschlüsse?«

»Manchmal. Aber man braucht viel Geduld.« Über den Tisch hinweg ergriff sie meine Hand. »Tut mir leid, daß ich in letzter Zeit soviel arbeite. Aber angesichts dieser Reorganisationsgerüchte muß ich mich ranhalten. Und sie wollen, daß ich noch mehr unterwegs bin.«

»Tatsächlich? Mußt du in nächster Zeit viel reisen?«

»Ja. Nächste Woche nach Holland. Und in zwei Wochen muß ich wieder nach Paris.«

Ich war enttäuscht. Natürlich wußte ich, daß sie nichts dagegen machen konnte, wenn es ihre Vorgesetzten und Kunden verlangten. Ich schaffte es gewöhnlich, meine Positionen um sechs Uhr abends sich selbst zu überlassen, und vermutlich erwartete ich das auch von anderen.

Karen sah mir meine Enttäuschung an. »Tut mir wirklich leid«, sagte sie.

Wir bestellten zwei Kir Royal. »In der Mittagspause bin ich mit Sally Schuhe kaufen gegangen. Sie wirkte ziemlich niedergeschlagen.«

»Hat es gewirkt?« fragte ich. Schuhe kaufen war Karens Patentrezept, wenn sie down war. Dutzende hatte sie zu Hause, viele von ihnen ein Jahr alt. Mit Vergnügen hatte ich festgestellt, daß sie schon einige Monate lang keine mehr gekauft hatte.

»Weiß nicht. Ich glaube, es hat sie ein bißchen aufgeheitert. Jack Tenko macht ihr wirklich zu schaffen.«

»Armes Mädchen. Vom Chef hängt viel ab, finde ich. Vor allem, wenn man Anfänger ist.«

»Wohl wahr.« Karen grinste. »Ed ist ja voll des Lobes über dich.«

Ich zuckte mit den Achseln, hörte es aber nicht ungern.

»Diese jungen Burschen sind ja so leicht zu beeindrucken«, sagte ich.

»Und? Wie war dein Tag?« fragte sie.

»Nicht schlecht. Einige von den Abschlüssen, die ich letzte Woche gemacht habe, entwickeln sich recht gut. Aber ich bin diesen Monat immer noch anderthalb Millionen im Minus, und mir bleibt nur noch eine Woche.« Ich konnte es nicht ausstehen, den Monat mit einem Minus abzuschließen, noch dazu mit einem so großen Betrag, doch diesmal schien es unausweichlich zu sein.

»Das ist eben Pech. Selbst du kannst nicht nur gute Monate haben.« Sie unterbrach sich, weil der Kellner kam.

Nachdem wir bestellt hatten, fragte sie: »Was meinst du, worüber will Richard mit dir sprechen?«

»Keine Ahnung. Es muß ziemlich wichtig sein, wenn er mich bittet, so kurzfristig nach Schottland zu kommen.« Dann kam mir ein Gedanke. »Wetten, daß FairSystems schon wieder in Liquiditätsproblemen steckt?«

»Nein!« sagte Karen. »Glaubst du wirklich?«

»Könnte doch sein. Ich bin sicher, daß er keine gute Hand für die finanzielle Seite seines Unternehmens hat. Na ja, der blöde Hund sollte verkaufen. Und das werde ich ihm sagen.«

»Tu das«, sagte Karen. »Es wäre doch ein Jammer, wenn er alles verlieren würde, nachdem er es so weit gebracht hat.«

»Vielleicht hat es was mit dem Fall des Aktienkurses zu tun. War am Markt irgendwas zu erfahren?«

»Nichts«, sagte Karen. »Es ist ein winziges Unternehmen. Die meisten haben noch nie von ihm gehört und erst recht keine Aktien gekauft. Wagner Phillips wickelt den gesamten Handel ab. Ich hab' einen Bekannten dort, aber er wußte nur, daß der Kurs ständig absackt.«

»Gut möglich, daß Richard sich das nur einbildet«, sagte ich. »Er kann alles zu Tode analysieren. Und selbst wenn der Kurs manipuliert würde, wüßte ich nicht, wozu diese Eile.« Ich seufzte. »Nein, ich fürchte, es ist der Konkurs.«

Das Essen kam und war gut. Ich bestellte eine teure Flasche Wein und hob das Glas. »Alles Gute zum Geburtstag!«

»Danke«, sagte sie. »Der dreißigste.« Sie schauderte. »Ich weiß gar nicht so recht, ob ich dreißig sein möchte.«

Ich sagte nichts. Wohlweislich hatte ich es vermieden, die Zahl zu erwähnen.

Karen probierte den Wein. »Mm, ist der gut!«

»Wann fährst du zu deiner Mutter?«

»Nicht vor morgen abend. Mein zweites Geburtstagsdinner. Mir kommt es immer so komisch vor, nur sie und ich.«

»Hätte ich vielleicht doch mitkommen sollen? Nun geht es nicht mehr. Ich muß wirklich zu Richard.«

»Mach dir deswegen keine Gedanken«, sagte sie. »Es ist schon besser, wenn ich allein fahre. Ihr wärt euch doch nur auf die Nerven gegangen.« Sie nahm einen Schluck Wein. »Es ist eben nur komisch, das ist alles.«

»Ohne deinen Vater?«

»Ja.« Ihre Stimme klang plötzlich angespannt.

Beide kamen wir aus Scheidungsfamilien, und noch immer war es ein wunder Punkt für uns beide. Deshalb vermieden wir das Thema meistens, doch diesmal konnte ich mich nicht zurückhalten.

»Hast du je versucht, ihn wiederzusehen?«

»Ich weiß nicht, wo er ist. Ich glaube, Mutter weiß es, aber sie will es mir nicht sagen.«

»Will es dir nicht sagen?«

»Genau.« Ich bemerkte Tränen in ihren Augen. »Natürlich streitet sie es ab. Sie behauptet, er sei spurlos verschwunden.«

»Und du glaubst ihr nicht?«

»Du kennst doch Mutter«, sagte sie abfällig. »Sie denkt, so sei es besser für mich. Ganz bestimmt.«

Schweigend widmeten wir uns dem Essen. Karen schluchzte noch ein-, zweimal und schaffte es irgendwie, ihre Tränen zu unterdrücken. Doch dadurch hob sich ihre Stimmung nicht, im Gegenteil. Sie war mit ihren Gedanken weit fort, als sie ihrer Ente zu Leibe rückte. In diesem Zustand hatte ich sie schon erlebt und wünschte, ich hätte das Thema nie zur Sprache gebracht. Ich hatte gut daran getan, es bisher zu vermeiden.

»Ich habe ihn geliebt«, sagte Karen plötzlich. Die Tränen

hatte sie zwar unterdrückt, aber ihre Stimme klang belegt und gepreßt, als halte sie mühsam etwas zurück. Trauer oder Wut – oder beides. »Er war alles für mich. Abends konnte ich nicht erwarten, daß er nach Hause kam und mit mir spielte. Selbst mit zwölf hing ich noch wie eine Klette an ihm. Einmal hat er mich zu einem Betriebsfest mitgenommen. Ich war so stolz auf ihn. Und er auf mich. Als er mich verlassen hat, konnte ich es nicht begreifen. Wie konnte er das tun, Mark? Wie konnte er nur?«

Einen Augenblick sah sie mich an – in ihren Augen las ich Qual, Wut und die Suche nach etwas. Offenbar fand sie es bei mir nicht, denn sie wandte den Blick sogleich wieder ab und starrte mit steinernem Gesicht auf ihren Teller. Kaum merklich bewegte sich ihr Oberkörper vor und zurück. Sie hatte sich völlig in sich zurückgezogen und machte keine Anstalten mehr, das Essen anzurühren. Irgendwo, tief in ihrem Inneren, arbeitete etwas. Vielleicht ein wilder, verzweifelter Schrei, der sich in ihr aufgestaut hatte und herauswollte, um all dem Schmerz und all der Wut Luft zu machen. Ich hatte sie schon einmal so erlebt, unmittelbar nachdem sie von ihrem Liebhaber verlassen worden war, und es war schrecklich gewesen.

Kurz nach der Trennung der Eltern war Karen von einem Psychiater zum anderen gereicht worden. Ich wußte nicht, was die herausgefunden hatten oder ob sie ihr hatten helfen können. Karen war nicht näher darauf eingegangen, und ich hatte nicht nachgefragt. Nachdem dieser Mann sie hatte sitzenlassen, schien sie sich am Rande eines Nervenzusammenbruchs zu befinden, und ich hatte ihr gesagt, sie müsse mit jemandem reden. Am Ende war ich dieser jemand gewesen, und allmählich hatte sie sich wieder gefaßt. Darauf war ich stolz, doch jetzt fragte ich mich, ob es gereicht hatte, daß sie mit mir geredet hatte. Neulich der Anblick ihres ehemaligen Liebhabers und heute das Gespräch über ihren Vater – wir schienen allmählich wieder dort zu landen, wo wir begonnen hatten.

Schweigend beobachtete ich sie und hoffte inständig, ihre Spannung möge nachlassen. Nach fünf Minuten begann sie sich langsam wieder zu fassen. »Tut mir leid«, sagte sie.

»Alles in Ordnung?« fragte ich.

»Ja.«

Doch wir beendeten die Mahlzeit ziemlich wortkarg, zahlten und gingen nach Hause.

Ich nippte am Champagner und lehnte mich in meinem Sitz zurück. Die Wolken rissen auf, und in der Ferne konnte ich die Lichter von Sheffield sehen. Obwohl der Nachmittag regnerisch und kalt war, erfüllte mich jene zufriedene Wärme, die ein satter Gewinn verschafft.

Morgens hatte ich Greg in seiner Wohnung in der Kensington Church Street abgeholt. Er war zum erstenmal beim Pferderennen und fasziniert – von den Dingen, die mich interessierten, aber auch vom ganzen Drumherum. Wir trafen noch rechtzeitig zum Mittagessen ein, und ich weihte ihn in die Feinheiten der Pferdewette ein. Meine ganze Aufmerksamkeit galt einem Sechsjährigen im dritten Rennen, der auf Hindernisrennen spezialisiert war – Busker's Boy. Im März hatte ich ihn in Fontwell Park gesehen. Da hatte er in einem Zweimeilenrennen eine vielversprechende Leistung abgeliefert und beim Einlauf in vierter Position nur vier Längen hinter dem Sieger gelegen. Nach langer Pause war dies sein erstes Rennen gewesen, und sein Jockey hatte ihn nicht sehr gefordert. Zum Schluß hatte das Pferd noch erhebliche Reserven gehabt.

Ich freute mich darauf, es heute laufen zu sehen. Sein Vater, Deep Run, hatte auf tiefem Geläuf ausgezeichnete Resultate erzielt. Geritten wurde Busker's Boy von A. P. McCoy, einem jungen Jockey, der sich gerade seine ersten Sporen verdient hatte. So nahm ich zehn Zwanzigpfundnoten und verteilte sie auf zwei Buchmacher ganz am Ende der Wettstände. Es war mir gelungen, eine Quote von acht zu eins zu bekommen, obwohl das Pferd zum Schluß sieben zu eins gewettet wurde. Ich freute mich diebisch. Greg bekam seine Wette nicht mehr für acht zu eins und versuchte mit einem Buchmacher zu handeln, damit er von sieben zu eins abrückte. Nichts zu machen. Da verzichtete Greg ganz – aus Prinzip.

Das Rennen ging über zweieinhalb Meilen, und Busker's

Boy lief die ersten anderthalb Meilen leicht wie eine Feder. Als noch eine Dreiviertelmeile zurückzulegen war, setzte er sich mühelos vom Feld ab. Beim letzten Hindernis blieb mir fast das Herz stehen: Der Jockey rutschte über die rechte Schulter des Pferdes nach vorn. Aber er konnte sich im Sattel halten, und Roß und Reiter gingen gemeinsam durchs Ziel, weit vor der Konkurrenz.

Von meinem Gewinn hatte ich dreihundert Pfund zum Wohle der englischen Buchmacher reinvestiert, sie aber mit Vergnügen verloren, denn ich hatte trotzdem einen guten Schnitt gemacht. Beim Verlassen der Rennbahn spürte ich zufrieden den festen Druck des Notenbündels in meiner Hüfttasche.

Greg war stinksauer. Nachdem er mich hatte gewinnen sehen, hatte er hemmungslos mit Zwanzigpfundnoten um sich geworfen – ohne Erfolg. Als wir gingen, war er um zweihundert Pfund ärmer.

»Mein Gott, das ist kein Sport, das ist Raub. Keine zehn Pferde kriegen mich wieder auf eine Rennbahn«, klagte er.

Aber ich wußte, er würde wiederkommen. Trotz seiner Verluste hatte es ihm Spaß gemacht, und er hatte gesehen, wie ich gewonnen hatte. Er würde wiederkommen, bis auch er gewann.

Seit meiner Schulzeit trieb ich mich auf Rennbahnen herum. Ein Klassenkamerad war der Sohn eines Trainers gewesen. Von ihm hatte ich die Leidenschaft für den Pferdesport und die Pferdewette. Aber ich setzte nur relativ kleine Beträge. Ich wußte, man war immer der Gelackmeierte. Andere Leute hatten mehr Information und machten mehr Geld. Die Chancen standen einfach zu schlecht für Gelegenheitswetter wie mich. Doch es machte mir Spaß, Geld zu gewinnen, die Form eines Pferdes zu analysieren, das Abschneiden einer Anzahl von Pferden während einer Saison zu verfolgen und mich mit all den geheimnisvollen Faktoren vertraut zu machen, die darüber entscheiden, ob ein Pferd ein Rennen gewinnt oder nicht – Zucht und Abstammung, bisherige Form, Bodenverhältnisse, Distanz. Ganz selten zahlte sich diese komplizierte

Analyse aus, aber wenn es mal der Fall war wie jetzt bei Busker's Boy, dann verschaffte es mir ein herrliches Erfolgserlebnis.

Den Umstand, daß Karen gewöhnlich auf die Jockeys setzte, die die hübschesten Farben trugen, und nicht selten gewann, schrieb ich einer hartnäckigen Strähne von Anfängerglück zu.

Die Stewardeß verteilte kleine blaue Plastiktabletts mit undefinierbaren Speisen. Sie deutete auf mein leeres Glas. »Darf ich Ihnen noch eines bringen, Sir?«

»Ja, bitte.« Warum nicht? Ich hatte es mir verdient.

Dann dachte ich an Richard und fragte mich, was mich in Schottland erwartete. Bestimmt wollte er mich fragen, ob ich einen Ausweg wußte. Ich konnte nur hoffen, daß der Kunde von Wagner Phillips noch zu seinem Angebot stand.

Mittlerweile sah es so aus, als sei es ein Fehler gewesen, in FairSystems zu investieren und vor allem Karen in die Sache hineinzuziehen. Andererseits hätte FairSystems ohne unsere Geldspritze sicher schon damals Pleite gemacht, und es wäre vorbei gewesen mit allen Plänen und Träumen von Richard.

Am schlimmsten an dieser ganzen Angelegenheit waren die Auswirkungen, die sie auf die Beziehung zu meinem Bruder hatte. Trotz der fünf Jahre Altersunterschied hatten wir uns immer nahegestanden, immer Vertrauen zueinander gehabt, einander geholfen, wann immer es möglich war.

Jetzt hatte ich zum erstenmal in meinem Leben das Gefühl, ich könnte mich nicht auf Richard verlassen, und das Gefühl war schmerzlich.

Das Flugzeug landete mit geringer Verspätung um halb zehn. Richard war nicht da, um mich abzuholen. Ich ging durch die Menschenmenge, suchte im Café, in der Bar und den Läden. Keine Spur von ihm.

Also rief ich ihn an. Keine Antwort. Vermutlich befand er sich gerade auf dem Weg zum Flughafen.

Um zehn Uhr begann ich mir Sorgen zu machen. Um zehn Uhr fünfzehn überlegte ich, was passiert sein könnte. Vielleicht hatte er einen Unfall gehabt. Oder er hatte unsere Verabredung vergessen und arbeitete in der Fabrik. Es hätte ihm ähnlich gesehen, am Samstagabend zu arbeiten.

Ich rief in der Fabrik in Glenrothes an. Nach einer ganzen Weile meldete sich eine Frauenstimme. Sie sagte, sie sei sicher, daß Richard den ganzen Tag zu Hause in Kirkhaven gewesen sei. Er habe gesagt, er werde vielleicht am Sonntag morgen kurz hereinschauen.

So gab es keinen Grund, noch länger auf dem Flughafen zu warten. Glücklicherweise war noch einer der Autoverleihschalter besetzt. Ich mietete einen Ford Fiesta und machte mich auf den gut sechzig Kilometer langen Weg nach Kirkhaven.

Ich war müde, und die Strecke erschien mir endlos. Nach Norden über die Forth Road Bridge und dann ostwärts weiter zur Halbinsel East Neuk. Auf ihr liegen eine Anzahl hübscher kleiner Fischerdörfer verstreut, eines davon ist Kirkhaven.

Als ich dort eintraf, war es fast Mitternacht. Ich fuhr die engen, steilen Gassen hinab. Sie waren wie leergefegt, von einer kleinen Gruppe später Kneipengänger abgesehen, die sich leicht schwankend auf den Heimweg machten. Auf dem Kai angekommen, sah ich am Ende der Hafenmole die gedrungene Silhouette des Leuchtturms vor dem Grau von Himmel und Meer. Deutlich konnte ich Inch Lodge auf der kleinen Felsnase erkennen, die in der Mündung des Inch lag, eines kleinen Flüßchens, das bei Kirkhaven ins Meer fließt. Inch Lodge war ein weißgekalktes Haus am Flußufer mit Blick auf den Hafen und auf die Presbyterianerkirche am anderen Ufer. An einer Seite des Hauses befand sich ein kleiner Bootsschuppen. Richard hatte ihn zu einer Werkstatt umgebaut und verbrachte dort, bastelnd und grübelnd, so manche Nacht.

Ich parkte das Auto und stieg aus. Die Nachtluft war kühl und salzig und wirkte belebend nach der langen Fahrt. Das Haus war dunkel. Ich klingelte. Nichts rührte sich. Noch ein paarmal drückte ich auf den Klingelknopf, bevor ich die Tür anfaßte. Sie war verschlossen.

Langsam wurde es kalt. Ich blickte mich um. In den Häusern

oben auf dem Hügel brannte noch Licht, aber hier unten am Kai war kein Lebenszeichen zu entdecken. Ein Stück weiter erklang betrunkenes Lachen, das rasch erstarb.

Ich sah am Haus empor, dessen Mauern im Licht des halben Mondes blaßgelb leuchteten. Nun machte ich mir ernsthafte Sorgen. Es sah ganz danach aus, als hätte er auf dem Weg zum Flughafen einen Unfall gehabt. Allerdings wollte ich ganz sichergehen, daß er nicht zu Hause war. Also ging ich ums Haus zum Bootsschuppen. Merkwürdig, die Tür stand offen, aber es war dunkel.

Als ich mich dem Eingang näherte, bemerkte ich, daß im Innern ein schwaches, bläuliches Licht flackerte. Offenbar arbeitete er im Dunkeln.

»Richard?« Keine Antwort. Ich stieß die Tür auf und spähte ins Innere. »Rich . . .«

5

Er lag auf dem Fußboden des Bootsschuppens, die Schädeldecke zertrümmert.

Ich weiß nicht mehr, wie lange ich ihn angestarrt habe. Sein Kopf war ein roter und grauer Brei, aus dem die zersplitterten Knochen weiß herausragten. Die untere Hälfte war noch Richards Gesicht, gespenstisch beschienen vom flackernden blaßblauen Licht des Computers. Der Mund stand offen, so daß ich die Vorderzähne sah.

Mein Magen schickte die Mischung aus Champagner und British-Airways-Abendbrot nach oben, und ich wandte mich rasch zur Tür. Ich erbrach alles auf den Weg draußen. Verzweifelt und krampfhaft würgend, schnappte ich nach Luft. Schließlich richtete ich mich auf und wollte noch einmal hinein, aber ich konnte es nicht.

Ich atmete tief durch und ging unsicheren Schrittes zur Straße. Beim ersten Haus am Ende einer Steinterrasse klingelte ich. Als sich nichts rührte, hämmerte ich mit dem Klopfer auf die Tür ein und hörte erst auf, bis sich drinnen eine unwirsche Stimme meldete.

»Wer is' da? Was is'n los?«

»Ich bin der Bruder von Richard Fairfax«, brachte ich hervor, »dem Mann, der in Inch Lodge wohnt. Er ist tot. Ich muß die Polizei anrufen.«

Die Tür öffnete sich, und ich sah einen untersetzten, kahlköpfigen Mann vor mir, mit einem altmodischem Morgenmantel über seinem Pyjama. Er hatte offensichtlich keine Zähne im Mund.

»Kommen Sie rein. Das Telefon ist da drüben.«

Ich wählte 999 und beantwortete all die Fragen, die der Beamte am Telefon mir stellte. Als ich mich wieder umwandte, sah ich, daß sich die Dame des Hauses zu uns gesellt hatte. Auch sie ohne Gebiß.

»Ach Gott, Sie sehn ja schlimm aus. Setzen Sie sich erst mal hin! Ich mach' Ihnen 'nen Tee.«

Ich setzte mich an den Küchentisch. »Nein, hiervon braucht er jetzt ordentlich was«, sagte ihr Mann, und einen Augenblick später stand ein Wasserglas vor mir, halb gefüllt mit goldgelber Flüssigkeit. Ich nahm einen kräftigen Schluck. Beißend rann mir das Getränk durch die Kehle und brannte wie Feuer im Magen. Trotzdem kippte ich auch den Rest hinunter.

Wenig später läutete es an der Tür, und ein Polizeibeamter trat ein, ein kleiner, hagerer Sergeant mit schmalem Schnurrbart und durchdringendem Blick. Er sah mich an und fragte knapp, aber freundlich: »Mark Fairfax?«

Ich nickte.

»Ich bin Sergeant Cochrane. Sie haben gesagt, Ihr Bruder sei ermordet worden?«

»Ja.«

»Wo ist er?« fragte der Polizist behutsam.

»Soll ich es Ihnen zeigen?«

Cochrane nickte. Wir gingen hinaus, wo vier weitere Beamte warteten. Ich führte sie an der Rückseite des Hauses vorbei zum Bootsschuppen. Das letzte Stück ließ ich sie allein gehen. Ich konnte mich dem Schuppen nicht nähern.

Einen Augenblick später kam Cochrane wieder heraus. Selbst in der Dunkelheit konnte ich erkennen, daß er leichenblaß war. Feuchte Perlen hingen an seinem Schnurrbart.

»Tut mir leid, Mr. Fairfax. Das ist ja grauenhaft dort drinnen. Lassen Sie uns wieder zu den MacAllisters gehen.«

Er nahm mich am Arm und führte mich zum Häuschen der Nachbarn. Der Mann hatte sich Hemd und Hose angezogen. Die Frau machte sich in der Küche zu schaffen. Inzwischen hatten beide ihr Gebiß eingesetzt. Freundlich forderten sie uns auf, am Küchentisch Platz zu nehmen.

Rasch stellte mir der Sergeant eine Reihe von Fragen: Wann ich den Leichnam gefunden hätte und wo, woher ich gekommen sei, ob ich jemanden gesehen und ob ich etwas angefaßt hätte. Dann bat er mich zu warten, bis die Kriminalpolizei da sei.

Ich saß am Tisch, trank eine Tasse Tee nach der anderen, während sich Mrs. MacAllister rührend um mich kümmerte und von Zeit zu Zeit den Kopf zur Tür hinaussteckte, um die Ereignisse mit Nachbarn zu erörtern. Mr. MacAllister sprach fleißig der Medizin zu, die er mir verordnet hatte. Ich rührte keinen Whisky mehr an, denn ich wollte Ordnung in den wilden Aufruhr meiner Gedanken bringen.

Ich war wie betäubt und bekam nur verschwommen mit, was um mich her vorging und was draußen auf der Straße geschah, wo geschäftiger Lärm herrschte.

Richard war tot.

Ich konnte es nicht begreifen. Alles erschien mir unwirklich, wie ein Fernsehfilm, den man nachts von der Diele aus in einem dunklen Zimmer sieht.

Plötzlich wurde mir bewußt, daß mir gegenüber am Küchentisch jemand saß. Der Mann sah zerknittert aus und trug einen schäbigen braunen Anzug mit einem braungelb gemusterten Schlips. Die Haare waren lang und fettig, der Schnurrbart hätte dringend geschnitten werden müssen. Über Kragen und Gürtel quoll das Fett in dicken Wülsten. Auf seiner fleischigen Nase zeichnete sich ein kompliziertes Netz von Äderchen ab. »Mr. Fairfax«, sagte er, »kann ich Sie einen Augenblick sprechen?«

Auch er stellte mir eine Reihe von Fragen. Die gleichen wie der Sergeant zuvor, und auch sein Ton war freundlich und rücksichtsvoll. Vermutlich habe ich ihm gehorsam Rede und Antwort gestanden, aber erinnern kann ich mich nur noch an das Muster auf seiner Nase.

Schließlich fragte er: »Haben Sie schon eine Unterkunft für heute nacht?«

»Äh, nein, ich weiß nicht. Eigentlich wollte ich in Richards Haus schlafen.«

»Tut mir leid, das geht nicht. Wir müssen es noch untersuchen. Aber Sergeant Cochrane hat im Robbers' Arms ein Zimmer für Sie bestellt. Er bringt Sie hin.«

Mit einem Seufzer schloß ich die Tür des Gasthofzimmers hinter mir. Robbers' Arms lag auf dem Hügel über Inch Lodge. Aus dem Fenster konnte ich auf das Haus hinabsehen. Im gleißenden Licht der Scheinwerfer, die man rundherum angebracht hatte, warf es bizarre Schatten. Der Kai stand voller Autos, viele noch mit nervös pulsierendem Blaulicht.

Während ich dort stand, endlich allein, und auf Richards Haus hinabsah, wich die Taubheit allmählich. Tränen traten mir in die Augen, und ich begann zu schluchzen. Ich warf mich auf das kleine Bett. Es klopfte, jemand öffnete die Tür und schloß sie leise wieder.

Ich weiß nicht, wie lange ich geweint habe, von wildem, verzweifeltem Schluchzen geschüttelt, bis es schließlich abflaute. Ich stand auf, zog mich aus, putzte mir die Zähne und kroch ins Bett, aber ich konnte nicht schlafen. Noch nicht einmal die Augen zu schließen vermochte ich – jedesmal, wenn ich es versuchte, sah ich Richard auf dem Boden des Bootsschuppens liegen.

Nach ein paar Minuten stand ich auf und begann, unruhig auf und ab zu gehen, wobei mein Blick immer wieder von Inch Lodge angezogen wurde. Dort unten war es ruhiger geworden. Es blieben nur noch wenige Beamte vor Ort, die Schaulustigen waren nach Hause gegangen.

In meinem Kopf herrschte ein wildes Durcheinander. Gedankenfetzen wirbelten umher, verbanden sich flüchtig zu schmerzlichen Bildern und rissen wieder auseinander. Ruhelos lief ich in dem kleinen Zimmer hin und her. Ich spürte, wie Wut und Verwirrung anwuchsen. Ich stand ganz unter dem Schock, den der schreckliche Anblick ausgelöst hatte.

Schließlich ging ich noch einmal ans Fenster, atmete tief durch und legte mich hin.

Die Bilder bedrängten mich auch weiterhin, aber sie wurden allmählich blasser. Nach endlosen Stunden begann sich das schwarze Viereck des Fensters grau zu färben. Ich stand auf, zog mir achtlos ein paar Kleidungsstücke an und ging hinaus.

Tief im Osten wurde es hell. Kirkhavens cremefarbene, gelbe und weiße Häuser waren in ein wäßriges, frostiges Licht getaucht. Ich stieg die engen Gassen hinab, vorbei an einem Freimaurertempel und einer Reihe hell gestrichener Läden, die auf die Sommertouristen warteten. Mein Fiesta stand immer noch vor Richards Haus. Die Bänder, mit denen die Polizei Haus und Grundstück abgesperrt hatte, flatterten im Wind. Zwei Beamte standen Wache.

»Morgen«, sagte ich zu einem.

Offenbar wußte er, wer ich war. »Guten Morgen, Sir«, sagte er und blickte in eine andere Richtung. Am frühen Sonntagmorgen fühlte er sich dem Anblick von Kummer und Trauer noch nicht gewachsen. Ich konnte es ihm nicht verübeln.

Beim Anblick des Hauses erinnerte ich mich an die vielen Stunden, die ich dort verbracht hatte. Es ragte in die kleine Flußmündung des Inch hinaus. An seinen Grundmauern waren schwarze Feldsteine aufgehäuft, und die Ebbe hatte eine dunkelgelbe Sandfläche freigelegt. Fenster- und Türrahmen waren blau umrandet, freihändig und nicht ganz gerade. Vor einigen Jahren hatte mein Bruder das Haus mit dem Geld erstanden, das unsere Mutter ihm hinterlassen hatte. Es war ein friedlicher Ort, ideal zum Nachdenken. Kein Wunder, daß mein Bruder hier einige seiner besten Einfälle gehabt hatte.

Ich riß mich von dem Anblick und den Erinnerungen los und ging den Kai entlang, vorbei an den Fish-and-chips-Buden. Die Stadt war so gut wie ausgestorben. Im Hafen lagen ein paar

Fischerboote, aber zu dieser frühen Stunde war noch niemand zu sehen.

Ich ging auf der Mole Richtung Leuchtturm, vorbei an Hummerkörben, Taurollen und anderen Fischereiwerkzeugen bis hin zu einem roten Schleppnetzkutter, der vor der Hafeneinfahrt mit leise laufender Maschine vertäut war. Die graue See glitzerte in der Morgensonne. Jenseits des Firth of Forth konnte ich die sanften Hügel von East Lothian erkennen. Davor lagen zwei Klippen, die eine grau, die andere kalkweiß.

Als ich mich umwandte, hatte ich wieder Kirkhaven vor mir, eine dichte Ansammlung von pastellfarbenen Häusern, die sich auf dem Hang drängten. Die gedämpften Geräusche der See verschmolzen zu einem beruhigenden, tröstlichen Hintergrundrauschen, von dem sich das aufgeregte Gekreisch der Möwen abhob. Hin und wieder vernahm ich das gequälte Aufheulen eines Automotors, der sich die gewundenen Gassen und steilen Steigungen des Städtchens hinaufmühte. Stolz erhoben sich drei Kirchtürme über die Hausdächer. Nicht von ungefähr heißt der Ort Kirkhaven – »Kirchhafen«. Links vom Hafen sah ich die Inchmündung, wie sie sich – zwischen dem Haus meines Bruders und dem Friedhof der Kirche am anderen Ufer – durch Fels und Sand hindurchwand. Narzissen säumten das Ufer.

Dort auf dem Friedhof wollte ich ihn begraben. Mit Blick auf seine geliebte Werkstatt und im friedlichen Bannkreis des kleinen schottischen Dorfes.

Ich schloß die Augen. Sofort sah ich den Leichnam vor mir, hingestreckt auf dem Boden des Bootsschuppens. Hastig öffnete ich die Augen. Würde ich sie jemals wieder schließen können?

Seine linke Hand war halb geöffnet gewesen, als klammere sie sich an etwas. Die Stümpfe der beiden verstümmelten Finger zeigten nach oben. Diese beiden Gliedmaßen waren, gerade durch ihre Unvollkommenheit, zum Symbol unserer Freundschaft, unserer Verbundenheit geworden.

Ich war sechs, Richard elf Jahre alt gewesen. Unser Vater war damit beschäftigt, die Terrasse im Garten zu pflastern. Begeistert kletterte ich auf den anderthalb Meter hoch geschichteten Steinen herum. Plötzlich geriet der Haufen ins Wanken. Richard stürzte herbei und stieß mich aus der Gefahrenzone, geriet aber selbst ins Stolpern und fiel. Die Steine knallten auf seine ausgestreckte Hand. Im Krankenhaus konnte man die zerschmetterten Fingerglieder nur noch amputieren.

Er hatte mir damals das Leben gerettet. Hätte ich seines retten können?

Häufig wird die Trauer von zwei heftigen Gefühlen beherrscht: Wut und Schuld. An diesem Morgen fühlte ich mich verdammt schuldig.

Ich dachte an FairSystems. Das Unternehmen entwickelte weltweit die modernsten und leistungsfähigsten Systeme in einer zukunftsrelevanten Schlüsseltechnologie. Dabei hatte es weit größere und finanziell besser ausgestattete Konkurrenten hinter sich gelassen. Zusammen mit einem halben Dutzend anderer genialer Computerbastler in Amerika und England hatte Richard die Virtuelle Realität Wirklichkeit werden lassen. Ich hatte ihm Vorwürfe gemacht wegen der finanziellen Engpässe, in die er sein Unternehmen gebracht hatte, aber spielte das wirklich eine Rolle?

Meine Gedanken wanderten zurück zu unserem letzten Treffen, dem Dinner bei mir zu Hause. Damals hatten wir uns mehr oder minder im Streit getrennt. Zwar wußte ich nicht mehr genau, was ich zu ihm gesagt hatte, aber ich erinnerte mich noch an den Tonfall – ziemlich wütend war ich gewesen. Himmel, wie tat mir das jetzt weh!

Und dann hatte die Möglichkeit bestanden, einen Tag früher zu fahren, mit ihm zu reden, meinem Bruder zu helfen, ihm, der mir schon so oft geholfen hatte, und ich hatte es ihm abgeschlagen. Wäre er noch am Leben, wenn ich früher gekommen wäre? Ich hatte ihn im Stich gelassen. Lange würde ich brauchen, um mir das zu verzeihen.

Ich stand in Richards Schuld. Tief in seiner Schuld. Nun würde ich mich wenigstens um das kümmern, was er hinterlassen hatte, sein Haus, seinen Besitz. Und um FairSystems.

Langsam wurde mir kalt. Ich stand auf und ging zurück zum

Robbers' Arms. Als ich die kleine Diele durchquerte, hörte ich eine Stimme: »Morgen.«

Ich blieb stehen. Ein hochgewachsener, schlanker Mann mit sauber gestutztem Bart stand in der niedrigen Tür. Er trug Jackett und Schlips.

»Haben Sie einigermaßen geschlafen?«

»Nicht besonders«, murmelte ich.

Er musterte mich von oben bis unten und sagte dann: »Ich mach' Ihnen erst mal was zum Frühstück.«

Etwas zu essen schien mir plötzlich keine schlechte Idee zu sein. Also nickte ich.

»Nehmen Sie hier Platz. Ich bin gleich wieder zurück.«

Ich setzte mich in ein kleines Speisezimmer, und Minuten später drang der Duft von gebratenem Bacon herein.

Zehn Minuten später erschien er wieder mit einer Tasse Tee und einem großen Teller voll Eiern, Würstchen, Bacon, Tomaten und vielen anderen Köstlichkeiten. »Bitte sehr. Stärken Sie sich erst mal.«

Er ließ mich mit dem Frühstück allein. Sein Taktgefühl war mir sehr angenehm. Rasch leerte ich den Teller.

Obwohl mir die frische Luft und das Essen gutgetan hatten, fiel es mir nach der schlaflosen Nacht immer noch schwer, einen klaren Gedanken zu fassen. Ich ging auf mein Zimmer, um zu telefonieren.

Obwohl erst acht Uhr am Sonntagmorgen, meldete sich Daphne Chilcott am Telefon, als sei sie schon seit Stunden wach. Was sie wahrscheinlich auch war. Sie gehörte zu den Frauen, die bereits um sechs in der Frühe ihre Rosen beschneiden.

»Guten Morgen, Daphne. Hier ist Mark. Kann ich Karen sprechen?«

Sie brauchte einen Augenblick, um sich darüber klarzuwerden, wer am anderen Ende der Leitung war.

»Hallo, Mark. Wie geht es Ihnen? Es ist noch ein bißchen früh, meinen Sie nicht? Karen schläft noch. Sie sollten vielleicht später noch einmal anrufen.« Was sie meinte, lautete etwa folgendermaßen: »Was, zum Teufel, fällt Ihnen ein, mitten in der Nacht anzurufen?« Aber mir gegenüber als Karens Freund waren ihr die Hände gebunden.

»Ich würde trotzdem sehr gerne jetzt mit ihr sprechen, Daphne. Es ist wichtig.«

»Bitte schön!«

Einen Augenblick später hörte ich Karens schlaftrunkene Stimme: »Mark, was ist los?«

»Richard ist tot.«

»Um Himmels willen! Was ist passiert?«

»Er ist ermordet worden. Gestern. Bei sich zu Hause.«

Stille am anderen Ende. Dann hörte ich ein geflüstertes »Mein Gott«.

Mit einem Anflug von Enttäuschung wurde mir bewußt, daß Karen mir heute morgen kein Trost sein würde. Sie brauchte selbst Trost. Ich war nicht der einzige, der um Richard trauerte, nur einer von vielen.

»Wie ist das passiert?«

Ich erzählte es ihr. Ich konnte förmlich spüren, wie sie erstarrte. Sie versuchte zu sprechen, aber es gelang ihr nicht. Ich vernahm nur ein paar gestammelte Laute und mühsames Atmen. »Karen, Karen, ist ja gut«, sagte ich hilflos.

Plötzlich ertönte die scharfe Stimme ihrer Mutter: »Ich weiß nicht, was Sie Karen erzählt haben, aber es hat sie sehr aufgeregt. Leben Sie wohl!« Damit war die Leitung tot.

Blöde Kuh! Ich würde Karen später noch mal anrufen, wenn sie sich beruhigt hatte.

Der nächste Anruf war noch schwieriger. Ich wählte.

Erst nach mehrmaligem Läuten meldete sich jemand: »Frances Fairfax.«

Die Stimme war mir unbekannt. Die Stimme einer Frau, einer jungen Frau. Ich spürte ein Frösteln. Das war die Frau, die unsere Familie zerstört hatte.

»Könnte ich Dr. Fairfax sprechen?«

»Und wer ist bitte am Apparat?«

»Sein Sohn.«

»Oh, Richard, ich habe deine Stimme gar nicht erkannt.«

»Ich bin auch nicht Richard«, erwiderte ich kalt.

Schweigend holte sie meinen Vater.

»Mark?« Es gab mir einen Stich, als ich seine Stimme hörte. Es war noch dieselbe Stimme und auch wieder nicht. Belegter war sie geworden, heiserer, die Stimme eines Mannes, der sich den Sechzig näherte.

»Hallo? Bist du es, Mark?«

»Ja, Dad. Ja, ich bin es, Mark.«

»Wie geht es dir? Es ist schön, deine Stimme zu hören.« Er schien wirklich erfreut zu sein.

Es gab so vieles, was ich ihm gern gesagt hätte. Trotzdem war ich entschlossen, es kurz zu machen.

»Ich habe schlechte Nachrichten, Dad.«

»Ja?« Die freudige Überraschung verflüchtigte sich. Statt dessen schien er jetzt Angst zu haben.

»Richard ist tot«, platzte ich heraus.

Stille. »Oh, nein! Was . . . ist denn geschehen?«

»Er ist getötet worden.« Stille. »Umgebracht.«

»Himmel! Wann?«

»Gestern.«

»Wie?«

»Ein Schlag auf den Kopf. Er hat im Bootsschuppen gelegen. Dort habe ich ihn gefunden. Er . . .« Wieder sah ich Richards zerschmetterten Schädel vor mir. Ich konnte nicht weiterreden. Nach ein paar tiefen Atemzügen sagte ich: »Ich dachte, du müßtest es wissen.«

»Ja. Danke, daß du mich angerufen hast.« Seine Stimme war plötzlich um weitere zwanzig Jahre gealtert. Ich wollte teilnehmen an seiner Trauer, ihn teilhaben lassen an meiner, aber es ging nicht. Das war zuviel für ein Telefongespräch.

»Es wird einiges zu regeln geben«, sagte ich. »Die Beerdigung, das Testament, dergleichen. Außerdem das Haus, FairSystems und sein sonstiger Besitz.«

»Ja.«

»Ich kümmere mich darum.«

»Nein, es geht schon. Ich kann das machen.«

»Bitte, Dad. Bitte, laß mich das tun. Ich bin hier in Kirkhaven.«

»Ich werde auch kommen.«

»Nein!« sagte ich scharf. Ich wußte, das würde ich nicht verkraften. »Hör mal, ich regel' alles, und du kommst zur Beerdigung. Dann können wir über alles reden.«

Pause. »Okay, Mark, wir machen es so, wie du es möchtest.«

»Danke. Auf Wiedersehen, Dad.«

»Wiedersehen, Mark.«

Ich starrte das Telefon an. Wie gut, daß sich Richard mit unserem Vater versöhnt hatte. Seit zehn Jahren hatten wir nicht mehr miteinander gesprochen. Wie hätte er sich wohl gefühlt, wenn ich gestorben wäre? Oder schlimmer noch, wie hätte ich mich gefühlt, wenn er gestorben wäre?

Makabre Gedanken. Aber nicht sehr überraschend. Immerhin hatte es einen Mord gegeben. Irgendein Schweinehund hatte meinen Bruder kaltblütig ermordet! Ich wußte, die meisten Mörder wurden erwischt. Hoffentlich war es auch bei diesem der Fall!

Es klopfte an der Tür. Der Sergeant, den ich schon gestern nacht kennengelernt hatte. Er sah müde aus, aber seine Uniform war tadellos gebügelt.

»Mr. Fairfax? Könnten Sie bitte mit auf die Wache kommen, Sir. Dort läßt es sich leichter reden.«

Darüber konnte man geteilter Meinung sein. Kirkhavens Polizeiwache war winzig, kaum mehr als eine Anzahl Besenkammern. Dafür platzte sie vor Aktivität aus allen Nähten. Wagen fuhren vor, aus denen immer neue Polizisten auf den winzigen Parkplatz quollen. Einige in Uniform, andere nicht.

Ich wurde in ein kleines, vollgestopftes Büro geführt. Der Mann mit der verwüsteten Nase saß dort. Heute sah er noch zerknitterter aus. Von dem Stuhl hinter dem kleinen Schreibtisch erhob sich bei meinem Eintritt ein großer, kahlköpfiger Mann in einem untadeligen Tweedanzug, aus dem Ei gepellt wie Sergeant Cochrane in seiner Uniform.

»Guten Morgen, Mr. Fairfax. Detective Superintendent Donaldson. Detective Inspector Kerr kennen Sie wohl schon?« Das stimmte zwar, aber der Namen war mir entfallen. »Nehmen Sie Platz.«

Wir setzten uns, wobei Kerr mit einem unbequemen Hocker vorliebnehmen mußte.

»Ich untersuche den Mord an Ihrem Bruder«, fuhr der große Mann fort. Er hatte einen unverkennbaren schottischen Akzent und sprach sehr nüchtern. »Lassen Sie mich zunächst sagen, wie leid mir der Tod Ihres Bruders tut.«

Ich nickte. In den nächsten Tagen würde ich eine Vielzahl solch unbeholfener Beileidsbezeugungen hören. Schwierig auszusprechen, schwierig entgegenzunehmen.

»Dann möchte ich Ihnen einige Fragen stellen.«

»In den letzten zwölf Stunden habe ich bereits zweimal solche Fragen beantwortet«, sagte ich gereizt.

Donaldson hob die Hand. »Ich weiß, Mr. Fairfax, aber ein paar müssen wir noch stellen. Wir werden den Täter fassen. Neun Mordfälle hatten wir letztes Jahr in Fifeshire, und wir haben sie alle aufgeklärt. Dieser hier wird keine Ausnahme sein. Aber dazu brauche ich Ihre Hilfe.«

Ich sah ein, daß er recht hatte. »Okay, tut mir leid. Ich werde alles tun, damit Sie ihn erwischen. Alles.«

»Sehr gut. Beantworten Sie mir jetzt erst mal ein paar einfache Fragen. Der Arzt meint, der Tod müsse gegen zwölf Uhr am Samstag mittag, plus/minus ein oder zwei Stunden, eingetreten sein. Wo waren Sie zu diesem Zeitpunkt?«

»Was soll das heißen, wo ich war?« protestierte ich. »Glauben Sie vielleicht, ich war es?«

Donaldson blickte etwas resigniert zur Decke, während Kerr sich vorbeugte und eingriff: »Natürlich nicht«, sagte er freundlich mit einer Stimme, die schwer von Müdigkeit war. »Aber die meisten Morde werden von Leuten begangen, die dem Opfer nahegestanden haben. Deshalb müssen wir alle Personen vernehmen, die ihn gekannt haben. Und mit Ihnen möchten wir beginnen. Der Superintendent ist eben sehr gründlich in seinen Ermittlungen, nicht wahr, Sir?«

Donaldson hüstelte. »Genau. Also, wo waren Sie?«

»Zu Hause in London, bis elf etwa. Dann bin ich zum Rennen in Ascot gefahren.«

»War jemand bei Ihnen?«

Ich gab ihnen Gregs Name und Telefonnummer. Kerr notierte die Angaben. Außerdem zeigte ich ihnen den Abschnitt meiner Bordkarte für den Achtuhrflug am Samstag abend von Heathrow nach Edinburgh.

Donaldson setzte die Befragung fort. »Gibt es Ihres Wissens irgend jemanden, der einen Groll gegen Ihren Bruder gehegt hat? Denken Sie sorgfältig nach! Jeder Hinweis ist wichtig.«

Darüber hatte ich bereits nachgedacht. »Niemand, soweit ich weiß. Er war kein Mensch, der sich Feinde machte.« Meine Stimme brach. Ich merkte, daß mir wieder die Tränen in die Quere kommen wollten. Rasch atmete ich tief durch. »Nein, niemand.«

Donaldson wartete einen Augenblick, bis ich die Fassung wiedergewonnen hatte. »Wissen Sie, ob sich Ihr Bruder über etwas Sorgen gemacht hat?«

»Ja«, sagte ich. »Das war auch der Grund, warum ich hergekommen bin.«

Donaldson hob die Augenbrauen.

»Am Montag hat er mich angerufen und gesagt, er müsse mit mir sprechen, wollte aber nicht sagen, worüber. Er meinte nur, es sei wichtig und er wolle nicht am Telefon darüber reden.«

Interessiert beugte sich Donaldson vor. »Und Sie haben keine Ahnung, worüber er sich Sorgen gemacht hat?«

»Nein, nicht genau.«

»Irgendeine Vermutung müssen Sie doch haben«, drängte er mich, »kommen Sie!«

»Na ja«, sagte ich zögernd. »Zwei Dinge könnten es gewesen sein. Möglicherweise stand sein Unternehmen unmittelbar vor dem Konkurs. Bei unserem letzten Treffen hat er gesagt, ihm gehe schon wieder das Geld aus.«

»Schon wieder?«

»Ja. FairSystems steckte schon letztes Jahr in Liquiditätsschwierigkeiten. Damals habe ich ausgeholfen. Vielmehr waren es Karen, meine Freundin, und ich. Vielleicht hatte er wieder das gleiche Problem.«

»Und hätten Sie ihm ein zweites Mal geholfen?«

Einen Augenblick zögerte ich. »Ich weiß nicht.« Dabei kannte ich die Antwort nur zu genau, aber ich mochte sie nicht aussprechen. Ich hatte keineswegs die Absicht gehabt, noch mehr Geld in ein Verlustgeschäft zu stecken. Unwillkürlich verzog ich das Gesicht bei dem Gedanken.

Donaldson, der mich aufmerksam beobachtete, hatte begriffen. »Und die zweite Möglichkeit?«

»Er glaubte, die Aktien von FairSystems würden manipuliert. Darüber hatte er mit Karen und mir gesprochen. Er hatte alle möglichen statistischen Analysen durchgeführt, aus denen seiner Meinung nach hervorging, daß sich die FairSystems-Aktien merkwürdig verhielten.«

»Warum?«

»Wußte er nicht«, sagte ich. »Er hatte nur ein Muster entdeckt, das unlogisch war, und wie jeder gute Wissenschaftler wollte er herausfinden, woran das lag.«

»Haben Sie irgendeine Vermutung?«

»Nein. Wir haben uns auf dem Markt umgehört, aber niemand wußte das Geringste. Ich glaube, Richard hat es sich nur eingebildet.«

»Verstehe. Haben Sie seine Analysen?«

»Ja. Zu Hause in London.«

»Können wir einen Blick darauf werfen?«

»Klar. Wenn Sie möchten, schicke ich sie Ihnen zu.«

»Danke.« Donaldson blickte Kerr an und stand auf. »Das ist im Augenblick alles, Mr. Fairfax«, sagte er. »Sie waren uns eine große Hilfe. Lassen Sie uns bitte wissen, wo wir Sie erreichen können, falls wir noch weitere Fragen an Sie haben. Und wenn Ihnen doch jemand einfallen sollte, der möglicherweise etwas gegen Ihren Bruder gehabt hat, dann informieren Sie uns, nicht wahr?«

»Natürlich«, sagte ich und stand auf. »Ach ja, kann ich irgendwann in Richards Haus?«

»Sicher, aber erst in einigen Tagen. Ich möchte der Spurensicherung so viel Zeit lassen, wie sie braucht. Aber bevor Sie gehen, seien Sie bitte so freundlich und geben Sie Detective Inspector Kerr den Namen und die Adresse Ihrer Freundin und aller Personen, die Ihres Wissens Ihren Bruder gekannt haben.«

Kerr führte mich hinaus, und ich notierte alle Namen und Adressen auf ein Blatt Papier. »Hoffentlich erwischen Sie ihn!« sagte ich.

Kerr rieb sich die Augen, die rot vor Müdigkeit waren. »Glauben Sie mir, wir werden jedem noch so vagen Hinweis von Ihnen nachgehen. Der Chef ist gründlich. Und er hat eine verdammt hohe Erfolgsquote. Wir kriegen das Schwein, keine Sorge.«

Es hatte wenig Sinn, noch länger in Kirkhaven zu bleiben, zumal ich nicht in Richards Haus durfte. Dort wimmelte es von den Leuten der Spurensicherung. Langsam und systematisch stellten sie das Gebäude auf den Kopf, übersahen kein Staubkörnchen und hinterließen eine Spur von feinem grauem Pulver.

Also fuhr ich den Fiesta zum Flughafen zurück und nahm den nächsten Flieger nach London. Es war eine Erleichterung, mich vom Schauplatz von Richards Tod zu entfernen. Der Schmerz verlor an Heftigkeit, zumindest konnte ich besser mit ihm umgehen.

Karen holte mich am Flughafen ab. Ich zog sie an mich. »Oh, Mark, Mark«, flüsterte sie mir ins Ohr. »Es tut mir ja so leid, so entsetzlich leid.«

Dann ergriff sie meine Hand, und wir gingen zum Auto. Schweigend fuhren wir nach Hause. Ich vermochte nichts zu sagen, und sie drang nicht in mich.

Zu Hause angekommen, goß sie mir einen großen Whisky ein. Ich flüchtete mich in ihre Arme, als könnte ich in ihnen Schutz vor der schrecklichen Wahrheit finden.

Dann begann ich von Richard zu sprechen. Zögernd zunächst, bemüht, die Tränen zurückzuhalten. Doch schließlich gab ich es auf und ließ ihnen freien Lauf, während ich ihr einfach erzählte, was mir an zufälligen Erinnerungen in den Sinn kam. Wir sprachen – oder vielmehr, ich sprach – bis spät in die Nacht.

Dabei spürte ich, wie sehr ich sie brauchte. Ich hatte meine Mutter verloren, meinen Vater praktisch auch. Und jetzt, da auch Richard fort war, merkte ich erst, wie sehr er in den letzten Jahren für all das zuständig gewesen war, was wir von der Familie erwarten: Liebe, Beständigkeit, Geborgenheit. Und nun war ich allein.

In den nächsten Tagen suchte ich bei Karen Halt und fand ihn auch. Vielleicht revanchierte sie sich für die Sicherheit, die ich ihr gegeben hatte, als sie von ihrem Liebhaber verlassen worden war. Richards Tod nahm auch sie sichtlich mit, stärker, als ich gedacht hätte, aber sie gewann rasch ihre Fassung wieder und errichtete stählerne Mauern gegen den Schmerz. Ich wußte, wenn wir über ihn sprachen oder wenn ich weinte, wurden diese Mauern auf eine harte Probe gestellt, aber sie hielten. Nie weinte sie selbst, nie sprach sie über ihn. Immer hörte sie nur zu.

Am Montag ging ich zur Arbeit, innerlich wie leergebrannt. Dennoch, einen Tag lang zu Hause zu sitzen und Trübsal zu blasen war das letzte, wonach mir der Sinn stand. Ich wollte Menschen um mich haben und Ablenkung.

Es tat gut, wieder im Handelssaal zu sitzen, von Kursen, Renditen, Spreads und Basispunkten in Anspruch genommen zu sein und sich auf die unausweichliche Gewinn-und-Verlust-Rechnung am Monatsende zu konzentrieren. Zwar sah die Situation schon etwas besser aus, trotzdem stand fest, daß ich den April mit Verlust und nicht mit Gewinn abschließen würde. Ich spielte eine Reihe möglicher Transaktionen durch, hatte dann aber doch keine Lust, eine von ihnen in die Tat umzusetzen. Also begnügten Ed und ich uns damit, die Positionen, die wir hatten, im Auge zu behalten – zuzusehen, wie die Renault immer höher kletterte und wie die Anleihen mit zehnjähriger Laufzeit ihre zweijährigen Geschwister hinter sich ließen.

Alle zeigten Anteilnahme, ganz besonders Greg. Ed vermied das Thema, versuchte aber, mir jeden Wunsch von den Augen abzulesen. Ich ertappte ihn mehrfach dabei, wie er mich ängstlich beobachtete. Überhaupt begegnete man mir mit großer Rücksichtnahme. Wenn ich zur Arbeit erscheinen wollte, okay; aber man erwartete nicht die üblichen Leistungen von mir. Zwar bildete ich mir ein, ich wäre wie immer, doch vermutlich täuschte ich mich da. Trotzdem ließ man mich gewähren, und das war alles, was ich wollte.

Die Gedanken, die mir seit der Nacht, in der ich Richard gefunden hatte, im Kopf herumwirbelten, begannen sich allmählich zu ordnen. Noch immer war der Schmerz über diesen Verlust fast unerträglich, aber ich war entschlossen, ihn in den Griff zu bekommen. Ich wußte, daß ich psychisch nicht sehr stabil war – ich hatte die Scheidung meiner Eltern und den Tod meiner Mutter nie ganz verwunden –, aber ich wollte alles tun, was in meiner Macht stand, um mit diesem neuen Schicksalsschlag fertig zu werden.

Schuld und Wut empfand ich. Die Wut entsprang der Schuld. Ich war wütend auf mich, weil ich Richards Tod nicht vorhergesehen und verhindert hatte. Aber irgendwie war ich auch wütend auf Richard. Mein großer Bruder, mein einziger Beschützer in einer feindseligen Welt, hatte mich im Stich gelassen, hatte sich wegen seines beschissenen Unternehmens umbringen lassen. Vielleicht hätte er noch gelebt, wenn er vernünftiger gewesen wäre und es verkauft hätte, wie ich ihm geraten hatte. Ich wußte, diese Gedanken waren unvernünftig und unfair, aber das Wissen darum gab meiner Wut nur noch mehr Nahrung.

Meine Mutter hatte sehr wütend werden können. Manchmal explodierte sie schon bei geringfügigen Anlässen: wenn ich zum zweitenmal an einem Tag mit schlammiger Hose nach Hause kam, wenn meinem Vater beim Abwaschen eine Kanne kaputtging, wenn ihr der englische Sommer einen Tag nach dem anderen verregnete. Bei solchen Anlässen wurde sie zum Naturereignis: eine Flut von englischen und italienischen Vorwürfen, Tränen und große Gesten, sogar Teller und Gläser, die durch die Gegend flogen (immer aus dem Besitz meines Vaters, nie aus ihrem). Doch das ging rasch vorüber. Nach einer halben Stunde hatte sie sich beruhigt, und nach einem Tag lächelte und lachte sie schon wieder. Mit einer Ausnahme. Als mein Vater uns verließ, dauerte der Ausbruch eine Woche; die Wut blieb, fraß an ihr und brachte sie schließlich um.

Und dann lebte die Wut in mir fort.

Ich hatte ihr Temperament geerbt. In der Schule gab es deshalb manchmal Probleme. Ständig war ich in Prügeleien verwickelt gewesen. Später hatte ich Zoff mit meinen Freundinnen gehabt. Daher hatte ich mich um Selbstbeherrschung bemüht, als ich älter wurde. Der Wertpapierhandel hatte dabei geholfen, denn rasch hatte ich gemerkt, daß ich meine ersten impulsiven Reaktionen unterdrücken mußte, da sich nur mit der nötigen Selbstdisziplin Monat für Monat Geld hereinholen ließ. Karen gegenüber hatte ich eine geradezu vorbildliche Geduld bewiesen. Aber die Wut war noch immer vorhanden. Nur tiefer vergraben.

Je mehr ich darüber nachdachte, desto klarer wurde das Ziel, auf das sich meine Wut über Richards Tod zu richten hatte: das Schwein, das ihn umgebracht hatte. Inständig hoffte ich, daß die Polizei es erwischte.

Die Polizei arbeitete auf Hochtouren. Inspector Kerr tauchte bei Harrison Brothers auf, sprach mit Karen, mit Greg und fuhr dann offenbar nach Godalming, um mit der unerträglichen Daphne Chilcott zu reden. Natürlich nur, um uns als Tatverdächtige auszuschließen. Ich war sicher, daß jeder, den ich der Polizei genannt hatte, mit gleicher Gründlichkeit unter die Lupe genommen wurde.

In den nächsten Tagen mußte ich viel telefonieren. Sergeant Cochrane rief an, um mir mitzuteilen, daß die Polizei die Untersuchungen in Richards Haus abgeschlossen habe und daß ich nun jederzeit hineinkönne. Die Nachforschungen würden mit unvermindertem Nachdruck fortgesetzt, obwohl man bisher wenig Hinweise habe.

Ich rief den Bezirksstaatsanwalt in der Kreisstadt Cupar wegen des Totenscheins und anderer Formalitäten an. Zu meiner Enttäuschung teilte er mir mit, man habe zwar eine Autopsie an Richard vorgenommen, aber er könne den Leichnam noch nicht freigeben, für den Fall, daß ein künftiger

Verteidiger eine eigene Untersuchung verlange. Da es noch keine Angeklagten und keine Verteidiger gebe, müsse man mit der Beerdigung warten.

Graham Stephens, ein Anwalt aus der Kanzlei von Burns Stephens in Edinburgh, rief mich an, um mich über Richards Testament zu informieren. Achthunderttausend der zwei Millionen umlaufenden FairSystems-Aktien hatte er besessen, also vierzig Prozent des Unternehmens. Nach seinem Tod war der Kurs auf viereinhalb Dollar gefallen, so daß sein Aktienanteil einen Wert von rund dreieinhalb Millionen Dollar darstellte. Dieses Aktienpaket fiel zu gleichen Teilen an meinen Vater und mich. Der einzige weitere Vermögenswert von nennenswerter Bedeutung war Inch Lodge, das Richard mir hinterließ. Zum Glück ließ sich die hohe Hypothek, die mein Bruder vor drei Jahren auf das Haus aufgenommen hatte, um FairSystems' unersättlichen Geldbedarf zu decken, durch eine Lebensversicherung ablösen.

Ich hatte ganz und gar nicht das Gefühl, jetzt fast zwei Millionen Dollar zu besitzen. Auch Richard hatte sich verpflichtet, innerhalb eines Zeitraums von zwei Jahren nach der Plazierung keine Aktien zu verkaufen. Im übrigen wäre es unmöglich gewesen, ein so großes Paket über einen Makler loszuschlagen. Um das Geld zu bekommen, hätte man das ganze Unternehmen verkaufen müssen. Dann wären noch Steuern fällig gewesen. Und ich war noch immer nicht davon überzeugt, daß es FairSystems in anderthalb Jahren überhaupt noch geben würde.

Am Mittwoch erhielt ich einen weiteren Anruf, kurz nachdem ich von der Arbeit nach Hause gekommen war. Eine kräftige amerikanische Stimme. Ich kannte sie nicht.

»Mark Fairfax?«

»Am Apparat.«

»Guten Tag, Mark. Walter Sorenson. Ich bin ein Freund Ihres Vaters, und ich darf wohl sagen, daß ich auch Richards Freund war.«

Ich hatte Walter Sorenson zwar nie richtig kennengelernt, aber ich wußte, wer er war. Mein Vater war ihm in den sechziger

Jahren an der Stanford University begegnet. Sorenson war ein hervorragender Physiker und ein erfolgreicher Footballspieler am College gewesen, was selbst für damalige Verhältnisse eine seltene Kombination war. In den siebziger Jahren machte er sich einen Namen in der Computerindustrie, vor allem als Förderer der jungen Genies, die in den Garagen von Silicon Valley herumwerkelten. Mitte der siebziger Jahre hatte er zusammen mit zwei dieser Talente das Softwareunternehmen Cicero Scientific gegründet, um es ein paar Jahre später mit stattlichem Gewinn zu verkaufen. Nun saß er im Aufsichtsrat zahlreicher aufstrebender amerikanischer und europäischer Computerunternehmen, die ihn interessierten. Als FairSystems im vergangenen Jahr an der NASDAQ plaziert worden war und einen angesehenen Aufsichtsratsvorsitzenden gebraucht hatte, hatte mein Vater seinem Sohn daher seinen alten Freund Walter Sorenson vorgeschlagen.

Sorenson hatte den Posten gern übernommen. Virtuelle Realität war die Technologie der Zukunft, und Glenrothes war nur fünfundvierzig Autominuten von St. Andrews und seinem berühmten Golfplatz entfernt.

Richard hatte mir erzählt, er habe in Sorenson stets einen verständnisvollen Zuhörer und einen ermutigenden Partner gefunden. In den nächsten Wochen würde FairSystems seine Erfahrung sicherlich gut brauchen können.

»Die Sache mit Ihrem Bruder tut mir wirklich sehr leid. Er war ein großartiger Bursche und ein brillanter Wissenschaftler. Er wird in der gesamten Branche eine Riesenlücke hinterlassen.« Offenbar kamen Sorensons Bedauern und Hochachtung von Herzen. Ich war stolz auf meinen Bruder. »Seit zwanzig Jahren arbeite ich mit Unternehmern aus Kalifornien zusammen, und wirklich, Richard konnte mit den besten von ihnen mithalten.«

»Danke. Das konnte er bestimmt.«

»Wie Sie sich vorstellen können, ist diese Wendung ein schwerer Schlag für FairSystems. Die haben da oben natürlich keine Ahnung, was nun werden soll. Vorläufig habe ich zwei Leute aus der Firmenleitung, Rachel Walker und David Baker, mit der Unternehmensführung betraut, bis wir eine dauerhafte Lösung gefunden haben.« Sorenson sprach geschäftsmäßig und strahlte jene Zuversicht aus, die in dieser verfahrenen Situation bitter not tat. »Wie Sie wahrscheinlich wissen, wohne ich in den Staaten, habe aber vor, in der nächsten Woche rüberzukommen, um alles Notwendige zu regeln.«

»Gut«, sagte ich.

»Sie und Ihr Vater sind jetzt die beiden Hauptaktionäre. Wie gut kennen Sie das Unternehmen?«

»Eigentlich kaum«, sagte ich. »Na ja, ich weiß ungefähr, was hergestellt wird, aber ich bin nie in Glenrothes gewesen. Als ich Geld hineingesteckt habe, wollte ich Richard helfen, sonst nichts.«

»Okay«, sagte Sorenson. »Dann denke ich, es wäre das beste, wenn Sie nach Glenrothes kommen und dort eine Zeitlang bleiben würden. Können Sie das einrichten?«

»Sehr gern«, sagte ich. »In der nächsten Woche wollte ich sowieso Richards Sachen durchsehen.«

»Gut, ich bin am Sonntag in Schottland. Ich wollte in St. Andrews ein bißchen Golf spielen. Haben Sie nicht Lust, mir dabei Gesellschaft zu leisten? So könnten wir uns ein bißchen kennenlernen.«

»Gern«, sagte ich. »Wir sehen uns dort.«

Am Samstag fuhr ich nach Kirkhaven. Ich hatte mich für die Autofahrt entschieden, weil mir die private Abgeschlossenheit meines BMW lieber war als die Enge eines Flugzeugs, die den Fremden links und rechts von mir Gelegenheit gegeben hätte, in meine Trauer einzudringen.

Bob Forrester hatte ich mitgeteilt, ich wüßte nicht, wie lange ich fortbleiben würde. Er ließ mich widerspruchslos ziehen; ehrlich gesagt, ich glaube nicht, daß ich in meiner derzeitigen Verfassung von großem Nutzen war. Ed hinterließ ich exakte Anweisungen, wann er verkaufen sollte, wenn sich der Markt in die eine oder andere Richtung bewegte.

Die Sonne stand schon tief, als ich die Forth Road Bridge nach Fifeshire überquerte. Ich fuhr an den grauen Kästen von

Cowdenbeach vorbei, ließ Glenrothes im Norden liegen und folgte der Straße, die, einen guten Kilometer von der Küste entfernt, nach Kirkhaven führte. Vor der Polizeiwache hielt ich an, um mir die Schlüssel zu holen, und fuhr dann die engen Straßen zum Kai hinab. Dann stand ich vor Inch Lodge.

Ich schloß auf und machte einen Rundgang. Das Haus trug eindeutig Richards Handschrift. Sauber, funktional, wenig schmückendes Beiwerk. Zunächst blickte ich in die Küche. Altmodisch und viel Holz. Beherrschend war der große alte Eichentisch, an dem wir lange beim sonntäglichen Frühstück zu sitzen pflegten, plauderten und die Zeitung lasen. Ich ging in die Diele zurück und stieg die zwei Stufen zum Wohnzimmer hinauf. Mein Blick fiel auf den großen Steinkamin. Es gab mir einen Stich, als ich im Korb das sauber geschichtete Feuerholz erblickte. Eingerichtet war das Zimmer mit Möbelstücken, die ich aus der Kindheit kannte: die Standuhr, die Anrichte, das Schreibpult meiner Mutter. Er hatte sie alle nach dem Tod meiner Mutter aus dem Haus in der Banbury Road übernommen. Ich untersuchte die Uhr. Lächelnd betrachtete ich die Kerben, die ich dreißig Zentimeter über dem Boden hineingeschnitten hatte, als ich sechs war und die Tage meiner Einkerkerung durch Piraten hatte zählen wollen. Was hatte das für einen Aufstand gegeben!

An den Wänden befanden sich, säuberlich aufgehängt, etliche Bilder von Seevögeln. Richard hatte sich nie viel aus Vögeln gemacht, aber sie waren die Leidenschaft unseres Vaters, und Richard hatte so manchen eisigen Nachmittag mit ihm verbracht und gottverlassene Ufergebiete nach seltenen Watvögeln abgesucht. Die Bilder hatte ihm Dad im Laufe der Jahre geschenkt. An meinen Wänden hingen keine. Ich hatte aus meinem mangelnden Interesse für Vögel nie einen Hehl gemacht.

Ein paar Fotografien hier und da. Meine Eltern in Hochzeitskleidung, meine Mutter, erschöpft und krank, Richard und ich, Richard auf einer Wanderung im Himalaya mit einer ehemaligen Freundin. Überall lagen Bücher und Zeitschriften herum, die meisten zum Thema Computer.

Auf dem Sofa fand ich eine aufgeschlagene Biographie von Bill Gates, dem milliardenschweren Gründer von Microsoft. Ich hob sie auf. Bis Kapitel drei war Richard gekommen.

Durch das Fenster konnte ich den Inch sehen und dahinter, am anderen Ufer, die kompakte Felssteinkirche mit ihrem stumpfen Turm. Teilweise wurde die Sicht durch die Rückseite des Bootsschuppens verdeckt. Ich ging in die Diele, um den Schlüssel zu suchen. Dort, wo er hätte hängen müssen, an einem Haken neben der Tür, war er nicht. Vermutlich hatte die Polizei nicht gewußt, wo er hingehörte. Als ich in die Küche schaute, sah ich den Schlüssel auf einem Schränkchen liegen. Ich steckte ihn ein und ging nach draußen, an der Rückseite des Hauses vorbei, bis ich vor dem kleinen, weißgekalkten Anbau stand. An der Tür zögerte ich und atmete tief durch.

Beim Eintreten wanderten meine Augen automatisch zu der Stelle am Fußboden, knapp zwei Meter von der Tür entfernt, wo ich Richard fast eine Woche zuvor zum letztenmal erblickt hatte. Man hatte ein Stück vom alten Teppichboden ausgeschnitten und entfernt, so daß dort jetzt der nackte Zementfußboden zutage trat. Mühsam riß ich mich von dem Anblick los und sah mich im Bootsschuppen um. Es herrschte noch immer ein totales Durcheinander von Monitoren, Computern, Leiterplatten, auseinandergenommenen Datenbrillen, Kabeln und Papieren. Aber ich wußte, daß es ein Chaos mit System war. Ein paar Jahre zuvor hatte Richard mich stolz herumgeführt. Dieses Chaos hatte ihm beim Nachdenken geholfen, hier hatte er seine Einfälle auf kleinen Zetteln festgehalten, hier hatte er an seiner Soft- und Hardware herumgebastelt. Beim Fenster stand ein Compaq 486, die Tastatur abgenutzt und schmuddelig vom häufigen Gebrauch. Einen Augenblick blieb ich stehen und sah Richard vor mir, wie er stundenlang davor saß und sich den Kopf über irgendein haariges Problem zerbrach, das die meisten von uns noch nicht einmal verstanden, geschweige denn gelöst hätten. Viele der großen Computerunternehmen, so zum Beispiel Hewlett Packard und Apple, haben in Garagen angefangen. FairSystems sollte etwas Besonderes sein – ein Unternehmen, das nicht in einer Garage, sondern in einem Bootsschuppen begonnen hatte.

Plötzlich überkam mich ein Frösteln. Ich verließ das kleine Gebäude und verschloß es sorgfältig hinter mir. Ich hatte nicht die Absicht, es so schnell wieder zu betreten.

6

In sauberer ballistischer Kurve steuerte der Ball direkt auf die alte Eiche zu, gut sechzig Meter links von mir, prallte von ihr ab und landete zu meiner großen Erleichterung wieder auf dem Fairway. Ich bin nicht gerade das, was man einen guten Golfer nennt. Deshalb begnüge ich mich damit, den Ball möglichst gerade über kurze Entfernungen zu schlagen und allzu großen Hindernissen aus dem Wege zu gehen, so daß ich jedes Loch ziemlich konstant mit sieben Schlägen schaffe. Damit komme ich in der Regel ganz gut zurecht, solange ich nicht übermütig werde und anfange, den Ball zu weit zu schlagen. Das führt dann unvermeidlich zu verlorenen Bällen, aufgepflügten Fairways und massivem Frust. Bislang hielt ich mich ganz gut. Wir waren schon beim sechsten Loch, und noch kein einziger Ball war mir verlorengegangen.

Natürlich spielte Sorenson viel besser als ich. Er war ein angenehmer Partner, der nicht mit Tips und Ermutigung geizte. Sich selbst gegenüber war er allerdings sehr streng. Jedesmal, wenn seine mächtigen Schultern den Schwung nicht in vollkommener Harmonie ausführten, verriet sein Gesichtsausdruck deutlichen Ärger. Wäre ich ein besserer Spieler gewesen, wäre die Runde vermutlich nicht ganz so unbeschwert verlaufen.

Seit meiner Kindheit sah ich ihn zum erstenmal wieder. Er war hochgewachsen, kräftig gebaut und von der kalifornischen Sonne gebräunt. Sein flächiges Gesicht wies leichte Unregelmäßigkeiten auf. Die Nase war nicht ganz gerade, und die buschigen Augenbrauen standen schief zueinander. Ein männliches, anziehendes Gesicht. An dem kräftigen Hals zeigten sich weder Falten noch Fettpolster; überhaupt schien Sorenson gut in Form zu sein. Er sah aus, als könnte er immer noch Football spielen, doch das sorgfältig gebürstete weiße Haar und die kostspielige Golfkleidung verliehen ihm das Aussehen eines erfolgreichen amerikanischen Geschäftsmannes. Zweifellos hatte er Ausstrahlung. Aber es war weniger die Macht, die Geld verleiht oder die Weisungsbefugnis über Tausende von Angestellten, sondern eher der Eindruck von latenter physischer und psychischer Energie, im Augenblick ungenutzt, aber jederzeit abrufbar. Das ergab ein ganz besonderes Charisma.

Der Blick war überwältigend. Von der Taymündung wehte eine frische Brise, und das graue Stadtbild von St. Andrews wirkte erstaunlich hell und freundlich in dem klaren, nördlichen Licht, an das ich mich allmählich gewöhnte. Auf diesem Vorgebirge in der östlichsten Ecke von Fifeshire lagen Seite an Seite zwei Pilgerstätten: der ehrwürdige graue Dom von St. Andrews, eines der ältesten religiösen Baudenkmäler Schottlands, und der Old Course, einer der herrlichsten und schönsten Golfplätze der Insel – das Ziel von Pilgerfahrten modernerer Art. Wenn ich mich nicht sosehr hätte konzentrieren müssen, um den verdammten Ball zu treffen, ihn in möglichst gerader Linie durch die Luft zu schicken und mich nicht lächerlich zu machen, hätte ich den Anblick sicherlich genossen.

»Erzählen Sie mir ein bißchen, was Sie so machen«, sagte Sorenson auf dem Weg zu meinem Ball. »Richard sagte, Sie handeln mit Anleihen.«

Also erzählte ich ihm davon. Für jemanden, der nicht im Wertpapiergeschäft war, bewies er eine bemerkenswerte Auffassungsgabe und brachte mich rasch dazu, daß ich ihm in allen Einzelheiten meine Vorstellungen über den Rentenmarkt und die besten Gewinnstrategien erläuterte. Er hörte aufmerksam zu und zeigte mit seinen Fragen, daß er genau begriff, wovon ich redete.

»Wissen Sie, Ihr Geschäft hat offenbar viel Ähnlichkeit mit meinem«, sagte er. »Es ist einem raschen Wandel unterworfen.

Die Technik verändert sich, die Märkte verändern sich. Um Erfolg zu haben, genügt es nicht, einfach schlau zu sein; man braucht Energie, Begeisterungsfähigkeit, die Bereitschaft, das Bestehende in Frage zu stellen. Man kann sich nicht einfach an die Regeln halten, weil sich die Regeln alle sechs Monate verändern. Deshalb kommen junge Menschen wie Sie und Richard so gut zurecht.«

Er legte seinen Ball zum Abschlag hin und trieb ihn etwas nach rechts. Der Wind drückte ihn zurück, und er landete knapp vor dem Grün. Sorensons geschürzte Lippen drückten stumme Zufriedenheit aus. Mein Ball segelte genau halb soweit. Als wir uns auf den Weg zu ihm machten, redete Sorenson weiter: »Ich arbeite gern mit Leuten Ihres Alters zusammen. In meinen Jahren entwickelt man keine neuen Technologien mehr. Dazu fehlt einem die Energie. Aber wenn ich die richtigen Leute treffe, dann kann ich ihnen helfen.«

»Wie machen Sie das?« fragte ich. Sorenson war wichtig für FairSystems' Zukunft, daher wollte ich mehr über ihn wissen.

»Teilweise habe ich es auf dem Footballfeld gelernt«, sagte er. »Um ein Footballspiel zu gewinnen, braucht man ganz ähnliche Fähigkeiten wie im Geschäftsleben. Siegeswillen, Teamgeist, eine Mischung aus Planung und Improvisation, und vor allem darf man sich nicht scheuen, den Ball an die Besten in der Mannschaft weiterzugeben, damit sie mit ihm anstellen, was in ihren Kräften steht. So habe ich, glaube ich, gelernt, wie man Menschen motiviert und nicht zuletzt mich selbst.«

»Wie haben Sie angefangen?«

»Nach dem Studium bin ich zur NASA gegangen. In den Sechzigern dachten wir alle, die Zukunft der Menschheit läge da draußen im All. Irgendwann habe ich begriffen, daß wir auf dem Holzweg waren. Die Zukunft lag in der Mikroelektronik, in Nanosekunden und nicht in Lichtjahren.

Zwei hochtalentierte Burschen, die ich von Stanford her kannte, waren ans Palo Alto Research Center von Xerox gegangen. In den siebziger Jahren war es wohl das wichtigste

Forschungsinstitut auf dem Computersektor. Dort arbeiteten meine Freunde an graphischen Benutzeroberflächen, also Softwaresystemen, die es dem Laien sehr erleichtern, einen Computer zu benutzen. Sie hatten einige sehr vernünftige Ideen zur wirtschaftlichen Nutzung, konnten Xerox aber nicht überzeugen. Um es allein zu versuchen, fehlte ihnen ein bißchen der Mut. Da habe ich ihnen geholfen.

Wir nannten das Unternehmen Cicero Scientific. Es war eine tolle Sache. Das technische Know-how steuerten die beiden Freunde bei. Ich kümmerte mich um die anderen Bereiche. Vier Jahre später haben wir das Ganze für achtzig Millionen Dollar an Softouch verkauft.«

Phantastisch! Achtzig Millionen Dollar! Da war für Sorenson mit Sicherheit ein hübscher Batzen abgefallen. Plötzlich wurde mir klar, daß dieser kräftige Mann, der da neben mir ging, wahrscheinlich der reichste Mensch war, dem ich je begegnet war.

Beim Namen Softouch klingelte es bei mir. »Ist Softouch nicht vor ein paar Jahren durch die Zeitungen gegangen?« fragte ich. »Gab es da nicht irgendwelche Schwierigkeiten?«

Die Begeisterung schwand aus Sorensons Stimme. »Stimmt«, sagte er.

Ich hatte den Eindruck, daß er das Thema nicht vertiefen wollte. Mit einem Siebenereisen schlug ich den Ball sauber und exakt in einen Bunker. Mist, verdammter! Manchmal brauchte ich drei Schläge, um aus einem solchen Sandloch herauszukommen.

»Gar kein schlechter Schlag«, meinte Sorenson. »Sie haben bloß Pech mit dem Wind gehabt.«

Ich zuckte mit den Achseln. »Was haben Sie danach gemacht?« fragte ich.

»Na ja, ein halbes Jahr lang habe ich eigentlich nichts anderes getan als Golf gespielt, aber auf die Dauer hat mich das Geschäftsleben doch zu sehr gereizt. Da habe ich mir ein Portfolio von interessanten Unternehmen in Amerika und Europa angelegt und bei ihnen im Aufsichtsrat mitgewirkt. Manchmal habe ich auch Geld in die Firmen gesteckt. Ich verstehe mich als eine Art Trainer. Ich glaube, ich kann die Fähigkeiten von Menschen mobilisieren. Im Laufe der Zeit habe ich viele Firmen erlebt, einige, die Erfolg hatten, und andere, die gescheitert sind. Diese Erfahrungen kann ich weitergeben.«

In dieser Rolle konnte ich mir Sorenson sehr gut vorstellen. Er war ein guter Zuhörer, hatte aber auch Autorität. Wenn er daran glaubte, daß man etwas schaffen könnte, dann schaffte man es wahrscheinlich auch.

»Und wie schneidet FairSystems im Vergleich zu all den Unternehmen ab, die Sie erlebt haben?« fragte ich.

Er wandte sich mir zu. »Ganz ehrlich, Mark, da steckt eine Menge drin. Mehr als in den meisten anderen. Und Virtuelle Realität wird *der* Computermarkt der nächsten zehn Jahre sein.«

»Das hat Richard auch immer gesagt. Aber ich wollte ihm das nie so recht glauben.«

»Das hätten Sie aber tun sollen. In den letzten zwanzig Jahren sind die meisten Fortschritte in der Computertechnik dadurch erzielt worden, daß man immer mehr Rechenleistung auf immer kleineren Chips untergebracht hat. Trotzdem muß man auch heute noch ein Computerfreak sein, um richtig mit den Geräten umgehen zu können. Vorhin habe ich über graphische Benutzeroberflächen gesprochen, über die Art und Weise, wie sich Menschen mit Computern verständigen. Darum wird es bei den nächsten entscheidenden Entwicklungen gehen. Und Virtuelle Realität ist die absolute Benutzeroberfläche, die beste, die sich denken läßt. Wenn sich jemand vollkommen in einer computererzeugten Welt befindet, mit ihr sprechen, auf ihre Objekte zeigen kann, dann ist der Computer keine Barriere mehr. Computer und Benutzer werden eins. Dann werden ganz neue Tätigkeitsfelder erschlossen werden, davon bin ich überzeugt. Jede schöpferische Aktivität, jede Kommunikation zwischen Menschen, die sich an verschiedenen Orten befinden, wird sich durch Virtuelle Realität enorm verbessern lassen.«

Langsam gingen wir auf den Bunker zu. »Man hört von all

den naheliegenden Anwendungen für Konstruktion, Unterhaltung, Ausbildung und so fort. Aber die wirklich entscheidenden Anwendungen können wir uns noch nicht einmal vorstellen, weil wir noch nicht lange genug in einer Welt mit Virtueller Realität leben. Das ist genau wie bei allen anderen neuen Technologien Elektrizität, Telefon, Computer. Bevor man nicht eine Zeitlang mit ihnen gelebt hat, weiß man noch gar nicht, wozu sie zu gebrauchen sind.«

Mißtrauisch sah ich Sorenson an. Aber er machte sich nicht über mich lustig. Er meinte es ehrlich.

Ich stieg hinab in den Bunker und hackte ein paarmal in den Sand. Schließlich eierte der Ball hinaus.

Meine Gedanken wanderten wieder zu Richard. Und ich stellte endlich die Frage, die mich seit einer Woche beschäftigte. »Wissen Sie, warum Richard umgebracht worden ist?«

»Keine Ahnung«, sagte er. »Ich habe mir natürlich auch den Kopf darüber zerbrochen. Wissen Sie, ob die Polizei schon einen Anhaltspunkt hat?«

»Nein. Sie stellen nur einen Haufen Fragen.«

»Das kann man wohl sagen. Gestern nachmittag waren sie bei mir. Stundenlang haben sie mich genervt. Haben Sie irgendeinen Verdacht?«

»Na ja, ich weiß, daß Richard irgendwas auf dem Herzen hatte«, sagte ich. Und ich erzählte Sorenson, wie dringend Richard mich gebeten hatte, ihn aufzusuchen. »Hat er Sie in der Woche vor seinem Tod angerufen und Ihnen etwas mitgeteilt, was vielleicht von Bedeutung sein könnte?«

»Nein, ich glaube nicht.« Sorenson hielt einen Augenblick inne. »Ich glaube, wir haben die ganze Woche nicht miteinander gesprochen. Klar, er machte sich Sorgen über die Liquidität von FairSystems. Die machte ich mir auch. Mache ich mir noch immer. Aber ich hatte nicht den Eindruck, daß es ein besonders dringendes Problem gab.«

»Irgendwas über den Handel mit FairSystems-Aktien?«

»Auch davon hat er nichts gesagt. Vermutlich ist der Kurs gefallen, weil die Investoren Bedenken wegen der Risiken haben. Das geht mir nicht viel anders. Doch was soll's, ich kann sowieso nichts machen. Ich darf meine Aktien erst zwei Jahre nach der Plazierung verkaufen. Außerdem habe ich nicht viele, gerade genug, um mein Interesse wachzuhalten.«

Die Zukunft von FairSystems bedrückte mich. »Jetzt, da Richard ...«, ich zögerte, »... nicht mehr ist«, sagte ich schließlich, »wird FairSystems da nicht auseinanderfallen?«

Sorenson rieb sich nachdenklich das Kinn. »Könnte sein, aber ich hoffe nicht.«

»War Richard nicht der technische und wissenschaftliche Kopf?«

»Weitgehend ja, besonders in der ersten Zeit«, sagte Sorenson. »Aber FairSystems ist nicht nur Richard gewesen. Beispielsweise hat er sehr eng mit einer Frau namens Rachel Walker zusammengearbeitet. Rachel weiß fast über jedes Projekt von FairSystems Bescheid, und sie hat gute Leute, die für sie arbeiten. Außerdem stammt ein Großteil der Technologie gar nicht von FairSystems. Richard hat sehr geschickt mit anderen Unternehmen zusammengearbeitet. In einem VR-System vereinigen sich eine Vielzahl technischer Elemente. Für diese Integration ist FairSystems verantwortlich.«

Aufmerksam hörte ich zu. Sorenson fuhr fort: »Zu Richards besonderen Vorzügen gehörte die Fähigkeit, Menschen wie Rachel zu motivieren und Partner zu gewinnen, die technische Teilsysteme beisteuerten. Da wird er schwer zu ersetzen sein. Aber wir werden es versuchen.«

Sorenson machte einen langen Putt und verzog ärgerlich das Gesicht, als der Ball zwei Zentimeter vor dem Loch liegenblieb. Ich brauchte noch zwei Schläge, dann gingen wir zum nächsten Abschlag. Ich war zufrieden mit mir. Immerhin hielt ich mich ganz achtbar.

»Ich freue mich, morgen die Firma zu sehen«, sagte ich.

»Ich bin gespannt, was Sie für einen Eindruck haben werden. Unterschätzen Sie Rachel nicht. Sie ist erstklassig. Niemand weiß mehr über Virtuelle Realität als sie.

Sie leitet die Firma jetzt zusammen mit David Baker. Er ist für die geschäftliche Seite zuständig. Ich schätze ihn. Er hat einen Harvard-Abschluß und ist sehr ehrgeizig. Er will was aus

FairSystems machen. Für so ein kleines Unternehmen hat er eine ziemlich eindrucksvolle Kundenliste zusammengetragen.«

»Und Sie glauben, diese Kombination klappt?« fragte ich.

»Theoretisch müßten sie sich ideal ergänzen«, meinte Sorenson und beförderte seinen Ball mit einem kurzen, scharfen Schlag aufs Grün. »Wie es praktisch läuft, weiß ich noch nicht.«

»Sollten wir nicht einfach verkaufen? Richard hat mir erzählt, es gebe einen Kaufinteressenten.«

»Vielleicht ist das die richtige Entscheidung. Ich persönlich würde mir die Firma lieber erst mal ansehen, bevor ich mich festlegte. Allerdings gibt es ein Problem.«

»Ach ja? Welches denn?«

»Ihren Vater.«

»Meinen Vater?«

»Ja. Er will nicht verkaufen.«

»Er will nicht verkaufen? Warum nicht? Wir sollten aussteigen, solange es noch geht.«

»Da läßt er nicht mit sich reden. Da FairSystems solche Bedeutung für Richard gehabt hat, hält er es für Unrecht, das Unternehmen zu verkaufen. Er sagt, wenn Richard nicht verkaufen wollte, dürften wir es auch nicht.«

»Können Sie ihm nicht klarmachen, daß er sich irrt?«

Sorenson blieb beim nächsten Abschlag stehen, richtete sich auf und sah mich an. »Geoff hat mir gesagt, daß Sie beide seit zehn Jahren nicht mehr miteinander gesprochen haben. Nach allem, was er Gina angetan hat, ist das ja vielleicht auch verständlich.« Er seufzte und blickte einen Augenblick auf das Meer hinaus. »Aber Sie und Ihr Vater sind die beiden wichtigsten Aktionäre von FairSystems. Wenn Sie beide sich nicht einig sind über das, was mit FairSystems geschehen soll, dann muß ich als Aufsichtsratsvorsitzender darauf bestehen, daß Sie einen Konsens finden. Eine derartige Ungewißheit kann das Unternehmen nicht verkraften.«

Er sah mich an und sagte langsam und mit großem Nachdruck: »Mark, Sie müssen mit ihm sprechen.«

Einen Augenblick lang erwiderte ich seinen Blick. Er hatte recht.

»Okay«, sagte ich und schlug meinen Ball ins Rough.

Die Sonne glänzte auf Detective Superintendent Donaldsons kahlem Schädel, während er kerzengerade am alten Eichentisch in Richards Küche saß. Schlaff hockte Kerr neben ihm. Alle tranken wir Tee aus großen Bechern.

»Wir sind bei unseren Nachforschungen etwas weitergekommen«, sagte Donaldson. »Angesichts dieser neuen Entwicklung hätten wir Ihnen gerne noch ein paar Fragen gestellt.«

»Bitte sehr!« sagte ich interessiert.

»Wir haben die Tatwaffe gefunden. Ihr Bruder wurde durch einen Schlag mit einer Axt getötet, wahrscheinlich als er sich umdrehte, um seinen Angreifer anzublicken. Wir haben die Axt in einer Hecke an einem Weg entdeckt, nicht weit von der Straße nach Glenrothes.«

»Genau, ich erinnere mich an eine Axt. Als ich Richard im letzten Winter besucht habe, hat er Holz gehackt«, sagte ich.

»Würden Sie die Axt wiedererkennen?« fragte Donaldson.

Ich dachte einen Augenblick nach und schüttelte den Kopf. »Nein, ich weiß wirklich nicht mehr, wie sie ausgesehen hat.«

»Macht nichts. Wir sind uns ziemlich sicher, daß Ihr Bruder seinen Mörder gekannt hat. Es gibt keine Anzeichen für ein gewaltsames Eindringen. Die Vordertür und viele Möbelstücke in der Küche sind sorgfältig abgewischt worden. Das läßt darauf schließen, daß Ihr Bruder den Täter in die Küche gelassen und dann mit ins Bootshaus genommen hat.«

Ich hörte gespannt zu.

»Wahrscheinlich war es keine vorsätzliche Tat«, fuhr Donaldson fort. »Die Axt war einfach zur Hand. Wäre der Mord geplant gewesen, hätte der Mörder seine Waffe mitgebracht. Es gibt keinen Anhaltspunkt dafür, daß etwas gestohlen wurde, obwohl wir da nicht ganz sicher sein können.«

»Irgendwelche Fingerabdrücke?« fragte ich.

»Nein«, sagte Donaldson. »Wie gesagt, in der Küche ist alles mit einem Tuch abgewischt worden. Wir haben auch keine Textilfasern gefunden.«

»Und haben Sie einen Verdacht?«

Donaldson hob die Augenbrauen. »Immer mit der Ruhe. Eine Morduntersuchung braucht ihre Zeit. Viele Beamte und viel Zeit. Aber wir schaffen es schon.«

Ich setzte eine Miene auf, die der Zurechtweisung Rechnung trug.

»Nun, wir haben erfahren, daß Mr. Fairfax am Freitag, also einen Tag vor seinem Tod, eine Auseinandersetzung mit David Baker, einem seiner Mitarbeiter, gehabt hat. Offenbar war Baker so wütend, daß er gleich darauf nach Hause gefahren ist. Sie haben erwähnt, Ihr Bruder habe mit Ihnen in den letzten Wochen ein paarmal über Probleme bei FairSystems gesprochen?«

Ich nickte.

»Hat er dabei jemals David Baker erwähnt?«

»Nein. Ich hatte noch nie von ihm gehört, bis Walter Sorenson ihn vor ein paar Tagen erwähnt hat.«

»Ihr Bruder hat also keine Andeutungen gemacht, daß Baker etwas mit seinen Problemen zu tun habe?«

»Nein, kein Wort.«

»Aha«, sagte Donaldson und warf einen Blick auf seine Notizen. »Und was ist mit BOWL?«

»BOWL?«

»Ja. Eine Abkürzung für Brave Old World League – Liga für die Schöne Alte Welt. Eine Gruppe von Umweltschützern, die glaubt, der technische Fortschritt werde die Gesellschaft zugrunde richten. Besonderen Anstoß nehmen sie an der Virtuellen Realität.«

»Ich glaube, Richard hat mal von solchen Leuten gesprochen«, sagte ich. Das Gespräch war schon einige Monate her. Ich kramte in meinem Gedächtnis. »Hat sich nicht einer seiner Mitarbeiter der Gruppe angeschlossen. Doug? Dougie? Oder so ähnlich?«

»Richtig«, sagte Kerr. »Doogie Fisher. Er hat für FairSystems gearbeitet, bis er im letzten Jahr zu BOWL gegangen ist. Die Organisation arbeitet im verborgenen. Es handelt sich eher um eine Gruppe von Einzelgängern in England und Amerika, die sich zu einem Datennetz zusammengeschlossen haben. Offenbar haben die meisten mal beruflich mit Technik zu tun gehabt und sind nun von ihr enttäuscht. Auf jeden Fall scheinen sie 'ne Menge über Computer zu wissen. Sie schrecken auch nicht davor zurück, Gewalt anzuwenden, um ihre Ziele zu erreichen. Vor zwei Monaten wurden eine Reihe von Briefbomben an VR-Firmen in Großbritannien abgeschickt. Gott sei Dank haben sie keinen Schaden angerichtet. Wir gehen davon aus, daß Doogie oder einer seiner Spießgesellen dahintersteckt.«

»Und Sie glauben, Doogie könnte auch was mit Richards Tod zu tun haben?«

»Jedenfalls überprüfen wir das«, sagte Donaldson. »Sie können uns nichts über ihn sagen?«

Ich schüttelte den Kopf. Nur zu gern hätte ich ihm geholfen. Ich wünschte, ich hätte besser zugehört, als Richard mir von BOWL erzählt hatte. Damals schien mir das alles so fremd; es hatte sowenig mit meinem Alltag zu tun.

»Wir sind auch dem Verdacht Ihres Bruders nachgegangen, daß der Aktienkurs von FairSystems manipuliert worden sein könnte«, fuhr Donaldson fort. »Die Börsenaufsicht beschäftigt sich jetzt damit und hat sich auch an amerikanische Behörden gewandt.«

»Tatsächlich? Und hat man was entdeckt?«

»Die Ermittlungen sind noch nicht abgeschlossen. Aber um noch einmal auf den Abend zurückzukommen, an dem Ihr Bruder Sie gebeten hat, sich mit dem Aktienkurs von FairSystems zu befassen – haben Sie es getan?«

»Ja, oder vielmehr Karen hat es getan.«

»Karen Chilcott. Ihre Freundin?«

»Ja.«

»Und sie hat nichts entdeckt?«

»Richtig. FairSystems ist so klein, daß die Aktien von einer einzigen Maklerfirma gehandelt werden, Wagner Phillips. Sie hat bei einem Freund nachgefragt, der dort arbeitet. Der wußte von nichts. Wir haben den Eindruck gewonnen, daß nichts Ungewöhnliches passiert.«

»Aha«, sagte Donaldson. »Haben Sie selbst Geschäfte mit FairSystems-Aktien gemacht?«

»Nein. Zumindest nicht, seit das Unternehmen an die Börse gegangen ist.«

»Sie haben keine verkauft?«

»Ich darf nicht. Zwei Jahre lang nicht.«

»Kennen Sie sonst noch jemanden, der mit Aktien des Unternehmens zu tun hat?«

»Nein, nur Karen. Und sie ist an die gleichen Auflagen gebunden wie ich.«

»Und kennt sie irgend jemanden, der mit FairSystems-Aktien handelt?«

»Natürlich nicht!«

»Beruhigen Sie sich, Mr. Fairfax. Beantworten Sie nur meine Fragen!«

»Ich will Ihnen unnötige Fragen ersparen«, sagte ich, und es gelang mir, mein Temperament zu zügeln. »Ich besitze überhaupt keine Insiderinformationen bezüglich FairSystems. Ich weiß praktisch nichts über das Unternehmen. Und gleiches gilt für Karen. Sie weiß sogar noch weniger als ich. Daher hätten wir niemandem etwas erzählen können, selbst wenn wir gewollt hätten. Und im übrigen, was hätten wir davon gehabt? Der Kurs ist nach unten gegangen und nicht nach oben. Wie hätten wir jemanden dazu bringen können, die Aktien zu kaufen? Wenn wir jemandem geraten hätten, Aktien zu kaufen, hätte er nur Geld verloren.«

Ich blickte von Donaldson zu Kerr und wieder zu Donaldson. Seine grauen Augen ruhten unverwandt auf mir. Ich wußte, was ich gesagt hatte, war einleuchtend, und ich konnte ihm ansehen, daß er das auch fand.

»In Ordnung, Mr. Fairfax. Aber wir werden vielleicht noch einige Nachforschungen anstellen müssen.«

Ich entspannte mich. Er glaubte mir. Natürlich wollte ich ihnen helfen. In gewisser Weise freute es mich, daß er mir so unbequeme Fragen stellte. »Von mir aus gern«, erwiderte ich.

»Vielen Dank für den Tee«, sagte er im Aufstehen. »Ach ja, fassen Sie bitte noch nichts im Bootsschuppen an. Da liegen viele technische Aufzeichnungen Ihres Bruders herum, die wir noch in dieser Woche mit Rachel Walker durchsehen wollen.«

»In Ordnung«, sagte ich und begleitete sie hinaus. Ich konnte mir nichts vorstellen, was mich weniger reizte, als nochmals den Bootsschuppen zu betreten.

7

Auf dem Weg nach Glenrothes scheuchte ich den BMW. Je mehr ich darüber nachdachte, desto unwahrscheinlicher erschien es mir, daß Donaldson mit seinem Verdacht auf Insidergeschäfte richtig lag. Für solche Geschäfte braucht man Insiderinformationen. Ich hatte keine gehabt, jedenfalls bis zu dem Zeitpunkt nicht, als Richard angedeutet hatte, FairSystems stecke schon wieder in Liquiditätsschwierigkeiten. Aber das war wenige Tage vor seinem Tod gewesen. Und Karen hatte auch nicht mehr gewußt.

Trotzdem war ich ein bißchen nervös. Im Wertpapierhandel ist der Ruf schon bei dem geringsten Verdacht auf krumme Geschäfte ruiniert. Ich hoffte, Donaldson würde nicht zu viele Fragen stellen.

Ich dachte an einschlägige Fälle. Viel wußte ich nicht darüber, aber doch so viel, daß die Aktienkurse unmittelbar vor der Ankündigung einer Übernahme nach oben klettern, weil Leute mit Insiderkenntnissen in Erwartung der Ankündigung Aktien kaufen. Der Kurs von FairSystems war aber gefallen und nicht gestiegen. Trotz Richards Theorie vermochte ich darin nichts Geheimnisvolles zu erkennen.

Gegen Mittag traf ich in Glenrothes ein. Das Städtchen breitet sich zu Füßen dreier flacher Hügel aus. Es ist von einem Industriegebiet umgeben, lauter Grundstücken, auf denen rechteckige, fensterlose Werkhallen aus Metall stehen. Über dem Ganzen hing eine niedrige graue Wolkendecke. Bewegungen, Geräusche oder Rauch waren kaum zu entdecken. Wenn unter diesen Metallkokons Maschinen arbeiteten, dann taten sie es still und diskret.

Von Richard hatte ich ein bißchen über die Geschichte von Glenrothes erfahren. Der Ort war als städteplanerische Neugründung in den vierziger Jahren entstanden und rasch gewachsen, als Bergleute aus Westschottland zugezogen waren, um in der gewaltigen Kohlengrube von Rothes zu arbeiten. Doch die hatte sich als unrentabel erwiesen und war schon nach wenigen Jahren geschlossen worden. Seither unternahm die Stadt energische Anstrengungen, sich zu einem »Silicon Glen« zu entwickeln, also einer schottischen Version von Silicon Valley. Und es war ihr gelungen, ausländische Investoren zu finden, die ihr Geld überwiegend in die High-Tech-Industrie steckten. Größter Arbeitgeber war das amerikanische Unternehmen Hughes Electronics.

Die Fabrikhalle von FairSystems lag wie alle anderen im Industriegebiet. Als vor drei Jahren ein einheimisches Computerunternehmen Konkurs gemacht hatte, hatte Richard das Gebäude billig von der Stadt mieten können.

Dabei handelte es sich um einen großen rechteckigen Metallkasten, grau gestrichen und größer als die meisten Hallen in der Umgebung. Draußen war an verschiedenen Stellen das Firmenzeichen angebracht, eine orangefarbene aufgehende Sonne mit der Aufschrift *FairSystems.* Nur an der Vorderseite des Gebäudes befanden sich Fenster.

Ich fuhr auf den Parkplatz und ging auf dem Teerbelag an einem frisch angelegten Garten vorbei, der die Fabrikfront verschönern sollte. Schmächtige Bäumchen standen verloren auf spärlich bepflanzten Blumenbeeten. Zu beiden Seiten von FairSystems standen ähnlich gesichtslose Fabrikgebäude. Dahinter begann Brachland, das sich zu einem kleinen, von Kühen begrasten Hügel hinzog.

Der Empfangsbereich war hell und freundlich. Das Mädchen hinter dem Schalter hatte kurzes rotes Haar und trug ein schlichtes schwarzes Kleid. Auf einem Stuhl hinter dem Schalter lag ein zerlesenes Exemplar von »Anna Karenina«. Als ich ihr meinen Namen nannte, bat sie mich, Platz zu nehmen und auf Mr. Sorenson zu warten.

Also setzte ich mich und wartete. Ich war neugierig auf die Firma. Sie hatte schließlich eine so wichtige Rolle in Richards Leben gespielt – und wahrscheinlich auch bei seinem Tod.

Das Mädchen am Empfang starrte gelangweilt zur Tür hinaus.

»Lesen Sie ruhig weiter«, sagte ich. »Mich stört das nicht.«

Etwas schuldbewußt wandte sie sich wieder ihrem Buch zu. Nach ein oder zwei Absätzen blickte sie erneut hoch.

»Mr. Fairfax«, begann sie nervös.

»Ja?«

»Das mit Ihrem Bruder ... Es tut mir entsetzlich leid.«

Ich rang mir ein mühsames Lächeln ab.

»Das gilt für alle hier«, fuhr sie fort. »Er war sehr nett. Wir mochten ihn alle.«

Allmählich gewöhnte ich mich daran, Beileidsbezeugungen entgegenzunehmen. Aber sie meinte es offenkundig ehrlich. Ich schluckte und bemühte mich, die Tränen zurückzuhalten.

»Danke«, sagte ich einfach.

Sie warf mir ein rasches Lächeln zu und setzte ihre Lektüre fort.

Wenig später tauchte Sorenson in Begleitung eines Mannes auf, den ich nicht kannte. »Hallo, Mark. Schön, daß Sie es einrichten konnten. Herrlicher Tag gestern. Und was für ein Golfplatz, nicht wahr?« Er gab mir die Hand. »Leider bin ich heute so beschäftigt, daß ich Sie nicht herumführen kann. Aber das ist wahrscheinlich ganz gut so. Dann können Sie gleich David hier und Rachel kennenlernen, die Ihnen die Fabrik zeigen werden.«

David Baker reichte mir die Hand. »Willkommen bei Fair-Systems, Mark.« Sein Englisch hatte eine leicht schottische Färbung mit amerikanischem Akzent. Er war Anfang Dreißig, mittelgroß und schlank. Sein schwarzes Haar hatte er mit viel Gel glatt nach hinten gekämmt. Kleine, durchdringende Augen saßen über einer langen, spitzen Nase. Der Anzug war offenbar von einem italienischen Hersteller, die Schuhe braun. Die

Hermès-Krawatte wurde von einer silbernen Nadel gehalten. Unter seinem Jackett trug er rote Hosenträger. In dieser grauen schottischen Fabrik wirkte er etwas deplaziert. Aber das traf für mich in meinem Londoner Outfit vermutlich genauso zu.

»Mein aufrichtiges Beileid zum Tode Ihres Bruders. Wir waren sehr gut befreundet. Es war ein entsetzlicher Schock. Wir können es alle noch nicht glauben.«

»Danke«, sagte ich höflich.

Es folgte eine unbehagliche Pause. Auch daran gewöhnte ich mich allmählich.

»Nun, gehen wir nach oben«, sagte David schließlich. »Ich dachte, Sie möchten vielleicht erst mal mit Rachel Walker und mir sprechen. Dann kann ich Ihnen die Fabrik zeigen und Sie mit Willie Duncan, unserem Finanzleiter, bekannt machen.«

»Bis nachher«, sagte Sorenson. »Wenn Sie mich brauchen, ich bin in Richards Büro.«

Wir betraten die Kunstlichtwelt des eigentlichen Werks. Durch die Glaswände eines langen Flurs sah man auf ein Durcheinander von Plastik- und Elektronikteilen. Männer in blauen Arbeitsanzügen machten sich an ihnen zu schaffen. An den Wanden hingen Plakate, die VR-Systeme zeigten. Überall fiel der Blick auf das orangefarbene Logo von FairSystems. Irgendwo lief ein Radio mit Popmusik. Eine Treppe führte in einen ähnlichen Flur, nur daß von diesem konventionellere Büroräume abgingen. Auf hellgrauen Teppichen standen überwiegend schwarze Möbel, eine Farbkombination, die hin und wieder durch das schrille Blau oder Orange von Plastik aufgelockert wurde. Es war eine nach innen gestülpte Welt: Die Außenwände hatten keine Fenster, während alle Innenwände aus Glas bestanden.

David führte mich in eine Art Konferenzzimmer. An der einen Wand befand sich ein großer Bildschirm, daneben ein Computer mit Datenbrille, 3-D-Maus und Tastatur. Die Länge des Raumes wurde von einem ovalen Tisch eingenommen, während auf einem Seitentisch noch zwei weitere Computer standen. In die Decke eingelassen war eine Reihe winziger Kameras, die nach unten auf die Stühle gerichtet waren.

»Das ist unser Sitzungssaal«, erläuterte David. »Wir benutzen ihn für Vorführungen. Man kann sogar eine virtuelle Konferenz durchführen, wobei sich die Teilnehmer nicht alle in diesem Raum, sondern auch an anderen Orten befinden können. Das ist nicht immer praktisch, macht aber einen tollen Eindruck. Nehmen Sie Platz.«

Ich setzte mich an die eine Längsseite des ovalen Tisches und David an die andere. Er legte eine elegante Ledermappe auf den Tisch und öffnete sie. Zum Vorschein kamen ein glänzend weißer Schreibblock und einige Visitenkarten. Er reichte mir eine.

»Sie sind überholt«, sagte er. »Geschäftsführender Direktor müßte jetzt draufstehen. Rachel wird gleich hier sein.« Er warf einen raschen Blick auf seine Rolex, als wolle er unterstreichen, daß sich Rachel tatsächlich verspätete.

»Ich dachte, Sie und Rachel seien gemeinsam Geschäftsführende Direktoren?«

Argwöhnisch beäugte er mich. »O ja, natürlich. Doch ich kümmere mich um die geschäftliche Seite des Unternehmens. Rachel hat einen scharfen technischen Verstand«, sagte er, »einen wirklich scharfen technischen Verstand.« Bei ihm klang das so, als sei das ein bedauerlicher Umstand und würde erklären, warum Rachel mit ihrem Verstand keine nützlicheren Dinge zustande brachte.

In diesem Augenblick öffnete sich die Tür, und gemächlich betrat Rachel den Raum, in der Hand einen Plastikbecher mit Kaffee. Sie schob eine lange Strähne ihres krausen braunen Haars aus den Augen und reichte mir die Hand.

»Hallo. Rachel Walker. Willkommen bei FairSystems.« Sie hatte eine leise, belegte Stimme und einen aparten Anflug von schottischem Akzent.

»Mark Fairfax. Freut mich«, sagte ich.

Weit entfernt von David Baker, setzte sie sich an den Tisch und zog ein Päckchen Marlboro heraus. Als sie Anstalten machte, sich eine Zigarette anzuzünden, blickte sie mich an. »Sie rauchen nicht, oder?«

Ich schüttelte den Kopf.

»Dachte ich mir«, sagte sie. »Ich sehe das den Leuten an.«

Nun war mir auch klar, warum ihre Stimme so belegt war.

David hüstelte. Entweder brachte er damit seine Mißbilligung über die Zigarette zum Ausdruck, oder er wollte meine Aufmerksamkeit auf sich ziehen. »Was wissen Sie über FairSystems?« begann er.

»Nicht viel. Richard hat mir ein bißchen erzählt. Ich habe das Plazierungsdokument gelesen, aber das ist schon einige Monate her. Und ich habe eines Ihrer Systeme benutzt.«

»Bondscape, nicht wahr?«

»Ja. Ich war beeindruckt.«

»Es ist wirklich gut«, stellte Rachel sachlich fest.

»Aber Sie können davon ausgehen, daß ich sehr wenig weiß.« Das entsprach den Tatsachen. Ich wünschte, ich hätte ein bißchen besser zugehört, als mir Richard damals von seinem Unternehmen und der Virtuellen Realität erzählt hatte. Jetzt war ich ganz Ohr.

»Gut, dann lassen Sie mich ein bißchen ausholen«, sagte David. Er betätigte eine Fernbedienung, und hinter ihm auf dem Bildschirm erschienen Dias. Die Präsentation war sehr professionell. Er sprach über FairSystems' Geschichte, seinen Markt, seine Produkte, die Marktchancen der Virtuellen Realität und die Unternehmensstrategie. Ich ließ mir keines seiner Worte entgehen.

Daß dieser Mann mit seinem sorgfältig gebügelten Baumwollhemd, den Manschettenknöpfen und der Hermès-Krawatte mich, einen achtundzwanzigjährigen Trader, mit einer hochoffiziellen Präsentation beehrte, mochte absurd erscheinen, war es aber keineswegs. Immerhin war ich jetzt der größte Aktionär von FairSystems. Mit meiner Hälfte von Richards vierzig Prozent und den bereits vorhandenen 3,75 Prozent waren es fast vierundzwanzig Prozent. Also war ich wichtig für das Unternehmen und damit auch für David, und so erklärte sich die Vorzugsbehandlung. Er machte das ausgezeichnet.

Als er fertig war, fragte er lächelnd: »Noch Fragen?«

»Ja«, sagte ich. »Sie haben sehr schön dargelegt, wie vielfältig die Anwendungsmöglichkeiten für Virtuelle Realität sind, und FairSystems scheint die meisten Anwendungssysteme zu produzieren. Trotzdem beläuft sich der Absatz nur auf, wieviel waren es? Drei Millionen Pfund? Da stellt sich doch die Frage, ob der Markt wirklich so groß ist.«

»Ganz bestimmt ist er das«, sagte David. »Im Augenblick gibt nur das US-Verteidigungsministerium größere Beträge für VR aus. Es folgen die Geräte, die in Spielhallen stehen. Doch das wird sich ändern. Sobald man die Systeme zu einem vernünftigen Preis bekommt . . .« Er machte eine Kunstpause und warf Rachel einen vielsagenden Blick zu. ». . . und die Leute sich an das Prinzip gewöhnt haben, läßt sich der Umfang des gesamten Marktes überhaupt nicht mehr abschätzen. Aber er wird sich sicherlich im Bereich von vielen Milliarden bewegen.« Noch einmal zeigte er das virtuelle Bild eines Frankfurter Bürogebäudes, das ich schon während der Präsentation gesehen hatte. »Es ist allemal billiger, ein virtuelles Gebäude zu bauen, es zu erproben und zu verbessern, statt ein wirkliches hinzustellen und mit den Fehlern zu leben.«

Ich nickte. Das leuchtete ein.

»Noch etwas?«

Ich hatte hundert Fragen zur geschäftlichen Seite auf dem Herzen, aber im Augenblick schien es mir wichtiger, etwas über die Menschen in Erfahrung zu bringen, die hier arbeiteten. »Ja. Könnten Sie mir etwas von sich erzählen? Wie sind Sie zu FairSystems gekommen?«

Davids Gesicht wurde ernst; seine Karriere hatte große Bedeutung für ihn.

»Natürlich. Ich habe Betriebswirtschaft studiert und dann einige Jahre am Managementprogramm von IBM teilgenommen.«

»Im Verkauf?« warf ich dazwischen.

David lächelte. »Klar, an vorderster Front. Ich habe an die Händler verkauft. Ich war aber auch zuständig für die Entwicklung von Marktstrategien, Projektdurchführungen, die Zusammenarbeit von Produktion und Marketing, die Mittelzuweisung an die einzelnen Unternehmensbereiche und andere Führungsaufgaben allgemeiner Art.«

Das waren böhmische Dörfer für mich. Jedenfalls kam er aus dem Verkauf.

»Aber ich hatte das Gefühl, daß IBM mich nicht weiterbrachte. Ich wußte nun, wie es in einem solchen Unternehmen zuging, deshalb ging ich an eine Business School. Harvard.« Pause, damit der Name auf mich wirken konnte. »Ich wollte schon immer Unternehmer werden. Deshalb bin ich zu FairSystems gegangen, als ich Harvard verließ. Ich habe eine Ader fürs Unternehmerische, fürs Geldverdienen. Richard und ich waren ein gutes Team. Natürlich hinterläßt er eine schmerzliche Lücke, aber ich kann diese Firma trotzdem noch weit bringen.«

Mit hörbarem Ausatmen ließ Rachel eine Rauchwolke zur Decke aufsteigen. David und ich wandten den Kopf. Sie sah uns ausdruckslos an.

»Noch irgendwelche Fragen?« sagte David, offenbar gern bereit, seine Talente noch nachdrücklicher ins Licht zu rücken.

»Nein, vielen Dank. Sie waren sehr freundlich«, sagte ich. »Haben Sie einen Ausdruck der Präsentation?«

»Bitte sehr.« David schob mir einen zu. »Kann ich Ihnen jetzt vielleicht die Fabrik zeigen?« Er machte eine höfliche Geste in Richtung Tür, und Rachel stand auf, um zu gehen.

Smarte Verkäufer gibt es nicht nur in der Computerwelt. Die haben wir auch an den Rentenmärkten. Ich wollte nicht, daß mein Eindruck von FairSystems völlig von David Baker bestimmt wurde.

»Einen Augenblick«, sagte ich. »Ich würde noch gern mit Rachel sprechen. Kann sie mich nicht herumführen?«

David runzelte die Stirn. »Rachel ist für den gesamten technischen Ablauf zuständig. Sie hat im Moment viel zu tun. Nicht wahr, Rachel?«

Beide wandten wir uns ihr zu.

Sie musterte mich. Hinter der runden Brille sah ich braune, intelligente Augen. Offenbar wurde ich einer Art Einschätzung unterzogen, und es verursachte mir Unbehagen, daß ich keine Ahnung hatte, zu welchem Ergebnis sie kam.

Schließlich sagte sie: »Nein, das ist schon in Ordnung, David. Ich spreche gern mit Mark.«

Wir blickten David an. Er schwieg, überlegte offenbar, wie er mich den Nachmittag über mit Beschlag belegen konnte, und schickte sich schließlich ins Unvermeidliche. »Sehr schön«, sagte er. »Schauen Sie doch bei mir vorbei, Mark, wenn Sie fertig sind. Okay?« Mit einem Lächeln verließ er den Raum.

Rachel drückte ihre Zigarette aus. Aufrecht in ihrem Stuhl sitzend, machte sie einen konzentrierten und gleichzeitig lockeren Eindruck. »Was möchten Sie hören?«

Ich schätzte, daß sie ungefähr in meinem Alter war, hatte aber doch das Gefühl, einer anderen Welt anzugehören. Wie David war ich ein bißchen overdressed in meinem City-Anzug, während sie einen weiten Pullover über schwarzen Leggings trug. Sie war ungeschminkt und mußte sich ständig die ungebärdigen Haare aus dem Gesicht streichen. Man hatte mir berichtet, sie sei eine Koryphäe auf ihrem Gebiet, und wenn ich in ihre Augen blickte, hatte ich schon das Empfinden, eine verdammt intelligente Person vor mir zu haben. Daher scheute ich mich, ihr irgendwelche Fragen über FairSystems zu stellen, aus Angst, sie könnten zu unbedarft sein.

Schließlich riß ich mich zusammen.

»Eine eindrucksvolle Präsentation«, sagte ich.

»Tja, David ist ein guter Verkäufer«, sagte sie.

Sie hielt inne, als wollte sie noch etwas hinzufügen. Ich wartete. Sie zündete sich eine neue Zigarette an und blies den Rauch auf die gleiche abschätzige Art zur Decke, wie sie es während Davids Präsentation getan hatte. »Schade, daß er noch nicht mal einen Taschenrechner programmieren kann, geschweige denn einen Computer.«

Ich beugte mich vor. »Nun, was das betrifft«, sagte ich langsam und nachdrücklich, »ich kann auch keinen Computer programmieren, aber ich bin sehr interessiert an FairSystems und seiner Zukunft, und ich bin lernfähig. Also erzählen Sie mir ein bißchen über die Firma.«

Rachel grinste. Es war ein überraschend offenes, herzliches Lächeln, dauerte aber nur einen kurzen Augenblick. »Tut mir leid. Manchmal geht er mir auf den Geist. Das ist nicht seine

Schuld. Wir sind einfach zu verschieden. Möchten Sie sich ein bißchen umsehen?«

»Ja, gern.«

»Ich zeige Ihnen zuerst die Montagebereiche. Die meisten Bauteile beziehen wir von anderen Herstellern. Hier fügen wir sie dann zu einem von uns entwickelten System zusammen.«

Wir gingen die Treppe wieder hinunter und betraten die große Halle, die mir schon auf dem Weg nach oben aufgefallen war. Es gab keine erkennbare Fertigungsstraße. Vom Stadium der Fließbandproduktion war FairSystems noch weit entfernt. Die Herstellung war wohl in Gruppenarbeit organisiert. Für einen Außenstehenden schienen junge Männer und einige junge Frauen nur herumzuschlendern und hier und da an den Elektronikteilen und Verkleidungen herumzubasteln. Rachel erläuterte mir die einzelnen Fertigungsschritte. Im ersten Abschnitt wurden die Leiterplatten montiert, jede ein faszinierendes Kunstwerk, eine winzige, lebendige Stadt mit Straßen, Brücken und Gebäuden auf hellgrünem Untergrund. Doch die eigentliche Rechenleistung steckte nicht in den Leiterplatten, sondern in den kleinen integrierten Schaltkreisen, den »Chips«, dünnen Siliziumplättchen, die Millionen von Transistoren enthielten – sie lieferten eine höhere Rechenleistung, als für die erste bemannte Mondlandung erforderlich gewesen war.

Es folgte ein Abschnitt, in dem aus Minileiterplatten und winzigen Flüssigkristalldisplays, den LCDs, die Datenbrillen zusammengebaut wurden. Daran schloß sich der Montagebereich für die Computer an und schließlich die komplizierten Testgeräte, mit denen überprüft wurde, ob das ganze System auch funktionierte. Der übliche Lärm einer Maschinenhalle war nicht zu hören, nur das allgegenwärtige Geplärre eines Radios.

Ich lernte Jock, den Produktionsleiter, kennen, einen vierzigjährigen Mann, der auf mich den Eindruck machte, als hätte er schon so manche Fabrikhalle gesehen. Er wirkte intelligent und tüchtig.

»Der Standort Glenrothes hat den Vorteil, daß wir hochqualifizierte Leute kriegen können«, sagte Rachel. »Hier gibt es Familien, die ausnahmslos in der Elektronikindustrie arbeiten, und durch die Rezession sind einige sehr gute Fachkräfte auf dem Arbeitsmarkt zu haben. Sie sind zuverlässig und fleißig.

Sehen Sie mal hier«, fuhr sie fort und wies auf eine Ansammlung elektronischer Geräte: einen normal aussehenden Computer, eine Datenbrille, nicht größer als eine Sonnenbrille, einen Datenhandschuh und eine Maus. Alles trug das orangefarbene Logo von FairSystems.

»Das ist unser neuestes System. Wie Sie sehen können, stammen viele Teilelemente von anderen Herstellern.« Sie versetzte dem grauen Plastikgehäuse des Computers einen Klaps. »Das hier ist ein ganz normaler IBM-PC. Er nimmt die Daten von der Brille, dem Handschuh und der Maus entgegen, führt die Millionen Rechenoperationen aus, die erforderlich sind, um eine virtuelle Welt zu erzeugen, und übermittelt die Ergebnisse wieder an die peripheren Geräte. Diesen Vorgang muß er zwanzigmal pro Sekunde wiederholen.«

»Hört sich ja gewaltig an.« Ich nahm eine der Datenbrillen in die Hand. Das gleiche Modell hatte ich bei Bondscape verwendet. Es war federleicht.

»Eine Entwicklung von uns«, sagte Rachel. »Wir nennen sie ›Virtuelle Brille‹. Aber auch hier stammen die Bauteile wieder von anderen Herstellern. Die LCDs, die die Bilder für jedes Auge erzeugen, bekommen wir von Horiguchi Electronics in Japan. Das Tonsystem stellt Crystal River in Kalifornien her, und dies hier«, sie zeigte auf einen kleinen schwarzen Kunststoffwürfel, der in die Datenbrille eingelassen war, »ist ein Kopf-Tracking-System, das aufzeichnet, wohin der Benutzer blickt. Das beziehen wir von einem Unternehmen, das Polhemus heißt und seinen Sitz in Vermont hat.«

Dann zeigte sie mir den Datenhandschuh und eine 3-D-Maus, die nicht gerade eine täuschend ähnliche Nachbildung des Nagetiers war, sondern eine kleine Plastikvorrichtung, die sich bequem in die Hand fügte und dazu diente, auf Dinge in der virtuellen Welt zu zeigen.

»So, dann lassen Sie uns in die Softwareabteilung gehen.«

Auf dem Weg zur Treppe sahen wir durch eine offene Tür in eine Küche hinein. An dem Tisch in der Mitte saßen drei oder vier Leute und unterhielten sich, wobei sie Hamburger aus Polystyrolbehältern aßen. Was mich aber wirklich beeindruckte, das waren die außergewöhnlichen Automaten an der Wand. Da konnte man einfach alles bekommen: heiße und kalte Getränke aller Art, Schokolade, Chips und Pommes, sogar Hot dogs und Hamburger.

Rachel bemerkte meinen erstaunten Blick. »Ein Ernährungswissenschaftler würde einen Herzanfall kriegen, wenn er sähe, wovon manche Leute hier leben. Aber das hält sie die Nacht über fit. Für mich ist das alles Schrott«, sagte sie und zog die Nase kraus.

»Was hält Sie denn nachts fit?« fragte ich und erntete dafür einen Blick, der mich als verrückt, pervers oder beides einstufte. Sie stieg die Treppe hoch.

Die Softwareabteilung befand sich in einem Raum, der etwa halb so groß wie die Montagehalle war. Rund fünfzehn schwarze Schreibtische standen dort, jeder mit einem Computer ausgerüstet, vor dem ein Programmierer saß. Daß das moderne Büro tatsächlich ohne Papier auskommt, ließ sich nicht gerade behaupten – Papier lag massenweise herum: Ausdrucke, Zeitungen, Frühstückspapier, Ausschnitte, Fotografien und Dutzende von selbstklebenden Notizzetteln. Doch die Programmierer beachteten die Papierberge nicht, in denen sie saßen, sondern starrten hochkonzentriert auf ihre Bildschirme. Das eindrucksvolle Bild wurde etwas verdorben durch eine Gruppe, die sich am Ende des Raums laut lachend bemühte, einen Becher auf einem Aktenschrank mit einer Frisbeescheibe zu treffen.

»Was machen die denn?« fragte ich mit Unschuldsmiene.

»Tja, das ist ein bißchen schwierig zu erklären«, sagte Rachel verlegen.

Einer von ihnen sah meinen Anzug, und das Spiel endete abrupt.

Ich blickte mich in dem Raum um. Vermutlich hatte ich eine Truppe von Computerdeppen erwartet, völlig verblödete, picklige Twens mit dicken Brillen und fettigen Haaren. Gut, die Sorte gab es auch, aber mich verblüffte doch, wie verschieden die Leute waren. Die meisten waren zwischen zwanzig und dreißig. Aber es gab auch zwei sehr gesetzt wirkende Vierzigjährige, außerdem zwei oder drei Asiaten. Einige trugen T-Shirts und Jeans, andere hatten Schlipse um und Jacketts über der Stuhllehne. Frauen sah man überhaupt nicht. Die Atmosphäre war locker, trotzdem hatte man den Eindruck, daß, von den Frisbeespielern abgesehen, intensiv gearbeitet wurde.

An der gegenüberliegenden Wand war ein Fenster, ungefähr zwei Meter im Quadrat, mit blauweiß gemusterten Vorhängen. Dahinter erstreckte sich eine wilde Moorlandschaft vor dunklen, in der Ferne aufwachsenden Bergen. Im Vordergrund grasten Schafe.

»Hübscher Blick«, sagte ich.

»Gut, nicht?« sagte Rachel. »Erstaunlich, was das ausmacht. Es ist ein Bildschirm von einer Demo voriges Jahr. Jede Woche wird die Landschaft gewechselt. Das ist, glaube ich, die Isle of Skye. Sie müssen zugeben, daß sie besser aussieht als alles, was sich auf der anderen Seite der Mauer befindet.«

Dann wandte sie sich wieder dem Raum zu. »Das hier ist die wahre Stärke von FairSystems«, sagte sie mit einem Anflug von Stolz. »Für die Erzeugung einer virtuellen Welt sind mehrere Schritte erforderlich. Zunächst beschreibt man die Form eines Objektes, beispielsweise eines Stuhls, in Form von mathematischen Formeln und Koordinaten. Dann gibt man die Oberflächenbeschaffenheit hinzu – etwa Stoff, Leder oder Holz. Und nun braucht man ein Programm, das ausrechnet, wie der Stuhl aussieht, wenn er oder der Betrachter sich bewegt. Das ist das wichtigste Element der Virtuellen Realität. Wir haben einen eigenen Simulationsmanager entwickelt, der das besorgt, und zwar hervorragend besorgt. FairSim1 ist sein Name.

Wie Sie sich vorstellen können, ist Virtuelle Realität auf Rechnerkapazität in rauhen Mengen angewiesen. Immer wenn wir etwas Neues ausprobieren, scheitert es an der Rechenleistung. Wenn ein Programmierer eine Welt entwirft, muß er stets eine ganze Reihe Abstriche machen. Er kann die Welt dreißigmal in der Sekunde neu berechnen lassen, so daß die Bewegungen so fließend und übergangslos erscheinen wie im Fernsehen, er kann seine virtuellen Objekte mit realistischen Oberflächen ausstatten, er kann für exakte Licht- und Schattenverhältnisse sorgen, für naturgetreue Formen oder realistischen dreidimensionalen Klang, oder er kann dem Benutzer ein weites Gesichtsfeld anbieten, aber eben nicht alles zugleich. FairSim1 trifft in der Echtzeit, während das System arbeitet, eine intelligente Auswahl unter diesen Abstrichen. So holt es eine maximale Wirkung aus der zur Verfügung stehenden Rechenleistung heraus, egal, wie groß sie ist. Es ist ganz einfach das beste Programmpaket der Welt.«

Die letzte Feststellung machte Rachel ganz nüchtern, ohne eine Spur von Überheblichkeit. Ganz offensichtlich war das ihre ehrliche Meinung.

Sie warf einem Mitglied der Gruppe, die sich mit der Frisbeescheibe amüsiert hatte, einen Blick zu. Der Mann stand auf und kam zu uns herüber. Er war groß, sehr schlank und bewegte sich rasch. Das dunkle Haar trug er lang, bekleidet war er mit schwarzen Jeans und einem T-Shirt.

»Keith Newall, Leiter unserer Chipabteilung. Keith, das ist Mark, Richards Bruder.«

»Freut mich. Mann, das mit Ihrem Bruder tut mir wahnsinnig leid.«

Ich lächelte ihm zu.

»Früher hat Keith für Motorola in Kalifornien gearbeitet. Deshalb hat er einen so komischen Akzent. Aber lassen Sie sich nicht täuschen. Er kommt aus Kirkcaldy.«

»Vielen Dank für die nette Vorstellung, Rachel«, sagte Keith. Er sprach schnell wie ein Maschinengewehr, wobei sein Adamsapfel auf- und abtanzte. Ein kaum noch erkennbarer schottischer Akzent war wie bei David Baker von amerikanischen Einflüssen überlagert. »Die Spielerei mit der Frisbeescheibe tut mir leid. Das ist Matt Gregory, Chef von Chips with Everything.« Er wies auf einen jungen Mann mit spärlichem Bartwuchs, der den Stein des Anstoßes auf seinem Finger tanzen ließ. »Wenn er kommt, spielt er gern, aber keine Sorge, Sie kriegen schon keine Scheibe an den Kopf. Er hat Angst vor Anzügen.« Das alles wurde in einem einzigen Atemzug hervorgestoßen.

»Hast du ihm von FairRender erzählt?« fragte er Rachel.

»Nein. Nur zu!« sagte sie.

»Wir haben gerade die Entwicklung eines neuen Graphikchips für unsere nächste Systemgeneration abgeschlossen. Das ist eine heiße Sache. Sehen Sie hier.« Damit führte er mich an einen großen Bildschirm, der mit gelben Notizzetteln vollgeklebt war. Er setzte sich und betätigte den Mausknopf rasch wie eine Morsetaste. Auf diese Weise rief er eine Sequenz sehr komplizierter Zeichnungen ab, so rasch, daß sie aussahen wie einer der ersten Zeichentrickfilme. Dabei erzählte er mir unablässig was von Z-Puffern, Cache-gestützter Oberflächenverarbeitung, massiver Parallelvernetzung, Gouraud-schattierten Vielecken und vielem mehr. Noch ein letzter Mausklick, und er lehnte sich in seinem Stuhl zurück. Erwartungsvoll sah er mich an: »Nun, was halten Sie davon?«

Ich überlegte einen Augenblick und sagte: »Sehr hübsch.«

»Sehr hübsch? Was soll das heißen?« rief Keith aus. »Das ist das absolut Geilste, was es gibt!«

Rachel lachte. »Es ist wirklich ziemlich gut. Dieser winzige Chip erzeugt die Bilder, die man für die Virtuelle Realität braucht, auf eine vollkommen neue Art. Er ist weit besser als alle Konkurrenzprodukte. Gegenwärtig muß der Computer bei der Erzeugung eines virtuellen Bildes – also während er rechnet – gewaltige Datenmengen in seinem Speicher parat halten. Dadurch wird der Vorgang verlangsamt. Mit FairRender können wir alle Berechnungen direkt auf dem Chip ausführen, ohne daß wir die Daten speichern müssen.«

»Das heißt?«

»Das heißt, wir sind in der Lage, virtuelle Bilder viele Male schneller zu erzeugen als alle anderen. Und wir haben uns das Verfahren patentieren lassen.«

»Das«, sagte ich und lächelte Keith an, »ist wirklich das absolut Geilste.«

»Na, dann sehen wir uns doch mal an, was wir damit zustande bringen«, sagte Rachel.

Sie führte mich zu einem korpulenten Mann mit einem verfilzten schwarzen Bart, der ein weißes T-Shirt mit der Aufschrift »I'm lost in the Myst« trug, was immer das heißen mochte.

»Hallo, Terry«, sagte sie.

Terry sah auf. »Hallo, Rachel, alles klar?« Er hatte einen breiten Yorkshire-Akzent.

Rachel wandte sich mir zu. »Terry arbeitet an einem Projekt für eine führende amerikanische Einzelhandelskette. Sehen Sie dort!«

Ich sah Terry über die Schulter. Auf dem Schirm tauchte die exklusive Modeabteilung eines Textilgeschäftes auf. Terry betätigte einige Tasten, und ein raffiniertes schwarzes Abendkleid rückte in den Vordergrund. »Das kostet fünftausend Eier. Mal anprobieren, Rachel?« fragte Terry.

»Klar.«

Der Bildschirm zeigte einen eleganten Ankleideraum. Und schon tauchte Rachel in dem tief ausgeschnittenen Kunstwerk auf. Während sie auf und ab ging, zeigten die Spiegelbilder das Kleid aus jedem Blickwinkel. Ihre Figur war atemberaubend, zumindest auf dem Bildschirm. Ich konnte es mir nicht verkneifen, einen raschen Blick auf den übergroßen Pullover neben mir zu werfen. Rachel bemerkte es und errötete. Es war ein hübscher Anblick, ein zartes Glühen, das vom Hals zu den blassen Wangen aufstieg.

»Im Moment ist es nur ein Marketing-Gag«, sagte sie rasch, um ihre Fassung wiederzugewinnen. »Aber in fünf Jahren, wenn wir alle solche Systeme zu Hause stehen haben, wer weiß, vielleicht ist es dann die ganz normale Art, Kleidung zu kaufen.«

»Wir haben Techniken zur Körperkartierung entwickelt, mit deren Hilfe sich das Bild eines wirklichen Menschen aus jedem Blickwinkel reproduzieren läßt«, sagte Terry. »Wollen Sie mich mal in ganzer Schönheit sehen?«

Ich erhaschte noch einen kurzen Blick auf Terrys behaarten

Bauch, der über eine winzige grellgrüne Unterhose fiel, bevor mich Rachel weiterzog. »Terry ist ein As, aber leider etwas durchgeknallt.«

Etwas abartig, so ein Programmierer, der den ganzen Tag am Computer hockte und hübsche Frauen an- und auszog. Und zum Schluß zog er sich selbst ein knappes Höschen an. Ziemlich abartig.

Rachel zeigte mir noch die Arbeit einiger anderer Programmierer. Einer entwickelte die dreidimensionale Wiedergabe einer Ölquelle und ein anderer ein System, das Menschen, die unter Höhenangst litten, helfen sollte, ihre Panik zu überwinden.

»Probieren Sie das mal aus!« sagte sie und zeigte auf ein Durcheinander aus Metall- und Elektronikteilen. Es war ein Skitrainingssystem.

Einen Augenblick zögerte ich, bevor ich ihrer Aufforderung folgte. Sorgsam stellte ich die Füße in die Skistiefel, die auf speziell entwickelten Metallplatten befestigt waren, und setzte eine Datenbrille auf. Plötzlich befand ich mich auf einer Skipiste. Ich war umgeben von Bergen, Himmel, Sonne und glitzerndem Neuschnee. Mit echten Skistöcken stieß ich mich ab und schoß augenblicklich den Hang hinab. Ich hatte das Knirschen des Schnees in den Ohren, und, was noch seltsamer war, ich spürte die Dellen und Unebenheiten des Schnees unter meinen Brettern. Ich probierte einen Schwung, fühlte den Druck in den Beinen und hatte wie selbstverständlich eine andere Blickrichtung. Ich verlor für einen Moment die Orientierung, konnte mich aber schnell an die neue Welt gewöhnen, in der ich mich nun befand. Natürlich sah der Hang nicht vollkommen realistisch aus, und ich spürte nicht jene Mischung aus Sonne, Kälte und Fahrtwind auf dem Gesicht, die ein wesentliches Element des Skilaufens ist, trotzdem war es ein intensives Erlebnis. Und als ich stürzte, tat es kein bißchen weh.

Es war bestimmt eine phantastische Methode, Ski laufen zu lernen oder alte Fähigkeiten aufzufrischen, bevor man sich wieder auf die Pisten wagte. Ich hätte gern noch einen zweiten Versuch gemacht, aber irgendwie hielt mich Rachels Miene von einer entsprechenden Bitte ab. Widerstrebend folgte ich ihr zu einem kleinen Büro am Ende des Saals.

Auf unserem Weg dorthin öffnete sich plötzlich links von uns eine Tür, und ein Halbwüchsiger stolperte heraus, sich die Augen reibend. Er war mager und bleich, mit großen Augen, die rotgerändert vor Müdigkeit waren. In der Hand hielt er vier leere Pizzaschachteln. Er lief fast in Rachel hinein.

»Ich will die Dinger hier loswerden«, sagte er. Dann lächelte er müde. »Prima gelaufen. Wir haben es fast geschafft.«

»Super, Andy«, sagte Rachel. »Hast du letzte Nacht geschlafen?«

»Noch nicht«, murmelte der Junge. Dann erst bemerkte er mich und stieß die Tür zu, durch die er gerade gekommen war. Sie trug ein kleines Schild: »Projekt Plattform. Kein Eintritt.« Darunter hatte man einen großen Totenschädel mit gekreuzten Knochen geklebt.

»Wer ist das denn?« fragte ich, während Andy mit seinen Pizzaschachteln davonschlurfte.

»Andy Kettering. Wohl der fähigste Programmierer, den wir haben. Und er ist nicht ganz so jung, wie er aussieht. Ich glaube, er ist dreiundzwanzig.«

»Und was ist das Projekt Plattform?«

Einen Augenblick sah mich Rachel zögernd an. Schließlich sagte sie: »Das ist ein vertrauliches Projekt, an dem wir im Auftrag eines Dritten arbeiten. Nur fünf Leute in der Firma wissen etwas darüber. Na ja, vier, jetzt, wo Richard nicht mehr da ist.«

Ich war neugierig, ließ das Thema aber auf sich beruhen. Ich folgte Rachel in einen Glaskasten. Offensichtlich ihr Büro. Der Tisch war mit Kaffeebechern aus Plastik bedeckt. Mindestens drei überquellende Aschenbecher standen herum. Zwei leere Valpolicella-Flaschen rahmten den Papierkorb ein. Auf der einen Seite des Schreibtisches befanden sich drei säuberlich geschichtete Papierstapel, auf der anderen summte ihr Computer friedlich vor sich hin. Auch sie hatte ein Fenster, allerdings ohne Vorhänge. Man sah eine graue Stadt im frühen Morgendunst und einen breiten Fluß, der das Zentrum durchquerte.

»Glasgow?«

»Ja.«

Ein einsames Schiff fuhr den Clyde hinauf.

»Richard hat viel in seinem Bootshaus in Kirkhaven gearbeitet«, sagte Rachel. »Da hat er einige wichtige Sachen aufbewahrt. Ob ich wohl mal vorbeikommen und sie abholen kann?«

»Selbstverständlich. Oder soll ich sie mitbringen?«

»Nein, machen Sie sich keine Umstände. Das meiste befindet sich sowieso in seinem Computer. Ich muß die Dateien erst überspielen.«

»Okay. Wann brauchen Sie es?«

»Sobald wie möglich.«

»Wie wär's mit heute abend?«

»Das geht nicht«, sagte Rachel. »Ich werd' fast die ganze Nacht hierbleiben. Allerdings könnte ich morgen früh kommen. Halb acht, ist das recht?«

»Ja, klar.« Ich fragte mich, wann sie schlief. Ob sie überhaupt jemals schlief.

Einen Augenblick schwiegen wir und standen uns etwas verlegen an einem kleinen Konferenztisch gegenüber.

Diese Frau hatte jahrelang eng mit Richard zusammengearbeitet. Sie war in alle Geheimnisse von FairSystems eingeweiht. Unwiderstehlich war der Wunsch, in Erfahrung zu bringen, ob sie etwas über Richards Tod wußte.

»Haben Sie eine Ahnung, wer ihn getötet haben könnte?«

Das war natürlich eine törichte Frage. Bleich und regungslos sah sie mich an.

»Nein«, sagte sie und biß sich auf die Unterlippe.

Einen Augenblick zögerte ich. »Bevor er starb, hat er sich mit mir verabredet, um etwas mit mir zu besprechen. Wissen Sie, was das gewesen sein könnte?«

Noch immer ließ ihr Gesicht erkennen, daß sie nur mühsam ihre Fassung wahrte. »Ich möchte nicht über ihn sprechen, okay?« Ihre Stimme ließ keine Diskussion zu.

»Okay«, sagte ich etwas verärgert. Aber sie hatte wohl das Recht, mit ihrer Trauer auf ihre eigene Weise umzugehen.

Wieder herrschte verlegenes Schweigen.

»Ist sonst noch was?« fragte ich schließlich.

Sie sah mir direkt in die Augen. »Wollen Sie FairSystems verkaufen?«

Darauf war ich nicht vorbereitet. Ich gab keine Antwort. Noch wußte ich die Antwort selbst nicht.

Rachel ließ meinen Blick nicht los. »Die Leute in der Firma machen sich Gedanken. Es heißt, Sie wollen das Geld einsakken und sich aus dem Staub machen.«

Vielleicht hatten sie recht, dachte ich. Unverwandt ruhten Rachels dunkle Augen auf mir, prüfend und anklagend. Ich wich ihrem Blick aus.

»Diese ganzen Jahre hindurch haben wir alle hart für Richard gearbeitet. Sein Tod war ein Schock für jeden hier. Für manche war es besonders schlimm. Aber wir wissen alle, worum es ihm ging, und wir möchten weitermachen. Um seinetwillen. Mehr können wir für ihn nicht tun.« Ihr Gesicht blieb maskenhaft starr. »Richard hat gesagt, er würde nie verkaufen. Ich hoffe, Sie verstehen das.«

Mir ging vieles durch den Kopf. Schuldgefühle, weil ich daran gedacht hatte, Richards Firma zu veräußern, und die Erkenntnis, daß den Mitarbeitern eigentlich ein weiterer Schock nicht zuzumuten war.

Zu Rachel sagte ich aber nur: »Ja, ich verstehe.«

»Ich weiß, daß Sie in einer Bank arbeiten«, fuhr sie fort. »Und ich weiß, daß für Leute Ihres Schlages Geld eine wichtige Sache ist. Aber dieses Unternehmen ist mehr als eine Gewinn- und-Verlust-Rechnung. Es ist Richard. Alles, wofür er gelebt hat, alles, woran er geglaubt hat.

Die Weichen für die Zukunft der Virtuellen Realität können hier in Glenrothes gestellt werden. Wir stehen kurz davor, Richards Vision zu verwirklichen. Machen Sie das nicht kaputt, es ist zu wichtig.« Ihre Stimme war voller Verachtung. Sie bat mich nicht um etwas, sie forderte es.

Ich nickte lediglich, um Rachel gegenüber keine Verpflichtung einzugehen, hatte aber ein höllisch schlechtes Gewissen.

»Ich bring' Sie zu Willie«, sagte sie.

8

Willie Duncan hatte ein kleines rundes Gesicht, nervöse Augen hinter einer Nickelbrille, eine faltenlose Babyhaut und krauses rotes Haar. Als wir eintraten, hockte er hinter den Akten und Papieren, die seinen Schreibtisch bedeckten.

Rachel hatte schon recht. Willies Welt war mir vertrauter als die der anderen. Er beschäftigte sich mit Zahlen, mit Gewinnen und Verlusten. Als Trader kann man vor seiner Gewinn-und-Verlust-Rechnung nicht die Augen verschließen. Schlechte Abschlüsse schlagen als Verluste zu Buche, gute Abschlüsse als Gewinne, Entschuldigungen zählen nicht. Nach meiner Auffassung war das einzige echte Maß für FairSystems' Wert seine Rentabilität, wenn nicht im Augenblick, dann zumindest im Laufe der nächsten ein, zwei Jahre.

Schottische Buchprüfer sind gefürchtet, doch Willie hatte wahrlich nichts Furchterregendes. Er besaß auch weder Rachels scharfe Intelligenz noch Davids Schliff, dafür schien er aber FairSystems' Zahlen gut im Griff zu haben. Alles war schlüssig, alles stimmte.

Leider, denn was sich dabei herauskristallisierte, war alles andere als erfreulich.

Alles Geld, das durch die Plazierung von FairSystems an der NASDAQ hereingekommen war, hatten eine Reihe wichtiger Forschungs- und Entwicklungsprojekte sowie die Provisionen für Wagner Phillips verschlungen. Insgesamt fünf Millionen Pfund. Da die Geldmittel wieder knapp wurden, war eine strenge Ausgabenkontrolle verfügt worden. Zwar lieferte das Unternehmen an Kunden, doch nur in der Größenordnung von dreihunderttausend Pfund im Monat. Die monatlichen Verluste betrugen zwischen ein- und zweihunderttausend Pfund. Auf der Bank waren nur noch zweihunderttausend Pfund.

Glücklicherweise zeigte Willies Prognose auch, daß in den nächsten drei Monaten von Jenson Computer fünfhunderttausend Pfund eingehen sollten und am Ende des Jahres möglicherweise noch erheblich mehr.

»Wofür ist das?« fragte ich und zeigte auf die Jenson-Zahlungen.

»Ach, das geht um ein Projekt, an dem Richard und Rachel gearbeitet haben.«

»Projekt Plattform?«

»Richtig.« Offenbar war Willie überrascht, daß ich den Namen des Projektes kannte. »Wissen Sie was darüber?«

»Eigentlich nicht«, sagte ich. »Ich bin nur vorhin an dem Projektraum vorbeigekommen. Wissen Sie Genaueres?«

»Oh, nein.«

»Wieso wissen Sie dann von diesen Zahlungen?«

»Nun, seit letztem Sommer bestehe ich auf regelmäßigen Liquiditätsflußprognosen für das Unternehmen. Deshalb nennt Richard mir den Zeitpunkt und den Umfang ausstehender Zahlungen ...« Er unterbrach sich. »Ich meine ›nannte‹.« Er mußte sich erst wieder fangen. »Tut mir leid, es ist einfach unfaßbar, was geschehen ist«, sagte er stockend. Er sah so unglücklich aus, daß ich versucht war, ihm tröstend die Hand zu tätscheln. Dann nahm er sich wieder zusammen. »Vor ungefähr drei Wochen hat er mich darüber informiert, daß diese Zahlung von Jenson Computer zu erwarten sei.«

»Und was ist mit diesen eventuellen Zahlungen später im Jahr?«

»Er sagte, sie könnten sehr umfangreich sein. Vielleicht aber auch ausbleiben. Es hänge alles davon ab, was mit dem Projekt Plattform werde.«

Offenbar war dieses Projekt von lebenswichtiger Bedeutung für das Unternehmen. Ich mußte mehr darüber erfahren.

»Was geschieht, wenn es nach dem Sommer keine Zahlungen von Jenson Computer mehr gibt?«

Willie blätterte in seinen Papieren. »Dann sind wir im September zahlungsunfähig.«

»Sind Sie sicher?«

»Na ja, wenn wir Pech haben, könnte es auch schon im August der Fall sein.«

Drei Monate. Ich hatte den deutlichen Eindruck, daß die Angelegenheit ziemlich verfahren war.

Ich bat um genauere Zahlen – Aufschlüsselung des Absatzes nach Kunden, Forderungen, Informationen über Gewinnspannen, Entwicklungskosten der einzelnen Produkte, Lagerbestände und so fort. Willie hatte alles parat, und alles lief aufs gleiche hinaus: Monat für Monat gab FairSystems mehr Geld aus, als es einnahm.

Ich wußte, daß kleine Unternehmen in der Regel keine sehr klaren Vorstellungen von ihrer finanziellen Lage haben. So gesehen, leistete Willie ausgezeichnete Arbeit. Aber mit jedem neuen Zahlenpaket, das er mir präsentierte, wand er sich mehr. Er rang buchstäblich die Hände.

»Sieht nicht gut aus, Willie, oder?« sagte ich.

»Allerdings. Sobald wir das Jenson-Geld ausgegeben haben, ist nicht mehr viel zu erwarten.«

»Lassen sich die Entwicklungskosten noch weiter drükken?«

»Glaube ich nicht. Sie können Rachel gerne fragen, aber in den letzten Monaten haben wir auf die meisten neuen Projekte verzichtet, bis auf dieses Projekt Plattform. Das Geld, das wir haben, brauchen wir, um die Sachen zu beenden, an denen wir gerade arbeiten. Wenn wir auch diese Projekte einstellen, haben wir sehr bald überhaupt keine Einkünfte mehr.«

Er hatte recht. Für ein Unternehmen wie FairSystems war es Selbstmord, wenn es aufhörte, neue Produkte zu entwikkeln.

Ich sah mir die Bilanz an. »Da sind keine Kredite. Haben Sie es bei allen Banken versucht?«

»Ja, doch. Alle schottischen Banken haben abgewinkt. Ich habe es auch bei einem halben Dutzend englischer Banken versucht, und die waren auch nicht interessiert. In unserem Aufsichtsrat sitzt Nigel Young von Muir Campion. Das ist eine der ältesten Handelsbanken in Edinburgh. Nigel hat alle seine Beziehungen spielen lassen – ohne Erfolg. Verstehen Sie? Wir haben keine Sicherheiten und keine Gewinne.«

Ich verstand. »Wir müssen also zusehen, daß endlich Geld reinkommt?«

Verlegen zuckte Willie mit den Achseln.

»Ist denn damit zu rechnen, daß diese Firma irgendwann Gewinne macht?« fragte ich.

»Richard hat gesagt, im nächsten Jahr würden wir viel Geld verdienen.«

»Und haben Sie ihm geglaubt? Hatte er irgendwelche Zahlen?«

»Nein, er hat keine Zahlen gehabt«, sagte Willie. »Aber er wirkte sehr zuversichtlich. Natürlich hätte ich liebend gern ein paar Unterlagen gesehen, aber irgendwie glaubte ich ihm auch so.«

Ich machte aus meiner Skepsis kein Hehl. Vertrau mir. Genau das hatte Richard immer gesagt, und das taten die Menschen dann auch – egal wer, Karen, Willie oder ich. Aber am Ende muß man auf solche Worte Taten folgen lassen, oder man kann die Rechnungen nicht bezahlen, und der Strom wird abgestellt.

Die geheimnisvollen Zahlungen von Jenson Computer, die am Ende des Jahres erfolgen sollten, waren ein typisches Beispiel. Ich bezweifelte, daß sie je eingehen würden, und hielt es daher für besser, nicht mit ihnen zu rechnen. Immerhin hoffte ich, daß auf die Zahlung in drei Monaten Verlaß war.

Willie sah mir meine Gedanken an. Wieder rang er die Hände.

Aber immerhin reichte das Geld noch bis August.

Als Richard mich anrief, hatte ich vermutet, die Liquiditätsprobleme der Firma seien sehr viel dringlicher, eine Sache, bei der es um Tage, nicht um Monate gehe. FairSystems' Probleme waren beträchtlich, gewiß, aber sie lieferten keine Erklärung für seine Eile.

»Richard hat mich ein paar Tage vor seinem Tod angerufen«, sagte ich zu Willie. »Er wollte mich in einer ganz dringenden Angelegenheit sprechen. Haben Sie irgendeine Ahnung, was das gewesen sein könnte?«

Willie dachte einen Augenblick nach und schüttelte dann den Kopf. »Ich wüßte nicht. Mir gegenüber hat er nichts Derartiges erwähnt.«

»Also akute Liquiditätsprobleme waren es nicht?«

»Ich glaube nicht. Wie Sie sehen, haben wir immer noch zweihunderttausend Pfund auf der Bank. Das ist zwar nicht viel, hält uns aber immerhin noch ein paar Monate über Wasser, vor allem wenn die Jenson-Zahlungen eingehen.«

»Könnte es um den Handel mit FairSystems-Aktien gehen?«

»Möglicherweise«, sagte Willie. »Er hat mich um Informationen über unser Aktienbuch gebeten. Aber das war vor drei Wochen.«

Also kurz bevor Richard zum erstenmal mit Karen und mir über seinen Verdacht gesprochen hatte.

»Danach nicht mehr?«

Willie dachte einen Augenblick nach. »Nein.«

»Okay«, sagte ich. »Können Sie mir zeigen, was Sie Richard gezeigt haben?«

»Gewiß. Aber ich glaube nicht, daß es Ihnen was nutzt.«

Aus einem Schrank hinter sich zog Willie einen Aktenordner, öffnete ihn und reichte ihn mir. »Das ist das Aktienbuch.«

Einige Angaben bedurften keiner Erklärung. Die wichtigsten Aktionäre des Unternehmens waren ausgewiesen. Insgesamt waren zwei Millionen Aktien im Umlauf. Noch war Richards Anteil ungeteilt eingetragen: achthunderttausend Aktien oder vierzig Prozent des Unternehmens. Nach der Aufteilung dieses Anteils würde ich mit 23,75 Prozent der größte Aktionär sein, gefolgt von meinem Vater mit zwanzig Prozent. Die anderen namentlich aufgeführten Aktionäre waren Walter Sorenson mit vier Prozent, Karen Chilcott mit 3,75 Prozent, Rachel Walker mit 3,5 Prozent, David Baker mit zwei Prozent und William Duncan mit einem Prozent. Es gab noch ungefähr fünfhundert weitere Aktieninhaber, aber die wurden alle als »Wagner-Phillips-Klienten« und jeweils durch eine Zahl bezeichnet.

»Wer sind diese Leute?« fragte ich und zeigte auf die Zahlen, die zehn Seiten füllten.

Willie erläuterte: »Wie Sie wissen, haben wir die Aktien im letzten November öffentlich an der NASDAQ angeboten. Kennen Sie die NASDAQ?«

Ich nickte. Schließlich hatte ich selbst Richard vorgeschlagen, sein Glück an der NASDAQ zu versuchen, als seine englischen Makler kalte Füße bekommen und von der Plazierung an der Londoner Börse Abstand genommen hatten. Die NASDAQ war auf den Aktienhandel rasch wachsender Unternehmen spezialisiert. Microsoft und Genetech gehörten zu ihren legendären Erfolgen. Im Laufe der Jahre waren auch ausländische Aktien hinzugekommen, häufig von Unternehmen, die noch so neu im Geschäft waren, daß sie an den heimischen Börsen nicht landen konnten.

»Nun, in den Vereinigten Staaten sind die Vorschriften zur Aktienregistrierung anders als bei uns«, fuhr Willie fort. »Die Aktieninhaber bei der Plazierung tauchen im Aktienbuch unter ihrem eigenen Namen auf. Doch alle, die Aktien während des öffentlichen Zeichnungsangebots erwerben, wickeln das Geschäft über ein anonymes Konto bei ihrem Makler ab, der in diesem Falle fast immer Wagner Phillips ist.

Hinter einigen dieser Zahlen verbergen sich Mitarbeiter von FairSystems, die während des Zeichnungsangebots Aktien erworben haben.« Willie deutete auf eine Reihe von Zahlen. Insgesamt waren es etwa zwanzig. Kein schlechter Schnitt, wenn man bedenkt, daß es damals nur fünfzig Mitarbeiter gab. »Alles in allem halten sie rund zwei Prozent.«

»Und die anderen?«

»Alles Kunden von Wagner Phillips.«

»Wie kann ich herausfinden, wer sie sind?«

»Wir können Scott Wagner fragen«, sagte Willie. »Er kommt nächste Woche her. Wenn er hier ist, können wir uns mit ihm treffen. Aber ich habe das unbestimmte Gefühl, daß er uns nichts sagen wird. Doch das ist kein Anlaß zur Sorge. Wenn irgend jemand einen Anteil von mehr als fünf Prozent erwirbt, muß er das der amerikanischen Börsenaufsichtsbehörde mitteilen, die es öffentlich bekanntgibt. Diese Aktien sind offenbar weit gestreut. Sehen Sie, kein Anteil ist größer als zwei Prozent.«

Ich gab mich damit zufrieden. Es behagte mir zwar nicht sehr, daß fünfhundert Nummern Anteile am Unternehmen hatten – Namen wären mir lieber gewesen –, aber wenn das

System so war, mußte man es akzeptieren. Es gab keinen Anhaltspunkt dafür, daß etwas nicht stimmte. Ich bezweifelte, daß Richard dem Aktienbuch mehr entnommen hatte.

Ein Blick auf die Uhr zeigte mir, daß es bereits halb sechs war, und es gab noch einen wichtigen Punkt, den ich unbedingt ansprechen wollte.

»Sind noch irgendwelche rechtlichen Fragen offen? Probleme mit Patenten oder dergleichen?«

»Die sind ein Alptraum«, sagte Willie, »besonders wenn es um Software geht. Wir haben eine sehr gute Kanzlei in Edinburgh, die sich um unsere Patente kümmert. Burns Stephens.« Ich erinnerte mich – die Kanzlei, die auch Richards Nachlaß regelte. »Im übrigen bewegen sich ihre Honorare auch in vernünftigen Grenzen. Nach ihrer Ansicht ist das Patent auf unsere neue, leichte Datenbrille sehr gut, aber im Prinzip erreichen wir mit diesen Patenten nur, daß die Konkurrenz etwas länger braucht.«

Ich zuckte mit den Achseln. Das Problem dürfte allen Computerfirmen gleichermaßen zu schaffen machen, dachte ich.

»Sonst keine juristischen Probleme?«

Abermals sah Willie etwas unglücklich drein. So kurz unsere Bekanntschaft auch war, ich konnte in seiner Miene schon lesen wie in einem offenen Buch.

»Willie?«

Er zögerte nicht lange. »Möglicherweise gibt es da noch ein juristisches Problem, aber es hat nicht den Anschein, als würde es uns ernsthaft zu schaffen machen.«

»Und worum handelt es sich?«

»Einen Unfall in Kalifornien. Ein Siebzehnjähriger, Jonathan Bergey, hat den ganzen Abend an einem unserer Systeme gespielt. Danach ist er auf sein Motorrad gestiegen, um nach Hause zu fahren. In einer scharfen Kurve ist er ins Schleudern geraten, gegen einen Baum geknallt und ein paar Stunden später im Krankenhaus gestorben. Das alles ist vor drei Monaten passiert. Der Anwalt des Vaters hat sich mit uns in Verbindung gesetzt und behauptet, der Unfall sei passiert, weil der Junge durch das Spielen am VR-Gerät unter Orientierungsstörungen gelitten habe. Ich habe mir ziemliche Sorgen gemacht, doch zwei Wochen später erhielten wir einen Brief von dem Vater selbst, in dem er uns mitteilte, er werde von einer Klage absehen. Das war eine Erleichterung. Amerikanische Rechtsstreitigkeiten gehen leicht in die Millionen.«

»Ich dachte, wir sind auf dem Unterhaltungssektor kaum vertreten.«

»Das ist richtig. Es war ein Versuchsprojekt, das wir zusammen mit Virtual America durchgeführt haben, einer amerikanischen Firma, die Unterhaltungsgeräte für Spielhallen produziert. Es gibt insgesamt nur zwölf Prototypen.«

Das schien mir in der Tat ein bedenklicher Vorfall zu sein. »Sind wir versichert?« fragte ich.

»Ich bemühe mich darum«, sagte Willie. »Aber es ist nicht leicht, wie Sie sich denken können. Es gibt keine VR-Unfallstatistiken, in die sich die Versicherungsmathematiker verbeißen könnten. Aber ich habe einen Versicherungsmakler, der sich darum kümmert. Noch hat er nicht einen einzigen Unfall entdeckt, der mit VR zu tun gehabt haben könnte – von der Geschichte in Kalifornien natürlich abgesehen.«

Ich schüttelte den Kopf. Diese Branche war ein Minenfeld. Dagegen erschien mir der Wertpapierhandel harmlos.

Bevor ich die Fabrik verließ, schaute ich bei Sorenson vorbei. Er saß in Richards Büro und unterhielt sich mit David Baker. Sorenson winkte mich rein.

David kam mir in der Tür entgegen. »Interessanter Tag?«

»Sehr interessant«, sagte ich. »Nochmals vielen Dank für die Präsentation.«

»Keine Ursache«, sagte er und ging.

Richards Büro war ein schmuckloser Glaskasten wie die anderen, ausgestattet mit einem schwarzen Schreibtisch und einem Computer. Wie Rachel hatte auch Richard ein kleines elektronisches Fenster. Es war abgeschaltet. Ich fragte mich, was er sich wohl für eine Aussicht gewählt haben mochte. Ansonsten waren die Wände bedeckt mit Fotos aus der Anfangszeit von FairSystems und der VR-Entwicklung. Gefährlich aussehende Cyberspace-Ausrüstungen – lange Metallarme, monströse Datenhelme und wüstes Kabelgewirr. Auf den meisten Bildern war Richard der Benutzer, aber auf ein oder zwei sah man Rachels dunkle Locken unter dem klobigen Helm hervorquellen.

Sorenson trug ein kurzärmeliges Hemd mit offenem Kragen und eine Hose mit scharfer Bügelfalte. Obwohl er keinen Anzug anhatte, sah er gepflegter und geschäftsmäßiger aus, als es mir je möglich sein würde. Vor ihm war ein Stapel Papiere sauber aufgeschichtet, daneben lag ein brauner, offensichtlich weitgereister Aktenkoffer.

»Nun, Mark, was meinen Sie?«

»Ein interessantes Unternehmen«, sagte ich. »Faszinierend. Es stellt ein paar sehr eindrucksvolle Produkte her.«

Sorenson lächelte. »Kommen Sie, Mark. Sagen Sie, was Sie wirklich denken. Sie sind Hauptaktionär und kein Angestellter. Also sind Sie unabhängig. Ihre Meinung interessiert mich.«

Geschmeichelt nahm ich zur Kenntnis, daß er es ernst meinte. So hielt ich mit meiner Meinung nicht hinterm Berg.

Den ganzen Tag war ich mit Informationen überschüttet worden, die ich zu verarbeiten versuchte. Es war ein einziges Durcheinander, aber ein Durcheinander, das mir vertraut war. Es hatte große Ähnlichkeit mit den Problemen, mit denen ich als Trader täglich zu tun bekam. Hier wie dort stand viel auf dem Spiel. Es galt, eine Vielzahl verschiedener Fragen zu berücksichtigen, einige quantifizierbar, andere nicht. Und eine Entscheidung war unaufschiebbar.

Mit der Lösung derartiger Probleme war ich vertraut. Man zerlege das Problem in eine Reihe von Faktoren, die das Endergebnis beeinflussen, gewichte jeden Faktor gemäß seiner Bedeutung, fasse ins Auge, was im schlimmsten Falle geschehen könnte, bewerte die Wahrscheinlichkeit eines solchen Ausgangs, quantifiziere die Wahrscheinlichkeit des günstigsten Ausgangs und wäge die beiden gegeneinander ab. Dabei klammere man nach Möglichkeit alle emotionalen Einflüsse aus, die die Analyse beeinträchtigen könnten, fälle eine Entscheidung und setze sie in die Tat um.

Mit dieser Vorgehensweise war ich in der Vergangenheit so gut gefahren, daß sie mir zur zweiten Natur geworden war.

»Zunächst gilt es zu klären, welche langfristigen Aussichten das Unternehmen hat«, begann ich. »Selbst wenn man berücksichtigt, daß die Mitarbeiter nicht ganz objektiv sind, sind die Chancen wohl enorm. Eines Tages wird man auf dem Weltmarkt für Virtuelle Realität viele Milliarden Dollar umsetzen, und gegenwärtig gehört FairSystems offenbar zu den zwei oder drei Marktführern. Bislang ist noch keines der großen Unternehmen in die Technologie eingestiegen, doch selbst wenn das der Fall sein sollte, wäre der einfachste Weg zum Erfolg der Aufkauf von Unternehmen wie FairSystems.«

Sorenson hörte aufmerksam zu. Ermutigt fuhr ich fort.

»Noch weiß niemand mit Sicherheit, welche VR-Anwendungen am besten einschlagen werden. Doch FairSystems ist mit sehr unterschiedlichen Applikationen befaßt. Deshalb wird es mit größter Wahrscheinlichkeit jede Chance wahrnehmen können, ganz gleich, in welchem Bereich sie sich ergibt. Und auch die Kundenliste des Unternehmens ist beeindrukkend.

Die Probleme sind kurzfristiger Natur. FairSystems fehlt es an Kunden, die mehr als ein oder zwei Systeme zur Zeit abnehmen. Im letzten Jahr hat das Unternehmen rund hundert Systeme zu vierzigtausend Dollar das Stück geliefert. Irgendwann wird die Nachfrage steigen, so daß nicht mehr Hunderte, sondern Tausende von Systemen geliefert werden, und dann wird der Rubel rollen. Doch das müßte sehr bald geschehen, sonst scheitert die Firma an ihren Liquiditätsproblemen.«

»Also, was tun wir?« fragte Sorenson.

»Schwer zu sagen«, meinte ich. »In den Händen eines kapitalstarken Unternehmens wäre FairSystems eine echte Trumpfkarte. Ein gutbetuchtes Mutterunternehmen könnte jede Geldknappheit so lange überbrücken, bis der Markt endlich explodiert. Doch auf sich allein gestellt, ohne neuen Börsengang, ohne eine Bank, die interessiert ist, ist das Unternehmen sehr anfällig.«

Daran war weder FairSystems noch Richard schuld. Ich

wußte, daß sich viele High-Tech-Unternehmen in Amerika in dem gleichen Dilemma befanden. Einige machten Pleite, andere fanden durch die unzähligen Risikokapitalfonds in den USA oder durch die NASDAQ Zugang zu Geldmitteln. Aber es gab natürlich nur eine begrenzte Geldmenge, die die Amerikaner in Träume investierten, und selbstverständlich sahen sie ihre Träume lieber in Silicon Valley als in Silicon Glen angesiedelt.

»Also?« fragte Sorenson.

Alle emotionalen Gesichtspunkte beiseite gelassen, lag die richtige Entscheidung klar auf der Hand.

»Verkaufen«, sagte ich.

»Hm«, meinte Sorenson, während seine Augen prüfend auf mir ruhten. »Sie haben sich offenbar ein gründliches Bild von der Firma gemacht.« Er dachte einen Augenblick nach. »Haben Sie schon mit Ihrem Vater gesprochen?«

»Noch nicht«, sagte ich. »Das tue ich heute abend.«

»Okay. Tun Sie das. Ich werde auch mit ihm reden. Dann können wir morgen noch mal darüber sprechen.«

Auf der Rückfahrt nach Kirkhaven ließ ich den Tag bei FairSystems noch mal Revue passieren. Je mehr ich darüber nachdachte, desto klarer wurde mir, daß die Analyse, die ich Sorenson vorgetragen hatte, richtig war.

Alle emotionalen Gesichtspunkte beiseite gelassen ... Als Trader hatte ich mich dazu erzogen, niemals irgendwelche Gefühle in meine Entscheidungen einfließen zu lassen. Das war eine der wichtigsten Grundregeln. Genau das hatte ich Richard immer vorgeworfen.

So freute ich mich nicht gerade auf das Telefongespräch mit meinem Vater.

Der Himmel klarte auf, als ich mich Kirkhaven näherte. Die Straße verlief parallel zur Küste, aber ein gutes Stück landeinwärts. St. Monans und Pittenweem, zwei kleine Ansammlungen weißer Häuser, schmiegten sich in die Küstenlinie, umgeben von einem üppig-grünen Flickenteppich aus Wiesen, auf denen schwarzbunte Rinder grasten. Ich begriff, warum Richard hier gelebt hatte. Die Fabrik in Glenrothes war modern und funktional, aber grau und eng. Hier dagegen war genügend Raum, hier konnten sich die Gedanken entfalten und umherschweifen, so daß es zu jenen scheinbar zufälligen Verknüpfungen kam, die nur ein zugleich entspannter und wacher Verstand herstellen kann. Die frische Meeresbrise und der diffuse, aber allgegenwärtige Sonnenschein sorgten für reine Luft und klares Licht, eine Atmosphäre, in der brauchbare Einfälle gut gedeihen können.

Ich rief meinen Vater an, sobald ich in Kirkhaven angekommen war. Seit ich ihm Richards Tod mitgeteilt hatte, war es das erste Gespräch, das ich mit ihm führte.

»Wie geht es dir, Mark?« fragte er. Vielleicht bildete ich es mir nur ein, aber ich hatte den Eindruck, seine Stimme wäre im Laufe der letzten Woche wiederum gealtert.

Seine Frage war ehrlich gemeint. Aber ich konnte mich nicht dazu überwinden, ihm ebenso ehrlich zu antworten. Die Konzentration während der Besichtigung in Glenrothes hatte den Schmerz, die Wut und die Schuld ein paar Stunden lang in den Hintergrund gedrängt, doch jetzt überfielen mich diese Gefühle wieder mit unverminderter Heftigkeit.

Daher ließ ich es bei einer oberflächlichen Antwort bewenden: »Danke, gut. Und dir?«

Kurzes Schweigen. »Für mich ist es sehr schwierig, Mark«, sagte er.

Ich verspürte den Drang, mich ihm zu öffnen, meine Trauer zu artikulieren, über Richard zu sprechen. Doch die Hindernisse waren zu groß. Mir fehlte die Energie, sie zu überwinden, und ich wußte noch nicht einmal, ob ich es wollte.

So kam ich gleich zur Sache. Ich wollte es rasch hinter mir haben. »Heute habe ich mir FairSystems angesehen, Dad.«

An meinem Tonfall hörte er, daß ich keine erfreulichen Nachrichten für ihn hatte. »Ja?«

»Es sieht nicht gut aus. Das Unternehmen wird pleite gehen, vielleicht schon im Sommer, spätestens im Herbst.«

»Das könnte möglich sein. Was ist mit der Technologie? Allen diesen neuen Produkten?«

»Die Firma wird nicht mehr lange genug existieren, um die meisten von ihnen auf den Markt zu bringen. Es ist kaum noch Geld da. Und jeden Monat wird das Loch größer.«

»Ich glaube es einfach nicht. Es muß einen Weg geben.«

»Den gibt es, Dad. Wir müssen verkaufen.«

»Nein, Mark. Das geht nicht.« Die Stimme meines Vaters klang jetzt entschiedener, fester. »Für Richard war FairSystems das Wichtigste auf der Welt. In gewisser Hinsicht das einzig Wichtige. Um seinetwillen müssen wir die Firma erhalten. Noch vor ein paar Wochen hat er sich geweigert zu verkaufen. Da können wir sie jetzt nicht veräußern, nur weil er tot ist. Ein oder zwei Jahre lang müssen wir es versuchen. Wir müssen seinem Traum eine Chance geben.«

Er redete daher wie ein Schulmeister, der einen unartigen Schüler zur Ordnung ruft. Das gefiel mir ganz und gar nicht. Den ganzen Tag über hatte ich versucht, eine sehr komplizierte Situation zu begreifen, und ich fand, daß es mir ziemlich gut gelungen war. Das gleiche erwartete ich nun von ihm: eine sachliche Erörterung von Fakten und am Schluß eine vernünftige Entscheidung. Ich umklammerte den Telefonhörer etwas fester und unterdrückte meinen Ärger.

»Wenn wir nicht verkaufen, bleibt gar nichts. Ich weiß, daß die Aktien auf viereinhalb Dollar gefallen sind, aber wenn wir das Unternehmen geschickt anbieten, können wir mehr dafür bekommen. Vielleicht acht. Das sind mehr als drei Millionen Dollar für deinen Anteil, Dad.«

Das verschlug ihm die Sprache, aber nur für einen Augenblick. »Finanziell mag das ja vernünftig sein. Aber wenn Richard nicht wollte, daß wir verkaufen, dann werde ich es nicht tun, und du solltest es auch nicht.«

Die Knöchel an der Hand, die den Telefonhörer umklammerte, traten weiß hervor. Von meinem Vater mußte ich mir nicht sagen lassen, was ich zu tun hatte. Das Recht dazu hatte er vor zehn Jahren verloren.

»Was hält Walter davon?« fragte er.

»Weiß ich nicht. Ich habe ihm meine Auffassung dargelegt. Und er hat gesagt, er will noch heute abend mit dir sprechen.

Ihm ist sehr daran gelegen, daß wir uns einigen, weil wir die beiden Hauptaktionäre sind.«

»In Ordnung. Ich traue seinem Urteil. Ich werde mit ihm sprechen, aber ich werde meine Auffassung nicht ändern.«

»Na ja, dann . . . Wiedersehen, Dad.« Ich legte auf.

Ich war wütend. Verkaufen war die einzig vernünftige Entscheidung. Und da kam ausgerechnet mein Vater daher und wollte mir erzählen, was ich zu denken hatte.

Ich stand auf, atmete tief durch und blickte durchs Wohnzimmerfester auf den Inch.

Natürlich war ich vor allem deshalb so zornig, weil mein Vater recht hatte. Die Abwehrmechanismen, die ich gegen die »emotionalen Gesichtspunkte« errichtet hatte, zerbröckelten, und nun stürmten diese verdrängten Aspekte auf mich ein. Mein Vater und Rachel wollten das Unternehmen in seiner jetzigen Form erhalten. Weder meinem Vater noch Rachel Walker war ich in irgendeiner Weise verpflichtet, aber den Grund, der sie zu ihrer Haltung veranlaßte, konnte ich nicht so leicht abtun – Richard.

Wieder meldeten sich die Schuldgefühle. Der Streit, den wir kurz vor seinem Tod hatten. Daß ich ihm nicht gleich zu Hilfe geeilt war, als er mich darum gebeten hatte. Dad hatte völlig recht, FairSystems war alles, was von Richard geblieben war, und nun schlug ich vor, es abzustoßen.

Doch wenn ich es nicht tat, würde die Firma pleite gehen, und dann wäre auch alles weg. Und das wäre obendrein noch eine Dummheit.

Ich rief Karen an. Es tat gut, ihre Stimme zu hören. Ich berichtete ihr von FairSystems und den Problemen, die es mir bereitete. Dann erzählte ich ihr, daß ich mich zum Verkauf entschieden und daß ich deshalb einen Streit mit meinem Vater gehabt hätte. Es half, darüber zu reden.

»Nun, was meinst du?« fragte ich.

»Ich weiß nicht«, sagte sie. »Du hast recht, es ist schwierig. Ich meine, wegen Richard wäre es sicherlich schön, das Unternehmen zu halten, aber wenn es über kurz oder lang sowieso kein Unternehmen mehr gibt, dann hat das wenig Sinn.«

»Wie froh bin ich, endlich eine vernünftige Meinung zu diesem Thema zu hören«, sagte ich erleichtert.

»Aber ich glaube nicht, daß du dich einfach über deine Gefühle für Richard hinwegsetzen kannst«, fuhr Karen fort. »Du kannst es versuchen, aber es wird dir nicht gelingen. Du mußt tun, was du für richtig hältst. Die Entscheidung kann dir niemand abnehmen – weder ich noch dein Vater oder Sorenson. Vertrau deinem eigenen Urteil. Ich tue es.«

»Danke. Du hast mir sehr geholfen.« Das hatte sie wirklich.

»Wie kommst du zurecht?«

»Es geht.«

»Ist es schwer da oben in Kirkhaven?«

»Ja. Obwohl es in gewisser Weise schön ist, von Richards Dingen umgeben zu sein. Von seinem Leben. Aber es macht seinen Tod noch spürbarer. Hier läßt er sich nicht verdrängen.«

»Meinst du, es ist klug, in seinem Haus zu wohnen?«

»Ja, ich muß mich damit abfinden, daß es ihn nicht mehr gibt. Ich muß den Tatsachen ins Gesicht sehen.«

»Wahrscheinlich hast du recht«, sagte sie. »Laß dich nicht unterkriegen. Du fehlst mir.«

»Du mir auch.«

Ich legte auf und blickte mich um. Was ich Karen gesagt hatte, war richtig. Es tat gut, in Richards Haus zu leben. Sicher, es tat auch weh, aber es war die richtige Entscheidung.

Ich saß in einem Sessel im Wohnzimmer. Im wesentlichen war der Raum noch so, wie ich ihn vorgefunden hatte. Die Gates-Biographie lag noch immer umgekehrt auf dem Sofa, so daß das jugendliche Gesicht des Protagonisten durch die große Brille unverwandt zur Decke starrte. Immer noch fühlte ich mich befangen in Richards Haus. Ich war bemüht, nichts zu verändern; daher hatte ich alle meine Sachen in dem unbenutzten Zimmer im Obergeschoß untergebracht.

Neben dem Fenster stand ein altes Schreibpult. Das hatte er von Mutter geerbt. Ich hatte keine Ahnung, wo sie es herhatte, wahrscheinlich von einem Trödler in Oxford. Noch hatte es die magische Grenze nicht überschritten, die alte, abgestoßene Möbelstücke von antiken trennt.

Neugierig begann ich die Schubladen durchzusehen. Immer wieder entdeckte ich kleine Dinge, über die ich ins Träumen geriet. An sich hatten sie keine große Bedeutung, aber sie erinnerten mich an ihn. Briefe von einer alten Freundin, seine Diplomarbeit aus Edinburgh, ein Heft aus der Grundschule.

Dann stieß ich auf die Bedienungsanleitung für einen Mikrocomputer der Marke MITS Altair 8800. Richard hatte das Heft mit Anmerkungen vollgekritzelt. Dad hatte das Gerät als Bausatz aus Amerika mitgebracht, und Richard hatte Stunden in seinem Zimmer verbracht, um es zusammenzusetzen. Damals mußte das im verborgenen geschehen. Richard hatte bei seinen Freunden in der Schule und auf der Straße einen Ruf zu verlieren. Computer waren ungeil. Mit fünfzehn erfreute sich Richard, blendend aussehend und witzig, wie er war, großer Beliebtheit bei den Schulmädchen am Ort. Und er ließ nichts anbrennen. Ich erinnere mich heute noch an seinen Blick, als ich mich damals angeboten hatte, einer seiner Freundinnen den neuen Computer zu zeigen. Das hatte seinem Ruf doch nachhaltig geschadet.

Plötzlich fühlte ich mich sehr müde. Die Broschüre in der Hand, ließ ich mich im Sessel zurücksinken. Blicklos starrte ich die Wand an.

Warum mußte Richard so früh sterben? Welchen Sinn hatte sein Leben gehabt? Warum hatte er alle seine Kräfte in FairSystems gesteckt, ein Unternehmen, das dazu bestimmt war, in ein paar Monaten pleite zu sein? Warum war es an mir hängengeblieben, diese verfahrene Situation zu bereinigen?

Ich wußte keine Antwort. Meine seelische Energie reichte gerade aus, um solche Fragen zu stellen.

Ich mußte raus. Also zog ich mir Jeans und eine Wolljacke an, griff mir eine Zehnpfundnote und machte mich auf den Weg zum Pub.

Hundert Meter das Flüßchen hinauf lag der Inch Tavern. Warm und gemütlich war es drinnen: eine niedrige Balkendecke, Messingbeschläge, ein offener Kamin und eine gastfreundliche Atmosphäre. An der Bar standen ein halbes Dutzend Männer und eine Frau, die sich über einen gewissen

Archie unterhielten. Wer er auch sein mochte, er schien heftige Gefühle zu wecken.

Der Gastwirt war ein großer Bursche mit Bart und einem dicken karierten Hemd über einem T-Shirt. Das schien eine Art Uniform in Kirkhaven zu sein: Zwei Männer an der Bar trugen ein ähnliches Outfit, dazu dicke, warme Hosen. Vermutlich waren sie Fischer. Alle hatten sie kräftige runde Schultern. Starke Burschen.

»Was darf ich Ihnen bringen, Mr. Fairfax?« fragte der Gastwirt.

Einen Augenblick war ich überrascht, daß er meinen Namen kannte. Doch dann überlegte ich mir, daß er inzwischen wahrscheinlich in ganz Kirkhaven bekannt war. An dieser Bar war der Mord sicherlich stundenlang erörtert und von allen Seiten betrachtet worden.

»Ein Pint IPA«, sagte ich.

Der Gastwirt füllte mein Glas. Ich zahlte, setzte mich in die Nähe der Bar an einen kleinen Tisch und nahm erst mal einen kräftigen Schluck.

Das Gespräch verstummte einen Augenblick lang, in dem die Gäste mich ausgiebig musterten, doch bald setzte es wieder ein. Während ich so mein Bier trank, mich in dem warmen Schankraum zurücklehnte und dem ungewohnten Klang der rauhen schottischen Stimmen lauschte, begann sich meine Niedergeschlagenheit etwas zu verflüchtigen. Ich entspannte mich ein wenig und lenkte meine Gedanken auf erfreulichere Dinge.

Ich dachte an Karen, an unseren ersten gemeinsamen Urlaub im Jahr zuvor. Wir hatten eine Skiwanderung in Norwegen unternommen. Karen war sehr sportlich und eine ausgezeichnete Skiläuferin. Ich sah sie vor mir, wie ihre langen Beine die Bretter rhythmisch durch den gleißenden Schnee zogen. Und ich sah den Widerschein des Kaminfeuers auf ihrer nackten Haut in der kleinen Hütte, in der wir eine Nacht verbracht hatten. Mein Puls beschleunigte sich bei dem Gedanken an die Leidenschaftlichkeit, die sie in den Nächten entwickelt hatte. Ziemlich erschöpft waren wir beide aus dem

Urlaub zurückgekehrt. Ich lächelte dem Schaum in meinem Bier zu.

»Tut mir sehr leid, das mit Ihrem Bruder«, sagte der Gastwirt, als er mir nachschenkte. »War ein feiner Kerl.«

»War er«, sagte ich.

Mit einem Handtuch trocknete sich der Gastwirt die Hand und reichte sie mir. Er hatte ein freundliches Lächeln. »Heiße Jim Robertson.«

Ich schüttelte die entgegengestreckte Hand. »Mark Fairfax«, sagte ich.

Ich lehnte mich an die Bar und nahm einen kleinen Schluck aus meinem Glas. »Haben Sie Richard gut gekannt?«

»Flüchtig«, sagte Jim. »Er kam häufig für'n Pint und hin und wieder für 'n Schluck Whisky vorbei. Manchmal haben wir ein bißchen geplaudert. Er hatte 'ne nette Art. Oft hat er da drüben gesessen und Zeitschriften gelesen. So wissenschaftliche Sachen.« Er zeigte auf einen kleinen Tisch mit einem einzigen Stuhl auf der anderen Seite des Pubs. »Für'n Eierkopp war er schwer in Ordnung. Er ist sogar noch am Freitag abend hier gewesen, dem Abend, bevor er starb.«

»Tatsächlich?«

»Ja. Mit 'nem Chinesen war er hier.«

»Einem Chinesen?«

»Chinesen oder Japaner. Hab' sie selber nich' gesehen, aber Annie.« Mit einem Kopfnicken deutete er auf die Gruppe an der Bar.

Das Gespräch an der Bar erstarb, da alle Jim und mir zuhörten. Die einzige Frau in der Schankstube, eine Frau mittleren Alters mit blondgefärbtem Haar, setzte ihr Weißweinglas ab und sagte: »Ja, stimmt. Er war nur ein paar Minuten hier. Er kam herein, sah den Japaner da sitzen und ging sofort zu ihm. Er war echt wütend.«

»Haben Sie gehört, was er gesagt hat?«

»Nein, ging nich'. War zu undeutlich. Aber er war wegen irgendwas sauer. Ist ziemlich schnell wieder weg. Der Japaner hat ausgetrunken und ist bald danach gegangen. Sah ziemlich verdutzt aus.«

»Haben Sie ihn vorher schon mal gesehen?« fragte ich interessiert.

»Nein, noch nie. Der war noch nich' hier. Wenigstens nich', wenn ich da war.« Als ich so ihr aufgedunsenes Gesicht betrachtete und sah, mit welcher Selbstverständlichkeit sie sich an der Bar breitmachte, da konnte ich mir kaum vorstellen, daß der Pub offen hatte, ohne daß sie da war.

»Können Sie ihn beschreiben?«

»Nich' so richtig. War ziemlich jung. Sah gut aus. Japaner. Vielleicht auch Chinese.«

»Was hatte er an? Einen Anzug?«

»Nein, was Lässiges, aber toll, echt toll. Blaues Hemd und schicke Hose. Was die Touris so tragen, wenn sie zum Golfspielen hier sind.«

»Haben Sie das der Polizei erzählt?«

Sie stieß ein alkoholisiertes Lachen aus, in das die Runde an der Bar einstimmte. Jim erklärte die Heiterkeit: »Die Bullen sind verdammt gründlich gewesen. Jeden, der älter als zwei ist, haben sie in die Mangel genommen. Die haben uns ein Loch in den Bauch gefragt nach dem Typ.«

»Haben sie rausgekriegt, wer es war?«

»Nicht daß ich wüßte, aber warum fragen Sie nicht den da?« Mit diesen Worten deutete er mit dem Kopf auf die Tür, durch die gerade ein adretter kleiner Mann mit einem Schnurrbart hereinkam. Er trug eine blaue Windjacke und einen roten Pullover mit V-Ausschnitt – jeder Zoll ein Polizeibeamter außer Dienst.

Cochrane lächelte mir zu. »Na, hat Sie Ihr Weg hierhergeführt, Sie Ärmster? Jim, ein Pint Special, bitte. Möchten Sie auch noch eins?«

»Ich hab' noch, danke«, sagte ich. »Die Leute haben mir gerade von dem Japaner erzählt, den sie am Freitag abend zusammen mit Richard hier gesehen haben.«

Cochrane lachte. »An dieser Bar haben wir die geballte kriminalistische Intelligenz des Landes versammelt. Ein Wunder, daß sie den Mörder noch nicht gefaßt haben.«

»Wie kommt die Untersuchung denn voran?« fragte ich.

»Ich kann das schwer beurteilen«, sagte er. »Superintendent Donaldson läßt sich nicht gern in die Karten gucken.«

»Das will ich gern glauben. Heute morgen hatte ich fast das Gefühl, selbst zu den Verdächtigen zu gehören.«

»Bei Donaldson ist jeder verdächtig«, sagte Cochrane. »Aber das ist gar nicht so schlecht bei einer Morduntersuchung.«

»Wahrscheinlich haben Sie recht. Ich wette, Sie werden ganz schön auf Trab gehalten.«

»Wohl wahr. Tagelang waren wir damit beschäftigt, fast jeden Einwohner von Kirkhaven zu befragen.«

»Irgendwelche brauchbaren Antworten?«

»Niemand hat was gesehen. Draußen hat es gegossen, deshalb saßen die Leute drinnen, und niemand hat viel hinausgesehen.« Cochrane nahm einen Schluck Bier. »Eines steht für mich fest, der Mörder war nicht aus der Gegend hier. Ich weiß, was hier los ist, und ich hätte es rasch herausgefunden, wenn ein Einheimischer damit zu tun gehabt hätte.«

»Hat man den Mann identifiziert, mit dem Richard sich hier unterhalten hat?«

»Ja und nein. Im Robbers' Arms hat an diesem Tag ein Japaner übernachtet. Hiro Suzuki. Leider ist das die japanische Version von Hans Meier. Und eine Adresse hat er auch nicht hinterlassen.«

»Sie kommen also nicht recht weiter, oder?«

»Weiß ich nicht«, sagte Cochrane. »Donaldson stellt immer noch 'n Haufen Fragen. Damit können wir fortfahren, bis wir auf etwas stoßen. Donaldson ist sehr geduldig, und seine Erfolgsquote kann sich sehen lassen.«

»Also wird er den Mörder kriegen.«

»Das hab' ich nicht gesagt, Mr. Fairfax. Das hab' ich keineswegs gesagt.«

9

Ich ging am Strand unterhalb von Inch Lodge entlang. Von den leichten Wellen wurde eine leere Flasche ans Ufer gespült. Ich lief dorthin. Im Inneren befand sich eine Nachricht. Es war Richards Handschrift. Sie war verwischt, und Wassertropfen auf der Innenseite der Flasche beeinträchtigten die Sicht. Ich wußte, die Nachricht war wichtig, aber sosehr ich mich auch bemühte, ich konnte sie nicht entziffern.

Plötzlich kam Wind auf, die Wellen wurden höher und brachen sich tosend am Strand. Ich wollte die Flasche ergreifen, doch die bewegte See entzog sie meinem Zugriff. Wenn ich nur diese verdammte Nachricht hätte lesen können!

Ich wachte auf. Auf die Ellenbogen gestützt, sah mich in dem winzigen Zimmer um und versuchte, mir darüber klarzuwerden, wo ich mich befand.

Zwei Dinge drangen mir gleichzeitig ins Bewußtsein. Ich befand mich in Richards Haus, und das Geräusch, das ich vernahm, war nicht das Meer.

Mit einem Satz war ich aus dem Bett und am Fenster. Das Geräusch kam aus dem Bootsschuppen unmittelbar unter mir. In der kalten Nachtluft sah ich Rauch aufsteigen. Auch einen orangefarbenen Widerschein konnte ich flüchtig wahrnehmen.

Hastig ergriff ich meinen Morgenmantel und rannte nach unten. Dort stürzte ich zum Telefon und wählte die Notrufnummer der Feuerwehr. Dann eilte ich nach draußen. Das Feuer hatte das eine Ende des Bootsschuppens erfaßt. Ich dachte daran, Eimer zu holen und einen Löschversuch zu unternehmen, aber ich hatte den Eindruck, daß es aussichtslos gewesen wäre.

Konnte ich noch etwas retten? Rasch ging ich im Geiste durch, was sich in dem Anbau befand. Ich hatte keine Ahnung, wie wertvoll die Bauteile waren, die sich dort befanden, oder wie leicht sie sich nachbauen ließen. Dann erinnerte ich mich daran, daß Rachel mich nach Richards Computer gefragt hatte.

Offenbar waren die Informationen, die in ihm gespeichert waren, einen Rettungsversuch wert.

Immer noch war das Feuer auf ein Ende des Bootsschuppens beschränkt. Es gab eine seitliche Tür. Richards Computer stand an der entgegengesetzten Wand. Ich würde nicht lange brauchen.

Also zurück in die Diele des Haupthauses und wieder zur Tür des Bootsschuppens. Jetzt waren die Flammen schon deutlich zu sehen. Sie fraßen sich am Dach entlang. Ich schloß die Tür auf. Dunkelheit empfing mich. Das flackernde Licht des Feuers fiel auf Metall und Kunststoffflächen. Unerträgliche Hitze schlug mir entgegen. Der Geruch von brennendem Holz stieg mir in die Nase und ein anderer, durchdringender Gestank.

Benzin. Himmel, was hatte Benzin hier drinnen zu suchen? Wenn sich das entzündete, flog das ganze Gebäude in die Luft!

Ich wollte mich schon ins Freie flüchten, als ich gegen die Fensteröffnung die Silhouette von Richards Computer erblickte. Nur zwei Schritte entfernt.

Ich stürzte dorthin, fegte den Monitor vom Computergehäuse und wollte es mit einem kräftigen Ruck an mich reißen. Ein Kabel löste sich, aber das andere blieb hartnäckig an einem schweren, unbeweglichen Objekt hängen.

Mist!

Gierig leckten die Flammen am Dach. Fast hatten sie schon die Balken über mir erreicht, obwohl es auf dem Boden noch auszuhalten war. Doch dann war plötzlich überall Rauch. Ich hustete, konnte aber noch atmen. Einen Augenblick stand ich wie angewurzelt und überlegte, ob ich den Computer loslassen und die Flucht ergreifen sollte.

Das Gerät vom Kabel zu befreien würde nur fünf Sekunden dauern. Der Himmel wußte, wieviel Zeit es gekostet hatte, die Dinge zu entwickeln, die sich auf der Festplatte befanden. Nach Richards Tod waren sie wahrscheinlich unersetzlich.

An der Rückseite des Geräts tastete ich nach dem Kabel. Ich zog, bekam es aber nicht heraus. War es verschraubt? In diesem Fall blieb mir nicht genügend Zeit, um es zu lösen.

Keine Schraube, nur ein Klemmstecker. Von dem Gerät bei Harrison Brothers wußte ich, wie er funktionierte. Blind tastete ich in Dunkelheit und Rauch, auf der Suche nach Ansatzpunkten für beide Finger.

Es dauerte ewig! Klick! Die eine Seite war lose. Klick! Die andere Seite. Ich riß das Gerät vom Schreibtisch und stürmte zur Tür. Nach ein paar Schritten verhakte sich mein Fuß in einem harten, metallischen Gegenstand, und ich stürzte zu Boden, den Computer gegen die Brust gepreßt.

Ein schreckliches Brausen erhob sich, als sei ein Hurrikan in den Bootsschuppen gefahren. Das ganze Dach stand in Flammen. Die Balkenkonstruktion brannte. Die Hitze war unerträglich und versengte mir Gesicht und Hände. Das Flammengeräusch schwoll zum Gebrüll an.

Mühsam kam ich wieder hoch.

Aber ich stand noch nicht richtig, als ich einen heftigen Schlag im Rücken spürte. Einen Augenblick konnte ich nicht mehr atmen. Als ich wieder nach Luft schnappte, füllten sich meine Lungen mit Rauch statt mit Luft.

Verzweifelt mühte ich mich, auf die Füße zu kommen und meinen Körper samt der Last hochzustemmen, die ihn niederdrückte. Es war wie der vierzigste Liegestütz, wenn der neununddreißigste der absolut und endgültig letzte war, für den die Kräfte reichten.

Ich schaffte es nicht. Wieder schnappte ich nach Luft, und diesmal war es aus irgendeinem Grund tatsächlich Luft und kein Rauch. Dort, wo die Haut an Gesicht und Händen der Hitze ausgesetzt war, spürte ich stechende Schmerzen.

Ich hatte höchstens noch ein paar Sekunden zu leben.

Ich warf mich auf dem Boden hin und her, wand mich, trat um mich und unternahm verzweifelte Anstrengungen, um mich von dem Balken zu befreien.

Plötzlich spürte ich, daß sich die Last auf meinem Rücken wie durch ein Wunder ein wenig verringerte. Und ich hörte eine Stimme rufen: »Sehen Sie zu, daß Sie hier rauskommen!«

Unter Hustenkrämpfen, die kein Ende nehmen wollten, und schwarzen Schatten, die mein Bewußtsein immer wieder einzuhüllen drohten, stieß ich wild mit den Beinen um mich, bis ich mich unter dem Balken hervorgewunden hatte. Irgendwie kam ich auf die Füße, schnappte den Computer und warf mich durch die offene Tür. Starke Hände fingen mich auf und zogen mich fort von der Hitze, dem Lärm und dem Gestank.

Ich keuchte und spürte, wie mir wunderbare, kühle Luft die Lungen füllte. Man legte mich auf den Rücken. Aus den Augenwinkeln sah ich, wie sich meine Brust wild hob und senkte, während mein Körper versuchte, die Nachwirkungen von Hitze, Schmerz, Rauch und Adrenalinschüben zu verarbeiten.

Über mir tauchte das Gesicht von Jim Robertson auf, der Bart schwarz, das Haar versengt und das Gesicht verschmiert von Ruß und Schweiß.

»Ist mit ihm alles in Ordnung?« fragte er.

»Ja. Der kommt durch«, antwortete eine Stimme.

Ich ließ den Kopf ins Gras sinken, schloß die Augen und überließ mich dem Schock.

An die nächsten Stunden kann ich mich nur undeutlich erinnern. Die Feuerwehr traf ein, ein Rettungswagen kam. Ich wurde in die Notaufnahme eines Krankenhauses gebracht und befand mich kurz darauf in einem sauberen, frisch bezogenen Bett. Fast augenblicklich fiel ich in tiefen Schlaf. Erst spät am Vormittag erwachte ich, müde und steif, aber offenbar nicht schwer verletzt. Die linke Hand war verbunden und schmerzte. Eine Verbrennung. Sonst sah ich keine Verbände. Krankenschwestern tauchten auf und brachten mir Tee und Toast. So lag ich etwa eine Stunde, während meine Kräfte langsam zurückkehrten. Ich versuchte aufzustehen, aber man sagte mir, ich müsse liegenbleiben, bis ein Arzt nach mir gesehen hätte.

Endlich tauchte eine Ärztin auf. Sie sah einige Jahre jünger aus als ich. Trotz Eile und Müdigkeit war sie freundlich.

»Nun, Mr. Fairfax, wie ich höre, haben Sie ziemliches Glück gehabt«, sagte sie und blickte auf meine Krankenkarte. »Ihnen fehlt weiter nichts. Die Verbrennung an Ihrer Hand wird in den nächsten Tagen abheilen, und ich glaube nicht, daß Ihr Rücken ernstlich Schaden genommen hat. Sie können das Krankenhaus verlassen, wenn Sie fertig sind. Draußen wartet eine junge Dame auf Sie.«

Einen Augenblick dachte ich, Karen hätte irgendwie erfahren, was mir zugestoßen war, und sei nach Schottland gekommen, um nach mir zu sehen. Daher war ich etwas enttäuscht, als ich Rachel im Gang auf und ab gehen sah.

»Wie geht es Ihnen?« fragte sie.

»Ganz gut, nehme ich an. Nur ein bißchen verbeult.«

»Ich bin froh, daß Sie den Computer gerettet haben. Vielen Dank.«

Sie warf mir ein flüchtiges Lächeln zu. Daß ich mein Leben für einen Computer aufs Spiel gesetzt hatte, trug mir einen Pluspunkt in ihrer Wertschätzung ein. Offenbar hatte sie mir das nicht zugetraut.

Ich selbst konnte kaum glauben, daß ich so blöd und leichtsinnig gewesen war.

»Haben Sie die Daten retten können?« fragte ich.

»Ja«, sagte sie. »Sie sind alle überspielt. Achthundert Megabyte. Wenn die verloren gewesen wären, hätte uns das um Monate zurückgeworfen.«

»Waren sie nicht gesichert?«

»Schon. Richard hat sie jeden Abend gesichert, aber auf einem Bandspeicher neben dem Computer. Der ist verbrannt.«

Irgendwie überraschte es mich nicht, daß FairSystems kein gesondertes System zur Sicherung wichtiger Daten hatte.

Ich quetschte mich in ihr Auto, eine gelbe Ente, und ließ mich von ihr nach Inch Lodge fahren. Vor dem Haus parkte eine Anzahl Polizeiwagen. Wir gingen um das Gebäude herum, um einen Blick auf den Bootsschuppen zu werfen – beziehungsweise auf das, was von ihm übriggeblieben war. Die Ziegelmauern standen noch, das Kalkweiß geschwärzt vom Rauch. Das Dach war verschwunden, von einem verkohlten Balken abgesehen, der in den Himmel ragte. Polizisten sperrten die Ruine ab, und ein halbes Dutzend Männer suchten die Überreste Zentimeter für Zentimeter ab.

»Mr. Fairfax!« rief jemand. Ich drehte mich um. Es war Kerr, gefolgt von Sergeant Cochrane. »Haben Sie einen Augenblick Zeit?«

»Sicher. Aber darf ich mir erst einmal den Schaden besehen?« fragte ich.

»Natürlich«, sagte Kerr. »Passen Sie nur auf, daß Sie nichts anfassen.«

Wir betraten das kleine Gebäude, von dem nur noch die Außenmauern standen. Alles war schwarz und naß. Die Kunststoffgehäuse der elektronischen Ausrüstung waren geschmolzen und verbogen. Überall lag Papierasche. Einige Dinge waren unversehrt geblieben, vor allem an der Seite, die das Feuer zuletzt erreicht hatte. Manche der Papiere, die über den ganzen Fußboden verstreut lagen, waren verkohlt, aber in Teilen noch lesbar. Ein Regal voller Bücher schien gar nichts abbekommen zu haben. Überall roch es nach verbranntem Holz und Kunststoff.

Ich seufzte. Wieder war ein Teil von Richards Leben vernichtet. Mit einer Geste forderte ich Kerr und Cochrane auf, mich ins Haus zu begleiten. Rachel folgte uns.

»Tee?« fragte ich.

»Sie sehen aus, als könnten Sie etwas Stärkeres vertragen«, sagte Kerr.

Er hatte recht. Ich fand eine Flasche Whisky und goß mir ein Glas ein.

»Auch einen?« fragte ich Kerr.

»Nur einen kleinen.«

Cochrane schüttelte den Kopf.

Der Whisky tat gut. Ich war zerschlagen und müde, aber ich wollte wissen, was passiert war.

»Nun, es war eindeutig Brandstiftung«, sagte Kerr und nippte an seinem Drink. Mein Blick blieb wieder an der roten Nase haften und dem abenteuerlichen Muster von blauen Linien, das sie überzog. »Aber bisher haben wir niemanden entdeckt, der etwas bemerkt hat. Gegen drei ist das Feuer ausgebrochen. Da haben alle im Bett gelegen. Am Ufer, im Schatten der Felsen, hätte der Täter leicht bis zum Haus gelangen können. Inzwischen hat die Flut eingesetzt. Also sind keine Fußabdrücke mehr zu sehen.«

»Und das Feuer hat alles vernichtet?«

»Nicht ganz.«

Er hielt einen orangefarbenen Ordner hoch. Er war naß und an den Rändern geschwärzt. Aber die Papiere im Inneren waren einwandfrei lesbar. Den Titel, mit verwischtem Filzstift geschrieben, konnte ich mühsam entziffern.

BOWL.

»Sehen Sie sich das erste Blatt an«, sagte Kerr. Ich fing an zu lesen.

27. März
Hallo Richard,
VR bringt Menschen um. Ein armes Schwein in Amerika hat sich nach Benutzung Eurer Geräte mit seinem Motorrad um einen Baum gewickelt. Du hast es gewußt, aber niemandem davon erzählt. Den Vater des Knaben hast Du zum Schweigen gebracht. Also, ich habe die Beweise für den Unfall. Wenn Du nicht dafür sorgst, daß die Öffentlichkeit dauerhaft von allen VR-Geräten verschont wird, mache ich sie publik.
Du hast eine Woche Bedenkzeit.
Doogie

An diese Nachricht war der Brief vom Anwalt der Bergeys geheftet. Ich reichte Rachel die beiden Bogen.

»Himmel!« sagte sie.

»Interessant, nicht wahr?« sagte Kerr. »Haben Sie von dem Unfall gewußt?«

Ich erzählte, was Willie mir über die Klageandrohung des Bergey-Anwalts gegen FairSystems berichtet hatte und über den Brief des Vaters, in dem dieser mitgeteilt hatte, er werde keine Klage erheben.

»Das sieht nach Erpressung aus«, sagte Kerr.

»In der Tat.«

»Haben Sie seit Richards Tod von Doogie Fisher gehört?«

»Nein. Eigentlich weiß ich gar nichts über ihn, abgesehen von dem, was Sie und Superintendent Donaldson mir erzählt haben.«

Kerr sah Rachel an. »Haben Sie davon gewußt?«

Die Augen immer noch auf den Brief gerichtet, schüttelte sie den Kopf. »Nein, Richard hat nie etwas davon gesagt. Aber ich bin keineswegs überrascht, daß Doogie so was macht.«

»Ich auch nicht«, sagte Kerr und nahm den Ordner wieder an sich. »Wir haben bereits mit Doogie geredet. Sieht so aus, als müßten wir ihn uns noch mal vorknöpfen.«

»Haben Sie im Bootsschuppen noch mehr entdeckt?«

»Noch nicht. Die meisten Papiere sind vernichtet, aber es ist erstaunlich, was für Papiere die Techniker heutzutage rekonstruieren können.« Er runzelte die Stirn. »Den hier hätten wir bei der ersten Untersuchung eigentlich nicht übersehen dürfen. Er war unter einem Haufen technischer Papiere verborgen. Aber diesmal sehen wir uns jeden Fetzen Papier an. Keine Sorge.«

Ich überlegte einen Augenblick. Zwar wußte ich herzlich wenig über Doogie Fisher oder BOWL, aber ich fand die Aussicht wenig erfreulich, daß er Einzelheiten über den Motorradunfall veröffentlichen könnte. Das konnte dem Ruf von FairSystems nur schaden. Ja, es wäre höchst nachteilig für die gesamte VR-Industrie.

»Könnten Sie bei diesem Doogie nicht ein bißchen vorsichtig zu Werke gehen?« fragte ich. »Zumindest so lange, bis ich mit ihm geredet habe. Ich würde ungern sehen, daß dieser Brief publik wird.«

»Da ist nichts zu machen, Mr. Fairfax«, sagte Kerr. »Wir haben hier schließlich einen Mord zu klären. Da lasse ich mir nicht von so einem erbärmlichen Erpresser ins Handwerk pfuschen. Ich werde umgehend ein paar Takte mit unserem Freund Doogie reden. Und versuchen Sie nicht, mir zuvorzukommen!« Streng sah er mich an.

»Glauben Sie, das hier könnte ein Motiv für den Mord an Richard sein?« fragte ich.

»Ein unmittelbarer Zusammenhang ist schwer zu erkennen«, sagte Kerr. »Aber ganz offensichtlich herrschte eine Art Erzfeindschaft zwischen Ihrem Bruder und diesem Doogie. Vielleicht haben sie sich im Bootsschuppen getroffen, um über diesen Brief zu sprechen, und da ist der Streit dann außer Kontrolle geraten. Wer weiß? Aber ich werde es schon herausfinden.«

Mit diesen Worten brach er auf und überließ es Cochrane, die Beamten zu beaufsichtigen, die die verkohlten Überreste des Bootsschuppens durchwühlten.

Nachdem ich die Tür hinter den beiden geschlossen hatte, wandte ich mich zu Rachel um. Sie saß am Küchentisch und dachte offensichtlich nach.

Angesichts all der neuen Dinge, die bei FairSystems auf mich eingestürmt waren, hatte ich keine Zeit gefunden, sie nach BOWL zu fragen. Nun war mein Interesse geweckt.

»Dann erzählen Sie mir mal von Doogie Fisher«, sagte ich und nahm ihr gegenüber Platz.

Sie schreckte aus ihren Gedanken auf und blickte mich an. »Doogie hat einmal bei FairSystems gearbeitet«, begann sie. »Kennengelernt habe ich ihn an der Universität von Edinburgh. Wie Richard und ich war er am Fachbereich Künstliche Intelligenz eingeschrieben. Er war glänzend, besessen geradezu. Wochenlang saß er an einem Problem, bis er es gelöst hatte.

Doch dann ließ er das Studium mehr oder weniger sausen. Er wurde eine Art Berufsprotestierer. An allen Demos war er beteiligt, gegen die Kopfsteuer, gegen die British National Party oder einfach gegen die Polizei. Wenn in der Presse berichtet wurde, Agitatoren von außerhalb hätten das Geschehen angeheizt, war Doogie in fünfzig Prozent der Fälle mit von der Partie. Wie Sie sich vorstellen können, war die Uni nicht gerade begeistert.«

»Kam das von heute auf morgen?«

»Nein, seit der Schulzeit war er Mitglied der Socialist Workers Party. Sein Vater war Stahlkocher in Ravenscraig, bis er nach einem Unfall arbeitslos wurde. Doogie war davon überzeugt, daß das Werk die Schuld trug. Dem Direktor, den er für verantwortlich hielt, hat er die Beine gebrochen. Dafür bekam er zwei Jahre. Er ist sehr verbittert. Die Art, wie in diesem Lande Politik gemacht wird, ist ihm verhaßt. Seiner Meinung nach lassen die Tories die Arbeiter und Arbeitslosen zugunsten der englischen Mittelschicht bluten.

Vor ungefähr vier Jahren schlug Richard ihm dann vor, bei FairSystems anzufangen. Er war einverstanden.«

»Warum hat Richard das getan?«

»Doogie hatte was los, und Richard wußte das. Es gibt nur wenige Leute, die so intelligent sind wie Doogie und so viel von Virtueller Realität verstehen wie er. Wir konnten ihn gebrauchen. Und zunächst machte er sich auch sehr gut. Ein gesundes Mißtrauen gegenüber Autoritäten ist beim Programmieren nur von Vorteil, und davon hatte Doogie wahrlich genug. Außerdem war er ungeheuer fleißig, er war besessen von seiner Arbeit. VR wurde sein Leben; meist arbeitete er sieben Tage die Woche.«

»Genau wie Sie«, warf ich ein.

Rachel lächelte. »Noch schlimmer als ich. Dann fing er an, sich für die Psychologie und Philosophie der Virtuellen Realität zu interessieren; für die Frage, was es konkret bedeutet, wenn man längere Zeit in einer virtuellen Welt verbringt. Und ich glaube, einige seiner Schlußfolgerungen haben ihn nachdenklich gemacht. Beispielsweise hat er gesagt, VR würde einfach eine weitere Methode für das Establishment werden, die Massen zu manipulieren. Da gibt es eine neue Technologie, an die er glaubt, und plötzlich stellt sie sich als ein neues Mittel zur sozialen Kontrolle heraus. Als er zu Richard ging, war FairSystems nicht mehr als ein kleines Team, das an einem wissenschaftlichen Problem arbeitete. Allmählich wurde ihm dann klar, daß sich FairSystems, wenn alles nach Wunsch ging, zu einem großen, profitträchtigen Unternehmen entwickeln würde, einem jener Unternehmen, die er seit jeher haßte. Der Gedanke machte ihn krank. Damals schloß er sich BOWL an, der Liga für die Schöne Alte Welt. Haben Sie davon gehört?«

»Die Polizei hat sie erwähnt. Ein merkwürdiger Name, nicht wahr?«

»Er spielt auf ein Buch von Aldous Huxley an – ›Schöne

Neue Welt‹. Dort manipuliert die Regierung die einfachen Leute durch ›Feelies‹, eine Art Virtueller Realität.«

Schwach erinnerte ich mich, das Buch mit seinem reichlich verzerrten Zukunftsentwurf gelesen zu haben. »Und die Leute von BOWL sind der Meinung, man könne VR heute in dieser Weise verwenden?«

»Genau.«

»Ein bißchen extrem die Vorstellung, oder?«

»Ein bißchen sehr extrem«, stimmte Rachel mir zu. »Doch seit einiger Zeit machen sich ja auch anerkannte Wissenschaftler große Sorgen um die Auswirkungen der modernen Technik auf die Gesellschaft. Sie wissen schon – Kinder, die nur noch vor Computerspielen sitzen, Sex und Gewalt im Fernsehen, solche Sachen. Ich glaube, BOWL versteht sich als die Speerspitze der Mahner, die vor den Gefahren künftiger Technologien warnen.«

»Und diesen Spinnern hat sich Doogie angeschlossen?«

»Ja, und er hat es heimlich getan. Er hat ihnen Informationen über unsere Arbeit bei FairSystems geliefert. Doogie war seelisch nie sehr gefestigt, er hat sehr viel gearbeitet und sein inneres Gleichgewicht immer mehr verloren. Allmählich wurde er auch in seiner Arbeit unzuverlässig. Ich weiß nicht, ob er absichtlich Fehler machte oder ob er einfach die Konzentration verlor.

Anfangs hatte Richard viel Verständnis und versuchte, ihm den Druck zu nehmen. Sie kannten sich schon lange. Doch dann kriegte er heraus, daß Doogie vertrauliche Informationen an BOWL weitergab. Da ist er durchgedreht. Nie wieder habe ich ihn so wütend gesehen. Sie wissen ja selbst, wie geduldig und beherrscht er normalerweise war. Ich vermute, es war die menschliche Enttäuschung, die ihm so zu schaffen machte. Jedenfalls hatten Doogie und er einen Riesenauftritt, Doogie verließ das Werk, und die beiden waren fortan erbitterte Feinde.«

»Wann war das?«

»Oh, vor ungefähr einem Jahr.«

»Und was macht Doogie seither?«

»Er lebt nur noch für BOWL. Die Übel der Virtuellen Realität sind für ihn zur Obsession geworden, und FairSystems ist der Hort aller Übel. In den letzten Monaten ist er zur treibenden Kraft eines radikalen Flügels von BOWL geworden, der sich für gewaltsamere Formen des Protestes stark macht. Man hat uns Briefbomben geschickt. Genau wie zwei oder drei anderen VR-Unternehmen. Wir konnten nie beweisen, daß Doogie dahintersteckte, aber sowohl wir wie die Polizei wissen, daß er es war. Außerdem hat er versucht, unser Computersystem zu knacken.«

»Ist er gefährlich?« fragte ich. »Ich meine, würde er ernsthaft gewalttätig werden?«

»Bei Doogie kann man nie wissen. Früher mochte ich ihn. Wissen Sie, er hatte was, an das er glaubte. Aber nun – doch, ich glaube, daß er dazu fähig wäre.«

»Glauben Sie, er könnte Richard umgebracht haben?«

»Weiß nicht«, sagte Rachel und schüttelte den Kopf. »Vielleicht. Auf jeden Fall hat er ihn gehaßt.«

»Was ist mit dieser Nachricht?«

»Na ja, das muß ein Erpressungsversuch sein. Aber damit hat er nur seine Zeit verschwendet. Richard wäre nie darauf eingegangen.«

Damit hatte sie sicherlich recht. Aber es gab noch etwas, was ich an dieser Nachricht nicht verstand. »Wie ist Doogie überhaupt an eine Kopie des Briefes gekommen? Er war doch in Willies Akten gut aufgehoben.«

Rachel runzelte die Stirn. »Ich weiß nicht. Ich glaube, er hat sich auch schon früher wichtige Informationen über FairSystems besorgt. Aber damals dachte ich, er hätte sich von außen Zugang zu unserem Computernetz verschafft. Sie wissen doch, über die Telefonleitung. Daraufhin haben wir die Sicherheitsvorkehrungen verschärft, und ich hatte gehofft, er könnte nicht mehr eindringen. Im übrigen gibt es diesen Brief wahrscheinlich nur auf Papier. Es lag kein Grund vor, ihn im Computersystem zu speichern. Nein, entweder hat er ihn von jemandem bekommen, oder er hat eine Möglichkeit gefunden, ins Werk einzubrechen.«

»Okay, dann reden wir mal mit ihm.«

»Mit Doogie?«

»Ja, wissen Sie, wo er wohnt?«

»In Edinburgh.«

»Gut. Lassen Sie uns morgen früh hinfahren.«

An diesem Nachmittag fuhr mich Rachel nach Glenrothes. Ich fühlte mich nach meinem Abenteuer im brennenden Bootsschuppen immer noch geschwächt, und mein Rücken schmerzte höllisch, aber ich hatte Sorenson versprochen, ihn aufzusuchen, also tat ich es.

Er saß wieder in Richards Büro. Nachdem er mir einen Stuhl angeboten hatte, bat er Susan, Richards Sekretärin, uns eine Tasse Tee zu bringen.

»Ich habe von dem Brand gehört«, sagte Sorenson. »Außerdem hat man mir erzählt, daß Sie dabei fast umgekommen wären. Was macht die Hand?«

»Schmerzt«, sagte ich, »aber sie wird heilen.«

»Hat die Polizei eine Vermutung, wer es getan hat?«

»Möglicherweise. Man hat eine Nachricht von Doogie Fisher an Richard gefunden. Es geht um den Motorradunfall in Kalifornien. Er schreibt, er werde die Presse informieren, wenn FairSystems nicht alle VR-Geräte vom Markt nimmt.«

»Tatsächlich?« fragte Sorenson. »Doogie Fisher ist der Verrückte, der hier früher gearbeitet hat, nicht wahr? Der Bursche, der sich zu dieser Horde von Maschinenstürmern gesellt hat.«

»Richtig. Haben Sie ihn gekannt?«

»Nein. Als ich Vorsitzender wurde, war er schon gegangen. Aber ich habe die Leute hier über ihn reden hören. Vor einiger Zeit ist hier eine Briefbombe eingegangen. Sie haben nie herausgefunden, wer sie geschickt hat, aber auf Doogie Fisher haben die meisten getippt.«

»Ich glaube, der Inspektor hat ihn auch wegen der Brandstiftung auf dem Kieker.«

»Heißt das, daß sie ihn auch für Richards Mörder halten?«

Ich seufzte. »Weiß ich nicht.« Ich rieb mir die Augen. Ich war zu müde, um noch einen klaren Gedanken fassen zu können. Richards Tod, FairSystems, das Feuer. Alles kreiste in meinem Kopf. Ich brauchte Zeit und Ruhe, um Klarheit zu gewinnen.

»Sie sehen ziemlich geschafft aus«, sagte Sorenson.

Ich richtete mich auf und lächelte schwach. »Mir fehlt nichts.«

»Nun ja, ich hoffe, daß der Fall bald geklärt ist. Je rascher diese Ungewißheit vorbei ist, desto besser. Ich habe David und Rachel gebeten, dafür zu sorgen, daß der Polizei alle Informationen zugänglich gemacht werden.«

Er schlürfte seinen Tee. Die zierliche Tasse wirkte etwas zerbrechlich in seinen großen Händen.

»Gestern abend habe ich mit Ihrem Vater gesprochen. Ich nehme an, Sie können sich nicht mit ihm einig werden, was mit dem Unternehmen geschehen soll, oder?«

Ich versuchte, mich auf FairSystems und seine Zukunft zu konzentrieren. »Richtig«, sagte ich. »Ich will verkaufen, er nicht.«

»Darf ich einen Vorschlag machen?«

Ich nickte.

»Warten wir im Moment noch mit dem Verkauf der Firma. Wir haben Zeit. Bis September können wir es schaffen. Wer weiß, vielleicht schließen wir im Herbst neue Verträge ab. Offenbar war Richard der Meinung, von Jenson Computer würden Ende des Jahres unter Umständen einige große Aufträge zu erwarten sein. Die Aktien stehen nur bei viereinhalb. Zu niedrig, um zu verkaufen. Halten wir noch ein paar Monate durch, konsolidieren wir die Firma, und sehen wir dann weiter. Zumindest erzielen wir dann wahrscheinlich einen besseren Preis.«

Skeptisch sah ich ihn an.

»Sehen Sie, am Ende werden wir wahrscheinlich sowieso verkaufen«, fuhr er beschwichtigend fort, »aber ich glaube, im Augenblick sollten wir der Firma die Chance geben, als unabhängiges Unternehmen weiterzuexistieren.«

Ich war unschlüssig. Sorenson sah es. »Natürlich stellt sich die Frage nach der Firmenleitung«, sagte er. »Rachel und David harmonieren nicht besonders. Daher fehlt FairSystems die Handlungsfähigkeit, die wir brauchen.

Ich habe darüber nachgedacht. Was halten Sie davon, selbst den Posten des Geschäftsführenden Direktors zu übernehmen? Nur für drei Monate. Danach können wir das Unternehmen entweder verkaufen oder jemanden auf Dauer einstellen.«

»Ich?« fragte ich verblüfft. »Das kann ich nicht. FairSystems ist eine Aktiengesellschaft. Ich habe noch nie ein Unternehmen geleitet, geschweige denn eine Aktiengesellschaft.«

»Ich denke, Sie schaffen das. Ich war gestern ziemlich beeindruckt, wie rasch Sie sich einen Überblick über die Vorgänge hier verschafft haben. Sie sind jung, initiativ und entscheidungsfreudig. Die meisten der erfolgreichen kleineren Technologieunternehmen, die ich kenne, werden von Leuten unter dreißig geleitet. Ein verdienter Manager mittleren Alters würde dieser Firma ganz schnell jeden Schwung nehmen. Sie braucht jemanden, der bereit ist, Risiken einzugehen, und das sind Sie.«

»Aber ich habe keine Ahnung von der Technologie«, protestierte ich.

»Dann eignen Sie sich die an. Ihr Vater sagt, Sie seien mathematisch sehr begabt. Nicht weniger als Richard. Machen Sie Gebrauch davon. Nebenbei bemerkt, hier gibt es genug Leute, die die Technologie in- und auswendig kennen.«

Sorenson hatte nicht unrecht. In der Schule hatte ich ausgezeichnete Noten in Mathematik gehabt. Genauso gute wie Richard. Aber ich hatte keine Lust gehabt, in die Fußstapfen meines Vaters und meines großen Bruders zu treten. Statt mich also der Mathematik und den Naturwissenschaften zuzuwenden, hatte ich mich zur großen Enttäuschung meines Vaters für Geschichte entschieden.

»Was hält er denn davon?«

»Ihr Vater? Er findet das gut«, sagte Sorenson. »Ich nehme an, ihm gefällt der Gedanke, daß Sie sich um Richards Firma kümmern, sie an seiner Stelle weiterführen. Und er hat Vertrauen zu Ihnen.«

Ich dachte über Sorensons Angebot nach. Obwohl einiges dafür sprach, hatte ich doch meine Zweifel.

»Ich will Ihnen von einem anderen Unternehmen erzählen, mit dem ich vor einigen Jahren zu tun hatte«, fuhr Sorenson fort. »Melbourn Technology, ein englisches Unternehmen, das in der Nähe von Cambridge liegt. Es stellt Sicherheitssysteme für Mobiltelefone her, die verhindern, daß wichtige Gespräche abgehört werden. Die Technologie gehört zu den besten der Welt, und der potentielle Markt war von Anfang an gewaltig; ein Wachstumsmarkt eben. Trotzdem schrieb das Unternehmen zunächst nur rote Zahlen und steckte in Liquiditätsproblemen, und die Risikokapitalgeber verloren allmählich die Geduld. Daher bat man mich um Hilfe.

Nun, der Unternehmensgründer war ein hochintelligenter Mensch, ein phantastischer Wissenschaftler und gar kein so schlechter Geschäftsmann. Aber er war zu vorsichtig, er hatte nicht den Mut, die einschneidenden Veränderungen vorzunehmen, die erforderlich waren. Deshalb holte ich mir einen dreißigjährigen Burschen, den ich aus dem Mobilfunkgeschäft in Kalifornien kannte. Er hatte keine Ahnung von der Technologie, und er hatte auch noch nie ein Unternehmen geleitet, aber er kannte den Markt, und ich wußte, daß er alle Eigenschaften mitbrachte, die die Firma brauchte. Die Risikokapitalgeber zogen zwar die Augenbrauen hoch, aber da die Situation des Unternehmens nicht schlechter hätte sein können, hatten sie nichts zu verlieren.

Auf jeden Fall eröffnete dieser Bursche eine Marketingabteilung in den Vereinigten Staaten, verlegte die Produktion nach Singapur und ließ das Unternehmen nach drei Jahren mit einem Grundkapital von hundert Millionen Dollar an der NASDAQ plazieren.«

Er lächelte mich an. »Sie sehen also, man kann es schaffen.«

Mein Puls beschleunigte sich. Natürlich reizte mich der Gedanke, FairSystems zu leiten, und Sorensons Unterstützung bedeutete eine enorme Ermutigung. Aber ich mußte in Ruhe darüber nachdenken. Außerdcm war zu klären, ob man mich überhaupt beurlauben würde.

»Kann ich mir das durch den Kopf gehen lassen?«

»Sicher«, sagte Sorenson. »Aber lassen Sie sich nicht zuviel Zeit. Geben Sie mir bis Freitag Bescheid. Am nächsten Montag ist eine Sitzung der Firmenleitung, und ich würde Sie da gern als Geschäftsführenden Direktor bestätigen lassen. Bis dahin bleibe ich in Schottland und kümmere mich um das Geschäft.«

10

Ich parkte den BMW in einer ruhigen Straße in Tollcross, einer schmuddeligen Wohngegend von Edinburgh, südlich des Schlosses. Bei Harrison Brothers wirkte das Auto völlig normal, es fügte sich problemlos ins Straßenbild des Londoner Westens, aber hier machte es einen etwas protzigen Eindruck. Schwatzend und lachend kam eine Gruppe Studenten die Straße herunter. Ich kannte die Gegend flüchtig. Vor einigen Jahren, als Richard noch an der Uni war, hatte er hier ein Zimmer gemietet.

Rachel führte mich zu einem großen grauen Mietshaus. Wir betraten einen engen Hausflur, quetschten uns an einem Fahrrad vorbei und erklommen die Stiege. Drei Treppen hoch, dann standen wir vor einer Tür, neben der unter der Klingel ein Stück Pappe klebte: D. Fisher. Rachel klingelte.

Doogie öffnete die Tür. Er war dünn und drahtig. Deutlich zeichneten sich die Muskeln an seinen nackten Unterarmen ab. Unter dem Ärmel seines weißen T-Shirts war eine Tätowierung zu sehen. Sein hellbraunes Haar trug er sehr kurz, und sein Gesicht war von tiefen Falten durchzogen. Die dunkelbraunen Augen lagen in tiefen Höhlen, die sich unter dem Einfluß von Schlafmangel fast schwärzlich verfärbt hatten.

»Was, zum Teufel, willst du hier?« Er sprach laut, deutlich und mit schottischem Akzent.

»Wir wollten nur mal vorbeischauen«, sagte Rachel.

Er musterte mich.

»Wer ist der Typ?« fragte er.

Rachel betrat die Wohnung. »Mark Fairfax, Richards Bruder. Er ist der neue GD von FairSystems.«

Einen Augenblick brachte mich diese Beschreibung meiner Person völlig aus der Fassung. Offenbar hatte Sorenson schon mit Rachel über seinen Vorschlag gesprochen.

»Und warum bringst du ihn mit?« Doogie schien nicht gerade erfreut zu sein, mich zu sehen.

»Er möchte mit dir reden.«

»Aha. Aber ich will nicht mit ihm reden. Ich hab' genug geredet in letzter Zeit. Gestern hat mich die Polizei zwei Stunden lang genervt.«

»Ich bin hier, um mit Ihnen über die Nachricht zu sprechen, die Sie meinem Bruder geschickt haben.«

»Warum? Sie haben sie doch gelesen, oder?«

»Mr. Fisher, ich weiß, daß Sie ein Mitglied von BOWL sind. Und ich weiß, daß Sie eine sehr entschiedene Haltung zur Virtuellen Realität haben. Ich bin hier, um Ihre Argumente kennenzulernen.«

Mißtrauisch beäugte mich Doogie.

»So, so, Sie wollen also mit mir sprechen?«

Nach kurzem Zögern nickte er. Er sah, daß es mir ernst war. »Okay, setzen Sie sich.« Er zeigte auf ein altes braunes Sofa. Die Wohnung war spartanisch eingerichtet, nur das Nötigste. Billige, gleichgültig zusammengestellte Möbel. An den Wänden hingen martialische Poster: »Stoppt die Kopfsteuer«, »Rettet die Stahlindustrie in Schottland«, »Nieder mit den Faschisten«. Auf dem Kaminsims stand eine einzige Fotografie – sie zeigte einen mürrischen, kräftigen Mann mittleren Alters und eine hagere, verhärmte Frau. Daneben ein Schreibtisch vor der kahlen Wand, darauf ein Computer, Papiere, zwei Kaffeebecher. Dies war der Teil des Zimmers, der bewohnt aussah.

»Ich denke, die Dinger mögen Sie nicht«, sagte ich mit einer Kopfbewegung in Richtung des Computers.

»Mag ich auch nicht«, sagte Doogie. »Doch in diesem Krieg mußt du den Feind verstehen und Zugang zu seinen Waffen haben. Die Kiste hat mir schon gute Dienste geleistet.«

Ich hörte Pfoten auf Linoleum tapsen und sah einen untersetzten, gescheckten Hund mit mächtigen Muskelpaketen zur Tür hereinkommen. Zwischen gewaltigen Kiefern, die zu groß für den Rest des Körpers zu sein schienen, hing die Zunge heraus. Als das Tier uns sah, kam es auf uns zu. Stocksteif saß ich auf dem Sofa und hoffte, daß Doogie den Hund zurückrufen würde. Zunächst schnüffelte er an Rachels Knöcheln und dann an meinen.

»Bei Fuß, Hannibal«, knurrte Doogie. Der Hund ließ von mir ab und schmiegte sich leise hechelnd an Herrchens Beine.

Ich entspannte mich ein bißchen, behielt das Tier aber für alle Fälle im Auge. »Also, warum soll FairSystems die Öffentlichkeit mit seinen Geräten verschonen?«

Doogie warf mir einen raschen Blick zu, offenbar, um festzustellen, ob ich wirklich an seiner Antwort interessiert war. Ich war es. Ich wollte den Standpunkt von BOWL kennenlernen. Was für Beweggründe hatte Doogie?

»Virtuelle Realität ist gefährlich«, sagte er. »Ein bißchen erinnert sie an die Kernspaltung. Eine großartige wissenschaftliche Entdeckung, vorangetrieben von Leuten, die an ihren Nutzen für die Menschheit glauben. Aber sie kann auch großen Schaden anrichten. Die Entdeckung der Kernkraft können wir nicht ungeschehen machen, und wir haben alle Hände voll zu tun, sie unter Kontrolle zu halten, was uns ja nicht immer gelingt. Bei der Kontrolle der Virtuellen Realität müssen wir mehr Erfolg haben.«

»Aber was haben Sie gegen VR? Sie bringt keine Menschen um, und es gibt eine Fülle von nützlichen Anwendungen.«

»Bringt keine Menschen um?« schnaubte Doogie. »Und was ist mit dem jungen Typen auf dem Motorrad?«

»Sie wissen, worauf ich hinauswill«, sagte ich.

Wieder sah Doogie mich prüfend an. »Zugegeben, die plumpen Geräte heute sind noch keine große Bedrohung, doch sie erzeugen auch noch keine echte Virtuelle Realität. Man merkt sofort, daß man sich in einer Art Zeichentrickwelt bewegt. Doch schon bald wird sich die Virtuelle Realität nicht mehr sonderlich von der Wirklichkeit unterscheiden. Und das wird aus vielen Gründen gefährlich sein.

Die Menschen werden die Virtuelle Realität der Wirklichkeit vorziehen. Sie brauchen sich nur anzusehen, wie sich die Pornographie im Internet ausgebreitet hat, um eine Vorstellung davon zu bekommen, was auf uns zukommt. Ich bin nicht prüde, aber wir sprechen hier nicht über Kunst oder Meinungsfreiheit. Wir sprechen über Psychopathen und Perverse, die vorm Schlafengehen noch schnell eine halbe Stunde vergewaltigen und foltern. Und wenn die Virtuelle Realität ihren Reiz eingebüßt hat, dann gehen sie ihrem Hobby eben in der Wirklichkeit nach.«

»Aber das ist doch wohl nur eine kleine Minderheit?«

»Das sagen Sie so, aber Sie wären überrascht, wie viele angeblich normale Männer vergewaltigen und foltern würden, gäbe man ihnen die Gelegenheit dazu, besonders wenn ihnen keine sozialen Kontrollen Einhalt gebieten. Wir wissen alle, was eine disziplinlose Armee in Kriegszeiten der Zivilbevölkerung antun kann – dabei hatten auch die Gestapo-Leute Frauen und Kinder. Früher war es der Krieg, der diese mörderischen Instinkte an die Oberfläche brachte. Jetzt wird es VR sein.«

»Okay«, sagte ich. »Einverstanden, virtuelle Pornographie und Gewalt müssen kontrolliert werden. Doch was ist mit dem Rest der Menschheit? All den Leuten, die einen vernünftigen Gebrauch von VR machen könnten?«

»Wenn Sie einen Großteil Ihres Lebens in virtuellen Welten verbringen, verlieren Sie irgendwann das, was Sie zum Menschen macht. Sie werden der natürlichen Welt, der Umwelt, dem ökologischen System, der Familie, der Gemeinschaft entfremdet und verfallen einer völlig künstlichen Welt. Die Gesellschaft wird in entscheidenden Bereichen nicht mehr funktionieren, weil wir keine Menschen mehr sind, sondern nur noch vergnügungssüchtige Marionetten von Computern.« Die Worte sprudelten nur so aus ihm heraus, während er sich zusehends erregte. »Aber wissen Sie, was mich am meisten ankotzt?«

»Was?«

»Wer, glauben Sie, wird darüber entscheiden, welche virtuellen Welten zur Verfügung stehen? Der normale Benutzer? O nein, es wird irgendein gigantisches Unternehmen sein, Microsoft, News International, vielleicht auch der Staat. Wir werden alle einer Gehirnwäsche unterzogen werden. Oh, es wird ganz unauffällig geschehen, aber am Ende wird man Ihnen vorschreiben, was Sie zu wünschen, was Sie zu denken und wie Sie sich zu verhalten haben. Dann leben wir alle in einer von Silicon Valley und Hollywood geschusterten Welt kränklicher Gefühle, unter dem Diktat einer ekligen, pseudoliberalen Sentimentalität. Das sind die Aussichten heute. In dreißig Jahren wird irgendein Diktator unser Bewußtsein in einer Weise kontrollieren, von der sich selbst Goebbels nichts hat träumen lassen.« Er schauderte. »Himmel! Stellen Sie sich vor, die Thatcher hätte sich durch VR in alle Köpfe schmuggeln können.«

Doogies Augen hatten einen fanatischen Glanz. Das Wort »Thatcher« spie er mit der ganzen Verachtung aus, die sich in zehn Jahren Protest und Aktivismus angesammelt hatte. Und doch waren seine Ausführungen intelligent und beredt. Ganz offensichtlich hatte er das alles gründlich durchdacht und glaubte aufrichtig daran. Das Erschreckende war, daß es mir gar nicht so weit hergeholt erschien. Einen Augenblick schwieg ich.

»Okay, ich kann verstehen, daß Sie gegen VR sind. Doch was hat das mit der Forderung zu tun, daß die Öffentlichkeit keinen Zugang zu ihr haben soll?«

»Ich würde gern jedes VR-Gerät auf der Welt zerstören und verhindern, daß neue gebaut werden«, sagte Doogie. »Aber das läßt sich leider nicht durchführen. VR gibt es nun einmal, und wir können es nicht ungeschehen machen. Doch wenn wir erreichen, daß es nur in die Hände von Menschen gelangt, die es beruflich verwenden, dann verhindern wir vielleicht, daß es die Menschen verdummt. Und das ist die eigentliche Zielsetzung von BOWL.«

»Verstehe. Und wer ist BOWL?«

Doogie zögerte. »Wir sind eine Gruppe von Leuten, die erkannt haben, was auf uns zukommt, und denen das nicht gefällt.«

»Gibt es eine Organisation? Einen Leiter?«

»Nein, aber wir halten Verbindung.«

Ich nickte in Richtung Computer. »Damit?«

Er zuckte mit den Achseln.

»Und befürwortet BOWL Gewalt als Mittel zur Durchsetzung seiner Ziele?«

Bei dieser Frage blickte ich Doogie direkt in die Augen. Er hielt meinem Blick stand. Noch immer brannte in seinen dunklen Augen dieses radikale Feuer. »Das muß jedes Mitglied für sich entscheiden«, sagte er.

»Und Sie? Würden Sie notfalls zur Gewalt greifen, um VR zu stoppen?«

Einen Augenblick schwieg Doogie. Er blickte zum Kaminsims hinüber, zu dem Paar auf der Fotografie. »Manchmal muß man Gewalt anwenden, um zu beschützen, was einem gehört. Woran man glaubt.« Seine Stimme hob sich. »Staaten, Industrien, Großunternehmen benutzen Menschen, ganz gewöhnliche Menschen. Und wenn sie zu nichts mehr nutze sind, schmeißen sie sie auf den Müll. Jahrhundertelang haben sie das mit unseren Körpern getan. Jetzt fangen sie an, ihr beschissenes Spiel mit unserem Bewußtsein zu treiben. Sie können sich drauf verlassen, daß ich dagegen kämpfen werde. Und zwar auf jede nur erdenkliche Weise.«

Er unterbrach sich. Als er fortfuhr, hatte er sich wieder im Griff. »Nun, Sie haben mich gefragt, was ich von Virtueller Realität halte. Jetzt wissen Sie es. Und? Werden Sie dafür sorgen, daß die Geräte nicht allgemeine Verbreitung finden? Sie wissen ja, ich habe diesen Brief noch immer.«

Herausfordernd, höhnisch sah er mich an.

»Was hat Richard geantwortet?«

»Gar nichts.«

»Hat er überhaupt mit Ihnen darüber gesprochen?«

»Nein, ich habe kein Wort von ihm gehört«, murmelte Doogie. »Aber das hat mich nicht überrascht.«

»Und Sie haben sich nicht irgendwo mit ihm getroffen, um die Sache zu besprechen? In Kirkhaven zum Beispiel?«

Verächtlich blickte er mich an. »Diesen ganzen Scheiß habe

ich mir grade von der Polizei anhören müssen. Von Ihnen muß ich mir das nicht sagen lassen. Ich hab' ihn nicht umgebracht, und ich hab' das Feuer nicht gelegt.« Er hielt inne und lächelte. Es war ein häßliches, unangenehmes Lächeln. »Aber wissen Sie was? Ich bin froh, daß er tot ist. Ich bin froh, daß diese widerliche kleine Firma den Bach runtergeht. Er hat mich vollgelabert mit diesem ganzen Scheiß von einer kleinen Gruppe begabter Wissenschaftler, die Neuland erobern wollten. In Wirklichkeit wollte er nur einen Haufen Geld machen wie all die andren Arschlöcher. Ihm war es scheißegal, daß VR unsere Gesellschaft vergiften und Millionen Menschen verblöden würde.«

Das reichte. Ich sprang auf die Füße. »Unterstehen Sie sich, so von meinem Bruder zu sprechen! Er war . . .«

Plötzlich war ein dumpfes Knurren neben mir zu hören. Der Hund hatte sich ebenfalls erhoben, das Fell gesträubt, die mörderischen Zähne entblößt.

Ich wagte nicht, mich zu rühren.

Doogie grinste. »Platz, Hannibal!« befahl er. »FairSystems ist erledigt. Damit sollten Sie sich abfinden. Am besten, ihr beiden schiebt jetzt ab zu eurer beschissenen Fabrik, solange sie noch steht.«

Vorsichtig stand Rachel auf und ging aus dem Zimmer. Ich folgte ihr, ohne den Hund aus den Augen zu lassen.

»Haben Sie gehört, was er über Richard gesagt hat?« sagte ich, als wir die Treppe hinuntergingen. »Dieser Hundesohn!«

»Er haßt die ganze Welt«, sagte Rachel.

»Und sein Hund ist mir auch nicht besonders sympathisch.«

Rachel schauderte. »Einmal hat er Keith gebissen. Nur ein bißchen zugeschnappt. Die Narbe hat er heute noch.«

»Eines kann ich Ihnen sagen. Wir kümmern uns einen Dreck um seine Forderungen. Von mir aus kann er mit diesem verdammten Brief machen, was er will!«

Ich sah zu Rachel hinüber, während wir die Straße entlangeilten. »Worüber lächeln Sie?«

»Das könnte Ihr Bruder gesagt haben.«

Wir stiegen ins Auto und fuhren davon.

»Eines verstehe ich nicht«, sagte sie.

»Was denn?«

»Warum hat Doogie den Bergey-Brief nicht schon längst veröffentlicht? Er hat Richard eine Woche gegeben. Richard hat sich offenbar überhaupt nicht darum gekümmert. Also, warum hat er ihn nicht veröffentlicht?«

Eine gute Frage. Ich wußte die Antwort nicht.

»Wissen Sie, was mit dem Jungen auf dem Motorrad wirklich passiert ist?« fragte ich.

»Nein, keine Ahnung. Wir haben wirklich sehr aufwendige Testverfahren für unsere Geräte entwickelt. Eigentlich können sie solche Unfälle gar nicht verursachen.«

»Haben Sie Nachforschungen angestellt?«

»Nein, sobald Bergey die Klageandrohung nicht wahr gemacht hatte, haben wir die Sache einfach auf sich beruhen lassen. Wir wollten jedes unnötige Aufsehen vermeiden.«

»Sollten Sie sich nicht noch mal darum kümmern?«

Kühl blickte sie mich an. »Noch sind Sie nicht der Chef.«

»Hören Sie, wenn eines unserer Geräte Jonathan Bergey umgebracht hat, müssen wir das wissen.«

»Okay«, sagte sie widerstrebend. »Ich werde es überprüfen.«

Wir schwiegen ein paar Minuten, während wir uns im Stop-and-go-Rhythmus durch die Ampeln von Edinburghs Außenbezirken quälten. Während mein Ärger allmählich abklang, dachte ich noch einmal über Doogies Worte nach. »Was er da über die Gefahren der Virtuellen Realität vorgebracht hat, war nicht nur Mist.«

»Sicher«, sagte Rachel und blickte zum Fenster hinaus.

»Wie hat Richard darüber gedacht?«

»Er war davon überzeugt, daß VR eine gute Sache sei. Richard war Optimist und glaubte an das Gute im Menschen. Daher hat er nur den möglichen Nutzen gesehen. Doogie ist ein Pessimist. Also hält er die Menschheit für schlecht und ist sicher, daß VR sie noch schlechter machen wird.«

»Und Sie? Was glauben Sie?«

»Ich nehme an, die Wahrheit liegt wie immer irgendwo

dazwischen«, sagte sie. »Doogie hat recht, VR kann nutzen und schaden. Meine Aufgabe als Wissenschaftlerin besteht darin, das menschliche Wissen zu mehren. Für das, was die Menschen mit diesem Wissen anfangen, kann ich nicht die Verantwortung übernehmen. Wenn es Probleme gibt, dann ist daran die Gesellschaft und nicht die Virtuelle Realität schuld.« Sie wandte sich mir zu. »Nächste Woche werde ich meinen Bruder besuchen. Wollen Sie mitkommen?«

Die Einladung kam etwas überraschend, aber es gab sicherlich einen Grund dafür. »Gern«, sagte ich. »Darf ich fragen, warum?«

Sie lächelte. »Sie werden schon sehen.«

Noch am selben Nachmittag flog ich nach London. Das Auto ließ ich am Flughafen in Edinburgh stehen, da ich bald zurück sein wollte.

Die Begegnung mit Doogie ging mir immer noch nicht aus dem Kopf. Die ungezähmte Wut, die nur mühsam unterdrückte Gewalttätigkeit und dieser fürchterliche Hund – das alles beunruhigte mich.

Und was war, wenn er recht hatte?

Als das Flugzeug abhob, Kirkhaven und Glenrothes hinter sich ließ, dachte ich darüber nach, was mit mir geschah. Unaufhaltsam wurde ich in Richards Leben hineingezogen, und ich wehrte mich nicht dagegen. Mich faszinierte die Vorstellung, Chef von FairSystems zu werden, selbst wenn es nur für wenige Monate sein sollte. Gewiß, es würde schwierig werden – sehr schwierig –, aber es war eine Herausforderung, eine Chance, mich auf einem anderen Parkett als dem vertrauten des Wertpapierhandels zu bewähren. Das Vertrauen, das mein Vater und vor allem Sorenson in mich setzten, schmeichelte mir. Wenn Sorenson glaubte, ich könne es schaffen, dann konnte ich es auch schaffen.

Je mehr ich darüber nachdachte, desto einleuchtender erschien mir der Plan. Zwar war ich noch immer davon überzeugt, daß es am vernünftigsten wäre, das Unternehmen zu verkaufen, aber ganz offensichtlich mußte ich drei Monate warten, bevor mein Vater zu demselben Schluß kommen würde. Wenn er sich mit seinen zwanzig Prozent dagegen sperrte, konnte der Verkauf schwierig, wenn nicht gar unmöglich werden. In der Zwischenzeit würde ich in der Chefposition einen gewissen Einfluß auf die Geschicke des Unternehmens haben. Wenn es tatsächlich den Bach runterging, hatte ich immerhin die Möglichkeit, alles Menschenmögliche zu seiner Rettung zu unternehmen.

Und es war etwas, das ich für Richard tun konnte.

»Warum nicht?« sagte Karen. »Hört sich doch gut an. Ich bin sicher, du schaffst das.«

»Ich werde versuchen, an den Wochenenden nach London zu kommen«, sagte ich.

»Na ja, es wäre schon toll, wenn es ginge, aber ich denke, du wirst dich da oben nicht so leicht loseisen können. Mach dir keine Sorgen um mich. Ich komm' schon zurecht. Es sind ja nur drei Monate.«

Wahrscheinlich hatte ich insgeheim gehofft, Karen würde sich mir zu Füßen werfen und mich anflehen, sie nicht zu verlassen. Dennoch, ein bißchen Bedauern über meine Abwesenheit hätte mir gutgetan. Aber immerhin hatte sie Verständnis.

»Wie willst du das mit Harrison regeln?« fragte sie.

»Das wird wohl kein Problem sein. Bob wird mich gehen lassen. Er kann es sich nicht leisten, mich zu verlieren. Außerdem wird Ed schon zurechtkommen. Vielleicht tut es ihm sogar gut, wenn er mal eine Zeitlang nicht unter meinen Fittichen ist.« Ich umarmte sie. »Alles in Ordnung? Du siehst müde aus.« Sie war blaß, und ihre Augenpartien waren geschwollen.

»Tatsächlich? Ich schlafe schlecht.«

»Warum das?«

»Seit Richards Tod. Ich weiß nicht genau, warum. Wahrscheinlich wird man durch einen so frühen Tod immer an die eigene Sterblichkeit erinnert.« Sie berührte meine Hand. »Ziemlich egoistisch, nicht wahr? Für dich muß es ja viel schlimmer sein.«

»Nein, das ist okay. Es geht vielen Leuten an die Nieren. Und schließlich habe ich ja gefragt.«

Einen Augenblick schwiegen wir.

»Die Arbeit ist auch keine Hilfe«, sagte sie. »Nichts als Heulen und Zähneklappern in unserer Abteilung. Jeder versucht seine Haut zu retten, keiner denkt mehr ans Geschäft. Aber ich scher' mich nicht darum und betreue meine Kunden wie immer.«

»Das ist bestimmt das Beste, was du tun kannst.«

»Ich hoffe. Es scheint zu klappen. Bob Forrester hat mir in letzter Zeit ein oder zwei erfreuliche Komplimente über meine Arbeit gemacht.«

»Gut. Du wirst es schaffen. Mach dir keine Sorgen.«

»Ja, ich denke auch. Aber bei Sally weiß ich es nicht so recht.«

»Sie wird es auch schaffen«, sagte ich ohne rechte Überzeugung.

Karen starrte nachdenklich vor sich hin. Dann hellte sich ihr Gesicht auf. »Oh, etwas Komisches ist doch passiert. Erinnerst du dich an diesen Peter Tewson vom BGL-Anlagenmanagement?«

»Ich glaube schon. Hat er nicht bei der Einweihung mit dir gesprochen?«

»Richtig. Na ja, er will ständig mit mir ausgehen. Nun hat er mir gesagt, daß er nächste Woche Karten fürs Ballett habe. Ich kann nur schwer ablehnen. Schließlich ist er einer meiner besten Kunden.«

Ich erinnerte mich an den eifrigen Anlagenmanager, mit dem ich an jenem Abend kurz gesprochen hatte. Ich war beruhigt. »Du kannst ihm sagen, daß es mir nicht paßt.«

Sie lachte. »Ich werde mich hüten. Aber er ist entsetzlich langweilig. Und er ist fast noch ein Kind.«

Bei aller Liebe hielt ich das doch für reichlich übertrieben. »Er ist ungefähr so alt wie ich«, protestierte ich.

Verlegen sagte Karen: »Du weißt, was ich meine. Er sieht viel jünger aus als du.« Sie war nur wenig älter als ich, tat aber manchmal so, als betrage der Altersunterschied zehn Jahre. Das ärgerte mich, und sie wußte das.

»Na ja, ich bin bloß froh, daß es nicht dieser andere Typ ist. Du weißt schon, der Leiter der BGL-Niederlassung London. Er schien sehr angetan von dir.«

»Ach ja, Henri Bourger. Wohl wahr, er ist viel eher mein Typ.« Sie grinste mich verschmitzt an.

»Er hat eine so sichere Hand bei der Wahl seiner Architekten«, witzelte ich.

»Ich weiß. Das Gebäude war umwerfend, nicht?« Karen lachte. »Ihr Kasten in New York ist genauso häßlich.«

»Auf jeden Fall kriegst du Riesenprobleme, wenn du dich während meiner Abwesenheit mit irgendwelchen Schweizer Gigolos einläßt.«

Sie lächelte und trank einen Schluck Wein. »Ich scheine schon jetzt in Riesenproblemen zu stecken.«

»Wieso das?«

»Bei Harrison Brothers hat es von schottischen Polizisten gewimmelt. Sie haben einen Haufen Fragen gestellt.«

»Tatsächlich?«

»Ja doch. Sie haben alle meine Kunden überprüft, um festzustellen, ob einer von ihnen FairSystems-Aktien hat. Oder ob ich mit einem darüber gesprochen habe.«

»Eigentlich überrascht mich das nicht. Sie gehen jedem Hinweis nach. Schließlich arbeitest du am amerikanischen Aktienmarkt.«

»Na ja, ich glaube, keiner von meinen Jungs hat je von FairSystems gehört. Es ist blödsinnig. Ich weiß so gut wie nichts über das Unternehmen.«

»Das habe ich der Polizei schon gesagt. Vielleicht glauben sie mir jetzt.«

»Ja, ich hoffe, sie hören mit der Fragerei auf. Es ist meinem Namen am Markt nicht sonderlich zuträglich, wenn da solche Leute kommen und alle möglichen Fragen stellen.« Sie nippte an ihrem Wein. »Wann willst du wieder nach Schottland?«

»Am Sonntag abend. Ich dachte, wir können das Wochenende zusammen verbringen.«

»Oh, Mark, das tut mir wirklich leid. Ich habe meiner Mutter versprochen, sie an diesem Wochenende noch einmal zu besuchen. Das letzte ist so danebengegangen. Ich glaube, ich bin es ihr schuldig.«

»Schon in Ordnung«, sagte ich enttäuscht. Ich hatte mich sehr darauf gefreut – das letzte Wochenende vor meinem dreimonatigen Aufenthalt in Schottland. Aber natürlich wollte ich mich auf keinen Fall in die Beziehung zwischen Mutter und Tochter einmischen.

»Komm schon«, sagte Karen und rückte näher an mich heran. »Zuerst kümmere ich mich um deine Hand, und dann gehen wir ins Bett.«

Nachdem Karen den Verband sorgfältig gewechselt hatte, gingen wir ins Bett und liebten uns. Es war etwas enttäuschend, weniger spontan und intensiv als sonst.

Ich war bekümmert. Seit Richards Tod hatte ich von Karen viel Trost und Hilfe erhalten, aber ich fühlte mich ihr nicht mehr so nahe. Kein Wunder, dachte ich bitter. Richards Tod hatte mich tief getroffen. Da wäre es sehr überraschend gewesen, wenn mein Sexualleben unbeeinträchtigt geblieben wäre. Ich konnte nur hoffen, daß Karen auch in diesem Punkt Verständnis aufbrachte.

»Deshalb möchte ich die nächsten drei Monate Urlaub haben. Unbezahlten natürlich.«

Während ich das sagte, blickte ich Bob Forrester direkt in die Augen. Er saß auf seinem Sofa und strahlte gelassene Autorität aus – kräftige Schultern und eine breite Brust unter einem tadellos gestärkten und gebügelten weißen Oxford-Hemd. Obwohl er seit zehn Jahren in London lebte, war er durch und durch Amerikaner.

Er wandte sich dem aufgeregten Franzosen zu, der neben ihm saß. »Etienne?«

»Das gefällt mir nicht«, sagte dieser. »Der Markt spielt noch immer verrückt. Wir brauchen jeden erfahrenen Trader, den wir haben. Ich glaube, wir würden einen unliebsamen Präzedenzfall schaffen, wenn wir Mark gehen ließen. Dann hätten wir bald keinen mehr im Saal sitzen.«

Forrester sah mich an. »Da ist was dran, finden Sie nicht?«

»Ich würde nicht darum bitten, wenn es nicht schwerwiegende Gründe gäbe«, sagte ich. »Die Sache liegt mir sehr am Herzen. FairSystems ist alles, was von meinem Bruder geblieben ist. Ich schulde es ihm – und mir –, mich um das Unternehmen zu kümmern.«

Forrester hörte höflich zu, war aber nicht beeindruckt. Er schwieg einen Moment.

Ich wußte, was er sich im stillen fragte, und antwortete ihm laut.

»In den letzten Monaten habe ich viele Anrufe bekommen. Bislang habe ich sie noch nicht beantwortet.«

Das war nicht gerade elegant, aber Forrester machte sich nichts aus Eleganz. Und es entsprach der Wahrheit. Ich hatte Barrys Angebot, bei BGL anzufangen, abgelehnt, aber ich hatte seine Telefonnummer behalten für den Fall, daß ich meine Meinung ändern sollte. Und es gab andere Telefonnummern, die ich anrufen konnte. Am Rentenmarkt verbreiten sich Erfolgsgeschichten rasch. Genauso wie Mißerfolge, doch das hatte ich zum Glück noch nicht am eigenen Leib erfahren. Meine Verluste am »Schwarzen Dienstag«, wie der Tag, an dem Greenspan eine Zinserhöhung in Aussicht gestellt hatte, inzwischen genannt wurde, waren nichts im Vergleich zu den Einbußen, die man in der City andernorts erlitten hatte.

Forrester wußte, daß ich meine Bitte aus einer Position der Stärke vorbrachte. »Okay, drei Monate und keinen Tag länger. Ich wünsche Sie am ersten August wieder hinter Ihrem Schreibtisch zu sehen, oder Sie brauchen gar nicht wiederzukommen. Und sorgen Sie dafür, daß Ed keinen Mist baut.«

»Hören Sie, Bob . . .«, warf Etienne ein.

Doch Forrester stand auf und ging wieder an seinen Schreibtisch – das Zeichen für unseren Abgang.

»Danke«, sagte ich und ging hinaus, während Etienne noch blieb, um zu protestieren. Das würde ihm nichts nutzen. Bob Forrester traf seine Entscheidungen und blieb dabei.

Als ich Ed davon berichtete, nahm er die Neuigkeit mit einer Mischung aus Angst und Erregung auf. Es würde ihm sehr guttun. Damit hatte er die Chance, eine Zeitlang sein eigenes Buch zu führen. Ich war mir sicher, daß er es nicht in den Sand setzen würde. Klar, er würde vorsichtig sein, aber das ist für Anfänger immer der richtige Weg.

Dann rief ich Sorenson an, um ihm meine Entscheidung mitzuteilen.

»Freut mich zu hören«, sagte er. »Können Sie nächsten Montag hiersein?«

»Ich werde dasein.«

»Sehr schön. Wir brauchen Sie.«

Als ich auflegte, lächelte ich. Zwar wußte ich, daß er mir nur Mut machen wollte, aber er hatte damit Erfolg.

Ich wollte die Gelegenheit benutzen, um etwas mehr über die Preisbewegungen der FairSystems-Aktien in den letzten Monaten herauszufinden. Richard hatte es für wichtig gehalten, und auch Donaldson nahm es ernst. Zwar hatte Karen aus der Gerüchteküche des Marktes nichts erfahren können, aber es gab noch einen Menschen, bei dem ich mein Glück versuchen konnte.

Steve Schwartz saß nur ein paar Arbeitsplätze von Karen entfernt. Er war ein Amerikaner mit krausem Haar, einem dicken Bauch und mehreren Doppelkinnen. In New York hatte er für Harrison Brothers die Aktien kleinerer Gesellschaften gehandelt, bevor er nach London gekommen war, um dasselbe mit den Aktien kleiner europäischer Unternehmen zu tun. Obwohl er schon mehr als ein Jahr in London lebte, hatte er sich noch nicht an die merkwürdige europäische Art gewöhnt, mit solchen Aktien umzugehen.

Ich erzählte ihm, worum es ging, und er freute sich, mir helfen zu können. Es war für ihn eine Gelegenheit, sich wieder einmal auf vertrautem Gelände zu bewegen. Aufmerksam sah er sich eine Kopie von Richards Analyse an.

»Faszinierend«, sagte er. »So etwas hat meines Wissens noch niemand gemacht.«

»Macht es denn Sinn?«

Er überlegte einen Augenblick. »Ich nehme an. Er hat das Verhältnis von Kurs und Umsatzvolumen bei FairSystems-Aktien mit den entsprechenden Verhältnissen bei ähnlichen Unternehmen im letzten halben Jahr verglichen. Dabei kommt er offenbar zu dem Ergebnis, daß auf den Kurs seiner Aktien mit neunundneunzigprozentiger Wahrscheinlichkeit Einflüsse einwirken, die nichts mit dem normalen Verhalten des Aktienmarktes zu tun haben.« Wieder betrachtete er die Graphik längere Zeit. »Wow! Kann ich das haben?«

»Ich gebe Ihnen eine Kopie.«

»Gut. Ich würde das gerne an einigen von meinen Aktien ausprobieren.«

»Und? Hat er recht? Ist da irgendwas merkwürdig an dem Handel mit FairSystems-Aktien?«

»Hiernach schon«, sagte Steve und tippte auf Richards Papiere. »Aber sehen wir es uns doch mal an.«

Als er einige Tasten des vor ihm stehenden Bloomberg-Computers drückte, erschien eine komplizierte Graphik auf dem Bildschirm. Leise pfiff er durch die Zähne.

»Mann, das ist ja irre!«

»Was ist irre?« Ich war daran gewöhnt, komplizierte Diagramme zu lesen, aber hier ging es um Aktien, nicht um Anleihen.

»Sehen Sie selbst.« Er zeigte auf die Graphik. »In den ersten Wochen haben sich die Aktien wirklich gut gemacht. Bei beachtlichem Umsatzvolumen ist der Kurs um zwanzig Prozent gestiegen, von zehn Dollar auf zwölf. Das war im letzten November. Bis Februar dann keine Bewegung.« Er zeigte auf einen flachen Kurvenverlauf im Bereich der Zwölfdollarmarke. »Nun, keinerlei Aktivität bei einem Aktienkapital von dieser Größe ist nicht überraschend. Das ist die Norm.

Im Februar kamen die Aktien dann ins Rutschen. Sehen Sie?« Tatsächlich zeigte die Graphik, daß der Kurs bis Mitte April von zwölf auf sechs Dollar gefallen war. Dann hatte er nochmals um anderthalb Dollar nachgegeben. »Welche Ereignisse könnten dafür verantwortlich sein?«

»Überhaupt keine. Natürlich abgesehen von Richards Tod. Der würde den letzten Kursrückgang erklären.«

»Nur, merkwürdig ist der Kursverfall von Februar bis April. Die Zahlen für das Umsatzvolumen sind ungewöhnlich. Sehen

Sie sich dies hier an.« Er zeigte auf eine Reihe von Balken unter dem Diagramm. »Diese Volumina sind hoch für ein so kleines Aktienkapital. Bei dieser Kursbewegung und praktisch nur einem Broker würde man mit sehr viel geringeren Volumina rechnen. Gucken wir uns mal die Prints an.«

»Die Prints?«

»Ja. Hier, dieser Bildschirm zeigt die Größe jedes Print, das heißt jeder Transaktion. Sehen Sie, bei fast allen geht es nur um ein paar hundert, allenfalls um ein- oder zweitausend Aktien. Und jedesmal ist Wagner Phillips der Makler.«

»Also, was passiert da?«

Er lehnte sich zurück und strich sich übers Kinn. Die Entschlüsselung von Kursbewegungen war seine Spezialität. Ich wartete.

»Nun, ein Umsatzvolumen wie dieses bedeutet entweder, daß ein großer Aktionär an viele kleine Käufer verkauft, oder daß jemand ein großes Paket von vielen kleinen Verkäufern zusammenkauft. Normalerweise bewirken Verkäufe eines Großaktionärs einen Kursrückgang, während stetige Käufe eines einzelnen Aktionärs zu einem Anstieg führen.«

»Also gibt es einen großen Verkäufer?« fragte ich.

»Vielleicht. Nach diesem Diagramm würde ich vermuten, daß wir es mit zwanzig bis dreißig Prozent eines einzelnen Investors zu tun haben, der entweder kauft oder verkauft. Wer hat einen solch großen Anteil?«

Ich überlegte. »Damals nur Richard. Und ich weiß, daß er keine einzige Aktie verkauft hat. Auf jeden Fall hatten sich alle bisherigen Aktionäre zu dem Zeitpunkt, als FairSystems an die Börse ging, schriftlich verpflichtet, ihre Anteile zwei Jahre lang nicht zu verkaufen.«

»Gut, wenn wir keinen großen Verkäufer haben, dann muß es einen großen Käufer geben.«

»Müßte sich das nicht im Aktienbuch niederschlagen? Müssen Investoren nicht der Börsenaufsicht mitteilen, wenn sie einen Anteil von zehn Prozent erworben haben?«

»Schon bei fünf Prozent«, sagte Steve. »Theoretisch haben Sie recht, aber praktisch läßt sich das leicht verheimlichen, besonders wenn Ihr Broker ein Auge zudrückt. Dann kann die Börsenaufsicht nicht viel tun.«

»Und Sie glauben, Wagner Phillips würde das tun?«

Steve lachte ironisch. »Jedenfalls würde es zu deren Ruf passen.«

»Also, wie erklären Sie sich den Kursverfall? Würden solche Käufe den Kurs nicht nach oben treiben?«

»Er muß manipuliert sein«, sagte Steve. »Wagner Phillips muß den Kurs im Interesse dieses bevorzugten Käufers künstlich gedrückt haben. Wahrscheinlich veranlaßt die Firma ihre Kunden durch Schauermärchen zum Verkauf.«

»Und warum sollte Wagner Phillips das tun?«

»Kommt drauf an, wer der Käufer ist. Eine Hand wäscht die andere.«

»Sind Sie sicher, daß der Preisverfall nicht einfach daher kommt, daß die Aktionäre plötzlich Angst hatten, FairSystems könnte pleite gehen?«

»Hätten sie denn Grund dazu?« fragte Steve.

»Möglicherweise.«

»Aber es gibt keine öffentlichen Informationen, die sie zu dieser Auffassung bringen könnten?«

»Nein. Die einzige schlechte Nachricht war Richards Tod, aber wir reden über die Kursbewegungen vorher.«

»Na ja, die Investoren könnten plötzlich kalte Füße bekommen haben, aber nicht ohne entsprechende Hinweise, wahrscheinlich von Wagner Phillips. Und diese Volumina lassen darauf schließen, daß jemand einen Haufen Aktien gekauft hat. Nein, ich würde darauf wetten, daß der Kurs Ihrer Aktien zugunsten eines bestimmten Käufers manipuliert worden ist.«

»Und wie können wir herausfinden, wer der Käufer ist?«

»Ich werde ein bißchen herumtelefonieren. Wenn ich etwas höre, melde ich mich bei Ihnen.«

»Danke, Steve.«

»Oh, und warum versuchen Sie Ihr Glück nicht bei der hinreißenden Karen Chilcott? Sie hat einen guten Draht zu den amerikanischen Märkten. Sie kennen Sie doch, oder?«

»Ja«, sagte ich und mußte ein Lächeln unterdrücken.

Ich ging zu Karen hinüber. Sie füllte einen Orderzettel aus. Wieder ein paar Aktien verkauft, wieder eine Kommission verdient.

»Verdammtes Arschloch!« Jack Tenko knallte den Hörer auf die Gabel. »He, Karen! Forrester hört doch auf Sie. Können Sie ihn nicht dazu kriegen, daß er uns bei unseren Abschlüssen eine vernünftige Obergrenze einräumt?«

Karen beachtete ihn nicht.

»Hören Sie, Karen! Wir wissen doch alle, daß er auf Ihren süßen Arsch scharf ist.« Seiner Brust entrang sich ein gequälter Pfeifton. Vermutlich sollte es ein Lachen sein.

»Jack«, sie lächelte ihn liebenswürdig an, »wenn ich Bob Forrester wäre, würde ich Sie höchstens mit zwei Päckchen Smarties am Tag handeln lassen. Lassen Sie sich den Preis doch mal geben.«

Ich beobachtete Tenko. Er zuckte mit den Achseln. »Was haben Sie denn für 'n Problem?« fragte er und wandte sich wieder seinem Bildschirm zu.

Sally, die zwischen uns saß, unterdrückte ein Kichern.

Karen sah hoch und grinste, als sie mich sah. »Mein Gott, man sollte meinen, er müßte irgendwann die Nase voll haben. Und was machst du hier?«

In der Regel vermieden wir jeden Kontakt in der Firma. »Steve Schwartz hat gesagt, ich soll mit dir reden.«

Ich erläuterte ihr Steves Theorie. Sie runzelte die Stirn und schüttelte den Kopf. »Leider unterscheiden sich diese wissenschaftlichen Analysen meist nicht wesentlich von der Wahrsagerei aus dem Kaffeesatz. Die Aktien sind gefallen, weil das Unternehmen in Schwierigkeiten steckt. So einfach ist das.«

»Aber wie sind die Investoren dahintergekommen?«

»Wer weiß? Da hat jemand auf einer Konferenz jemand anderen getroffen und ein paar Gerüchte aufgeschnappt. An den Märkten spricht sich so was herum. Deshalb funktionieren sie.«

»Aber was ist mit dem Umsatzvolumen? Steve hat gesagt, es sei höchst ungewöhnlich. Und auch Richards Analyse hat gezeigt, daß es merkwürdig ist.«

»Ich habe mich umgehört. Niemand weiß etwas. Tut mir leid, Mark.«

»Kannst du es noch mal versuchen?«

Sie lächelte und zuckte mit den Achseln. »Okay, versuchen wir's noch mal.«

Ich ging an meinen Schreibtisch zurück, um mich zwei Stunden später zu erkundigen, was Steve und Karen in Erfahrung gebracht hatten. Doch keiner von beiden hatten etwas Ungewöhnliches gehört.

Ich gab Steve meine Nummer in Glenrothes. »Bitte rufen Sie mich an, wenn Sie was hören.«

»Mach' ich«, sagte Steve. »Bin selber neugierig. Die Sache stinkt. Da bin ich sicher.«

Freitag war mein letzter Tag. Ich benutzte ihn dazu, mit Ed die Märkte durchzusehen, wobei ich meine vorhandenen Positionen überprüfte und einige neue in Erwägung zog. Jede Position, die ich mir zulegte, mußte solide sein. Ich war davon überzeugt, daß weitere Marktturbulenzen unmittelbar bevorstanden, und nur langfristige Transaktionen würden sie unbeschadet überstehen.

Mit Hilfe von Bondscape versuchte ich, mir einen Überblick über das Marktgeschehen seit dem Zusammenbruch von vor drei Wochen zu verschaffen. Es war wirklich erstaunlich, zu beobachten, wie der Markt sich bewegte. Am stärksten beeindruckte mich, daß zahlreiche Werte, die im Anschluß an Greenspans schicksalhafte Ankündigung völlig aus dem Ruder gelaufen waren, sich allmählich wieder auf das ursprüngliche Niveau einpendelten. Beispielsweise hatte das Renault-Gebäude, das mir schon bei der ersten Bondscape-Benutzung aufgefallen war, wieder seine Ausgangshöhe erreicht. Das schlug bei uns, nebenbei bemerkt, mit einem Gewinn von einer Million Dollar zu Buche. Das war gutes Geld, das ich nicht aufs Spiel setzen wollte, deshalb verkaufte ich unsere Anleihen. Mehr als die Hälfte der 2,4 Millionen Dollar, die wir an einem einzigen Tag verloren hatten, war damit wieder wettgemacht. Noch immer hatte Bob Forrester Einwände gegen Bondscape, mußte aber zugeben, daß es sich bislang gut bewährt hatte.

Die Transaktion mit den zehnjährigen und zweijährigen Staatsanleihen mußte noch weiterlaufen, deshalb behielt ich die Position und vereinbarte mit Ed eine bestimmte Marke, bei der er sie abstoßen sollte. Außerdem sagte ich ihm, wenn er nicht mehr weiterwisse, solle er mich anrufen oder sich – in Notfällen – an Greg wenden. Ich befürchtete nämlich, daß Etienne dazwischenfunken könnte, wenn ich fort war.

Greg war begeistert, als er von meinem vorübergehenden Karrieresprung hörte, und wünschte mir viel Glück. Er versprach mir, sich während meiner Abwesenheit um Ed zu kümmern.

Ich schlenderte zum Wasserspender und füllte mir einen Becher. Karen telefonierte. Unsere Blicke begegneten sich, und ihre Lippen formten ein stummes »Viel Glück!«

Noch einmal sah ich mich im Handelssaal um, dann ging ich. Gerade noch rechtzeitig, um zu packen und das letzte Flugzeug nach Edinburgh zu erwischen.

So begann meine Karriere als Geschäftsführender Direktor eines High-Tech-Unternehmens.

Und ich hatte nicht die geringste Ahnung, was mich da erwartete.

11

Ich war überaus nervös, als ich den BMW auf dem Parkplatz vor dem Werk abstellte. Es war mein erster Arbeitstag in der neuen Funktion. Ich hatte Angst, war aber zugleich auch voller Zuversicht. Ich war entschlossen, mich in die Arbeitsabläufe bei FairSystems einzuarbeiten und dann dafür zu sorgen, daß die Firma noch ein bißchen erfolgreicher wurde.

Die Firmenleitung tagte um neun Uhr in dem High-Tech-Konferenzsaal, den ich bereits kennengelernt hatte. Das Gremium setzte sich zusammen aus Sorenson und Rachel, David,

Willie und Nigel Young, dem zweiten Aufsichtsratsmitglied. Young war eine der Wirtschaftsgrößen Schottlands, Direktor der angesehenen Handelsbank Muir Campion in Edinburgh und saß außerdem im Aufsichtsrat von einem halben Dutzend anderer schottischer Unternehmen. Er trat weltläufig auf, und seine gepflegte Sprache verriet weit mehr die teure Privatschule als seine schottische Herkunft. Richard hatte mir erzählt, Young habe weder Verständnis noch Interesse für High-Tech und verlasse sich in allem auf Sorensons Urteil.

Die Atmosphäre war förmlich. Von Rachel abgesehen, die einen weiten schwarzen Pullover über schwarzen Leggings trug, waren wir alle in Anzügen erschienen. Sorenson eröffnete die Sitzung und machte sogleich seine Autorität geltend.

»Dies ist die erste Sitzung seit Richards Tod«, stellte er sachlich fest. »Ich weiß, daß sein Tod uns alle und auch die Mitarbeiter des Unternehmens tief getroffen hat. Ich werde nicht versuchen, ihn an dieser Stelle gebührend zu würdigen. Wir alle haben ihn gut gekannt, wir alle wissen, was wir mit ihm verloren haben, und ich kann die Trauer, die wir empfinden, nicht in Worte fassen.

Wir müssen jetzt nach vorn blicken. Richard hatte eine Vision, und es ist an uns, sie in die Tat umzusetzen. Vor uns liegen schwierige Monate, doch wenn wir alle an einem Strang ziehen, können wir seine Vision Wirklichkeit werden lassen.« Sorenson machte eine Pause, um seine Worte wirken zu lassen.

»Nun zur Tagesordnung.«

Rasch hatte er die Einzelheiten abgehakt und ein paar Beschlüsse zur Verfahrensordnung fassen lassen.

»Okay, kommen wir zum Geschäft. Wie weit sind wir mit unseren Produkten, Rachel?«

»Wir sind gut im Rennen. Bei den meisten der Großprojekte liegen wir im Zeitplan oder sind ihm sogar voraus. Die neuen Datenbrillen haben den Beta-Test bei den Kunden erfolgreich bestanden. Es gibt noch ein oder zwei Probleme, doch die können wir leicht ausräumen. Im Juli dürfte unser neuer Simulationsmanager, FairSim2, lieferbereit sein. Und FairRender, das Graphiksystem, sieht weiterhin äußerst vielversprechend aus. In seiner Software stecken zwar noch ein paar Fehler, aber auch die werden wir beseitigen können.«

Ich fand es interessant, daß sie das geheimnisvolle Projekt Plattform nicht erwähnt hatte.

»Sehr schön. Also, Ihre Leute arbeiten auch nach Richards Tod weiter.«

»Ich schätze, sie arbeiten noch härter«, sagte sie herausfordernd.

»David?«

»Viele Kunden haben uns angerufen und wollten wissen, was jetzt wird. Keiner storniert seine Aufträge. Sie sind bereit, uns eine Chance zu geben. Ich habe ihnen versichert, daß wir ihnen auch nach Richards Tod noch Qualitätsprodukte garantieren können.«

»Gut.« Sorenson nickte anerkennend.

»Das Auftragsbuch füllt sich, aber wenn es uns nicht gelingt, die Preise für unsere Produkte zu drücken, können wir keine wirklich großen Aufträge erwarten. Jeweils nur ein oder zwei Geräte, das ist alles.« Auch ohne daß er Rachel bei diesen Worten direkt ansah, wurde klar, was er meinte: ihr Fehler, nicht seiner.

»Sehr schön, David. Sie leisten gute Arbeit unter schwierigen Bedingungen. Übrigens habe ich letzte Woche Arnie Miller getroffen. Er hat gesagt, Ihre Präsentation sei eindrucksvoll gewesen. Ich glaube, er hat echtes Interesse an der Virtuellen Realität gewonnen. Das ist eine hervorragende Leistung. Für eine Firma Ihrer Größe ist es verdammt schwierig, an so wichtige Leute heranzukommen.«

Arnie Miller war der Chef eines der drei größten amerikanischen Autohersteller. Sorenson hatte recht. Das war wirklich eine Leistung.

»Willie?«

Willie hüstelte nervös. »Äh, nun ja, Sie haben die Prognose alle gesehen. Wenn wir keinen größeren Auftrag bekommen, geht uns im August das Geld aus, wenn wir Glück haben, dann erst im September.«

Allgemeines Schweigen. Das war schlimm, aber uns allen war die Situation bekannt.

»Nun, das ist die Lage. Halten wir also Ausschau nach neuen Geschäften und Chancen.« Sorenson hob die Hand, als David protestieren wollte. »Ich weiß, daß Sie mit den augenblicklichen Preisen nicht glücklich sind, David, trotzdem müssen Sie das Beste daraus machen. In diesem Geschäft haben Sie nie das perfekte Produkt zum perfekten Preis. So ist das Leben. Ihr leistet gute Arbeit, Leute, macht weiter so. Bis September haben wir noch vier Monate Zeit. Ja, David?«

David hatte noch etwas auf dem Herzen. »Sollten wir uns nicht überlegen, das Unternehmen zu verkaufen?«

Hier meldete sich Nigel Young zum erstenmal zu Wort. »Unter den obwaltenden Umständen scheint das doch eine angemessene Option zu sein.«

»Ja, es ist ein vernünftiger Vorschlag«, sagte Sorenson. »Ich habe diese Möglichkeit mit den beiden Hauptaktionären, Mark hier und Dr. Fairfax, besprochen. Nach unserer Ansicht sollten wir dem Unternehmen in den nächsten Monaten die Möglichkeit geben, sich zu fangen. Wenn sich die Situation dann nicht gebessert hat, werden wir einen Käufer suchen. Vor allem Dr. Fairfax ist der Meinung, daß wir um Richards willen versuchen müssen, die Unabhängigkeit des Unternehmens zu wahren.«

»Ich glaube, wir müssen um Richards willen auch verhindern, daß seine Firma Konkurs macht«, sagte David. »Ich habe Verständnis für Ihren Standpunkt und vor allem für Dr. Fairfax, aber wenn wir das Unternehmen nicht jetzt zum Verkauf anbieten, könnte es zu spät sein. Unter Umständen dauert es ein halbes Jahr, bis wir einen Käufer gefunden haben. Ganz gewiß hätte Richard auf keinen Fall gewollt, daß all die Leute, die für ihn gearbeitet haben, ihren Job verlieren.«

David vertrat seine Auffassung überzeugend. Leicht irritiert mußte ich feststellen, daß ich seine Meinung teilte.

»Scheiß«, sagte Rachel. Nervös spielte sie mit ihrem Kugelschreiber. Vermutlich durfte sie bei diesen Sitzungen nicht rauchen. »Das ist Scheiß, David, und Sie wissen das. Richard wollte nicht verkaufen, und deshalb verkaufen wir auch nicht. Ist doch ganz einfach, oder?«

Angesichts dieser Äußerung erhöhte sich der Steigungswinkel von Nigel Youngs Nase um ein paar Grad. David nahm Rachels Einwurf überhaupt nicht zur Kenntnis.

»Diese Ausdrucksweise möchte ich bei unseren Sitzungen nicht hören, Rachel«, wies Sorenson sie zurecht.

»In Ordnung«, sagte sie. »Dann eben Quatsch. Jedenfalls wüßte ich niemanden in der Firma, der jetzt einen Verkauf wünschte. Wir alle wollen sie retten.«

»Ich denke, Sie haben Ihre Ansicht deutlich gemacht, Rachel«, sagte Sorenson geduldig. »Können wir dann abstimmen?«

Alle Augen waren auf David gerichtet. Er ließ sich auf keine Auseinandersetzung ein. Die Entscheidung war gefallen, das wußte er. Zwar stimmte er gegen den Vorschlag, machte aber gute Miene zum bösen Spiel. Nigel Young stimmte natürlich wie Sorenson.

»Danke«, sagte Sorenson. »Dann wäre noch ein letzter Tagesordnungspunkt. Ich schlage vor, daß wir Mark Fairfax zum Geschäftsführenden Direktor von FairSystems ernennen.«

Willie unterstützte den Vorschlag. Solche flankierenden Maßnahmen waren seine Aufgabe in diesem Gremium.

»Noch Wortmeldungen zu diesem Punkt?« fragte Sorenson. Ich war mir sicher, daß er die Frage bereits mit jedem der Anwesenden erörtert hatte, war aber trotzdem nervös.

David Baker beugte sich vor.

»David?« Sorensons Stimme schien zu jedem Einwand zu ermuntern, aber es lag auch ein warnender Unterton darin.

»Auf welchen Zeitraum ist diese Ernennung befristet?« fragte David.

»Fürs erste auf drei Monate«, antwortete Sorenson.

»Heißt das, die Ernennung wird danach um weitere drei Monate verlängert?«

»Nein, keineswegs. Nach Ablauf dieser drei Monate werden wir entweder einen Geschäftsführenden Direktor für einen längeren Zeitraum ernennen oder das Unternehmen verkaufen, und dann wird der Käufer jemanden seiner eigenen Wahl bestimmen.«

»Ich verstehe«, sagte David. »Und für den Fall, daß der Posten längerfristig besetzt werden soll, sind Kandidaten aus den eigenen Reihen nicht ausgeschlossen?«

Ich fand, daß David seine Absichten ziemlich unverhohlen kundtat. Aber vermutlich hatte er recht. Falsche Bescheidenheit half ihm nicht weiter.

»Keineswegs.« Sorenson hatte die Antwort genau so lange verzögert, daß sie für alle Deutungen offenblieb. »Noch Wortmeldungen? Nein? Schön, dann wollen wir abstimmen.«

Unter Sorensons strengem Blick fiel die Wahl einstimmig aus.

»Willkommen an Bord, Mark«, sagte er. Ich lächelte höflich. »Willie wird sich um die Formalitäten kümmern.«

Die Sitzung war beendet.

Ich räusperte mich. »Rachel, David, Willie. Kann ich Sie noch einen Augenblick sprechen?«

Wir warteten, bis Nigel Young und Sorenson den Raum verlassen hatten.

Im Gehen nickte Young mir höflich zu. Sorenson sagte: »Ich bin dann erst einmal auf eine Runde in St. Andrews.« Er schlug mir auf die Schulter. »Viel Glück, Mark!«

Das brauchte ich.

Sobald sie fort waren, zündete Rachel sich eine Zigarette an. Willie wartete aufmerksam auf Anweisungen. David ließ leichte Ungeduld erkennen. Er war schließlich ein vielbeschäftigter Mann. Meine erste Hürde. Fünf Jahre älter als ich, Harvard-Absolvent, jahrelange Erfahrung in der Computerindustrie, seit achtzehn Monaten bei FairSystems. Er hätte mit der Leitung des Unternehmens betraut werden müssen, nicht ich. Das waren seine Gedanken, und vielleicht hatte er recht.

Ich lächelte. »Wie Walter gesagt hat, ich bin nur für drei Monate hier. Ich weiß, daß Sie alle hervorragende Arbeit leisten, und habe nicht die Absicht, Ihnen ins Handwerk zu pfuschen. Ich glaube, in FairSystems stecken enorme Möglichkeiten, daher bin ich fest entschlossen, die Firma so lange über Wasser zu halten, bis man diese Chancen nutzen kann. In diesem Wunsch sind wir uns sicherlich alle einig.«

Ich sah mich am Tisch um. Rachel lümmelte sich in ihrem Stuhl, betrachtete mich und nahm einen Zug aus ihrer Zigarette. David saß aufrecht und reglos. Willie suchte meinen Blick und nickte mir ermutigend zu. Dafür war ich ihm dankbar.

»Während dieser drei Monate werde ich auf jegliches Gehalt verzichten. Ich weiß, daß wir das Geld dringend brauchen.« Willie war sichtlich erleichtert. So angespannt, wie die finanzielle Lage der Firma war, hätte ein hochbezahlter Manager ihr den Garaus machen können.

»Die ersten Tage würde ich gern dazu nutzen, mich mit allen Arbeitsabläufen vertraut zu machen. Wenn es also möglich ist, würde ich den heutigen Vormittag gern bei Rachel verbringen, den Nachmittag bei David und den morgigen Vormittag bei Willie. Können Sie das alle einrichten?«

Sie nickten.

»Gut. Ich werde Richards altes Büro nehmen. Wenn Sie mich brauchen, ich bin jederzeit für Sie da.«

David hüstelte und rutschte auf seinem Stuhl hin und her. »Wissen Sie, ich bin da gerade mit Sack und Pack eingezogen. Wenn es Ihnen nichts ausmacht, können Sie mein altes Büro haben. Für einen kurzfristigen Aufenthalt ist es gut geeignet.«

Ich mußte ein Lächeln unterdrücken. Das hatte ich erwartet. Ehrlich gesagt, war es mir egal, wo mein Büro war. Ich hätte mich auch zu den Programmierern gesetzt, dann hätte ich wenigstens eine Vorstellung davon bekommen, was wirklich in der Firma geschah. Aber auch wenn ich mir nichts daraus machte, für die anderen war es wichtig und ganz besonders für David. Er hatte offenbar keine Zeit verloren und seine Sachen am Wochenende umgeräumt.

»Tut mir leid, daß ich Ihnen Ungelegenheiten bereiten muß, aber es geht um die Wirkung nach außen. Da ist es, glaube ich, von Bedeutung, daß ich in Richards altem Büro sitze. Meinen Sie nicht auch?« Höflich und freundlich lächelte ich ihn an.

Einen Moment sah er mich an und überlegte augenscheinlich, ob die Angelegenheit einen offenen Konflikt wert sei. Er entschied sich dagegen. »Okay«, sagte er und machte erneut gute Miene zum bösen Spiel. »Morgen steht Ihnen das Büro zur Verfügung.«

»Vielen Dank, David. Also, gehen wir, Rachel?«

Ich folgte Rachel durch den Flur. Das so überaus wichtige erste Aufeinandertreffen war gut über die Bühne gegangen, aber ich war mir sicher, daß David in Zukunft noch Probleme machen würde.

»Schön, daß Sie bei uns sind«, sagte Rachel.

»Tatsächlich?« fragte ich überrascht.

»Ja. Big Wal hat viel Nettes über Sie gesagt. Unter anderem, daß Sie einiges von Ihrem Bruder haben. Und wir brauchen jemanden, der David bremst.«

Big Wal. Ich lächelte. Kein schlechter Name für Sorenson. »Für Sie muß das doch auch schwierig sein, daß Ihnen jemand vor die Nase gesetzt wird.«

Rachel lachte. »O nein. Die Firma zu leiten ist das letzte, was ich mir wünschen würde. Ich möchte VR-Geräte bauen. Um den ganzen übrigen Mist können Sie sich kümmern.« Wir gingen zu einem Kaffeeautomaten. »Mögen Sie?«

»Ja, bitte«, sagte ich. »Schwarz, ohne Zucker.«

Sie drückte einen Knopf, und die Maschine summte und grummelte, bis sie die schwarze Flüssigkeit in zwei Becher tröpfeln ließ.

Ich dachte an die Sitzung zurück. Sorenson hatte sie eindeutig beherrscht.

»Wie waren diese Sitzungen, als Richard noch dabei war?« fragte ich.

»Anders«, sagte Rachel. »Zwar hatte man auch den Eindruck, daß Walter den Vorsitz führte, aber er ließ Richard doch weitgehend freie Hand. Offenbar hat er den Eindruck, daß jetzt eine straffere Führung erforderlich ist.«

»Eine eindrucksvolle Persönlichkeit«, sagte ich.

»Big Wal?«

»Ja.«

»Das ist er wohl.«

»Er hat mir von Melbourn Technology erzählt. Wie er den fast sicheren Bankrott verhindert hat.«

Rachel lachte ironisch.

»Stimmt das etwa nicht?«

»Ja, ja, das ist schon richtig. Aber hat er Ihnen auch erzählt, was dem armen Burschen zugestoßen ist, der die Firma gegründet hat? John Naylor?«

Ich schüttelte den Kopf.

»Dem ist gar nichts geblieben. Weniger als nichts; die Bank hat sein Haus kassiert.«

»Sorenson hat mir gesagt, das Unternehmen habe ein neues Management gebraucht.«

»Vielleicht. Aber erklären Sie mir doch mal, warum Sorenson an dem Geschäft mehr als eine Million verdient hat, während Naylor, der Mann, der dieses Wunderding erfunden hat, Pleite gemacht hat?

Sorenson ist ein guter Mann, sicher, aber er verliert nie den eigenen Vorteil aus den Augen. Wenn ich Sie wäre, würde ich mir das gut merken.«

Wir betraten den großen Softwareraum und schlängelten uns an den in ihre Arbeit vertieften Programmierern vorbei. Bis auf das leise Klicken der Tastaturen herrschte Stille; jeder Kopf war einem Bildschirm zugewandt. Ich schaute auf das elektronische Fenster – weißer Sand, Palmen und eine sanfte Dünung, die sich auf dem Strand brach. Ich mußte lächeln: Das hätte Greg gefallen. Trotz dieser Landschaft war der völlige Mangel an echten Fenstern befremdend. Vermutlich hatten die Wände hier drinnen einen noch helleren Grauton als der Himmel, aber ich hätte mich doch gern selbst davon überzeugt.

Rachel schloß die Tür ihres Büros, und wir setzten uns an den kleinen Tisch. »Also, was wollen Sie hören?« fragte sie.

»Ich würde gern mehr über die Anwendungsmöglichkeiten unserer VR-Systeme erfahren. Wir entwickeln doch nicht alle Programme hier im Haus, oder? Wer schreibt die Software?«

»Hier hat sich Richard eine wirklich verblüffende Strategie einfallen lassen«, sagte sie. »Wir sind mit Dutzenden von Softwarefirmen in Verbindung, die alle führend auf ihrem

Gebiet sind: computergestützte Konstruktion, Bildung, militärische Simulation und so fort. Wir liefern ihnen die Welt-generierende Software und zum Teil auch die Hardware und unterstützen sie darin, VR-Anwendungen zu entwickeln. Richard hat sie davon überzeugt, daß der Durchbruch der Virtuellen Realität unmittelbar bevorsteht und dank der Technologie von FairSystems gelingen wird.

Dabei war es Richard wichtig, daß sie alle unabhängig blieben. Wir können sie nicht kaufen, und wir wollen es nicht. Genausowenig, wie sie es wollen.«

»Wie sind sie dann bezahlt worden?«

»Nur zum Teil mit Geld. Meist erhielten sie Zugang zu den Ideen und der Ausrüstung anderer beteiligter Firmen. In der ganzen Welt gibt es kleine Firmen, die nach neuen Möglichkeiten der Nutzung unserer Technologie suchen.« Rachel erwärmte sich zusehends für ihr Thema. »So wurde beispielsweise die Arbeit an Bondscape zum größten Teil nicht von Richard selbst geleistet, sondern von einem in New York ansässigen Unternehmen, das auf Finanzsoftware spezialisiert ist.

Innerhalb der nächsten drei Monate werden fünfzehn neue VR-Anwendungspakete fertiggestellt sein. Nach einem halben Jahr werden es vierzig sein. Bondscape gehört dazu. Alle Welt wartet darauf, daß VR-Systeme in Serie gehen und zu einem vernünftigen Preis angeboten werden. Dann wird es einen ungeheuren Boom geben.«

»Und FairSystems wird mittendrin sein?«

»Genau«, sagte Rachel. »Wir fügen alle Teile zusammen. Wir werden viel Geld verdienen.«

Ich war beeindruckt. Offenbar war es Richard gelungen, die Firma geschickt und kostengünstig in eine zentrale Position der entstehenden VR-Industrie zu manövrieren.

»Wie halten Sie Kontakt zu all diesen Leuten?«

»Per E-Mail. Sehen Sie hier!« Sie wandte sich ihrem Computer zu und holte eine Seite voller Nachrichten auf den Schirm. »Heute verständigen sich alle auf diesem Wege. Es klappt gut, vor allem wenn Sie an einem Softwareproblem sitzen. Man kann nämlich neben Textnachrichten auch Dateien verschicken. Unter den Jungs da draußen gibt es viele, die lieber E-Mails austauschen, als sich zu unterhalten, obwohl sie im selben Raum sitzen. Auf diese Weise werden sie nicht in ihren Gedanken gestört.«

Ich betrachtete die Programmierer vor Rachels gläsernem Büro. Da saßen sie und tippten und hingen ihren Gedanken nach. Sehr merkwürdig.

»Ist Walter auch am Netz?«

»O ja. Es ist oft die einzige Möglichkeit, seiner habhaft zu werden. Ich lasse Sie morgen anschließen, sobald Sie in Richards Büro können.«

»Danke.« Ich ging die Nachrichten auf Rachels Schirm durch. Eine begann mit den Worten »Was, zum Teufel . . .«

Ich bat Rachel, sie aufzurufen. Sie tat es nur ungern. Die Nachricht stammte von Matt Gregory, dem Chef von Chips with Everything. Sie war vom selben Tag.

»Was, zum Teufel, ist los bei Euch?« hieß es dort. »An wen hab' ich mich nach Richards Tod zu wenden? Nicht an das Arschloch Baker, falls Ihr das meint. Steht Ihr zum Verkauf? Baut Ihr noch VR-Geräte? Was liegt an?«

Ich lachte. »Der nimmt ja kein Blatt vor den Mund!«

»Das tut keiner von diesen Leuten.«

»Vielleicht sollte ich mich mal an ihn wenden«, sagte ich. »Wenn ich so darüber nachdenke, sollte ich mich vielleicht an sie alle wenden.«

»Sicher«, sagte Rachel, »das kann nicht schaden.«

Also setzte ich eine Nachricht auf, die die Situation ein bißchen schönte, aber glaubhaft war. Ich unterstrich, daß sich nichts ändern würde und daß Rachel jedem, der Fragen hätte, zur Verfügung stünde. Weiter hieß es, ich sei stolz auf das Unternehmen meines Bruders und würde mich mit allen Kräften für die Firma einsetzen. Der Adressatenkreis war kritisch und nicht eben zartbesaitet, doch ich hoffte, den richtigen Ton getroffen zu haben. Rachel schien sehr zufrieden mit dem Schreiben, also schickten wir es hinaus. Es war ein ganz besonderes Gefühl, mich im Mittelpunkt dieser Gemeinschaft zu wissen, die ein gemeinsames Ziel hatte. Richards Ziel.

»Sie haben gesagt, wir seien gerettet, sobald die VR-Preise fielen. Wann wird das sein?« fragte ich.

Rachel wich meinem Blick aus. »Na ja, ich weiß nicht. In einem Jahr, in zwei Jahren.«

Ich fragte mich, warum sie so ausweichend antwortete. Vielleicht war es ihr peinlich, daß trotz Richards Versprechen noch eine so lange Wegstrecke vor uns lag. Aber ich hatte den Eindruck, daß mehr dahintersteckte. »Was gibt es für Hindernisse?« fragte ich.

»Einige«, sagte sie. »Das erste ist die reine Rechenleistung. Jedes VR-System ist auf eine enorme Verarbeitungskapazität angewiesen. Im Augenblick laufen unsere anspruchsvolleren Systeme auf sehr leistungsfähigen Arbeitsplatzrechnern von Silicon Graphics. Für den Massenabsatz müssen wir ein System entwickeln, das problemlos auf einem normalen PC funktioniert. Dazu müssen wir eine Methode finden, mit deren Hilfe sich alle erforderlichen Rechnungsschritte außerordentlich effizient abwickeln lassen. FairSim1 ist ein Schritt in die richtige Richtung, aber wir brauchen noch mehr.«

»Zum Beispiel FairRender, den neuen Graphikchip?«

Rachel lächelte. »Völlig richtig. Damit lassen sich viele Verarbeitungsschritte direkt auf dem Graphikchip ausführen, wodurch die CPU des PCs entlastet wird.«

»CPU?«

»Central Processing Unit, die zentrale Verarbeitungseinheit. Der Chip, der gewöhnlich alle Rechnungen im PC ausführt. Ja, mit FairRender und FairSim2 werden wir in der Lage sein, alle Prozesse so zu beschleunigen, daß auch ein normaler PC überzeugende VR-Eindrücke vermitteln kann.«

»Also, dann haben wir es doch fast geschafft. Wie erklärt sich dann die Verzögerung?«

»Wenn man die Technologie entwickelt hat, muß man sie serienmäßig herstellen und vermarkten. Chips können sehr billig sein. Dazu muß man sie aber in großen Mengen produzieren können. Viele hunderttausend statt ein paar hundert. Nun ist es aber ein großes Risiko, eine Fabrik zu errichten, die so viele Chips herstellen kann, wenn es noch keinen Markt dafür gibt. Solange solche Produktionsstätten jedoch nicht vorhanden sind, werden die Chippreise infolge der geringen Fertigungszahlen nicht runtergehen. Das gleiche gilt für andere Teile des Systems, die Datenbrillen und ähnliche Dinge. Und bei hohen Preisen läßt sich die Nachfrage nicht ankurbeln.«

Ich dachte über ihre Worte nach. »Und wie bringen wir dann den Markt auf Trab?«

»Ich schätze, da müssen Sie und David sich was einfallen lassen.« Ich war mit ihrer Antwort nicht zufrieden. Irgend etwas verschwieg sie mir.

Der Nachmittag war schon fortgeschritten, als ich endlich meine Verabredung mit David Baker einhalten konnte. Er war in Richards Büro. Richards persönliche Dinge – Fotografien, Papiere und so fort – waren in zwei Pappkartons geräumt worden. David war damit beschäftigt, seine Sachen in zwei große Kisten zu packen, wahrscheinlich in dieselben, in denen er alles am Vortag herbeigeschafft hatte. Ohne Richards Fotos und mit abgeschaltetem elektronischem Fenster sah das Büro kahl aus.

»Ich habe die Nachricht gesehen, die Sie über E-Mail rausgegeben haben«, sagte David. »Ich glaube, Sie haben den richtigen Ton getroffen.«

»Danke.«

»Aber vielleicht hätten Sie erst mit mir sprechen sollen. Wie Sie wissen, gehören die Kunden in meinen Zuständigkeitsbereich.« Er lächelte dabei.

»Tut mir leid«, sagte ich. »Die Nachricht war vor allem für Rachels Kontaktleute bestimmt, für Firmen, die an unseren Projekten mitarbeiten, nicht für Kunden im engeren Sinn. Da hab' ich nicht dran gedacht, Sie vorher zu fragen.«

»Ich halte es für besser, daß ich bei allen Mitteilungen gefragt werde, die nach draußen gehen«, sagte David. »Es ist wichtig, daß das Unternehmen nach außen hin ein einheitliches Bild bietet. Ich habe viel für unser Image in der VR-Branche getan und hoffe, in Zukunft darauf aufbauen zu können. Richard hat mich in diesem Bemühen stets unterstützt.« Er sprach ruhig und vernünftig und hatte immer noch das Lächeln im Gesicht.

Bei Harrison Brothers hatte ich mich aus allem Kompetenzgerangel herausgehalten, dennoch war für mich dort reichlich Gelegenheit gewesen, es aus der Nähe zu beobachten. Für viele Investmentbanker ist Machtgier ein ebenso starkes Motiv wie Geldgier. Aggressivität ist eine ihrer hervorstechendsten Charaktereigenschaften. So manches Mal hatte ich gedacht, wie gut es doch war, daß die Harrison-Brothers-Junta nur über eine Investmentbank und nicht über einen Staat der Dritten Welt herrschte. Zumindest blieben so die Messer im Rücken nur metaphorisch.

Ich wußte, um was es David ging. Er wollte mich sanft, aber unnachgiebig auf den Platz abdrängen, auf den ich seiner Meinung nach gehörte – den eines zeitweiligen Frühstücksdirektors, während er die graue Eminenz war, die alle Fäden in der Hand hielt.

Nur, daß es so nicht laufen würde.

Taktieren wäre völlig unangebracht gewesen. Der Mann hatte IBM und die Harvard Business School hinter sich. Es gab kein Machtspiel, das er nicht kannte.

»Ich weiß, daß Sie gern Geschäftsführender Direktor geworden wären, David. Aber das hat nun mal nicht geklappt. Ich habe den Posten, zumindest ein paar Monate lang. Folglich bestimme ich die Regeln.«

»Ach ja? Und wie sehen die aus?« Es war eine winzige Spur Sarkasmus in seiner Stimme.

Ich zwang mich zur Ruhe. »Sie und ich, wir brauchen uns gegenseitig, David. Ich brauche Sie, weil Sie der einzige in unserem Laden sind, der Ahnung vom Verkauf hat. Walter Sorenson hält große Stücke auf Sie. Ich möchte Sie auf keinen Fall verlieren, vor allem jetzt nicht.«

»Na, das ist ja schön zu hören.« Noch immer war der Sarkasmus spürbar.

»Sie brauchen mich, weil mein Vater und ich fast die Hälfte der Aktien kontrollieren. Ich werde nur drei Monate hierbleiben, und wenn ich weg bin, stehen Ihnen alle Türen offen.«

Allerdings hütete ich mich, ihm die Chefposition für die Zeit nach meinem Fortgang anzubieten. Dazu wollte ich doch etwas mehr über David Baker wissen. »Also, Sie müssen nur ein bißchen Geduld haben und mir helfen. Ich werde mir gern jeden Rat anhören, den Sie mir geben können. Und sicher werde ich Ihnen auch in den meisten Fällen folgen. Aber die erforderlichen Entscheidungen treffe ich und niemand sonst. Ich bin für dieses Unternehmen verantwortlich, und glauben Sie mir, ich werde mein Bestes tun. Es liegt in Ihrem wie in meinem Interesse, daß die Firma überlebt. Also, werden Sie mit mir zusammenarbeiten?«

Schweigend hatte David zugehört und war sich dabei mit den Fingern übers Kinn gefahren. Als ich fertig war, wartete er und überlegte sich seine Antwort sorgfältig.

Schließlich fragte er: »Haben Sie schon mal ein Unternehmen geleitet?«

»Nein.«

»Haben Sie schon mal einen Computer verkauft? Oder ein anderes Industrieprodukt?«

»Nein.«

»Haben Sie schon mal Budgets, Absatzprognosen, Fertigungspläne aufgestellt?«

»Nein.«

»Wie viele Leute sind Ihnen unterstellt gewesen?«

»Hören Sie, David«, sagte ich ungeduldig. »Wir wissen beide, daß ich keinerlei Erfahrung habe. Aber ich bin von rascher Auffassungsgabe. Ich kann arbeiten. Ich habe einen gesunden Menschenverstand. Und ich bin umgeben von guten Leuten, die sich auf all diese Dinge bestens verstehen. Einer von ihnen sind Sie.«

Er schwieg und versuchte, sich über mich klarzuwerden. Er war bemüht, mich einzuschüchtern, aber ich war entschlossen, ihm keine Chance zu geben. »Okay, ich werde Sie unterstützen«, sagte er schließlich. »Aber Sie müssen wissen, daß die VR-Branche kompliziert ist. Keine Spielwiese für Amateure. Ich habe viel persönliches Kapital in dieses Unternehmen investiert und möchte nicht zusehen müssen, wie es den Bach runtergeht. Ich weiß, wie wir die Firma während der nächsten Monate über Wasser halten können, deshalb sollten Sie auf mich hören.«

»Ich werde auf Sie hören, David. Aber denken Sie daran, die Entscheidungen treffe ich.« Wir maßen einander mit Blikken. Es würde nicht leicht sein mit ihm. »Okay. Erzählen Sie mir jetzt bitte etwas zu unseren Kunden.«

Souverän ging David die Liste durch. Und es war ein professionell geführtes Unternehmen, vor allem wenn man die bescheidene Größe von FairSystems berücksichtigte. Da gab es ein paar Kunden mit großen Namen: Pentagon, NASA, DEC, Framatome, Deutsche Telekom, Sears Roebuck, Royal Air Force, Metropolitan Police, dazu viele bedeutende Unternehmen in der ganzen Welt. Doch sie alle kauften, wie David auf der Sitzung der Firmenleitung dargelegt hatte, immer nur eine Handvoll Systeme. Niemand schien die Absicht zu haben, Geräte in den Mengen zu ordern, die FairSystems endlich in die schwarzen Zahlen gebracht hätten.

Ich sprach es an.

»Sie haben recht«, sagte David. »Das ist die nächste große Aufgabe. Aber wir haben gute Voraussetzungen geschaffen. Für ein so junges Unternehmen wie das unsere dürfte es eine ganz außergewöhnliche Kundenliste sein. Besonders da wir nur sechs Verkäufer haben. Sobald wir unsere Produkte zu einem vernünftigen Preis anbieten können, werden wir Tausende verkaufen. Sorgen Sie dafür, daß Rachel und ihre Jungs uns etwas an die Hand geben, was weniger als fünfundzwanzigtausend Dollar kostet, dann sollen Sie mal sehen, was wir damit alles anfangen.«

Er hatte wirklich hervorragende Arbeit geleistet.

»Doch selbst bei den gegenwärtigen Preisen wird der Absatz steil nach oben gehen«, fuhr David fort. »Augenblicklich arbeite ich beispielsweise an einem Geschäft mit Onada Industries, das uns in den nächsten Jahren erhebliche Lizenzgebühren bringen wird.«

»Was ist das für eine Firma?« fragte ich.

»Ein japanisches Elektronikunternehmen, das sich gerade

auf den Unterhaltungsmarkt wagt. Es möchte gern mit Sega und Nintendo gleichziehen. Nun sind wir in der Unterhaltungselektronik nur sehr schwach vertreten. Wir haben zwar ein System zusammen mit Virtual America entwickelt, aber das ist auch alles. Höchstens zwanzig bis dreißig solcher Geräte haben wir verkauft. Marktführer auf diesem Gebiet ist gegenwärtig die Firma Virtuality aus Leicester. Mit dem japanischen Geschäft hätten wir die Möglichkeit, ihr diese Rolle streitig zu machen.

Daher handle ich derzeit mit Onada diesen Vertrag aus. Wir helfen den Japanern unter bestimmten Bedingungen, ein VR-Unterhaltungssystem zu entwickeln, das Virtuality und Sega vom Markt fegt.«

»Wunderbar«, sagte ich. »Hört sich toll an. Gut gemacht.«

»Ich hoffe, daß ich das Geschäft bald zum Abschluß bringen kann. Nächste Woche kommen die Japaner, um die Sache perfekt zu machen.« Kaum hatte er das gesagt, tat es ihm leid, wie ich deutlich bemerkte.

»Sehr schön. Ich freu' mich auf das Treffen.«

»Oh, ich glaube, Sie müssen sich das nicht antun.«

»Wenn Onada bald einer unserer größten Kunden ist, möchte ich die Leute kennenlernen. Außerdem würde ich gerne die Unterlagen über die bisherigen Verhandlungen sehen.«

David lehnte sich zurück.

»Sie wissen doch, daß Richard sich auch darum gekümmert hätte«, sagte ich. »Ich möchte nur wissen, was vor sich geht, ich werd' mich nicht einmischen.«

Glücklich war David zwar nicht darüber, aber er gab nach. »In Ordnung. Das Treffen findet am nächsten Montag um neun Uhr statt.«

»Gut.« Ich erhob mich und wandte mich zum Gehen. Doch David hielt mich noch einmal auf.

»Oh, Mark?«

»Ja.«

David rang sich ein Lächeln ab. »Ich wollte Sie vorhin schon fragen. Hätten Sie Lust, am Samstag abend zum Dinner zu kommen? Rachel und Willie sind auch eingeladen. Meine

Frau und ich würden uns freuen, wenn Sie es einrichten könnten.«

Auch ich rang mir ein Lächeln ab. »Danke«, sagte ich und sah mein Wochenende bei Karen in London entschwinden. Ich konnte Davids Einladung schlecht ausschlagen, obwohl ich vermutete, daß es reiner Opportunismus bei ihm war. Ich hatte keine Wahl, ich mußte hin. »Es wird mir ein Vergnügen sein.«

Es war halb sieben, und ich war müde. Doch eines blieb noch zu tun, bevor ich nach Hause fuhr. Wieder erklomm ich die Treppe zur Softwareabteilung. Dort waren sie noch alle an der Arbeit. Rachel sprach mit Andy, dem so jugendlich wirkenden Programmierer, den ich aus der Tür zum Projekt Plattform hatte herauskommen sehen. Die Ringe unter seinen Augen waren noch tiefer und schwärzer geworden, das Haar stand ihm wirr vom Kopf, und das Hemd hing ihm aus der Hose.

»Rachel?«

»Ja?« Sie sah mir herausfordernd in die Augen, offenbar auf weitere Fragen zum Projekt Plattform gefaßt.

Das hatte Zeit.

»Ich würde mich gern ein bißchen mit den Grundlagen des Programmierens und der Virtuellen Realität vertraut machen«, sagte ich.

»Ach ja«, sagte Rachel und versuchte, ein Lächeln zu unterdrücken. Es fiel mir nicht leicht, sie zu bitten. Aber ich wußte, daß es viele Manager in der Computerbranche gab, die kaum etwas über die Arbeitsweise von Computern und ihre Programmierung wußten. Ich wollte nicht zu ihnen gehören und war dafür auch bereit, am Anfang die eine oder andere Demütigung hinzunehmen.

Sie sah sich in dem Raum um. »Diese Leute beschäftigen sich seit vielen Jahren mit dem Schreiben von Programmen. Das läßt sich nicht an einem verregneten Wochenende lernen.«

»Das weiß ich«, sagte ich. »Aber es muß doch irgendwelche Bücher geben, die ich lesen kann. Wie man die Arbeitsabläufe beim Programmieren organisiert, was möglich ist, was nicht. Solche Dinge. Außerdem würden mich alle Hintergrundinformationen über Virtuelle Realität interessieren.«

Skeptisch blickte sie mich an. »Meinen Sie das wirklich ernst?«

»Ja, es ist wichtig.«

Sie überlegte einen Augenblick. Dann nahm sie zwei Bücher vom Regal: »The Art of Computer Programming« von Knuth und »Virtual Reality Now« von Larry Stevens. »Fangen Sie mit denen an. Wenn Sie die durchhaben, sehen wir weiter.«

Es war merkwürdig. Seit ich vierzehn war – wenn es nicht schon früher begonnen hatte –, weigerte ich mich hartnäckig, das geringste Interesse an Mathematik oder Computern zu zeigen. Das war etwas für Computerfreaks, Besessene wie meinen Vater und meinen Bruder. Klar, ich hatte den Umgang mit Tabellenkalkulationen gelernt, aber nur, weil man das als Trader brauchte. Doch an diesem Abend sprachen die Bücher, die Rachel mir gegeben hatte, Teile meines Gehirns an, von denen ich noch nicht einmal gewußt hatte, daß sie vorhanden waren. Ich beschloß, mir von Rachel einen Computer und ein paar Programme auszuleihen, um das Programmieren konkret auszuprobieren.

David hielt Wort, und so konnte ich am nächsten Morgen in Richards Büro einziehen. Ich hängte die Fotos der VR-Prototypen wieder an die Wand und fand heraus, wie man das elektronische Fenster einschaltete. Es zeigte den Blick auf den Firth of Forth von Kirkhaven aus. Im Osten war die Isle of May mit ihren beiden Leuchttürmen deutlich zu erkennen. Kleine Fischkutter tuckerten in der sanften Dünung zum Hafen hinein und hinaus. Im Laufe des Vormittags sah ich die Sonne von links nach rechts über das Meer wandern. Der Anblick gefiel mir, und ich beschloß, das Fenster zu behalten.

Ich sah mich im Büro um. Klein, aber mein. Noch nie hatte ich ein eigenes Büro gehabt. Zugegeben, ein bißchen eingeengt und allein kam ich mir schon vor. Ich war daran gewöhnt, daß ich hundert Menschen im Blickfeld hatte. Ein oder zwei Minuten ging ich auf und ab, dann öffnete sich die Tür.

Susan, Richards Sekretärin, jetzt für mich zuständig, kam herein. Sie war um die Dreißig, hatte braune Dauerwellen und eine mütterliche Ausstrahlung. »Möchten Sie eine Tasse Tee oder etwas anderes?«

Da ich den größten Teil meines Arbeitslebens in einem Handelssaal verbracht hatte, in dem Sekretärinnen ein eher seltener Anblick sind, war ich es nicht gewohnt, bedient zu werden. »Nein, warten Sie, ich hole Ihnen einen.«

Am Ende machten wir uns beide auf den Weg zum Teeautomaten.

»Es tut gut, daß da wieder jemand im Büro sitzt«, meinte Susan auf dem Rückweg. »Vor allem, wenn es Richards Bruder ist.«

»Waren Sie schon lange für ihn tätig?«

»Drei Jahre. Er war ein angenehmer Chef, wenn er auch viel zuviel gearbeitet hat.«

»Das scheint hier allgemein üblich zu sein«, sagte ich.

»Ja, aber alle tun es aus eigenem Antrieb.«

»Fehlt er Ihnen?«

»Ja«, sagte sie und biß sich auf die Unterlippe. »Sein Tod hat eine schreckliche Lücke hinterlassen. Wissen Sie, seine Persönlichkeit war einfach überall spürbar, er war der gute Geist des Werkes.«

»Ich weiß, daß ich ihn nicht ersetzen kann«, sagte ich, »aber ich werde mein Bestes tun, für das Unternehmen und seine Mitarbeiter. Um seinetwillen.«

»Das werden Sie bestimmt. Sie haben viel Ähnlichkeit mit ihm«, sagte Susan, mich von oben bis unten musternd. »Und unterschätzen Sie nicht den guten Willen, der Ihnen hier entgegengebracht wird. Wir sind alle auf Ihrer Seite und werden Ihnen nach Kräften helfen.«

»Danke«, sagte ich lächelnd und ging mit meiner Tasse Tee in Richards Büro. FairSystems wirkte auf mich ein bißchen wie eine Familie, und wenn es Richards Familie gewesen war, dann war es jetzt auch meine.

Ich setzte mich an die glatte schwarze Schreibtischplatte und dachte über das Unternehmen nach. David Baker machte mir Sorgen. Zweifellos verstand er etwas von seinem Job. Und ganz offensichtlich behagte es ihm nicht, daß ich in der Firma war.

Irgendwie mußte es mir gelingen, die Firma zu leiten, ohne ihn zu sehr vor den Kopf zu stoßen. Wir konnten es uns nicht leisten, ihn zu verlieren; ohne einen fähigen Marketingdirektor war FairSystems chancenlos. Ich fragte mich, was für einen Grund sein heftiger Streit mit Richard gehabt hatte.

Auch Rachel war hervorragend in ihrer Arbeit, aber mit ihr würde es weit weniger Schwierigkeiten geben. Es war klar, daß FairSystems technisch große Stärken hatte. Erforderlich war nur noch der letzte entscheidende Schritt, von dem sie gesprochen hatte: die serienmäßige Fertigung und der Massenabsatz, damit die Preise für VR-Systeme so erschwinglich würden, daß jeder sie sich leisten könnte. Allerdings barg dieser Schritt selbst für Riesenunternehmen wie IBM erhebliche Risiken. Bei der Größe und der finanziellen Lage von FairSystems erschien er unmöglich.

Noch immer beschäftigte mich Steve Schwartz' Theorie, nach der ein Käufer mit dem Einverständnis und der Unterstützung von Wagner Phillips Aktien von FairSystems in großem Maßstab aufkaufte. Nun, auf mich wartete eine ideale Gelegenheit, mehr darüber in Erfahrung zu bringen. Noch am selben Tag waren Willie und ich mit Scott Wagner persönlich zum Mittagessen verabredet.

Ich schaltete meinen Computer ein. Er piepte und teilte mir mit, daß eine E-Mail eingegangen sei. Mit einem kleinen Lächeln der Befriedigung darüber, daß meine Anwesenheit in der Firma nicht unbemerkt geblieben war, klickte ich mich durch eine Reihe von Menü-Items, um die Nachricht aufzurufen.

Das Lächeln verging mir.

Gib auf. Hau ab. FairSystems ist im Arsch!

Doogie

12

Scott Wagner war eine gepflegte Erscheinung. Er sah gut aus. Breite Schultern unter einem ausgezeichnet geschnittenen Anzug. Ein sonnengebräuntes Gesicht mit einem energischen Kinn. Blaue Augen, die mir offen begegneten, während er sprach. Sorgfältig frisiertes, dichtes Haar. Ein durchtrainierter fünfunddreißigjähriger Körper, der den Eindruck von gebändigter Kraft vermittelte.

Auch seine Stimme war gepflegt. Er sprach leise und mit leichtem amerikanischen Akzent. Seine Ausdrucksweise war klar und abgewogen. Nachdrücklich, ohne aufdringlich zu sein.

Er war für drei Tage nach England gekommen, um einen möglichen Kandidaten für eine Plazierung an der NASDAQ unter die Lupe zu nehmen. Diese Gelegenheit benutzte er, um sich mit Willie und mir zu verabreden. Willie hatte offenbar größte Hochachtung vor ihm; einerseits war er geschmeichelt, daß ihn der Amerikaner seiner Aufmerksamkeit für wert befand, andererseits von seiner Anwesenheit eingeschüchtert. Ein bißchen erinnerte mich Wagner an David Baker, wie er so am Tisch saß, nur daß er die bessere Rollenbesetzung war: Er repräsentierte das, was David erst werden wollte.

Wir befanden uns im Restaurant des Balbirnie House, einst ein Herrenhaus, als Glenrothes noch ein Gut zwischen einigen Dörfern gewesen war. Wir waren die ersten im eleganten Speisesaal; Wagner mußte unbedingt um drei in Edinburgh sein, wenn er sein Flugzeug noch erwischen wollte.

Als der Kellner kam, bestellte Wagner Räucherlachs und einen Salat. Keinen Wein, nur Tafelwasser. Nicht ganz so enthaltsam, entschied ich mich für Wild und Pomerol.

»Heute morgen hatte ich ein hochinteressantes Gespräch mit Scottish Enterprise«, sagte Wagner.

»Ach ja?«

»Wissen Sie, was die Schotten alles erfunden haben?«

»Haggis? Den Kilt? Das Baumstammwerfen? MacEwan' Export?«

Wagner lächelte. »Viel mehr als das. Telefon, Fernsehen, Radar, Teerbelag, Penicillin, Chloroform, Luftbereifung. Sogar die klebstoffbeschichtete Briefmarke! Ich kann nicht begreifen, warum dieses Land nicht genauso reich ist wie Kalifornien.«

»Weil sie alle Schottland den Rücken gekehrt haben, bevor sie eines von diesen Dingen erfunden haben.«

»So wird's wohl sein. Trotzdem glaube ich, daß hier viel zu machen ist für Firmen wie die unsere, die wissen, wie man junge Unternehmen finanziert.«

»Hoffentlich haben Sie recht«, sagte ich. »Erzählen Sie mir ein bißchen über Wagner Phillips. Bei Aktien kleiner Unternehmen haben Sie einen guten Ruf. Aber sehr lange sind Sie noch nicht im Geschäft, oder?«

»Demnächst haben wir unseren vierten Geburtstag. Dwayne Phillips und ich haben die Firma mit einem halben Dutzend alter Kollegen gegründet. Heute beschäftigen wir hundert Leute. Wir hatten ein paar gute Jahre. Es ist nicht schlecht gelaufen.« Wagners Stolz war unüberhörbar.

»Sehr eindrucksvoll. Wo waren Sie vorher?«

»Drexel Burnham. Sicher erinnern Sie sich. Sie sind ja vom Fach.«

»Klar.« Drexel war aus der Anonymität zu einer der einflußreichsten Investmentbanken an der Wall Street aufgestiegen. Die Firma hatte den größten Leveraged-Buyout in der Geschichte der Übernahmeattacken organisiert. Am Ende hatten Kohlberg Kravis und Roberts den Lebensmittelkonzern RJR Nabisco für fünfundzwanzig Milliarden Dollar gekauft. Ermöglicht hatte das alles das Finanzgenie Michael Milken, ein Einzelgänger, der sich über alle Regeln hinweggesetzt hatte und dafür im Gefängnis gelandet war. Schließlich hatte auch Drexel sein Glück überstrapaziert und war 1990 pleite gegangen.

»Vermutlich haben Sie keine sehr schmeichelhaften Dinge über Drexel gehört«, sagte Wagner, »und zweifellos sind am Ende auch einige Leute in der Firma zu weit gegangen. Aber es gab da auch ein paar außergewöhnlich begabte Leute, echte

Unternehmertypen. Ich dachte mir, das ist der richtige Menschenschlag, um jungen, aufstrebenden Unternehmen beim Gang an die Börse zu helfen. Das war die Zielsetzung, mit der wir Wagner Phillips gegründet haben.«

»Und hat es geklappt?«

»Und wie! Wir haben inzwischen über hundert Erstemissionen gemanagt. Das sind hundert Unternehmen, die Kapital am Aktienmarkt aufgenommen haben, um Amerika mit neuen Ideen und Arbeitsplätzen zu versorgen.« Wagner zögerte und fügte dann lächelnd hinzu: »Und Schottland natürlich auch.«

»Und wer kauft diese Aktien?«

»Oh, eine Vielzahl von Institutionen und Einzelpersonen. Wir haben keine Angst vor Risiken, ebensowenig wie die Investoren, an die wir uns wenden. Häufig sind es Unternehmer, die auf ihrem Gebiet Erfolg gehabt haben. Sie vertrauen uns, und wir kümmern uns um ihr Geld.«

Aha, Mastvieh! Die Lieblingsspezies jedes Brokers. Mastvieh sind Investoren, die alles schlucken – das heißt, kaufen –, was ihnen der Broker in den Hals stopft.

»Dann können Sie also viel Geld nach freiem Ermessen investieren?« fragte ich unschuldig.

Wagner lächelte. »Sagen wir so: Uns gefällt der Gedanke, daß wir eine kleine Gemeinschaft von Investoren und Unternehmen geschaffen haben, die gemeinsame Ziele und Bestrebungen haben. Das ist auch Mike bei Drexel, finde ich, sehr gut gelungen. Und alle profitieren bei uns davon.«

»Und zu dieser Gemeinschaft gehört FairSystems?«

»Sicher«, sagte Wagner lächelnd. »Und wir werden auch weiterhin an Ihrer Seite sein.«

Ich war mir gar nicht so sicher, ob FairSystems gut daran tat, zu Wagners kleinem, erlesenem Kreis zu gehören. Gewiß, Michael Milken hatte seinen Erfolg vor allem einem Netz von Kunden zu verdanken, die ihm alle den einen oder anderen Gefallen schuldeten; das hatte ihm die Macht gegeben, selbst die größten Unternehmen Amerikas das Fürchten zu lehren. Für viele seiner Kunden hatte sich das System auch ausgezahlt, doch weit mehr noch endeten im Bankrott oder im Gefängnis.

Unser Essen kam und beschäftigte uns eine Zeitlang. Wagner schien von seinem Salat nicht besonders angetan, während mir mein Wild ausgezeichnet schmeckte. Auch der Wein war gut. Ich blickte mich um. Das Restaurant füllte sich mit Geschäftsleuten und ein paar individualistischen Amerikanern, die die ausgetretenen Touristenpfade verlassen hatten.

»Erzählen Sie mir von der Plazierung im letzten November.«

»Wir waren sehr zufrieden mit ihr«, sagte er. »Wir erzielten einen Kurs von zehn Dollar, und selbstverständlich wurde die Aktie schon nach wenigen Tagen mit einem Aufgeld von zwanzig Prozent gehandelt. Wir konnten eine Vielzahl von Investoren interessieren, die Aktienkäufe waren breit gestreut. Kein schlechtes Ergebnis.«

Und eines, das FairSystems mehr als eine Million der acht Millionen aufgenommenen Dollar gekostet hatte, dachte ich.

»Können Sie mir die Kursbewegungen erläutern?« fragte ich. »Nach diesem anfänglichen Anstieg blieben die Aktien ein paar Monate bei zwölf Dollar und sind dann auf sechs abgerutscht, nicht wahr?« Seit Richards Tod waren sie noch tiefer in den Keller gegangen, aber das war schwerlich die Schuld von Wagner Phillips.

»Ja, das war enttäuschend. Aber wissen Sie, das Unternehmen hat nicht gehalten, was es im Prospekt versprochen hat.«

So leicht kam er mir nicht davon. »Aber das Unternehmen hat keinerlei Informationen verlauten lassen, bevor der Preis fiel beziehungsweise bis mein Bruder starb.«

»Die amerikanischen Märkte erwarten rasche Resultate, Mark.« Obwohl Wagner höflich blieb, schlich sich jetzt ein Unterton in seine Stimme, der mir bedeutete, daß ich keine Ahnung hätte, wovon ich redete, und daß ich die Angelegenheit gefälligst Fachleuten überlassen solle. Nicht ausgesprochen grob, aber wirkungsvoll genug, um mich zu verunsichern.

»Ich habe mir die Kursbewegungen genau angesehen«, sagte ich. »Es muß noch einen anderen Grund für den Preisverfall geben, vor allem bei dem hohen Umsatzvolumen der Aktien. Woran liegt das?« Mir war klar, daß sich das ziemlich aggressiv anhörte, aber ich dachte, auf eine klare Frage müsse er mir eine klare Antwort geben.

Ich hatte falsch gedacht. »Himmel, der Markt verhält sich manchmal unlogisch. Damit müssen wir alle leben.«

»Was sagen Sie Ihren Kunden über uns?«

Wagner überlegte einen Augenblick. »Ich meine, wir äußern uns im Augenblick etwas vorsichtig. Nicht negativ, nur vorsichtig.« Er sah mein Stirnrunzeln. »Sie müssen das verstehen, Mark, unsere Analytiker haben das Recht, sich zu einer Aktie eine eigene Meinung zu bilden. Mir wäre es lieber, wenn sie sich positiver äußern würden, aber ich kann ihnen nicht vorschreiben, was sie denken sollen.«

Lächerlich! Er konnte es nicht nur, er tat es. Ganz offensichtlich hatte er seinen Verkäufern und Analytikern die Anweisung gegeben, FairSystems schlechtzumachen. Das war der Grund für den Kursverfall.

»Also, wer kauft?«

»Tut mir leid, das darf ich nicht sagen.«

»Sie dürfen das nicht sagen? Sie sind doch Broker, oder nicht?«

»Es ist eine schwierige Situation«, sagte Wagner entschuldigend. »Aber unsere Kunden erwarten nun mal von uns, daß wir ihre Abschlüsse vertraulich behandeln. Darüber können wir uns nicht hinwegsetzen.«

»Ein Käufer oder mehrere?«

»Ich weiß nicht genau«, sagte Wagner. »Ich nehme an, es sind mehrere.«

Das nahm ich ihm nicht ab, aber es war klar, daß er mir mehr nicht sagen würde.

»Die Geschichte mit Richard tut mir aufrichtig leid«, sagte Wagner und stocherte in seinem Salat. »Ein verdammt kluger Kopf. Wie ist es, in seine Fußstapfen zu treten?«

»Interessant«, sagte ich.

»Nicht ein bißchen schwierig?«

»Eigentlich nicht«, log ich. »Die Firma hat hervorragende Leute, vor allem im technischen Bereich. Wir kommen gut zurecht.«

In Wagners Augen konnte ich lesen, daß er mir nicht glaubte. Aber er hatte nicht die Absicht, mir zu widersprechen. »Aha. Nun, wenn es anders kommen sollte, wäre ich vielleicht in der Lage, einen Käufer zu finden.«

Was für ein gerissener Typ! Ich wußte, daß er längst einen Käufer hatte. Aber er wollte, daß ich ihn beauftragte, einen für uns zu suchen. Mehr Provision, keine Frage!

»Ja, Richard hat erwähnt, daß Sie einen Kaufinteressenten haben. Wer ist es?«

Wagners Augen verengten sich etwas. Daß Richard mir davon erzählt hatte, kam offenbar überraschend für ihn. Aber er fing sich rasch. »Tut mir leid, kann ich Ihnen nicht sagen. Er will unbedingt anonym bleiben.«

»Aber Sie sind unser Broker«, erinnerte ich ihn noch einmal. »Sind Sie nicht verpflichtet, uns zu informieren?«

Wagner lächelte und zuckte mit den Achseln. »Mir sind die Hände gebunden.«

»Was will er zahlen?«

»Na ja, der Aktienkurs liegt heute bei viereinhalb Dollar und fällt weiter. Mehr als ein Aufgeld von dreißig Prozent können Sie kaum erwarten. Also, sechs Dollar, nehme ich an.«

Sechs Dollar. Weit weniger als die zehn Dollar bei der Plazierung. Aber immerhin, bei den fast vierhundertundachtzigtausend Aktien, die ich jetzt besaß, wären das mehr als zweieinhalb Millionen Dollar für mich gewesen. Möglicherweise waren sechs Dollar das beste Angebot, das wir bekommen konnten. Ich mußte mir Wagner warmhalten. Einen Moment lang bedauerte ich, so aggressiv gewesen zu sein.

Ich bemühte mich um mehr Höflichkeit. Den Rest der Mahlzeit brachten wir mit dem müßigen Small talk von Finanzleuten zu: Fluglinien und Flughäfen, Markttendenzen und das verzweifelte Bemühen, gemeinsame Bekannte ausfindig zu machen. Schließlich zahlte Wagner, und wir gingen. Vor dem Hotel wartete ein uniformierter Fahrer neben einem glänzenden schwarzen Ford Granada, um ihn zum Flughafen zu bringen. Er reichte Willie und mir die Hand und rauschte davon.

Mir tat es allmählich leid, daß ich Richard ausgerechnet Wagner Phillips empfohlen hatte. Ich hatte wenig über die Firma gewußt, abgesehen von dem wenigen, was Karen mir erzählt hatte: daß es sich um eine aggressive, rasch expandierende Brokerfirma handelte, die viele Kunden aus dem High-Tech-Bereich hatte. Gewiß, es war ihr gelungen, FairSystems unter schwierigen Bedingungen Geld zu verschaffen. Aber zu welchem Preis? Ich hatte das unangenehme Gefühl, daß ich das noch herausfinden würde.

Willie hatte während des Essens geschwiegen. Ich fragte ihn: »Was halten Sie von ihm?«

Willie legte sein Gesicht in Falten und überlegte lange. Schließlich nahm er all seinen Mut zusammen. »Vielleicht irre ich mich«, sagte er, »aber ich kann ihn nicht ausstehen.«

Ich lachte. Er war in Ordnung, dieser Willie.

»Wie geht's dir?« fragte Karen.

»Ganz gut«, vertraute ich dem Telefonhörer an. »Ich muß zwar in sehr kurzer Zeit 'ne Menge lernen, aber das Zeug ist interessant. Und dann habe ich zum erstenmal einen Investmentbanker von der anderen Seite des Tisches erlebt. Eine höchst aufschlußreiche Erfahrung.« Ich berichtete ihr von dem Essen mit Scott Wagner.

»Hört sich an, als wäre er der ideale Mann für Harrison Brothers.«

»Ich glaube, den könnten selbst wir nicht verkraften. Apropos, was tut sich in London?«

»Große Neuigkeiten.«

»Erzähl!«

»Jack hat Sally gefeuert.«

»Verdammt! Dieser Scheißkerl!«

»Keine Aufregung! Es gibt ein Happy-End«, fuhr sie lebhaft fort.

»Wieso?«

»Ich war natürlich stinkwütend. Eben hat sie noch neben mir gesessen, und plötzlich ist sie weg. Noch nicht mal tschüs hat sie sagen können.«

»Ja, ich kenn' das.«

»Also bin ich zu Bob Forrester gegangen. Ich hab' ihm gesagt, daß Sally meiner Meinung nach eine ausgezeichnete Verkäuferin werden könnte, wenn wir ihr eine Chance geben würden. Ich hab' ihm angeboten, mich um sie zu kümmern und es auf meine Kappe zu nehmen, wenn es nicht klappen sollte. Na, und was glaubst du, hat er gesagt?«

»Was?«

»Er hat gesagt, am Wochenende würde es tiefgreifende Veränderungen geben, und am Montag würde Jack Tenko keinen Job mehr haben.«

»Super!«

»Genau. Er hat mich gebeten, Sally zu Hause anzurufen und ihr zu sagen, sie solle ein paar Tage frei nehmen und am Montag wie gewöhnlich in der Firma erscheinen.«

»Gut gemacht!« sagte ich. »Ich bin stolz auf dich!«

»Ehrlich gesagt, bin ich selbst ziemlich stolz auf mich.«

»Und was wird mit dir?«

»Bob hat gesagt, sie wollen mich in London behalten und wahrscheinlich meinen Verantwortungsbereich erweitern. Bob hat mich gebeten, mich um sein Portfolio zu kümmern.«

»Hört sich toll an.« Ich war beeindruckt. Karen verstand sich viel besser auf diese taktischen Spielchen als ich. Daß sie die Wirren bei Harrison Brothers so glänzend überstanden hatte, wunderte mich überhaupt nicht. Wahrscheinlich hätte ich sie nach Schottland holen sollen. Sie wäre mit David Baker weit besser zurechtgekommen. Das erinnerte mich an etwas.

»Am Samstag bin ich in Edinburgh zum Dinner eingeladen. Hast du nicht Lust zu kommen? Ich würde mich so freuen, dich zu sehen.«

»Oh, das tut mir leid. Ich hab' nun doch die Einladung zum Ballett angenommen. Du weißt, von diesem Peter Tewson. Ich kann ihn nicht vor den Kopf stoßen. Er ist Kunde.«

»Oh, bitte, Karen«, sagte ich.

Sie zögerte. »Nein, es ist nicht nur das. Nun, wo ich ja gesagt habe, mag ich ihn nicht einfach sitzenlassen. Ehrlich, das würde mir gegen den Strich gehen.«

Ich seufzte. Sie fehlte mir sehr.

»Na gut. Bis bald.«

»Tschüs, Mark.«

13

Den Samstag morgen verbrachte ich im Werk. Es gab einen Haufen Papierkram und E-Mails durchzusehen. Man erwartete Entscheidungen von mir: Jock wollte noch zwei Leute für die Montageabteilung einstellen, um der erhöhten Nachfrage nachkommen zu können. An sich eine schöne Sache – wenn wir nur das Geld gehabt hätten, die Leute zu bezahlen. Der Lieferant der Tastaturen hielt nie seine Fristen ein. Sollten wir ihm den Vertrag kündigen oder ihm noch eine Chance geben? Die Verkäufer überzogen ständig ihr Spesenkonto. Selbst so geringfügige Posten konnten uns in Schwierigkeiten bringen.

Um zwei Uhr ging ich in die Softwareabteilung, um Rachel abzuholen. Wir wollten ihren Bruder Alex besuchen. Sie und Keith Newall saßen bei Andy. Keith lag fast in seinem Stuhl, die langen Beine auf einem Papierkorb.

Er war unzufrieden und sprach noch schneller als sonst. »Das wird doch ein Riesendurcheinander, Rachel. Laß mich und Andy machen, und wir kriegen das hin. Wenn du die Hälfte aller schottischen Hacker dransetzt, sind wir noch Weihnachten mit der Fehlersuche beschäftigt.«

Rachel seufzte und wandte sich an Andy. »Habt ihr genügend Zeit, um euch allein drum zu kümmern?«

Andy hatte sich Keith' Lamento ruhig angehört. Er dachte einen Augenblick nach. »Glaub' schon«, sagte er. »Wer braucht schon Schlaf? Und ich kann doch mit dir rechnen, wenn ich nicht weiterkomm'?«

»Klar«, sagte Rachel. »Also gut, Keith, machen wir es so. Aber du hast nur vier Tage. Dann will ich Ergebnisse sehen.«

Keith lächelte und wirkte plötzlich völlig entspannt. »Die kriegst du.«

Rachel wandte sich mir zu. »Mit der Software für FairRender gibt es immer noch ein paar Probleme.«

»Schlimm?«

»Die sind immer schlimm«, sagte sie. Doch als sie sah, wie ich erschrak, lachte sie. »Keine Sorge, bisher haben wir sie noch alle in den Griff gekriegt. Nicht wahr, Jungs?«

»Alle«, sagte Keith.

»Können wir?« fragte Rachel.

»Wann Sie wollen.«

Sie stand auf. »Gut, gehn wir. Ich hol' nur noch das Zeugs.«

Sie verschwand in ihrem Büro und tauchte mit einer großen Reisetasche voller elektronischer Teile wieder auf. Nachdem wir sie auf dem Rücksitz des BMW verstaut hatten, fuhren wir zu einem kleinen Krankenhaus in den Außenbezirken von Edinburgh.

»Was ist mit Ihrem Bruder geschehen?« fragte ich.

»Vor einem halben Jahr hat er einen Rugbyunfall gehabt«, erklärte sie ohne Umschweife. »Das Rückgrat. Er ist von der Hüfte abwärts gelähmt.«

»Oh, das tut mir leid. Ist es . . . von Dauer?«

»Wissen wir nicht. In ein paar Monaten versuchen die Ärzte irgendeine komplizierte Operation. Vielleicht wird er wieder ganz der alte, oder es bleibt alles, wie es ist.«

»Wie alt ist er?«

»Zweiundzwanzig. Er hatte gerade bei einer Wirtschaftsprüfungsgesellschaft angefangen. Früher hat er für die Edinburgh University gespielt, dann ist er zu den Watsonians gegangen. Im zweiten Spiel für sie ist er verletzt worden.«

»Armer Kerl.«

Wir fuhren durch ein eisernes Gartentor und über eine kurze Auffahrt zum Krankenhaus. Drei Rollstühle waren im Schatten einer alten Kastanie versammelt, die den weitläufigen Rasen vor dem Haus beherrschte. An der Rezeption vorbei gingen wir einen Flur entlang zum Zimmer ihres Bruders. Offenbar kannte Rachel den Weg sehr gut.

Er saß in einem Rollstuhl an einer Verandatür, die sich in den Garten öffnete, und las ein Buch. Das Zimmer war klein,

ein Bett, ein Fernseher, zwei Stühle und ein Laptop. Rings um das Bett waren komplizierte medizinische Geräte aufgebaut.

Als er Rachel sah, hellte sich sein Gesicht auf. Er beugte sich vor und küßte sie.

»Alex, das ist Mark, Richards Bruder.«

Er hatte eine gewisse Ähnlichkeit mit Rachel, aber sein Kinn war kräftiger, und das Haar, obwohl ebenfalls kraus, trug er kurz geschnitten. Trotz des Rollstuhls sah er jung, durchtrainiert und kräftig aus. Ich wollte gern glauben, daß er ein guter Rugbyspieler war.

»Was für eine Position spielen Sie?« fragte ich, wobei ich absichtlich die Gegenwartsform wählte.

»Flanker. Spielen Sie auch?«

»An der Uni hatte ich Position acht, habe seither aber keinen Rugbyball mehr angerührt.«

»Tut mir leid mit Ihrem Bruder.«

»Und mir tut es leid mit Ihrem Rücken.«

Alex lächelte und wandte sich an Rachel. »Was hast du mir mitgebracht?«

»Ein neues Spiel, das Virtual America entwickelt hat. Es heißt ›Manhunt‹, Menschenjagd. Ich habe mir gedacht, du spielst es mit Mark.«

Alex maß mich mit einem kritischen Blick. »Wird mir ein Vergnügen sein. Haben Sie Lust?«

Ich nickte, etwas überrascht, so unverhofft zu einem Computerspiel verdonnert zu werden. »Gern.«

Rachel holte zwei kleine Datenbrillen aus der Reisetasche und zwei 3-D-Mäuse und steckte die Verbindungskabel in den Computer. Außerdem schloß sie ein kompaktes CD-ROM-Laufwerk an und legte eine CD ein. Nachdem sie ein paar Tasten betätigt hatte, erschien die Karte einer Insel auf dem Bildschirm.

»Okay, das Ganze funktioniert folgendermaßen: Sie, Mark, sind am Ufer der Insel gelandet. Sie müssen eine versteckte Höhle finden, eine alte Schriftrolle entdecken und Ihr Boot wieder erreichen. Du mußt ihn ausfindig machen und aufhalten, Alex. Alex hat keine Ahnung, wo Sie gelandet sind, noch, wo sich die Höhle befindet. Beide seid ihr mit Entermessern bewaffnet. Mark, Sie können sich etwas schneller als Alex bewegen, aber ich muß Sie warnen, Alex ist gut in diesen Spielen.«

Alex lächelte. Es war zwar nur ein Computerspiel, aber ich sah, daß er gewinnen wollte. Ich spürte, wie sich auch bei mir der Ehrgeiz bemerkbar machte.

Ein paar Minuten brauchte Rachel, um uns im einzelnen zu erklären, wie wir die Brillen aufzusetzen und uns in der virtuellen Welt zu bewegen hatten.

Vor mir sah ich eine Landkarte der Insel. Mein Standort war markiert: ein Sandstrand. Außerdem sah ich in einem Berghang die Höhle eingezeichnet, wo die Schriftrolle verborgen war. Zwischen den beiden Punkten lagen ein Dschungel, ein Fluß und eine Ebene.

Ich schaltete auf die virtuelle Welt um. Nun stand ich tatsächlich am Strand. Ich blickte an mir hinunter und sah meine bloßen Füße unter zerlumpten blauen Hosenbeinen. Dazu trug ich ein flatterndes weißes Hemd und in der Hand, wie Rachel versprochen hatte, ein Entermesser. Brandungsgeräusch umgab mich. Vor mir war der dichte Dschungel, hinter mir lag die See, auf dessen Wogen ein winziges Ruderboot tanzte.

Auf einem schmalen Pfad drang ich in den Wald ein. Hier war es viel dunkler als am Strand. Eine dichte Geräuschkulisse umfing mich, durchdringende Vogelschreie und das Summen unzähliger Insekten. Auf dem Pfad vor mir vermochte ich nur ein paar Schritte weit zu sehen. Vorsichtig folgte ich dem Weg.

Wo war Alex?

Plötzlich ertönte ein scharfes Zischen. Ich blickte hinunter und sah eine züngelnde Kobra, bereit zum Biß. In einer einzigen Bewegung sprang ich zurück und schlug mit dem langen Messer zu. Ich traf die Schlange in dem Augenblick, als der Kopf gerade vorschnellte. Tot fiel sie auf den Pfad.

»Gute Reflexe«, hörte ich Rachels Stimme in den Kopfhörern. Ich lächelte, atmete tief durch und setzte meinen Weg fort.

Obwohl ich mich erst seit ein paar Minuten in der virtuellen Welt aufhielt, gewann die Insel bereits Wirklichkeitscharakter. Ich hatte mehr oder weniger vergessen, daß ich mich in einem kleinen Krankenzimmer in Edinburgh befand. Und mit diesem Wirklichkeitsempfinden stellte sich auch die Furcht des Gejagten ein. Ängstlich blickte ich mich nach allen Seiten um, während ich den Pfad entlangschritt.

Bei einem großen Baum, der von Kletterpflanzen überwuchert war, machte der Weg eine Biegung. Kaum lag sie hinter mir, sah ich Alex auf mich zulaufen. Auch er steckte in einer Piratenkluft – rotes Hemd, Augenklappe und Entermesser in der Faust. Von Panik ergriffen, wandte ich mich um und stürzte davon. Das Geschwindigkeitserlebnis war sehr realistisch. Als ich nach unten blickte, sah ich meine Füße über den Boden wirbeln. Zu beiden Seiten huschte der Dschungel vorbei, und im Rhythmus der Laufbewegung tanzte die Welt auf und ab. Als ich mich dem Strand näherte, wurde mir klar, daß ich mich umdrehen und kämpfen müßte, sobald ich ans Ufer gelangt war. Deshalb wich ich vom Pfad ab und stürzte in den Dschungel hinein.

Ich hieb mir einen Weg durch das Unterholz. Hinter mir hörte ich Alex, der rasch näher kam. Ich schlug noch heftiger auf die Zweige und Schlingpflanzen ein. Er war nur noch ein paar Schritte von meinem Rücken entfernt, der ihm schutzlos preisgegeben war, als ich plötzlich ins Freie gelangte. Vor mir lag der Fluß und dahinter die Ebene, an deren Horizont sich das Gebirge erhob.

Ohne zu zögern, sprang ich in den Fluß und konnte ihn zu meiner großen Erleichterung mühelos durchschwimmen. Abermals waren die Sinneseindrücke bemerkenswert wirklichkeitsgetreu. Ich hörte das Wasser an meinen Ohren vorbeirauschen und das laute Aufplatschen, als sich jemand hinter mir in den Fluß warf. Am anderen Ufer angekommen, lief ich los, die Augen auf die Stelle gerichtet, wo nach meiner Einschätzung die Höhle liegen mußte.

Bereits nach einer Minute hatte ich sie erreicht. Ich wandte mich um: Alex war nirgends zu sehen. Da er wußte, daß ich schneller war als er, hatte er gar nicht erst versucht, mir zu folgen. Er lauerte irgendwo und beobachtete mich.

In der Höhle war es finster. Auf der Suche nach der Schriftrolle tastete ich mich durchs Halbdunkel. Das war ziemlich unangenehm, weil ekliges Getier über den Boden krabbelte und mir Fledermäuse ins Gesicht flatterten, wenn ich sie aufschreckte. Schließlich fand ich die Pergamentrolle in einer alten Kiste.

Und nun? Wie kam ich zurück zum Boot? Irgendwo da draußen war Alex und wartete auf mich. Ich beschloß, auf meine größere Geschwindigkeit zu setzen, in der Hoffnung, daß er sich nicht rasch genug durch den Dschungel bewegen konnte, um mir den Weg abzuschneiden. Also lief ich zurück zum Fluß, und zwar zu einem Punkt, der etwa zweihundert Meter links vom Ort der ersten Durchquerung lag. Ich schwamm ans andere Ufer und eilte auf einem schmalen Pfad in den Dschungel hinein. Zwar konnte ich Alex nicht sehen, dennoch bewegte ich mich aber im Laufschritt vorwärts. Laut klangen mir die eigenen Atemzüge im Ohr, und mein Tempo ließ nach. Ich wurde müde. Also ging ich einige Zeit. Möglicherweise brauchte ich meine Kräfte noch für den Endspurt zum Boot. Ich erreichte den Strand, der, von Treibholz und einigen Kokosnüssen abgesehen, leer schien. Ich lief zum Boot, das noch rund hundert Meter entfernt war, und blickte nach rechts zum Waldrand hin.

Aus den Augenwinkeln nahm ich eine Bewegung wahr. Als ich herumfuhr, stand er direkt vor mir, neben einem Haufen aus Treibholz, das Entermesser in der Hand. Mist! Er mußte sich hinter dem Holzhaufen versteckt haben.

Er hieb auf mich ein, und ich konnte gerade noch ausweichen. Nun stieß ich meinerseits zu. Jetzt ging alles sehr schnell. Alex war außerordentlich flink. Als ich mir eine Blöße gab, nutzte er sie sofort. Ich sah den Sand auf mich zustürzen, und dann wurde alles schwarz.

Beeindruckt nahm ich die Datenbrille ab. »Puh!« sagte ich und spürte mein Herz rasen. Das Hemd klebte mir am Körper. Ich hatte schon einige Computerspiele ausprobiert und sie nur mäßig unterhaltsam gefunden. Etwas Derartiges hatte ich noch nie erlebt.

Auch Alex nahm die Datenbrille ab. Er grinste übers ganze Gesicht. »Nicht schlecht gespielt!«

»Ich hab' Ihnen gesagt, daß er gut ist«, meinte Rachel zu mir. »Wie hat es dir gefallen, Alex?«

»Gar nicht so übel«, sagte er. »Es gefällt mir. Das Laufen ist außerordentlich realistisch. Ja, es ist gut. Kann ich es behalten?«

»Klar«, sagte sie.

Wir blieben den ganzen Nachmittag und gingen erst um sieben. Wir fuhren direkt zu David Bakers Dinner.

»Mein Gott«, sagte ich, als wir im Auto saßen. »Er ist so jung. Es muß schrecklich sein für ihn. Und für Sie.«

Rachel nickte. »Ich tu', was ich kann, mit der Virtuellen Realität. Ich glaube, es hilft. Ich weiß nicht. Ich hoffe es jedenfalls.«

Ich hoffte es auch.

David Bakers Wohnung lag in einer eleganten halbmondförmigen Häuserreihe in der New Town von Edinburgh. Es war eine von zwei Wohnungen in der zweiten Etage eines prächtigen georgianischen Gebäudes. David selbst kam an die Tür.

»Ah, Sie kommen zusammen«, sagte er betont beiläufig. »Das ist vernünftig.« Ich fragte mich, ob er eine ihm feindlich gesinnte Allianz von Rachel und mir befürchtete. Wenn dies der Fall war, ließ er es sich jedenfalls nicht anmerken. »Hereinspaziert! Darf ich Ihnen was zu trinken anbieten?«

Eingerichtet war die hübsche Wohnung mit den mehr oder weniger zufällig zusammengekauften Stücken, die sich ein Paar in den ersten Jahren der Ehe anschafft. In der Regel kommen noch ein, zwei schönere Stücke hinzu, denen dann ein Ehrenplatz eingeräumt wird. Bei den Bakers war dies ein glänzend polierter antiker Eßtisch, der für sechs Leute gedeckt war.

Außer Willie waren noch zwei Frauen anwesend, die ich nicht kannte. »Darf ich bekannt machen«, sagte David. »Annie

Granger . . .« Ich nickte der jungen Frau zu. Sie war dünn, wirkte etwas linkisch, trug eine Brille und hatte ein verschmitztes Lächeln. War sie Willies Freundin oder nur eine Verabredung zum Dinner? Er saß ziemlich hölzern neben ihr, aber das war einfach seine Art und verriet nichts darüber, wie er zu ihr stand.

Da Karen verhindert war, hatte ich keine Begleitung. Rachel ebenfalls nicht. Gab es irgendwo einen Mann in ihrem Leben? Interessante Frage.

»Meine Frau Pat.«

Eine hochgewachsene Frau mit langen roten Haaren und grünen Augen. Sie trug einen langen Rock und eine blaue Seidenbluse über einem weißen T-Shirt. Kein Make-up. Sie gab mir die Hand. »Hallo. Dave hat mir viel von Ihnen erzählt«, sagte sie mit englischem Akzent. »Das mit Ihrem Bruder tut mir leid.«

»Danke«, sagte ich.

Sie küßte Rachel auf die Wange, und die beiden begannen wie alte Freundinnen zu schwatzen.

Ich unterhielt mich mit David, Willie und seiner Begleiterin Annie. Annie hatte einen trockenen Humor und die Gewohnheit, Willie liebevoll zu necken, was diesem sichtlich guttat. David war in seinen eigenen vier Wänden sehr viel lockerer als in Glenrothes.

Bei Tisch saß ich neben Pat. »Und, wie gefällt Ihnen die merkwürdige Welt der Virtuellen Realität?« fragte sie.

»Sehr spannend«, sagte ich lächelnd.

»Mag sein. David hat mir ein bißchen davon erzählt, obwohl ich nie eines dieser Geräte ausprobiert habe.« Sie schauderte. »Für mich hört sich das sehr absonderlich an. Ziemlich scheußlich.«

Ich dachte an Doogies eindringliche Warnung vor virtuellen Perversitäten. »Das kann die Virtuelle Realität wohl auch sein. Andererseits ist sie aber auch sehr nützlich.« Ich erzählte ihr von dem Nachmittag bei Alex.

Interessiert lauschte Pat. »Schade, daß Dave mir nicht mehr von diesen Sachen erzählt. Ich höre immer nur von Verkaufszahlen, Besprechungen und Abschlüssen.«

»Spricht er zu Hause viel über seine Arbeit?«

»Ja. Sie ist ihm sehr wichtig. Sie beschäftigt ihn unablässig.«

Das schien eine Krankheit zu sein, von der bei FairSystems niemand verschont blieb. Sogar ich wurde schon angesteckt.

»Und was machen Sie?«

»Ich helfe in einem Heim für Obdachlose drüben im Leith Walk.«

»Tatsächlich?« Ich war verblüfft.

»Na ja, sie sind nicht alle obdachlos, aber sie brauchen alle Hilfe. Einige sind einfach nicht in der Lage, für sich selbst zu sorgen.« Als sie mein Gesicht sah, lachte sie. »Hören Sie, so ungewöhnlich ist das nicht.«

»Natürlich nicht«, erwiderte ich verwirrt. »Nur . . .«

Sie unterbrach mich: »Bei Daves Frau überrascht Sie das.«

»Das ist es wohl«, gab ich zu.

»Ich nehme an, da gibt's noch viel, was Sie bei Dave überraschen würde.«

»Ja?« Ich war neugierig.

»Ja. Zum Beispiel haben wir uns vor neun Jahren in Uganda kennengelernt.«

»Was haben Sie da gemacht?«

»Dave hat für die Weltbank gearbeitet, und ich war ehrenamtliche Helferin bei Oxfam. In der Region herrschte entsetzliche Trockenheit.«

»Ich habe gar nicht gewußt, daß er für die Weltbank gearbeitet hat.«

»Aber ja, er ist ein großer Idealist gewesen. An der Sussex University hatte er gerade seinen Magister in Entwicklungsökonomie gemacht. Er war davon überzeugt, die entwickelte Welt müsse nur gründlich genug über die Armut in der Dritten Welt nachdenken, dann werde man schon mit ihr fertig werden. Und das wollte er in Afrika zeigen.«

»Was für ein Ehrgeiz!«

»Ja, aber doch ein sehr nobler.«

»Und Sie? Warum sind Sie dorthin gegangen?«

»Ich konnte einfach nicht die Hände in den Schoß legen, während die Menschen dort verhungerten«, sagte sie mit einem verlegenen Lächeln. Offenbar sprach sie nicht gern über diese Gefühle. »Das kann ich noch immer nicht.«

In der Unterhaltung am anderen Ende des Tisches gab es eine kurze Pause, so daß David hörte, worüber wir sprachen.

»Erzählt sie Ihnen von Afrika?« fragte er und sah auch etwas verlegen aus.

»Ja«, sagte ich. »Ich bin sehr beeindruckt.«

»Müssen Sie nicht«, sagte David. »Damals war ich Idealist und dachte, ich könnte die Probleme der Welt lösen. Heute weiß ich, daß es nicht geht.«

»Aber irgendwie muß es doch gehen«, protestierte ich.

David schüttelte den Kopf. »Entwicklungshilfe wird für drei Dinge ausgegeben: Waffen, Schmiergelder und den aufwendigen Lebensstil der Entwicklungshelfer. Zu den Armen kommt kaum was, und wenn doch, dann geben sie's für Saufen und Fressen aus und vergessen den eigenen Feldbau völlig. Es ist deprimierend.«

Ich blickte Davids Frau an. Keine Reaktion, offenbar hatte sie das alles schon oft gehört. David war meinem Blick gefolgt.

»Verstehen Sie mich nicht falsch. Natürlich brauchen wir Entwicklungshelfer. Pat hat mehr Leben gerettet, als ich Computer verkauft habe. Irgend jemand muß sich um die Opfer der Gesellschaft kümmern. Aber man kann die Welt nun mal nicht ändern. Deshalb muß sich jeder holen, was er kriegen kann.« O-Ton Harvard. Die Philosophie kannte ich. »Was anderes macht ihr in der City doch auch nicht, oder?« fragte David herausfordernd. »Mit Geld spielen. Dicke Tantiemen einstreichen. Das Geld auf den Kopf hauen.«

Dagegen ließ sich wenig sagen. Ich hatte kaum das Recht, ihn zu kritisieren.

Peinliches Schweigen. Pat stand auf, um den nächsten Gang zu holen. Annie fragte Willie, was mit seinem Porsche sei. Das war ein wunder Punkt. Er hatte das Liebhaberstück aufgeben müssen, als er bei FairSystems angefangen hatte. Seither begnügte er sich mit einem sechs Jahre alten Renault 5.

Pat kam mit einem köstlichen Stew zurück. Ich brauchte ein

paar Minuten, um zu bemerken, daß überhaupt kein Fleisch darin war.

Zwischen Annie und David hatte eine lebhafte Unterhaltung begonnen. Ich benutzte die Gelegenheit, um mehr über ihn herauszufinden.

»Wie ist so das Leben an der Seite eines Managers?« fragte ich Pat.

Sie lächelte. »Nach Möglichkeit drücke ich mich vor allen geselligen Veranstaltungen, die mit der Firma zu tun haben«, sagte sie. »Das hier ist das erstemal seit langer Zeit.« Sie seufzte. »Zu Anfang hab' ich mich nur schwer daran gewöhnt, vor allem als Dave bei IBM war. Doch im Grunde führe ich mein Leben und er seins. Er ist immer sehr ehrgeizig gewesen. Er will unbedingt Erfolg haben, und ich bin sicher, er kriegt ihn auch.«

Es war keine Spur von Bitterkeit in ihrer Stimme, nur Ehrlichkeit. Mir war nicht ganz klar, warum sie sich so offen über ihren Mann äußerte. Immerhin war ich sein Vorgesetzter, wenn auch nur vorübergehend. Auf jeden Fall wollte ich mir diesen Umstand zunutze machen.

»Mochte David meinen Bruder?«

Pat zögerte etwas, und ich dachte schon, ich hätte den Bogen überspannt.

»Ich bin ihm ein paarmal begegnet«, sagte sie, »und ich mochte ihn. Sie haben viel Ähnlichkeit mit ihm.« Sie unterbrach sich kurz. Als sie fortfuhr, wählte sie ihre Worte mit Bedacht. »Ich glaube, David hat ihn respektiert. Er war wohl der Meinung, Richard würde ganz nach oben kommen, und da wollte er dabeisein. Für Dave war es ein ziemliches Risiko, zu FairSystems zu gehen. Mit seiner Erfahrung bei IBM und seinen Universitätsabschlüssen hätte er leicht eine viel bessere Position bei einem angeseheneren Unternehmen bekommen können. Aber ich glaube, er sah in FairSystems die Möglichkeit, ein oder zwei Millionen zu machen. Die Chance wollte er sich auf keinen Fall entgehen lassen.«

»Hoffentlich behält er recht«, sagte ich.

Pat nahm einen Schluck Wein. »Nun, mir war es, ehrlich

gesagt, herzlich gleichgültig.« Etwas leiser fügte sie hinzu: »Wenn Dave sich etwas in den Kopf gesetzt hat, dann kriegt er es auch. Ich kenne keinen Menschen, der so entschlossen ist wie er. Das war wohl einer der Gründe, warum ich mich in ihn verliebt habe.«

»Ist das eine Warnung?« fragte ich.

Sie überhörte die Frage und rührte das Stew in der vor ihr stehenden Schüssel um. »Möchte noch jemand?«

Wir saßen im Auto und fuhren nach Glenrothes zurück. Annie hatte Willie noch zum Besuch eines Clubs in Edinburgh überredet.

»Haben Sie gehört, was Pat mir erzählt hat?« fragte ich Rachel. Sie hatte mir gegenüber gesessen, und ich war sicher, daß sie mit halbem Ohr unsere Unterhaltung mit angehört hatte.

»Ja.«

»Ich frage mich, warum sie so aus der Schule geplaudert hat.«

»Weiß nicht. Ich hab' sie immer als sehr offen und ehrlich empfunden.«

»Aber er ist ihr Mann.«

Rachel seufzte. »Sie haben sich ziemlich auseinandergelebt. Sie tut zwar immer, als kratze sie das nicht, aber ich wette, es geht ihr doch an die Nieren. Ich glaube, sie traut ihm nicht ganz und wollte, daß Sie es wissen.«

»Wissen Sie, worum es in der Auseinandersetzung ging, die Richard vor seinem Tod mit ihm gehabt hat?«

»Nein«, sagte Rachel. »Es hat schon früher hin und wieder Spannungen zwischen ihnen gegeben. Und am Tag vor seinem Tod hatten sie einen Riesenauftritt. Jeder im Werk hat es mitgekriegt. Zum Schluß ist David wütend abgehauen. Er behauptet steif und fest, es sei um Marktstrategien gegangen. Er habe die Preise senken wollen, Richard nicht.«

»Aber Sie glauben ihm nicht?«

»Nein, das heißt, es ist durchaus möglich, daß sie sich über die Preispolitik nicht einig waren. Aber darüber hätte sich

Richard nicht so aufgeregt. Das wäre nur ein weiteres Problem gewesen, das er ruhig analysiert hätte. Nein, es muß um etwas anderes gegangen sein.«

»Und Sie haben keine Ahnung, worum?«

Sie schüttelte den Kopf. »Tut mir leid.«

Wir fuhren nach Glenrothes hinein. Rachels Wohnung war die obere Hälfte eines Flachdachhauses, fünf Minuten vom Werk entfernt.

Sie stieg aus. »Danke fürs Mitnehmen.«

»Rachel!« rief ich ihr nach. Sie blieb stehen. »Danke, daß Sie mich zu Alex mitgenommen haben.«

Sie lächelte mir flüchtig zu, und fort war sie.

Den Sonntag verbrachte ich in Richards Haus in dem stillen schottischen Fischerdorf, das seine Heimat geworden war. Als ich in seinem Wohnzimmer saß und die Bücher über Computer und Virtuelle Realität las, hatte ich den Eindruck, er stünde neben mir, sähe mir über die Schulter und würde mir gleich irgendeinen Punkt erklären, den ich nicht verstand. Das war nicht unangenehm. Auf eine bittersüße Art empfand ich dieses Gefühl sogar als tröstlich. Seit seinem Tod hatte ich mich ihm nicht mehr so nah gefühlt. Obwohl ich nun mehr oder weniger in seinem Haus wohnte, fühlte ich mich immer noch als Besucher. Ich schlief in dem kleinen Gästezimmer im hinteren Teil des Hauses und hatte bisher kaum irgendwelche Möbel verrückt.

Nach dem Mittagessen ging ich über die Brücke und zu dem kleinen Friedhof, wo ich ihn begraben wollte. Wohl eine Stunde blieb ich dort sitzen, lauschte dem Plätschern des Inch und hörte dahinter das gedämpfte Brandungsgeräusch der Nordsee. Die Narzissen begannen zu welken, dafür blühten jetzt die Bäume, die das Flüßchen säumten. Im Gesicht spürte ich die schwache Wärme der Maisonne, während die frische Brise dafür sorgte, daß ich meinen Pullover anbehielt.

Ich erinnerte mich an den kleinen Strand in Cornwall, an dem wir während unserer Kindheit jedes Jahr die Ferien verbracht hatten. Er lag in einer verschwiegenen Bucht, zwischen hochragenden, zerklüfteten Klippen. Die Küste steckte voller aufregender Überraschungen – wassergefüllte Felsenlöcher, große Steinbrocken, die zum Klettern verlockten, sogar Höhlen. Richard und ich verbrachten ebensoviel Zeit damit, in den Klippen herumzuturnen wie im Meer zu baden.

Eines Tages war ich bei Ebbe auf einem schmalen Streifen Sand um die Felsbiegung gewandert, so daß man mich von der Bucht aus nicht mehr sehen konnte. Dort entdeckte ich, zwischen den Felsen verborgen, eine herrliche Höhle und brachte den halben Nachmittag damit zu, sie zu erkunden. Als ich wieder zurückwollte, war mir der Weg versperrt. Mit der auflaufenden Flut krachten jetzt Brecher gegen die Felswände, die ich noch vor wenigen Stunden zu Fuß umrundet hatte. Der schmale Sandstreifen war längst verschwunden. Ich geriet in Panik. Verzweifelt weinte ich, schrie und fühlte mich entsetzlich allein. Ich kletterte die Klippen so hoch hinauf, wie es ging, rollte mich wie ein kleines Tier zusammen und beobachtete, wie die mörderischen Wellen immer näher kamen.

Plötzlich hörte ich meinen Namen und ein scharrendes Geräusch in den Klippen über mir. Es war Richard! Ich rief zurück, und er hörte mich. Wenige Minuten später stand er neben mir. Er legte den Arm um mich. Die Panik wich. Ich war in Sicherheit. Es war schwierig, die Klippen hochzuklettern, sogar gefährlich, aber ich hatte keine Angst mehr.

Jetzt war er fort, und ich fühlte mich wieder allein. Erneut hatte ich Angst.

»Hallo, Richard«, flüsterte ich in den Wind. »Geht es dir gut, dort, wo du bist?« Ich kam mir töricht und lächerlich vor, daß ich mit ihm sprach, aber irgendwie half es. »Du fehlst mir. Kannst du nicht zurückkommen?« Meine Stimme brach. Nur mühsam konnte ich die Tränen zurückhalten.

»Was kann ich für dich tun, Richard?«

Kaum hatte ich die Frage ausgesprochen, wußte ich die Antwort schon. Ich konnte herausfinden, wer ihn umgebracht hatte, und dafür sorgen, daß er bestraft wurde. Und ich konnte mich um FairSystems kümmern.

Anheimelnde, mit Bierdunst geschwängerte Wärme schlug mir entgegen, als ich die Tür zum Inch Tavern aufstieß. Angeregt unterhielt sich die Gruppe, die sich an der Bar versammelt hatte. Die meisten Gesichter kannte ich bereits. Ich freute mich, als ich sah, daß auch die straffe Gestalt von Sergeant Cochrane an der Bar lehnte, ein Pint in der Hand.

Jim Robertson begrüßte mich und fragte nach meiner Verbrennung. Der Brand war schon zwei Wochen her, und ich trug keinen Verband mehr. Mein linker Handrücken hatte nur noch eine kräftige Rötung, ein Zeichen dafür, daß mein Körper seine Selbstheilungskräfte mobilisiert hatte. Ich bestellte ein Pint und fing Cochranes Blick auf. Er nickte mir zu, und wir setzten uns an einen ruhigen Tisch, ein Stück von der Bar entfernt.

»Wie kommen Sie voran?« fragte ich.

»Schlecht«, sagte Cochrane. »Soweit ich weiß, haben wir nicht einen einzigen vernünftigen Hinweis.«

»Und wie nimmt Superintendent Donaldson das auf?«

»Oh, er ist ein geduldiger Mann. Der läßt nicht locker.«

»Dann haben Sie Doogie Fisher noch nichts nachweisen können?«

»Nein. Wir haben's versucht. Aber nichts gefunden.« Cochrane gönnte sich einen kräftigen Schluck Bier. »Haben Sie was für mich?«

Ich überlegte mir die Antwort gut. Zwar war ich gerne bereit, Cochrane alle wichtigen Informationen mitzuteilen, aber ich hatte keine konkreten Fakten für ihn.

»Eigentlich nicht«, sagte ich. »Allerdings krieg' ich langsam den Durchblick bei FairSystems. Außerdem habe ich selbst mit Doogie Fisher gesprochen.«

»Und?«

»Na ja, Doogie und Richard waren sich spinnefeind, und Doogie hat zugegeben, daß er alles tun würde, um die Entwicklung der Virtuellen Realität zu stoppen.«

»Richtig. Und sein Strafregister ist nicht von schlechten Eltern.«

»Ich weiß, er war im Gefängnis.«

»Zwei Jahre wegen schwerer Körperverletzung. Außerdem gibt es eine dicke Akte über ihn. Seit Jahren wird er beobachtet. Er hat Kontakte zu ganz üblen Kerlen. Obwohl er nur die eine Verurteilung hat, halten wir ihn für gefährlich.«

»Das will ich gerne glauben!« sagte ich. »Dann ist da noch David Baker. Der hat Richard wohl auch nicht besonders gemocht, obwohl er's nicht zugibt.«

»Richtig. Sie hatten Streit, nicht wahr? Wir haben nicht rausgekriegt, worum es ging. Baker behauptet, sie hätten sich über die Firmenpolitik nicht einig werden können, aber es sei nichts Ernstes gewesen.«

»Ich glaube das nicht ganz.«

»Wissen Sie, um was es ging?«

Ich schüttelte den Kopf und trank einen Schluck Bier. »David ist sehr ehrgeizig.«

»Und?«

»Sie haben recht«, seufzte ich. »Was beweist das schon. Ich wüßte nicht, warum er Richard hätte umbringen sollen.«

»Aber Sie haben ihn im Verdacht?«

»Keinen richtigen Verdacht«, sagte ich mißmutig. »Ich bin noch nie einem Mörder begegnet, ich weiß nicht, wie einer aussieht. Ich kann mir nur nicht vorstellen, wer sonst aus Richards näherem Umfeld es getan haben könnte. Ich hätte nicht davon anfangen sollen.«

»Nein, nein. Jede Kleinigkeit kann uns helfen.«

»Und, haben Sie was zu berichten?«

»Vielleicht.«

»Wo waren Doogie und David, als Richard umgebracht wurde? Und als das Bootshaus angesteckt wurde?«

Einen Augenblick lang starrte Cochrane in sein Bier. »Ich sag's Ihnen. Aber reden Sie nicht darüber. Donaldson würde mich zur Schnecke machen. Wir kommen nicht so recht weiter. Und wer weiß, vielleicht können Sie uns helfen.«

»Ich helfe Ihnen, wenn ich kann.«

»Sehr gut. Also, Doogie hat ein Alibi für den Samstag, an dem Ihr Bruder starb. Er war in seiner Wohnung und hat sich mit einem seiner Kumpels über ein Computernetz unterhalten.

Internet heißt es, glaube ich. Wir haben die Aussage überprüft, und sie ist bestätigt worden.«

»Und David?«

Cochrane beugte sich vor. »Bei David Baker ist die Sache ein bißchen interessanter. Am Samstag war er den ganzen Tag zu Hause. Den größten Teil des Tages hat er eine Präsentation vorbereitet, sagt er, und dann ist er Joggen gegangen. Seine Frau ist erst um fünf von der Arbeit zurückgekommen. Sie kann es also nicht bestätigen.«

»Interessant«, sagte ich. »Und was war zur Zeit des Brandes?«

»Na ja, das war um drei Uhr morgens. Da lagen alle im Bett. Jeder hätte sich Hosen anziehen und das Freudenfeuer veranstalten können.«

Ich dachte einen Augenblick nach. »Aber David ist verheiratet. Ich habe seine Frau kennengelernt. Sie hätte es gemerkt, wenn er das Haus verlassen hätte.«

»Da liegen Sie ganz falsch, junger Mann«, sagte Cochrane.

»Warum?«

»Weil sie getrennte Schlafzimmer haben.«

14

In rasender Eile überflog ich den vor mir liegenden Vertragsentwurf. Zwanzig Minuten für dreißig Seiten. Ich würde es gerade schaffen, aber ob viel hängenblieb, war fraglich. Dieser verdammte David! Warum hatte er mir das Schriftstück nicht, wie versprochen, am Freitag gegeben?

Die Grundzüge des Geschäfts waren einfach. Wir erteilten Onada Industries eine Lizenz für unsere Simulationssoftware FairSim1, so daß die Japaner serienmäßig VR-Spiele für den Unterhaltungsmarkt entwickeln und herstellen konnten. Für jedes verkaufte Spiel würden wir dann eine kleine Lizenzgebühr erhalten. Ich nahm einen Schluck starken schwarzen Kaffee und blickte wieder auf die Uhr. Viertel vor neun. In fünfzehn Miauten waren die Leute von Onada da. Erneut wandte ich mich dem Vertrag zu; hastig flogen meine Augen über die Seiten.

Stopp! Ich blickte genauer hin. Immer wieder las ich den Absatz, und mir gefiel ganz und gar nicht, was ich da vor Augen hatte.

Wir verpflichteten uns, Onada Industries das Quellenprogramm von FairSim1 zu überlassen.

Das schien mir ein großer Fehler zu sein. Sobald wir Onada unser Programm preisgegeben hatten, brauchten sie uns nicht mehr. In ein oder zwei Jahren würde das Unternehmen ein anderes, wenn auch sehr ähnliches Programm entwickelt haben, und wir waren überflüssig. Das war gefährlich. Im Quellenprogramm von FairSim1 war die Summe von FairSystems' Entwicklungsarbeit konzentriert, das ganze Wissen des Unternehmens über die Konstruktion von virtuellen Welten. Das Programm war das Herzstück der Firma.

Und das sollten wir hergeben?

Zehn vor neun. Ich nahm den Entwurf und ging hinüber zu Davids Büro. Er war nicht da. Also rief ich Susan an.

»Haben Sie David gesehen?«

»Er ist da«, sagte sie. »Vor einer halben Stunde habe ich ihn gesehen. In seinem Büro ist er nicht?«

»Nein. Können Sie herumtelefonieren? Ich brauche ihn dringend.«

Ich ging an meinen Schreibtisch zurück und wartete, wobei ich mit den Fingern einen ungeduldigen Trommelwirbel schlug. Was bezweckte David? Hatte er mir die Papiere absichtlich so spät gegeben, damit ich die Klausel nicht entdeckte? Oder machte ich aus einer Mücke einen Elefanten? Zahlten wir damit womöglich nur einen angemessenen Preis für den Zugang zum Unterhaltungsmarkt? Kurzfristig vielleicht, langfristig nicht.

Schließlich schlenderte David in mein Büro. Es war ein paar Minuten nach neun.

»Susan hat die ganze Firma per E-Mail nach mir abgesucht. Was ist los?«

»Ich hab' gerade dies hier durchgesehen«, sagte ich und hielt ihm den Vertragsentwurf entgegen.

»Und?«

»Danach sind wir verpflichtet, das Quellenprogramm von FairSim1 preiszugeben. Das geht nicht.«

»Wir geben es nicht preis, wir verkaufen es«, erläuterte David geduldig. »Dafür bekommen wir eine Menge Lizenzgebühren von Onada. Das ist wirtschaftlich eine Riesensache für uns.«

»Aber sobald Onada über unser VR-Wissen verfügt, können sie eigene Systeme entwickeln, so viele sie wollen. Dann sind wir unseren Vorsprung in der VR-Technologie los.«

»Hören Sie, Mark, machen Sie sich keine Sorgen«, sagte David. »Wir behalten das Programm doch. Ich habe mir das alles sorgfältig überlegt, glauben Sie mir. Der Vertrag ist das Ergebnis sechsmonatiger Verhandlungen, und Onada fliegt einen Big Boß aus Tokio ein, um den Vertrag abzuschließen. Sie warten schon auf uns. Gehen wir?«

So leicht war ich nicht zu beruhigen. »David, ich kann mir nicht helfen, ich bin nicht glücklich bei dem Gedanken, daß wir unser Quellenprogramm verkaufen.«

David verlor die Geduld. »Richard und ich haben lange daran gearbeitet. Dieser Abschluß kann unsere finanzielle Rettung bedeuten und uns einen potenten neuen Partner verschaffen. Diese Chance dürfen wir uns einfach nicht durch die Lappen gehen lassen.« Mit diesen Worten verließ er mein Büro und ging in Richtung Konferenzzimmer.

Unschlüssig folgte ich ihm. Einerseits war er der Marketingdirektor, und ich mußte ihm vertrauen. Zumal er diese Verhandlungen zusammen mit Richard geführt hatte.

Andererseits versuchte er, mich vor vollendete Tatsachen zu stellen, und das gefiel mir ganz und gar nicht.

In einer Reihe saßen die vier Japaner an der gegenüberliegenden Seite des Konferenztisches. Sie trugen dunkelblaue oder graue Anzüge, weiße Hemden, abenteuerlich gemusterte Krawatten – Blütenblätter, Pfauenschwänze, auf- und untergehende Sonnen. Ein wenig wurde die Wirkung dadurch beeinträchtigt, daß sie alle vier solche Krawatten trugen – Rebellion als Konformitätsübung.

Schon bei der Vorstellung wurde die Hackordnung klargestellt. Der »Big Boß aus Tokio« war der kleinste und älteste von ihnen. Ein untersetzter Mann mit dichtem grauem Haar, der unablässig mit dem Schlaf zu kämpfen schien, während er dem Geschehen aus dunkel umschatteten Augen folgte. Er sprach kein Englisch und wurde mit Mr. Akama angeredet.

Seine rechte Hand war erheblich jünger, wahrscheinlich knapp über dreißig. Yoshiki Ishida hieß er, aber wir durften ihn Yoshi nennen. Er sprach ein fließendes Englisch mit amerikanischem Akzent. Wie er uns erläuterte, hatte er seinen Magister am Massachusetts Institute of Technology gemacht und gerade drei Jahre bei der Tochterfirma von Onada Industries in Kalifornien verbracht. Jetzt war er Generaldirektor der Londoner Niederlassung. Er führte die Unterredung mit uns. Gelegentlich wandte er sich in raschem Japanisch und voller Ehrerbietung an seinen Vorgesetzten, der ihm dann eine kurze Antwort erteilte, bevor er wieder in seinen Halbschlaf verfiel.

Die beiden anderen Japaner sagten gar nichts, so daß sie rasch in Vergessenheit gerieten.

Auf der anderen Seite des Tisches saßen David und ich. Das Reden überließ ich ihm.

Er machte seine Sache sehr gut. Respektvoll und ohne eine Spur jener Herablassung, mit der viele Europäer Japanern begegnen, sprach er unsere Gäste an. Sie zogen die Vertragsentwürfe hervor und begannen, sie durchzugehen.

Ich muß gestehen, daß ich eingeschüchtert war. Ich hatte schon im Rentengeschäft mit Japanern zu tun gehabt. Da waren sie für mich immer die Dumpfbacken mit viel Kohle und wenig Durchblick gewesen. Irgend jemand mußte schließlich teuer kaufen und billig verkaufen, damit wir, die cleveren Jungs, das schnelle Geld machten. Und nicht selten waren eben die Japaner so freundlich gewesen, diesen Part zu übernehmen.

Doch diese Leute hier waren von anderem Kaliber. Onada

Industries war ein mittleres japanisches Elektronikunternehmen und damit viel größer als jedes englische Unternehmen in diesem Bereich. Gerade auf diesem Gebiet haben die Japaner einen hervorragenden Ruf. Es war kaum vorstellbar, daß ein Unternehmen wie Onada, wenn es erst mal in der VR-Branche Fuß gefaßt hatte, sich nicht einer Firma wie FairSystems rasch entledigen würde.

Und ausgerechnet diesen Leuten wollten wir das Programm für FairSim1 überlassen.

Aber was hatte ich schon für eine Ahnung? Ein Achtundzwanzigjähriger, dessen Erfahrung auf dem Gebiet der Virtuellen Realität sich nach Wochen und nicht nach Jahren bemaß. David wußte weitaus besser Bescheid. Und Onada würde kaum erfreut sein, wenn wir versuchten, jetzt noch die Vertragsbedingungen zu verändern. Das Unternehmen konnte sicherlich ein mächtiger Feind sein.

Trotzdem, ich hatte immer meinem eigenen Urteil vertraut. Bei Harrison Brothers hatte es mir in manch schwieriger Situation geholfen. Ich brauchte nur an meine ersten Monate als Trader zu denken. Damals arbeitete ich für Gus, der schon mit dreißig eine Legende an den Rentenmärkten war. Wir handelten mit Annuitätenanleihen. Das waren besondere Anleihen, da ihre Laufzeit nicht begrenzt war, was die Investoren aber offenbar nicht störte, denn sie verkauften die Papiere, wenn ihnen danach zumute war. Täglich wurden viele hundert Millionen dieser Anleihen gehandelt, und sie galten als völlig sicher.

Das beunruhigte mich. Soweit ich es verstand, konnte das Ganze nur so lange funktionieren, wie jemand bereit war, die Anleihen zu kaufen. Aber was war, wenn der Markt für Annuitätenanleihen plötzlich zusammenbrach? Dann würde man ewig auf den Dingern sitzenbleiben.

Ich teilte Gus meine Bedenken mit. Er sagte mir, ich sei ein ahnungsloser Anfänger, und ging zum Mittagessen.

Und dann begannen die Kurse der Annuitätenanleihen unaufhaltsam zu fallen. Gus war begeistert. Annuitätenanleihen sind billig? Hol sie dir, Mann!

Eines Nachmittags rief er vom White Horse an, um mir mitzuteilen, daß er nicht mehr ins Büro käme. Ich war besorgt. Unsere Anleihen fielen schon wieder, und wir saßen auf einem Riesenberg. »Nimm, was du kriegen kannst«, knurrte er. »Morgen früh zieht der Markt an.«

Nun, ich tat es nicht. Vielmehr verkaufte ich jede Annuitätenanleihe, die wir hatten, der Markt verlor einen ganzen Punkt und erholte sich nicht wieder. Gus flippte aus und verlangte, daß man mich rausschmiß. Zwar wurde ich nicht entlassen, aber in die Abrechnung versetzt. Doch eine Woche später stellte sich heraus, daß die Annuitätenanleihen blieben, wo sie waren – im Keller. Gus wurde gefeuert, und Bob Forrester gab mir dessen Stelle.

Seither vertraute ich nur noch meinem eigenen Urteil. Tief atmete ich durch.

»Das hier gefällt mir nicht«, sagte ich und zeigte auf die betreffende Klausel.

Es war das erstemal, daß ich während der Konferenz den Mund aufmachte. Yoshi wandte sich mir zu. Wütend starrte David mich an, und Mr. Akamas Lider gingen ungewohnt weit nach oben. Ich fragte mich, ob er wirklich kein Englisch verstand.

»Leider wird FairSystems das Programm für FairSim1 nicht aus der Hand geben können«, fuhr ich fort. »Statt dessen möchte ich ein ähnliches Verfahren vorschlagen, wie wir es mit unseren anderen Geschäftspartnern sehr erfolgreich praktizieren. Das heißt, wir arbeiten bei der Entwicklung aller Anwendungen eng mit ihnen zusammen.«

Sehr elegant war das nicht. David war völlig schockiert. Er brachte keinen Ton heraus. Fast tat er mir leid. Vor den Augen seines wichtigsten Kunden hatte ihm sein Vorgesetzter, der fünf Jahre jünger war als er, den Teppich unter den Füßen weggezogen. Das war hart, zugegeben, aber ich konnte den Vertrag so nicht durchgehen lassen. Und er hätte nicht versuchen sollen, ihn durchzuboxen.

Yoshi starrte mich ein paar Sekunden an, während sein Gesicht sich langsam verfärbte. Dann wandte er sich Mr.

Akama zu und redete hastig auf ihn ein. Mr. Akama wirkte auf einmal ganz ausgeschlafen. Nun äußerte er sich rasch und zornig, wobei er wütende Blicke auf mich abfeuerte. Yoshi hatte keine Gelegenheit mehr, etwas einzuwerfen, sondern vermochte nur noch zu nicken und von Zeit zu Zeit ein »Hai« hervorzustoßen.

Endlich versiegte der Redefluß. Yoshi wandte sich wieder uns zu. Er brauchte einen Augenblick, um sich zu beruhigen. »Mr. Akama möchte Ihnen danken, daß Sie sich soviel Zeit für ihn genommen haben«, sagte er mit betonter Höflichkeit. »Leider ist er zu dem Schluß gekommen, daß diese Verhandlungen kaum zu einem für beide Seiten befriedigenden Ergebnis führen können. Daher bitten wir Sie, uns zu entschuldigen. Wir müssen unser Flugzeug bekommen.«

Daraufhin standen die Japaner geschlossen auf, verbeugten sich unterschiedlich tief, je nach Rang, und gingen in unserer Begleitung zu ihrem langgestreckten Mercedes, der sie wieder nach Edinburgh brachte.

»Was, zum Teufel, sollte das denn?« rief David, kaum daß die Limousine den Parkplatz verlassen hatte. »Ich dachte, wir wären uns einig. Onada wäre unser größter Kunde gewesen. Das Geschäft hätte uns zwei Millionen Dollar pro Jahr eingebracht!«

»Wenn wir FairSim1 weggeben, geben wir die Firma weg«, sagte ich ruhig. »Und wir waren uns keineswegs einig.«

»Wenn wir ihnen nicht FairSim1 geben, wird nichts aus dem Geschäft!« rief David außer sich. »Ein halbes Jahr habe ich in diesen Abschluß gesteckt. Ein halbes Jahr für die Katz!«

»Die kommen wieder. Wenn sie ein VR-Unterhaltungsspiel auf den Markt bringen wollen, was ja offensichtlich der Fall ist, dann kommen sie wieder. Sie können sich an niemand anderen wenden.«

»Einen Scheiß werden sie!« schrie David. »Sie haben gerade das beste Geschäft versaut, das die Firma je in Aussicht hatte!« Damit stürmte er davon, zurück ins Werk.

Ich blickte mich um. Ein paar Techniker hatten uns gehört. Die Empfangsdame blickte mit offenem Mund herüber. Zweifellos würde unser Streit noch vor Feierabend in allen Einzelheiten die Runde machen.

Auf dem Weg in mein Büro fragte ich mich, was Richard wohl gemacht hätte.

Plötzlich kam mir ein Gedanke. »Hat Richard eine Akte über Onada Industries anlegen lassen?« fragte ich Susan.

»O ja«, sagte sie. Dreißig Sekunden später lag der Ordner auf meinem Tisch. Ich sah mir die letzten Dokumente an. Darunter befand sich ein Vertragsentwurf vom siebzehnten März. Das war gut einen Monat vor Richards Tod. Ich suchte Punkt 4 (a), der FairSim1 behandelte. Da war er, schwarz durchgestrichen und am Rand mit einem großen »Nein« in Richards Handschrift versehen. Außerdem war ein kurzes Fax von Onada Industries abgeheftet, in dem es hieß, daß Onada Industries alle weiteren Gespräche für überflüssig halte, da sich FairSystems mit Punkt 4 (a) in der vorgeschlagenen Form nicht einverstanden erkläre.

Ich war schockiert. Offenbar hatte David die Verhandlungen mit Onada unmittelbar nach Richards Tod wiederaufgenommen und eine entscheidende Klausel in den Vertrag setzen lassen, die Richard ausdrücklich abgelehnt hatte.

Nun tat es mir überhaupt nicht mehr leid, ihn bloßgestellt zu haben.

15

Strahlender Sonnenschein lag über Richards Beerdigung. Der Geistliche hatte sich sehr gefreut, daß die Trauerfeier in seiner Kirche stattfinden sollte. Wie sich im Gespräch mit ihm herausstellte, war Richard gelegentlich zu den Sonntagsgottesdiensten erschienen, was mich nicht wenig überrascht hatte. Die Andacht war einfach und ergreifend, keine langen Lobreden. Aufs Meer hinausblickend, dachte ich, daß dies die richtige Art und der richtige Ort sei, Richard zur letzten Ruhe zu betten.

Nach langen Mühen hatte ich endlich die Freigabe von

Richards Leichnam erwirkt. Allerdings hatte der Staatsanwalt darauf hingewiesen, daß er eine Exhumierung anordnen müsse, falls ein künftiger Verteidiger auf einer erneuten Untersuchung des Leichnams bestehe. Der Gedanke an diese Möglichkeit war mir unangenehm, aber ich war froh, daß mein Bruder nun nicht mehr in der Leichenhalle lag.

Ich hatte das Begräbnis nicht an die große Glocke gehängt. Dennoch waren rund fünfzig Trauergäste erschienen. Die meisten kannte ich. David, Rachel, Willie, Susan und andere Mitarbeiter aus der Firma. Auch Jim Robertson war da und Sergeant Cochrane. Walter Sorenson hatte eine Reise nach England so gelegt, daß er anwesend sein konnte. Ich freute mich, daß auch Karen gekommen war; es half, sie an meiner Seite zu haben.

Doch meine ungeteilte Aufmerksamkeit galt jemand anderem. Während des Gottesdienstes versuchte ich, ihn zu vergessen, um mich auf die Andacht und Richard konzentrieren zu können. Hinterher gab es kein Entrinnen.

Es war mein Vater.

Betroffen nahm ich wahr, wie sehr er sich verändert hatte. Sein Haar war dünn und grau geworden, die Haltung leicht gebeugt, das Gesicht gefurcht. Erschöpft und blaß sah er aus.

An seinem Arm eine Frau Mitte Dreißig, zart und ebenso blaß wie er, obwohl sie dunkle Haare und Augen hatte. Irgendwie kam sie mir vertraut vor. Mit Erschrecken wurde mir klar, daß sie mich an die frühen Fotografien meiner Mutter erinnerte.

Ich wollte ihm aus dem Weg gehen. Nicht aus Groll, sondern weil ich meinem Temperament mißtraute und ein Streit an Richards offenem Grab das letzte war, was ich mir wünschte. Andererseits konnte ich ihn beim Begräbnis seines Sohnes nicht völlig schneiden. Also nahm ich Karen beim Arm und steuerte mit ihr auf ihn und seine Frau zu. Sie unterhielten sich mit Sorenson.

Sorenson sah uns kommen und ging uns ein paar Schritte entgegen. Ich machte ihn mit Karen bekannt.

»Wir sind uns schon begegnet«, sagte er. »Das letztemal auf

einer Tagung von Harrison Brothers in Boca Raton. Erinnern Sie sich?«

»O ja«, sagte Karen. »Freut mich.«

»Und mich erst«, lächelte er sie an. »Nun, ich wollte heute nachmittag bei FairSystems reinschaun, Mark. Sind Sie da?«

»Ja«, sagte ich. »Bis dann.«

»Ich glaube, ich bleibe bei Sorenson«, meinte Karen taktvoll. »Sprich lieber allein mit deinem Vater.«

Ich nickte und trat zu ihm.

»Hallo, Dad.« Ich erwartete irgendeine nichtssagende Äußerung, einen Vorwurf, einen gezwungenen Austausch von Belanglosigkeiten.

Statt dessen erzitterte sein Kinn; er bedeckte sein Gesicht mit der Hand und begann zu schluchzen. Die Frau neben ihm warf mir einen raschen Blick zu, in dem eine Mischung aus Unsicherheit und Verlegenheit lag, löste sich vom Arm meines Vaters und ging zu Sorenson und Karen hinüber. Ein paar Minuten standen wir so, während die anderen Trauergäste aufbrachen.

Ich legte den Arm um ihn. Schließlich sammelte er sich und sagte: »Ich habe ihn geliebt. Beide habe ich euch geliebt.«

Ein Aufruhr widersprüchlicher Gefühle tobte in meinem Inneren – Trauer um Richard, Mitleid mit der Trauer meines Vaters, Schuldgefühle, daß ich mit ihm gebrochen hatte, Erinnerungen an jenes andere Begräbnis vor acht Jahren, und bei allem spürte ich immer noch die Wut.

»Laß uns in Richards Haus eine Tasse Tee trinken«, sagte ich.

Dad sah sich suchend nach seiner Frau um, die ein paar Schritte entfernt stand und ihn beobachtete. Sie nickte und lächelte schwach. Unauffällig wies sie auf das Tor des Kirchhofs. »In Ordnung«, sagte er, und wir gingen.

In der Küche war es warm und gemütlich. Ich setzte den Kessel auf. Dad sah zerbrechlich und müde aus, wie er so auf seinem Stuhl am Küchentisch saß. Nichts mehr von der Autorität, die er früher ausgestrahlt hatte. Wir hatten einander viel zu sagen, verspürten aber keinen Wunsch, es auszusprechen.

»Im letzten Jahr habe ich Richard ein paarmal besucht«, sagte mein Vater. Ich hob die Augenbrauen. Das hatte ich nicht gewußt. »Diese Region weist eine interessante Vogelwelt auf. Viele Zugvögel legen hier einen Zwischenhalt ein, und manchmal bekommt man ein paar sehr seltene Exemplare zu sehen. Einmal haben wir auf den Klippen im Osten sogar einen Bienenfresser entdeckt.« Er seufzte. »Er hat diesen Ort geliebt. Ideal zum Nachdenken, hat er immer gesagt. Und das Denken, das lag ihm«, setzte er sinnend hinzu. Selbst nicht gerade dumm, hatte er immer erklärt, Richard sei der Gescheitere von ihnen beiden.

Er fuhr fort: »Als er damals die Universität verließ, um FairSystems zu gründen, war ich zunächst enttäuscht. Richard hätte ein großer Wissenschaftler werden können. Doch als wir im letzten Jahr über seine Firma sprachen, begann ich, ihn zu verstehen und sogar zu bewundern.«

Schweigend hörte ich ihm zu.

»In der Wissenschaft sind Fortschritte nur mühsam zu erzielen. Dazu muß man in wissenschaftlichen Zeitschriften veröffentlichen, was bedeutet, daß man sich zuvor der strengen Prüfung durch Fachkollegen zu unterwerfen hat.« Nun sprach Dad wieder konzentriert und präzise. Die Kathederroutine setzte sich durch. »Auf diese Weise ließ sich das Problem nicht lösen, das Richard am Herzen lag. Er wollte die Virtuelle Realität in allen Bereichen unserer gesellschaftlichen Wirklichkeit heimisch machen. Das ist nicht nur ein Problem der Elektronik und der Softwareentwicklung, sondern auch eines von Management, Marketing, Produktentwicklung, Strategie und Finanzplanung. Das erschwert die Sache natürlich. Trotzdem glaubte sich Richard fast am Ziel. Ein Jahr noch . . .«

Ich wußte, daß Richard auf seinem Gebiet, auf dem technischen Sektor, viel geleistet hatte. Doch ich war ein Fachmann für Finanzen, und auf meinem Gebiet liegt die Besonderheit darin, daß sich alles quantifizieren läßt. Es geht immer um die berühmte Bottom Line, das Ergebnis unter dem Strich. Ich war mir nicht ganz sicher, ob sich Richards Unternehmen auch finanziell als Erfolg erweisen würde.

Mein Vater sah mich direkt an. »Wir müssen uns um die Firma kümmern, Mark, um seinetwillen.«

Ich stand auf und ging zum Fenster hinüber. Ein Fischkutter lief in den Hafen ein. »Vernünftiger wäre es zu verkaufen«, sagte ich.

»Finanziell vernünftiger vielleicht. Aber Richard wollte nicht verkaufen.«

»Ich weiß. Aber glaub mir, es steht nicht besonders gut um FairSystems. Vielleicht haben wir bald keine andere Wahl mehr.«

»Tu, was du kannst.«

»Okay, Dad.«

»Danke.« Mein Vater nippte an seinem Tee. Keiner sagte etwas.

Schließlich räusperte er sich. »Was deine Mutter angeht . . .«

Ich hob die Hand. »Bitte nicht, Dad. Nicht heute. Am besten überhaupt nie.«

Er lächelte mir zu, mühsam und nervös, schob die Tasse zurück und stand auf, um zu gehen.

»Fährst du direkt zurück nach Oxford?« fragte ich.

»Wir essen bei Walter zu Mittag. Am Nachmittag nehmen wir das Flugzeug nach Heathrow.«

Ich hätte ihn zum Bleiben auffordern können, aber mir war nicht danach zumute. Außerdem wartete draußen seine Frau. Ich war froh, daß ich ihr hatte aus dem Weg gehen können.

Er stand an der Tür. »Ich freue mich, daß wir heute miteinander geredet haben.«

»Ich mich auch.«

Meinte ich das ehrlich? Ich wußte es selbst nicht.

Er ging. Ein paar Minuten später klopfte es. Es war Karen. Sie sah bedrückt aus, hatte aber nicht geweint.

»Wie geht's dir?« fragte sie.

»Beschissen.«

»Wie war's mit deinem Vater?«

»Ach, ich weiß nicht. Richards Tod macht ihm zu schaffen. Außerdem hat er Angst, daß wir FairSystems verkaufen müssen.« Ich schwieg einen Augenblick. Karen ebenfalls.

»Es war merkwürdig, mit ihm zusammenzukommen. Anfangs tat es gut, aber dann mußte ich daran denken, was er mit meiner Mutter gemacht hatte . . .« Nur mühsam beherrschte ich den aufkeimenden Zorn. Ich schlang meine Arme um ihre Hüfte. »Ich bin schrecklich allein, Karen. Richard ist tot, meine Mutter auch, und mit meinem Vater kann ich beim besten Willen nicht reden.«

»Du könntest es doch wenigstens versuchen.«

»Nein«, sagte ich rasch. »Es geht nicht. Es wäre wie . . . Verrat an meiner Mutter.«

Karen sagte nichts, sondern legte nur den Kopf an meine Schulter.

»Mußt du wirklich schon heute nachmittag zurück?« fragte ich.

»Ja«, sagte sie. »Tut mir leid. Aber es war schwierig genug, mich überhaupt loszueisen. Morgen früh muß ich pünktlich erscheinen.«

»Na, dann«, sagte ich enttäuscht.

Gegen halb drei kam Sorenson in mein Büro. Ich hatte mit Karen eine Suppe zu Mittag gegessen und sie am Flughafen abgesetzt, bevor ich wieder nach Glenrothes gefahren war. Die Anspannung des Vormittags hatte ich noch nicht abgeschüttelt.

Sorenson war gut gelaunt und voller Energie. Die Beerdigung hatte er offenbar abgehakt. »Na, wie läuft's hier?«

»Wir wursteln uns so durch«, sagte ich. »Im großen und ganzen finde ich mich allmählich zurecht. Aber mit David hatte ich gestern einen üblen Zusammenstoß.«

»Schießen Sie los!«

Ich berichtete ihm von dem unerfreulichen Treffen mit Onada.

»Klingt merkwürdig«, sagte Sorenson. »Natürlich hatten Sie recht, das Geschäft zu verhindern, aber sehr unangenehm, daß es vor den Japanern geschehen ist. Ich begreife nicht, warum Baker ihnen das Programm geben wollte.«

»Er hat das für ein gutes Geschäft gehalten. Zwei Millionen würde es uns nach seiner Rechnung bringen. Aber ich habe die

Akten durchgesehen. Im März hatte Richard die Klausel eigenhändig gestrichen.«

»Tatsächlich?« meinte Sorenson nachdenklich. »Und wie macht sich Baker sonst?«

»Ausgezeichnet, muß ich zugeben«, sagte ich. »Richards Tod hat kaum Leerlauf gebracht. David hat eine umfangreiche Kundenliste zusammengestellt, sehr professionell. Er arbeitet hart, und er kann Ergebnisse vorweisen.«

»Na ja, dann versuchen Sie mal, die Sache beizulegen. Im Moment können wir nicht auf ihn verzichten.«

»Ich will's versuchen.«

»Hat die Polizei schon irgendeine Spur?«

»Nein, obwohl sie einen Haufen Fragen gestellt hat.«

»Ich weiß«, sagte Sorenson. »Sie hat sich sogar mit dem FBI in Chicago in Verbindung gesetzt, um festzustellen, ob ich dort am fraglichen Tag meine Rede gehalten habe. Und meinen Broker hat sie nach meinen Aktienkäufen gefragt. Natürlich haben sie nichts gefunden.« Er stand auf, um zu gehen. »Sie machen Ihre Sache sehr gut. Weiter so. Rufen Sie mich an, oder schicken Sie mir eine E-Mail, wenn Sie Hilfe brauchen.«

Am nächsten Morgen suchte ich mir einen Anzug mit dünnen blauen Streifen heraus. Ich zögerte und hielt ihn ins Licht. Nach kurzer Überlegung hängte ich ihn wieder in den Schrank und nahm statt dessen eine Baumwollhose und ein saloppes Hemd heraus. Ich wollte nicht wie David Baker aussehen.

Erst um halb neun fuhr ich zu Hause los, so daß ich kurz nach neun in Glenrothes eintraf. Die Fahrt durch die sanften Hügel von Ostfifeshire gefiel mir. Wie oft war Richard morgens auf dieser Straße entlanggefahren? Hatte er sich wie ich gefragt, was für Menschen in dem großen, düsteren Haus ein paar Kilometer vor St. Monans wohnen mochten? Oder hatte er sich ausschließlich mit FairSystems und seinen Problemen beschäftigt?

Das Begräbnis hatte mir geholfen. Es war wie ein Kristallisationspunkt für meine Trauer. Wenn ich jetzt an Richard dachte, gab es einen Ort, auf den sich meine Gedanken richten konnten. Das linderte den Schmerz.

Doch als ich unter der viktorianischen Bahnüberführung in Markinch hindurchfuhr, die wie ein altertümlicher Torweg die Einfahrt nach Glenrothes markiert, merkte ich, daß ich nach wie vor wütend war.

Auf dem Werkparkplatz hatte sich eine kleine Menschenmenge versammelt. Eine Gruppe Demonstranten bewegte sich in einem engen Kreis und trug Plakate, die ich aus der Entfernung nicht lesen konnte. Zwischen ihren Beinen flitzte ein Hund hin und her. Ein Aufnahmeteam vom Fernsehen war da, außerdem vier oder fünf Journalisten mit gezückten Notizbüchern.

Statt auf den Parkplatz einzubiegen, hielt ich fünfzig Meter weiter am Bordstein. Ich überlegte, ob ich mich von hinten ans Werk heranschleichen sollte, war mir aber ziemlich sicher, daß sie mich bemerken würden, deshalb beschloß ich, den Stier bei den Hörnern zu packen. Beim Näherkommen konnte ich die Plakate lesen: »Virtuelle Realität – Virtuelle Hölle«; »Virtuelle Realität – Opium fürs Volk«; »Sagt nein«; »Rettet die Phantasie unserer Kinder«. Als ich näher kam, hörte ich sie miteinander schwatzen. Das Ganze hatte mehr Ähnlichkeit mit einem fröhlichen Ausflug als mit einer Demonstration.

Als ich noch zwanzig Meter vom Eingang entfernt war, entdeckten sie mich. Ich hörte Rufe: »Das ist Mark Fairfax!«, »Da ist er!«, »Haltet ihn auf!«

Ich beschleunigte meine Schritte, achtete aber darauf, daß kein Laufen daraus wurde. Zwei Männer überholten mich im Hundertmetertempo und postierten sich vor dem Eingang. Der eine war eher schmächtig, der andere sah verteufelt kräftig aus. Ich zögerte. Ich konnte versuchen, an ihnen vorbeizukommen, was unter Umständen in ein Handgemenge ausarten würde. Ich konnte die Polizei rufen. Oder ich konnte stehenbleiben und mit ihnen reden. Ich wußte, daß das Fernsehteam filmte, und ich hörte Kameraverschlüsse klicken.

»Fairfax! He, einen Augenblick, Fairfax!« Ich erkannte Doogies Stimme, schrill übertönte sie die Rufe der anderen Demonstranten. Ich beschloß, mich an den beiden Männern vorbeizudrängen. Sie leisteten einen Augenblick Widerstand, ließen mich dann aber durch.

Doch plötzlich tauchte Doogies Gesicht dicht vor meinem auf. Es war ein entschlossenes, wütendes Gesicht. Er stand unter großer Anspannung; dick waren die Adern an seiner Schläfe angeschwollen. Unterhalb des Haaransatzes glänzten Schweißtropfen auf seiner Stirn. Ich konnte den Schweiß und die Wut riechen.

»Hören Sie gut zu, Fairfax«, sagte er mit ruhiger, drohender Stimme. Doogie unterbrach sich, um der Presse Gelegenheit zu geben, näher zu kommen. Die Demonstranten verstummten. »Hören Sie, Mark Fairfax«, wiederholte er.

Mein erster Impuls war, ihn niederzuschlagen. Er war mir so dicht auf die Pelle gerückt, daß ich seine Nähe instinktiv als körperliche Bedrohung empfand. Doch dann rief ich mir die Fernsehkameras ins Gedächtnis, vergrub die Hände tief in den Hosentaschen und zwang mich, meinen Zorn zu zügeln.

Doogie zog einige Papiere aus der Tasche. Mir stockte der Atem. Ich hatte den Briefkopf erkannt.

Er hielt den Brief hoch. »Dieser Brief ist vom Anwalt einer Familie, deren Sohn verunglückt ist. Der junge Mann hatte durch die Benutzung eines VR-Geräts jegliche Orientierung verloren, fuhr mit seinem Motorrad gegen einen Baum und fand den Tod.«

Hinter mir hörte ich die Stifte der Presseleute übers Papier kratzen. »Das ist noch nicht alles«, sagte Doogie. »Richard Fairfax hat große Anstrengungen unternommen, um die Familie des Jungen mundtot zu machen. Sie hat Angst. Solche Angst, daß sie ihre Identität nicht preisgeben mag. Aber Virtuelle Realität bringt die Menschen um! Das können Sie nicht ewig unter Verschluß halten.« Triumphierend schwenkte er den Brief. Papier raschelte, als die Demonstranten den Journalisten vorbereitete Pressemeldungen aushändigten. »Was haben Sie dazu zu sagen?«

Ich atmete tief durch und zählte bis drei. »Nichts«, sagte ich ruhig. »Sind Sie fertig? Dann lassen Sie mich bitte durch.«

Hinter mir ertönte eine Stimme. »Wissen Sie von diesem Unfall?« Ich sah mich nach dem Sprecher um. Ein großer, dünner Mann, noch keine dreißig, den Bleistift erwartungsvoll gezückt. Offensichtlich gab Doogie den Reportern Gelegenheit, Fragen zu stellen. Ein abgekartetes Spiel, dachte ich. Um so mehr Grund, vorsichtig zu sein.

»Kein Kommentar.«

»Aber dazu müssen Sie sich äußern, schließlich ist es eine Frage der öffentlichen Sicherheit.«

»Ich sagte, kein Kommentar.«

»Können wir den Brief sehen?« Eine andere Stimme. Eine Journalistin mit englischem Akzent.

»Tut mir leid, den kann ich nicht aus der Hand geben«, sagte Doogie. »Ich habe der Familie versprochen, ihre Identität zu schützen.«

»Leugnen Sie, daß dieser Junge nach der Benutzung eines VR-Geräts ums Leben kam?« Das war wieder der dünne Reporter.

Mir fiel es immer schwerer, meine Taktik beizubehalten. Dieser Typ war nicht gewillt aufzugeben. Die Fragen, die er in schrillem Ton auf mich abschoß, gingen mir zunehmend auf die Nerven. Angesichts der Leute, die auf mich eindrängten, und vor allem der Fernsehkameras, die kaum einen Meter von meinem Gesicht entfernt waren, bekam ich Platzangst. Ich beschloß, der Sache ein Ende zu machen.

Gewaltsam drängte ich mich durch die Menge. »Tut mir leid, ich kann Ihnen nicht helfen. Ich muß jetzt an meine Arbeit.«

»Mr. Fairfax! Mr. Fairfax!« rief der Reporter noch hinter mir her.

Ich hatte mich schon freigekämpft, als eine Hand meinen Arm erfaßte und mich zurückriß. Ich fuhr herum. Es war Doogie. Dicht schob er sein böse lächelndes Gesicht an das meine heran. »Hören Sie auf meinen Rat, und hauen Sie endlich ab!« flüsterte er.

Ich wandte mich ab und betrat das Werk.

»Wenn ich sage, es läßt sich nicht in zwei Wochen machen, dann läßt es sich in zwei Wochen nicht machen!« Heftig gestikulierend ging Keith auf und ab. David, Rachel, Andy und ich waren alle in meinem viel zu kleinen Büro versammelt. Die Wogen der Erregung schlugen zusehends höher.

»Wir haben öffentlich angekündigt, FairRender am ersten Juni auf den Markt zu bringen«, sagte David eisig. »Heute haben wir den achtzehnten Mai. Sie haben keine zwei Wochen mehr.«

»Aber ich sage Ihnen doch, Mann, das ist 'ne haarige Sache. Hier geht es um zwei Monate und nicht um zwei Wochen.«

David war offenkundig sauer, bewahrte aber kaltes Blut. »Wollen Sie damit sagen, daß Sie die Frist möglicherweise um zwei Monate überziehen?«

»Ich meine, wir sollten hier überhaupt nicht über Fristen reden. Außerdem war diese Frist Ihre Idee, nicht meine.«

»Sind Sie sicher, daß Sie das Problem überhaupt jemals lösen?« fragte David.

»Klar bin ich sicher. Die Chips sind in Ordnung. Es geht nur um die Software, die auf ihnen läuft. Wenn wir sie jetzt auf den Markt bringen, funktioniert sie zwar, aber mit Mängeln. Das Problem holt uns irgendwann wieder ein.«

David blickte Rachel an. »Können Sie mehr Leute dransetzen?«

Rachel schnippte die Asche von ihrer Zigarette. »Das bringt nichts, David. Wir müssen einfach den besten Weg finden. Mit Gewalt kommen wir nicht weiter. Andy und Keith schaffen es schon.«

»Also, was machen wir?« fragte David.

»Wie vielen Kunden haben Sie FairRender versprochen?« fragte ich David.

»Fünf oder sechs.«

»Und wer von denen braucht es unbedingt sofort?«

David zögerte. »Im Augenblick wohl keiner.«

»Gut, dann sagen wir ihnen doch, daß es ein bißchen länger dauert als vorgesehen. Es handelt sich doch nur um ein oder zwei Monate. Richtig, Keith?«

Der nickte.

»Aber als Richard noch hier war, haben wir immer pünktlich geliefert«, protestierte David.

»Wahrscheinlich waren wir das einzige Unternehmen, das es getan hat«, sagte ich. »Hören Sie, die Leute werden bestimmt Verständnis haben, wenn wir ihnen die Sache erklären. Und Sie müssen doch zugeben, Qualität geht über alles. Wir können kein Produkt liefern, das nicht einwandfrei funktioniert.«

David zuckte mit den Achseln und nickte widerstrebend. »Na gut, diesmal wird es vielleicht gehen, aber wir sollten es nicht zur Gewohnheit werden lassen.«

»Koofmich«, knurrte Keith leise.

»Ist gut, Keith«, sagte ich. »Andy und Sie sollten Mitte Juli besser was Brauchbares vorweisen.«

»Okay, Chef«, sagte Keith und grinste. Die Besprechung war zu Ende, und alle brachen auf.

»David?« sagte ich. »Haben Sie noch einen Augenblick Zeit?«

David zögerte, wandte sich um und setzte sich mit übereinandergeschlagenen Armen.

»Ich habe Richards Akten durchgesehen«, sagte ich.

»Und Sie haben festgestellt, daß er die Klausel im Onada-Vertrag gestrichen hatte.«

»Und?«

Baker schwieg lange. Er beugte sich nach vorn, stützte die Ellenbogen auf den Tisch und dachte nach. Sorgfältig wählte er seine Worte, damit sie mehr Gewicht erhielten. Ein Trick, den er sich wahrscheinlich irgendwo abgeschaut hatte.

»Ich habe viel aufgegeben, als ich hier angefangen habe«, sagte er schließlich. »Bei IBM hätte ich weit kommen können. In Harvard gehörte ich zum oberen Viertel meines Jahrgangs. Ich hätte bei jedem großen Unternehmen anfangen können. Aber ich habe mich für FairSystems entschieden.«

Schweigend sah ich ihn an und hörte zu.

»Wollen Sie wissen, warum?«

»Lassen Sie hören.«

»Weil ich glaube, daß es dieses Unternehmen schaffen kann.

Ich bin der Überzeugung, daß die Virtuelle Realität eine der wenigen Wachstumsindustrien ist, die es augenblicklich gibt. Und FairSystems gehört weltweit zu den führenden Unternehmen auf dem Markt. Ich wollte von Anfang an dabeisein. Meine Freunde von der Business School arbeiten heute bei McKinsey, Bloomfield Weiss, General Electric. Die fragen sich natürlich, was ich bei so 'nem kleinen Unternehmen verloren hab'. Und ich will ihnen zeigen, was bei uns alles drinsteckt.

Dazu muß das Unternehmen aber professionell geführt werden. Richard hat großartige Arbeit geleistet, aber im Grunde seines Herzens war er Erfinder. Ihm war mehr daran gelegen, immer bessere VR-Geräte zu bauen, als Geld zu verdienen. Sie wissen, daß ich recht habe, stimmt's?«

Ich wußte, daß er recht hatte, hätte mir aber eher die Zunge abgebissen, als es zuzugeben.

Er blickte mich über seine lange Nase an. »In Harvard hatten wir ein paar ehemalige Trader. Zähe, clevere Burschen. Aber sie waren immer verdammt schnell mit einer Entscheidung bei der Hand. Und wenn die einmal gefallen war, dann blieben sie dabei, ganz gleich, was passierte. Gut fürs Börsenparkett, aber eine Katastrophe im wirklichen Leben.«

Auch da hatte er recht. Trotzdem war ich mir sicher, daß es kompletter Blödsinn war, was er mit Onada vorgehabt hatte. Und er konnte sagen, was er wollte, an dieser Einschätzung würde sich nichts ändern.

»Ich bin hier, um Entscheidungen zu treffen«, sagte ich. »Ob es Ihnen paßt oder nicht, Sie müssen damit leben. Und um Entscheidungen zu treffen, muß ich die Fakten kennen. Sie haben mir den Umstand verschwiegen, daß Richard den Onada-Vertrag in der vorgelegten Form nicht akzeptiert hat. Das Unternehmen wird nicht auf die Beine kommen, wenn Sie Ihr Verhalten nicht ändern.«

Erbost schlug er mit der flachen Hand auf den Tisch. »Das Unternehmen wird nicht auf die Beine kommen, wenn es von einer Horde Amateure geleitet wird! Mein Gott, wir stehen kurz vor dem Bankrott. Der Vertrag mit Onada war der einzige Ausweg.«

Ich blieb ruhig. »Hören Sie zu, David, ich möchte nicht, daß Sie mir noch einmal irgendwelche Informationen vorenthalten. Ist das klar?«

David sprang auf, machte auf dem Absatz kehrt und rannte aus dem Büro.

Ich fühlte mich verdammt allein in dem winzigen Raum. Nachdem ich ein paar Minuten lang vergeblich versucht hatte, mich auf die Zahlen vor mir zu konzentrieren, stand ich auf und ging in die Softwareabteilung.

Rachel saß in ihrem Büro und plauderte mit Keith, der das Weite suchte, als er mich kommen sah. Himmel, die Rolle des Chefs war gewöhnungsbedürftig!

Rachel sah müde aus. Die Augen in ihrem blassen Gesicht waren dunkel umschattet. Ich wußte inzwischen, daß einiges nötig war, bevor Rachel so erschöpft aussah. Bestimmt hatte sie die ganze Nacht durchgearbeitet.

»Haben Sie die Demonstration heute morgen gesehen?« fragte ich.

»Nein«, sagte sie. »Die hab' ich verpaßt. Aber ich hab' was läuten hören von einer Menschenmenge vor dem Gebäude. Leider kann man ja bei uns nicht aus dem Fenster gucken.«

»Doogie ist dagewesen und eine Horde Demonstranten von BOWL. Außerdem Presse und Fernsehen. Doogie hat sie über den Motorradunfall informiert, den dieser amerikanische Junge gehabt hat.«

Rachel schien plötzlich wach zu werden. »Nein!«

»Es wird unserem Ruf nicht besonders guttun.«

Rachel zog die Stirn kraus. »Das ist wohl wahr.«

Ich seufzte. »Darauf hätten wir gut verzichten können.« Ich sah sie an. »Ich möchte endlich wissen, was wirklich passiert ist.«

»In Ordnung. Wenn ich das nächste Mal in Kalifornien bin, prüf' ich es nach. Versprochen.«

»Sind Sie oft in Kalifornien?« fragte ich überrascht.

»Gelegentlich.«

»Und wen besuchen Sie da?«

»Ach, verschiedene Leute.«

Daß Rachel so ausweichend antwortete, empfand ich als ziemlich frustrierend, besonders heute.

»Okay, dann überprüfen Sie es, wenn Sie wieder drüben sind. Und sorgen Sie dafür, daß das nächste Mal bald ist.«

Sie nickte. »David hat mir von dem Treffen mit Onada erzählt.«

Gespannt sah ich sie an.

»Ich denke, Sie hatten verdammt recht«, fuhr sie fort. »Wir können niemandem das Programm überlassen, egal, was er zahlt.«

»Danke.« Ihre Unterstützung tat mir gut.

»Aber ich glaube, David ist stinksauer. Sie haben seinen Stolz verletzt, und das kann er auf den Tod nicht ab.«

»Ich weiß. Wir hatten uns eben in der Wolle. Aber von Ihren Leuten schien er heute morgen auch nicht gerade begeistert zu sein. Was sollte das mit den zwei Monaten, die sie noch für FairRender brauchen? War da nicht neulich die Rede von vier Tagen?«

Rachel zögerte, ein Lächeln huschte über ihr Gesicht. »Tatsächlich sind wir heute früh um sechs fertig geworden.« Das erklärte die dunklen Ringe unter ihren Augen.

»Aha!« sagte ich. »Und warum dann das Gerede von zwei Monaten?«

»Weil wir FairRender am ersten Juni noch nicht auf den Markt bringen können.«

»Warum nicht?«

Ich sah, daß es Rachel unbehaglich wurde. Nachdem sie ihre Zigarette in einem leeren Becher ausgedrückt hatte, zündete sie sich sogleich eine neue an.

»Es hat mit dem Projekt Plattform zu tun. Und mit Jenson Computer.«

»Ach so«, sagte ich verstimmt. »Und Sie können mir nichts darüber sagen?«

»Nein, tut mir leid.« Sie zögerte, als wollte sie noch etwas sagen. Schließlich entschloß sie sich dazu. »Er kommt heute vorbei.«

»Wer?«

»Jenson.«

»Was! Carl Jenson höchstpersönlich?«

»Ja, Carl Jenson.«

Selbst ich hatte schon von Carl Jenson gehört. Er war eine amerikanische Unternehmerlegende. Seine Firma hatte als erste die IBM-PCs Anfang der achtziger Jahre kopiert, und innerhalb von fünf Jahren hatte sich Jenson Computer zu einem Unternehmen mit einem Jahresumsatz von mehreren Milliarden Dollar entwickelt. Das alles hatte Jenson mit großem Geschick aufgebaut und war heute ein beliebter Vorzeigeunternehmer in Zeitschriften wie »Business Week« und »Capital«. Natürlich war Jenson Computer der wichtigste Kunde von FairSystems. Unser Überleben hing von ihm ab.

»Warum haben Sie mir das nicht früher gesagt?«

»Ich habe nicht daran gedacht.«

Natürlich hatte sie daran gedacht. »Hören Sie, Rachel!«

Sie richtete sich auf und sah mir in die Augen. »Nun gut, er wollte Sie auf keinen Fall sehen. Ich habe ihm gesagt, daß wir Sie nicht übergehen könnten.«

Das baute mich nicht gerade auf. Es sprach Bände, wenn der Chef unseres größten Kunden es nicht für der Mühe wert hielt, mit mir zu reden.

»Was hat er gegen mich?« fragte ich.

»Sie kommen aus der City. Er haßt die City. Eigentlich haßt er die Wall Street, aber wo liegt der Unterschied?«

Da hatte sie recht. »Warum?«

»Na ja, Jenson Computer stand in den achtziger Jahren phantastisch da. Jenson war der Held. Aber in den letzten Jahren ist der Preis für PCs ständig gefallen, so daß selbst Jenson Computer Geld verlor. Er saß in der Klemme. In den oberen Preisklassen drückten IBM und Compaq die Preise, so daß sie ihm Konkurrenz machten, während gleichzeitig Taiwan und Korea immer mehr Billigangebote auf den Markt brachten. Vor zwei Jahren hat er einen Chiphersteller aufgekauft, aber das hat sich nicht ausgezahlt. Schwer zu sagen, was mit dem Unternehmen ist. Jedenfalls ist der Kurs gefallen.« Sie streifte die Zigarettenasche in einen Kaffeebecher ab. »Und so fing die

Wall Street an, Jagd auf Jenson zu machen. Er ist abgeschrieben. Schnee von gestern.«

»Und das gefällt ihm nicht.«

»Das können Sie laut sagen. Carl hat ein überentwickeltes Ego. Noch keine vierzig, und schon zum alten Eisen? Das paßt ihm ganz und gar nicht.«

»Und warum kommt er her?«

»Um über ein paar Dinge zu sprechen, an denen wir gemeinsam arbeiten.«

»Zum Beispiel über das Projekt Plattform?«

Rachel wußte, daß Leugnen zwecklos war. Sie nickte.

»Was, zum Teufel, hat es mit dem Projekt Plattform auf sich, Rachel? Ich muß es wissen.«

»Das darf ich Ihnen nicht sagen«, erwiderte Rachel. »Es tut mir leid, aber es geht nicht. Carl Jenson hat es mir strikt verboten. Ihre City-Kontakte machen ihm Sorge und die Tatsache, daß Sie nur drei Monate bleiben. Er ist ein krankhafter Geheimniskrämer. Sie müssen mir vertrauen.« Ein bittender Ausdruck lag in ihren großen braunen Augen. »Es ist für uns alle am besten, wenn ich Ihnen nichts erzähle.«

Nachdenklich sah ich sie an. Ich hatte Vertrauen zu ihr.

»Okay«, sagte ich. »Weiß David davon?« Es war kindisch, aber ich wollte nicht, daß David Baker Geheimnisse kannte, die mir verschlossen waren.

»Nein. Er weiß, daß es das Projekt gibt, aber sonst weiß er nichts darüber. Eingeweiht sind außer mir nur Keith, Andy und Sorenson.«

»Sorenson weiß Bescheid?«

»Ja, ich glaube, Richard hat ihm davon berichtet. Er hat es vorher mit Jenson abgeklärt.«

»Und können Sie es nicht auch in meinem Fall mit Jenson abklären?«

»Ich hab's versucht. Das hab' ich doch gesagt. Er will es nicht.«

Ich lehnte mich zurück und dachte nach. Es behagte mir überhaupt nicht, daß ich nichts über das Projekt Plattform wußte. Aber ich hatte bei meinen Börsenentscheidungen stets darauf geachtet, daß mir die Gefühle nicht in die Quere kamen, und wollte mit diesem Fehler jetzt nicht anfangen. Ich hatte Vertrauen zu Rachel und nahm ihr ab, daß es ihr nur um den Erfolg des Projekts ging. Obgleich ich keine Ahnung hatte, was es mit dem Projekt auf sich hatte, wußte ich doch, daß die Firma darauf angewiesen war. Trotzdem war es natürlich schwierig, das Unternehmen zu führen, ohne etwas über sein wichtigstes Vorhaben zu wissen.

»Okay«, sagte ich. »Aber versuchen Sie ihm klarzumachen, daß er mir vertrauen kann. Wenn ich unser Unternehmen vernünftig leiten soll, muß ich über alles informiert sein.«

Rachel lächelte. »Gut. Ich wußte, daß Sie Verständnis haben würden. Und ich will mein Bestes tun, damit er seine Meinung über Sie ändert.« Sie stand auf. Auf dem Weg nach draußen blieb sie kurz stehen, warf einen Blick auf mein Hemd und meine Hose und sagte: »Übrigens, ich finde es gut, daß Sie heute keinen Anzug anhaben.«

Ich mußte lachen. Diese Frau, die nun wahrlich kein Ausbund an Eleganz war, hatte die Stirn, mir Ratschläge in Sachen Kleidung zu geben. Zu allem Überfluß hatte sie vermutlich auch noch recht. Dann verschwand sie endgültig zu ihrem Treffen mit einer der Legenden der Computerindustrie.

Ich saß in meinem Büro und wartete. Rachel hatte gesagt, sie und Jenson würden irgendwann nach drei vorbeischauen. Jetzt war es halb sechs. Seit zweieinhalb Stunden saß ich an meinem Schreibtisch und tat praktisch nichts. Ed hatte eine Nachricht hinterlassen, aber mir war nicht nach einem Gespräch mit ihm zumute. Harrison Brothers war in weite Ferne gerückt.

Ich hatte ein paar Anrufe von Journalisten beantwortet, die etwas über die BOWL-Anschuldigungen wissen wollten. Dazu hatte ich lediglich erklärt, vor einiger Zeit habe uns jemand mitgeteilt, er wolle eine entsprechende Klage einreichen. Dann habe er jedoch darauf verzichtet. Nein, einen weiteren Kommentar hätte ich nicht abzugeben. Ich wollte ihrer Neugier sowenig Nahrung wie möglich geben.

Schließlich rief ich Karen an.

»Harrison.«

»Hallo, ich bin's.«

»Oh, hallo. Ist was?« Sie schien in Eile zu sein.

»Kannst du den Kurs von FairSystems für mich nachsehen?«

»Bleib dran.« Ein paar Sekunden später war ihre Stimme wieder zu hören. »Drei Dollar. Wie kommt das?«

Ich erzählte ihr von der BOWL-Demo.

»Warte mal eben. Ich guck' nach, ob Reuters was darüber bringt. Ach ja, hier.«

Sie las es mir vor. Es waren nur ein paar Zeilen, in denen von »unbestätigten Meldungen« über einen tödlichen Unfall nach Benutzung eines VR-Gerätes die Rede war.

»Na, das hört sich doch ziemlich unbestimmt an«, sagte sie.

»Trotzdem, wenn Wagner es gesehen hat, gibt ihm das reichlich Stoff, um seine Kunden abzuschrecken«, meinte ich düster. »Und für jeden, der hinter unseren Aktien her ist, ist es eine ideale Gelegenheit zum Kauf.«

»Klingt einleuchtend«, sagte Karen. »Tut mir leid, ich hab' einen Kunden in der anderen Leitung. Ich muß jetzt.«

»Klar. Auf jeden Fall vielen Dank.«

»Gern geschehen. Bis dann.«

Drei Dollar! Eine Katastrophe.

Und ich konnte nichts tun, als auf Jenson zu warten. Meine Nervosität wuchs. Ich war hin- und hergerissen zwischen dem Ärger, daß ich nichts über das Projekt Plattform wußte, und der Angst, Jenson könnte den Eindruck gewinnen, man hätte seinen Wunsch nach einer vertraulichen Behandlung des Projekts mißachtet.

Er hielt mich also für einen Wall-Street-Hai? Ich nahm mir vor, alles zu tun, um dieser Einschätzung entgegenzutreten. Ich war froh, auf den Anzug verzichtet zu haben, fühlte mich vor dieser schwierigen Geschäftsbesprechung aber doch ein bißchen nackt ohne ihn.

Es klopfte, und Rachel führte Carl Jenson in mein Büro. Energisch betrat er den Raum und füllte ihn sogleich mit seiner Präsenz.

Wenn ich je einen Menschen kennengelernt hatte, der

Reichtum und Macht ausstrahlte, dann war es dieser Mann, aber er tat es in einer Weise, die mir überhaupt nicht vertraut war. Er war klein und hatte eine Neigung zum Fettansatz. Sein rotweiß kariertes Hemd steckte in einer messerscharf gebügelten gelben Hose. Ein Goldkettchen verschwand in dem dichten Haarteppich, der ihm aus dem offenen Hemd quoll. Sein Gesicht war etwas aufgedunsen, das krause, dunkle Haar hatte er zu einem kleinen Pferdeschwanz zusammengebunden. Ungewöhnlich an ihm waren vor allem seine Augen.

Klein, schwarz und tiefliegend, waren sie stets in Bewegung. Während der zwei Sekunden, die sie auf meinem Gesicht verweilten, vermittelten sie mir einen intensiven Eindruck von Intelligenz und Energie. Es war eine regelrechte Erleichterung, als sie sich wieder anderen Dingen in meinem Büro zuwandten.

»Freut mich, Sie kennenzulernen. Carl Jenson.«

»Ganz meinerseits.« Ich spürte einen raschen Händedruck, dann setzte er sich an das kleine Tischchen. Rachel setzte sich neben ihn.

Sogleich riß er das Gespräch an sich. Ich hatte das Gefühl, von einer Lawine erfaßt zu werden.

»Die Geschichte mit Richard tut mir schrecklich leid. Er war ein echtes Genie. In zehn Jahren wird man ihn den Großvater dieser Industrie nennen. Jammerschade, daß er's nicht mehr erleben kann.« Einen Moment lang begegneten seine Augen meinem Blick. Er meinte es ehrlich.

»Danke«, erwiderte ich.

Jenson wandte sich dem nächsten Thema zu. »Rachel sagt, während der nächsten drei Monate schmeißen Sie den Laden hier. Stimmt das?«

»Ja.«

»Haben Sie Ahnung von Virtueller Realität?«

»Nicht viel«, sagte ich.

»Rachel sagt, Sie sind im Finanzgeschäft. Richtig?«

»Ja.«

Wieder ruhten seine Augen prüfend auf meinem Gesicht. »Ich finde, Sie sehen nicht wie ein Banker aus.« Das war als Kompliment gemeint.

Ich zuckte mit den Achseln.

»Diese Investmentbanker sind Arschlöcher, allesamt. Immer wenn ich ein Unternehmen kaufen will, gehen die Aktienkurse rauf, sobald die Banker es spitzkriegen. Und sie glauben, ich merk' es nicht!« Klatschend landete Jensons flache Hand auf dem Tisch. Seine Worte überschlugen sich jetzt fast. »Die haben keine Ahnung von meinem Geschäft. Alles, was sie interessiert, sind ihre Dividenden. Ich scheiß' auf die Dividenden. Mir geht es um die Zukunft.«

»Und was ist die Zukunft?«

Jenson stand auf und ging zur elektronischen Ansicht des Firth of Fife hinüber.

»Hübsch«, sagte er. »Gefällt mir.« Dann drehte er sich zu mir um. »Sagt Ihnen der Name Sun Tsu was?«

»War das nicht ein chinesischer General?« fragte ich.

»Genau. Fünftes Jahrhundert vor Christus. Aber was er gesagt hat, läßt sich heute noch hören.«

»Und was hat er gesagt?«

»Er hat gesagt, wenn ein Heer ein Schlachtfeld wählt, das seinen Kräften entspricht, wird es siegen, ohne zu kämpfen.«

»Ich glaube, ich verstehe.«

»Nun, im Augenblick herrscht da draußen Krieg, und wir erleiden alle Verluste, von IBM bis hin zum indonesischen Billigproduzenten. Das liegt daran, daß PCs Dutzendware sind. Jeder Idiot kann sie bauen, vorausgesetzt, er hat einen Chip. Der Chip ist das Hirn des Computers, und die meisten werden von Intel hergestellt.«

Unruhig begann er, in meinem kleinen Büro hin und her zu laufen, während er seine Worte mit heftigen Gesten unterstrich.

»Daher habe ich vor einigen Jahren meinen eigenen Chiphersteller gekauft, Intercirc, ein kleines Unternehmen. Heute mach' ich Chips, die genauso gut wie die Intel-Produkte sind, und ich bau' sie in meine eigenen Computer ein. Damit hab' ich die Waffen, die ich für diesen Krieg brauche. Nur Geld verdien' ich damit immer noch nicht. Das ganze Geld sackt Intel ein. Intel sagt, wo's langgeht, verkauft seine Chips wie warme Semmeln und baut Riesenfabriken. Intel ist am Drükker. Also was soll ich tun?« Er blieb stehen, stützte sich auf den Tisch und sah mich einen Augenblick an. »Ich will's Ihnen sagen. Ich bestimm' mein Schlachtfeld selbst. Virtuelle Realität. Auf dem VR-Markt kann ich bessere Computer, periphere Geräte und Chips produzieren als irgendein anderer Hersteller. Bessere als IBM oder Intel oder die Japaner oder die verdammten Koreaner.«

»Nur gibt es noch keinen Massenmarkt für VR-Produkte.«

»Der kommt«, sagte Jenson. »Vor fünfzehn Jahren war ich der einzige, der an die PC-Entwicklung geglaubt hat. Damals war ich vierundzwanzig. Heute seh' ich die nächste Welle auf uns zukommen – die Virtuelle Realität.« Volle fünf Sekunden hielt er seinen intensiven Blick auf mich gerichtet, um mir diese Einsicht ins Gehirn zu brennen.

»Und das ist kein Zeitvertreib für Spielhallenfreaks oder Sittenstrolche. Im kommenden Jahrhundert wird Virtuelle Realität untrennbar zu unser aller Leben gehören. Und die Klugscheißer von der Wall Street kriegen davon gar nichts mit!«

Ich dachte einen Augenblick nach. »Dann hoffen Sie also, mit unserer Technologie den VR-Markt zu erobern? Sie stellen den FairRender-Graphikchip her und bauen unsere Systeme zusammen?«

Jenson gab keine Antwort. Wieder lief er in meinem Büro auf und ab.

Sehr interessant! Rachel hatte erläutert, daß es zu einem VR-Massenmarkt nur dann kommen könne, wenn die Systeme und vor allem die Chips serienmäßig hergestellt würden. Jenson schien gewillt, genau das in Angriff zu nehmen. Er war wirklich ein wichtiger Kunde.

»Und um all das geht es im Projekt Plattform?« fragte ich.

»Vielleicht«, sagte Jenson. »Aber das dürfte so 'n Wall-Street-Bürschchen kaum verstehen.«

Ich überhörte die Spitze. »Ich weiß, daß das Projekt Plattform sehr vertraulich ist. Ich kann Ihnen versichern, daß Rachel mir keinerlei Einzelheiten mitgeteilt hat. Sie sagt, Sie bestehen auf der Geheimhaltung des Projekts.«

»Da hat sie verdammt recht.«

»Nun«, fuhr ich ruhig fort. »Deshalb wäre ich Ihnen dankbar, wenn Sie selbst mir mitteilen würden, worum es beim Projekt Plattform geht. Nur so kann ich dafür sorgen, daß wir unser Bestmögliches für Sie tun. Wie soll ich das Unternehmen führen, wenn ich über so wichtige Dinge nicht Bescheid weiß?«

»Tut mir leid, daß Sie Schwierigkeiten mit FairSystems haben, aber das ist Ihr Problem, nicht meins.«

Ich beschloß, seine Provokation nicht zu beachten. Es war offenkundig, daß wir direkt auf eine Konfrontation zusteuerten, wenn ich noch mehr Fragen zum Projekt Plattform stellte. Aber innerlich kochte ich, weil er nicht mit der Sprache herausrücken wollte.

Endlich hörte er mit seiner Herumrennerei auf und setzte sich. »Wie kommen Sie hier ohne Richard klar?«

Eine heikle Frage, aber sie war mir schon von anderen Kunden gestellt worden, und ich hatte inzwischen eine befriedigende Antwort gefunden.

»Sein Tod war natürlich ein schwerer Schlag für das Unternehmen«, begann ich. »Aber wie Sie wissen, haben wir hier sehr fähige Leute. Auf technischem Gebiet war Rachel fast in alles eingeweiht, was Richard tat. Und David Baker hat ausgezeichnete Beziehungen zu unseren Kunden.«

»Und was ist mit der Leitung? Jedes Unternehmen braucht jemanden, der die Entscheidungen trifft.«

»Das ist mein Job. Und ich darf sagen, daß ich hier von allen Seiten unterstützt werde.« Das wurde ich wirklich. Obwohl es zahllose Probleme gab, hatte ich das Gefühl, gut mit den Leuten zurechtzukommen. Sie schienen mir zu vertrauen und mich zu akzeptieren.

»So, so.« Jenson war nicht überzeugt. Er lehnte sich zurück. »Richard hat hier eine großartige Firma aufgebaut. Ich hoffe, Sie machen sie nicht kaputt.«

»Keine Sorge!« Ich hielt seinem Blick stand. »Hier bleibt alles beim alten.«

Eine Augenblick schwieg Jenson. Dann stand er auf und ging zur Tür. »Hat mich sehr gefreut, Sie kennenzulernen, Mark.

Und wieder mal mit Ihnen zu reden, Rachel.« Er lächelte sie an. Wir begleiteten ihn zum Empfang. An der Tür blieb er stehen. »Vorhin bin ich da draußen an einer Art Demonstration vorbeigekommen.«

Ich erstarrte.

»Sie schrien was von einem jungen Burschen, der nach einem VR-Spiel sein Motorrad um einen Baum gewickelt hat. Wissen Sie was darüber?«

Ich nickte. »Es gibt keinen Beweis dafür, daß VR wirklich an seinem Tod schuld ist.«

»Gut«, sagte Jenson, »denn sonst wär' das ziemlich schlechte Reklame für uns alle, meinen Sie nicht?«

Damit entschwand er.

»Puh«, sagte ich. »Ist der verrückt?«

»Irgendwie schon«, sagte Rachel. »In der Branche streitet man darüber, ob es klinisch ist oder nicht. Aber er läßt keinen Psychiater lange genug an sich heran, um es herauszufinden.«

»Und was sollte das mit Sun Tsu?«

»Ach, Carl fährt auf jeden Modequatsch ab. Eigentlich kommt er aus New York, hält sich aber für 'nen echten Silicon-Valley-Unternehmer. Aber lassen Sie sich nicht täuschen. Bei allem Scheiß, den er redet, weiß er genau, was er will.«

»Das will ich gern glauben. Wird er zahlen?«

»Klar. Wir sind im Zeitplan.«

»Gut. Hören Sie, Rachel. Egal, was es mit diesem Projekt Plattform auf sich hat, sehen Sie bitte zu, daß Sie es auf die Reihe kriegen.«

»Geht klar«, sagte sie.

Ich war müde, als ich nach Hause fuhr, müde und erschöpft. Die BOWL-Demonstration und der neueste Kurssturz unserer Aktien waren kaum dazu angetan, meine Laune zu verbessern. Und obwohl Jenson entschlossen schien, in einen Massenmarkt für VR-Produkte zu investieren, kam ich mir nach dem Treffen mit ihm ziemlich bescheuert vor. Was, zum Teufel, war das Projekt Plattform?

Als ich durch die engen Gassen von Kirkhaven fuhr, war es schon dunkel. Ich parkte am Ende des Kais und stieg aus. Von der frischen Brise merkte ich wenig, weil die Straßenbiegung vor Inch Lodge ziemlich geschützt lag. Ich schloß das Auto ab und suchte nach dem Hausschlüssel.

Plötzlich hörte ich hinter mir das schnelle Tapsen von Pfoten näher kommen. Als ich herumfuhr, sah ich gerade noch einen dunkelbraunen Körper auf mich zufliegen. Er prallte gegen meine Brust. Ich flog erst gegen die Hauswand und knallte dann so auf das Pflaster, daß ich kaum noch Luft bekam. Während ich auf dem Boden lag und keuchte, hörte ich dicht neben meinem Ohr ein heiseres Knurren und spürte heißen Atem auf meinem Gesicht. Ich blickte hoch.

Zähne, Zunge und Speichel schwebten dicht über mir. Stocksteif blieb ich liegen und hielt den Atem an.

»Aus, Hannibal!«

Ich konnte den Blick nicht von dem Hund abwenden, erkannte aber Doogies Stimme. »Stehen Sie auf, Fairfax«, sagte er und versetzte mir einen leichten Tritt in die Rippen.

Mühsam rappelte ich mich hoch.

Der Hund stand vor – ich war das Beutetier. Obwohl nur von mittlerer Größe, war er muskulös und extrem gefährlich. Ich hatte höllischen Respekt vor ihm.

Doogie zeigte auf meine Leistengegend.

Der Hund kam näher, bis seine Schnauze nur noch wenige Zentimeter von meiner Hose entfernt war, während er immer noch in kurzen Abständen sein heiseres Knurren hervorstieß. So dicht wie möglich preßte ich mich an die Mauer hinter mir und schob die Hände langsam nach vorn, um mich zu schützen.

»Lassen Sie das!« rief Doogie. »Oder Sie sind Ihre Finger los.«

Vorsichtig bewegte ich sie wieder zur Seite.

»Sie haben heute die Demonstration gesehen«, sagte Doogie. Eine Sekunde lang hob ich den Blick, um ihn anzusehen. Er wippte auf seinen Fußballen und sprach ruhig, aber mit einem drohenden Unterton. »Die Virtuelle Realität muß gestoppt werden, und wir werden das erreichen. Unter allen Umständen!«

Der Hund knurrte. Ich blickte hinab. Von seinen Lefzen hing ein Speichelfaden.

»Nun, das wird nicht ohne ein paar Opfer abgehen. Bei Fair-Systems zum Beispiel. Wir werden FairSystems vernichten. Haben Sie verstanden?«

Ich sagte keinen Ton, sondern hielt meinen Blick wie gebannt auf den Hund gerichtet.

»Also, wenn ich Sie wäre, würde ich die ganze Sache hier vergessen und einen Abgang machen. Und kein Wort zur Polizei, verstanden?«

Ich achtete nicht auf Doogie, deshalb sah ich den Schlag nicht kommen. Es war eine blitzschnelle Bewegung, ein trokkener Haken auf den Solarplexus. Abermals ging ich zu Boden, und diesmal bekam ich wirklich keine Luft mehr. Vergeblich riß ich den Mund auf. Das Bild der Straße trübte sich von den Rändern her ein. Nach endlos langer Zeit fühlte ich wieder den lebensrettenden, kühlen Sauerstoff in meine Lungen strömen. Mir war übel.

Als ich den Kopf vom Straßenpflaster hob, sah ich sechs Füße, die sich entfernten – Doogies und die seines Hundes.

16

Alle Morgenzeitungen brachten etwas über die Demonstration, aber meist irgendwo im Mittelteil versteckt. Doogies Anschuldigungen zitierten sie unter Vorbehalt. Wie bei Reuters war von »unbestätigten Berichten« die Rede. In der »Financial Times« stand eine kurze Nachricht. Und Susan hatte einen kleinen Beitrag in »Scotland Today«, der regionalen Nachrichtensendung, gesehen. Mein Zusammenstoß mit »diesem Doogie«, so Susan, habe auf dem Bildschirm ziemlich dramatisch ausgesehen. Offenbar hatte man in der Firma nicht gerade die besten Erinnerungen an Doogie.

Gegen elf schaute Rachel bei mir im Büro vorbei.

»Heute morgen sehen Sie aber viel besser aus«, sagte ich.

Sie lächelte. »Zwölf Stunden Schlaf können wahre Wunder tun. Aber haben Sie die Zeitungen gesehen?«

»Ja. Nicht sehr erfreulich, was? Trotzdem, es hätte schlimmer kommen können. Wenigstens haben sie die Bergey-Geschichte nicht bestätigt.«

»Ja. Ich versteh' nicht, warum Doogie den Brief nicht gezeigt hat.«

»Die Story, daß die Familie anonym bleiben will, nehmen Sie ihm doch nicht ab?«

»Nein. Das ist Blödsinn.«

»Wissen Sie, daß ich gestern abend eine ziemlich unangenehme Begegnung mit ihm hatte?«

»Wo?«

»Vor Inch Lodge. Mit seinem Hund. Er will FairSystems kaputtmachen. Ich soll endlich abhauen.«

»Warum sollten Sie?«

»Er und sein Hund waren ziemlich überzeugend.«

»Oh.« Rachel sah mich mitfühlend an. »Haben Sie's schon der Polizei erzählt?«

»Er hat gesagt, ich soll es bleiben lassen, aber ich hab's doch getan. Heute morgen war ich bei Sergeant Cochrane. Sie werden Doogie ganz schön in die Mangel nehmen. Aber es gab ja keine Zeugen. Also können sie nicht viel machen. Und wenn Cochrane recht hat, genießt Doogie seine Auftritte bei der Polizei geradezu. So ein Verhör gibt ihm offenbar das Gefühl, ein richtiger Revolutionär zu sein. Anscheinend kennt er seine Rechte genau. Und die seines Hundes.«

»Und? Gedenken Sie seinen Ratschlag zu beherzigen?«

»Nein«, ich lächelte. »Ich mag keine Drohungen.«

»Gut. Aber seien Sie vorsichtig. Man weiß nie, was Doogie im Schilde führt.«

»Mach' ich, keine Sorge.«

Rachel wollte gehen, als Susan in der Tür auftauchte. »Carl Jenson ist wieder da. Er möchte mit Ihnen sprechen.«

»Jenson?« Ich blickte Rachel an. Sie zuckte mit den Achseln. »Na gut, schicken Sie ihn rein! Können Sie bei dem Gespräch dabeisein, Rachel?«

Kurz darauf kam Jenson in mein Büro gestürmt. »Hallo, Mark. Hallo, Rachel. Wie geht's?«

Ich bot ihm einen Stuhl an, aber er beachtete es nicht.

»Gefällt mir, wirklich«, sagte er und zeigte auf das elektronische Fenster. »Scheint so, als ob sich das Sonnenlicht mit den Tageszeiten verändert. Werden die Tage im Winter auch kürzer?«

Ich hatte keine Ahnung.

»Nein«, sagte Rachel. »Es ist das ganze Jahr über Mai.«

Jenson war begeistert. »Klasse. Ich muß mir unbedingt auch so 'n Ding besorgen.«

Nun setzte er sich endlich und beugte sich vor. »Ich mach' mir Sorgen um Ihr Unternehmen, Mark.« Ohne Umschweife auf den Punkt.

»Ach ja?«

»Ja. Sie werden in Kürze ein verdammt wichtiger Zulieferer für uns sein. Da müssen wir wissen, ob es Sie in den nächsten Jahren noch gibt. Werden Sie durchhalten?«

Da war sie, die Frage, mit der ich mich seit Richards Tod herumschlug, knallhart gestellt.

»Nun, zufällig bin ich heute morgen die Zahlen mit Willie Duncan, unserem Finanzleiter, durchgegangen, und . . .«

»Ach, lenken Sie doch nicht ab!« fuhr Jenson dazwischen. »Ich will 'ne klare Antwort. Gibt es FairSystems in zwei Jahren noch oder nicht?«

»Ich glaube, ja.« Aber ich konnte eine gewisse Unsicherheit in meiner Stimme nicht unterdrücken.

Durchdringend blickte er mich an. »So? Ich bin mir da nicht so sicher. Ich hab' schon 'ne Menge Unternehmen den Bach runtergehen sehen. Und bei euch sind alle Anzeichen dafür vorhanden. Fallender Aktienkurs, Gerüchte um einen vertuschten Skandal, drohende Prozesse, Ersetzung des Gründers durch einen Finanzfachmann. Das kenn' ich alles.«

»Das ist nicht fair«, protestierte ich. »Für Richards Tod können Sie uns kaum die Schuld geben. Und im technischen Bereich machen wir gute Fortschritte . . .«

»Hören Sie doch auf!« sagte Jenson. »Sie stecken in der

Scheiße, das wissen wir beide. Sie schaffen es nicht. Gestern haben Sie mir selbst gesagt, daß Sie Schwierigkeiten mit der Leitung von FairSystems haben.«

Ich mußte um meine Fassung ringen. Wenn er die Absicht hatte, mich auf die Palme zu bringen, dann war ihm das gelungen. Schlimmer noch war die Panik, die mich überfiel. Offenbar wollte er den Vertrag für das Projekt Plattform rückgängig machen. Das wäre das endgültige Aus. Ich blickte Rachel an. Sogar sie sah bestürzt aus.

»Keine Sorge, wir setzen die Zusammenarbeit am Projekt Plattform fort«, sagte Jenson. »Ich halte es nur für besser, wenn wir die Vorschußzahlung erst im September leisten.«

Nein! Auf die fünfhunderttausend Pfund waren wir dringend angewiesen. Bis September konnten wir auf keinen Fall warten. Ich rief mir die Zahlen ins Gedächtnis, die Willie und ich am selben Morgen noch einmal durchgegangen waren. Ende Juni würde die Firma definitiv zahlungsunfähig sein.

»Mister Jenson«, sagte ich, »Sie wissen genau, wie wichtig der Cash-flow für ein kleines, aufstrebendes Unternehmen wie das unsere ist. Es wäre eine ziemliche Katastrophe, wenn Sie das Geld, das Sie uns schulden, nicht rechtzeitig bezahlen würden. Das wäre zudem Vertragsbruch, und wir könnten das Projekt Plattform stoppen.« Natürlich hatte ich keine Ahnung, wie der Vertrag für das Projekt aussah, aber darauf konnte ich jetzt keine Rücksicht nehmen.

»Langsam, Fairfax. Ich bin sicher, daß Sie mit dem Projekt weitermachen. Sie haben keine andere Wahl. Das ist Ihre einzige Chance.«

Ich saß in der Klemme. Ein Kompromiß mußte her. »Vielleicht können Sie uns jetzt zweihundertfünfzigtausend zahlen und den Rest im Juli?« schlug ich vor.

»Nein.« Jenson ließ nicht mit sich reden. »Ich habe keine Lust, eine dreiviertel Million Dollar in den Schornstein zu schreiben und ein Riesenprojekt in den Sand zu setzen, nur weil Ihnen im nächsten Monat die Luft ausgeht. Das wäre dumm, und dumm bin ich nicht. Wenn Sie's bis September schaffen, dann weiß ich, daß Sie mir länger erhalten bleiben, und Sie kriegen Ihr Geld. Wenn nicht, dann hatte ich wenigstens das Vergnügen, Sie kennengelernt zu haben.« Er gönnte mir ein rasches Lächeln. »Sie kommen doch aus der Finanzwelt. Da machen Sie das Geld schon locker. Rufen Sie doch einfach Ihre Wall-Street-Kumpels an.«

»Das kann nicht Ihr Ernst sein, Carl«, sagte Rachel.

»Mein voller Ernst«, sagte er, »tut mir leid, Rachel.«

»Wenn Sie sich weigern, das Geld zu zahlen, das Sie uns schuldig sind, streichen wir das Projekt Plattform«, sagte ich, »und obendrein kriegen Sie einen Prozeß an den Hals.«

Jenson zog die Augenbrauen hoch. »Wollen Sie's wirklich auf die harte Tour versuchen? Überlegen Sie sich's noch mal. Ich fliege noch heute in die Staaten zurück. Rufen Sie mich morgen an, und sagen Sie mir, ob Sie weitermachen.« Damit sprang er von seinem Stuhl auf. »Macht's gut!« Und fort war er.

Ich vergrub den Kopf in den Händen. Elende Scheiße! Das war's also. Unwiderruflich das Ende. FairSystems war erledigt. Kaum zwei Wochen war es her, daß ich Richards Unternehmen übernommen hatte, und schon saß ich vor einem Scherbenhaufen.

Ich richtete mich wieder auf. Rachel saß noch immer wie vom Donner gerührt. »Haben Sie damit gerechnet?« fragte ich.

»Nein. Ich begreif' es nicht. Jenson kann uns nicht fallenlassen, wir sind viel zu wichtig für ihn.«

»Vielleicht, aber trotzdem dreht er uns den Geldhahn zu.«

»Machen wir nun weiter mit dem Projekt Plattform?« fragte Rachel.

»Einen Teufel werden wir tun!« sagte ich wütend, um nach kurzem Nachdenken hinzuzufügen: »Na ja, vielleicht sollten wir daran weiterarbeiten, aber geben Sie keine Informationen mehr an Jenson raus. Geht das?«

»Ich denke schon.«

»Gut. Mir wäre es lieb, wenn das Projekt weiterläuft. Damit wir was vorzuweisen haben, falls Jenson es sich anders überlegt. Am liebsten würde ich nie wieder mit ihm zu tun haben, aber wahrscheinlich bleibt uns keine Wahl. Damit hat er recht –

er ist unsere einzige Hoffnung. Aber ich glaube, wir sollten jetzt die anderen informieren.«

Ein paar Minuten später waren David und Willie da. Rasch setzte ich sie von der veränderten Situation in Kenntnis.

Willie pfiff durch die Zähne und murmelte mehrfach »Du lieber Himmel«. David wirkte ziemlich ungerührt. Ja, er schien es sogar nicht ungern zu hören.

»Und was machen wir jetzt?« fragte Willie.

»Was glauben Sie, wie lange halten wir ohne Jensons Geld durch?«

Willie zog seine Prognosen hervor. »Vielleicht vier Wochen. Ich bezweifle, daß wir die Junigehälter noch zahlen können.«

Wir hatten den neunzehnten Mai. FairSystems zahlte den Lohn immer am Fünfzehnten. Uns blieb weniger als ein Monat.

Als ich an diesem Abend nach Kirkhaven zurückkehrte, war ich total niedergeschlagen. Langsam fuhr ich den Kai entlang, von Doogie keine Spur – und, was mir noch wichtiger war, von seinem Hund auch nicht. Ich stieg aus und setzte mich auf die Kaimauer, um nachzudenken.

Ich hatte versagt. Da gab es nichts zu beschönigen. All die Menschen, an denen mir gelegen war, hatte ich enttäuscht. Karen. Meinen Vater. Richard. Mit viel Glück würde seine Firma ihn gerade um zwei Monate überleben.

Natürlich wußte ich, daß das nicht alles meine Schuld war, aber ich war daran gewöhnt, zu gewinnen, Glück zu haben, Geld zu machen. Insgeheim glaubte ich, daß jeder selbst für sein Glück verantwortlich ist und nur Verlierer an Umständen scheitern, »die sich ihrem Einfluß entziehen«.

Es war schon richtig. Ich hatte wenig Ahnung von Virtueller Realität und überhaupt keine von der Leitung eines Unternehmens. So gut es ging, hatte ich mich über diesen Umstand hinweggesetzt, auf meine Intelligenz und meinen gesunden Menschenverstand gebaut, aber nun war meine anfängliche Selbstsicherheit auf einem Tiefpunkt angelangt. Das Vertrauen, das Sorenson in mich setzte, war ganz und gar unangebracht.

Und auch was Richards Mörder betraf, tappte ich noch völlig im dunkeln.

Ich blickte hinaus aufs Meer. Der Wind war kühl. Die Sonne verbarg sich hinter einer Wolkendecke. Auf einmal spürte ich Tropfen auf meinem Gesicht. Das war keine Gischt, sondern Regen. Ich zog mir das Jackett über den Kopf.

Was, zum Teufel, hatte ich hier zu suchen? In London waren bestimmt schon zwanzig Grad. Dort hätte ich ein Bier auf meiner Terrasse getrunken und darauf gewartet, daß Karen heimkam. Plötzlich hatte ich Sehnsucht nach der Hektik von Harrison Brothers' Handelssaal. Sie fehlten mir – Greg, Ed, die anderen Trader, die Bildschirme, das Kaufen und Verkaufen. Das war meine Familie, meine Welt.

Und dann gab es da noch Karen. Sie war so weit weg. Vielleicht bildete ich es mir nur ein, aber ich hatte das Gefühl, daß die physische Entfernung unserer Beziehung nicht gut bekam. Wenn das wirklich so war, warum war ich dann noch hier und versuchte, eine längst verlorene Sache zu retten? Ich hätte mehr Zeit mit ihr verbringen müssen und nicht weniger.

Also beschloß ich, am Wochenende Karen zu besuchen und am Montag bei Harrison Brothers vorbeizuschauen.

»Erzähl!« sagte Karen. Sie hatte sich mit einem Glas Wein in der Hand in eine Sofaecke gekuschelt. Hinreißend sah sie aus. Das glatte blonde Haar fiel ihr auf die Schultern, die von der ersten Maisonne leicht gebräunt waren. Die schlanken Beine hatte sie anmutig unter ihr blaues Sommerkleid gezogen.

Den Nachmittag hatten wir auf der Rennbahn in Sandown verbracht. Es war hervorragend gelaufen. Busker's Boy hatte sein erstes Flachrennen über zwei Meilen bestritten, und ich hatte hundert Pfund auf Sieg gesetzt. Zwar hatte ich sie verloren, weil er, um eine Länge geschlagen, als zweiter einlief, aber er hatte sich gut gehalten, und so hatte ich mich wenigstens nicht blamiert. Karen hatte dreimal gewonnen, weil sie auf Gelb gesetzt hatte, mit dem Erfolg, daß sie am Ende fünfzig Pfund mehr und strahlende Laune hatte.

Ich hatte das Abendessen gekocht, und es tat uns sichtlich

gut, wieder einmal zusammenzusein. Bis jetzt war Karen nicht auf das Thema FairSystems zu sprechen gekommen, und ich war ihr dankbar dafür.

Aber nun drängte es mich, davon zu erzählen. »Ich glaube, FairSystems steht kurz vor der Pleite«, sagte ich.

»Na ja, wenn die Aktie bei drei Dollar steht, kann es ja nicht besonders rosig aussehen.«

»Oh, ich glaube nicht, daß der Markt weiß, wie schlecht es wirklich steht. Der Kursrückgang hatte mit den Gerüchten um diesen Motorradunfall zu tun. Das war schon schlimm genug, aber das Schlimmste kommt erst: Wir werden wohl unseren größten Kunden verlieren.«

Ich berichtete ihr von Jenson und vom Projekt Plattform, soweit ich darüber informiert war. Und auch von Doogies Drohungen. Mitfühlend lauschte sie. »Das ist nicht deine Schuld.«

»Natürlich ist es das«, gab ich wütend zurück. Karen blickte mich verblüfft an.

»Tut mir leid«, sagte ich, »aber ich hab' dich da reingezogen und enttäuscht. Alle habe ich enttäuscht.«

»Quatsch. Was hättest du denn tun sollen? Wo bleibt die berühmte Objektivität des Traders? Du läßt dich von deinen Gefühlen überwältigen.«

»Klar. Schließlich ist es die Firma meines Bruders!«

»Schon gut, schon gut!« sagte Karen. »Mark, ich weiß, daß FairSystems für dich wichtig ist, aber du hast dein Bestes versucht. Mehr kannst du nicht tun. Mehr kann niemand tun. Sieh den Tatsachen ins Gesicht. Du hast dich auf ein schlechtes Geschäft eingelassen. Steig aus, und du kannst einen Teil retten. Nimm deine Verluste in Kauf!«

Ihre Worte drangen durch die Wolken aus Sorge und Verzweiflung wie ein Strahl gesunden Menschenverstands.

»Wieviel Zeit bleibt euch noch bis zur Zahlungsunfähigkeit?«

»Ein Monat, vielleicht weniger.«

»Das könnte noch reichen, um die Firma zu verkaufen. Du hast gesagt, Wagner Phillips hätte Kaufinteressenten an der

Hand. Dann verkauf und rette, was zu retten ist. Vergiß FairSystems, vergiß Doogie, den Irren, und komm zurück nach London.«

Ich dachte über das nach, was sie gesagt hatte. Nur noch ein Wunder konnte die Firma retten. Wenn sie pleite ging, würde das niemandem helfen. Verkauften wir sie, dann blieben immerhin die Arbeitsplätze erhalten, und Richards Erfindungen und Entwicklungen waren auch nicht verloren. Dad würde es nicht gefallen. Rachel würde es nicht gefallen. Aber ich hatte keine Wahl.

»Du hast recht«, sagte ich. »Ich werde die Firma verkaufen.«

In dieser Nacht liebten wir uns. Zum erstenmal seit langer Zeit. Ich hatte Karen vermißt, und es war ein schöner Tag gewesen. Aber wieder war es nicht wie sonst.

Lag es an mir? An ihr? Ich wußte es nicht.

Hinterher fragte ich: »Stimmt etwas nicht?«

»Wieso?« sagte sie. »Alles wunderbar.«

Etwas verunsichert, rollte ich mich zum Schlafen auf die andere Seite.

Es war erstaunlich, wie sich die Dinge in meinem Kopf ordneten, sobald ich mich zum Verkauf entschlossen hatte. Gewiß, es setzte mir noch immer zu. Ich hatte versagt, ich fühlte mich schuldig, weil ich Richard den Wunsch, daß FairSystems unabhängig blieb, nicht erfüllen konnte, und ich enttäuschte meinen Vater. Auch hatte ich es nicht geschafft, mehr über Richards Tod herauszufinden. Ich war mir sicher, daß er irgend etwas mit FairSystems zu tun hatte, aber ich hatte keine Ahnung von den Zusammenhängen. Und wenn die Polizei es nicht herausfand, wie sollte es dann mir gelingen?

Karen hatte recht. Ich stand auf verlorenem Posten. Aber ich konnte nichts tun, um die Situation zu retten. Ich mußte meine Verluste realisieren, aussteigen und auf die nächste Gelegenheit warten.

Was mir allerdings ganz und gar nicht gefiel, war die Vorstellung, Doogie könnte glauben, er hätte mich so eingeschüchtert, daß ich das Weite suchte. Aber das war nur eine Frage der Ehre. Und, um die Wahrheit zu sagen, der Gedanke, diesem blutrünstigen Köter nie wieder zu begegnen, mißfiel mir ganz und gar nicht.

Am Sonntag abend rief ich Sorenson an und teilte ihm meine Entscheidung mit. Er zeigte Verständnis und bestärkte mich darin. Auch er wußte keine andere Lösung mehr, als ich ihm von Jensons Weigerung berichtete, die Vorauszahlung zu leisten. Er schien mir keinen Vorwurf zu machen und stimmte meiner Entscheidung vorbehaltlos zu.

Er sagte, er werde mit meinem Vater sprechen, der mich eine halbe Stunde später anrief.

»Walter hat mit mir geredet«, sagte er.

»Tut mir leid, Dad. Aber wir müssen verkaufen.«

Er seufzte. »Ja, ich weiß. Es ist ein Jammer.«

Schweigen.

»Walter ist überzeugt, daß dich keine Schuld trifft«, sagte er. »Vielen Dank, daß du es versucht hast.«

»Ich hab's gern getan.« Obwohl er so freundliche Worte fand, hatte ich noch immer das Gefühl, ihn enttäuscht zu haben, und zu meinem Ärger ließ mich das durchaus nicht kalt.

Ich tauchte in den vertrauten Trubel des Handelssaals ein. Erwartungsvoll ging ich zu meinem Schreibtisch. Den Zeitungen hatte ich entnommen, daß sich die Position, die Ed und ich im Vormonat aufgebaut hatten, endlich günstig entwickelte.

Ich setzte mich und stellte meine Computer an. »Hallo, Ed«, rief ich, als ich die Seitennummer des US-Rentenmarktes eingab. Er telefonierte gerade, winkte mir aber zu. Ich hatte recht gehabt! Die Spanne zwischen den zwei- und den zehnjährigen Staatsanleihen hatte sich von 1,4 auf 1,28 Prozent verringert. Rasch überschlug ich das Ganze im Kopf. Das war fast ein Prozentpunkt Gewinn auf hundert Millionen Dollar, das heißt knapp eine Million Dollar! Nicht schlecht.

Ed beendete sein Gespräch. »Sieh dir das an!« rief ich ihm zu. »Hatten wir nun recht oder nicht?«

Er verzog das Gesicht und kratzte sich am Hinterkopf. Irgend etwas stimmte nicht. Mißtrauisch blickte ich ihn an. »Die Position besteht doch noch, oder?«

»Eigentlich nicht«, sagte Ed.

»Was soll das heißen?«

»Ich bin letzte Woche ausgestiegen.«

»Aha! Wie hoch war der Gewinn?«

Unruhig rutschte er auf seinem Stuhl hin und her. Hinter seinem linken Schulterblatt schien es ihn offensichtlich entsetzlich zu jucken. Jedenfalls kratzte er sich dort ausgiebig und zog eine Grimasse.

»Es war eher ein Verlust. Um genau zu sein, zweihundertvierzigtausend. In der letzten Woche hatte der Markt ein paar Tage lang ein Zwischentief. Jemand hat 'ne Menge Zehnjährige verkauft und Dreijährige gekauft. Es sah schlecht aus mit unserer Transaktion. Deswegen bin ich ausgestiegen. Danach hat sich der Markt wieder erholt.«

Es wollte mir einfach nicht in den Kopf. Ich hatte Ed ausdrücklich gesagt, er solle abwarten. Wie hatte er einen solchen Verlust machen können? Ich konnte plötzlich nicht mehr begreifen, daß ich ihm vertraut hatte. Der Bursche war offenbar ein kompletter Idiot.

Ed, der mir meine Gedanken offenbar vom Gesicht ablas, machte eine hilflose Geste. »Etienne hat mich angewiesen, die Papiere abzustoßen.«

»Etienne? Was soll das heißen?«

»Na ja, seit du fort bist, guckt er mir ständig über die Schulter. Als die Position in die Miesen ging, hat Etienne mir gesagt, ich solle aussteigen.«

»Warum hast du nicht bei FairSystems angerufen?«

»Das habe ich ja, aber du warst nicht da.«

Richtig, man hatte mir mitgeteilt, daß Ed angerufen hatte. Aber ich hatte mich nicht gemeldet. Die Dinge in der Firma hatten mich zu sehr in Anspruch genommen.

»Übrigens hat Etienne mir befohlen, auf der Stelle zu verkaufen. Zwei Stunden nachdem ich die Position abgestoßen hatte, bewegte sich der Markt wieder in unsere Richtung.«

Ich war knallwütend, aber nicht auf Ed, sondern in erster Linie auf mich selbst. Und Etienne hätte ich glatt erschießen können. Was mischte der sich in meine Angelegenheiten?

»Okay, Ed, laß dir deswegen keine grauen Haare wachsen«, sagte ich und stand auf, um die Sache mit Etienne zu besprechen.

Ed nahm den Telefonhörer ab, kauerte sich in seinem Stuhl zusammen und hielt die Augen krampfhaft auf den Bildschirm gerichtet.

»Etienne, kann ich Sie kurz sprechen«, sagte ich. Er stand neben Greg.

»Nicht jetzt, Mensch, hab' zu tun«, sagte Etienne in seinem seltsamen Brokerkauderwelsch, das einen deutlich französischen Akzent hatte. Sein Englisch war an sich sehr gut, aber hin und wieder schlichen sich ein paar Brocken Cockney und Pariser Argot ein, was bei seiner ansonsten so perfekten Ausdrucksweise besonders bizarr wirkte.

»Doch, jetzt«, erwiderte ich. »Warum haben Sie Ed Bayliss angewiesen, meine Position zu verkaufen?«

»Ich hab' gesagt, nicht jetzt. Ich hab' gesagt, ich habe zu tun«, antwortete Etienne, ohne mich anzusehen. Er griff nach Gregs Telefonhörer.

Ich zog das Telefonkabel aus dem Stecker. Mit wutverzerrtem Gesicht fuhr Etienne zu mir herum.

»Eine Million Dollar hätten wir bei dieser Transaktion machen können. Statt dessen haben wir jetzt zweihundert Riesen verloren!« Mir entging nicht, daß es im Handelssaal plötzlich sehr still wurde.

»Das Geschäft war zu groß für Ed«, erwiderte er und hatte seine Stimme kaum unter Kontrolle. »Er ist ein Anfänger. Zweihunderttausend hatte er schon verloren. Wie lange sollte ich denn noch warten? Vielleicht, bis er eine halbe Million verloren hatte?«

»Es war meine Sache. Sie hätten mich anrufen müssen.«

Etienne wandte sich mir jetzt direkt zu und sah mich zum erstenmal richtig an. »Und wie oft haben Sie in den letzten beiden Wochen angerufen?«

Die Frage verschlug mir für einen Augenblick die Sprache. »Na ja, nun . . .«

»Nicht ein einziges Mal!« schrie Etienne. »Sie drücken einem blutigen Anfänger mit dreimonatiger Erfahrung eine Vierhundert-Millionen-Dollar-Position aufs Auge, und dann soll er sie durch den gefährlichsten Markt schaukeln, den wir seit Jahren haben, und Sie rufen noch nicht mal an! Sie sind ein Risiko, Fairfax, ein verdammtes Risiko!«

Ich schwieg. Hätte Etienne Ed einfach gewähren lassen, dann hätten wir die 2,4 Millionen Dollar jetzt schon fast wieder wettgemacht. Ich war wütend auf Etienne, aber auch wütend auf mich selbst. So ganz unrecht hatte er nicht. Ich hätte mich melden müssen. Hätte ich doch nur Eds Anruf beantwortet!

Ich zwang mich, auf dem Absatz kehrtzumachen und die fünf Schritte zu meinem Schreibtisch schweigend zurückzulegen. Ed saß immer noch da wie ein begossener Pudel und wagte nicht hochzublicken.

Verärgert verließ Etienne den Handelssaal. Greg kam herübergeschlendert.

»War wohl kein Renner, die Position, wie?«

»Verpiß dich!« sagte ich.

Er lehnte sich gegen meinen Schreibtisch. »Wie geht's so, Kumpel?«

»War schon besser«, knurrte ich.

»Und wie läuft die Sache in Schottland?«

»Auch nicht besonders. Ich glaube, wir müssen FairSystems verkaufen.«

»Schade«, sagte Greg. »Aber heißt das, daß du bald wieder zurück bist?«

»Ich denk' schon.«

»Prima. Du hast uns gefehlt.« Mit einem Kopfnicken wies er auf Ed. »Der Bursche hält sich gut ohne dich. Tut mir leid, daß ich Etienne nicht daran hindern konnte, die Position abzustoßen. Aber Ed hat auf der Bondscape-Maschine ein paar glänzende Geschäfte für mich ausgeguckt.«

»Wie schön für dich.«

»Nein, im Ernst, er hat sich wacker geschlagen.« Und mit diesen Worten schlenderte Greg in Richtung Kaffeemaschine davon.

Ich wandte mich Ed zu. »Also gut, ich habe einen Fehler gemacht. Von nun an stößt du keine Position mehr ab, ohne vorher mit mir gesprochen zu haben. Und du wartest auf jeden Fall auf meinen Rückruf, okay?«

»Okay.«

»Na dann, was machen wir jetzt?« fragte ich. »Das Geschäft mit den Zehn- und den Zweijährigen bringt nicht mehr viel. Hat keinen Zweck, es noch mal damit zu versuchen. Aber das Geld, das wir letzten Monat verloren haben, holen wir uns auf jeden Fall zurück.«

»Ich hätte da eine Idee«, sagte Ed und blickte mich etwas unsicher an.

Ich lehnte mich zurück und streckte die Beine aus. Greg hatte völlig recht. Ed war ein helles Kerlchen. Wenn er eine gute Idee hatte, wollte ich ihn auf keinen Fall entmutigen. »In Ordnung, dann laß mal hören!« sagte ich und bemühte mich, möglichst viel Zuspruch in meine Stimme zu legen.

»Setz das Ding mal auf!« Er deutete auf die Bondscape-Brille, die neben ihm lag. Bondscape war jetzt ständig auf seinem Schreibtisch installiert, so daß dort ein noch größeres Durcheinander als sonst herrschte. Ich rückte meinen Stuhl neben den seinen und setzte die Brille auf. Augenblicklich wurde ich in die Welt von Bondscape versetzt, mit ihren sanft gewellten Hügeln und den Gebäuden, die über die Landschaft verstreut waren. Der Eindruck war aufregend, weil man sich buchstäblich umgeben fühlte vom ganzen Arsenal der Finanzinstrumente, die weltweit einen Wert von vielen Milliarden Dollar repräsentierten. Man wurde schier erdrückt von der Größe und Macht der internationalen Kapitalmärkte.

Wenn die Märkte in rasche Bewegung gerieten, wurde der Eindruck furchterregend. Man hatte das Gefühl, man müsse von den Gebäuden, die neben, über und unter einem emporschossen oder schrumpften, zermalmt werden.

Doch an ruhigen Tagen wie diesem lagen die Gebäude

friedlich auf den flachen Hängen im virtuellen Sonnenlicht. Hoch am Himmel zog der Adler seine majestätischen Kreise.

Ich befand mich am Fuße eines sehr hohen Gebäudes, das von einer Gruppe sehr viel kleinerer umgeben war. Auf allen wehte die italienische Flagge. Das hohe Gebäude nahm eine große Fläche ein. Daraus war zu schließen, daß es sich um eine bedeutende italienische Staatsanleihe handelte und daß es eine höhere Rendite hatte als vergleichbare Papiere.

»Das sind die CCT von August null eins«, sagte Ed.

Er meinte die Certificati di Credito del Tesoro mit einer Laufzeit bis August 2001. Der italienische Staat garantierte für ihre Sicherheit.

Am Dach des Gebäudes las ich die Rendite ab. »Zweieinhalb Prozent über dem Libor. Das ist ja lächerlich«, sagte ich. Zweieinhalb Prozent über dem Libor, dem täglich festgesetzten kurzfristigen Zins, zu dem sich die Banken am Londoner Geldmarkt untereinander Geld leihen. Das hieß, man konnte Geld aufnehmen, die Anleihe kaufen und fast ohne Risiko zweieinhalb Prozent Gewinn einstreichen. In Börsenkreisen nennt man das einen *free lunch,* eine »kostenlose Mahlzeit«.

Ich nahm die Datenbrille ab. »Warum ist die Anleihe so billig?«

»Da gibt's 'ne Menge Gründe. Die Italiener haben gerade beschlossen, eine Quellensteuer auf die CCT zu erheben, deswegen wurden sie von allen Anlegern abgestoßen. Und dann hat das italienische Finanzministerium in seiner unergründlichen Weisheit den Entschluß gefaßt, die größte CCT-Emission aller Zeiten aufzulegen.«

»Und sie war ein Flop?«

»Eine Katastrophe. Sie steht bei fünfundneunzig und müßte mit achtundneunzig gehandelt werden.«

»Wo ist der Haken?«

»Kein Haken«, sagte Ed.

Eine halbe Stunde lang ging ich alle Einzelheiten der Anleihe mit ihm durch. Er hatte recht. Es gab keinen Haken.

Also kauften wir CCT für hundert Millionen Dollar, und ich fuhr nach Schottland zurück.

17

»Uns bleibt keine Wahl, wir müssen verkaufen«, sagte ich. »Mit Walter habe ich schon gesprochen, und er ist der gleichen Meinung. Heute nachmittag rufe ich Scott Wagner an und bitte ihn, sich darum zu kümmern.«

Ich wartete ihre Reaktionen ab. Willie war erleichtert. David begnügte sich mit einem Lächeln.

Rachel war alles andere als erfreut. »Fragen Sie uns, oder teilen Sie uns das mit?« fragte sie schneidend.

»Tut mir leid, ich teile es Ihnen mit«, sagte ich. »Aber wir können gerne abstimmen, wenn Sie möchten.« Ich spürte, daß ich Willie und David auf meiner Seite hatte.

»Und was ist mit den Banken? Sie haben doch bestimmt Beziehungen in der City. Können Sie da nicht was erreichen?«

»Kein Banker, der bei Sinnen ist, würde uns bei diesem Stand der Dinge auch nur einen Penny leihen. Ebensogut könnte er sein Geld im Klo runterspülen.«

»Gut, ich bin trotzdem dagegen«, sagte Rachel. »Wir alle wissen, daß Richard nie verkauft hätte. Also sollten wir es auch nicht tun, nur weil er ... tot ist.« Rachel begann sich zusehends zu erregen. Ihre Wangen hatten Farbe bekommen, und ihre Stimme schwankte. Das verblüffte uns alle. Wir waren nicht daran gewöhnt, daß Rachel Gefühle zeigte.

»Wenn wir den richtigen Käufer finden, können Sie mit Ihrer Arbeit fortfahren«, sagte ich behutsam. »Dann können Sie immer noch dafür sorgen, daß die Virtuelle Realität den Platz bekommt, den Richard ihr zugedacht hat.«

»Sparen Sie sich Ihren überheblichen Ton!« fuhr Rachel mich an. »Ich kann einfach nicht glauben, daß Sie das fertigbringen. Sie haben doch gesehen, wie wir geschuftet haben, um so weit zu kommen. Richard, ich, Keith, Andy, Terry, David, Willie, sogar Sie. All diese Sieben-Tage-Wochen, diese Vierundzwanzig-Stunden-Tage, all diese unüberwindlichen Probleme, die wir gelöst haben.« Ihr Gesicht rötete sich, und ihre Worte überschlugen sich. »Wir sind so nahe dran, so verdammt nah. Und jetzt wollen Sie alles hinschmeißen, trampeln auf allem herum, woran Ihr Bruder geglaubt hat und wofür er gearbeitet hat!« Sie stand abrupt auf. »In Ordnung, lassen Sie sich nicht aufhalten, aber tun Sie's gefälligst ohne mich!« Sie stürzte davon.

Wir saßen wie versteinert. »Sie kriegt sich schon wieder ein«, sagte David. »Das braucht sie einfach. Jedes Genie hat von Zeit zu Zeit seinen Wutanfall.«

Ich seufzte. »Okay, ich setze mich mit Wagner Phillips in Verbindung und schaue mir an, was für einen Käufer er uns präsentieren kann. Einen Monat müßten wir es noch schaffen. Aber wir müssen jeden Penny umdrehen.«

David und Willie gingen. Nachdenklich blieb ich sitzen und rief mir noch einmal Rachels Verhalten ins Gedächtnis.

Ich hatte zwar erwartet, daß sie sich gegen den Verkauf sperren würde, aber mit einer so heftigen Reaktion hatte ich doch nicht gerechnet. David täuschte sich. Ein solcher Wutanfall war ganz untypisch für sie. Und ohne sie konnte das Unternehmen gleich dichtmachen.

Eigentlich hielt ich es für klüger zu warten, bis sie sich beruhigt hatte, aber irgend etwas veranlaßte mich, sie jetzt aufzusuchen. Da stimmte etwas nicht. Da gab es etwas, was sie wußte und wir anderen nicht. Es war an der Zeit, daß sie mir reinen Wein einschenkte.

Die Rollos waren heruntergezogen, so daß ich nicht in ihr Büro sehen konnte. Keith, Andy und die anderen starrten mich an, als ich an ihnen vorbei zu ihrer Tür ging. Ich klopfte.

Keine Antwort.

Ich stieß die Tür auf, trat ein und schloß sie hinter mir.

Rachel saß an ihrem Schreibtisch, den Kopf in die Hände gestützt, so daß ihr Haar auf den Tisch fiel. Still schluchzte sie in sich hinein. Sie blickte nicht auf.

»Rachel?«

Keine Reaktion. Nur das Schluchzen hörte auf.

Ich setzte mich in den Stuhl vor ihrem Schreibtisch und wartete. Ich fühlte mich unbehaglich, beschloß aber zu bleiben.

Wenn sie allein sein wollte, hätte sie es mir schon gesagt. Das wußte ich.

Vielleicht eine Minute lang saßen wir so. Dann richtete sie sich auf und strich sich die Haare aus dem Gesicht. Einen Tropfen, der ihr an der Nasenspitze hing, wischte sie mit dem Ärmel ab.

Immer noch schwiegen wir uns an.

Schließlich sagte sie: »Das war das erstemal, daß ich um ihn geweint habe. Nun ist er schon einen Monat tot, und ich habe zum erstenmal geweint.«

Sie bemühte sich, ihre Stimme unter Kontrolle zu bekommen, tief durchzuatmen, langsam und überlegt zu sprechen, aber es klappte nicht so recht. Wieder schluchzte sie, und wieder sank ihr der Kopf in die Hände.

Ich wußte nicht, was ich sagen sollte. Etwas wie »Schon gut, schon gut« erschien mir so albern, daß ich lieber den Mund hielt.

»Mein Gott, wie er mir fehlt!« sagte sie. »Er war ein wundervoller Mensch, wirklich großartig. Und es will mir einfach nicht in den Kopf, daß es ihn nicht mehr gibt.

Hin und wieder, spät nachts, wenn ich hier sitze und arbeite, habe ich das Gefühl, daß er neben mir steht. Daß wir gemeinsam über ein Problem nachdenken. Manchmal ist er auf diese Weise zwei bis drei Stunden bei mir. Dann entwickeln wir Ideen und Lösungen. Gemeinsam.«

Sie weinte jetzt nicht mehr, wollte aber reden. »Ich habe so lange mit ihm zusammengearbeitet. Oft war ich die einzige, die ihm folgen konnte. Dann hatte ich das Gefühl, etwas ganz Besonderes zu sein. Und jetzt passiert so viel dadrin.« Sie zeigte auf ihren Kopf. »Und niemand ist da, mit dem ich es teilen kann. Manchmal habe ich das Gefühl, daß es mich verrückt macht.«

»Haben Sie ihn geliebt?« fragte ich.

Schweigend sah sie mich eine Weile an. Meine Frage hatte sie nicht schockiert. Sicherlich hatte sie in diesen langen Nächten auch darüber nachgedacht.

»Ich weiß nicht. Ich weiß nicht, was Liebe ist. Wissen Sie's?«

Wußte ich's? Natürlich wußte ich's. Ich liebte doch Karen, oder? Liebte ich sie? Ich war mir nicht sicher.

Dann dachte ich an Richard. »Ich habe ihn geliebt«, sagte ich.

Sie lächelte mich an. Das hieß: Ich verstehe dich, ich nehme dir die Liebe zu deinem Bruder ab.

Doch dann verfinsterte sich ihr Gesicht wieder. Sie atmete tief durch. »Und dann reden Sie von Verkaufen, dann wollen Sie alles verkaufen, wofür er gearbeitet und gelebt hat? Das ist, als würden Sie ihn ein zweites Mal umbringen. Begreifen Sie das nicht?«

»Schon«, sagte ich, »aber ich kann nichts daran ändern.«

»Sie begreifen nichts.«

Das traf mich zwar, aber ich wollte nicht mit ihr streiten. So zuckte ich nur mit den Achseln.

Unverwandt blickte sie mich an. Sie dachte nach und kam zu einem Entschluß. »Sie begreifen es nicht, weil Sie das Projekt Plattform nicht kennen.« Sie stand auf. »Kommen Sie!«

Sie warf das Haar nach hinten, zog den Pullover glatt, straffte die Schultern und verließ das Büro. Ich folgte ihr.

Quer durch den Softwaresaal gingen wir zu der Tür mit der Aufschrift »Projekt Plattform«. Mit einem altmodischen Schlüssel öffnete sie. Erstaunt hob ich die Augenbrauen.

Sie lächelte schwach. »Die Jungs da knacken Ihnen fast jedes moderne Sicherheitssystem, das es gibt. Aber von der Schlosserei haben sie keine Ahnung.«

Wir betraten einen kleinen Raum. Er enthielt eine Silicon Graphics Workstation und zwei Jenson-PCs. An alle drei Geräte waren Datenbrillen von FairSystems angeschlossen. Außerdem hatte Rachel ihre unverkennbaren Spuren hinterlassen: eine leere Weinflasche und einen vollen Aschenbecher. An der einen Wand befand sich eine weiße Tafel, sie war mit Rachels kleiner, sorgfältiger Handschrift bedeckt. Ein Arbeitsplan für das Projekt Plattform. Wir setzten uns. Rachel schaltete einen der Jenson-Computer ein. »Nehmen Sie!« sagte sie und reichte mir eine Datenbrille und einen Stab.

Sobald ich die Brille aufgesetzt hatte, befand ich mich in einem luxuriös ausgestatteten Büro. Mir gegenüber saß Rachel an einem glänzenden Mahagonitisch. Hinter ihr bot sich ein phantastischer Ausblick auf eine moderne Großstadt unter einem wolkenlosen Himmel. »Hallo«, sagte Rachel. Sie war gut getroffen, fast so gut wie auf einem Foto. Und ihre Bewegungen sahen völlig natürlich aus. »In Wirklichkeit sitze ich zwar neben Ihnen, aber ich könnte jetzt ebensogut Hunderte von Kilometern entfernt sein.« Sie lächelte. »Wir könnten beide zu Hause arbeiten und den Wunsch verspüren, miteinander zu sprechen. Auf diese Weise hätten wir die Möglichkeit zu einer realistischen Besprechung, ohne unsere Wohnungen verlassen zu müssen.«

»Aber wir könnten uns doch auch am Telefon unterhalten?«

»Natürlich, aber von Angesicht zu Angesicht ist es einfach besser. Die Körpersprache ist für soziale Interaktionen unentbehrlich. Sensoren in den Datenbrillen können ein ganzes Spektrum von Gesichtsausdrücken erfassen und auf das virtuelle Bild übertragen, das Sie vor sich sehen. Abgesehen davon, sind solche Konferenzen immer besser als das Telefon, wenn mehr als zwei Personen beteiligt sind. Warten Sie, ich hole Keith dazu. Dann sehen Sie, was ich meine.«

Ein paar Sekunden später betrat Keith den virtuellen Raum. Er trug seine übliche Uniform – schwarze Jeans und T-Shirt. »Hallo, Rachel, was gibt's?« Erstaunt hob er die Augenbrauen, als er mich sah. »Wer ist denn das?« fragte er.

»Das ist Mark«, sagte Rachel. »Keine Sorge, ich mußte ihn einweihen.« Dann wandte sie sich mir zu. »Für uns sehen Sie aus wie Mel Gibson. Deshalb hat Keith Sie nicht erkannt.«

»Mel Gibson?«

»Ja, er ist unser Ersatzmann. Mein Wunschkandidat. Sobald Ihr Körper kartiert ist, sehen Sie auch in der virtuellen Welt wie Sie selbst aus. Natürlich können Sie sich auch für ein ganz anderes Aussehen entscheiden, wenn Sie möchten. Schauen Sie, Keith zum Beispiel hat sich ein paar Muskeln zugelegt.«

Tatsächlich. Keith' schmächtige Figur wirkte hier etwas

kräftiger. Deutlich zeichnete sich die Brustmuskulatur unter dem T-Shirt ab. Ich lachte.

»So, nehmen wir an, wir wollen uns jetzt gemeinsam ein paar Zahlen ansehen. Langweilig, aber so ist das wirkliche Leben nun mal.« Unter dem Tisch holte sie ein Blatt hervor und schob es mir herüber. Eine von Willies Prognosen. »Sehen Sie die Zahl dort?« sagte sie und zeigte auf das Bankguthaben. »Versuchen Sie, den Betrag zu verändern.«

»Nichts lieber als das«, sagte ich. »Was muß ich tun?«

»Nur darauf zeigen, ›ändern‹ sagen und dann die Zahl deutlich aussprechen, die Sie sich wünschen.«

Ich machte eine Million daraus, woraufhin sich die gesamte Prognose veränderte und FairSystems das Jahr mit schwarzen Zahlen abschloß.

Keith lachte. »Einfach, oder?«

Es war höchst merkwürdig, wie rasch ich mich an die virtuelle Welt gewöhnte. Nach wenigen Minuten nahm sie einen eigenen Wirklichkeitscharakter an. Rachel hatte schon recht. Es war viel leichter, sich zu dritt in einem virtuellen Büro zu beraten, als sich übers Telefon zu unterhalten.

»Was dagegen, wenn ich jetzt gehe?« fragte Keith.

»Nein, vielen Dank, daß du mitgemacht hast«, erwiderte Rachel. Der virtuelle Keith verließ das Büro.

»Und nun, möchten Sie ein Haus bauen?«

»Warum nicht«, sagte ich und hatte keine Ahnung, was mich erwartete.

Im Handumdrehen standen wir vor einem ganz normalen Einfamilienhaus in einer Vorstadt. »Kommen Sie mit«, sagte Rachel.

Ich tat nichts, aber mein virtuelles Ich folgte Rachel nach drinnen. Durch eine leere Diele gingen wir ins Wohnzimmer. Ein großes Fenster gab den Blick auf den Garten frei.

»In einer Datenbank haben wir virtuelle Repräsentationen von Möbeln gespeichert. Wollen mal sehen, wie sie ins Haus passen.« Rachel bewegte ihren Stab und klickte, und bald war das Zimmer mit Sofa, Tisch, Bücherschrank, Schreibtisch und Sessel ausgestattet. Sie probierte verschiedene Anordnungen aus. »Gehen Sie ruhig umher«, sagte sie. Ich stellte fest, daß ich mich frei im Haus bewegen konnte. Ich blickte in die Küche, ging die Treppe hoch und warf einen Blick ins Badezimmer.

»Verstehen Sie?« fragte Rachel. »Das macht den Hauskauf bestimmt ein gutes Stück leichter. Zur Darstellung der Zimmer werden Konstruktionszeichnungen in den Computer eingelesen, oder man gibt sogar nur die Maße ein. In der Datenbank für Möbel sind vierhundert verschiedene Einrichtungsgegenstände gespeichert. Sie wählen einfach die aus, die Ihren Möbeln am ähnlichsten sind.«

Dann saßen wir wieder im Büro. »Wie Sie wissen, gehören Datenbanken zu den wichtigsten Anwendungen des Computers. Virtuelle Realität kann zu einer völlig neuen Datensichtung beitragen. Die meisten Datenbanken lassen sich nur zweidimensional in einem Verzeichnis durchsehen. Mit Hilfe von VR können Sie die Daten in mindestens drei Dimensionen betrachten. In Bondscape gibt es acht Dimensionen. Ich will Ihnen eine viel einfachere Datenbank zeigen.«

Wir wandten uns einer Landkarte von England zu, die mit einer Reihe von Säulen versehen war. Jede bestand aus einer Anzahl von aufeinandergestapelten Bauklötzen. »Nehmen Sie an, Sie sind ein Vertreter, der Kunden im ganzen Land hat. Diese Datenbank zeigt Ihnen alle Ihre Kunden. Schauen Sie mal auf Leeds.«

Ich zeigte mit meinem Stab auf Leeds und klickte. Sogleich fand ich mich auf einem Bahnsteig wieder, neben mir ein Schild mit der Aufschrift »Leeds«. Vor mir wuchs eine Säule aus Bauklötzen empor. Jeder Klotz trug einen Namen, eine Adresse und eine Telefonnummer.

»Sie sind in der Reihenfolge Ihres letzten Besuchs gestapelt«, sagte Rachel. »Die Klötze an der Spitze sind die Kunden, die Sie zuletzt aufgesucht haben. Wir können sie auch ganz anders ordnen.« Die Klötze verschwanden und präsentierten sich dann in einem neuen Arrangement. »Jetzt sind die Klötze an der Spitze Ihre größten Kunden. Woll'n mal gucken, wer Produkt A und wer Produkt B kauft.« Plötzlich waren die Klötze farbig, rot für A und blau für B.

»Natürlich kann man alle diese Informationen auch einer normalen Datenbank entnehmen, doch in VR lassen sie sich sehr viel klarer analysieren. Das Beispiel zeigt, daß Sie alte Informationen in einem neuen Licht sehen, sobald Sie VR benutzen.«

Wir verließen die Datenbank und begaben uns wieder ins Büro. »Das System können Sie auch für alle möglichen anderen Zwecke verwenden«, fuhr sie fort. »Wenn Sie Ihren Urlaub buchen zum Beispiel. Sie können das Feriengebiet erkunden, das Sie aufsuchen wollen, und das Hotel. Oder nehmen wir an, Sie möchten einkaufen. Von einer Dose Bohnen bis zum Auto können Sie sich alles über VR besorgen. Als Sie mit meinem Bruder ›Menschenjagd‹ gespielt haben, haben Sie sicherlich gemerkt, daß das unmittelbare Erleben, das ein VR-Spiel vermittelt, viel mehr Spaß macht als Ereignisse, die man nur auf dem Bildschirm verfolgt. Und der Markt für Computerspiele ist riesengroß.

Nicht zu vergessen ist die soziale Kommunikation. Hier befinden wir uns in einem Büro, doch schon bald wird man Virtuelle Realität mit Telefonkabeln übertragen können. Dann werden VR-Begegnungen über große Entfernungen stattfinden. Sobald sich die Menschen daran gewöhnt haben, werden ihnen Stimm- oder Textnachrichten nicht mehr genügen.«

Sie schaltete das Gerät aus. »Mit diesem System wird VR nicht mehr auf spezielle, kostspielige Anwendungen beschränkt sein, sondern zu einer preiswerten, alltäglichen Einrichtung werden, die auch der Normalverbraucher für geschäftliche oder private Zwecke nutzen kann.«

»Mein Gott!« sagte ich. »Und das können wir wirklich alles leisten?«

»Ja, wir verfügen über die erforderlichen technischen Voraussetzungen«, sagte Rachel. »Natürlich brauchen wir Übertragungswege, aber sobald jede Wohnung und jedes Büro einen Glasfaserkabelanschluß hat, wird VR nachfolgen.«

»Wer hat diese Anwendungen entwickelt?«

»Eine Reihe von Softwareunternehmen. Alle haben sie mit unserer Software und unserem Graphikchip gearbeitet.«

»Wirklich sehr eindrucksvoll. Und wieviel davon läßt sich auf normalen PCs machen?« fragte ich.

»Die Rechenoperationen. Aber natürlich ist die Wiedergabe entscheidend. Sobald Sie VR einmal verwendet haben, kommt Ihnen ein flacher Bildschirm einfach primitiv vor. Alle warten auf VR-Geschäftsleute, Internet-Surfer, Computerspieler.«

»Und das Ganze machen wir zusammen mit Jenson?«

»Ja. Wir verwenden unseren Graphikchip, unseren Simulationsmanager und unsere Datenbrille. Jenson stellt all das in großer Zahl her. Dadurch können wir den Preis auf zweitausend Dollar pro System drücken.«

»Zweitausend Dollar?«

»Ja.«

Ich überlegte. Trotz allem blieb ein großes Problem, das Problem, das uns seit jeher zu schaffen machte. »Wir haben immer noch keinen Massenmarkt.«

»Das ist der Punkt, an dem das Projekt Plattform ins Spiel kommt«, sagte Rachel. »Schauen Sie hier!«

Rachel tippte auf ein paar Tasten, und Windows erschien auf dem Bildschirm. Windows ist das Betriebssystem, das auf achtzig Prozent aller PCs benutzt wird.

»Und?« fragte ich.

»Sehen Sie sich die untere Reihe an, rechts.«

Ich fand ein kleines Bildsymbol, ein Icon: einen menschlichen Kopf mit einer Datenbrille.

»Soll das heißen, unser System läuft unter Windows?«

Zufrieden lächelte Rachel. »Ja. Projekt Plattform ist die Codebezeichnung für eine Verbindung zwischen uns, Jenson und Microsoft. Zu jedem verkauften Windows-Paket wird unser System gehören. Jeder, der eine VR-Anwendung unter Windows will, muß FairSystems' Simulationsmanager und das Graphiksystem FairRender verwenden. Und es wird auf jedem Computer vorhanden sein. Man braucht es nur aufzurufen.«

»Und was kriegen wir dafür?«

»Nicht viel«, sagte Rachel. »Aber es verschafft uns einen gewaltigen Vorteil bei der Entwicklung neuer Software. Und selbst ein paar Dollar summieren sich bei zig Millionen verkauften Computern.«

»Und Jenson verdient, weil er die Computer verkauft.«

»Richtig. Er verschafft sich in der Produktion von VR-Computern einen Riesenvorsprung gegenüber der Konkurrenz. Und wichtiger noch, wenn jemand einen VR-tüchtigen PC herstellen will, muß er einen FairRender-Chip kaufen, und den produziert Jenson.«

»Also machen wir alle Kohle. Was ist mit Microsoft? Was haben die davon?«

»Die bekommen das modernste VR-System für PCs und heben einen völlig neuen Markt aus der Taufe.«

»Wow!« sagte ich. »Wenn das klappt, kriegen wir Patentgebühren in Millionenhöhe.«

»Das Ganze ist viel mehr«, sagte Rachel. »Das wird eine Revolution in der Computertechnologie, fast so bedeutend wie die Einführung des PCs durch IBM im Jahr 1981.«

»Stimmt, und wir sind IBM.« Ich dachte an den IBM-PC und die vielen Millionen, die in den achtziger Jahren mit ihm verdient worden waren. Rasch hatten Unternehmen wie Compaq und Jenson gelernt, ihn zu kopieren. Zehn Jahre lang hatte IBM gewaltig verdient, und mit ihm die anderen.

»Nein«, sagte sie geduldig. »Jenson Computer ist IBM.«

Plötzlich fiel es mir wie Schuppen von den Augen.

»Wir sind Microsoft.«

Rachel nickte.

Vor mir sah ich das Gesicht von Bill Gates auf dem Buch, das Richard auf seinem Sofa liegengelassen hatte. Bill Gates ist Inhaber der Firma Microsoft, die DOS und Windows vertreibt, die Betriebssysteme, mit denen die meisten der vielen Millionen PCs ausgerüstet sind. In kaum fünfzehn Jahren war Microsoft aus dem Nichts zu einem Unternehmen aufgestiegen, das sogar den mächtigen IBM-Konzern in den Schatten stellte. Und das nur, weil das Betriebssystem von Microsoft zum Standard geworden war. So wie IBM durch seinen Personalcomputer Microsoft zum Aufstieg verholfen hatte, würde Microsoft nun FairSystems durch Windows ganz nach oben bringen.

Auf dem neuen Massenmarkt für Virtuelle Realität würde FairSystems über das Standardbetriebssystem verfügen.

Ich mußte daran denken, daß Microsoft ein Kapital von dreißig Milliarden Dollar hatte.

Und da spielte ich mit dem Gedanken, FairSystems für zehn Millionen Dollar oder weniger zu verkaufen!

Kein Wunder, daß Rachel sich dagegen sträubte. Kein Wunder, daß Richard einen Verkauf mit allen Mitteln hatte vermeiden wollen.

Richard hatte von Anfang an recht gehabt. Er war im Begriff gewesen, seine Firma zu einem weltweit führenden Unternehmen zu machen. Und nicht nur auf technischem Gebiet. Den Erfolg dieses Unternehmens würde man auch an Kriterien messen können, die ich verstand: Umsatz, Gewinne, Börsenkapitalisierung.

Mein Traderverstand begann zu rotieren. Das konnte das Geschäft des Jahrhunderts werden, wenn ich es an Land zog. Gut, die Chancen standen schlecht. Immer noch sah es so aus, als würde FairSystems pleite sein, bevor das Projekt Plattform das Licht der Öffentlichkeit erblickte. Aber wenn es mir gelang, die Firma noch vier Monate am Leben zu halten . . .

Ich atmete tief durch. »Okay«, sagte ich. »Wir verkaufen nicht. Irgendwie werden wir es bis September schaffen.«

Rachel strahlte. Sie sprang auf, rief »Hurra!« und gab mir einen raschen, triumphierenden Kuß auf den Mund.

Sehr angenehm überrascht, sagte ich: »Immer mit der Ruhe. Überlegen wir erst mal, wie wir's anstellen.«

Nacheinander gingen wir die Möglichkeiten durch, die wir hatten. Viele waren es nicht, doch davon ließen wir uns nicht entmutigen. Obwohl sich noch keine Lösung zeigte, war ich fest davon überzeugt, daß wir eine finden würden.

»Nach dem, was Sie mir erzählt haben, ist Jensons Entscheidung, uns den Geldhahn zuzudrehen, völliger Blödsinn«, sagte ich. »Damit gräbt er sich doch selbst das Wasser ab.«

»Ich weiß. Es macht keinen Sinn.«

»Ich frage mich, was Microsoft davon hält. Haben Sie eine Ahnung?«

»Nein. Die Verhandlungen über diesen Teil des Geschäfts hat Jenson geführt. Er ist ein wichtiger Kunde von Microsoft und hat gute Beziehungen zu dem Unternehmen. Ich glaube, Richard hat mit Microsoft zu tun gehabt, aber außer ihm niemand sonst von FairSystems. Das heißt, abgesehen von ein paar Softwarespezialisten, mit denen ich gesprochen habe. Warum? Haben Sie vor, sich mit Microsoft in Verbindung zu setzen?«

Ich rieb mir das Kinn. »Ich glaube nicht. Das verschreckt sie nur, und dann suchen sie sich einen anderen Partner. Wir sollten weitermachen, als wenn nichts geschehen wäre. Jenson blufft, da bin ich mir sicher. Ich weiß nur nicht, warum.«

»Ich könnte mal mit ihm reden«, sagte Rachel. »Ich muß sowieso nach Kalifornien und das mit dem Motorradunfall überprüfen. Vielleicht kann ich was aus Jenson rauskriegen. Bis letzte Woche sind wir eigentlich ganz gut miteinander ausgekommen.«

»Gute Idee. Versuchen Sie's!« Ich dachte nach. »Trotzdem, wir können uns jetzt nicht mehr auf die Zahlungen von Jenson verlassen. Wir müssen irgendwo anders Geld auftreiben. Und zwar rasch.«

Scott Wagner konnte ich erst nachmittags anrufen. Obwohl es erst sechs Uhr morgens in San Francisco war, erreichte ich ihn schon im Büro. Wenn man sich von Kalifornien aus auf den Finanzmärkten tummeln will, muß man früh aufstehen.

»Ich hätte gerne von Ihnen gewußt, ob die Möglichkeit besteht, wieder an die Börse zu gehen«, begann ich. »Wir haben ein paar sehr interessante Projekte laufen, aber wir brauchen Geld, um sie richtig zu finanzieren.«

»Wieviel?« fragte Wagner.

»Na ja, fünf Millionen Dollar würden reichen«, sagte ich leichthin.

»Wann brauchen Sie das Geld?«

»In einem Monat.«

»Das ist zu früh.«

»Könnten Sie nicht bei den jetzigen Anlegern mehr Geld aufnehmen? Die neuen Produkte würden den Wert des Unternehmens erheblich steigern.«

»Hat keinen Sinn.«

»Warum nicht?«

»Bis jetzt sind sie nicht sonderlich beeindruckt von eurem Abschneiden«, sagte Wagner. »Für die zehn Dollar, die sie ursprünglich pro Aktie gezahlt haben, kriegen sie gerade noch drei. Die werfen ihr Geld nicht zum Fenster raus. Wenn Sie Kapital brauchen, warum sehen Sie den Tatsachen nicht ins Gesicht und verkaufen an ein größeres Unternehmen?«

»Wir können uns als unabhängiges Unternehmen behaupten, wenn . . .«, setzte ich an.

Wagners Stimme bekam einen unnachgiebigen Ton. »Warum wollen Sie nicht verstehen, Mark? Zum gegenwärtigen Zeitpunkt gibt es keine Möglichkeit, für FairSystems Geld aufzunehmen. Ihre Bilanz ist traurig, und es sieht so aus, als ginge es mit dem Unternehmen nach dem Tod Ihres Bruders rapide bergab. Sie müssen verkaufen, das ist Ihre einzige Chance. Ich kontrolliere die Aktien, und ich sage Ihnen, verkaufen Sie.«

Seine Überheblichkeit brachte mich auf die Palme. »Ich habe beschlossen, daß das Unternehmen unabhängig bleibt.«

»Es interessiert mich nicht, was Sie beschlossen haben. Ich habe Ihnen gesagt, Sie sollen verkaufen, also verkaufen Sie gefälligst.«

»Wer besitzt die Aktien?«

»Sie können mich als Besitzer betrachten.«

»Wenn Sie sich zusammenschließen, um mich unter Druck zu setzen, verstoßen Sie dann nicht gegen das Börsengesetz?«

»Hören Sie«, sagte Wagner, »Sie haben Scheiße gebaut. Das gefällt Ihren Aktionären nicht. Jetzt wollen sie verkaufen und raus aus dem Geschäft. Ich hab' Ihnen ein faires Angebot gemacht. Also nehmen Sie's schon an!«

»Wer ist der Käufer?«

»Das kann ich Ihnen noch nicht sagen.«

»Wieviel?«

»Vier Dollar pro Aktie. Acht Millionen insgesamt. Sie müssen akzeptieren. Sie haben keine Wahl.«

»Sie können mich mal!« sagte ich und legte auf.

So also funktionierte Wagners kleine Gemeinschaft von Anlegern und Unternehmen. Er hatte uns einen Gefallen getan, indem er unsere Aktien plaziert hatte, und nun schuldeten wir ihm einen Gefallen. Er kontrollierte die Aktien, folglich kontrollierte er uns. Es stank mir gewaltig, Wagner ausgeliefert zu sein. Was mich besonders wütend machte, war das offenkundige Vergnügen, das ihm die Ausübung seiner Macht bereitete. Nun, ich würde ihn dazu zwingen, seine Karten auf den Tisch zu legen. Mal sehen, was er wirklich in der Hand hatte.

Wo konnten wir sonst noch Geld auftreiben? Ich versuchte es mit einigen Banken, bei denen wir schon früher angefragt hatten. Überall die gleiche Reaktion – ein entschiedenes Nein.

Mit einem Seufzer griff ich zum Telefon und rief meine eigene Bank an oder vielmehr meinen »persönlichen Kontobeauftragten«. Seit er meine Tantiemenschecks gesehen hatte, brachte er sich fast um, um mir seine Hilfe anzudienen. Nun hatte er Gelegenheit dazu.

Er war entgegenkommend, aber vorsichtig. Ich sei ein geschätzter Kunde der Bank, aber man müsse natürlich noch die Einzelheiten prüfen, bevor man den gewünschten Kredit bewilligen könne. Ich hoffte, daß ich ihn nicht brauchen würde.

David steckte den Kopf zur Tür herein.

»Wie läuft's mit dem Verkauf?«

»Gar nicht.«

»Was soll das heißen?«

»Das heißt, wir verkaufen nicht. Ich versuch' noch mal, Geld aufzutreiben.«

»Was? Das ist doch nicht Ihr Ernst!« Er betrat das Büro und baute sich vor meinem Schreibtisch auf.

»Mein voller Ernst.«

»Und wer hat das beschlossen?«

»Ich.«

»Himmel, Mark! Wir haben keine Zeit für solche Spielchen. Wenn Sie sich nicht augenblicklich ernsthaft um einen Käufer bemühen, sind wir pleite, bevor das Geschäft unter Dach und Fach ist.«

Ich hatte es satt, mich herumstoßen zu lassen. »David«, sagte ich, »überlassen Sie das mir. Okay?«

»Sie sind auf dem besten Weg, die Firma zu ruinieren, Mark. Das werde ich nicht zulassen. Dafür habe ich hier zuviel investiert. Wenn Sie sich weigern, dann nehme ich die Sache eben selbst in die Hand.« Damit machte er auf dem Absatz kehrt. Beim Hinausgehen stieß er fast mit Rachel zusammen, die mit zwei übervollen Bechern Kaffee eintrat.

»Au!« rief sie und reichte mir einen Becher. »Vorsicht, heiß! Schön schwarz, nicht?« Sie schüttelte die Hand, die bei dem Zusammenstoß etwas von der heißen Flüssigkeit abbekommen hatte.

»Danke«, lächelte ich. Sie setzte sich in den Stuhl mir gegenüber.

Schweigend schlürften wir einen Augenblick unseren Kaffee. »Warum will er unbedingt verkaufen?« überlegte ich laut. »Heute morgen hat er eindeutig gelächelt.«

»Ich glaube, er rechnet sich eine glänzende Zukunft aus, wenn die Firma übernommen wird«, sagte Rachel. »Dann kriegt er Ihren Stuhl.«

»Der Käufer könnte doch ebensogut einen eigenen Mann einsetzen«, sagte ich. »Damit muß er doch rechnen.«

»Und was soll ihn hindern, ein paar Absprachen schon vorab zu treffen?«

»Was? Sie meinen, er liefert FairSystems einem Käufer aus und kriegt zum Dank dafür den Chefsessel?«

»Vielleicht.«

Das war David durchaus zuzutrauen, dachte ich. Ich nahm mir vor, ihn sorgfältig im Auge zu behalten. »Und mit wem könnte er den Handel eingefädelt haben?«

»Weiß nicht«, sagte Rachel. »Wer ist der Käufer, den Wagner in petto hat?«

»Wagner Phillips arbeitet für eine ganze Reihe kalifornischer High-Tech-Unternehmen. Es könnte jedes sein.«

»Auch Jenson Computer?«

»Das weiß ich nicht.« Ich überlegte. »Aber es wäre schon möglich. Vielleicht hat Jenson die Zahlung an uns eingefroren, weil er hofft, daß er FairSystems dann billiger bekommt. Und mit David Baker könnte er jemanden haben, der ihm Insiderinformationen liefert.«

»Schon möglich. Wenn Carl Jenson etwas haben will, dann kriegt er es auch.«

»Warum macht er uns nicht ein direktes Kaufangebot?«

Rachel zuckte mit den Achseln. »Sie sind der Investmentbanker. Vielleicht glaubt er, daß er uns so billiger kriegt.«

»Wenn er das Geschäft rasch abschließt, läuft das Projekt Plattform weiter. Dann hat er die Technologie und die Herstellung«, sagte ich. Das war einleuchtend, verdammt einleuchtend. »Versuchen Sie, was herauszubekommen, wenn Sie in Kalifornien sind.«

Anschließend rief ich Karen an. Sie überprüfte Jenson Computer auf ihrem Bloomberg-Bildschirm. Der Makler war Wagner Phillips.

Es hatte ganz den Anschein, als hätten sich mein Marketingdirektor, mein wichtigster Kunde und mein Broker gegen mich verschworen. Leicht würde es nicht werden.

Am folgenden Tag, Mittwoch, flog Rachel nach Kalifornien. Zu einem kurzen Besuch – schon am Samstag vormittag wollte sie wieder zurück sein. Ich hoffte, sie würde bei Jenson einen Sinneswandel bewirken können. Ihre Chancen standen besser als meine.

Ich beschloß, die Entscheidung, nicht zu verkaufen, sowenig Leuten wie möglich mitzuteilen. Es David zu sagen war ein Fehler gewesen. Die übrigen Mitglieder der Firmenleitung würde ich in dem Glauben lassen, ich suchte nach einem Käufer.

Das Telefon klingelte. Es war Steve Schwartz.

»Mark, Sie haben mich doch gebeten herauszufinden, wer Ihre Aktien kauft?«

»Ja.«

»Den Gerüchten nach ist es Frank Hartman.«

»Frank Hartman? Wer ist das?«

»Ich bin ihm nie begegnet, aber ich hab' von ihm gehört. Er

ist so eine Art Ivan Boesky. Von New York aus leitet er einen Investmenttrust. Früher hätte man ihn einen Spekulanten genannt. Er kauft Aktien, und kurz darauf steigen sie im Wert, weil das Unternehmen übernommen wird. Seine Anleger verdienen nicht schlecht.«

»Ist er ein Gauner?«

»Sie wissen, in diesem Geschäft gibt es kein Schwarz und Weiß. Nur Grauschattierungen.«

»Und was für eine Schattierung hat Hartman?«

Steve lachte. »Kohlrabenschwarz.«

Mir ging ein Gedanke durch den Kopf. »Hat er irgendwelche Verbindungen zu Jenson Computer?«

»Nicht daß ich wüßte. Warum?«

»War nur so 'n Gedanke. Jedenfalls vielen Dank, Steve. Wenn Sie was Neues erfahren, lassen Sie mich's hören, ja?«

Ich rief Karen an, um zu erfahren, was sie über Hartman wußte. Sally meldete sich und sagte, Karen sei unterwegs, würde aber mittags wieder zurück sein. Ich hinterließ keine Nachricht, weil ich sie abends ohnehin anrufen wollte.

Ich meldete mich bei Ed. Die italienische Position war einen halben Punkt im Geld und bewegte sich stetig nach oben. Etienne hatte keine Anstalten gemacht, sich einzumischen. Außerdem berichtete Ed, daß Bob eine halbe Stunde lang Bondscape ausprobiert hätte. Er schien schon fast überzeugt.

Es war erstaunlich, wie die letzten Wochen, in denen Ed allein hatte zurechtkommen müssen, seinem Selbstvertrauen gutgetan hatten. Überrascht stellte ich fest, daß mir das ein bißchen zusetzte. Er war intelligent und lernte rasch. Wie lange würde es dauern, bis er alles gelernt hatte, was ich wußte? Ein Jahr? Zwei Jahre? Kein sehr angenehmer Gedanke.

Es klopfte. Keith und Andy betraten mein Büro. Sie sahen beunruhigt aus. Ärger, dachte ich.

»Haben Sie einen Augenblick Zeit, Mark?« fragte Keith.

»Natürlich.« Sie setzten sich. Ein drolliges Paar, die beiden. Der hoch aufgeschossene, redselige Chipdesigner und der kindliche Programmierer, der halb so groß und halb so alt aussah. »Was gibt's?«

»Na ja, es wird viel gequatscht in der Firma«, begann Keith.

»Ach ja? Und worüber?«

»Es heißt, wir hätten nur noch Geld, um bis Juli durchzuhalten. Stimmt das?«

Ich konnte die beiden nicht anlügen. »Ja.«

»Und stimmt es auch, daß Sie versuchen, die Firma zu verkaufen?«

Ich zögerte. Ich hatte beschlossen, meine Absichten für mich zu behalten. Aber das Leben dieser beiden war so eng mit FairSystems verknüpft, daß ich es nicht übers Herz brachte. Sie hatten ein Anrecht auf die Wahrheit.

Doch bevor ich den Mund aufmachen konnte, hatte Keith schon wieder das Wort ergriffen. »Wenn Sie das vorhaben, dann machen Sie 'nen Riesenfehler!«

Ich versuchte, ihn zu unterbrechen, aber er brachte mich mit einer unwilligen Handbewegung zum Schweigen.

»Wenn Sie die letzten drei Jahre hiergewesen wären, würden Sie jetzt nicht das Handtuch schmeißen. Ich mein', wir haben schon für große Unternehmen gearbeitet, aber das hier, das ist 'ne ganz andere Kiste. Wir sind 'n Riesenteam hier. Was wir in den letzten Jahren geleistet haben, die Probleme, die wir gelöst haben, die Lösungen, die wir gefunden haben, das ist wirklich ungeheuer. Die Sache läßt uns nicht los, egal, ob wir essen, schlafen oder träumen.«

Er beugte sich vor, bemüht, mir seine Sicht der Dinge zu vermitteln. »Nehmen Sie zum Beispiel FairRender. Vor zwei Jahren hatte ich eine Idee, wie man einen völlig neuen Graphikchip bauen könnte. Ich hab' Richard davon erzählt. Zunächst sah es so aus, als würde es noch zwei Chipgenerationen dauern, bis sich die Idee umsetzen ließ. Deshalb versuchten wir erst mal was anderes. Aber es ließ mir keine Ruhe. Ich war entschlossen, meine Idee irgendwie mit den heutigen Chips zu verwirklichen.«

Wild gestikulierend, versuchte er mir klarzumachen, wie groß die Idee gewesen war und wie winzig das Siliziumplättchen, auf dem sie hatte Platz finden müssen. »Es ging mir einfach nicht aus dem Kopf. Egal, ob beim Essen, Schlafen oder

Fernsehen, immer hab' ich mich mit dem Problem beschäftigt. Und plötzlich hatte ich die Lösung. Ich war völlig aus dem Häuschen.« Triumphierend lehnte er sich zurück. »Und jetzt ist FairRender reif für die Produktion.«

Ich konnte ein Lächeln nicht unterdrücken. »Aber wenn wir verkaufen, wird FairRender doch auch hergestellt, nur von einem größeren Unternehmen«, wandte ich ein.

»Das ist nicht das gleiche«, sagte Andy. »Wir sind Richards Team. Entweder machen wir das Projekt Plattform, wie er es wollte, oder gar nicht.«

»Es könnte Sie Ihren Job kosten.«

»Wir können andere Jobs haben«, sagte Andy. »Aber so was wie hier kriegen wir nie wieder.«

»Wie denken die anderen darüber?«

»Genauso«, sagte Keith.

»Für einige wird es schwieriger sein, wieder Arbeit zu finden«, gab Andy zu, »aber einen Verkauf wollen sie auf keinen Fall, glauben Sie mir.«

Keith räusperte sich. »Andy und ich haben viertausend Pfund. Die können Sie haben, wenn es Ihnen hilft.«

Ich lächelte. »Leider brauche ich bedeutend mehr. Aber vielen Dank für das Angebot. Lassen Sie Ihre Ersparnisse lieber auf der Bank. Vielleicht brauchen Sie sie noch.«

Schweigend sahen die beiden mich an.

»Ich bin beeindruckt von der Hingabe, mit der sich jeder Mitarbeiter für diese Firma einsetzt. Das hat das Unternehmen stark gemacht. Sie alle haben durch Ihre enorme Leistung dafür gesorgt, daß aus FairSystems mehr geworden ist als nur ein Traum. Deshalb werde ich die Firma nicht aufgeben, bevor wir das erreicht haben, was wir schaffen können.«

»Also werden Sie nicht verkaufen?« fragte Keith, atemlos vor Spannung.

»Ich werde nicht verkaufen«, sagte ich lächelnd.

»Spitze!« sagte Keith und grinste Andy an.

»Aber ich gehe da ein großes Risiko ein«, sagte ich. »Und es sind Ihre Jobs, die auf dem Spiel stehen.«

»Von mir aus geht das in Ordnung«, sagte Andy.

»Klar«, grinste Keith. »Wir haben es fast geschafft. Bloß nicht aufgeben jetzt.«

»Vielen Dank für Ihre Hilfe.«

»Gern geschehen«, sagte Keith. »Danke für Ihre Offenheit. Wir schaffen es. Sie werden sehen.« Damit standen die beiden auf und verschwanden.

Als sich die Tür hinter ihnen geschlossen hatte, fiel mein Blick auf die Fotos an der Wand: Richard und die ersten VR-Geräte, die er zusammengebastelt hatte. Es waren bizarre Maschinen. Was jetzt in einer kompakten Datenbrille integriert war, war damals ein massiver Helm gewesen, der über einen Metallarm mit dem Computer verbunden gewesen war. Auf diese Weise wurden die Kopfbewegungen erfaßt, bevor die elektromagnetischen Sensoren entwickelt worden waren. Für einige Anwendungen, die eine hohe Präzision erforderten, wurde die alte Methode noch immer angewandt.

Inzwischen hatte es das Unternehmen weit gebracht. Und es stand für so vieles. Wie Rachel und mein Vater ganz richtig gesagt hatten, war es alles, was uns von Richard geblieben war. In ihm hatten seine Träume und seine Arbeit Gestalt angenommen. Es war aber auch eine Gelegenheit, Millionen von Pfund zu gewinnen – oder zu verlieren. Und es bedeutete den Lebensunterhalt für sechzig Menschen.

Doch die Unterredung mit Keith und Andy hatte mir vor Augen geführt, daß auch für sie FairSystems mehr als nur ein Job war. Bei den ungezählten Stunden, die sie für die Firma geopfert hatten, hatten sie nicht nur an die Lohntüte gedacht. Das Ganze war ein Abenteuer, der Versuch, etwas zu leisten, was noch niemand vor ihnen geschafft hatte, und es war auch für sie eine Chance, etwas für Richard zu tun.

Ich dachte nicht daran, sie im Stich zu lassen.

Am selben Abend rief ich Karen an. Ich wollte mit ihr sprechen, und ich wollte unbedingt etwas über Hartman erfahren. Sie war nicht zu Hause. Nach einiger Zeit versuchte ich es erneut. Sie meldete sich noch immer nicht. Einen letzten Versuch unternahm ich kurz vor Mitternacht. Nichts.

Am nächsten Morgen läutete ich sie um Viertel nach sechs an. Eigentlich ein guter Zeitpunkt, um sie zu erwischen. Ihr Wecker war ständig auf Viertel nach sechs gestellt.

Keine Antwort.

Na gut, ich gebe es zu. Es war nicht unbedingt notwendig, sie so früh anzurufen. Ich wollte einfach sehen, ob sie die Nacht zu Hause verbracht hatte.

Gegen zehn versuchte ich es im Büro.

»Hallo, Mark, wie geht's?«

»Gut«, sagte ich. »Ich hab' gestern abend versucht, dich anzurufen.«

Am anderen Ende der Leitung trat eine fast unmerkliche Pause ein. »Na ja, da hast du Pech gehabt. Am Spätnachmittag hatte ich eine Besprechung in Amsterdam. Sie hat sich ein bißchen hingezogen. Da hab' ich den letzten Flieger verpaßt und mußte in einem Hotel am Flughafen übernachten. Heute morgen hab' ich das erste Flugzeug nach London erwischt und war nur ein paar Minuten zu spät im Büro.«

»Verstehe«, sagte ich. »Steve hat mich gestern angerufen. Er sagt, ein gewisser Frank Hartman kauft die FairSystems-Aktien auf. Kennst du ihn?«

»Nein«, sagte Karen. »Das heißt, ich habe von ihm gehört. Aber Harrison Brothers macht keine Geschäfte mit ihm. Seine Praktiken gelten als ein bißchen anrüchig.«

»Sie müssen verdammt anrüchig sein, wenn sich sogar Harrison Brothers zu fein für ihn ist.« Unser Arbeitgeber war nicht gerade wählerisch in der Auswahl seiner Geschäftspartner, solange sie ihm eine rasche Mark brachten. »Kannst du mehr über ihn herausfinden? Dich ein bißchen umhören?« Karen zögerte. »Ich würde lieber die Finger davon lassen. Weißt du, ich möchte nicht den Eindruck erwecken, daß ich irgend etwas mit ihm zu tun habe, und wenn es nur Fragen sind.«

»Kannst du nicht wenigstens ein paar ganz diskrete Erkundigungen einziehen?«

Sie zögerte wieder. »Na gut, Mark. Ich will sehen, was sich hinkriegen läßt. Ich muß jetzt Schluß machen. Da ist jemand in der anderen Leitung.«

Ich legte den Hörer auf und dachte nach.

Karen hatte also in Amsterdam festgesessen. Aber hatte Sally nicht gesagt, sie wollte mittags wieder im Büro sein? War es denkbar, daß sie das Büro nach dem Mittagessen verlassen hatte, um zu einer Nachmittagsbesprechung nach Amsterdam zu fliegen? Vielleicht, vielleicht auch nicht.

Ich schüttelte den Kopf. Wahrscheinlich war das alles nur Einbildung. Das Getrenntsein von Karen machte mich vermutlich empfindlicher als sonst.

18

Als ich Rachel sah, wie sie sich auf dem Flughafen von Edinburgh durch die kleine Gruppe der Wartenden drängte, wurde mir warm ums Herz. Strahlend lächelte sie, als sie mich erblickte. Ohne ihre Proteste zu beachten, nahm ich ihr die Reisetasche aus Segeltuch aus der Hand.

»Sie ist nicht schwer«, sagte sie.

Eine glatte Lüge.

»Tut mir leid, daß ich mich verspätet hab'. Aber in San Francisco sind wir mit dreistündiger Verspätung gestartet, deshalb hab' ich den Anschlußflug in Heathrow verpaßt.«

Als wir zum schwarzen BMW gingen, verspürte ich einen Anflug von Verlegenheit. Ich warf einen raschen Seitenblick auf Rachel, als sie die Tür öffnete. Täuschte ich mich, oder zog sie die Nase ein wenig kraus, als sie einstieg? Ich schaltete den Motor ein und lenkte den Wagen in Richtung Fifeshire.

Ich fragte Rachel nach Jenson.

»Ich erklärte ihm, daß wir die Arbeit am Projekt Plattform eingestellt hätten und erst wiederaufnehmen würden, wenn er uns bezahlt hätte«, berichtete sie. »Er sagte, wir seien Narren, aber es sei unsere Entscheidung. Dann fragte ich ihn, warum er die versprochene Zahlung nicht leisten wolle. Den Quatsch, daß er uns auf die Probe stellen wolle, könne er aufbinden, wem er wolle, uns aber nicht.«

»Wie raffiniert!« Ich lächelte. »Und was hat er gesagt?«

»Wieder das gleiche. Ihn hätten schon früher Zulieferer sitzenlassen, und er wolle nicht, daß ihm das noch mal passierte.«

»Haben Sie ihm geglaubt?«

»Nein, das ist Mist. Ich glaube, er führt irgendwas andres im Schilde.«

»Hat er was gesagt, was darauf schließen läßt, daß er uns kaufen will?« fragte ich.

»Nein, nichts.«

»Aber zahlen wird er nicht?«

»Auf keinen Fall.«

»Verdammt!« Ich hieb mit der Hand auf das Lenkrad. »Es ist ganz klar, was Jenson will. Er wartet einfach, bis wir am Ende sind, und dann kauft er uns billig auf. Wenn wir in Konkurs gehen, legt er dem Konkursverwalter schon am nächsten Tag ein Angebot vor. Je näher wir dem Bankrott sind, wenn wir aufgeben, desto billiger kriegt er uns. Und sobald er uns gekauft hat, ist er beides, Microsoft und IBM der Virtuellen Realität. Er hat uns im Sack.« Ich schüttelte den Kopf. »Kein Wunder, daß Hartman unsere Aktien sammelt.« Ich erzählte Rachel von Steves Entdeckung. »Wahrscheinlich weiß er, was Jenson vorhat, und möchte ein Stück vom Kuchen abhaben.«

Am alten Zollhaus vor der Forth Road Bridge verlangsamte ich die Fahrt, und wir überquerten die Meerenge, die uns von Fifeshire trennte.

»Haben Sie etwas über den Motorradunfall herausgefunden?« fragte ich.

»Hab' ich«, sagte Rachel. »Hochinteressante Sachen.«

»Und?«

Sie holte ihre Zigaretten heraus. »Macht es Ihnen was aus, wenn ich rauche?« fragte sie.

»Mir wäre lieber, Sie könnten darauf verzichten.«

»Es wäre Ihnen lieber? Aber es würde Ihnen nicht allzuviel ausmachen, wenn ich es doch täte?« Sie lächelte.

»Ein bißchen schon«, sagte ich und versuchte entschieden zu klingen. Mit mäßigem Erfolg.

»Nur ein bißchen? Nun, mein Schmacht ist riesig. Wirklich riesig, riesig«, sagte Rachel, zündete sich eine an und nahm einen tiefen Zug. »Tut das gut!« seufzte sie. »Vielen Dank für Ihr Verständnis.«

Ich mußte lachen. »Nun erzählen Sie schon.«

»Ach ja. Gestern morgen bin ich also nach Los Angeles geflogen. Jonathan Bergey wohnte in Santa Monica. Das ist nicht weit vom Flughafen. Hübsche Mittelschichtgegend. Beide Eltern waren zu Hause, als ich hinkam. Bergey war früher Lehrer, mußte aber seinen Beruf aufgeben, weil er einen Schock bekommen hatte, als bei ihm im Unterricht ein Kind umgebracht wurde. Offenbar hat er von der Schulbehörde eine Abfindung bekommen. Der Metalldetektor hatte wohl den Revolver nicht erfaßt, den der andere Schüler bei sich hatte.«

»Also hat er prozessiert?«

»Das muß er wohl«, sagte Rachel nachdenklich. »Jedenfalls hat er berichtet, sein Sohn habe jeden Abend in einer Spielhalle an unserem VR-Gerät gespielt. An dem fraglichen Abend ist er auf dem Weg nach Hause mit seinem Motorrad verunglückt.«

»Irgendwelche Hinweise, daß unser System was damit zu tun hatte?«

»Im Grunde nicht«, sagte Rachel. »Einer seiner Freunde hat gesagt, er habe nach dem Spielen etwas benebelt gewirkt. Und der Angestellte in der Spielhalle hat gemeint, Jonathan sei ein bißchen getorkelt, bevor er auf seine Maschine stieg.«

»Kann er nicht betrunken gewesen sein?«

»Offenbar nicht. Dort wird kein Alkohol ausgeschenkt.«

»Also, was war dann?«

»Na ja, Bergey hat gesagt, er kannte einen guten Anwalt, der habe uns einen Brief geschrieben. Eine Woche später sei ein anderer Anwalt aufgetaucht, ein gewisser Todd Sutherland. Er behauptete, im Auftrag von FairSystems zu kommen. Er setzte Bergey unter Druck, damit er die Sache fallenließe. Ich hab' Bergey gesagt, daß wir keinen Todd Sutherland kennen. Dann wollte ich von ihm wissen, wie der Mann ihn unter Druck gesetzt hat. Das wollte mir Bergey nicht erzählen. Aber er hat außerdem berichtet, daß ein paar Spinner von einer Gruppe namens BOWL dagewesen seien und versucht hätten, ihn dazu zu überreden, die Klage doch noch einzureichen.«

»BOWL, aha! Kaum verwunderlich, daß sie dem Brief nachgegangen sind. Aber wie hat es dieser Todd Sutherland geschafft, Bergey zum Einlenken zu bringen?«

»Ich glaube, das hab' ich später rausgefunden«, sagte Rachel. »Denn die Möglichkeit, daß unsere Systeme ein Risiko für die Gesundheit und Sicherheit der Benutzer darstellen könnten, hat mich doch sehr befremdet. Nach all den Tests, die wir vorgenommen hatten, hätte es kaum zu solchen Problemen kommen können.

Deshalb hab' ich in einem Laden gefragt, wo die nächste High-School sei. Ich schmuggelte mich beim Mittagessen rein und mischte mich unter die Schüler. Dann hab' ich mich nach Jonathan erkundigt. Es war nicht schwer, die Wahrheit rauszukriegen. Die Geschichte war in der Schule überall bekannt. Jonathan hat LSD genommen, wenn er an den VR-Geräten gespielt hat.«

»Ach so«, sagte ich. »Dann hat dieser Sutherland wohl herausgefunden, daß Jonathan Bergey high war, als er gegen den Baum gefahren ist, und das dem Vater auch gesagt?«

»Ich glaube schon«, sagte Rachel.

»Armer Kerl«, sagte ich.

»Wer? Der Vater? Ja, es schien ihm ziemlich an die Nieren zu gehen. Ich hab' ihn nicht gern darauf angesprochen.«

»Das würde auch erklären, warum Doogie so lange gezögert hat, den Brief zu veröffentlichen. Und warum er den Journalisten keine Einzelheiten nennen wollte. Die hätten nicht lange gebraucht, um die Wahrheit herauszufinden.«

»Genau«, sagte Rachel. »Doogie baute darauf, daß Richard nicht die ganze Geschichte kannte. Er bluffte. Statt den Brief sofort zu veröffentlichen und Gefahr zu laufen, daß er widerlegt wurde, hoffte er, ihn als Druckmittel gegen Richard verwenden zu können. Und später gegen Sie.«

»Aber es hat nicht geklappt.«

»Nein. Deshalb hat er die Anschuldigungen erhoben, hat aber auf alle Beweise verzichtet.«

Das klang einleuchtend.

»Also, wie können wir herausfinden, wer Todd Sutherland ist?«

»Schon geschehen«, sagte Rachel und lächelte. »Mir war der Name irgendwie bekannt vorgekommen. Gestern hab' ich mit David gesprochen, und er hat bestätigt, daß Sutherland als Rechtsberater für einen unserer Kunden tätig ist.«

»Jenson Computer?«

»Nein«, sagte Rachel. »Onada Industries.«

»Onada?« Ich schüttelte den Kopf. »Das ergibt doch keinen Sinn.«

Wir näherten uns Glenrothes, aber ich mochte Rachel noch nicht absetzen. Da war noch so viel, was ich gern mit ihr besprochen hätte.

»Wie wär's mit einem Drink?«

»Aber immer.«

»Kennen Sie irgendein nettes Lokal in der Nähe?«

Sie dirigierte mich zu einem angenehmen Pub mit Biergarten. Ich bestellte ein Pint Bitter für mich und ein Glas Rotwein für sie.

Wir setzten uns nach draußen an einen Tisch mit Holzbänken. Das Bier war gut. »Was läuft da eigentlich, Rachel?«

»Weiß nicht. In Kalifornien hab' ich viel darüber nachgedacht. Wissen Sie, ich dachte, so aus der Entfernung, da hätte ich den richtigen Abstand zu den Dingen.«

»Und, hatten Sie?«

»Eigentlich nicht. Ich sehe viel Puzzleteile, aber sie passen alle nicht zusammen.«

»Ich weiß«, sagte ich. »Aber gehen wir sie noch mal durch. Fest zu stehen scheint doch, daß Jenson auf die eine oder andere Art die Kontrolle über FairSystems anstrebt. Außerdem wissen wir, daß Hartman unsere Aktien aufkauft.«

»Gibt es eine Verbindung zwischen Jenson und Hartman?«

»Soweit Steve weiß, keine.« Ich dachte einen Augenblick nach. »Andererseits hat Hartman seine Aktien natürlich über Wagner Phillips gekauft. Und das ist Jensons Brokerfirma. Vielleicht zieht Scott Wagner die Fäden.«

»Glauben Sie, daß David was damit zu tun hat?«

»Könnte sein. Warum meinen Sie?«

»Ich halte das für sehr wahrscheinlich. Er ist einfach zu zufrieden mit unserer verfahrenen Situation. Er möchte ja, daß FairSystems verkauft wird.«

»Und dann gibt es noch die Leute von Onada. Die möchten unser Quellenprogramm, und wir wollen's ihnen nicht geben. Außerdem haben sie versucht, Bergey mundtot zu machen. Glauben Sie, daß das alles ist, was sie unternehmen?«

»Wer weiß?« sagte Rachel und leerte ihr Glas. »Soll ich Ihnen auch noch eins holen?«

»Nur ein halbes.«

Sie war ein paar Minuten fort. Ich dachte nach.

Dann kam sie mit meinem Bier. »Danke.« Ich trank einen Schluck. »Wissen Sie, Rachel, da ist noch etwas, was wir nicht außer acht lassen dürfen.«

»Was denn?«

»Den Mord an Richard.«

Rachel zuckte zusammen.

»Ich weiß, daß Sie nicht daran denken mögen«, sagte ich. »Aber dieses Unternehmen war das Wichtigste in seinem Leben, es war sein Leben. Wir haben es hier nicht nur mit jemandem zu tun, der FairSystems übernehmen will. Wir haben es mit jemandem zu tun, der Richard umgebracht hat.«

Rachels Unterlippe zitterte. Sie atmete tief durch. »Sie haben ja recht. Und es stimmt auch, daß ich es nicht über mich gebracht habe, über seinen Tod nachzudenken. Es ist einfach zu . . . entsetzlich.« Sie wischte sich eine Träne aus den Augen.

»Tut mir leid.« Ich berührte ihre Hand.

»Nein, irgendwann muß ich den Tatsachen ja ins Gesicht sehen.« Sie schneuzte sich. »Schon okay. Reden Sie weiter!«

Sie sah durchaus nicht okay aus, trotzdem fuhr ich fort: »Wenn wir recht haben und Jenson tatsächlich versucht, sich die Kontrolle über FairSystems zu verschaffen, dann hat Richard mit Sicherheit versucht, ihn daran zu hindern. Insofern könnte Jenson ein Motiv gehabt haben, ihn zu beseitigen.«

»Aber war er überhaupt im Lande?«

»Das weiß ich nicht. Aber das mußte er auch gar nicht. Vielleicht hat er jemanden gefunden, der ihm die Schmutzarbeit abgenommen hat.« Ich überlegte, wer in Frage kam. »David Baker vielleicht. Sergeant Cochrane hat gesagt, David habe kein Alibi für den Samstag.«

Rachel schauderte und schüttelte den Kopf. »Ich kann das alles nicht glauben. Mag sein, daß Carl Jenson ein bißchen verrückt ist, und mag sein, daß David Baker ein falscher Hund ist, aber ich kann mir beim besten Willen nicht vorstellen, daß die jemanden umbringen. Mit beiden arbeite ich seit Jahren zusammen.«

Resigniert hob ich die Hände. »Ich weiß, was Sie meinen. Aber Morde geschehen nun mal, und die Mörder tragen kein Erkennungszeichen auf der Stirn.«

Schweigend hingen wir unseren Gedanken nach. »Einen gibt es, der verrückt genug ist, einen Mord zu begehen«, meinte Rachel schließlich.

»Doogie?«

»Genau.«

»Ich kann mir schon vorstellen, daß er dazu fähig ist.« Unwillkürlich schlug ich die Beine übereinander, als ich an mein letztes Zusammentreffen mit ihm und seinem Hund dachte. »Aber es sieht nicht so aus. Sergeant Cochrane hat gesagt, er hätte sich am Samstag morgen ins Internet eingeklinkt.«

Rachel zog die Stirn kraus. »Woher weiß die Polizei das?«

»Ich glaube, Cochrane hat gesagt, sie hätten bei den Leuten nachgefragt, die das Netz organisieren. Wahrscheinlich muß er sich irgendwo einloggen, und das wird dann wohl aufgezeichnet.«

»Das ist zwar richtig«, sagte Rachel, »aber es ist kinderleicht, den Vorgang zu türken. Vor allem für jemanden wie Doogie. Er brauchte nur einen seiner Internet-Kumpel zu bitten, sich unter seinem Namen einzuloggen, und er kann während dieser Zeit tun, wozu er Lust hat. Das würde man nie herausfinden.«

»Sind Sie sicher?«

»Ganz sicher.«

»Also könnte Doogie es doch gewesen sein.«

»Klar.«

»Na gut, egal, wer es ist. Jedenfalls werd' ich dafür sorgen, daß er nicht so davonkommt. Er hat Richard umgebracht. Das kann ich nicht mehr ändern, aber seine Firma kriegt er nicht. Das lasse ich nicht zu.«

Rachel blickte auf, überrascht von der jähen Wut in meiner Stimme. Plötzlich sah sie besorgt aus. »Mark?«

»Ja? Was ist?«

»Wenn Sie recht haben und Richard umgebracht worden ist, weil er irgend jemandem im Wege war, der ein Auge auf FairSystems geworfen hat . . .«

»Ja?«

»Na ja, dann könnten Sie das nächste Opfer sein.«

Sie hatte recht. Mir war der Gedanke auch schon gekommen, aber ich hatte versucht, ihn nicht an mich heranzulassen. Er jagte mir Angst ein, und das steigerte meinen Zorn nur noch.

Eine Zeitlang schwiegen wir. Langsam legte sich die Wut. Es war ein warmer Abend, und immer mehr Gäste begannen uns draußen an den Tischen Gesellschaft zu leisten. Ein plötzlicher Windstoß wirbelte Papierservietten auf und Rachels krause Mähne durcheinander. Als sie sich die Haare aus dem Gesicht strich, lächelte sie mich an. Ihre sichtliche Sorge um mich fand ich rührend. Ich gewöhnte mich langsam an ihre Gesellschaft.

Was für eine Beziehung mochten Richard und Rachel gehabt haben? Ich nahm an, daß er Rachel mir gegenüber erwähnt hatte, aber ich hatte nicht darauf geachtet. Ob er wohl zur Kenntnis genommen hatte, was für eine ungewöhnliche Frau sie war? Ich stellte mir vor, wie sie über komplizierte Probleme der Virtuellen Realität sprachen. Er hörte ihr ruhig und aufmerksam zu. Wie hatte sie sich ihm gegenüber verhalten? Kühl und nüchtern? Oder hatte sie ihm auch das strahlende Lächeln geschenkt, das ich gelegentlich aufschimmern sah? Im Geiste sah ich, wie diese warmherzigen Augen bewundernd auf ihm ruhten.

Gern hätte ich mehr von ihr gewußt. Ich fragte sie nach ihrer Familie. Sie gab bereitwillig Auskunft.

»Ich bin in Hillhead aufgewachsen, einem der ›besseren‹ Viertel von Glasgow. Meine Eltern waren Lehrer an der Schule dort. Für Physik und Mathematik, falls Sie das interessiert. Bis ich dreizehn war, war ich eine richtige Musterschülerin, dann bin ich völlig ausgeflippt.«

»Verdammt früh, oder?« fragte ich.

»Nicht für Glasgow. Ich habe die Schule geschwänzt, geraucht, getrunken. Mit fünfzehn fing ich an, Drogen zu nehmen. Ich hatte das Zeugnis voller Sechsen.« Rachel leerte ihr Glas.

»Mit sechzehn hab' ich Heroin gespritzt. Ein paarmal. Ich fand es toll.« Sie seufzte. »Dann hatte meine beste Freundin einen Zusammenbruch. Sie hing seit etwa einem Jahr an der Nadel. Ihre Eltern brachten sie in eine Therapie. Ich hab' sie dort besucht. Es war entsetzlich.

Plötzlich begriff ich, was ich mir selber antat. Ich rührte keine Drogen mehr an und hörte in einige Mathekurse hinein. Wider Willen war ich fasziniert. In der Schule gab es ein paar Computer, und ich begann mit ihnen herumzuspielen. Natürlich wollte ich mit den anderen Computerfreaks nichts zu tun haben. Aber ich dachte mir, wenn ich an diesen Geräten interessiert war, warum sollte ich mich dann nicht über sie informieren? Die Leute, mit denen ich mich rumtrieb, hielten mich für verrückt.

In den höheren Jahrgängen war ich dann wieder ganz gut in der Schule und ging nach Edinburgh, um Informatik zu studieren. Am Fachbereich für Künstliche Intelligenz lernte ich Richard und die Virtuelle Realität kennen. Den Rest kennen Sie.«

»Wie sind Sie dazu gekommen?« fragte ich fasziniert.

»Mich rumzutreiben, meinen Sie?« Rachel zuckte mit den Achseln. »Das hab' ich mich oft gefragt. Ich weiß nicht. Nicht daß ich meine Eltern gehaßt hätte oder so was. Ich war einfach gelangweilt, nehm' ich an. Ich fand die Schule langweilig, meine Eltern, Hillhead. Ich hab' den Kick gesucht. Und ich wollte unabhängig sein.«

Mit einem Kopfnicken wies sie auf ihr leeres Weinglas. »Und ich bin noch nicht ganz geheilt, wie Sie sehen.«

»Sie trinken 'ne ganze Menge, nicht?«

»Kann man wohl sagen«, meinte sie. »Hab' ich immer getan. Und seit Richards Tod ist es erheblich mehr geworden. Keine Sorge, ich trink' langsam. Ich werde nicht betrunken. Es beruhigt mich und macht die Nächte erträglicher.«

Sie bemerkte meinen Blick. »Sie haben ja recht, ich trink' wirklich zuviel, ich rauch' zuviel, ich ernähr' mich unmöglich, und ich schlaf' nicht genug. Es wär'n Wunder, wenn ich viel älter als fünfunddreißig würde. Und es interessiert mich einen Dreck.«

»Mich schon«, sagte ich, ohne nachzudenken.

Überrascht blickte sie mich an.

»Ich meine, Sie müssen ein bißchen auf Ihre Gesundheit achten.«

Sie zuckte wieder mit den Achseln. »Vielleicht.«

Wieder schwiegen wir und betrachteten die anderen Gäste im Biergarten. Eine Gruppe von sechs oder sieben jungen Männern setzten sich an einen Tisch. Alle hielten sie ein Bier in der Hand und lachten laut über die Witze der anderen.

»Haben Sie viele Freunde gehabt?« fragte ich.

Sie lachte. »Als ich jung war, schon. Ich weiß nicht, wie viele Jungen und Männer ich hatte, bevor ich sechzehn war. Ich hab' verdammtes Glück gehabt, daß ich nicht schwanger geworden bin. Aber dann hab' ich irgendwie das Interesse verloren. Ich hatte den Kopf voll mit anderen Dingen.

In Edinburgh gab es einen Jungen namens Ewan, aber der wurde nicht mit mir fertig. Er war zu nett.«

Schließlich sprach ich die Frage aus, die schon die ganze Zeit in der Luft hing. »Und Richard?«

»Richard . . .« Sie lächelte nachdenklich. »Nein, mit Richard ist nichts passiert. Unsere Beziehung war viel zu wichtig, um sie durch Sex zu gefährden.«

Wahrscheinlich hatte sie gar nicht so unrecht. Eine interessante Frau, diese Rachel. Trotz ihrer wilden Vergangenheit und ihres Eremitendaseins war es ihr gelungen, sich eine Art heiteren Seelenfrieden zu verschaffen. Sie hatte sich ihr Leben nach ihrem Geschmack eingerichtet und war anscheinend glücklich damit. Es war schon bewundernswert, wie sie es bewerkstelligt hatte, aus dem Teufelskreis pubertärer Selbstzerstörung herauszufinden.

»Nun sind Sie dran«, sagte sie.

»Na ja, mein Vater ist auch ein Mathematiklehrer, wenn auch an der Uni.«

Sie lächelte mich an. »Ich weiß«, sagte sie. »Richard hat es mir erzählt.«

Ich hätte mir eigentlich denken können, daß Richard ihr im Laufe der Jahre alles über unsere Familie erzählt hatte. Verblüfft wurde mir klar, daß er wahrscheinlich auch über mich gesprochen hatte. Was mochte er ihr wohl erzählt haben? In heftigen Schüben kamen die Schuldgefühle zurück. Vielleicht hatte er ihr von dem letzten Streit berichtet, den wir gehabt hatten. Hoffentlich nicht. Rachel beobachtete mich. Sie erriet, daß ich an ihn dachte. »Wissen Sie, daß Sie sehr verschieden sind?« fragte sie.

»Wie meinen Sie das?«

»Sie und Richard sind sehr unterschiedlich. Nun ja, man merkt schon, daß Sie Brüder sind, aber Sie sind, ich weiß nicht, einfühlsamer. Sie interessieren sich mehr für Menschen.«

»Richard hat sich doch für die Menschen interessiert, die für ihn gearbeitet haben, oder?« fragte ich. »Und er hat sich für mich interessiert, denke ich.«

»Ja, das hat er.« Rachel lächelte. »Er hat viel von Ihnen gesprochen. Aber er war in allem, was er getan hat, so unglaublich zielstrebig. Manchmal war er wie ein Automat.«

»Hören Sie auf!« protestierte ich. »Ich bin ein Trader. Man erwartet von mir, daß ich kalt und leidenschaftslos an die Dinge herangehe.«

Rachel lachte nur.

»Na gut, ich hoffe, es macht Ihnen nichts aus.«

»Nein«, sagte sie. »Ich mag es.«

Ich fuhr sie zu ihrer Wohnung in Glenrothes. Sie bot an, ein Abendessen zu kochen. Ich nahm gern an. Als wir die Treppe hinaufgingen, war ich plötzlich neugierig zu sehen, wie diese eigenartige Frau lebte. Sie machte sich in der kleinen Küche sofort an die Arbeit und forderte mich auf, mich umzusehen. Ich ließ mich nicht zweimal bitten.

Die Wohnung war klein und einfach: Wohnzimmer, Schlafzimmer, Badezimmer und Küche. Das Wohnzimmer war mit Büchern vollgestopft, was mich überraschte. Ich fragte mich, wann Rachel Zeit fand zu lesen. Rasch sah ich die Regale durch. Überall sah man die schwarzen Buchrücken der Penguin-Klassiker. Natürlich auch Lehrbücher und Zeitschriften über Computer. Und es gab einen ganzen Schrank voller Lyrik. Einige Autoren kannte ich – Yeats, Auden, Tennyson, aber von vielen hatte ich noch nie gehört.

Neben diesem Schrank stand der unvermeidliche Computer auf einem erstaunlich ordentlichen Schreibtisch. An den Wänden hingen Kunstdrucke, hauptsächlich abstrakte Malerei. An der Wand über dem kleinen Gaskamin stiftete ein riesiger Jackson Pollock Verwirrung.

Ich ging wieder in die Küche zurück. Auf dem Tisch stand eine geöffnete Flasche Valpolicella. Rachel machte eine einladende Handbewegung. »Bedienen Sie sich!« sagte sie. Ich goß mir ein Glas ein, nahm einen Schluck und spürte, wie mir das starke, dunkle Getränk den Magen erwärmte. Wie schaffte es Rachel, soviel von dem Zeug zu trinken, ohne Kopfschmerzen zu bekommen?

Wir aßen an einem kleinen Tisch im Wohnzimmer. Die Spaghetti waren gut, die Soße überraschend schmackhaft. Nach dem Essen unterhielten wir uns noch lange, während die Dunkelheit des Sommerabends langsam ins Zimmer kroch. Irgendwann fragte ich sie nach den Lyrikwerken, die ich in ihrem Bücherschrank entdeckt hatte, nach all den Namen, die mir unbekannt waren.

»Ach die! Das sind alles Amerikaner. Sie gefallen mir sehr.« Rachel schien ein bißchen verlegen zu sein.

»Ich wäre nie darauf gekommen, daß du dich für Lyrik

interessierst«, sagte ich. Wir hatten uns inzwischen darauf verständigt, auf das alberne Sie zu verzichten.

»Ach, nicht besonders. Eigentlich kaum.«

Ich lächelte sie an. »Natürlich tust du das. Warum hättest du sonst all die Bücher.«

Interessiert sah Rachel mich an. »Liest du Gedichte?« fragte sie.

Gern hätte ich die Frage bejaht, aber es wäre gelogen gewesen. »Ich würde gerne, aber ich hab' keinen Zugang. Wenn ich Gedichte lese, sehe ich nur die Wörter. Aus irgendeinem Grund erkennt mein Gehirn den Sinn oft nicht.«

»Dann solltest du laut lesen«, sagte Rachel. »Gedichte muß man hören, nicht lesen.«

»Dann lies doch bitte welche vor!« sagte ich.

»Auf keinen Fall!«

»Komm schon. Ich hör' zu. Ich höre gerne zu.«

»Na gut.« Sie lächelte etwas verlegen, ging zum Bücherschrank und nahm ein paar Bände heraus. Dann setzte sie sich auf den Fußboden, zog die Beine unter und begann vorzulesen. Ich saß in einem Sessel, hörte zu und sah sie an.

Ein gewisser James Wright hatte die Gedichte geschrieben. Von einfachen Dingen war die Rede: einem Mann in einer Hängematte, zwei Indianerponys. Rachel las sie wundervoll. Mit ihrer leisen, etwas heiseren Stimme und dem leichten schottischen Akzent verlieh sie jedem Gedicht eine ganz eigene Atmosphäre. Offenkundig kannte sie genau, was sie da las, denn sie brachte viele Nuancen zur Geltung, die ein gelegentlicher Leser sicherlich übersehen hätte.

Nach Wright kam Lawrence Ferlinghetti an die Reihe. Ich hörte nicht mehr auf die Worte, sondern ließ mich ganz von Rachels Stimme gefangennehmen. Das Licht der Stehlampe neben dem Bücherschrank warf einen weichen goldenen Schimmer auf ihr Gesicht. In ihren braunen Augen brannte ein dunkles Feuer, ab sie über die Seiten glitten. Hin und wieder strichen ihre schlanken Hände das braune Haar zur Seite, wenn es ihr in dicken Strähnen ins Gesicht fiel.

Wie verzaubert schaute ich sie an.

19

Der Wind blies mir ins Gesicht, als ich über das langsam erwachende Fischerdorf blickte. Es war ein kalter grauer Morgen. Weißgekrönte Wellen schlugen gegen die Kaimauer. Ich fröstelte und vergrub die Hände tief in den Jackentaschen. Mein Kopf war müde und verwirrt.

Lange nach Mitternacht war ich nach Kirkhaven zurückgekehrt und hatte unruhig geschlafen. Höchst widersprüchliche Gefühle hatten mich heimgesucht, bis ich es um halb sechs nicht mehr ausgehalten hatte. Ich war aufgestanden, hatte ein paar Kleidungsstücke übergeworfen und war an dem niedergebrannten Bootsschuppen vorbei zu dem kleinen Sandstreifen am Meer hinuntergegangen.

Lange war ich am Vortag mit Rachel zusammengewesen und hatte das Gefühl, sie nun weit besser zu kennen. Sie faszinierte mich. Mit ihr zu reden bedeutete für mich eine ganz neue Art der Kommunikation. Außerdem ging mir allmählich auf, daß sie auch körperlich überaus anziehend war. Es war eine Schönheit, die sorgfältig hinter einer Reihe von Verteidigungslinien verborgen lag: den übergroßen Pullovern, dem leeren Blick bei dienstlichen Besprechungen, den vielen Stunden, die sie vor Computerbildschirmen verbrachte. Aber gestern abend hatte ich eine schöne junge Frau kennengelernt, mit einer anmutigen Figur, einer dunklen Haarflut, einer golden schimmernden Haut, einem warmherzigen Lächeln und tiefbraunen Augen, die Gefühl, Verständnis und Intelligenz gleichzeitig zum Ausdruck bringen konnten.

Ich merkte, daß ich da in etwas hineinrutschte. Ich empfand es als aufregend und beängstigend zugleich.

Mühsam stapfte ich am Strand entlang und paßte auf, daß ich außerhalb der Reichweite der gierig leckenden Wellen blieb, die sich über den morgendlich unberührten Sand ausbreiteten. Was tat ich bloß? Woran dachte ich? Rachel mochte ja faszinierend und reizvoll sein, aber sie war doch eine ziemlich merkwürdige Frau. Teil jener irrealen Welt, in die ich im Laufe des letzten Monats immer tiefer hineingeraten war – eine Welt, die unter diesem grauen, nördlichen Licht lag, eine Welt, in der die Virtuelle Realität eine entscheidende Rolle spielte, in der es einen Mord gab und ein Unternehmen, das bald viele hundert Millionen Dollar oder gar nichts wert sein würde, eine Welt, die mich unter erheblichen Druck gesetzt hatte und drauf und dran war, mir meinen Realitätssinn zu rauben.

Verzweifelt bemühte ich mich, wieder Tritt zu fassen, mich zu erinnern, wer ich war – ein erfolgreicher junger Trader bei Harrison Brothers mit ausgezeichneten Zukunftsaussichten. Ich hatte eine blendend aussehende Freundin, und mit viel Einsatz war es mir im letzten Jahr gelungen, eine Beziehung zu ihr herzustellen, die stabil und glücklich war. Gewiß, die vergangenen Wochen waren nicht leicht gewesen, aber das war vor allem meine Schuld. Ich hätte mir die verfahrene Situation von FairSystems ja nicht aufladen müssen. Mein Vertrauen zu Karen war grenzenlos, und ich wußte, sie vertraute mir auch. Dieses Vertrauen konnte ich nicht enttäuschen, ohne meine Selbstachtung zu verlieren.

Ich mußte Rachel klarmachen, daß nichts zwischen uns war und sein würde.

Ich wartete bis zehn, dann rief ich Karen an. Als sie sich am Telefon meldete, klang ihre schlafumflorte Stimme ausgesprochen sexy.

»Tut mir leid, daß ich dich wecke«, sagte ich. »Ich dachte, daß du schon auf bist.« Sonntag morgens hielt ich es mühelos bis elf im Bett aus, während Karen meist schon um acht aufstand.

»Oh, hallo, Mark. Guten Morgen. Nein, ich dachte, ich mach' mir mal einen faulen Sonntag.« Sie klang etwas angespannt.

»Was hast du gestern abend gemacht?« fragte ich.

»Nichts«, sagte sie, und eine Spur von Ärger klang in ihrer Stimme an. »Ich war zu Hause und hab' ferngesehen. Warum? Überprüfst du mich?«

Himmel, was war sie zickig heute morgen. Ich beschloß, vorsichtig zu sein. Eigentlich hatte ich sie angerufen, um ein bißchen mit ihr zu schwatzen, aber wir hatten einen schlechten Anfang gemacht. »Nein, ich war nur neugierig. Ich wollte mich ein bißchen unterhalten.«

»Gut, ich hab' ferngesehen. Und was hast du gemacht?«

Verdammt! Ich hatte es herausgefordert. Ursprünglich hatte ich ihr die Wahrheit sagen wollen. Schließlich hatte ich nichts zu verbergen. Das war der eigentliche Grund meines Anrufs gewesen. Aber jetzt brachte ich es nicht fertig.

»Ich habe ein paar Gedichte gelesen.«

»Wow? Gedichte? Alles in Ordnung mit dir, Mark?«

»Ich lese gelegentlich Gedichte«, erklärte ich trotzig.

»Ach ja? Wann zum Beispiel?«

Sie hatte schon recht. In dem Jahr, das ich mit ihr zusammen war, hatte ich nicht ein einziges gelesen.

»Die Landschaft hier hat etwas. Da hab' ich halt den Wunsch gehabt.«

»Wie romantisch!« sagte sie ausdruckslos.

Dann schwieg sie. Ich hatte angerufen. Es war an mir, etwas zu sagen.

»Hast du was über Hartman herausgefunden?« fragte ich – nur, um überhaupt etwas zu sagen.

»Hast du mich deswegen angerufen? Du klingelst mich am Sonntagmorgen um zehn Uhr an, um mich über diese windige Type auszufragen? Gut, ich will dir was sagen, Mark. Ich habe gar nichts herausgefunden, weil ich niemanden gefragt habe. Und ich werde es auch nicht tun. Du hast dich genau wie Richard in Hirngespinste reingesteigert. Ich denk' nicht dran, wegen so einer hergeholten Konspirationstheorie meinen Ruf am Markt aufs Spiel zu setzen.«

Dieses Gespräch war rasch in eine Sackgasse geraten. Angerufen hatte ich Karen, um ihr – und mir – deutlich zu machen, was sie mir bedeutete, und nun befand ich mich mitten in einem Krach.

»Okay«, sagte ich. »Tut mir leid. Lassen wir es einfach dabei.«

»Sehr schön.«

»Ich ruf' dich später an.«

»In Ordnung. Tschüs.«

Dann klickte es in der Leitung.

Obwohl es Sonntag war, ging ich zur Arbeit. Wie immer gab es viel zu tun. Ich mußte damit rechnen, daß wieder die Hälfte der Mitarbeiter im Betrieb war.

Es klopfte an meiner Tür. Rachel.

»Hallo«, sagte sie, als sie mit herzerwärmendem Lächeln eintrat. Vielleicht bildete ich es mir nur ein, aber da war wieder dieser Schimmer auf ihrem Gesicht. Atemberaubend sah sie aus.

»Oh, hallo, Rachel.« Ich lächelte schwach und hoffte, daß sie mein Herz nicht klopfen hörte.

Sie merkte sofort, daß etwas nicht stimmte. »Ich, tja, ich wollte hören, ob du eine Idee hast, was wir in Sachen Jenson unternehmen.«

Nervös spielte ich mit meinem Kugelschreiber. »Ich denke, da können wir im Moment nicht viel tun. Vielleicht reden wir später darüber.«

Ihr Lächeln war jetzt verschwunden. »Okay«, sagte sie, wandte sich um und wollte gehen.

»Rachel?«

»Ja?«

»Wegen gestern abend . . .«

»Was ist mit gestern abend?« fragte sie und wich meinem Blick aus, während sie sich eine Zigarette ansteckte.

Ich wußte nicht, wie ich anfangen sollte. Ich wollte klarstellen, daß eine Beziehung zu ihr nicht in Frage kam. Wir mußten beide wissen, woran wir waren.

Verzweifelt suchte ich nach den richtigen Worten. »Ich, äh, ich habe heute morgen mit Karen gesprochen.«

»Ach, ja?« sagte Rachel und blies den Rauch zur Decke – auf jene abfällige Art, die ich schon kannte.

»Ja.« Und nun? Wie weiter? Rachel blickte mich jetzt an. Kalt und distanziert stand sie da, regungslos abwartend. »Ja.

Ich hoffe, sie kommt bald nach Kirkhaven. Ich möchte, daß ihr euch kennenlernt.«

»Das wäre nett.«

»Ja. Wollen wir zu dritt zu Abend essen?«

»Abendessen ist wunderbar.«

»Sehr schön«, sagte ich, nahm ein Blatt Papier auf, das vor mir lag, und tat so, als vertiefe ich mich in seine Lektüre. Es war die Betriebsanleitung für den Kopierer.

Rachel warf einen Blick darauf und sah den Titel. »Nun, dann überlass' ich dich deiner Arbeit«, sagte sie, nicht ohne eine Spur von Ironie, und ging hinaus.

Zehn Minuten später ging ich an ihrem Büro vorbei. Die Rollos waren heruntergezogen.

An diesem Abend trank ich ein paar Pints. Ein paar mehr, als ich vorgehabt hatte. Aber es war warm im Inch Tavern, die Leute waren freundlich und wurden immer freundlicher, je weiter der Abend fortschritt. Mit Vergnügen ließ ich mich auf die Angelegenheiten von Kirkhaven und das Fernsehprogramm ein.

Es war spät, als ich ging. Die Nachtluft kühlte mein erhitztes Gesicht. Ich blieb stehen und legte den Kopf in den Nacken. Ich konnte die Sterne sehen. Viele, unendlich viele. Zauberhaft waren sie.

Kirkhaven war ein zauberhaftes Dorf. Ein freundlicher Ort. Hier könnte ich heimisch werden, dachte ich, als ich langsam vom Pub hügelabwärts ging. Es war nett, abends noch mal auf ein paar Gläser in die Kneipe zu gehen. In letzter Zeit hatte ich das Leben zu ernst genommen.

Auf der Steinbrücke über dem gurgelnden Fluß blieb ich einen Augenblick stehen und sah hinunter. Hier und da glänzte die Wasseroberfläche weiß im Mondlicht. Die Strudel tanzten und bildeten unregelmäßige Muster. Mein Vater hätte seine Freude daran gehabt. Die chaotische Bewegung des Inch Burn. Bei dem Gedanken kicherte ich in mich hinein.

Ich ging weiter und überquerte die Brücke. Fünf Schritte mochte ich gegangen sein, als ich ein leises Stöhnen hörte. Ich blieb stehen und blickte mich um. Auf der Straße hinter mir war nichts zu sehen.

Dann hörte ich es wieder.

Es kam aus den Büschen unten am Fluß. Da unten war es dunkel. Ich konnte nichts erkennen. Aber vielleicht war jemand von der Brücke gefallen.

Ich kletterte hinunter. Schließlich stand ich auf einem Stein und starrte angestrengt in die Finsternis. Ich wartete und hoffte, meine Augen würden sich an die Dunkelheit gewöhnen.

Als ich das Rascheln hinter mir hörte, war es schon zu spät, denn im selben Augenblick explodierte ein fürchterlicher Schmerz in meinem Hinterkopf. Dann wurde alles schwarz.

Beim Erwachen fühlte ich den kalten Stein unter meiner Wange. Mein Kopf schmerzte höllisch. Ich versuchte aufzustehen, aber es gelang mir nicht. So blieb ich ein paar Minuten liegen, um wieder zu Kräften zu kommen. Als ich endlich stand, schwankte ich heftig. Das Bier schwappte in meinem Magen, und mir war schlecht. Ganz still blieb ich stehen, atmete tief ein und schleppte mich dann die Uferböschung empor. Ich torkelte nach Hause und fiel wie tot ins Bett.

Ohne den Wecker zu beachten, schlief ich bis elf Uhr. Als ich schließlich aufwachte, waren die Kopfschmerzen unerträglich. Ich rief Sergeant Cochrane an, der sofort vorbeikam. Ich berichtete ihm alles, woran ich mich erinnerte, und das war herzlich wenig.

»Wir werden Nachforschungen anstellen, ob jemand irgendwelche Fremden gesehen hat zu der Zeit, als Sie angegriffen wurden«, sagte er. »Vor allem jemanden, der wie Doogie Fisher ausgesehen hat. Außerdem werde ich Inspector Kerr über den Anschlag informieren.«

Ich nickte.

»Doch wenn ich Sie wäre, Mr. Fairfax, wäre ich sehr vorsichtig. Ich weiß nicht, ob der Täter Ihnen ernsthaften Schaden zufügen wollte, aber es hätte schlimm ausgehen können. Und er kann es jederzeit wieder versuchen.«

Er sah sich in der Küche um, und sein Blick blieb auf den

Fenstern haften. »Sie sollten ein paar Schlösser anbringen lassen. Es wäre ein Kinderspiel, hier einzubrechen. Aber jetzt fahr' ich Sie erst mal zum Arzt.«

Der Arzt schimpfte mit mir, weil ich nicht gleich nach dem Überfall einen Rettungswagen gerufen hatte, und ordnete an, daß ich den Rest des Tages in einem abgedunkelten Raum bleiben sollte. Am Abend wollte er noch einmal nach mir sehen.

Ich hielt mich an die Anweisung. Gleichzeitig eine Gehirnerschütterung und ein Kater, das war äußerst schmerzhaft. Ich schlief fast den ganzen Tag.

Am nächsten Tag fühlte ich mich schon viel besser, obwohl mein Bewußtsein noch etwas getrübt war. Früh am Morgen fuhr ich in den Betrieb. Obwohl ich nur einen Tag fortgewesen war, stapelte sich die Arbeit auf meinem Schreibtisch.

Ich schaltete den Computer an und sah die E-Mails durch. Eine fiel mir sogleich auf. Sie hieß »Warnung« und war vom Montag, dem Vortag.

Ich klickte sie an:

> Gestern nacht bist Du dem Tod noch mal von der Schippe gesprungen. Das nächste Mal bist Du dran! Denk an Deinen Bruder.
> Kehr bloß nach London zurück. Vergiß FairSystems. Bleib am Leben.

Keine Unterschrift.

Ich guckte auf die Adresse des Absenders. Jede E-Mail im Internet hat eine Adresse. In diesem Fall lautete sie 34254877 aanon.penet.fi. Ja, toll. Und was hieß das?

Ich rief Rachel an.

»Wie geht's dir? Ich hab' gehört, du bist am Sonntag abend überfallen worden.«

Einen Augenblick lang freute ich mich über die Sorge in ihrer Stimme. Aber ich ließ mir nichts anmerken. »Ach, es ist nichts«, sagte ich reserviert. »Nur ein Klaps auf den Kopf. Aber kannst du mal kommen und mir helfen? Ich habe eine etwas merkwürdige Nachricht bekommen.«

Sie kam sofort. Nachdem sie sich rasch davon überzeugt hatte, daß ich okay war, vermied sie jeden weiteren Blickkontakt. Ich zeigte ihr die Nachricht.

»Schweinerei!« sagte sie.

»Wo kommt sie her?« fragte ich.

Sie sah sich die Internet-Adresse an. »Von jemandem in Finnland.«

»Finnland?«

»Ja. Es dürfte sich mit Sicherheit um einen anonymen Server handeln.«

»Was ist das?«

»Eine Möglichkeit, Nachrichten anonym übers Internet zu schicken. Diese Server sind für Menschen eingerichtet worden, die Selbsthilfegruppen für Probleme wie Aids oder Alkoholismus kontaktieren möchten. Oder für Dissidenten in totalitären Regimen. Aber man kann sie praktisch für alle Zwecke nutzen.«

»Warum sollte mich jemand, der in Finnland lebt, umbringen wollen?« fragte ich verwirrt.

»Der Absender kann an einem beliebigen Ort der Welt sitzen. Nur der Server, das heißt der Knotenrechner, steht in Finnland.«

»Und der Betreiber wird uns wohl kaum sagen, woher die Nachricht stammt.«

»Genauso ist es.«

»Könnte die Polizei was ausrichten?«

»Auch die würde ihre Schwierigkeiten haben. Die Leute, die diese Rechner zur Verfügung stellen, sind der Überzeugung, daß sie ein Grundrecht verteidigen.«

»Na ja, ich bin sicher, Kerr wird es zumindest versuchen.« Dann stellte ich die Frage, die mich schon die ganze Zeit beschäftigte. »Was glaubst du, wer war es? Doogie?«

»Weiß nicht«, sagte Rachel, noch immer sehr reserviert.

»Seine letzte Nachricht hatte eine Unterschrift.«

»Richtig, aber nach dem Überfall von vorletzter Nacht wäre er bescheuert, wenn er seinen Namen druntergesetzt hätte. Er wäre sicherlich in der Lage, diesen Server zu benutzen. Aber das gilt für jeden, der sich ein bißchen im Internet auskennt.« Sie sah auf die Uhr. »Ich muß an die Arbeit. Im Augenblick gibt es viel zu tun.«

Als sich die Tür hinter ihr schloß, stützte ich meinen malträtierten Kopf in die Hände und dachte nach.

Schon wieder versuchte jemand, mich herumzuschubsen. Mich dazu zu bringen, Richard und seinen Traum aufzugeben. Und noch immer war ich nicht bereit, klein beizugeben.

Allerdings lagen die Dinge jetzt etwas anders. Diesmal hatte man mich beinahe umgebracht. Die Situation spitzte sich zu.

War es die Sache wert?

Mir war es sehr wichtig, daß Richards Lebenswerk erhalten blieb. So wichtig, daß ich sogar bereit war, mein eigenes Leben aufs Spiel zu setzen, damit sein Traum wahr wurde.

Mag sein, daß ich nicht frei war von der Überheblichkeit des Traders. Von der Überzeugung, am Ende schlauer zu sein als der Markt. Wer immer der Bursche war, ich verließ mich darauf, daß ich ihn kriegen würde, bevor er mich kriegte.

Am Nachmittag schaute David Baker herein, um einen neuen Vertrag mit mir durchzusprechen. Wir gingen zum Automaten und holten uns zwei Becher Kaffee.

»Sind Sie immer noch entschlossen weiterzumachen?« fragte er.

»Ja«, sagte ich, »entschlossener denn je.«

»Haben Sie schon Geld aufgetrieben?«

»Nein, wir müssen interne Quellen anzapfen.«

»Wir haben aber keine.«

»Nicht so wichtig, David«, lächelte ich.

Er sah verärgert aus. »Uns bleibt nicht mehr viel Zeit, Mark. Keine drei Wochen.«

»Schon gut, ich arbeite daran.« Ich fragte mich, warum er den Überfall nicht erwähnte. Er mußte doch davon gehört haben. Wäre es nicht selbstverständlich, danach zu fragen? Vielleicht. Aber unsere Beziehung war alles andere als selbstverständlich. »Nun, was haben Sie für mich?«

David zog ein paar Papiere hervor. »Ich glaube, die Sache

mit der ARPA nimmt allmählich Gestalt an. Sieht so aus, als wollten sie den Vertrag mit uns schließen.«

»Großartig!« Das waren wirklich gute Nachrichten. ARPA, das war die Advanced Research Projects Agency des amerikanischen Verteidigungsministeriums, ein Forschungsinstitut für militärische Projekte und der wichtigste Auftraggeber kleiner VR-Unternehmen, also auch von großer Bedeutung für uns. Allerdings war es für uns als englisches Unternehmen nicht leicht, Verträge mit der ARPA abzuschließen. David hatte wieder einmal gute Arbeit geleistet.

»Wann zahlt sie?« Bei Liquiditätsproblemen wie den unseren lautet die erste Frage stets wann, die zweite wieviel.

»Nicht vor dem ersten Januar«, sagte David. »Falls es uns dann noch gibt, natürlich.«

Die Bemerkung überhörte ich. In dem Augenblick, in dem jemand von uns so handelte, als würde es uns nicht mehr lange geben, war alles vorbei, das wußte ich.

»Das ist dann ein guter Start ins neue Jahr«, sagte ich. »Also sehen wir uns mal an, was Sie da haben.«

Es ging um komplizierte Fragen, so daß David und ich zwei Stunden an dem Vertragsentwurf arbeiteten. Ich war beeindruckt, wie er die Probleme anging, und angenehm überrascht, daß er mich konsultierte. Unser Verhältnis war weiterhin nicht als freundschaftlich zu bezeichnen, aber immerhin redeten wir über geschäftliche Angelegenheiten miteinander, und das war gut für FairSystems.

Wir hatten den Vertrag, den wir der ARPA anbieten wollten, gerade fertig, als das Telefon klingelte. Es war Scott Wagner, und er kam gleich auf den Punkt.

»Ich habe gute Nachrichten für Sie«, sagte er. Einen Augenblick dachte ich, er würde doch eine Kapitalerhöhung vornehmen, aber ich täuschte mich. »Heute morgen ist FairSystems lebhaft gehandelt worden. Der Kurs ist auf fünf Dollar geklettert. Das wäre eine gute Gelegenheit zu verkaufen.«

Ich war erleichtert, daß der Kurs wieder anzog, blieb aber mißtrauisch. »Warten wir's ab«, sagte ich. »Wer steckt dahinter? Frank Hartman?«

»Ganz ehrlich, ich weiß es nicht«, sagte Wagner.

Ich glaubte ihm kein Wort. »Okay, informieren Sie mich, wenn Sie weitere Käufe bemerken.«

»Und was ist mit meinem Kunden, der Ihr Unternehmen kaufen will?«

»Schaun wir mal«, sagte ich und legte auf.

Forschend sah David Baker mich an. Ich erzählte ihm, was mit dem Kurs passiert war.

»Wagner hat recht«, sagte er. »Genau der richtige Zeitpunkt, um zu verkaufen.«

Wieder klingelte das Telefon.

»Hallo, Mark, Carl Jenson. Wie geht's?« Seine Stimme brachte die Drähte zwischen Schottland und Palo Alto zum Erzittern.

»Sehr gut, Carl.« Gespannt wartete ich, was er mir zu sagen hatte.

»Schön. Ich rufe Sie aus Gründen der Fairneß an. Heute informieren wir die amerikanische Börsenaufsicht, daß wir fünf Prozent der FairSystems-Aktien haben.«

Mein Herzschlag beschleunigte sich. Ließ Jenson jetzt die Maske fallen?

»Wollen Sie ein Übernahmeangebot für das ganze Unternehmen machen?«

»Es ist ein hübsches kleines Unternehmen. Ich möchte einfach ein paar Aktien haben. Das ist alles.«

Die Gelegenheit war günstig. »Also, wollen Sie Ihre Entscheidung, die Vorauszahlung für das Projekt Plattform zu streichen, nicht noch mal überdenken?«

»Hören Sie, Mark. Ich hab' nur aus Fairneß angerufen. Aber ich will nicht noch einmal über eine Sache verhandeln, die schon beschlossen ist. Wiederhören.« Die Leitung war tot.

Ich legte auf, atmete durch – und saß plötzlich kerzengerade in meinem Stuhl.

Das war's! FairSystems war *in play.*

In play ist Spekulationsjargon und heißt, daß ein Unternehmen reif für eine Übernahme ist und daß ein potentieller Übernahmepirat sein Interesse öffentlich signalisiert hat. Das heißt, daß jeder, der die *target company* kaufen will – also das Unternehmen, das Ziel des Übernahmeversuchs ist –, besser kein Geheimnis daraus machen sollte. Der Ausdruck *in play* ist durchaus angemessen, weil Großunternehmen und Wall-Street-Arbitrageure tatsächlich mit dem Aktienkurs des Zielunternehmens und letztlich seiner Zukunft spielen. Nur selten gelingt es einem Unternehmen, das sich in dieser Situation befindet, unabhängig zu bleiben.

Aber genau das hatte ich mit FairSystems vor.

Ich teilte David mit, was Jenson gesagt hatte. Dann bat ich Rachel und Willie in mein Büro und informierte sie über die neueste Entwicklung. Ich erklärte, ich sei entschlossen, die Unabhängigkeit von FairSystems zu erhalten. Rachel nickte, Willie sah besorgt aus. David lächelte nur. Das brachte mich etwas aus der Fassung, denn es hieß, daß er mir keine Chance einräumte.

Schließlich rief ich Sorenson in Kalifornien an. Von seiner Sekretärin erfuhr ich, daß er sich gerade geschäftlich in London aufhalte, und sie gab mir die Nummer des Hyde Park Hotels, in dem er wohnte. Zum Glück erreichte ich ihn gleich und teilte ihm die Neuigkeiten mit.

Sorenson zeigte sich unbeeindruckt. Sein uramerikanischer Akzent füllte den Telefonhörer, gelassen und beherrscht. »Gut. Das ist genau die Gelegenheit, auf die wir gewartet haben. Das treibt den Kurs in die Höhe. Sagen wir Wagner Phillips, er soll sich sputen. Wenn er rasch einen Käufer findet, behalten wir das Heft in der Hand. Dann können wir den besten Preis und die günstigsten Konditionen aushandeln.«

Das hatte Hand und Fuß, trotzdem dachte ich nicht daran, meine Pläne zu ändern. Ich konnte Sorenson nicht länger etwas vormachen.

»Nein.«

Es trat eine Pause ein. Als sich Sorenson schließlich wieder meldete, war seine Stimme ebenso ruhig wie vorher. »Warum sagen Sie nein, Mark?«

»Weil ich möchte, daß das Unternehmen unabhängig bleibt.«

»Das wäre mir auch das liebste«, sagte Sorenson beschwichtigend. »Aber das ist nun mal nicht möglich. Manchmal muß man den Ball eben loslassen. Wenn wir nicht sofort etwas unternehmen, wird FairSystems in drei Wochen Geschichte sein. Auf diese Weise bleiben wir wenigstens im Spiel. Wirklich, Mark, wir haben keine Wahl.«

»Mein Vater und ich können einen Verkauf verhindern«, sagte ich. »Ich werde nicht verkaufen.« Ich sagte das mit so viel Nachdruck, wie ich in meine Stimme legen konnte.

Sorenson seufzte. »Ist das Ihr letztes Wort, Mark?«

Plötzlich hatte ich das Gefühl, sehr auf der Hut sein zu müssen. In Sorensons Stimme war ein Unterton, der mich warnte, ihm nicht in die Quere zu kommen. »Ja«, sagte ich.

»Okay, ich ruf' Sie morgen an. Ich bin enttäuscht von Ihnen, Mark.« Damit legte er auf.

Ich fragte mich, was er vorhatte.

20

Am nächsten Morgen fand ich die Antwort auf meinem Schreibtisch.

Es war ein Fax von Burns Stephens, den Anwälten von FairSystems. Darin wurde für den nächsten Dienstag eine außerordentliche Aktionärshauptversammlung im Büro von Burns Stephens in Edinburgh angekündigt. Es liege ein Antrag vor, mich als Geschäftsführenden Direktor abzusetzen. Ganz unstreitig sei es im Interesse aller Aktionäre, die Firma zu verkaufen, doch ich hätte mich kompromißlos gegen diese Maßnahme gesperrt. Unterschrieben war das Fax vom Vorsitzenden Walter Sorenson und dem einzigen anderen Aufsichtsratsmitglied, Nigel Young.

Dem Fax lag ein Formschreiben bei, in dem die Aktionäre auf ihr Recht verzichteten, bei einer außerordentlichen Versammlung die Einundzwanzig-Tage-Frist ab Ankündigung eingeräumt zu bekommen. Angefügt war der Hinweis, daß eine solche Verzögerung unabhängig vom Ausgang der Sitzung den Interessen der Firma nicht förderlich sei.

Ich ließ Willie und Rachel in mein Büro kommen und bat Willie, die Firmensatzung mitzubringen.

Ich zeigte ihnen das Fax. Willies gewohnheitsmäßiges Stirnrunzeln verstärkte sich.

»Kann er das machen?« fragte Rachel.

Fragend zog ich die Augenbrauen hoch und blickte Willie an. Hierfür war er der Fachmann.

Er wühlte in seinen Papieren. »Ich denke, er kann. Wir mußten die Satzung ändern, als wir letztes Jahr an die Börse gingen. Seither haben die Aufsichtsratsmitglieder das Recht, eine außerordentliche Versammlung einzuberufen, um den Geschäftsführenden Direktor abzusetzen, wenn sie glauben, daß er gegen die Interessen der Aktionäre handelt.« Er zog ein Blatt hervor und überflog es. »Ja, hier ist es.«

»Und was ist mit dieser Verzichtserklärung? Ist das rein rechtlich alles okay?«

»Strenggenommen müßte einundzwanzig Tage vor einer außerordentlichen Versammlung die Einladung dazu vorliegen. Hier wird gefordert, diese Frist auf sechs Tage zu verkürzen, um die Interessen der Firma nicht zu behindern. Doch wenn sich genügend Aktionäre dafür aussprechen, müssen die drei Wochen eingehalten werden.«

Ich dachte einen Moment nach. Sorensen hatte recht. Wenn es Unstimmigkeiten hinsichtlich der Firmenleitung gab, war es besser, sie möglichst schnell aus der Welt zu schaffen. »Nein, sechs Tage sind schon in Ordnung«, sagte ich. »Doch was passiert auf dieser Versammlung?«

»Der Antrag wird den Aktionären vorgelegt, und sie stimmen ab. Eine einfache Mehrheit reicht für die Annahme des Antrags. Die meisten werden natürlich durch einen Bevollmächtigten abstimmen.«

»Also werde ich meinen Stuhl behalten, solange ich mich auf über fünfzig Prozent der Stimmen stützen kann?«

»Richtig«, sagte Willie. »Ich habe eine Liste der Hauptaktionäre. Soll ich sie holen?«

Ich nickte, und Willie wieselte hinaus.

Ich sah Rachel an. »Das wird nicht einfach«, bemerkte ich.

Mit einem halben Lächeln sagte sie: »Ich freue mich, daß du es trotzdem versuchst.«

»Mir ist es genauso wichtig wie dir, daß die Firma unabhängig bleibt.«

Wieder huschte der Ansatz eines Lächelns über ihr Gesicht.

Willie kehrte mit einer Liste der Aktionäre zurück. Sie sah folgendermaßen aus:

Mark Fairfax	23,75 %
Dr. Geoffrey Fairfax	20,00 %
Walter Sorenson	4,00 %
Karen Chilcott	3,75 %
Rachel Walker	3,50 %
David Baker	2,00 %
William Duncan	1,00 %
FairSystems-Mitarbeiter	2,00 %
Streubesitz	40,00 %
Gesamt	100,00 %

Ich zeigte auf die vierzig Prozent Streubesitz. »Was wissen wir von denen?«

»Nicht viel mehr als bei unserem letzten Gespräch«, antwortete Willie. »Abgesehen natürlich von den fünf Komma sieben Prozent, die Jenson gestern bei der Börsenaufsicht angegeben hat. Alle anderen sind Strohmänner.«

»Der wichtigste von ihnen ist Hartman«, murmelte ich.

»Wer ist das?« fragte Willie.

»Ein Arbitrageur, der unsere Aktien aufkauft.«

Gequält verzog Willie das Gesicht.

»Mal sehen, was dabei herauskommt.« Ich nahm mir ein Blatt Papier und machte eine Tabelle mit zwei Spalten: »Verkaufen« und »Nicht verkaufen«.

Sorenson, Baker und alle Aktien in Streubesitz trug ich unter »Verkaufen« ein. Sicher würde Wagner all seinen Kunden zum Verkauf der Firma raten, und ich sah keinen Grund, warum sie anders darüber denken sollten.

Unter »Nicht verkaufen« setzte ich meinen Namen, Rachels, den meines Vaters und Karens.

»Die Mitarbeiter kannst du da auch eintragen«, sagte Rachel.

»Wirklich?«

»Sie unterstützen dich, verlaß dich drauf.«

»Okay.« Ich schrieb sie hin. »Willie?«

Er wand sich vor Verlegenheit. »Oh, ich weiß nicht, Mark. Ich meine, ich würde wirklich gern für Sie stimmen. Aber Walter schätzt die Zahlungssituation ganz richtig ein. Es ist riskant, nicht zu verkaufen. Ich weiß wirklich nicht.«

Ich lächelte ihn an. Es war unrealistisch, zu erwarten, Willie würde sich für die risikoreichere Variante entscheiden, und er war mir gegenüber zu nichts verpflichtet. Also trug ich ihn unter »Verkaufen« ein.

Als er sah, was ich tat, wirkte er noch verlegener, ließ es aber geschehen.

Rachel rechnete die Zahlen im Kopf zusammen. Erleichtert seufzte sie. »Wir sind aus dem Schneider. Ich komme auf siebenundvierzig Prozent für einen Verkauf und dreiundfünfzig Prozent dagegen.«

Ich war mir nicht so sicher. »Es hängt von ihm ab.« Ich deutete auf den Namen meines Vaters.

»Er wird dich unterstützen, ganz bestimmt. Er war doch immer gegen einen Verkauf, oder?«

»Ich weiß nicht. Sehr nahe stehen wir uns nicht. Und er gibt viel auf das, was Sorenson sagt. Ich muß erst mit ihm reden.«

»Wenn er auf unserer Seite ist, haben wir jedenfalls gewonnen.«

Die beiden verließen mein Büro. Mit Willies Haltung hatte ich keine Probleme. In seiner Position als Finanzleiter war das ganz vernünftig. Und was Rachels Unterstützung betraf, hatte ich nicht die geringsten Zweifel.

In bezug auf meinen Vater war ich mir nicht so sicher. Und wenn er mir seine Unterstützung versagte, hatte ich keine Chance auf der Hauptversammlung.

Also rief ich ihn an. Tatsächlich hatte er am Vorabend mit Sorenson gesprochen und sich dessen Meinung zu eigen gemacht, daß die Firma verkauft werden solle. Er bedauerte, daß ich meinen Posten verlieren würde, und sein Bedauern klang aufrichtig. Ich sagte, ich würde es gern persönlich mit ihm besprechen, und er erwiderte, dem stehe nichts im Wege, aber es werde an seiner Entscheidung nichts ändern. Wir verabredeten uns für zwölf Uhr am folgenden Tag im King's Arms in Oxford.

Am Nachmittag rief Sorenson an. Er sagte, persönlich habe er nichts gegen mich, doch als Aufsichtsratsvorsitzender müsse er im Interesse der Aktionäre handeln. Falls ich meine Meinung ändern sollte, würde er gern vorschlagen, mich auf meinem Posten zu belassen. In jedem Fall würden wir uns bei der Sitzung in Edinburgh sehen. Ich war höflich, stellte aber klar, daß ich bei meiner Auffassung blieb.

Auf dem Weg nach draußen traf ich David Baker. Er kam mir im Korridor entgegen und konnte mir nicht mehr ausweichen.

»Na, sind Sie jetzt zufrieden, David?« fragte ich und konnte eine gewisse Bitterkeit in meiner Stimme nicht unterdrücken. »Nun werden Sie doch noch Geschäftsführender Direktor.«

Unschuldig hob er die Hände. »Hören Sie, das war nicht meine Idee. Walter hat es vorgeschlagen. Aber ehrlich gesagt, es scheint mir im Moment das vernünftigste zu sein.«

Mit wichtigtuerischer Miene schob er sich an mir vorbei. Arroganter Mistkerl!

An diesem Abend sprach ich mit Karen. Offenbar machte uns das Telefongespräch vom Sonntag weiterhin zu schaffen. Außerdem hatte ich den Tag mit Rachel immer noch nicht ganz verkraftet. Ich wollte alle Mißhelligkeiten beseitigen und mich mit Karen aussöhnen. Sie schien ähnlich zu empfinden.

Ich erzählte ihr, daß Sorenson eine Versammlung einberufen hatte, um mich als Direktor zu feuern.

Sie zeigte viel Verständnis. »Oh, Mark! Das ist ja furchtbar! Aber du bist doch der Hauptaktionär. Genügt es nicht, wenn du dagegen stimmst?«

»Leider ist es nicht ganz so einfach. Ich habe alles zusammengerechnet. Mein Vater muß für mich stimmen. Ich habe heute mit ihm gesprochen, und es war nicht sehr ermutigend. Er scheint zum Verkauf entschlossen.«

Dann stellte ich die Frage, die mich beschäftigte, seit ich die Stimmanteile mit Rachel und Willie durchgegangen war.

»Du votierst doch für mich, oder?«

»Natürlich.«

Ich war sehr erleichtert. »Wunderbar. Ich hatte zwar damit gerechnet, aber es ist doch gut, wenn man Gewißheit hat.«

»Ist doch klar.«

»Hast du nicht Lust, dieses Wochenende nach Kirkhaven zu kommen?«

»Ich würde ja so gern, Mark, aber ich bin am Sonntag morgen mit Heather zum Tennis verabredet.«

»Es wäre wirklich besser für uns, Karen, wenn du kommen würdest«, sagte ich mit großem Nachdruck. »Wir haben in den letzten Wochen wenig Zeit füreinander gehabt, und das hat unserer Beziehung gar nicht gutgetan. Ich wünschte, du könntest es möglich machen.«

Sie schwieg einen Augenblick. »Ja, warum nicht? Ich kann Heather absagen.«

»Großartig. Nimm die Zehnuhrmaschine. Ich hol' dich am Flughafen ab.«

Von dem Überfall erzählte ich ihr vorsichtshalber nichts. Die bevorstehende Sitzung war aufregend genug, da mußte ich sie nicht auch noch mit solchen Geschichten belasten.

Am Ende der Broad Street liegt King's Arms, und im hinteren Teil des Pubs gibt es eine ruhige Bar, die überwiegend von Dozenten und Angestellten der Colleges besucht wird. Meist sitzen sie allein bei ihrem Bier, nur hin und wieder wechseln sie ein paar Worte, die ein Empfinden der Zusammengehörigkeit entstehen lassen, aber nicht zu viele, so daß sie sich beim Genuß von Bier und Pfeife nicht gestört fühlen. Ich wußte, daß mein Vater die Bar vor Jahren gelegentlich aufgesucht hatte.

Für mich selbst holte ich ein Pint Bitter und für ihn ein halbes. Dann setzten wir uns an einen kleinen Tisch.

Er wirkte angespannt. Nervös, aber nicht aggressiv, und blasser als bei unserem letzten Treffen. Seit Richards Beerdigung schien er sich nicht erholt zu haben. Sah man genauer hin, wirkten seine Augen teilnahmslos, fast tot.

»Danke, daß du gekommen bist«, sagte ich.

Er hob die Hand. »Nein, es ist schön, daß du gekommen bist.«

Er machte eine Pause, blickte auf sein Bier und seufzte. »Tut mir leid wegen der Abstimmung am Dienstag. Versteh mich bitte nicht falsch. Ich will dir nicht in den Rücken fallen. Ich weiß nur, wann man aufgeben muß. Walter ist alle Möglichkeiten durchgegangen. Wir haben keine andere Wahl. Wir müssen uns geschlagen geben.«

Und er sah wirklich geschlagen aus. Mit grauem Gesicht und hängenden Schultern wirkte er zwanzig Jahre älter und viel kleiner, als ich ihn all die Jahre in Erinnerung gehabt hatte.

»Du hast selbst gesagt, daß FairSystems alles ist, was uns von Richard geblieben ist. Und daß wir es ihm schuldig sind, die Firma am Leben zu erhalten«, erinnerte ich ihn.

Dad nickte. »Ja, das habe ich. Aber das war eine sentimentale Anwandlung.« Er sprach langsam und ausdruckslos, und doch merkte man ihm die Verzweiflung an. »Richard ist tot. Niemand kann das ändern. Wenn FairSystems verkauft werden muß, dann müssen wir uns damit abfinden. Weder du noch ich können etwas dagegen unternehmen.«

»Doch, das können wir«, widersprach ich mit einer Entschiedenheit, die ihn verblüffte. Ich beugte mich vor. »Hat Richard dir je von seinem Traum erzählt, daß eines Tages auf jedem Schreibtisch ein VR-System steht?«

Dad lächelte matt. »Pausenlos.«

»Weißt du, wie nah er dran war, diesen Traum zu verwirklichen?«

»Er hat immer gesagt, er stünde kurz vorm Ziel.«

»Das ist richtig. Aber es waren wirklich nur noch vier Monate.« Ich begann ihm vom Projekt Plattform zu erzählen. Eigentlich war es immer noch streng vertraulich, aber ich mußte alles versuchen, um Dad zu überzeugen. Mochte er auch ein etwas weltfremder Professor sein, intelligent war er zweifellos. Daher begriff er die Zusammenhänge auch sofort. Täuschte ich mich, oder kam wieder etwas Leben in seine Augen?

Doch augenblicklich erlosch es wieder. »Was für ein Jammer, daß Richard es nicht mehr erleben kann.«

»Aber ich kann es, Dad! Ich kann es!« Ich umklammerte seinen Arm, als wollte ich ihn zwingen, sich meiner Auffassung anzuschließen. »Wenn du es schon nicht für Richard tust, dann tu es für mich. Es ist verdammt wichtig für mich. Im Augenblick das wichtigste überhaupt in meinem Leben. Bitte hilf mir! Bitte!«

Er sah mich an. In seinem Blick drückten sich höchst widersprüchliche Gefühle aus: Unentschiedenheit, Unsicherheit und Mißtrauen einem Sohn gegenüber, der ihn zehn Jahre lang abgelehnt hatte. Außerdem taxierte er mich. Zu welchem Ergebnis er dabei kam, vermochte ich nicht zu erkennen.

»Was deine Mutter angeht . . .«, begann er.

»Nicht jetzt, Dad.«

»Doch, jetzt«, sagte er, und plötzlich lag etwas Drängendes in seiner Stimme. »Du möchtest, daß ich etwas für dich tue. Gut, dann mußt du auch etwas für mich tun. Hör mich an! Du hast mir nie die Chance gegeben, dir alles zu erklären.«

Ich sah ihn an. Vermutlich hatte er recht. Also lehnte ich mich zurück, verschränkte die Arme und machte mich widerstrebend gefaßt auf das, was er mir zu erzählen hatte.

»Ich habe deine Mutter wirklich geliebt. Sie war dem Leben so zugetan, so leidenschaftlich, so voller Energie. Aber das Zusammenleben mit ihr war nicht immer einfach. Kannst du dich noch an all die Streitereien erinnern?«

Ich nickte. Natürlich konnte ich mich erinnern. Und ich mußte auch zugeben, daß sie meistens von ihr ausgegangen waren. Aber die Auftritte waren so rasch vorbei gewesen, wie sie gekommen waren, und dann war sie wieder unsere fröhliche, warmherzige und liebevolle Mama gewesen. Mein Vater dagegen hatte endlos vor sich hingebrütet.

»Ich hab' mich wirklich bemüht«, fuhr er fort, »aber es hat nichts genutzt. Dann bin ich Frances begegnet, und wir haben uns verliebt.«

Ich war wenig beeindruckt. Immerhin war die Frau, die er verlassen hatte, meine Mutter. »Und dann ist Mama gestorben«, sagte ich.

Er zuckte zusammen. »Ja, sie ist gestorben. Und ja, ich habe mich schuldig gefühlt. Ich habe Unrecht getan. Ich habe es damals gewußt, und ich weiß es heute. Aber kannst du mir nicht vergeben?«

»Warum sollte ich«, sagte ich, die Arme noch immer verschränkt. Natürlich hatte ich in der Vergangenheit schon oft daran gedacht. Die Versuchung war groß. Doch irgendwie konnte ich mich nicht dazu aufraffen. Es wäre mir wie Verrat an meiner Mutter vorgekommen, und dazu war ich nicht fähig.

Mein Vater zögerte und blickte wieder auf sein Bier hinab. Er räusperte sich. »Da gibt es noch etwas, was ich dir erzählen muß, Mark. Es ist nicht sehr erfreulich, aber du solltest es wissen.«

Ich wartete schweigend.

»Auch deine Mutter ist nicht immer treu gewesen.«

Jähe Wut packte mich. »Wie kannst du so was behaupten, Dad!«

Traurig sah er mich an. »Es ist die Wahrheit.«

»Das glaube ich nicht!«

»Ich weiß von wenigstens dreimal. Einmal sogar mit jemandem, den du kennst.«

»Ach tatsächlich? Mit wem?«

»Walter.«

»Walter Sorenson? Mach dich nicht lächerlich!«

»Keineswegs! Wir waren damals in Stanford. Du warst zwei Jahre alt.«

»Und du glaubst wirklich, Sorenson hätte eine Affäre mit Mama gehabt?«

»Ich bin mir sicher. Solche Geschichten hat er früher oft gemacht. Macht er wahrscheinlich immer noch.«

»Aber ihr seid doch dick befreundet.«

Mein Vater nickte. »Sind wir auch. Zumindest heute.«

»Und es macht dir nichts aus?«

Verwirrt blickte ich meinen Vater an. Er ließ sich Zeit mit der Antwort.

»Es hat lange gedauert, aber schließlich hab' ich ihm vergeben.«

Es war, als hätte man mir den Boden unter den Füßen weggezogen. All die Jahre war ich mir so sicher gewesen, daß Dad meinen Haß verdiente. Damit war es jetzt vorbei. Wie war meine schöne Mama zu solcher Treulosigkeit fähig gewesen? Stets war Dad das Ungeheuer in der Familie gewesen. Und doch wußte ich, daß er die Wahrheit sagte. Ich blickte den gebrochenen Mann an und empfand Mitleid.

Dem Mitleid folgten Schuldgefühle. Er hatte dem Freund vergeben, der mit seiner Frau geschlafen hatte, und ich hatte es noch nicht einmal fertiggebracht, dem eigenen Vater zu verzeihen. Doch dann spürte ich die alte Gewißheit zurückkehren. Er hatte meine Mutter verlassen, und sie war daran gestorben. Nun versuchte er, meine Gefühle zu manipulieren. Aber ohne mich. Ich mußte fort, und zwar sofort.

Ich stellte mein Glas ab. »War nett von dir, daß du gekommen bist«, murmelte ich, »aber ich muß jetzt wirklich gehen.« Ich stand auf und vermied seinen Blick. »Wiedersehen, Dad«, sagte ich und stolperte zum Pub hinaus.

Am Samstag morgen um Viertel nach elf holte ich Karen vom Flughafen in Edinburgh ab. Ich freute mich auf das Wochenende. Bisher war sie nur ein einziges Mal hier oben gewesen – zu Richards Begräbnis. Jetzt wollte ich ihr Kirkhaven zeigen und den Betrieb in Glenrothes. Den Überfall letzte Woche versuchte ich aus meinem Gedächtnis zu streichen. Ich redete mir ein, daß uns keine Gefahr drohte. Auf keinen Fall wollte ich ihr davon erzählen; das hätte sie kaum in der Überzeugung bestärkt, es sei richtig, daß ich mich auch weiterhin um FairSystems kümmerte.

Donnerstag nacht war ich sehr deprimiert aus Oxford zurückgekehrt. Die lange Fahrt hätte sich für das halbstündige

Gespräch gelohnt, wenn sich Dad am Ende bereit erklärt hätte, für mich zu stimmen. Doch das erschien jetzt eher unwahrscheinlich. Statt das erwünschte Ergebnis zu bringen, hatte der Versuch mit einer Diskussion über meine Mutter geendet – mit einer Diskussion, die mich aufgewühlt und verstört hatte und meinen Vater vermutlich enttäuscht.

Doch das alles vergaß ich, als ich Karen auf mich zulaufen sah. Sie umarmte und küßte mich und fröstelte in der kühlen schottischen Luft. »Komm, laß uns fahren«, bat sie.

Sie machte es sich im BMW bequem. »Wirklich ein schöner Wagen«, sagte sie. »Schade, daß du ihn mitgenommen hast. Ich vermisse ihn.«

Vom Flugplatz aus fuhren wir in Richtung Norden, über die Forth Road Bridge, durch die von Zechen entstellte Landschaft bei Cowdenbeath und Kirkcaldy und schließlich auf die Küste von Ostfifeshire zu. Eine Stunde später schlängelten wir uns durch die engen Gassen von Kirkhaven und hielten vor Inch Lodge.

»Da wären wir«, sagte ich und führte sie ins Haus.

»Kann ich mich ein bißchen umschauen? Ich hab' nicht viel gesehen, damals bei der Beerdigung.«

»Natürlich.«

Langsam ging sie durchs Haus und hielt mit ihrer Bewunderung nicht hinterm Berg. »Du hast recht, es ist wirklich schön. Es hat viel Atmosphäre. Ein ruhiger und freundlicher Ort.«

Ich lächelte. »Es ist mir schon sehr ans Herz gewachsen.«

»Ich habe Hunger«, sagte sie, und wir gingen in die Küche.

Ich machte uns eine Suppe warm, und wir aßen am alten Eichentisch. Dabei blickten wir mißmutig in den Regen hinaus, den der Wind übers Meer jagte und wie Trommelfeuer gegen die Fenster prasseln ließ. Eigentlich hatte ich am Nachmittag einen Spaziergang geplant, statt dessen beschloß ich nun, Karen die Firma zu zeigen. Sie sagte, sie sei neugierig, denn sie habe so ein Werk noch nie gesehen.

Wir fuhren durch die grauen Außenbezirke von Glenrothes und fädelten uns in die vielen überflüssigen Verkehrskreisel ein, deren Abzweigungen ins Nichts führten. Karen war sichtlich enttäuscht. »Glenrothes, was für ein romantischer Name. Eigentlich hab' ich da ein bißchen mehr erwartet.«

»Was denn, Moore und Seen und die Herrscher der Glens?«

»Ja. Bis jetzt habe ich noch keinen Mann im Schottenrock gesehen.«

Ich lachte. »Da wirst du dich wohl auf noch eine Enttäuschung gefaßt machen müssen. Die meisten Einwohner kommen aus Glasgow. Sie ziehen hierher, um zu arbeiten, und sie leisten gute Arbeit. Und ob du's glaubst oder nicht, du siehst hier mehr Grün als in Glasgow.«

Das war an einem Tag wie heute schwer zu glauben, an dem der Regen auf die Straße peitschte und von den Dächern der grauen, modernen Werkgebäude tropfte.

Dann hielten wir vor FairSystems. Obwohl es Samstag war, standen einige Autos auf dem Parkplatz. Ich führte sie im Betrieb umher und erklärte ihr, welche Rolle die einzelnen Abteilungen im Produktionsprozeß spielten. Das ging mir alles so glatt von den Lippen, daß ich selbst überrascht war, wieviel ich bereits über die Firma wußte.

Vor dem Raum, in dem das Projekt Plattform entwickelt wurde, machten wir einen Moment halt. Ohne ins Detail zu gehen, deutete ich an, was dort vor sich ging und wie gründlich FairSystems und Jenson Computer die Welt verändern würden. Zu meiner Enttäuschung schien sie das nicht sonderlich zu beeindrucken.

»Begreifst du nicht«, sagte ich. »Das ist eine einmalige Gelegenheit für FairSystems, sich den Markt für Virtuelle Realität bis ins nächste Jahrhundert hinein zu sichern.«

Karen seufzte. »Das wäre bestimmt eine tolle Sache. Aber du redest allmählich schon genauso wie Richard. Darauf sind wir schon einmal reingefallen, und wir sollten uns hüten, es noch mal zu tun.«

»Aber denk doch bloß an die Erfolgsgeschichte von Microsoft.«

»Ach, Mark.« Karen schüttelte den Kopf. »Microsoft stellt Software für Computer her. Alle haben Computer. Die sind nützlich. FairSystems produziert Spielzeug. Begreifst du das nicht, Mark? Das hier ist eine Spielzeugfirma und noch dazu eine winzig kleine. Überlaß sie einer größeren Spielzeugfirma, und komm zurück in die Welt der Erwachsenen.«

»Das ist kein Spielzeug . . .«

Karen fiel mir ins Wort: »Du bist ja schon genauso vernagelt, wie dein Bruder es war. Das sind alles Hirngespinste, und je schneller du wieder auf den Boden der Tatsachen kommst, desto besser für dich.«

»Aber Karen, ich dachte, du willst auch nicht, daß wir verkaufen!«

»Ich hab' gesagt, daß ich dich unterstütze«, sagte Karen etwas gereizt. »Aber ich hab' nie gesagt, daß ich deiner Meinung bin. Versuch doch, die Sache unvoreingenommen zu sehen. Vielleicht ist es für mich einfacher, weil ich nicht so engagiert bin wie du.«

Es war sinnlos, die Auseinandersetzung fortzusetzen, und wir verließen das Gebäude. Rachels Büro lag auf dem Weg. Sie saß am Computer. Als wir vorbeigingen, sah sie auf.

Ich war unschlüssig. Sah es komisch aus, wenn ich sie miteinander bekannt machte, oder wirkte es noch merkwürdiger, wenn ich es nicht tat? Karen erlöste mich aus dem Dilemma. »Wer starrt uns denn da so an?«

»Rachel Walker, die Technische Direktorin. Ich habe dir von ihr erzählt. Komm, ich mach' euch bekannt.«

Also betraten wir Rachels Büro. Offenbar hatte sie die Nacht dort verbracht. Eine leere Weinflasche stand auf dem Tisch und zwei volle Aschenbecher. Auch als wir eintraten, rauchte sie. Sie sah noch unordentlicher aus als sonst. Ihr Haar war zerzaust und hing ihr ins Gesicht; über zerlöcherten Jeans trug sie den obligaten Pullover, schwarz und beutelig.

Karen trat nur zögernd ein. Sie haßte Zigarettenrauch und übertrug diese Abneigung auf alle, die ihn produzierten.

»Rachel Walker, Karen Chilcott.«

Rachel erhob sich. »Freut mich, Sie kennenzulernen«, sagte sie, und ihre Stimme klang etwas kälter als sonst. »Wie gefällt Ihnen die Firma?«

Über eine leicht gerümpfte Nase blickte Karen sie an. »Ich habe sie mir anders vorgestellt. Ich dachte, es gebe mehr Maschinen, Förderbänder und solche Sachen.«

»Ja«, sagte Rachel. »Sie haben absolut recht. Wir sollten mehr Förderbänder haben, findest du nicht auch, Mark?«

Mißtrauisch sah Karen mich an. Ich wechselte schnell das Thema. »Erzähl Karen doch, woran du gerade arbeitest.« Kaum hatte ich es gesagt, bereute ich es schon.

»Natürlich«, sagte Rachel und lächelte liebenswürdig. »Setzen Sie die hier bitte auf.« Sie wies auf die Datenbrille, die an ihren Computer angeschlossen war. Ich wollte Karen daran hindern, aber es war schon zu spät.

Nachdem Rachel ein paar Tasten betätigt hatte, erschien auf dem Bildschirm plötzlich eine glänzende Masse von grauer, grüner, brauner und roter Farbe. Karen stieß einen kleinen Schrei aus. »Sie befinden sich jetzt in der Leber eines Patienten. Dort, sehen Sie«, Rachel deutete auf eine grauweiße Kugel, die mit dünnen Auswüchsen bedeckt war. »Das ist ein Tumor, der entfernt werden muß. Durch dieses Programm kann der Chirurg die Leber vor der Operation untersuchen. Das ist eine sensationelle Neuheit. Sehen Sie sich ruhig ein bißchen um.«

Das Bild der Leber wurde größer und begann sich zu drehen. Mir wurde schon von dem Anblick auf dem flachen Bildschirm schlecht, wie scheußlich mußte es da für Karen sein! Fünf Sekunden hielt sie es aus, dann riß sie sich die Brille herunter. »Uff«, stöhnte sie und sah etwas grünlich aus. Sie stand auf. »Vielen Dank, ich glaube, ich habe einen ausreichenden Eindruck gewonnen.«

»Oh, 'tschuldigung«, sagte Rachel. »War wohl doch zu realistisch? Man braucht eine Weile, um sich daran zu gewöhnen. Ich habe noch ein Programm. Damit kann man Darmkrebs erkennen. Möchten Sie es sehen?«

»Nein, vielen Dank«, erwiderte Karen. Als ich sie zur Tür hinausschob, warf ich Rachel einen finsteren Blick über die Schulter zu.

Rachel setzte wieder ihr liebenswürdiges Lächeln auf. »Wiedersehen. War nett, daß ihr vorbeigeschaut habt!« rief sie uns hinterher.

»Himmel, was für ein entsetzliches Geschöpf«, sagte Karen. »Muß ja schrecklich sein, mit ihr zusammenzuarbeiten. Bring mich bloß weg von hier!«

Schweigend fuhren wir nach Kirkhaven zurück. Ich war wütend. Wütend auf Karen, weil sie die Bedeutung von FairSystems nicht wahrhaben wollte, und wütend auf Rachel, weil sie diese lächerliche Show abgezogen hatte. Was hatte sie sich bloß dabei gedacht!

Der Regen ließ etwas nach, als ich das Abendessen zubereitete. Bleich und verwaschen kam die Abendsonne hervor und begann ein rötlich-goldenes Farbenspiel auf der immer noch unruhigen See. Das Essen tat uns gut, und wir beschlossen, noch einen Abstecher in den Inch Tavern zu machen.

Im Pub war es warm und gemütlich. Jim Robertson begrüßte uns freundlich. Und Karen wirkte nicht mehr so angespannt. Von dem kurzen Spaziergang hatte sie Farbe bekommen, und die blonden Haare schimmerten in dem gedämpften Licht.

»Am Donnerstag bin ich bei Dad gewesen«, sagte ich.

»Oh, tatsächlich? Wie war's?«

»Nicht besonders.«

»Will er dich auf der Sitzung nicht unterstützen?«

»Weiß nicht. Er ist nicht mit der Sprache rausgerückt. Aber nach unserem Gespräch bezweifle ich es.«

»Warum? Was ist passiert?«

»Er behauptet, meine Mutter hätte früher was mit einem anderen Mann gehabt.«

»Tatsächlich? Und glaubst du ihm?«

»Ich denke schon.«

Karen rümpfte die Nase. »Warum hat er dir das erzählt?«

»Wohl wegen des Mannes, der da im Spiel war.«

»Und wer war das?«

»Walter Sorenson.«

»Nein! Das ist nicht dein Ernst!«

»Doch. Er wollte mir klarmachen, daß er Walter vergeben hat. Die Absicht liegt auf der Hand. Ich soll ihm auch endlich verzeihen. Da kann er lange warten.« Wieder fühlte ich die Wut in mir aufsteigen. »Er versucht, mich zu manipulieren, und das stinkt mir.« Ich trank einen Schluck Bier. »Hast du deinem Vater je vergeben?«

Ich sah sie an und war überrascht von der jähen Wut, die in ihren Augen brannte. »Laß mich gefälligst mit meinem Vater in Ruhe! Und mit all diesen Kerlen, die hinter solchen Schlampen her sind! Kannst du nicht begreifen, daß ich das alles satt habe?«

Ich griff nach ihrer Hand. »Tut mir leid, Karen.«

»Faß mich nicht an«, schrie sie. »Bleib mir vom Leib! Ich hab' die Nase voll von dir. Laß mich doch einfach in Ruhe!«

Sie sprang auf, bemüht, die Tränen zurückzuhalten, und rannte an den glotzenden Gästen vorbei zur Tür. Ich errötete unter deren Blicken, während ich Karen nach draußen folgte.

Es regnete wieder stärker. Karen stand auf dem Fußweg und atmete heftig. Ihr Haar wurde dunkel von der Nässe.

»Laß uns nach Hause fahren und reden«, sagte ich und griff nach ihrer Schulter.

»Ich will nicht mit dir reden!« schrie sie und stieß meine Hand so heftig fort, daß sie mir weh tat. Dann stapfte sie im Regen den Hügel hinauf. Ich sah ihr nach, wie sie mit hochgezogenen Schultern um die Ecke verschwand, und ging nach Hause.

Während ich auf sie wartete, versuchte ich, mir einen Vers auf ihr Verhalten zu machen. Natürlich hatte ich sie schon wütend und traurig erlebt, doch noch nie hatte sich ihre Wut gegen mich gerichtet. Ich fühlte mich elend. In mir stritten Empörung, Hilflosigkeit und Sorge.

Gegen Mitternacht hörte ich endlich ein Klopfen an der Tür. Sie war klitschnaß, und das Wasser rann ihr von Nase, Kinn, Haar und Kleidung.

»Karen . . .«

»Laß dir ja nicht einfallen, mich jetzt ins Bett zerren zu wollen«, unterbrach sie mich, drückte sich an mir vorbei und rannte die Treppe hinauf. Ein paar Minuten später hörte ich, wie sie sich ein Bad einließ.

Ich saß im Wohnzimmer und wartete, bis sie die Schlafzimmertür zuschlug. Dann ging ich leise die Treppe hoch und legte mich ins Gästezimmer.

Am nächsten Morgen kam sie erst spät herunter. Unter ihren Augen waren dunkle Ringe, und nach ihrem Schniefen zu urteilen, machte ihr eine beginnende Erkältung zu schaffen. Ich hatte auch nicht sehr gut geschlafen und saß ziemlich angeschlagen bei einer Tasse Kaffee und ausgebreiteter Morgenzeitung am Tisch.

Ich wartete.

»Es tut mir leid, Mark.«

Sie trat zu mir, und wir umarmten uns. »Ich weiß nicht, was in mich gefahren ist. Tut mir wirklich leid.«

»Ist schon in Ordnung«, sagte ich und strich ihr das Haar aus dem Gesicht. »Mach dir keine Gedanken.«

Gar nichts war in Ordnung. Den ganzen Tag über bemühten wir uns, höflich und freundlich miteinander umzugehen und so zu tun, als wäre nichts geschehen. Doch da war etwas geschehen.

Der Sonntag war eine einzige Katastrophe. Wind und Regen waren zurückgekehrt und peitschten wütend gegen die Fenster. Wir verbrachten den größten Teil des Tages im Haus, lasen Zeitung und sahen fern, ohne viel miteinander zu reden. Als es schließlich Zeit wurde, sie zum Flughafen zu fahren, und ich sie in Richtung Abfertigung davoneilen sah, war ich erleichtert. Sie vermutlich auch.

Meine Stimmung war trübselig, als ich durch den nicht nachlassenden Regen nach Kirkhaven zurückfuhr. Alle Hoffnungen, die ich in dieses Wochenende gesetzt hatte, hatten sich zerschlagen. Kirkhaven hatte sich Karen von seiner schlechtesten Seite gezeigt, und von FairSystems hatte sie einen eher negativen Eindruck mit nach Hause genommen. Doch was mich wirklich beunruhigte, war dieser Wutausbruch.

Bis zu einem gewissen Grad konnte ich sie verstehen. Mir war bewußt, wie sehr sie noch immer darunter litt, daß ihr Vater sie verlassen hatte. Von früheren Zwischenfällen wußte ich, wie schmerzlich diese Erinnerung für sie war. Doch noch nie hatte sich ihre Wut unmittelbar gegen mich gerichtet. Immer war sie in ihrem Unglück ansprechbar für mich geblieben, so daß ich ihr hatte helfen können. Das war eine ganz wichtige Basis für unsere Beziehung gewesen.

Nun hatte sie ihre Wut an mir ausgelassen. Hemmungslos. Daran war ich nicht gewöhnt.

Was hatte ich ihr getan? Was hatte sich zwischen uns verändert?

21

Wir saßen in einem großen Konferenzzimmer des Büros von Burns Stephens in Edinburgh. Holzpaneele an den Wänden und Kronleuchter an der Decke. Von der Wand blickte ein ehrwürdiger viktorianischer Advokat mißbilligend auf die kleine Gruppe herab, die sich in dem Raum versammelt hatte. Obwohl die Sozietät Burns Stephens noch keine zehn Jahre existierte, hatte sie sich ein eindrucksvolles Büro in diesem georgianischen Gebäude zugelegt, mitten in Drunheugh Gardens, keine zehn Minuten vom Charlotte Square entfernt, dem eleganten Finanzzentrum der Stadt.

Die Firmenleitung nahm an der einen Seite eines langen Tisches Platz. In der Mitte saß Walter Sorenson. Zu seiner Rechten ich und neben mir Rachel. Auf die linke Seite hatte man David Baker gesetzt und dann Nigel Young, den urbanen Banker, der sich in dieser Umgebung sichtlich wohl fühlte. Es folgten Willie und Graham Stephens, FairSystems' Anwalt. Beide hatten sie einen Stoß Papiere vor sich aufgestapelt.

Rachel hatte den Bogen vor sich liegen, auf dem ich die Aktionäre in die Tabelle »Verkaufen« und »Nicht verkaufen« eingeordnet hatte. Fünfzig Prozent brauchten wir, um zu gewinnen. Nach unserer Rechnung blieb ich mit dreiundfünfzig Prozent gegen siebenundvierzig Prozent auf meinem Posten, wenn mein Vater und Karen für mich stimmten. Aber dessen war ich mir ganz und gar nicht sicher. Wieder und wieder hatte ich mein letztes Gespräch mit Dad Revue passieren lassen, und jedesmal war ich zu dem Schluß gekommen, daß er sich gegen mich entscheiden würde.

Am schlimmsten war jedoch, daß ich nicht mehr sicher sein konnte, wie Karen stimmen würde. Als ich sie letzte Woche gefragt hatte, hatte sie ganz klar gesagt, daß sie mich unterstützen würde. Aber vielleicht hatte sich das ja übers Wochenende geändert? Ich wußte es einfach nicht.

Fuchsteufelswild war ich am Montag zu Rachel reingestürmt.

»Was sollte diese lächerliche Posse mit der Leber?« fragte ich. »Die war doch wohl kaum dazu angetan, uns Karens Unterstützung zu sichern!«

»Ich wollte ihr nur zeigen, was die Virtuelle Realität leisten kann«, antwortete Rachel mit unschuldigem Gesicht.

Ich schnaubte verächtlich. »Dämliche Eifersucht war es.«

»Ach ja, Eifersucht?« Übertriebenes Erstaunen malte sich auf Rachels Gesicht. »Und warum, bitte schön, sollte ich eifersüchtig sein? Warum sollte es mir das geringste ausmachen, wenn du mit einer ahnungslosen Anlageberaterin zusammen bist?«

»Ach, hör doch mit diesen Spielchen auf!« knurrte ich erbost. »Wahrscheinlich hast du ihr FairSystems für immer verleidet.«

»Ich dachte, du könntest dich felsenfest auf sie verlassen«, sagte Rachel.

»Jetzt jedenfalls nicht mehr«, sagte ich und ließ sie allein.

Und nun saßen wir hier, rechneten knapp fünf Minuten vor der Abstimmung unsere Chancen zusammen, und ich konnte sehen, daß sich Rachel gar nicht mehr so sicher war, vernünftig gehandelt zu haben. Sie biß sich auf die Unterlippe, blickte finster auf das vor ihr liegende Blatt Papier und zeichnete einen Kreis nach dem anderen um Karens Namen.

»Irgendeine Chance, daß einige der Kleinaktionäre nicht wählen? Dann kommen wir vielleicht knapp durch.«

Ich schüttelte den Kopf. »Das bezweifel' ich sehr stark. Scott

Wagner scheint diese Aktien völlig zu kontrollieren. Ich bin sicher, er kann sie alle überreden, in seinem Sinne zu stimmen.«

Unter den wenigen Anwesenden, die die vier Stuhlreihen kaum füllten, sah ich Wagner und fing seinen Blick auf. Er lächelte und winkte mir zu. Mist! Er sah so verdammt zuversichtlich aus. Ich war mir sicherer denn je, daß er die gesamten Stimmen aus dem Streubesitz hinter sich hatte.

Es war schon bemerkenswert, daß sich Wagner höchstpersönlich von San Francisco herbemüht hatte. Sicher brauchte man einen Vertreter der Firma hier, der von der Stimmrechtsvollmacht Gebrauch machte und das Geschehen beobachtete, aber deshalb mußte doch nicht der Spitzenmann selbst erscheinen. Wahrscheinlich hatte er schon ein Geschäft im Ärmel, das er Sorenson und David präsentieren würde, sobald ich abgesetzt war.

Von Herzen wünschte ich mir, daß er die achttausend Kilometer umsonst zurückgelegt hatte.

Ich hielt Ausschau nach Carl Jenson und Frank Hartman, aber die waren natürlich nicht erschienen. Die meisten der wenigen Anwesenden kannte ich. Neben Wagner erblickte ich Dad – was meinen Puls beschleunigte –, außerdem Keith, Andy, Terry und weitere FairSystems-Mitarbeiter, die ein paar Aktien hielten, und schließlich noch zwei Männer, die drei Stühle voneinander entfernt Platz genommen hatten. Der eine klein, sonnengebräunt, mit Schnurrbart und lindgrünem Polohemd, der andere hochgewachsen, mit Brille, Button-down-Hemd und dunkelgrauem Anzug. Beide sahen amerikanisch aus.

Auch mein Vater hatte also beschlossen, nach Edinburgh zu fliegen, um persönlich abzustimmen, obwohl er es auch leicht durch Erteilung einer Vollmacht hätte erledigen können. Er will das Ende miterleben, dachte ich verdrießlich. Von Karen keine Spur, was ich auch nicht erwartet hatte. Für sie gab es keinen Grund, anwesend zu sein.

Sorenson räusperte sich und eröffnete die Sitzung. Sofort verschaffte sich seine tiefe Stimme Gehör. Mit seinen breiten

Schultern und der straffen Haltung beherrschte er das Geschehen.

»Zunächst einmal möchte ich alle anwesenden Aktionäre bitten, sich auszuweisen. Willie Duncan wird Ihre Identität und alle Vollmachten überprüfen. Geben Sie bitte an, ob Sie persönlich abstimmen oder ob Sie bereits eine Stimmrechtsvollmacht eingereicht haben. Da es sich um eine sehr kleine Versammlung handelt, können wir vielleicht auch einzeln vorgehen. Mein Herr?« Er deutete auf den kleinen Mann mit Schnurrbart und Polohemd.

»Darren Polona von Jenson Computer. Ich werde persönlich im Namen meines Unternehmens stimmen.«

Sorenson nickte, während Willie sich eifrig in seine Papiere vertiefte. Als nächstes war der hochgewachsene Mann im Anzug ein paar Stühle weiter an der Reihe.

»Martin Woodcock vom International Secure Fund of Bermuda«, stellte er sich in gedehnter Sprechweise vor. Ich hatte recht – auch ein Amerikaner. »Wir haben unsere Stimmrechtsvollmacht bereits eingereicht.«

Ich beugte mich zu Rachel hinüber. »Jede Wette, daß es ein Fonds von Hartman ist. Der hier soll die Sache sicherlich für Hartman beobachten.« Alle anderen wollten persönlich stimmen. Nach wenigen Minuten hatte Willie alle erforderlichen Papiere, und Sorenson konnte fortfahren.

»Heute steht nur ein Punkt auf der Tagesordnung«, sagte er. »Und zwar folgender Antrag:

›Mark Enrico Fairfax ist seines Postens als Geschäftsführender Direktor von FairSystems zu entheben und durch David Anthony Baker zu ersetzen.‹«

»Enrico?« flüsterte mir Rachel ins Ohr.

»Dafür ist die italienische Mutter verantwortlich.«

»Bevor wir zur Abstimmung der Anwesenden kommen, möchte ich Willie bitten, das Ergebnis der Stimmrechtsvollmachten zu verlesen.«

Jetzt war es soweit. An diesen Stimmen würde sich leicht ablesen lassen, wie Karen gestimmt hatte. Rachel hatte die Zahlen vor sich.

Totenstill war es im Raum.

Willie stand auf, hüstelte und setzte ein-, zweimal an. »Nun mach schon, Willie!« stöhnte ich.

Schließlich schaffte er es: »Stimmen für den Antrag, siebenhunderteinundsechzigtausend. Dagegen, zweiunddreißigtausenddreihundertzwanzig.«

Ich fühlte eine plötzliche Leere in der Magengegend und warf Rachel einen fragenden Blick zu. »Das Miststück!« flüsterte sie.

Karen hatte gegen mich gestimmt. Meine eigene Freundin hatte sich dafür ausgesprochen, daß ich gefeuert wurde.

Rachel beugte sich zu mir herüber. »Siebenhunderteinundsechzig sind achtunddreißig Komma null fünf Prozent«, flüsterte sie. »Das ist im Grunde genommen der ganze Streubesitz, ausgenommen Jenson, plus Karens drei Komma sieben fünf Prozent. Die Stimmen dagegen kommen von Kollegen, die nicht hier sind und per Vollmacht wählen.«

»Dann braucht die Gegenseite also nur noch zwölf Prozent, um zu gewinnen?« fragte ich.

Rachel nickte. Ich blickte auf ihr Blatt Papier und ging dann die Reihe der Gremiumsmitglieder neben mir durch. Jenson hatte 5,7 Prozent, Sorenson vier, David zwei und Willie ein Prozent. Das ergab 12,7 Prozent, insgesamt 50,75. Ganz gleich, wie mein Vater stimmte, sie würden gewinnen.

Ich sah ein verhaltenes Schmunzeln auf David Bakers Gesicht und ein breites Grinsen bei Scott Wagner. Sie wußten ebenfalls Bescheid.

Eine eklige Flüssigkeit stieg mir aus dem Magen hoch. Säure oder Galle. Ich spürte einen heftigen Brechreiz. Während der letzten Wochen hatte ich so erbittert um diese Firma gekämpft. Dabei hatte ich nicht ausgeschlossen, daß ich scheitern könnte: Schließlich war das Unternehmen ständig vom Konkurs bedroht gewesen. Aber mit dieser Alternative, die uns jetzt bevorstand, hatte ich eigentlich nie gerechnet.

Und nun war ausgerechnet Karen das Zünglein an der Waage!

Walter Sorenson unterbrach meine düsteren Gedanken.

»Danke, Willie. Ich bitte jetzt die anwesenden Aktionäre um ihre Stimme. Wer ist für den Antrag?«

Sofort ging die Hand des Jenson-Manns nach oben. Aus dem Augenwinkel nahm ich wahr, daß links von mir einige Mitglieder der Firmenleitung für den Antrag stimmten, aber darauf achtete ich jetzt nicht. Meine Augen ruhten auf meinem Vater. Er saß, ohne sich zu rühren. Erneut fragte Sorenson: »Noch jemand dafür?« Ich warf einen raschen Blick auf ihn. Er starrte meinen Vater an, doch ohne Erfolg.

Ich spürte, daß mir die Tränen kamen. So gerührt war ich. Dad hatte mir doch zugehört. In dem Augenblick, wo ich ihn wirklich brauchte, half er mir auch. Es war nicht seine Schuld, daß diese Unterstützung nicht ausreichte. So, wie ich ihn während der letzten zehn Jahre geschnitten hatte, hatte ich nicht den geringsten Anspruch darauf. Nach Karens Verrat empfand ich diese Hilfe als besonders bewegend.

»Wer ist dagegen?«

Nun hob ich die Hand, ebenso Rachel und mein Vater. Die Mitarbeiter von FairSystems im Hintergrund fuchtelten mit den Händen auf und ab. Keith hob sogar zwei Hände, offenbar in dem kindischen Versuch, ein paar Punkte wettzumachen.

Ich blickte Willie an, um zu sehen, zu welchem Ergebnis er gekommen war – und mein Herz setzte aus.

Aufs höchste angespannt, rutschte er auf seinem Stuhl hin und her. Die Hände hielt er fest in den Schoß gepreßt und beugte sich über sie, als wolle er sie am Entkommen hindern.

Mein Gott, dachte ich, hat er denn noch nicht für den Antrag gestimmt? Jetzt erst merkte ich, daß ich gar nicht darauf geachtet hatte, wie sich die übrigen Gremiumsmitglieder entschieden hatten.

Auch David Baker starrte Willie an. Nach kurzer Zeit waren alle Augen auf ihn gerichtet.

Willie wurde rot. Er hat noch nicht gestimmt, dachte ich. Gewinnen konnte ich nur noch, wenn er für mich stimmte. Mit einer Stimmenthaltung war es nicht getan.

Es war entsetzlich, Willie bei seinem qualvollen Entscheidungsprozeß zuzusehen. Ich dachte, er würde jeden Augenblick zusammenbrechen oder die Versammlung fluchtartig verlassen.

Dann ertönte ein gewaltiges Organ im Hintergrund des Raumes. Die Stimme kannte ich. Es war Terry, der dicke, behaarte Typ aus Yorkshire. »Komm schon, Willie! Hoch mit der Flosse!«

Begeisterte Zustimmung von den anderen Hinterbänklern. Am lautesten schrie Keith.

Da ging ein Ruck durch Willie. Sein Gesicht entspannte sich, er lächelte über den Aufruhr und hob unter ohrenbetäubendem Beifall die Hand.

»Vielen Dank, meine Damen und Herren«, sagte Sorenson völlig ungerührt. »Seien Sie so nett, Willie, und geben Sie mir die Ergebnisse, sobald Sie fertig sind.«

Willie nahm die Hand herunter und ging seine Papiere durch. Nach einer endlosen Minute reichte er Sorenson einen kleinen Zettel.

»Stimmen für den Antrag, neunhundertfünfundneunzigtausend. Stimmen gegen den Antrag, eine Million und fünftausend. Damit stelle ich fest, daß der Antrag abgelehnt ist.«

Ein Jubelschrei ertönte im Hintergrund des Raumes. Ich wandte mich Rachel zu. Strahlend lächelte sie mich an. »Gut gemacht«, sagte sie. Schweigend genossen wir einen Augenblick lang unseren Triumph, dann wurden wir von der lärmenden FairSystems-Truppe umringt. Mutig sind sie gewesen, dachte ich, daß sie sich für den riskanten Weg entschieden haben. Leicht könnte sie das ihren Job kosten. Ich war ihnen für das bewiesene Vertrauen dankbar und würde es ihnen nicht vergessen.

Über ihre Schultern hinweg blickte ich in das Konferenzzimmer. Der Repräsentant von Jenson Computer raffte seine Papiere zusammen und ging allein fort. Hartmans Mann wirkte ungerührt und begab sich zu Scott Wagner, der auf ihn einredete und mir böse Blicke zuwarf. Nigel Young kam vorbei, nickte steif, murmelte »Glückwunsch« und ging etwas verlegen weiter. Ihm folgte David Baker mit hochrotem Kopf. In seinem Blick lag eine Mischung aus verletztem Stolz und blankem Haß. So wütend hatte ich ihn noch nie gesehen.

Die FairSystems-Leute brachten den armen Willie mit ihrem Schultergeklopfe fast um, wobei sich Keith und Terry besonders hervortaten. Es war, als hätte er beim Pokalendspiel das Siegestor geschossen, was er ja in gewisser Weise auch getan hatte. Mit einem schiefen Lächeln und augenscheinlich verlegen, so im Mittelpunkt zu stehen, schien er die Ovationen doch zu genießen.

»Warum haben Sie das getan?« fragte ich und schüttelte ihm die Hand.

»Ach, ich weiß nicht. Ich glaube, ich wollte Sie einfach nicht verlieren sehen. Ich muß verrückt sein. Warum habe ich nur jemals Price Waterhouse verlassen?«

Ich lächelte. »Das weiß ich nicht, Willie, aber ich freu' mich unbändig, daß Sie es getan haben«, sagte ich und meinte es ernst.

Die kleine Menge zerstreute sich. Ich sah meinen Vater mit Sorenson sprechen. Sorenson bemerkte, daß ich frei war, kam herüber und faßte mich am Arm. »Kann ich Sie einen Moment in Grahams Büro sprechen?« fragte er.

Ich nickte, und als er weiterging, wandte ich mich meinem Vater zu.

Es gab so viel, was ich ihm gern gesagt hätte, aber ich brachte es noch immer nicht über mich. Schließlich kam nur ein mageres »Danke, Dad« zustande.

Mit unverhohlenem Stolz lächelte er mich an. »Es war richtig, daß du nach Oxford gekommen bist. Und das hier habe ich nicht für Richard getan, sondern für dich. Der Himmel weiß, wie du FairSystems über Wasser halten willst, aber ich habe Vertrauen zu dir. Viel Glück!«

Nun konnte ich gar nichts mehr sagen, aber ich wußte, er würde an meinem Lächeln ablesen, wie mir zumute war.

Noch einmal hatte er mir sein Vertrauen geschenkt, damit ich FairSystems rettete. Ich würde mein Bestes tun. Meinetwegen, seinetwegen und Richards wegen. Für unsere kleine zerbrochene Familie.

Er atmete etwas mühsam, als er sagte: »Komm doch mal am Sonntag zu mir nach Oxford, und bring deine Freundin mit.« Er blickte mich an und wartete auf eine Antwort.

Ich ließ mir einen Augenblick Zeit. Meine Mutter war tot. Richard war tot. Der Rest meiner Familie stand vor mir. Alles mußte irgendwann vergeben sein.

Ich nickte. »Sehr gern.«

Er versuchte, seine Gefühle einigermaßen zu beherrschen, als er sagte: »Bis dann.« Damit ging er.

In Graham Stephens' Büro traf ich Sorenson und Stephens selbst an. Stephens ging, nachdem er mir gratuliert und uns aufgefordert hatte: »Benutzen Sie das Büro, solange Sie wollen. Wenn Sie fertig sind, lassen Sie es meine Sekretärin wissen.«

Sorenson saß auf Stephens' Sofa und bat mich, in dessen Sessel Platz zu nehmen. Walter Sorenson hatte viel Ähnlichkeit mit Bob Forrester. Beide umgab eine Aura von Erfolg, und beide strotzten sie vor Energie und Autorität. Obwohl Sorenson älter war, wirkte er eher noch kräftiger und fitter als Forrester, und sein Charme war müheloser.

Aber er hatte gerade versucht, mich rauszuschmeißen, und es war ihm mißlungen. Daher fragte ich mich, wie dieses Gespräch wohl verlaufen würde und wie ich mich verhalten sollte. Mit dem Selbstvertrauen, das mir die gewonnene Abstimmung verlieh, war ich mir ziemlich sicher, daß ich mich von ihm nicht unterbuttern lassen würde. Ich fragte mich, ob er erneut versuchen würde, mich zu einem Verkauf zu überreden. Vielleicht war dies der Anfang eines Krieges in der Firmenleitung.

Sorenson begann sehr gelassen. »Glückwunsch, Mark. Sie haben eine wichtige Abstimmung gewonnen. Wie Sie wissen, vertrete ich in bezug auf die Firmenpolitik eine andere Auffassung als Sie. Aber ich muß die Mehrheit der Aktionäre respektieren, auch wenn es sich nur um eine knappe Mehrheit handelt.«

Ich nickte und fragte mich, worauf er hinauswollte.

Sorenson fuhr fort: »Ich wäre sehr froh, wenn ich Aufsichtsratsvorsitzender von FairSystems bleiben könnte. Wir sind uns wohl darüber einig, daß dem Unternehmen schwierige Zeiten bevorstehen. Wie ich Ihnen bereits gesagt habe, war mein Vorschlag, Sie Ihres Postens zu entheben, nicht persönlich gemeint. Ich bin der ehrlichen Überzeugung, der Verkauf der Firma würde den Interessen der Aktionäre am besten dienen. Andererseits hätte ich volles Verständnis dafür, wenn Sie der Meinung wären, eine weitere Zusammenarbeit zwischen uns sei nicht möglich. Deshalb bin ich gerne bereit, als Aufsichtsratsvorsitzender zurückzutreten, wenn Sie es möchten. Es liegt bei Ihnen.«

Ich überlegte einen Augenblick. Zunächst überraschte mich Sorensons Vorschlag. Doch dann wurde mir klar, daß er völlig recht hatte, mir seinen Rücktritt sofort anzubieten. Die Firma hatte nicht die geringste Überlebenschance, wenn ihr Aufsichtsratsvorsitzender und ihr Geschäftsführender Direktor auf Kriegsfuß standen. Er war bereit, Frieden zu schließen. Es lag also, wie er völlig zu Recht gesagt hatte, bei mir.

»Sie müssen nicht sofort antworten, wenn Sie nicht möchten«, fuhr Sorenson fort, »aber es wäre nett, wenn Sie mir spätestens in ein, zwei Tagen Bescheid sagen würden.«

»Nein, das ist nicht nötig. Ich habe mich schon entschieden.« Ich war mir ziemlich sicher, daß Sorenson es aufrichtig meinte, wenn er sagte, daß er mich unterstützen wolle. Und das Unternehmen würde in den nächsten Wochen alle Hilfe brauchen, die es kriegen konnte. Ich hatte nichts gegen ihn, er war die ganze Zeit über völlig ehrlich zu mir gewesen. »Ich möchte Sie bitten, Ihr Amt zu behalten. Zumindest bis zum Jahresende, wenn wir es denn so lange schaffen. Dann werden wir klarer sehen, was die Zukunft der Firma angeht. Allerdings müssen Sie sich damit abfinden, daß ich unter keinen Umständen verkaufen werde.«

Sorenson lächelte. »Okay, ich mache sehr gerne weiter. Und ich denke, ich hab' begriffen, daß Sie mit einem Verkauf nichts am Hut haben.

Gut, ich werde mich heute und morgen in der Firma aufhalten. Es ist wichtig, die Moral zu stärken und zu zeigen, daß

Einigkeit in der Firmenleitung herrscht. Außerdem rufe ich Nigel Young an und sorge dafür, daß auch er uns unterstützt. Er wird sicherlich einverstanden sein. Mit Ihnen und Willie würde ich mich gern darüber unterhalten, wie wir die nächsten Wochen überstehen. Es gibt hier diese entsetzlichen Vergleichsordnungen, die Direktoren haftbar machen, wenn sie die Geschäfte eines zahlungsunfähigen Unternehmens weiterführen. FairSystems dürfte nicht weit von diesem Punkt entfernt sein. Damit wir uns recht verstehen, ich habe nichts dagegen, hart am Wind zu segeln, aber ich habe keine Lust, im Gefängnis zu landen.«

»In Ordnung«, sagte ich.

»Also, Sie müssen das Management zusammenhalten. Können Sie sich auf die Leute verlassen?«

»Rachel, ja. Willie, ja. David, nein.«

Sorenson nickte. »Das wird nicht leicht sein. Diese Versammlung hat sicher nicht zu einer Klimaverbesserung beigetragen. Trotzdem haben Sie jemanden mit seiner kaufmännischen Erfahrung verdammt nötig. Ich bewundere Ihren Mumm, aber Sie brauchen Davids Sachverstand. Ich rede noch mal mit ihm und versuche ihn dazu zu bringen, daß er bleibt.«

Ich war mir nicht sicher, ob ich wollte, daß er blieb. In Sachen David war ich mir in keiner Beziehung sicher. Immer wenn ich an die vielen Feinde dachte, die FairSystems umlagerten, war David Baker irgendwie mit von der Partie. Mein Sieg in der Hauptversammlung hatte ein unmittelbares Problem beseitigt, aber irgendwo dort draußen gab es Menschen, die wollten, daß FairSystems Pleite machte oder verkauft wurde, Menschen, die Richards Tod auf dem Gewissen hatten und die vielleicht gerade meinen planten. Und ich wußte immer noch nicht, wer dahintersteckte.

David stellte ein Bindeglied zu diesen Menschen dar. Vielleicht war es klug, daß ich ihn in meiner Nähe behielt, wo ich ihn beobachten konnte.

»Okay«, sagte ich, »er bleibt.« Ich warf einen Blick auf die Uhr. Zwölf. »Ich fahre jetzt in den Betrieb zurück. Soll ich Sie mitnehmen?«

»Nein, vielen Dank«, sagte Sorenson. »Ich habe einen Wagen gemietet. Außerdem esse ich noch mit Ihrem Vater. Ich komme gegen drei.«

Der ganze Betrieb spürte Sorensons Präsenz. Trotz der schwierigen Lage, in der wir uns befanden, hatte das Ergebnis der Hauptversammlung Mut gemacht. Seine Energie und seine erkennbare Unterstützung für mich sorgten für eine weitere Verbesserung der Stimmung im Unternehmen. Sogar ich selbst begann daran zu glauben, daß wir es schaffen würden.

Wie Sorenson es versprochen hatte, ging er die Zahlen mit Willie und mir eingehend durch. Am meisten machte uns Jensons verschobene Zahlung zu schaffen. Ich sagte Sorenson, Jenson versuche uns meiner Meinung nach zu schwächen, um uns zum Verkauf zu zwingen.

»Typisch für Carl«, sagte er grimmig. »Er weiß, wie man so was auf die harte Tour durchzieht. Und wir können nichts, aber auch gar nichts dagegen unternehmen. Wissen Sie was: Wenn ich wieder in Kalifornien bin, ruf' ich ihn mal an. Ich will versuchen, ihn dazu zu bringen, wenigstens einen Teil der versprochenen Vorauszahlung zu leisten. Daß es klappt, kann ich nicht versprechen, aber schaden kann der Versuch auch nicht.«

An diesem Abend wurde es spät für uns alle. Um halb zehn brach Sorenson schließlich in sein Hotel auf – Balbirnie House. Willie wollte ihn dort am nächsten Tag zum Frühstück aufsuchen, um die Durchsicht der Bücher abzuschließen.

Ich fuhr nach Kirkhaven, erschöpft, aber glücklich über den Verlauf der Ereignisse.

Einen Anruf hatte ich noch zu erledigen, als ich an diesem Abend nach Hause kam. Zehnmal läutete es, bevor sie abnahm.

»Hallo?«

»Karen? Mark hier.«

»Oh, hallo, Mark.« Offenbar war sie auf Ärger gefaßt.

Den sollte sie auch haben.

»Warum hast du gegen mich gestimmt?«

»Weil du unrecht hast«, erwiderte sie kalt. »Du bist inzwischen in Sachen FairSystems genauso verbohrt wie dein Bruder. Du siehst nicht mehr klar. Die Firma ist hin. Du mußt verkaufen.«

Das brachte mich auf die Palme. »Du mußt schon mir überlassen, ob ich verkaufe oder nicht. Ich bin der Chef. Es ist unglaublich, daß du mir so in den Rücken gefallen bist. Du hättest doch die erste sein müssen, die mich unterstützt!«

Am anderen Ende der Leitung herrschte Schweigen.

»Karen? Karen?«

»Ich hab' es nicht nötig, mir dein Geschrei anzuhören«, erklärte sie und legte auf.

Ich rief zurück und ließ das Telefon endlos läuten, aber sie nahm nicht ab.

Zu dritt saßen wir an dem kleinen Tisch in meinem Büro – Sorenson, Willie und ich – und betrachteten Willies tägliche Cashflow-Prognose, vor allem die Spalte, die mit »13. Juni« beschriftet war. Das war zwei Tage vor dem Zahltag, dem Zeitpunkt, zu dem unser Konto zum erstenmal rote Zahlen aufweisen würde. Um genau zu sein, ein Minus von fünfundvierzigtausend Pfund.

»Tut mir leid, Mark, aber diese Zahl macht mir ehrlich Kummer. Graham Stephens hat mich über die gesetzlichen Vorschriften aufgeklärt, denen ich als Aufsichtsratsvorsitzender nach schottischem Gesellschaftsrecht unterliege. Danach ist es unzulässig, einem Unternehmen die Fortführung seiner Geschäfte zu gestatten, wenn man weiß, daß es nicht in der Lage ist, seinen Zahlungsverpflichtungen nachzukommen. Und es hat ganz den Anschein, als würden wir uns in einer Woche in dieser Lage befinden.«

»Wir treiben das Geld schon auf«, sagte ich.

»Wie?«

»Es gibt viele Möglichkeiten. Irgendwie schaffen wir es schon.«

Prüfend sah Sorenson mich an. Er wußte, daß ich keine Ahnung hatte, woher ich das Geld nehmen wollte, aber er wußte auch, daß ich alles versuchen würde und daß ich, wie er selbst gesagt hatte, die Flinte nicht so leicht ins Korn warf. Schließlich rang er sich zu einer Entscheidung durch.

»Okay. Sie haben bis zum nächsten Mittwoch Zeit. Sieben Tage. Wenn sich die Situation bis dahin nicht entscheidend geändert hat, melde ich Konkurs an.«

Ich hüstelte. »Eine der Möglichkeiten wäre, daß Sie ein bißchen von Ihrem eigenen Geld lockermachen.«

Stocksteif saß Sorenson da. Ich spürte, wie Willie neben mir in seinem Stuhl zusammenkroch. Aber so unbillig war das Ansinnen gar nicht. Und Sorenson hatte gewiß ein paar Reserven, die er entbehren konnte.

»Sie haben selbst gesagt, daß Sie häufig Firmen unterstützen, an die Sie glauben.«

Er schnaufte ein wenig. »Wie Sie wissen, Mark, habe ich bereits beträchtliche Anteile an dieser Firma, und natürlich laufe ich auch Gefahr, mein Aufsichtsratsgehalt zu verlieren. Was aber noch wichtiger ist, hier steht mein Ruf auf dem Spiel, und der ist mein wichtigstes Kapital. Im übrigen möchte ich Sie daran erinnern, daß ich einen Verkauf immer noch für die beste Lösung halte. So gesehen, wäre es ja wohl unlogisch, Aktien zu kaufen, oder?«

Ich war mir nicht so sicher, daß seine Anteile tatsächlich so »beträchtlich« waren, aber was er vorbrachte, war natürlich vernünftig. Enttäuscht sagte ich: »Okay.«

»Also, sieben Tage lang können Sie auf meine Unterstützung zählen.«

Noch hatte ich die Hoffnung nicht aufgegeben, daß es mir gelingen würde, irgendwoher neue Mittel aufzutreiben. Und wenn alle Stricke rissen, blieb noch immer meine Bank, obwohl ich das, wenn irgend möglich, vermeiden wollte.

In diesem Augenblick steckte David den Kopf zur Tür herein. Sorenson hatte Wort gehalten und David dazu überredet, seine Arbeit bei FairSystems fortzusetzen und mich weiterhin als Geschäftsführenden Direktor zu akzeptieren. Ich war mir nicht ganz sicher, was seine Zusage wert war, gab mich aber damit zufrieden.

»Ich hab' gerade einen interessanten Anruf bekommen«, sagte er.

»Ah ja?«

»Es war Yoshi. Er ist hier und würde sich gern mit uns treffen.«

»Schön«, sagte ich. »Wann?«

»Heute. Er will wohl am Nachmittag schon wieder abfliegen. Vier Uhr schlägt er vor.«

»Heute? Der verschwendet keine Zeit. Möchten Sie dabeisein, Walter?«

»Würde ich gern, aber ich muß den Flieger um vier von Edinburgh bekommen, damit es mit meinem Anschluß nach San Francisco klappt.«

»Schade! Wäre schön gewesen, wenn Sie's hätten einrichten können. Ist es nur Yoshi? Oder bringt er seinen Chef mit?«

»Nur Yoshi, glaube ich«, sagte David. »War wohl ein spontaner Entschluß.«

»Okay. Danke, David. Dann wollen wir uns mal anhören, was er uns zu sagen hat.«

Als David das Büro verlassen hatte, fragte Sorenson: »Wer ist Yoshi?«

»Oh, tut mir leid. Yoshiki Ishida von Onada Industries, dem Unternehmen, mit dem wir über eine Lizenz unserer Software für den Unterhaltungsmarkt verhandelt haben. Die Leute, die nur abschließen wollen, wenn sie das Quellenprogramm für FairSim1 bekommen. Erinnern Sie sich?«

»Gewiß doch«, sagte Sorenson. Nachdenklich starrte er einen Augenblick auf den Tisch. »Ich glaube, es gibt da was, was Sie erfahren sollten«, sagte er.

»Ja?«

»Wie Sie wissen, war ich heute morgen mit Willie zum Frühstück im Balbirnie verabredet. Kurz nachdem wir fertig waren, sah ich David den Speisesaal betreten. Ich glaube nicht, daß er mich gesehen hat.«

»Und?« fragte ich neugierig.

»Nun, er wurde offensichtlich von einem japanischen Geschäftsmann erwartet. Ziemlich jung. Sie schienen sich gut zu kennen.«

»Yoshi?«

»Ich kenn' diesen Yoshi nicht. Aber es sieht doch ganz so aus, als könnte er es gewesen sein, oder?«

Es war zwei Minuten vor vier, und ich beobachtete, wie sich die elektronische Nachmittagssonne im elektronischen Meer spiegelte. Stets tuckerte um diese Zeit ein Fischkutter in den Hafen. Anfangs hatte die Regelmäßigkeit, mit der die Bilder kamen und gingen, beruhigend auf mich gewirkt, doch allmählich begann sie, mich zu nerven. Es war an der Zeit, das digitale Fenster mal ändern zu lassen.

Ich war mir sicher, daß Yoshi Punkt vier eintreffen und daß ich um eine Minute nach vier einen Anruf erhalten würde. Was würde diese Besprechung bringen? Ich war sehr gespannt. Mich hatte nicht überrascht, daß sich David und Yoshi zum Frühstück getroffen hatten. Diese Geschichte, daß Yoshi zufällig im Lande sei, war mir von Anfang an etwas fadenscheinig vorgekommen. Yoshi hatte erzählt, daß er in der Londoner Niederlassung beschäftigt sei. Offenbar hatte David das Treffen vor der Hauptversammlung geplant, als er noch von der Annahme ausgehen konnte, ich wäre dann nicht mehr im Wege und er hätte das Sagen in der Firma. Offenbar konnte er es gar nicht abwarten, das Quellenprogramm aus der Hand zu geben.

Ich wählte Keith' Nummer. Andy nahm ab.

»Ist Keith soweit?« fragte ich.

»Ja«, sagte Andy. »Vor einer Viertelstunde hat er sich mit seiner Kamera rausgeschlichen. Er müßte jetzt in seinem Auto sitzen und warten.«

»Ausgezeichnet. Danke.« Ich legte auf.

Wie vorausgesehen, läutete das Telefon eine Minute nach vier. Ich ließ sie ein paar Minuten schmoren und machte mich dann auf den Weg zum Konferenzzimmer. Yoshi war höflich und freundlich, fast zwanglos. Ohne Chef und Würdenträger hatte er sich für die amerikanische Seite seiner Persönlichkeit entschieden.

»Hallo«, sagte ich.

»Freut mich, Sie wiederzusehen«, erwiderte Yoshi. »Vielen

Dank, daß Sie so schnell Zeit für mich gefunden haben. Es ist ein Jammer, daß es immer nur solche Blitzbesuche sind. Es gefällt mir hier. Aber ich finde noch nicht mal Zeit für eine Runde Golf.«

»Sie spielen Golf?«

»O ja. In Japan sehr oft. Und ich habe mir sagen lassen, daß es hier phantastische Plätze gibt.«

»Die gibt es durchaus«, sagte ich. »Obwohl ich selber wenig spiele. Wie steht's mit Ihnen, David?«

Mich interessierte, was David mit seiner Freizeit anfing.

»Ich hab' schon lange nicht mehr gespielt«, sagte David. »Zuviel Arbeit.«

Klar, Macho-Manager spielen kein Golf. Ein Spiel für die alten Knacker, die nichts mehr bewegen. Zum erstenmal, seit ich nach Schottland gezogen war, verspürte ich den Wunsch, doch noch ernsthaft mit Golf anzufangen.

Ich setzte mich neben David, Yoshi gegenüber. »Also, was können wir für Sie tun?«

»Ich wollte ein paar Dinge mit Ihnen abklären«, begann Yoshi in lässigem Amerikanisch. »Da wäre zunächst mal die Linie, die wir jetzt auf dem virtuellen Unterhaltungsmarkt fahren. Nach unserem Gespräch neulich ist es nur fair, daß wir Sie auf dem laufenden halten.«

Er hielt inne. Ich bedeutete ihm fortzufahren.

»Wir haben uns mit einer kleinen Firma in Japan zusammengetan. Die entwickelt gerade einen VR-Simulationsmanager, den wir für unsere virtuelle Unterhaltungssoftware verwenden können. Nicht ganz so gut wie Ihr Produkt, aber fast. Für unsere Zwecke reicht es bestimmt.«

Ein Bluff, dachte ich. Sonst wäre er nicht hier. Das Spielchen konnte er haben. »Also brauchen Sie den Vertrag mit uns gar nicht mehr?« sagte ich gleichmütig.

»Genau das, Mark.«

»Nun, ich freue mich, daß Sie eine befriedigende Lösung für Ihr Problem gefunden haben«, sagte ich und ließ nicht die geringste Besorgnis anklingen. »Allerdings verstehe ich nicht ganz, warum Sie dann hier sind?«

Einen Augenblick sah mich Yoshi prüfend an. Augenscheinlich hatte er sich eine andere Reaktion erhofft. Er wußte, daß wir in Schwierigkeiten steckten, und hoffte, uns unter Druck setzen zu können. Doch diese Suppe gedachte ich ihm gründlich zu versalzen. Ich hatte auch meinen Stolz und war mir einfach sicher, daß er bluffte. »Wir wissen, daß FairSystems Übernahmeangriffen ausgesetzt ist«, sagte er, »und daß Jenson Computer Ihre Aktien aufkauft.«

Er wartete auf eine Bestätigung von mir. Aber das Vergnügen gönnte ich ihm nicht.

»Aller Wahrscheinlichkeit nach werden Sie sich bald von Ihrer Unabhängigkeit verabschieden müssen«, fuhr er fort. »Ich bin hier, um Ihnen ein Angebot für Ihr Unternehmen zu machen. Uns ist an einer sozialverträglichen Lösung gelegen. Sie und alle Ihre Leute behalten ihren Job, falls Sie es wünschen. Wir haben das Gefühl, daß FairSystems und Onada Industries ausgezeichnet zusammenpassen würden.«

Nun war die Katze also aus dem Sack. Wieder wartete Yoshi auf eine Reaktion. Diesmal bekam er sie.

»Nein«, sagte ich.

Er ließ nicht locker. »Hören Sie, die Arbitrageure schießen sich ein, Mark. FairSystems' Tage als unabhängiges Unternehmen sind gezählt.«

»Nein«, sagte ich wieder.

Yoshi seufzte tief auf. »Der Zusammenschluß würde eine enorme Schubkraft entfalten. Mit Ihrer VR-Software und unserer Hardwaretechnologie würde Onada auf dem elektronischen Unterhaltungsmarkt rasch den Sieg über Sega davontragen. Die haben nichts, was sich damit messen könnte. Denken Sie darüber nach.«

»Nein.« Es fing an, mir Spaß zu machen.

Yoshi versuchte es mit einer anderen Taktik. »Ich kann Ihnen versichern, daß Sie mit einer japanischen Gruppe viel besser fahren als mit einem US-Unternehmen. Die Amerikaner nehmen Entlassungen in großem Maßstab vor und drücken die Kosten. Japaner dagegen investieren langfristig. Deshalb beherrschen sie den Elektronikweltmarkt.«

»Nein.«

Yoshi hob hilflos die Hände. Suchend wanderten seine Augen zu David, der noch kein Wort gesagt hatte und ein undurchdringliches Pokerface aufgesetzt hatte.

»Okay«, sagte Yoshi schließlich. »Ich hab's begriffen. Aber unser Angebot wird nicht unbegrenzt auf dem Tisch bleiben. Sobald wir mit der anderen Firma abgeschlossen haben, brauchen wir Sie nicht mehr. Dann wird es zu spät sein. Entweder gehen Sie pleite, oder Jenson Computer wird sich Ihre gesamte Technologie unter den Nagel reißen und das Werk hier dichtmachen. Viel Zeit bleibt Ihnen nicht mehr für eine Entscheidung.«

Er stand auf, um zu gehen, und wir reichten uns die Hand. »Tut mir leid, daß Sie die lange Reise umsonst gemacht haben«, sagte ich.

»Denken Sie über unser Angebot nach«, erwiderte Yoshi und ließ sich von David Baker hinausbegleiten.

Ich schloß die Augen. Erst Jenson Computer und jetzt Onada Industries. Ich fragte mich, wie viele andere Unternehmen es wohl noch geben mochte, deren wichtigste Kunden zugleich ihre schlimmsten Feinde waren.

22

Ich ging im Flur auf und ab und wartete auf David. Es dauerte mindestens zehn Minuten. Offenbar hatten Yoshi und er sich eine Menge zu sagen.

Er versuchte kehrtzumachen, als er mich sah, aber es war zu spät. Ich zog ihn in den Konferenzraum. Ungeduldig trat er von einem Fuß auf den anderen.

»Warum haben Sie mich angelogen, David?« begann ich.

Er zeigte übertriebenes Erstaunen. »Angelogen?«

»Ja, angelogen. Ich weiß, daß Sie heute morgen mit Yoshi im Balbirnie House gefrühstückt haben. Walter Sorenson hat Sie gesehen.«

Ganz kurz sah ich Ärger in Davids Augen aufblitzen. Er verabscheute es, sich erwischen zu lassen. Doch dann hatte er sich wieder gefangen. »Tut mir leid, ich durfte Ihnen davon nichts erzählen«, sagte er kaltblütig.

»Und warum nicht?«

»Yoshi hatte ausdrücklich verlangt, daß ich allein komme. Und ich konnte mich wirklich nicht darüber mit ihm streiten. Dazu ist er ein viel zu wichtiger Kunde. Er hat darauf bestanden, daß Sie nichts davon erfahren.«

Glatt wie ein Stock Seife war dieser Kerl! »Und was wollte er mit Ihnen besprechen?«

Nun hatte David wieder Oberwasser. »Er hat mir mitgeteilt, daß Onada Industries FairSystems ein Kaufangebot unterbreiten werde, und er wollte wissen, was ich davon hielt.«

»Und was haben Sie davon gehalten?«

»Wie Sie wissen, war ich von Anfang an für einen Verkauf. Das habe ich Yoshi mitgeteilt und auch, daß Sie wahrscheinlich ablehnen würden.«

Soweit hörte sich das ganz glaubhaft an. Doch es war viel wahrscheinlicher, daß David dieses Treffen in der Annahme verabredet hatte, er werde einen Tag nach der Hauptversammlung auf dem Chefsessel sitzen. Das hätte er ruhig zugeben können. Es wäre vielleicht ein bißchen peinlich gewesen, aber David sah keineswegs peinlich berührt aus. Im Gegenteil, er tischte mir seine Geschichte höchst unverfroren auf. Ich war mir sicher, daß er irgend etwas anderes verheimlichte. Aber was?

Dann fiel mir der Verdacht ein, den Rachel gehabt hatte, als David so versessen darauf war, das Unternehmen zu verkaufen. Damals hatten wir an Jenson Computer gedacht, nicht an Onada, aber der Gedanke selbst war vielleicht doch richtig gewesen.

»Haben Sie irgendeinen Deal mit Onada gemacht, David?«

Treffer! Davids Augen wichen mir einen Augenblick aus, und dann nahm sein Gesicht einen Ausdruck gekünstelter Unschuld an. »Einen Deal? Aber nein. An was für ein Geschäft denken Sie?«

»Oh, ich weiß nicht. Eine Abmachung, nach der Sie FairSystems Onada Industries in die Hände spielen und im Gegenzug den Chefposten kriegen.«

»Nein!« sagte David, aber seine moralische Entrüstung war ein bißchen zu rechtschaffen.

»Genau das haben Sie getan, einen schlauen, beschissenen Deal, nicht wahr?« Ich rückte ihm ein bißchen näher auf die Pelle. »Geben Sie's zu!«

Plötzlich waren wir nicht mehr zwei geschäftliche Konkurrenten, sondern zwei Männer, die sich wütend anstarrten. Ich war größer als David, und ich war kräftiger. Und er war sich mit einemmal nicht mehr sicher, daß ich davon keinen Gebrauch machen würde.

Er wußte, daß ich es wußte.

Er wich zurück, oder vielmehr, er ging zur anderen Seite des Raums. »Und was wäre, wenn ich's getan hätte? Mit Onada hätte dieses Unternehmen eine echte Zukunft. In fünf Jahren werden die Japaner die Virtuelle Realität sowieso beherrschen. Wenn die sich etwas in den Kopf setzen, schaffen sie es auch. Sie sind doch nur ein Amateur, Sie wissen doch gar nicht, was Sie tun. Die Firma wäre weit besser dran, wenn ich sie leiten würde. Das ist keine Frage, jedenfalls nicht für die Japaner.«

»Und was haben Sie ihnen über das Unternehmen erzählt, David? Kennen sie alle unsere Entwicklungspläne?« Plötzlich war ich sehr froh, daß David nicht in die Einzelheiten von Projekt Plattform eingeweiht war. Ich empfand nur noch Verachtung für ihn. »Sie machen mich krank! Sie haben alle verraten, die hier arbeiten. Sie sind entlassen. Packen Sie Ihre Sachen, und machen Sie, daß Sie vom Werkgelände verschwinden!«

»Zum Teufel mit Ihnen! Ich tue nur, was wirtschaftlichen Sinn macht. Wenn das Ihnen und Richard nicht paßt, dann ist das Ihr Problem!«

Richard hatte es nicht gepaßt. Richard? Ich erinnerte mich an den Riesenkrach, den die beiden am Tag vor Richards Tod gehabt hatten.

»Richard hat gemerkt, daß Sie hinter seinem Rücken mit

Onada verhandelten! Er hat Sie deswegen zur Rede gestellt, nicht wahr?«

David sagte jetzt nichts mehr.

»Jede Wette, daß er Sie an diesem Nachmittag rausgeschmissen hat«, fuhr ich fort. Davids Gesicht blieb ausdruckslos. Vielleicht ein Schatten von Unsicherheit in seinen Augen. »Nur war er tot, bevor er Taten folgen lassen konnte. Praktisch, nicht?«

David sah mich nur an.

»Haben Sie meinen Bruder umgebracht?« fragte ich ruhig.

»Machen Sie sich nicht lächerlich«, erwiderte David verächtlich.

»Sagen Sie schon! Haben Sie meinen Bruder umgebracht?« wiederholte ich.

»Das muß ich mir nun wirklich nicht anhören«, knurrte er und wollte an mir vorbei.

Ich packte ihn am Ärmel. »Hiergeblieben, David! Erst beantworten Sie meine Frage!«

David drehte sich zu mir um. »Nein, ich habe Ihren Bruder nicht umgebracht. Ich weiß nicht, wer es getan hat. Aber ich kann es mir denken. Irgend jemand, der diese Firma haben will und dem er im Wege gestanden hat. Jetzt stehen Sie ihm im Wege. Und wenn er Sie umbringt, werde ich Ihnen keine Träne nachweinen, das können Sie mir glauben.« Mit diesen Worten befreite er seinen Arm aus meinem Griff und verschwand durch die Tür.

Heftig atmend sah ich ihm nach. Kein Zweifel, David hatte FairSystems an Onada verraten. Insofern war es ganz richtig gewesen, ihn in der Firma zu behalten. Auf diese Weise hatte ich wenigstens Gewißheit erhalten. Aber hatte er auch Richard umgebracht? Dafür fand ich keinen Anhaltspunkt in seiner Reaktion. Möglich war es.

Ich ließ mich in einen Stuhl fallen. Kalt kroch es mir über den Rücken. Vorbehaltlos vertraut hatte ich David nie, aber daß er ein derartiger Lump war, hätte ich mir nicht träumen lassen. Und wenn er Richard umgebracht hatte . . . Mußte ich dann diesen letzten Ausbruch als Drohung verstehen?

Ich wußte es nicht.

Als erstes ging ich zu Rachel. »Auf David werden wir in Zukunft verzichten müssen«, sagte ich.

»Warum?«

»Ich hab' ihn rausgeschmissen.«

»Du hast was? Warum?«

»Du hattest recht. Er hat ein falsches Spiel gespielt und wollte FairSystems ausliefern, um dann selbst Firmenchef zu werden. Aber an Onada und nicht an Jenson Computer.« Ich berichtete ihr von der Besprechung mit Yoshi. »Und ich vermute, daß Richard das kurz vor seinem Tod entdeckt hatte.«

»Himmel!« sagte Rachel und überlegte einen Augenblick. »Um Gottes willen! Glaubst du, er hat Richard umgebracht?«

»Ich weiß nicht. Vielleicht.«

»Bitte sei vorsichtig! Ich habe Angst um dich, seit man dich überfallen hat und dir diese Nachricht geschickt hat. Ich meine, wenn David Richard tatsächlich umgebracht hat . . .«

»Dann wird er wohl kaum so dumm sein, mich auch noch umzubringen.«

In diesem Augenblick steckte Keith seinen Kopf zur Tür herein.

»Haben Sie die Bilder machen können?« fragte ich.

»Ja. Ich lasse sie jetzt entwickeln. Heute abend dürften Sie sie haben.«

Erstaunt blickte Rachel mich an.

»Ich habe mich gefragt, ob irgend jemand im Inch Tavern unsern Freund Yoshi wiedererkennen würde«, erklärte ich ihr.

»O ja, das wäre interessant.« Rachel schüttelte den Kopf. »Ich kann immer noch nicht glauben, daß sich David mit Onada eingelassen hat.«

»Daran besteht kein Zweifel. Und jetzt ist er weg. Onada wird es auch noch bedauern. Was hältst du von dieser Geschichte über das japanische Unternehmen mit dem neuen Simulationsmanager?«

»Quatsch.«

»Sicher?«

»Sie bluffen. Hat Yoshi nicht gesagt, der Simulationsmanager sei noch in der Entwicklung? Wenn das der Fall ist, sind es unter Umständen noch Monate bis zu den Abschlußtests. Vielleicht sogar Jahre. Gäbe es ein japanisches Unternehmen mit einem besseren Produkt, als wir es jetzt haben, hätte sich Onada nie wieder gemeldet. Und ich hätte längst was aus der Gerüchteküche gehört.«

»Also haben wir alle Trümpfe in der Hand?«

»Ja, zur Abwechslung sind wir es mal. Sie benötigen einen Simulationsmanager, der sofort funktioniert, wenn sie ein brauchbares Produkt auf den Markt bringen wollen.«

»Gut«, sagte ich. »Dann wollen wir sie schmoren lassen.«

Ich sprach gern mit Rachel. Im Augenblick schienen sich alle gegen mich verschworen zu haben – meine Freundin, mein Aufsichtsratsvorsitzender, mein Marketingdirektor und meine wichtigsten Kunden. Nur sie hielt zu mir. Seit unserem Sieg auf der Hauptversammlung war sie wieder viel herzlicher zu mir. Ich freute mich auf unsere Zusammenkünfte. Die bissigen Kommentare hatten aufgehört, und von Karen sprach sie gar nicht mehr. Mit allen ihren Kräften widmete sie sich dem Versuch, die Firma zu retten, und es machte ihr sichtlich Freude.

Kerr sah noch müder aus als sonst, wenn das überhaupt möglich war. In seiner Begleitung befand sich ein Detective Constable, der Notizen machte.

»Okay. Erzählen Sie, was geschehen ist.«

Ich wiederholte, was David mir gesagt hatte. Sie wollten den genauen Wortlaut. Als ich alles wörtlich wiederholte, wurde klar, daß David nichts Schlimmeres zugegeben hatte, als daß er ohne meine Erlaubnis mit Yoshi gefrühstückt hatte. Trotzdem war Kerr dankbar für den Hinweis.

»Immerhin haben wir damit eine neue Spur. Und die brauchen wir weiß Gott. Doogie Fisher ist nicht beizukommen. Je härter wir ihm zusetzen, desto mehr Spaß scheint es ihm zu machen. Der Scheißkerl genießt die Rolle des Märtyrers.«

»Glauben Sie, David könnte Richard umgebracht haben?«

Kerr ließ einen abgrundtiefen Seufzer hören und streckte

sich. »Weiß ich nicht«, sagte er. »Aber wir werden's schon rauskriegen.«

Es war ein langer, harter Tag gewesen. Ich war froh, daß David nicht mehr in der Firma war. Jetzt gab es niemanden mehr, der meine Chefposition in Frage stellte. Aber es lagen schwierige Aufgaben vor uns.

Ich ging auf ein Glas Bier in den Inch Tavern und nahm die Fotos von Yoshi mit. Das lieferte den Stammgästen reichlich Gesprächsstoff. Wieder einmal tat die gemütliche Atmosphäre ihre Wirkung. Gegen zehn ging ich. Die Dämmerung setzte gerade ein. Ich ging den Hügel hinab zu der kleinen Brücke über dem Flüßchen.

Die Brücke war schlecht beleuchtet, so daß große Teile der Straße im Schatten lagen. Geheimnisvoll gurgelte das Wasser unter dem Steinbogen. Ich sah mich um. Weit und breit niemand zu sehen. Das nächste Haus war dreißig Meter entfernt, alle Fenster dunkel.

Plötzlich beschlich mich Angst. Ich blieb stehen. Was machte ich hier? War ich verrückt? Als ich hier das letztemal entlanggegangen war, hatte man mich beinahe umgebracht. Ich hätte das Auto nehmen oder mich nach Hause begleiten lassen müssen.

Damals war ich angetrunken gewesen. Jetzt war ich nüchtern. Ich konnte zurückgehen und um eine Begleitung bitten. Nein. Das war lächerlich.

Irgend jemand hatte es auf mich abgesehen. Irgend jemand hatte Richard umgebracht. Irgend jemand versuchte, FairSystems zu ruinieren. Irgend jemand unternahm alle Anstrengungen, auch mich umzubringen.

War es David Baker? Doogie? Jemand, den ich überhaupt nicht kannte?

Wer es auch war, würde er es schaffen, daß ich von nun an in ständiger Angst lebte?

Nein, das würde er nicht!

Ich betrachtete die Brücke. Auf ihr befand sich wohl mit Sicherheit niemand. Wenn jemand da war, verbarg er sich unter dem Brückenbogen. Ich mußte nur rasch genug hinübergehen, dann würde ich ihn hören und konnte davonlaufen, bevor er mich erreicht hatte.

Und wenn er einen Revolver hatte?

Lächerlich. In Kirkhaven läuft man nicht mit einem Revolver herum.

Also atmete ich tief durch und überquerte die Brücke mit raschen Schritten. Nichts tat sich. Alles, was ich hörte, waren das Meer und der Fluß.

Aber wenn jemand versuchte, mir Angst einzujagen, dann konnte er zufrieden sein: Er hatte Erfolg.

Am nächsten Morgen wartete ein halbes Dutzend E-Mails auf mich. Zwei waren interessant. Eine war von Susan, die mir mitteilte, daß Steve Schwartz angerufen hätte. Ein Rückruf sei nicht erforderlich, aber ich solle bei ihm vorbeischauen, wenn ich das nächste Mal in London sei.

Sehr interessant!

Die zweite war von Sorenson.

Ich kann einfach nicht glauben, daß David wirklich in der von Ihnen beschriebenen Weise mit Onada unter einer Decke gesteckt hat. Aber wenn es so ist, haben Sie vollkommen recht: Er muß gehen.

Allerdings hinterläßt er eine empfindliche Lücke im Management. Angesichts seines Ausscheidens bin ich noch besorgter, was die Zahlungsfähigkeit des Unternehmens angeht. Ich habe darüber mit Graham Stephens gesprochen, und er teilt meine Bedenken. Also wenn Sie bis zum nächsten Mittwoch keine Mittel aufgetrieben haben, sehe ich mich zu meinem Bedauern gezwungen, Konkurs anzumelden. Ich hoffe nicht, daß es nötig sein wird.

Viel Glück.

Ich seufzte tief. Kein Ausweg in Sicht. Wir hatten Donnerstag, und in den nächsten fünf Tagen war kein Wunder zu erwarten. Ich rief meinen persönlichen Kontobeauftragten an.

Ich teilte ihm mit, daß ich den besprochenen Kredit in Anspruch nehmen wolle. Neunzigtausend Pfund. Das hieß, daß auf Inch Lodge erneut eine Hypothek aufgenommen werden mußte. Und daß die Beleihung meines Londoner Hauses bis an die äußerste Grenze ging. Mit der bereits laufenden Hypothek machte das eine hübsche monatliche Belastung aus. Ich versicherte ihm, daß ich weitere großzügige Tantiemen von Harrison Brothers zu erwarten hätte. Für die Bewilligung reichten die Unterlagen, die ich für die erste Hypothek beigebracht hatte, noch aus. Binnen einer Woche wollte die Bank mir das Geld zur Verfügung stellen.

Ich legte auf und schloß die Augen. Ich wußte, daß ich im Begriff war, einen klassischen Traderfehler zu begehen: alles auf einen Abschluß zu setzen, der in die Hose ging.

Nach Willies Prognosen, die sich in mein Gedächtnis eingegraben hatten, bedeuteten neunzigtausend Pfund eine Galgenfrist von einem weiteren Monat. Mit anderen Worten, wir würden auch die Lohnzahlungen vom Juli überstehen und es vielleicht bis in den August schaffen. Zwei bescheidene Zahlungseingänge erwarteten wir für die letzte Juniwoche, wodurch wir wieder ein bißchen Luft bekommen würden. Hoffentlich zahlten die Mistkerle rechtzeitig!

Ich setzte alles auf eine Karte, aber es war mir egal. Für mich war das hier schon lange kein Geschäft, kein Traderabschluß mehr. Ich hatte mich gefühlsmäßig, psychologisch und finanziell unauflösbar an FairSystems gebunden. Entweder schafften wir es beide, oder wir gingen gemeinsam unter. Und dieses Wissen gab mir den nötigen Kick.

Ich ging in Willies Büro und ließ ihn einen nachrangig gesicherten Wechsel über neunzigtausend Pfund aufsetzen, ausgestellt von FairSystems PLC an mich, mit einer Laufzeit von sechs Monaten.

»Und Sie wollen das wirklich tun?« fragte er und sah mich an, als ob ich nicht ganz richtig im Kopf wäre.

Er hatte ja recht. Ich nickte.

Zurück zu dringenderen Problemen.

Onada Industries hatte also vor, FairSystems zu übernehmen. Yoshi und Co. dachten wohl, sie hielten alle Trümpfe in der Hand. Die verängstigten Schotten würden vor den bösen Amerikanern entsetzt davonlaufen und sich in die schützend ausgebreiteten Arme der Japaner flüchten. Da hatten sie sich in den Finger geschnitten.

Zum erstenmal während meines kurzen Gastspiels bei FairSystems hatte ich die Oberhand, und das wollte ich gründlich ausnutzen. Wenn ich Glück hatte, würde ich dabei auch eine längerfristige Lösung für FairSystems' Liquiditätsprobleme finden. Mit längerfristig meinte ich drei Monate statt drei Wochen.

Ich mußte Rachel sprechen.

»Du bist dir also ganz sicher, daß Onada keine Alternative zu FairSim1 hat?«

»Nicht, wenn es im Unterhaltungsmarkt Fuß fassen will«, sagte sie. »Und glaub mir, das will Onada.«

»Gut, dann hilf mir, ein paar Faxe aufzusetzen.«

Sie gingen an die beiden weltweit führenden Unternehmen in der elektronischen Unterhaltungsbranche: Sega und Nintendo. Wir teilten mit, wir hätten mit Onada Gespräche geführt, die aber ergebnislos verlaufen seien, deshalb seien wir nun auf der Suche nach anderen japanischen Partnern. Ich bat um baldige Nachricht, falls eines der beiden Unternehmen Interesse an einer Zusammenarbeit mit uns hätte. Ich erwartete keine konkreten Resultate. Nur so viel, daß es reichte, um Onada unter Druck zu setzen. Dann rief ich Yoshi in seinem Londoner Büro an.

»Hallo, Yoshi. Mark Fairfax.«

»Oh, hallo, Mark«, sagte er. Er schien nicht sonderlich erfreut zu sein, meine Stimme zu hören.

»Ich habe noch einmal über unser gestriges Gespräch nachgedacht.«

»Ach ja?« Yoshi war auf der Hut, aber er zeigte doch einen Anflug von Interesse.

»Ja, wenn es Ihnen paßt, würde ich gern Anfang nächster

Woche mit Ihnen besprechen, ob es für uns nicht doch Möglichkeiten einer Zusammenarbeit gibt. Wie wär's mit Montag in Ihrem Büro?«

Die Leitung blieb still, während Yoshi überlegte. Ich störte ihn nicht dabei.

»Okay. Montag um elf bei mir. Kommen Sie allein?«

»Nein, ich werde Rachel Walker mitbringen, die Leiterin unserer technischen Abteilung.«

»Okay, bis dann.«

Er legte auf. Nach David Baker hatte er nicht einmal gefragt.

Ich holte das Foto von Yoshi, das Keith am Vortag aufgenommen hatte, aus der Brieftasche. Die Stammgäste des Inch Tavern hatten ihn ohne Mühe als den Asiaten identifiziert, mit dem sich Richard in der Nacht vor dem Mord gestritten hatte.

Ich war gespannt, was Yoshi dazu sagen würde.

An diesem Abend arbeitete ich bis kurz vor Mitternacht. Die Papierstapel auf meinem Schreibtisch türmten sich rascher auf, als ich sie abtragen konnte. Aber die Arbeit mußte erledigt werden. Wenn FairSystems überleben sollte, mußten die Geschäfte ihren normalen Gang gehen. Allerdings war es mühevoll, und ich war sehr müde.

Irgendwann fuhr ich hoch und riß die Augen auf. Mein Computer summte noch vor sich hin, die Papiere waren über den ganzen Schreibtisch verstreut. Mein Genick war steif. Ein Blick auf die Uhr zeigte, daß es halb drei war! Ich war eingeschlafen. Verzweifelt blickte ich auf den Berg Arbeit, der noch auf mich wartete, und gelangte zu dem Schluß, daß es nun mit der Konzentration endgültig vorbei war. Zeit, ins Bett zu gehen.

Auf dem Weg nach draußen warf ich einen Blick auf die Softwareabteilung. Die Lichter brannten noch. Neugierig ging ich nachsehen, wer um diese Stunde noch arbeitete. Der Raum war ruhig und still. Im elektronischen Fenster schwankten die Zweige der Bäume im Licht eines Vollmonds. Ein geisterhafter Anblick. Hinter den Rollos ihres Büros konnte ich Rachels

Silhouette erkennen. Sie saß an ihrem Computer. Ich überlegte, ob ich hineingehen und gute Nacht sagen sollte. Aber ich war zu müde und ging direkt nach Hause.

Am nächsten Morgen erschien ich erst um zehn Uhr, war aber trotzdem erschöpft. Ich trank gerade meinen ersten Schluck schwarzen Kaffee, als Rachel klopfte.

»Na, da ist ja der Langschläfer.«

»Ich weiß nicht, wie du das schaffst«, sagte ich. »Wenn ich länger als bis zehn arbeite, bin ich am nächsten Morgen tot.«

Rachel grinste. »Du bist eben verweichlicht. Ich hab' die Erfahrung gemacht, daß es am besten klappt, wenn man sich den Schlaf holt, wo man ihn kriegen kann. Heute nacht hab' ich zehn Stunden geschlafen.«

Ich lachte. »Du kannst mich nicht auf den Arm nehmen. Ich hab' dich gesehen.«

Verblüfft sah Rachel mich an: »Mich gesehen?«

»Ja, heute nacht um halb drei. Da hast du noch immer gearbeitet.«

»Das hast du geträumt.«

»Was soll das heißen? Ich habe dich gesehen. Durch die Rollos.«

»Aber ich bin gestern abend ganz früh ins Bett gegangen. Es könnte jemand von den anderen gewesen sein.« Sie dachte nach. »Aber was wollte er in meinem Büro?«

Wir gingen in die Softwareabteilung hinüber.

»Hat jemand von euch gestern nacht gearbeitet?« fragte sie.

Leere Blicke überall.

»Eigentlich nicht«, sagte Andy. »Ich bin als letzter gegangen, so gegen zehn.« Zehn Uhr abends war früh für die Leute hier.

»Und du hast niemanden in meinem Büro gesehen?«

»Nein.« Andy zuckte mit den Achseln.

»Ganz sicher? Und sonst war auch niemand hier?«

Andy hob die Hände und sah ein bißchen beleidigt aus.

»Tut mir leid, Andy. Ich wollte niemanden verdächtigen, aber Mark hat heute nacht gegen drei Uhr jemanden in meinem Büro gesehen.«

»Also, von uns war es niemand«, sagte Andy.

Rachel warf mir einen besorgten Blick zu. Wir gingen in ihr Büro und untersuchten es sorgfältig.

»Irgendwas anders als gestern?« fragte ich.

Rachel blickte sich um und nahm alles eingehend in Augenschein. Dann ging sie zu einem Computer in der Ecke. Ich sah, daß es Richards Compaq war. »An dem hat sich jemand zu schaffen gemacht. Ich bin sicher, daß die Tastatur auf dieser Seite hier stand. Jetzt steht sie direkt vor dem Gerät. Es muß jemand hier gewesen sein!«

»Wer sollte bei uns einbrechen?«

»Doogie!« rief sie aus. »Es muß Doogie gewesen sein! Einen Bart hast du nicht gesehen, oder?«

»Natürlich nicht, sonst hätte ich ja wohl kaum gedacht, daß du es warst.« Verzweifelt versuchte ich, mich an die Form der Silhouette zu erinnern, aber es war schwer. Ich war sehr müde gewesen, und ich war davon ausgegangen, daß es Rachel war. »Er könnte es gewesen sein«, sagte ich, »aber ehrlich gesagt, es hätte jeder sein können.«

»Himmel!« sagte Rachel. Sie lief zur Tür hinaus. »Hört mal alle her!« rief sie. »Brecht ab, egal, was ihr grade macht. Doogie war letzte Nacht hier. Ich weiß nicht genau, wo er überall gewesen ist und was er getan hat, aber ich möchte, daß jeder von euch seinen Computer sorgfältig auf Viren untersucht. Und niemand darf eine einzige Datei übertragen, bevor wir nicht absolute Klarheit haben. Keine E-Mails, gar nichts. Keith, du informierst alle in der Firma, und Andy, du überprüfst die Server und das Firewall-System.«

Zuerst verfielen die Programmierer in bestürztes Schweigen und dann in hektische Geschäftigkeit. Sie sahen sehr besorgt aus. »Weiß der Himmel, was uns verlorengegangen ist«, sagte Rachel. »Kein Wunder, daß die Jungs sich in die Hosen machen.«

Wir gingen zurück in Rachels Büro, wo sie Richards Computer einschaltete. Ich sah ihre Finger über die Tastatur fliegen, ihre Augen gebannt auf den Bildschirm gerichtet. Nach zwanzig Minuten lehnte sie sich erleichtert zurück. »Hier kann ich nichts finden. Scheint alles in Ordnung zu sein. Dann wollen wir uns mal mein Gerät ansehen.

Doogie ist schon mal in unser System eingedrungen«, berichtete sie, während sie ihren Computer durchforstete. »Damals hat er sich über das Telefonnetz bei uns eingeloggt. Deshalb haben wir unsere Sicherheitssysteme verbessert. Jetzt haben wir dieses Firewall-System, durch das der ganze Datenaustausch mit der Außenwelt hindurchmuß. So können wir uns sehr viel leichter davor schützen, daß jemand von außen in unser System eindringt.«

Sie verstummte und starrte einen Augenblick auf ihren Bildschirm. »Aber wenn er in das Gebäude einbricht, sieht die Sache natürlich ganz anders aus. Dann kann er beliebig viele Dateien im Netz verteilen.«

»Was könnte er angerichtet haben?«

»Weiß der Himmel. Vielleicht hat er einen Virus eingeschleust, der sich von Datei zu Datei durch unser Netz frißt und irgendwann in nicht allzu ferner Zukunft das ganze System abstürzen läßt. Das wäre wahrscheinlich das schlimmste. Oder er hat unsere Dateien nach Informationen durchsucht. Vielleicht war es auch ganz harmlos. Letztes Mal hat er einen törichten Display Hack inszeniert.«

»Display Hack?«

»Ja. Auf dem Bildschirm ging alles in Flammen auf, und die Worte ›Virtuelle Hölle‹ wuchsen aus ihnen hervor. Doogies Art von Humor. Er hatte uns nur zeigen wollen, daß er in unser System eingedrungen war. Wir haben damals eine Scheißangst gehabt.«

Die Unruhe hielt bis in den Nachmittag an. Alle möglichen Schwachstellen wurden überprüft und Anti-Viren-Disketten herumgereicht. Aber niemand fand etwas. Kerr traf mit ein paar Polizisten ein. Sie konnten kein Anzeichen dafür entdecken, daß sich jemand gewaltsam Zugang zum Gebäude verschafft hatte. Die Vordertür war mit einem Standardschloß und einem elektronischen Sicherungssystem ausgerüstet. Ich veranlaßte, daß man das Schloß austauschte und weitere Schlösser einbaute. Keith zerbrach sich den Kopf, wie er die

Codes des elektronischen Türsicherungssystems ändern könnte, aber dazu hatte ich kein Vertrauen. Alles, was elektronisch funktionierte, würde kein Hindernis für Doogie darstellen, nahm ich an. Zu Stahl, Zylindern und Riegeln hatte ich da mehr Vertrauen.

Um drei schaute ich wieder bei Rachel rein. Sie schob den Stuhl zurück und seufzte.

»Was gefunden?«

»Nichts«, sagte sie. »Wir haben nach jedem Virus gesucht, den sich Menschen jemals ausgedacht haben. Natürlich könnte Doogie selbst einen entwickelt haben. Der wäre dann sehr viel schwerer zu finden.«

»Vielleicht hat er nur Dateien kopiert.«

»Vielleicht.« Sie schüttelte den Kopf. »Ich habe mich schon gefragt, wie er den Bergey-Brief in die Finger gekriegt hat, mit dem er Richard erpreßt hat. Vielleicht ist er damals auch schon eingebrochen.«

»Du glaubst also, mit dem Netz ist alles in Ordnung?«

Rachel nahm einen Zug aus ihrer Zigarette und dachte angestrengt nach. »Nein, wenn Doogie an meinem Computer war, dann hat er auch was hinterlassen, selbst wenn es nur ein Display Hack ist wie das letztemal.«

»Aber es sieht doch so aus, als hätte er es nicht getan, oder?«

Rachel zuckte mit den Achseln.

Ich fragte mich, was Doogie vorhatte. FairSystems' Computersystem lahmzulegen, sollte man meinen, aber wir hatten alles überprüft und nichts gefunden.

»Könnte Doogie irgendwas getan haben, um sich für die Zukunft den Zugriff auf unser System zu erleichtern?«

»Wie meinst du das?«

»Na ja, es ist doch lästig für ihn, jedesmal in die Fabrik einbrechen zu müssen, wenn er in unser Computernetz eindringen will. Gibt es die Möglichkeit, einen Zugang zum Netz anzulegen, der das Firewall-System umgeht? So daß er sich jederzeit einloggen kann, ohne daß wir es erfahren?«

Rachels Augen waren wieder hellwach. »Du meinst, daß er eine Hintertür angelegt hat?«

»Meine ich das?«

»Ja, das meinst du«, sagte sie und setzte sich mit wiedererwachtem Interesse an ihr Gerät.

Zwei Stunden später betrat sie mein Büro mit einem triumphierenden Lächeln.

»Du hattest recht! Er hat einen höchst raffinierten Netzspion eingebaut.«

»Einen Netzspion?«

»So ein Netzspion fängt jede Information auf, die durch unser Netz geht. Doogie sucht nach jemandem, der vom Firewall-System als Sysop geführt wird. Der Netzspion würde irgendwann die Identität und das Paßwort des Sysop registrieren. Dann könnte er Doogie selbst als Sysop installieren.«

»Und was ist ein Sysop?«

»Ein System Operator, jemand, der das System kontrolliert. Beim Firewall haben gegenwärtig nur Andy und ich diesen Status. Wenn Doogie ihn auch hätte, könnte er das Firewall-System umgehen, ohne daß es jemand spitzbekäme. Dann hätte er die Möglichkeit, sich in unserem Computer nach Belieben umzusehen.«

»Verstehe. Hast du seinen Netzspion zerstört?«

»Andy kümmert sich gerade darum.«

»Dann ist jetzt alles wieder gesichert?«

Rachel verzog das Gesicht. »Ich hoffe es zumindest. Sicher kann man da nie sein. Und natürlich wissen wir nicht, ob er Dateien kopiert hat, und wenn, welche.«

»Und er hat die Softwareabteilung fast einen ganzen Tag Arbeit gekostet, weil alle damit beschäftigt waren herauszufinden, was er angestellt hat«, sagte ich.

In diesem Augenblick kam Kerr herein.

»Irgendwas gefunden?« fragte ich.

»Nein, noch nichts. Und ich hab' nur noch wenig Hoffnung. Alles, was wir haben, ist Ihre Beschreibung, und die ist ziemlich mager.«

»Immerhin habe ich ihn gesehen!« sagte ich.

Kerr rieb sich erschöpft die Augen. »Nein, Sie haben einen Schatten gesehen, den Sie ursprünglich für Miss Walker gehalten haben. Damit kommen wir nicht sehr weit vor Gericht, glauben Sie mir.«

Ich glaubte ihm. »Also wollen Sie ihn nicht festnehmen?«

»O doch. Meine Männer sind vor seiner Wohnung postiert. Und wenn ich ihn habe, dann kriege ich auch heraus, was dieser Bastard vorhat.«

»Und sind Sie mit David Baker weitergekommen?«

»Der ist fast genauso schlimm wie Fisher«, sagte Kerr. »Er hat sich einen Anwalt genommen und beantwortet überhaupt keine Fragen. Seine Begründung lautet, er bereite eine gerichtliche Klage gegen seine unrechtmäßige Entlassung vor, von der Sie bald hören werden.« Er ließ sich in einen Stuhl fallen. »Ich weiß nicht. Fisher ist nach wie vor mein bevorzugter Kandidat. Wenn er zur Tatzeit nur nicht in dieses Netz eingeloggt gewesen wäre.«

Ich blickte Rachel an. »Das läßt sich leicht türken«, sagte sie.

Kerr fuhr hoch. »Aber er hat uns alles gezeigt – Paßwörter, Adressen und das ganze Zeugs.«

»Glauben Sie mir«, sagte Rachel. »Doogie und seine Freunde können das alles vortäuschen. Wenn Sie mir zeigen, was Sie haben, zeige ich Ihnen, wie er's gemacht hat.«

Kerr rieb sich erfreut die Hände. »Das werde ich tun, worauf Sie sich verlassen können«, sagte er und lächelte zum erstenmal. »Ich denke, wir kommen der Sache allmählich näher.«

Das schottische Auge des Gesetzes war jetzt fest auf Doogie Fisher gerichtet.

Kurz nachdem Kerr gegangen war, piepte der Computer. Eine E-Mail.

Hallo, Fairfax,
Jetzt hab' ich Dich. Mit dem, was ich weiß, ist FairSystems im Arsch.
Bis dann
BOWL

Mist, verdammter! Nun hatte Doogie doch irgend etwas herausgefunden!

23

Im Werk war Hochbetrieb. Alle arbeiteten das Wochenende durch, obwohl sie wußten, daß die Chancen auf bezahlte Überstunden gleich Null waren. Auch ich verbrachte den Samstag und Sonntag dort. Es gab viel zu tun. Und ich war froh, einen Vorwand zu haben, der mir einen Besuch bei Karen in London ersparte.

Lediglich ein kurzes Telefongespräch führte ich mit ihr. Wir gingen höflich, aber kalt miteinander um. Ich beschloß, ihr nichts von meinem Treffen in London zu erzählen. Vielleicht schaffte ich es an einem Tag nach London und zurück, so daß ich nicht die Nacht mit ihr verbringen mußte. Ich war noch immer sauer wegen ihrer Stimmabgabe auf der Hauptversammlung.

Auch mit Kerr sprach ich. Die Polizei hatte Doogie verhaftet, seine Wohnung durchsucht und seinen Computer durchgekämmt, aber nichts Belastendes gefunden. Vierundzwanzig Stunden hatte man ihn festgehalten, dann mußte man ihn wieder laufenlassen. Die Beweise waren einfach zu spärlich, selbst für eine Einbruchsklage. Kerr schien noch mißmutiger zu sein als gewöhnlich.

Während wir von Sega keine Antwort erhielten, ging am Samstag vormittag eine von Nintendo ein. Das Unternehmen erklärte seine Gesprächsbereitschaft, mehr nicht. Ich hoffte, es würde genügen.

Am Montag morgen flogen Rachel und ich nach Heathrow. Noch vor unserem Treffen bei Onada wollte ich Steve Schwartz aufsuchen. Es tat mir gut, Rachel an meiner Seite zu haben. Ich brauchte eine Verbündete.

Wir fuhren mit der U-Bahn in die City. Bei Harrison Brothers bat ich den Sicherheitsbeamten um einen Besucherausweis für Rachel. Dann fuhren wir mit dem Lift in den zweiten Stock, wo der Handelssaal lag. Ich blickte zu Karens Platz hinüber. Zum Glück war ihr Stuhl leer.

Auch Jack Tenkos Stuhl war leer. Desgleichen sein Schreibtisch. Alle seine persönlichen Sachen waren fort. Wie Karen gesagt hatte, er war Schnee von gestern.

Steve war in seine Diagramme vertieft und nahm, von einem kurzen Winken abgesehen, fünf Minuten lang keine Notiz von mir. Mit Hilfe seiner Maus zeichnete er in das Diagramm der Aktien, in denen er eine große Position hielt, ein ganzes Gewebe von Hilfs- und Widerstandslinien ein. Steve glaubte keineswegs vorbehaltlos an die Aussagekraft seiner Diagramme, trotzdem zog er sie immer zu Rate.

Fasziniert beobachtete ihn Rachel. Ich sah förmlich, wie ihr Gehirn arbeitete, als sie versuchte, herauszufinden, was Steve tat.

Als er fertig war, machte ich ihn mit Rachel bekannt. Er lächelte höflich und sah sich augenblicklich einem Bombardement von Fragen ausgesetzt: Was er getan habe und warum und ob er eine nichtlineare Analyse vorgenommen habe, und wenn nicht, weshalb nicht.

Steve schien die Fragestunde Spaß zu machen, und mir wurde klar, daß es so den ganzen Tag weitergehen würde, wenn ich dem kein Ende bereitete.

»Du hast gesagt, du hättest etwas für mich, Steve?«

»Richtig«, sagte er und erinnerte sich daran, daß es mich auch noch gab. Sein Gesicht umwölkte sich, und er beugte sich vor, während er sich vorsichtig umsah. Niemand achtete auf uns.

Er dämpfte seine Stimme zu einem Flüstern. »Es geht um unseren Freund Hartman. Sieht so aus, als sei die SEC hinter ihm her.«

»Das überrascht mich nicht.« Die SEC, die amerikanische Börsenaufsicht, ist für die Strafverfolgung von Wertpapierbetrug und Insidergeschäften verantwortlich. Nach allem, was ich von Hartman gehört hatte, war er eindeutig ein Fall für diese Behörde.

»Nein, nein, ich meine, sie haben ihn wirklich schon fast am Kanthaken. Ich kenne einen Burschen bei Bloomfield Weiss, den hat man bei Strafandrohung dazu gezwungen, alles über die Futurenet-Transaktionen mitzuteilen, die er mit Hartman und einer Reihe obskurer, in Steueroasen ansässiger Fonds abgewickelt hat. Die allgemeine Losung lautet, Finger weg von Geschäften mit Hartman. Nach der Boesky-Geschichte will niemand wieder in solche Sachen verwickelt werden.«

»Was ist Futurenet?« fragte ich.

»Eine Firma in Seattle, die Datenübertragungssoftware herstellt. Jenson Computer hat sie letztes Jahr gekauft. Ganz offenkundig sind da vor der Bekanntgabe der Übernahme merkwürdige Dinge gelaufen.«

»Hab' davon gehört«, sagte Rachel. »Futurenet entwickelt Software für Datenfernnetze. Aber wir benutzen sie nicht.«

»Das mit Hartman muß unter uns bleiben«, flüsterte Steve.

»Okay.« Ich nickte. »Danke.« Ich wandte mich Steves Bildschirmen zu. »Darf ich einen Blick auf das Diagramm von unserem Aktienkurs werfen?«

»Klar.« Steve betätigte ein paar Tasten, die Eingeweide seines Rechners surrten vor sich hin, und dann zeigte ein Diagramm die Kursentwicklung der FairSystems-Aktien.

»Er ist stabil«, sagte er. »Sehen Sie selbst.«

Tatsächlich. Zur Zeit der Hauptversammlung hatte der Kurs sechs Dollar erreicht und war dann auf fünf gefallen. Inzwischen war er wieder auf sechs geklettert. Hohe dünne Balken unter der Kurve zeigten an, daß diese Bewegung bei einem beträchtlichen Umsatzvolumen stattfand.

»Da kauft noch immer irgend jemand eure Aktien auf«, sagte Steve. »Ich bin ganz sicher.«

»Jenson Computer?«

»Könnte sein. Wenn es Jenson ist, werden Sie es bald wissen. Das muß der Börsenaufsicht mitgeteilt werden. Es sei denn, er kauft durch Strohmänner. Oder über Hartmans Netz.«

»Sie sagen, Jenson Computer hat Futurenet geschluckt?«

»Richtig.«

»Und was ist dann mit Futurenet passiert?«

Die Antwort kam von Rachel: »Sie haben ein Drittel der Mitarbeiter entlassen. Ein gerade eröffnetes Werk in Greenock wurde gleich wieder geschlossen. Viele der besten Leute hörten auf eigenen Wunsch auf. Keine ganz glückliche Entwicklung.«

»Okay, das wird uns nicht passieren«, sagte ich entschlossen.

Ich bat Rachel, ein paar Minuten bei Steve zu bleiben, und ging zur anderen Seite des Saals hinüber. Dort herrschte hektische Aktivität. Harrison Brothers legte gerade einen neuen Eurobond auf. Ich merkte, wie sehr ich diese wirbelnde Geschäftigkeit vermißt hatte, die verhaltene Spannung, dieses Gefühl, daß jederzeit alles passieren kann. Greg war am Telefon und winkte mir zu, als ich vorbeikam. Dann führte ich ein kurzes Gespräch mit Ed. Die italienische Transaktion ließ sich gut an. Die Anleihe war auf siebenundneunzigeinhalb gestiegen. Ed ließ mich einen kurzen Blick auf die monatliche Gewinn-und-Verlust-Rechnung werfen. Wir waren bereits mehr als zwei Millionen Dollar im Plus! Sehr zufriedenstellend.

Bob Forrester betrat den Handelssaal. Er bemerkte mich und kam herüber. »Schön, Sie zu sehen, Mark. Freut mich, daß Sie uns nicht vergessen haben«, dröhnte er.

»Scheint ja alles prima zu laufen ohne mich«, sagte ich und nickte in Richtung der Gewinn- und Verlust-Zahlen auf dem Bildschirm.

»Ja, Ed macht sich gut. Aber wir brauchen Sie hier, Mark. Wir hinken hinter unserem Jahressoll her, und ich kann einfach nicht länger auf Sie verzichten.«

»Ich dachte, ich hätte Zeit bis zum ersten August?«

»Tut mir leid, Mark. In der nächsten Woche brauche ich Sie wieder hier.«

Das war eine Feststellung, keine Bitte und noch nicht einmal ein Befehl.

»Das geht nicht. FairSystems steckt in einer schwierigen Situation. Ich kann da jetzt wirklich nicht weg.«

Bob fixierte mich. Ich hielt seinem Blick stand. Er wußte, ich würde nicht klein beigeben.

»Okay«, sagte er schließlich. »Drei Wochen, und ich will Sie wieder an Ihrem Platz sehen, oder da sitzt jemand anders, wenn Sie wiederkommen.« Sprach's, machte auf dem Absatz kehrt und verließ den Handelssaal.

Das hatte mir gerade noch gefehlt! Vor allem mit den zusätzlichen Schulden, die ich mir aufgeladen hatte. Wenn ich meinen Job verlor, würde es nicht so leicht sein, einen neuen zu finden. Für jemanden, der auch nur ein paar Monate aus dem Geschäft raus ist, liegen die Angebote nicht gerade auf der Straße.

Aber darüber konnte ich mir im Augenblick keine Sorgen machen.

Die englische Zentrale von Onada Industries lag ein paar Schritte vom Hammersmith Broadway entfernt. Das Gebäude war klein, quadratisch und sehr modern. Auch innen war alles quadratisch und sehr modern. Offenbar waren die meisten Angestellten junge Engländer mit höflichem, seriösem Lächeln. Nur von ferne sah ich einen Japaner einen Gang entlangeilen.

Man führte uns in ein Konferenzzimmer. Es war spärlich, aber kostspielig in Kirsche und heller Eiche möbliert. Indirektes Licht fiel auf weiße Wände. Eine Fensterwand gab den Blick auf den Empfangsbereich frei. Von außen war sie graugrün und undurchsichtig. Rachel und ich setzten uns.

Für ihre Verhältnisse sah Rachel fast elegant aus. Die Jeans waren schwarz, nicht blau, und wiesen keine Löcher auf. Der Pullover, wahrscheinlich ihr bestes Stück, bestand aus Lambswool und war nicht halb so beutelig wie ihre anderen. So ließ sich ihre Figur nicht übersehen, schlank und trotzdem wohlgerundet. Das Haar war nach hinten gebunden, so daß man die Ohren und den schmalen Hals sah. In der gedämpften, indirekten Beleuchtung des Konferenzzimmers schimmerte ihre Haut fast wie an jenem Abend in ihrer Wohnung.

Ich wurde in meinen Betrachtungen unterbrochen, als sich die Tür öffnete. Mr. Akama betrat den Raum, gefolgt von Yoshi und den beiden stummen Beisitzern.

Akama in der Stadt? Ich fragte mich, ob er extra für unsere Besprechung angereist war oder ob er sich zufällig auf der Durchreise befand. Ich lächelte in mich hinein. Rachel hatte recht; wir waren wichtig für Onada.

Akama verneigte sich vor mir, schenkte Rachel ein knappes Nicken und setzte sich. Ich nickte zurück. Auf seinem Schlips marschierte ein Rudel Elefanten im Gänsemarsch von rechts oben nach links unten in Richtung Hose.

Mühsam quälten wir uns durch eine Viertelstunde Small talk. Seit unserem letzten Treffen hatte Akamas Englisch keinerlei Fortschritte gemacht. Er war steif und lächelte kaum jemals. Vermutlich hatte er die Beleidigung noch nicht verwunden, die ich ihm zugefügt hatte, indem ich ihm sein Geschäft mit David vermasselt hatte. Vielleicht war es ihm auch peinlich, daß ich herausgefunden hatte, in welcher Weise er David für Onadas Zwecke eingespannt hatte. Jedenfalls hatte Mr. Akama eine Reihe guter Gründe, mich nicht sonderlich zu mögen. Als er dort so saß und mich aus halbgeschlossenen Augen beobachtete, sah er wie ein gefährlicher Feind aus.

Schließlich verstummte Yoshi, offenbar in der Erwartung, daß ich das Wort ergreifen würde.

Ich tat es nicht, sondern reichte ihnen einfach das Fax, das ich an Sega und Nintendo abgeschickt hatte. Ich wartete ein paar Sekunden, bis Yoshi es Akama flüsternd erläutert hatte, dann schob ich Nintendos Antwort nach.

Sie tat ihre Wirkung. Mr. Akama bekam einen roten Kopf und redete heftig auf Yoshi ein. Der wandte sich an mich.

»Mr. Akama ist auf das äußerste empört, daß Sie Ihre Geschäftspartner derart hintergehen. Er sagt, Sie müßten eigentlich wissen, daß Sega und Nintendo unsere Konkurrenten sind und daß Sie unser Vertrauen in übler Weise mißbrauchen.«

Ich lachte. »Sagen Sie Mr. Akama, ich sei empört, weil er meinen Marketingdirektor dazu überredet hat, mich und die Firma zu verraten.«

Yoshi wartete einen Augenblick, bevor er diese Mitteilung übersetzte. Mr. Akama hatte inzwischen seine Haltung wiedergewonnen. Ausdruckslos ruhten seine Augen auf mir.

»Ich habe einen Vorschlag«, sagte ich und räusperte mich. »Wir erteilen Onada Industries eine einfache, das heißt nicht ausschließliche Lizenz für FairSim1, ohne das vollständige

Quellenprogramm offenzulegen. Aber wir stellen Ihnen gerne unsere Leute zur Verfügung, wann immer es nötig ist, Onada-Anwendungen an FairSim1 anzupassen, und das zu den branchenüblichen Tarifen. Allerdings brauchen wir für diese Programmierarbeit einen Vorschuß von zweihunderttausend Dollar.«

»An einer solchen Vereinbarung haben wir kein Interesse«, erklärte Yoshi ungeduldig. »Wir dachten, wir erörtern hier den Verkauf Ihres Unternehmens.«

»Davon kann keine Rede sein.«

Yoshi dachte eine Augenblick nach. »Warum sollten wir auf Ihren Vorschlag eingehen? Uns geht es um die Exklusivrechte an FairSim1, zumindest auf dem Unterhaltungssektor. Warum sollten wir an Sie zahlen, wenn andere das gleiche System verwenden können?«

Ich mußte ihnen ein bißchen mehr erzählen. Das hatte ich erwartet. Hoffentlich erfuhr Jenson nicht davon. Ich mußte einfach auf die obsessive Geheimniskrämerei der Japaner vertrauen.

»Was ich Ihnen jetzt mitteile, müssen Sie unbedingt vertraulich behandeln, okay?«

»Sicher«, sagte Yoshi. Ich meinte, auch bei Akama ein leichtes Nicken bemerkt zu haben, war mir aber nicht ganz sicher.

»FairSystems steht kurz vor dem Abschluß von FairSim2, das erheblich leistungsfähiger sein wird als die gegenwärtige Version. Aber wichtiger noch, wir haben dafür ein völlig neues Graphiksystem entwickelt. Mit seiner Hilfe werden die Rechner die VR-Verarbeitung weit schneller abwickeln können als je zuvor. Wir hoffen, daß unser System der Standard der Branche wird. Es wird allen zur Verfügung stehen, auch Onada Industries.«

»Weshalb sollten wir dann irgendwelche Zahlungen im voraus leisten?«

»Sie würden nicht für das System an sich zahlen, sondern für die Programmiererfahrung. Unsere Leute kennen sich am besten aus. Sie können Ihre Anwendungsprogramme viel rascher und wirksamer anpassen als die Konkurrenz. Binnen sechs Monaten haben Sie die besten VR-Programme der Welt. Was Sie damit anfangen, liegt natürlich bei Ihnen.«

Yoshi hörte zu. Er verstand genau, was ich meinte. Und Mr. Akama auch, dessen war ich mir sicher.

Yoshi zog die Stirn in Falten. »Was hindert Nintendo oder Sega daran, mit Ihnen zu ähnlichen Vereinbarungen zu kommen?«

Den Einwand hatte ich erwartet. »Gute Frage. Wir sind gerne bereit, Ihnen unsere Programmiererfahrung sechs Monate lang exklusiv für Ihre Anwendungen auf dem Unterhaltungssektor zur Verfügung zu stellen.«

»Sechs Monate? Das ist gar nichts.«

»Zeit genug, um sich weltweit eine Vormachtstellung zu verschaffen. Zeit genug für Ihre Mitarbeiter, um sich das Wissen unserer Leute anzueignen. Überlegen Sie doch mal, Yoshi. Zweihunderttausend Dollar für eine weltweite Vormachtstellung! Das sollte sich doch rechnen.«

Er überdachte das Gesagte. Dann wandte er sich an Akama. Fünf Minuten lang beratschlagten die beiden.

Schließlich sagte Yoshi: »Vielen Dank für Ihren Vorschlag, Mr. Fairfax. Wir werden das in Tokio besprechen und uns vielleicht wieder an Sie wenden.«

»Ach ja, das vergaß ich zu sagen. Ich brauche Ihre grundsätzliche Zusage, bevor ich dieses Büro verlasse, oder ich wende mich an Nintendo.« Damit ging ich wirklich an die äußerste Grenze, denn wer erwartet, daß japanische Geschäftsleute eine augenblickliche Entscheidung treffen, verlangt fast Unmögliches von ihnen. Trotzdem, es gab nur eine einzige richtige Antwort für sie. Was ich ihnen vorschlug, paßte genau in ihr Konzept, und sie konnten nicht riskieren, daß ich zu Nintendo ging.

Und wir brauchten das Geld möglichst rasch.

Erneute Beratschlagung in schnellem Japanisch. »Wir müssen in Tokio anrufen«, sagte Yoshi.

»Wir warten gern«, sagte ich.

Und wir warteten. Irgendwann brachten sie uns Sushi zum

Mittag. Yoshi schaute herein, um zu sehen, ob wir noch etwas brauchten.

»Uns geht es gut«, sagte ich. »Kommen Sie voran?«

Vielsagend wiegte Yoshi den Kopf. »Es ist sehr schwierig. In Tokio ist es jetzt neun Uhr abends. Aber wir werden es weiter versuchen.«

Er wandte sich schon zum Gehen, da rief ich ihn noch einmal zurück. »Einen Augenblick noch, Yoshi! Ich würde gern noch etwas mit Ihnen besprechen.«

Er zögerte. Ich deutete auf einen Stuhl. »Setzen Sie sich doch!«

Yoshi sah besorgt aus – und er hatte allen Grund dazu.

»Todd Sutherland ist doch Ihr Anwalt, oder?«

»Er arbeitet hin und wieder für uns, ja«, sagte Yoshi und sah etwas verwirrt aus.

»Warum haben Sie ihn zu Jonathan Bergeys Vater geschickt, um ihn zum Schweigen zu bringen?«

»Jonathan Bergey?«

»Der Junge, der nach dem Spiel an einem unserer VR-Geräte bei einem Motorradunfall ums Leben gekommen ist. Und LSD nahm.«

Yoshi schwieg und dachte nach.

»Es wäre für die ganze VR-Branche sehr schlecht gewesen, wenn die Geschichte bekanntgeworden wäre«, sagte er schließlich. »Besonders für den VR-Unterhaltungssektor. Tatsächlich hätte diese Verknüpfung von LSD und VR genauso schädlich sein können wie der Unfall selbst. Sie wissen, wie wichtig der VR-Unterhaltungsmarkt für Onada Industries ist. Einen öffentlichen Prozeß konnten wir nicht brauchen.«

»Wie haben Sie von dem Unfall erfahren?«

Yoshi zuckte mit den Achseln.

»David hat es Ihnen erzählt, nicht wahr?«

Wieder zuckte Yoshi mit den Achseln.

»Noch eines«, sagte ich. »Gucken Sie sich das mal an!« Ich schob ihm die Fotos zu, die Keith auf unserem Parkplatz von Yoshi gemacht hatte. Er nahm sie und runzelte die Stirn.

»Ich habe sie Jim Robertson gezeigt, dem Wirt des Inch

Tavern in Kirkhaven. Er hat mir gesagt, er habe Sie zusammen mit Richard am Abend vor dessen Tod in seinem Lokal gesehen. Sie seien der Mann, der sich im Robbers' Arms als Hiro Suzuki eingetragen hat.«

Yoshis Stirn wurde noch krauser.

»Warum waren Sie dort, Yoshi?«

»Ich brauche Ihre Fragen nicht zu beantworten.«

»Warum tun Sie's nicht, wenn Sie nichts zu verbergen haben?«

Wortlos blickte Yoshi auf das Foto hinunter.

»Vielleicht sollte ich Mr. Akama fragen, was Sie dort getan haben.«

Yoshi seufzte. »Okay. Ich sag's Ihnen.« Er zögerte kurz. Ordnete er seine Gedanken? Oder legte er sich nur eine gute Geschichte zurecht?

»An jenem Wochenende bin ich nach Schottland gefahren, um Golf zu spielen. Richard hatte mir Kirkhaven als angenehmen Aufenthaltsort geschildert. Als ich dort war, rief ich ihn an und lud ihn zu einem Drink ein. Das war ohne jeden Hintergedanken. Wir verstanden uns gut.«

Plötzlich fiel mir das Treffen mit Richard und Greg im Windsor Castle ein. Damals hatte Richard erwähnt, er habe einen ganzen Tag lang versucht, mit einem japanischen Unternehmen zu verhandeln. Ich meinte mich zu erinnern, daß er gesagt hatte, die Japaner seien zäh, aber er könne den Burschen gut leiden, mit dem er verhandle. Das mußte Yoshi gewesen sein.

»Sie haben überhaupt nicht über geschäftliche Dinge gesprochen?«

»Nein«, sagte Yoshi. »Natürlich hätte ich Richard gerne dazu veranlaßt, seine Meinung über das Geschäft zu ändern, das wir mit ihm abzuschließen hofften. Aber wir haben es nicht angesprochen. Ich wollte einfach meine Beziehung zu ihm ein bißchen verbessern.«

»Das ist merkwürdig. Die Stammgäste haben erzählt, Sie hätten einen Streit mit ihm gehabt und er sei wütend hinausgerannt.«

Yoshi überlegte einen Moment. »Vielleicht hatte er schlechte Laune.«

»Und er hatte deswegen schlechte Laune, weil er wußte, daß David Baker Ihr Maulwurf bei FairSystems war?«

Yoshi schüttelte den Kopf. »Ich kann Ihnen beim besten Willen nicht sagen, warum er schlechte Laune hatte. Ich weiß es wirklich nicht.«

Und ob er es wußte. Aber da war noch etwas, das mich interessierte. »Warum wollen Sie nicht, daß ich Mr. Akama von diesem Treffen erzähle?«

Plötzlich sah Yoshi sehr unbehaglich drein. »Er weiß davon nichts. Ich wäre Ihnen sehr dankbar, wenn Sie nichts davon erwähnen würden.«

Er hatte die meisten meiner Fragen beantwortet, daher war ich ihm diesen Gefallen schuldig. »Okay, aber es könnte sein, daß ich die Polizei davon in Kenntnis setzen muß.«

Yoshis Unbehagen verstärkte sich. »Das muß doch nicht sein, oder? Wie gesagt, es war alles vollkommen harmlos.«

»Warten wir's ab.« Ich hatte ihn da, wo ich ihn haben wollte: Er war verunsichert.

»Also, wenn Sie mit der Polizei reden, dann bitten Sie sie wenigstens um Diskretion.«

Ich gab keine Antwort, und er verließ den Raum.

»Was halten Sie davon?« fragte ich Rachel.

»Weiß nicht. Ich glaube, er sagt die Wahrheit.«

»Hm. Ich bin nicht sicher, daß er die ganze Wahrheit sagt. Irgendwas verheimlicht er.«

Wir warteten den ganzen Nachmittag und bestellten zum Abendessen eine Pizza. Ich wartete gern, denn mir war klar, daß Onada uns nicht hinhalten wollte, sondern nach einer Entscheidung suchte.

Langsam kroch die Zeit dahin. Rachel war in Gedanken noch bei dem Gespräch, das sie am Morgen mit Steve geführt hatte, und sie fragte mich nach den Märkten und ihren Abläufen. Sie begriff sehr rasch, was ich ihr erläuterte, und mir machte es großen Spaß, ihr diese Dinge auseinanderzusetzen. Offenbar fand sie das Finanzgeschehen interessanter, als sie gedacht hatte. Doch als ich eine entsprechende Vermutung äußerte, stritt sie es ab und erklärte, die City sei ein Parasit im Pelz der britischen Gesellschaft. Vielleicht hatte sie recht.

Um elf Uhr abends – oder sieben Uhr morgens japanischer Zeit – betrat Yoshi endlich wieder den Raum. Er sah müde aus.

In der Hand hielt er einen Bogen Papier, der von Mr. Akama unterzeichnet war und in dem dieser sich grundsätzlich mit den von mir genannten Bedingungen einverstanden erklärte. Ich schüttelte Yoshi die Hand und lächelte. »Es ist ein Vergnügen, mit Ihnen Geschäfte zu machen, Yoshi«, sagte ich und meinte es durchaus nicht nur ironisch. Dann verließen Rachel und ich das Gebäude.

Ein regelrechtes Hochgefühl erfüllte mich, als wir auf die Straße traten, und Rachel ging es wohl nicht anders. Es tat richtig gut, endlich einen der vielen Räuber ausgetrickst zu haben, die uns seit einem Monat umkreisten. Und es war ein Riesengeschäft für FairSystems. Nicht nur, daß wir die zweihunderttausend Dollar zu einem Zeitpunkt bekamen, zu dem wir sie händeringend brauchten, sondern wir hatten uns damit eine sichere Absatzmöglichkeit auf einem Softwaremarkt eröffnet, auf dem wir bislang noch nicht vertreten waren.

Ein phantastisches Ergebnis, das die lange Warterei allemal wert war.

»Und nun?« fragte Rachel. Es war zwanzig nach elf. Wir hatten vorgehabt, noch am selben Abend nach Edinburgh zurückzufliegen. Doch dazu war es jetzt zu spät.

»Gleich um die Ecke gibt's ein Hotel«, sagte ich. »Mal sehen, ob wir da ein Zimmer für dich kriegen.«

Etwa hundert Meter waren es bis zur Betonburg Novotel, die ich am Morgen auf dem Weg zu Onada bemerkt hatte. Nichts mehr frei.

Es konnte den ganzen Abend dauern, bis wir ein Hotelzimmer für Rachel fanden. »Komm mit zu mir«, sagte ich. »Ich habe ein Gästezimmer.«

Rachel hob die Augenbrauen. »Und was wird Lady Karen davon halten?«

Ich wurde rot. »Sie dürfte schlafen, wenn wir ankommen. Aber wenn du ihr morgen früh begegnest, sei höflich, ja?«

»Ich will's versuchen.« Rachel lächelte. »Gehen wir.«

Also winkten wir ein Taxi herbei und fuhren zu meiner Wohnung. Zu meiner Überraschung gefiel es mir sehr, mit ihr und nicht mit Karen nach Hause zu fahren. Ich fühlte mich entspannter und wohler in ihrer Gegenwart. Bei Karen war ich aus dem einen oder anderen Grund immer auf der Hut. Irgend etwas gab es stets – entweder erledigte sich gerade ein Problem, das zwischen uns stand, oder am Horizont tauchte ein neues auf.

Und ich konnte noch immer nicht fassen, daß sie mich in der Hauptversammlung im Stich gelassen hatte.

Wir kletterten aus dem Taxi, und ich öffnete die Vordertür. Es war fast Mitternacht. Ich hoffte, Karen würde schon zu Bett gegangen sein. Ich mußte sie natürlich wecken, dachte aber, ihre Begegnung mit Rachel bis zum Morgen hinausschieben zu können. Wir stiegen die Treppe in den ersten Stock empor, wo ich Rachel das Gästezimmer zeigte. Sie blieb stehen und lauschte. Ich lauschte ebenfalls.

Ganz leise drang Musik aus dem Wohnzimmer, ein Stockwerk höher. Die Musik aus der Fernsehserie »Twin Peaks«, eine CD, die Karen besonders gern hatte.

Mist, dachte ich. Sie war noch auf, aber ich hatte nicht den Eindruck, daß sie uns gehört hatte.

Behutsam betrat Rachel ihr Zimmer und schloß die Tür hinter sich. Offenbar legte auch sie keinen besonderen Wert darauf, Karen zu begegnen. Ich beschloß, ein paar Minuten zu warten, bevor ich nach oben ging, um mit Karen zu reden. So hatte Rachel Zeit genug, ins Bett zu gehen, und war aus dem Weg.

Ich ging in unser Schlafzimmer. Es sah ziemlich unordentlich aus, was merkwürdig war. Gewöhnlich war Karen sehr ordentlich. Das Bett war nicht gemacht, und ein paar Kleidungsstücke lagen auf dem Fußboden. Vielleicht räumte sie nur meinetwegen auf und war, wenn sie allein war, viel nachlässiger. Ein hübscher Gedanke, aber unwahrscheinlich.

Ich hängte mein Jackett in den Schrank. Auf die Unterhaltung mit Karen brannte ich nicht gerade. Bisher hatte ich mit ihr nur kurz am Telefon über ihre Abstimmung bei der Hauptversammlung geredet, und die Zeit nach Mitternacht ist für solche klärenden Gespräche nicht besonders geeignet.

Ich hob ein paar Kleidungsstücke vom Fußboden auf und legte sie auf einen Stuhl. Einen Rock, einen BH, eine Bluse.

Da fiel mein Blick auf ein Weinglas. Und noch eines.

Zwei Weingläser!

Ich richtete mich auf und betrachtete das Zimmer voller Abscheu.

Jähe Wut packte mich. Ich schloß die Augen und ballte die Fäuste. Dann machte ich kehrt und hastete die Treppe empor.

Ich stieß die Tür zum Wohnzimmer auf. Überrascht sah Karen auf. Sie saß in einem Sessel und trug nur einen Morgenmantel. In der Hand hielt sie ein volles Weinglas. Mit einem raschen Blick hatte ich das Zimmer erfaßt. Wer immer hier gewesen sein mochte, war fort.

»Na, hast du dir ein neues Glas eingegossen?«

Sie war sprachlos, und ihr Gesicht wurde schneeweiß.

Ich trat ein paar Schritte näher. »Warum stehen zwei benutzte Weingläser in unserem Schlafzimmer, Karen?« fragte ich ruhig.

Sie stand auf. Unsere Augen trafen sich. Langsam faßte sie sich. Ihr Gesicht verhärtete sich, die Brauen zogen sich zusammen, und der Mund wurde zu einer dünnen Linie. Herausfordernd blickte sie mich an.

»Wo ist er?«

»Fort.«

»Hast du . . .?«

Karen lächelte.

»Das kann ich nicht glauben. Wie konntest du das tun? Bei mir zu Hause!«

»Wo man zu jeder Tages- und Nachtzeit auf deine Anrufe gefaßt sein mußte. Es ging nicht anders.«

»Du meinst, wenn ich aus Schottland angerufen habe, war er hier? Bei dir?«

»Manchmal.« Sie nickte.

Kein Anzeichen von Betroffenheit. Sie war ertappt worden, gab alles zu und wappnete sich gegen meine Vorwürfe.

»Wer ist er? Wie heißt er?«

Sie gab keine Antwort. Kaltblütig hielt sie meinem Blick stand.

»Raus hier!« flüsterte ich.

»Mark«, sagte sie. »Ich liebe ihn. Ich habe ihn immer geliebt und werde es immer tun.«

»Raus!« schrie ich.

Dann war sie fort. Im ersten Stock drückte sie sich an einer blassen Rachel vorbei.

Benommen ließ ich mich in den Sessel fallen. Er roch nach Karens Parfüm. Ich stand auf, trat mit dem Fuß dagegen und ging ans große Fenster.

Ich hätte es wissen, hätte es kommen sehen müssen. Kein Wunder, daß sie mir in letzter Zeit so merkwürdig vorgekommen war. Klar, daß sie keinen großen Wert auf meine Anwesenheit gelegt hatte, wenn sie statt dessen mit ihm zusammensein konnte. Mir fiel ein, wie fern sie mir zu sein schien, wenn wir miteinander schliefen. Jede Wette, daß sie bei ihm ganz anders war. Wie konnte sie so was tun? Wie konnte sie mich so hintergehen?

Als ich jetzt darüber nachdachte, wurde mir klar, daß sie mich von Anfang an hintergangen hatte. »Ich habe ihn immer geliebt.« Das hatte sie mir ins Gesicht gesagt. Gewiß, ich wußte, daß sie diesen Mistkerl früher geliebt hatte, dachte aber, sie würde ihn jetzt hassen. Und ich hatte gehofft, im Laufe der Zeit würde sie lernen, mich zu lieben. Was für ein Narr war ich gewesen!

Etwas berührte meine Schulter. Rachel reichte mir ein Glas mit purem Whisky. Sie selbst hielt ein Glas Rotwein in der Hand. Ich nahm den Whisky und war noch nicht einmal fähig, ihr zu danken. Gleich darauf gab ich ihr das leere Glas zurück. Sie füllte es noch einmal.

Sie saß auf einem kleinen, unbequemen Stuhl in der Ecke, eine Flasche Wein zu ihren Füßen, und sah mich an. Plötzlich wurde mir ihre Gegenwart bewußt, aber ich konnte nicht mit ihr reden. Ich setzte mich auch auf einen Stuhl, stützte die Ellenbogen auf die Knie und starrte auf den Teppich.

Wer war dieser Kerl? Was wußte ich von ihm? Es war ein älterer Mann. Er kannte Karen seit einigen Jahren.

Bob Forrester! Vielleicht. Hatte Jack Tenko, die Pappnase, nicht gesagt, Forrester sei scharf auf Karen? War sie ihm in den letzten Monaten nicht geradezu unverschämt um den Bart gegangen? Wieso hatte ich nichts geschnallt? Vor ein paar Stunden hatte ich selbst noch mit ihm gesprochen!

Doch wenn er es war, warum legte er dann so viel Wert darauf, daß ich nach London zurückkehrte?

Ich bekam keine Ordnung in meine Gedanken. Die erste Wut hatte sich zwar gelegt, aber es brodelte noch immer in mir. Die Bilder stürmten auf mich ein: die vielen Abendessen zu zweit, Karen, wie sie am Telefon mit einem Kunden flirtete, ihr rosig angehauchtes Gesicht im Inch Tavern. Alle diese Bilder, die mir so viel bedeutet hatten, waren jetzt mit einem Trauerrand versehen.

Schließlich hörte ich Rachel sagen: »Du solltest jetzt zu Bett gehen.«

Ich nickte, stand auf und ging etwas steif die Treppe hinunter. An der Tür zu meinem Schlafzimmer drehte ich mich noch einmal zu ihr um, lächelte schwach und ging hinein.

Doch es war mir unmöglich, in diesem Bett zu schlafen. Ich nahm eine Decke und legte mich oben im Wohnzimmer aufs Sofa.

Schweigsam flogen Rachel und ich nach Schottland zurück. Rachel überließ mich meinen Gedanken. Und es gab eine Menge Dinge, über die ich nachzudenken hatte.

Ich hatte Karen verloren, obwohl ich nicht sicher war, ihre Liebe jemals richtig besessen zu haben. Ich kam mir töricht vor, und ich hatte das Gefühl, ausgenutzt worden zu sein. Außerdem war ich wütend. Mein Stolz war verletzt. Was fand sie an Forrester, diesem Einfaltspinsel? Oder wer immer es war. Je mehr ich darüber nachdachte, desto klarer wurde mir, daß es jeder sein konnte.

Doch gleichzeitig stellte ich zu meiner Überraschung fest, daß ich auch ein gewisses Gefühl der Erleichterung verspürte. Karen war immer unberechenbar geblieben. Ich hatte mich sehr um diese Beziehung bemüht, und obwohl mir das die Sache wert gewesen war, solange es dem Anschein nach gutgegangen war, empfand ich es doch als angenehm, daß ich mir jetzt keine Gedanken mehr um sie machen mußte. Ich hatte genug eigene Probleme.

Ich saß in meinem Büro und blickte auf das elektronische Meer. Richards Tod hatte mich aus dem Gleichgewicht geworfen. Ich mußte verhindern, daß Karens Treulosigkeit diesen Zustand noch verschlimmerte. Manchmal kam ich mir vor wie ein winziges Stück Treibholz, das von den brandenden Wellen nach Belieben umhergeworfen wurde. Onada, Jenson, Hartman, Baker, Doogie. Sie alle schubsten mich herum, und sie schubsten die Leute herum, mit denen ich zusammenarbeitete. Wahrscheinlich hatte einer von ihnen auch gedroht, mich umzubringen. Es war nur eine Frage der Zeit, bis er die Drohung wahrmachte.

Bisher hatte ich auf die Ereignisse nur reagieren können.

Das sollte sich jetzt ändern.

Ich erzählte Rachel, was ich vorhatte. Sie war begeistert.

Zuerst rief ich Hartman an. Für Donnerstag verabredete ich ein Treffen mit ihm in seinem Büro in New York.

Dann rief ich die SEC in Washington an. Ich erklärte, ich hätte Informationen über Insidergeschäfte in meinem Unternehmen. Auch hier wurde ein Treffen in New York vereinbart.

Dann Jenson Computer. Freitag in Palo Alto.

Bei Baker und Doogie war ich mir nicht so sicher. Die überließ ich wahrscheinlich besser der Polizei. Außerdem mußte ich Kerr wohl von Yoshis Besuch im Inch Tavern berichten. Ich wollte gerade Sergeant Cochrane anrufen, als Susan meldete, Detective Inspector Kerr sei unten.

»Schicken Sie ihn herauf!«

Kerr sah müde und ernst aus. Sein Begleiter war ein jüngerer Mann in einem gepflegten Anzug.

»Detective Inspector Morland von der Kriminalpolizei Edinburgh.«

»Tag, Inspektor. Möchten Sie eine Tasse Kaffee?« fragte ich. »Sie sehen aus, als könnten Sie eine brauchen.«

»Und ob«, sagte Kerr. »Mit Milch. Drei Stücke Zucker.«

Morland schüttelte den Kopf.

Ich ging zum Automaten und kam mit zwei Bechern zurück. »Was kann ich für Sie tun?« fragte ich.

»Doogie Fisher ist tot«, sagte Kerr. »Ermordet.«

»Was?«

»Man hat ihn am Fuß einer Klippe in seinem Auto gefunden. Ein Spaziergänger hat ihn bei Ebbe entdeckt. Sieht so aus, als hätte ihn jemand erdrosselt und ihn dorthin gefahren.«

»Wann ist es passiert?«

»Irgendwann gestern nacht. Zuletzt wurde er mit ein paar Freunden in einem Pub gesehen. Als er ging, hat er gesagt, er will jemanden treffen. Offenbar hat er sich darauf gefreut.«

»Haben Sie einen Verdacht?«

Kerr seufzte. »Nein. Im Augenblick jedenfalls noch nicht. Aber Inspector Morland und seine Kollegen arbeiten daran.«

»Glauben Sie, daß es eine Verbindung zu Richards Tod gibt?«

»Wissen wir noch nicht. Aber das wird natürlich überprüft. Doogies Hund war in seinem Schlafzimmer eingeschlossen, was darauf hindeutet, daß er jemanden in der Wohnung getroffen hat und dann mit ihm fortgegangen ist. Vielleicht ist er dort auch umgebracht worden. Bisher haben wir noch keinen Hinweis auf eine Verabredung gefunden. In seinem Notizbuch steht nichts.«

»Niemand, der was gesehen hat?«

»In diesem Viertel von Edinburgh treiben sich nachts 'ne Menge Leute herum. Da denkt sich niemand was dabei, wenn er einen Fremden sieht. Wir haben sechs Zeugen, die sechs verschiedene Beschreibungen liefern: von einem fünfzehnjährigen Mädchen bis zu einem fünfundfünfzigjährigen Mann. Ach ja, und dann noch von einem jungen Mann, ungefähr dreißig, groß und dunkelhaarig.«

»Ah, ich verstehe. Und deshalb möchten Sie jetzt mit mir sprechen.«

Morland räusperte sich. Mißbilligend hatte er Kerrs Geplauder verfolgt. Für ihn zumindest war ich ein Verdächtiger.

»Wo waren Sie gestern nacht, Sir?«

Ich verzog das Gesicht, als ich mich daran erinnerte. »Ich bin zu Hause in London gewesen. Heute morgen bin ich nach Edinburgh zurückgeflogen. Warten Sie, ich hab' wahrscheinlich noch meine Bordkarte.« Ich zog sie aus der Tasche und zeigte sie Morland, der sie sich eingehend ansah.

»Vielen Dank, Sir. Gibt es Zeugen, die das bestätigen können?«

»Ja. Rachel Walker war da. Außerdem meine ehemalige Freundin Karen Chilcott.« Bei diesen Worten hob Kerr die Augenbrauen. »Inspector Kerr kennt sie.«

Kerr nickte Morland zu.

»Haben Sie irgendeine Vermutung, warum Doogie Fisher umgebracht worden ist?« fragte Morland.

Ich schüttelte den Kopf und blickte Kerr an. »Nein. Nichts außer den Dingen, die ich bereits mit Inspector Kerr besprochen habe. Warten Sie!« Ich suchte den Ausdruck der E-Mail von BOWL heraus, die ich am Tag nach dem Einbruch bekommen hatte. »Haben Sie das gesehen?« Morland nickte. Ich hatte Kerr eine Kopie geschickt. »Haben Sie ihm übrigens den Einbruch nachweisen können?«

»Nein«, sagte Kerr. »Es gab nicht genügend Beweise. Aber ehrlich gesagt, wir waren mehr daran interessiert, ihn mit dem Mord an Ihrem Bruder in Verbindung zu bringen.«

»Er könnte es ja trotzdem getan haben.«

Kerr kratzte sich wieder seine verwüstete Nase. »Vielleicht, vielleicht auch nicht. Sie haben keine Ahnung, worauf er da anspielt?« fragte er und blickte auf die E-Mail.

»Nicht die geringste. Obwohl es sich so anhört, als könnte es für FairSystems ziemlich unangenehm sein.«

»Nun, was immer es war, es muß wichtig gewesen sein. Und ich wäre nicht überrascht, wenn Doogie deshalb ermordet worden wäre. Wir wissen immer noch nicht, warum Ihr Bruder umgebracht worden ist. Aber wir gehen davon aus, daß er seinen Mörder gekannt hat. Vielleicht hat Ihr Bruder die gleiche Information besessen wie Doogie. Vielleicht ist er von derselben Person umgebracht worden.«

Das war möglich. Einleuchtend.

»Da ist noch etwas, das Sie wissen müssen«, sagte ich und fühlte mich plötzlich nicht sehr wohl in meiner Haut.

Ich holte das Foto aus einer Schublade. »Hier ist ein Bild von Yoshiki Ishida. Er arbeitet für Onada Industries, das japanische Unternehmen, das David Baker auf seine Seite gezogen hat, damit der den Japanern bei der Übernahme half. Die Stammgäste im Inch Tavern haben Yoshi als den Hiro Suzuki erkannt, hinter dem Sie her sind.«

Kerr griff nach dem Foto. »Wie lange haben Sie das Bild schon?«

»Ungefähr eine Woche.« Ich merkte, wie ich rot wurde.

»Und warum haben Sie es uns nicht früher gezeigt?«

»Ich wollte Yoshi damit selbst konfrontieren. Er sagt, er sei nur zum Golfen hiergewesen. Ich glaube, da steckt mehr dahinter.« Ich hatte es der Polizei nicht früher aushändigen können. Ihre Fragen an Yoshi hätten unsere Verhandlungen gefährden können. Das hatte ich nicht riskieren dürfen.

Kerr war zornig. »Hören Sie, junger Mann. Wenn Sie in Zukunft solche Informationen bekommen, dann teilen Sie sie uns auf der Stelle mit, verstanden? Wir stellen hier die Fragen.«

Ich hob die Hände. »Okay, okay. Tut mir leid. Kommt nicht wieder vor.«

Kerr stand auf, um zu gehen, und steckte das Foto ein. »Jemand hat Richard und Doogie umgebracht, weil sie ihm im Weg waren. Scheint so, als stünden Sie nun selbst ein paar Leuten im Weg. Daher sollten Sie die Sache lieber ernst nehmen.«

»Mach' ich«, sagte ich.

Als die beiden Polizisten an der Tür waren, rief ich ihnen nach: »Haben Sie mit David Baker über Doogie gesprochen?«

Kerr drehte sich um und sagte mißmutig: »Er hat sich aus dem Staub gemacht. Vor zwei Tagen hat er Streit mit seiner

Frau gehabt und ist von zu Hause fort. Wir wissen nicht, wo er ist. Aber wir kriegen ihn.«

24

Mit mindestens hundert anderen Menschen waren wir sechs Meter unter der Erde in eine Metallkiste eingequetscht. Rushhour. Am Abend zuvor waren Rachel und ich in New York eingetroffen. Unser Flugzeug hatte vier Stunden Verspätung gehabt, daher waren wir in einem Hotel am Flughafen abgestiegen. Jetzt fuhren wir mit der U-Bahn ins Zentrum, um das Spesenkonto zu schonen.

Schweigen herrschte in dem Waggon, während er uns durch die Dunkelheit schaukelte. Mein Kopf befand sich keine zwanzig Zentimeter von einem Banker entfernt, der am Abend zuvor etwas sehr Würziges gegessen hatte. Die Klimaanlage stand auf verlorenem Posten gegen die Wärme. Es war kochend heiß. Obwohl ich meinen leichtesten Sommeranzug trug, lief mir der Schweiß über den Körper. Einen Meter entfernt stand Rachel. Sie sah gut aus in ihrem knappen schwarzen Top und der schwarzen Hose. Kein BH. Wahrscheinlich ihre Sommerkluft. Hoffentlich wußte Hartman es zu schätzen.

Plötzlich zog sie die Augenbrauen hoch und griff hinter sich. »Entschuldigen Sie!« sagte sie laut. Die dichtgedrängten Fahrgäste in ihrer Umgebung zogen sich etwas zurück. Wieder so eine Verrückte. »Entschuldigen Sie! Gehört das jemandem? Ich hab's an meinem Hintern gefunden.«

Sie hielt eine Hand empor. Sie ragte aus dem Ärmel eines Anzugs heraus, der wiederum zu einem kleinen bebrillten Mann mit »Wall Street Journal« und Aktenkoffer gehörte. Er sah aus, als hätte er am liebsten nichts mit dem kompromittierenden Körperteil zu tun gehabt.

»Ach, ist das Ihre, Sir? Behalten Sie sie doch in Zukunft in der Tasche. Da richtet sie weniger Unheil an.«

Der Mann wurde knallrot, und der ganze U-Bahn-Wagen

brach in schallendes Gelächter aus. An der nächsten Station hatte der Mann es sehr eilig mit dem Aussteigen.

Hartmans Büros befanden sich unweit des Rockefeller Center in einem dieser gesichtslosen Bürotürme. Ein Stockwerk gehörte ihm, das sechsundzwanzigste. Auf dem Firmenschild an der Tür stand Hartman Capital.

Unter den Augen einer elegant gekleideten Farbigen warteten wir am Empfang. Links war eine Tür mit der Aufschrift »Nur für Angestellte«. Leute, die es sehr eilig zu haben schienen, hasteten hinein und hinaus. Wenn die Türflügel aufgingen, konnten wir einen flüchtigen Blick in einen kleinen Handelssaal mit vielleicht zwanzig Schreibtischen erhaschen.

Nach zwanzig Minuten kam ein Mann Mitte Vierzig durch die Tür. Er war hochgewachsen und hager, die wenigen Haare, die ihm verblieben waren, trug er kurzgeschoren. Er kam direkt auf uns zu, verzichtete auf jegliche Vorstellungsprozedur und sagte einfach: »Kommen Sie durch!«

Er führte uns durch die Tür dem Handelssaal gegenüber in ein kleines Konferenzzimmer, dessen Fenster auf die Seitenfläche des benachbarten Wolkenkratzers gingen.

»Setzen Sie sich«, sagte er und deutete auf ein paar Stühle. Er selbst ging auf die andere Seite des Tisches, nahm sich einen der Stühle und zog den rechten Fuß auf das linke Knie. Er blickte uns durch seine schwarzgefaßte Brille an, während die Pyramide, die er mit seinen Fingern gebildet hatte, in regelmäßigen Abständen an sein Kinn klopfte. Bei jedem anderen hätte man das als entspannte Haltung gedeutet, nicht jedoch bei Hartman. Er war gespannteste Aufmerksamkeit.

Einen Augenblick lang herrschte Schweigen. »Sie wollten mich treffen. Ich habe nur zehn Minuten Zeit. Also sollten Sie besser zur Sache kommen.«

Okay. »Mr. Hartman, ich weiß, daß Sie Anteile an meinem Unternehmen haben.«

»Hartman Capital hat ein kleines FairSystems-Aktienpaket, das trifft zu. Eins Komma zwei Prozent, wenn ich mich richtig entsinne.«

»Wir nehmen an, daß Ihre Anteile wesentlich größer sind, wenn man die Aktienpakete der Unternehmen hinzurechnet, an denen Sie beteiligt sind.«

Zwischen Hartmans Augenbrauen deutete sich eine kleine, ärgerliche Falte an. »Meine anderen finanziellen Beteiligungen gehen Sie nichts an, Mr. Fairfax.«

»Ich denke doch, wenn Sie insgesamt einen erheblichen Teil von FairSystems besitzen.«

Hartman schnaubte verächtlich. Ich wartete und hoffte, ihm irgendeine Äußerung entlocken zu können. Doch er wartete ebenfalls. Er dachte gar nicht daran, irgend etwas zu sagen.

»Ich weiß, daß Sie auf der letzten außerordentlichen Hauptversammlung zusammen mit Ihren anderen Beteiligungen gegen mich gestimmt haben. Was ich wissen möchte: Was haben Sie mit meiner Firma vor?«

Hartmans Mund umspielte ein dünnes Lächeln. »Nichts. Nur eine Investition wie andere auch. Allein ist Ihr Unternehmen ohne Bedeutung. Es braucht einen Partner, der finanziell leistungsfähiger ist. Wenn das der Fall ist, wird der Aktienkurs nach oben gehen. Ich werde ein bißchen Geld verdienen und verkaufen. So einfach ist das.«

»Und was geschieht mit Leuten, die Ihnen dabei im Wege sind?«

»Wenn sie gegen die Interessen der Aktionäre handeln und wenn es einen Antrag gibt, sie aus der Firmenleitung zu entfernen, dann unterstütze ich diesen Antrag natürlich.«

»Und wie sieht es mit anderen Methoden aus, sie aus dem Weg zu schaffen?«

»Was wollen Sie damit sagen?«

»Sie wissen doch wahrscheinlich, daß mein Bruder Richard ermordet wurde, oder?«

»Ja, hab' davon gehört. Nicht schön.«

Er wollte mich reizen. Ich reagierte nicht.

Schließlich ergriff er selbst wieder das Wort. »Hören Sie, Fairfax, wenn Sie glauben, daß ich jemanden wegen Ihrer beschissenen kleinen Firma umgebracht hab', müssen Sie 'nen Knall haben.« Er deutete in die Richtung, aus der er gekommen war, in Richtung des Handelssaals. »Da drüben handel' ich mit zwei Milliarden Dollar. Was ist Ihr Unternehmen wert? Wenn's hochkommt, fünfzehn Millionen. Warum sollte ich deshalb jemanden umlegen lassen? Vorausgesetzt, ich bediente mich solcher Methoden, was, nebenbei bemerkt, nicht der Fall ist.«

Irgendwie leuchtete das ein. Also suchte ich einen anderen Angriffspunkt. »Sie stehen in dem Ruf, über die Unternehmen, in die Sie investieren, außerordentlich gut informiert zu sein.«

Hartman lachte, ein kurzes, freudloses Bellen. »Hübsch, wie Sie das sagen. Ja, ich bin gut informiert. Ich tue alles, was legal möglich ist, um mich in den Besitz von Informationen zu bringen. Da lassen manche den Moralapostel raushängen. Aber es ist gut für die Märkte.«

»Ach, ja?« sagte ich.

»In der Tat. Schon mal was vom Leitstier gehört?« Hatte ich, aber er kannte jetzt kein Halten mehr. »Der Markt ist wie eine Rinderherde in wilder Flucht. Es sei denn, sie haben jemanden, dem sie folgen können. Irgendein intelligentes Tier muß vorauslaufen und entscheiden, wohin die Reise gehen soll. Und das bin ich. Ich bin der Leitstier. Ich kriege die Information als erster und zeige den anderen, wo's langgeht. Sie brauchen mich.« Er hatte sich jetzt richtig in Rage geredet und fuchtelte mit den Armen herum. »Das Wertpapierrecht ist doch Mist. Irgend jemand weiß immer mehr über irgendwelche Aktien als all die tauben Nüsse. Zum Teufel, niemand weiß mehr über FairSystems als Sie, und Sie dürfen Aktien kaufen und verkaufen, oder?«

»Erst zwei Jahre nach der Erstplazierung«, korrigierte ich ihn.

»Okay, okay, das sind Details. Aber danach? Danach können Sie nach Belieben Aktien kaufen und verkaufen und Leute wie mich übervorteilen, die herauszufinden versuchen, was läuft. Wer will uns einen Vorwurf daraus machen, wenn wir versuchen, uns ein bißchen schlau zu machen?«

»Auch wenn es gegen das Gesetz ist?«

Hartman nahm sich ein bißchen zurück. »Nein, ich halte mich an das Gesetz. Ich will nur sagen, daß man dieses Scheißgesetz endlich ändern muß.

Wie dem auch sei, Sie wollten wissen, was ich von Ihrem Unternehmen will. Ganz einfach. Ich möchte, daß Sie endlich aufhören, den Clown zu machen, und verkaufen. Dann kann ich mein Geld nehmen und es in interessantere Objekte investieren. Kapiert?«

»Ich verkaufe nicht«, sagte ich.

»Mein Gott!« rief Hartman aus. »Noch einer von diesen verdammten Nassauern. Ihr klammert euch an eure Stühle, als ginge es um euer Leben. Leute wie ihr haben dieses Land an den Rand des Ruins gebracht, bis wir Investoren uns auf die Hinterbeine gestellt und auf die Aktionärsinteressen gepocht haben. Um so 'nen Posten zu zittern! Das ist doch Schwachsinn.«

Ich verzichtete darauf, ihn daran zu erinnern, daß ich Engländer war, schon einen guten Posten hatte, bevor ich zu FairSystems ging, und daß wir über eine schottische Firma sprachen. Offenbar stand seine Meinung fest. Immerhin wußte ich jetzt, woran ich mit ihm war. Ich hatte in Erfahrung gebracht, was ich wissen wollte.

»Ich glaube, es hat keinen Zweck, dieses Gespräch fortzusetzen«, sagte ich. »Auf Wiedersehen, Mr. Hartman.«

»Puh!« rief Rachel aus, als wir das Gebäude verlassen hatten. »Was für ein Kapitalistenschwein! Von mir aus kann man Leute wie ihn an die Wand stellen. Wo ist Lenin, wenn man ihn braucht?«

»Vielleicht hast du recht, aber ich glaube nicht, daß Hartman Richard umgebracht hat, oder?«

»Nein«, räumte sie ein. »Bei einer Mega-Übernahme würde ich es nicht ausschließen. Doch FairSystems ist zu klein.«

»Weißt du, was am schlimmsten ist?« fragte ich sie.

»Was?«

»Wenn das Projekt Plattform auf den Markt kommt und der Kurs nach oben schnellt, macht der Scheißkerl ein Vermögen.«

»Wohl wahr«, sagte Rachel traurig. Dann hellte sich ihr

Gesicht auf. »Immerhin können wir der SEC bei ihren Nachforschungen helfen.«

»Es wird mir ein echtes Vergnügen sein!«

An der U-Bahn-Station Chambers stiegen wir die Treppen zum Foley Square hoch und standen unter den imposanten Säulen des Bezirksgerichts. Wir umrundeten das Gebäude, gingen an einer Reihe Imbißständen vorbei und gelangten auf einen kleinen ungepflegten Platz, auf dem eine Anzahl gelangweilter Polizisten herumstanden. Gegenüber einer häßlichen roten Riesenplastik befand sich ein noch häßlicherer brauner Büroblock, der Sitz der Staatsanwaltschaft. Hier waren die Prozesse gegen Ivan Boesky, Dennis Levine und Martin Siegel vorbereitet worden. Diese Verurteilungen hatten Rudolph Giuliani, dem ehemaligen Staatsanwalt des Southern District of New York, enorme Publizität eingetragen. Jetzt war er Bürgermeister der Stadt.

Als ich die SEC in Washington angerufen hatte, hatte man mich schließlich mit einer Staatsanwältin namens Adele Stephenson verbunden, mit der wir in diesem Gebäude verabredet waren.

Durch eine Reihe schmaler Gänge führte man uns in ein Konferenzzimmer. Dort warteten vier Leute. Als wir eintraten, sprangen sie alle auf. Eine von ihnen reichte mir die Hand.

»Guten Morgen, Mark. Ich bin Adele Stephenson. Wir haben miteinander telefoniert.« Sie mochte etwa vierzig sein und hatte ein lebhaftes, intelligentes Gesicht. »Dies ist Mike Lavalle, ein Kollege von der SEC in Washington. Tony Macchia und Dan Gilligan von der Staatsanwaltschaft New York. Wir arbeiten gemeinsam an diesem Fall. Nehmen Sie bitte Platz.«

Rachel und ich setzten uns. Es war interessant, daß sowohl die SEC als auch die Staatsanwaltschaft New York mit der Untersuchung befaßt waren. Offenbar hatte Steve recht, das hier war keine Routineuntersuchung. Andererseits überraschte nicht, daß der zuständige Staatsanwalt ein besonderes Interesse an der Finanzkriminalität entwickelte, nachdem sein Vorgänger damit soviel Erfolg gehabt hatte.

»Vielen Dank, daß Sie sich Zeit für uns genommen haben«, begann ich.

»Keineswegs. Es ist sehr liebenswürdig von Ihnen, daß Sie die lange Reise gemacht haben. Und glauben Sie mir, wir sind sehr interessiert an dem, was Sie uns zu sagen haben.«

»Wie Sie wissen, bin ich Geschäftsführender Direktor von FairSystems. Und wie Ihnen vielleicht ebenfalls bekannt ist, wurde mein Bruder vor etwa zwei Monaten ermordet.«

»Ja, wir haben das von der schottischen Polizei erfahren. Mein Beileid.«

»Danke. Aber ich bin mir nicht sicher, wieviel Sie über FairSystems wissen.«

»Tun Sie so, als wüßten wir gar nichts. Berichten Sie bitte von Anfang an.«

Also erzählte ich ihnen, wie es FairSystems seit Richards Tod ergangen war, und schilderte das Interesse, das Jenson, Onada und Hartman für unser Unternehmen gezeigt hatten. Ich informierte sie darüber, daß, nach der Kursentwicklung zu urteilen, Hartman und möglicherweise auch Jenson Computer Aktienpakete illegal zusammenkauften. Außerdem berichtete ich von Richards Verdacht, daß der Aktienkurs manipuliert worden sei, und von den Umständen seiner Ermordung.

Alle vier hörten aufmerksam zu und machten sich Notizen.

Als ich fertig war, schrieben sie noch eine ganze Weile weiter. »Paßt das zu dem, was Sie wissen?« fragte ich.

»Sehr gut. Was Sie uns berichtet haben, wird sehr nützlich sein. Wir müssen möglichst schlüssige Beweise haben, bevor wir handeln können.«

»Man erzählt sich, daß Sie gegen Frank Hartman ermitteln.«

Adele verzog das Gesicht. »Ja. Wir haben versucht, es nicht an die große Glocke zu hängen. Seit zwei Jahren ermitteln wir gegen Hartman. Mit Boeskys Verhaftung im Jahr 1987 haben die Insidergeschäfte nicht aufgehört, sie werden jetzt nur versteckter abgewickelt. Früher waren diese Spekulanten unverfrorener und leichtsinnig. Trotzdem haben wir Jahre gebraucht, um sie festzunageln.

Jetzt sind sie schlauer geworden. Die Kursbewegungen zeigen, daß noch immer aufgrund von Insiderinformationen spekuliert wird. Wir haben sogar raffinierte Computerprogramme entwickelt, die solche Aktivitäten aufdecken. Aber es läßt sich sehr schwer herausfinden, wer dahintersteckt, und noch schwerer beweisen. Trotzdem, statistisch gesehen stößt man in diesen Fällen signifikant häufig auf den Namen Frank Hartman. Deswegen haben wir ihn ins Visier genommen.«

Stephenson beugte sich vor. Sie sah ernst und sehr entschlossen aus. »Wir lassen uns Zeit und wenden die gleichen Methoden an, mit denen wir Boesky schließlich erwischt haben. Wir greifen uns die schwächsten Glieder in der Kette. Bieten ihnen Straffreiheit an, wenn sie uns Informationen liefern und zum Schluß gegen Hartman aussagen. Auf diese Weise haben wir in den letzten beiden Jahren drei kleine Insiderspekulanten auf unsere Seite gezogen.

Im April haben wir dann einen Anruf von Ihrem Bruder Richard erhalten. Er hatte den Verdacht, daß mit FairSystems-Aktien illegale Geschäfte betrieben wurden. Mit einer sehr komplizierten Analyse hat er versucht, seine Vermutung zu beweisen.«

»Dann hatte Richard also Kontakt zu Ihnen? Das habe ich ja gar nicht gewußt.«

»Ja. Allerdings war es nur ein Telefongespräch kurz vor seinem Tod.«

»Und seine Analyse war richtig?«

»Unsere eigenen Systeme haben nichts Verdächtiges bei den FairSystems-Aktien entdecken können. Trotzdem waren unsere Analytiker der Meinung, Ihr Bruder könnte recht haben.« Sie lächelte. »Tatsächlich haben sie einige seiner Ideen in unser eigenes System übernommen. Jedenfalls haben wir Ihr Unternehmen von da an im Auge behalten. Und wie Sie ganz richtig vermuten, hat Frank Hartman sich mit illegalen Käufen ein größeres Aktienpaket erworben.«

»Können Sie das beweisen?«

»Schwer. Es wird sich kaum belegen lassen, daß all die Steueroasen-Fonds, die Ihre Aktien gekauft haben, miteinander in Verbindung stehen. Genausowenig können wir beweisen, daß Hartman über Insiderinformationen verfügt. Gibt es irgend etwas, was er über FairSystems wissen könnte und was öffentlich nicht bekannt ist? Etwas, was einen Kursanstieg bewirken könnte?«

Ich dachte einen Augenblick nach. »Es gibt zwei Möglichkeiten.«

»Ja?«

»Die erste wäre ein Übernahmeangebot von Jenson Computer. Obwohl Jenson offiziell noch kein Angebot unterbreitet hat, hat er fünf Komma sieben Prozent zusammengekauft, vielleicht sogar mehr.«

»Das wissen wir. Er hat das ordnungsgemäß gemeldet. Aber wir wissen nicht, ob Hartman vorher darüber informiert war.«

»Das könnte durchaus sein. Ich bin mir ziemlich sicher, daß Wagner Phillips für Jenson Computer arbeitet, und mit Sicherheit ist das die Brokerfirma, die Hartman geholfen hat, sich seine Anteile zu verschaffen.«

»Scott Wagner haben wir auch in Verdacht. Wir sehen ihm genau auf die Finger. Aber Sie haben von zwei Möglichkeiten gesprochen.«

»Ja, FairSystems ist im Begriff, eine technische Neuheit auf den Markt zu bringen. Eigentlich ist es eher eine neue Form der Zusammenarbeit. Ich kann Ihnen leider keine Einzelheiten nennen, aber der Codename ist Projekt Plattform. Wenn nun dieses Projekt so erfolgreich ist, wie wir glauben, dann könnte der Aktienkurs auf das Mehrfache seines heutigen Wertes klettern.«

Interessiert beugte sich Adele Stephenson vor. »Wer weiß von diesem Projekt?«

»Nur ein sehr begrenzter Personenkreis bei FairSystems. Und eine ähnlich kleine Gruppe bei Jenson Computer, darunter natürlich auch Carl Jenson selbst. Und bei Microsoft müßten auch ein paar Leute Bescheid wissen.«

Macchia unterbrach mich: »Die undichte Stelle, so es denn eine gibt, könnte also überall sein?«

»Das nehme ich an«, räumte ich ein.

Macchia nahm einen Bogen Papier auf.

»Wir haben uns ein bißchen mit Hartmans Methoden beschäftigt«, sagte er. Er war schmächtig, von dunkler Hautfarbe und trug einen kleinen Schnurrbart unter einer großen Nase. Vermutlich war er ein paar Jahre jünger als Adele. Wahrscheinlich ging es in dem Team nicht ohne Kompetenzstreitigkeiten ab. »Er hat in verschiedenen Steueroasen ein ganzes Netz von Fonds gegründet, die entweder von ihm selbst oder von einer Person seines Vertrauens kontrolliert werden. Dadurch wird jeder Aktienkauf, den er oder seine Freunde vornehmen, auf Dutzende von Strohmännern verteilt.«

»Verstehe.«

»Hier ist eine Liste von acht Firmen, die vermutlich mit Hartman in Verbindung stehen.«

»Darf ich mal sehen?«

Er schob mir ein Stück Papier zu – eine Liste mit Firmennamen, letztem Käufer und Kaufdatum. Kein Titel, kein Briefkopf, keine Unterschrift.

Rachel und ich lasen uns die Namen durch. Ich kannte nur einen. Futurenet, im September 1992 von Jenson Computer erworben.

»Ist Wagner Phillips in allen Fällen der Broker?«

»Nein«, antwortete Adele schnell, offensichtlich bemüht, das Heft wieder in die Hand zu nehmen. »Hartman wickelt seine Geschäfte mit einer Reihe von Brokern ab – mit jedem großen Maklerbüro, das noch bereit ist, mit ihm zusammenzuarbeiten. Und von den kleineren Brokerfirmen ist Wagner Phillips wahrscheinlich sein wichtigster Geschäftspartner, vor allem im High-Tech-Bereich.«

»Hatte Wagner Phillips die Finger auch im Futurenet-Geschäft?«

»Höchstwahrscheinlich. Die Firma handelte im Auftrag des Käufers, Jenson Computer. Hartman hat zahlreiche Transaktionen durch Wagner Phillips abwickeln lassen.«

Das überraschte mich nicht. »Kann ich das behalten?« fragte ich und hielt das Blatt Papier hoch.

»Die Liste haben wir damals bereits Ihrem Bruder geschickt. Nach seinem Tod hat sich die englische Polizei mit uns in Verbindung gesetzt. Wie Sie ging die Polizei von der Vermutung aus, sein Tod könnte etwas mit seinem Verdacht zu tun haben.«

Also hatte Donaldson die Sache schon verfolgt. Offenbar ohne Ergebnis.

»Hat sie einen Zusammenhang entdeckt?«

»Nein. Ich habe mit Superintendent Donaldson gesprochen, nachdem Sie sich bei uns gemeldet haben. Er hat gesagt, von ihm aus könnten wir Ihnen die Informationen gern geben.«

Nett von ihm, dachte ich. Dabei hatte er mich bei der ersten Befragung in Sachen FairSystems-Aktien bestimmt in Verdacht gehabt. Ich war froh, daß er mich offenbar von seiner Liste gestrichen hatte. Allerdings fragte ich mich, wer nach Doogies Tod überhaupt noch draufstand.

Adele Stephenson deutete auf das Papier in meiner Hand. »Sieht so aus, als sei FairSystems das nächste Opfer. Wir würden hier gerne genügend Beweise zusammentragen, um Anklage erheben zu können. Wir sind Ihnen für jeden Hinweis dankbar.«

Rachel und ich standen auf. Die vier Staatsanwälte schüttelten uns die Hand.

»Ach, Mark«, rief mir Adele hinterher.

»Ja?«

»Seien Sie vorsichtig. Wenn man diese Kerle in die Ecke treibt, können sie gefährlich werden.«

Noch am selben Nachmittag flogen wir mit American Airways vom Flughafen La Guardia nach San Francisco. Am nächsten Morgen wollten wir bei Walter Sorenson vorbeischauen und danach Jenson in seiner Fabrik in Palo Alto aufsuchen. Mit dem Taxi fuhren wir in unser Hotel nach Menlo Park im Norden von Silicon Valley. Hier war es erst sechs Uhr abends, in Schottland dagegen schon weit nach Mitternacht. Es war ein langer Tag gewesen, und der folgende versprach nicht, kürzer zu werden.

Ich sah Rachel an. Sie blickte hinaus auf die San Francisco Bay, die am Taxifenster vorbeiflog. Wir waren ein gutes Team.

Trotz unterschiedlicher Herkunft und Ausbildung dachten wir sehr ähnlich. Bei dem Gedanken an den Abend in ihrer Wohnung in Glenrothes, als sie mir aus ihren Gedichtbänden vorgelesen hatte, lächelte ich.

Wir hielten vor dem Hotel und gingen zur Rezeption. Die Empfangsdame betätigte ein paar Tasten ihres Computers. »Ein Doppelzimmer?«

Ich wollte sie schon verbessern. Da zögerte ich und sah Rachel an. Sie sah mich an. Ihre Mundwinkel zuckten.

»Ein Doppelzimmer«, bestätigte ich.

Ursprünglich hatte sich die Hotelangestellte bei ihrer Frage sicherlich nichts gedacht, doch unser Zögern hatte sie sehr wohl bemerkt. Als sie die Daten nun in ihren Computer eingab, konnte sie sich ein leichtes Lächeln nicht verkneifen.

»So, hier ist Ihre Chipkarte. Ihr Raum liegt im dritten Stock. Einen angenehmen Aufenthalt wünsche ich.«

Im Fahrstuhl empfand ich plötzlich Nervosität und Aufregung. Etwas zaghaft lächelte ich sie an. Sie lächelte zurück. Wir sagten keinen Ton.

Im Zimmer ließ ich die Taschen fallen. »Hübsch«, sagte Rachel und sah sich um. Sie öffnete den kleinen Schrank, in dem der Fernseher stand, und untersuchte die Minibar. Dann verschwand sie im Badezimmer.

Unschlüssig, was ich in der Zwischenzeit mit mir anfangen sollte, trat ich ans Fenster und blickte hinaus auf den Hotelparkplatz und eine vielbefahrene Kreuzung. Mein Herzschlag beschleunigte sich. Vergeblich versuchte ich, die Sache gelassen zu sehen, mich zu beruhigen, auf sie zu warten.

Endlich hörte ich die Badezimmertür. Ich spürte, wie Rachel näher trat. »Kein besonders schöner Ausblick.«

»Nein.«

Ich wandte mich um. Sie sah zu mir auf. Zum erstenmal erlebte ich sie ohne ihre kühle Distanziertheit und Selbstsicherheit. Eine zarte Röte stieg an ihrem Hals auf. Ich strich ihr das Haar aus dem Gesicht und berührte ihre Wange.

Sie lächelte – ein Lächeln, in dem sich Erwartung, Nervosität und Verwirrung spiegelten. Ich versank in ihren großen braunen Augen. Als sich unsere Lippen sanft berührten, zog sie mich zu sich hinab und küßte mich hungrig.

Meine Hände wanderten über ihren Körper. Sie löste sich von mir und zog das Top über den Kopf. Das ging nicht ohne Komplikationen. Wir mußten beide lachen. Unter meinen Fingern wurden die Warzen ihrer schweren Brüste hart.

»Komm«, flüsterte sie mit verhangener Stimme und zog mich aufs Bett.

Unsere Hände waren ungeduldig und unvertraut mit dem Körper des anderen. Und beide trieb uns das Verlangen. Wenig später lag sie zusammengerollt in meinem Arm, während sich die Fülle ihrer dichten braunen Locken über meiner Brust ausbreitete. Meine Finger spielten mit ihnen.

Lange lagen wir so und schwiegen zufrieden. Schließlich setzte Rachel sich auf. »Ich habe Durst«, sagte sie, erhob sich vom Bett und tappte auf bloßen Füßen zur Minibar. Daß sie nackt war, störte sie nicht im mindesten. Sie bewegte sich völlig natürlich und gelassen, nahm eine Flasche Wein aus der Bar und füllte zwei Gläser. Eines reichte sie mir und setzte sich im Schneidersitz aufs Bett. Sie ergriff ihre Zigaretten und wollte sich gerade eine anzünden, als sie zögerte.

»Stört es dich?«

»Nein, mach nur«, erwiderte ich.

»Bist du sicher?«

Ich mußte über ihre ungewohnte Besorgnis lächeln. »Wirklich, es macht mir nichts aus.«

Sie zündete sich eine Zigarette an und nahm einen tiefen Zug.

Mein Blick fiel auf das schwarze Hemd und die Hose auf dem Fußboden.

»Deine Sommerkluft gefällt mir«, bemerkte ich. »Auch wenn sie beim Ausziehen Schwierigkeiten macht.«

Rachel lachte. »Freut mich, daß sie dir gefällt. Das war auch ihr Zweck.«

»Was? Mir zu gefallen?«

»Ja.«

»Himmel«, lachte ich. »Was seid ihr Frauen bloß berechnend.«

»Kein Stück. Ihr Männer laßt euch nur viel zu leicht beeinflussen.«

Ich lächelte. Schön zu wissen, daß es Rachel schon vorher auf mich abgesehen hatte. Sie hatte wirklich eine hinreißende Figur; ihr unverhüllter Anblick hatte mir den Atem verschlagen.

»Läßt sich das wiederholen?« fragte ich.

»Was, jetzt?«

»Nein, nicht jetzt. Morgen. Übermorgen. Nächste Woche.«

»Aber klar.« Rachel lächelte. »Nur, was spricht gegen jetzt?«

Mir fiel kein Grund ein, der dagegen sprach, und so liebten wir uns noch einmal – langsam, geduldig, einander zärtlich erforschend.

Danach schlief ich ein.

Stunden später erwachte ich. Vier Uhr fünfzehn zeigten die roten Zahlen des Weckers an. In Schottland aß man jetzt zu Mittag. Neben mir lag Rachel. Leise atmete sie durch die leicht geöffneten Lippen, das friedlich entspannte Gesicht von den dunklen Locken umrahmt.

Ich fühlte mich zufrieden und glücklich. Der Gedanke an Karen bereitete mir kein schlechtes Gewissen; ich vermißte sie nicht einmal. Es war schön, mit jemandem zusammenzusein, der so geradeheraus war wie Rachel, eine Frau, die wußte, was sie wollte. Und was sie wollte, war ich.

Ihre Lider flatterten. Sie öffnete die Augen und schien einen Moment lang nicht zu wissen, wo sie war. Dann sah sie mich und lächelte. »Hallo«, sagte sie.

»Hallo«, sagte ich und beugte mich über sie, um sie zu küssen.

25

Sorenson wohnte in Los Altos Hills, einem Ort, der auf der anderen Seite der Stanford University liegt. Die Siedlung schien überwiegend aus großen, flachen Wohngebäuden zu bestehen, die, weit voneinander entfernt, in kleinen Eichen-, Kiefern- und Eukalyptusgehölzen lagen. Viele waren mit Swimmingpools und Tennisplätzen ausgestattet.

Wir fuhren eine ruhige Straße entlang, die zwischen Bäumen den Hang hinaufführte. Die Häuser schienen noch größer als die meisten, die wir bisher gesehen hatten. Schließlich endete die Straße in einer Sackgasse, und dort befand sich ein Briefkasten mit der Aufschrift »Sorenson«.

Sein Haus war ein ausgedehnter, einstöckiger Holzbau, umgeben von Eichen und exotischen Büschen. Als wir klingelten, kam Sorenson selbst an die Tür. »Mark, Rachel, kommen Sie herein!«

Das Innere war ein einziger offener Raum. Die Diele ging in einen geräumigen Wohnbereich über, mit einem großen Panoramafenster, das sich über die ganze Länge des Raums erstreckte.

»Sehen Sie sich die Aussicht an«, sagte Sorenson.

Wir traten ans Fenster. Es bot sich ein atemberaubender Blick über die Bäume und Flachbauten von Palo Alto hinweg auf die weite Bucht von San Francisco, die flimmernd im Sonnenlicht lag. Unterhalb des Hauses erstreckte sich eine große Rasenfläche bis zu einem Tennisplatz. Daran schlossen sich eine Holzterrasse und ein blauer Swimmingpool an. Das alles sah so aus, als hätte es eine hübsche Stange Geld gekostet.

»Wunderschön«, sagte Rachel. »Wie lange leben Sie hier schon?«

»Oh, fünf Jahre. Es ist nicht weit von Silicon Valley. Und es gefällt uns hier. Aber ich bin natürlich viel unterwegs.«

»Das kannst du laut sagen, mein Lieber. Augenblicklich verbringst du dein halbes Leben in Europa.« Hinter uns waren leichte, schnelle Schritte zu hören. Ich wandte mich um und erblickte eine schlanke, sehr gepflegte Frau um die Fünfzig. Sie hatte blondes Haar und ein straffes, leicht gebräuntes Gesicht. Es war schwierig zu entscheiden, was echt und was künstlich war, aber die Wangenknochen und die hellblauen Augen ließen darauf schließen, daß sie früher eine Schönheit gewesen sein mußte. Noch immer sah sie gut aus.

»Meine Frau Shirley. Shirley, das sind Mark Fairfax und Rachel Walker. Mark ist Geoffreys Sohn.«

»Sehr erfreut, Sie kennenzulernen«, sagte Mrs. Sorenson und reichte mir die Hand. »Die Geschichte mit Ihrem Bruder ist einfach schrecklich. Wie wird Ihr Vater damit fertig?«

»Es ist sehr schwer für ihn«, sagte ich.

»Richten Sie ihm bitte liebe Grüße aus, wenn Sie ihn sehen. Er ist ein so reizender Mensch.«

Ich fragte mich, wie diese vier Menschen zusammengepaßt hatten – mein Vater, meine Mutter, Sorenson und seine Frau.

»Möchten Sie eine Tasse Kaffee?«

Wir nahmen dankend an, und sogleich hörte man sie in der Küche mit Geschirr hantieren.

»Na, wie ist es in New York gelaufen?« fragte Sorenson.

In allen Einzelheiten berichtete ich ihm von unseren Gesprächen mit Hartman und der SEC. Er hörte mit großem Interesse zu.

»Sieht so aus, als hätte Richard eine ziemliche Schweinerei aufgedeckt«, sagte er. »Glauben Sie, daß die SEC eine Verhaftung vornehmen wird?«

»Im Augenblick noch nicht, aber es wird sicherlich dazu kommen. Ich hab' den Eindruck, daß man dort ziemlich entschlossen ist.«

»Bisher hat man aber nichts gefunden, was auf eine Verbindung zu Richards Tod schließen läßt?«

»Nein. Ich habe bei der SEC gefragt, ob Donaldson was herausgefunden hat. Offenbar ist die schottische Polizei dieser Spur sehr sorgfältig nachgegangen, hat aber nichts entdeckt. Und natürlich gibt es auch andere Hinweise.« Ich berichtete ihm von Doogie und seinem Tod, von Yoshis Besuch im Inch Tavern und von David Bakers Verschwinden.

»Eine undurchsichtige Sache, aber ich nehme an, die Japaner stecken dahinter«, sagte Sorenson. »Dieser Yoshi scheint doch überall aufzutauchen. Und mit David Baker dürften Sie von Anfang an recht gehabt haben. Von dem hätten wir uns schon früher trennen sollen.«

Mrs. Sorenson kam mit dem Kaffee herein. Sie war schon im Begriff, sich zu setzen, als Sorenson sie anblickte. Das dauerte einen kurzen Moment, aber sie bemerkte es, und ein Anflug von Ärger glitt über ihr Gesicht. Es war einer jener Augenblicke, in denen man hinter die sorgfältig aufrechterhaltene Fassade einer Ehe blickt und einen Eindruck von ihrem wahren Zustand gewinnt.

»Ich lasse euch dann allein«, sagte sie und lächelte schon wieder. »Ich bin draußen auf der Terrasse.« Damit verließ sie das Zimmer.

»Also, haben Sie irgendeine Theorie?« fragte Sorenson.

»Nein. Aber ich denke, wir kommen der Sache langsam näher. Die Börsenaufsicht hat uns eine Liste mit verdächtigen Unternehmen überlassen, von denen man weiß, daß Hartman mit ihnen zu tun hat. Ich hab' sie hier.« Ich nahm die Liste heraus und reichte sie ihm. »Kennen Sie welche davon?«

Nachdenklich legte Sorenson seine Stirn in Falten. »Na ja, gehört hab' ich schon von einigen«, sagte er. »Futurenet entwickelt Software für Datennetze, glaube ich. Ein paar der anderen sind ziemlich bekannt.«

»Aber es gibt nichts, was sie Ihrer Kenntnis nach miteinander verbindet?«

Sorenson dachte einen Augenblick nach. »Tut mir leid. Ich wüßte nicht. Haben Sie eine Idee?«

»Noch nicht. Aber wir werden es überprüfen, wenn wir wieder in Schottland sind.«

Sorenson leerte seine Tasse und goß sich Kaffee nach. »Möchten Sie noch? Es ist koffeinfreier.«

Bei dem Wort »koffeinfrei« blickte Rachel ihn entsetzt an, fing sich aber gleich wieder und schüttelte den Kopf. Ich hielt ihm meine Tasse hin.

»Wollen Sie Jenson jetzt gleich aufsuchen?« fragte er.

»Ja. Wir sind um elf verabredet.«

»Und was wollen Sie ihm vorschlagen?«

Gemeinsam legten wir uns eine Strategie für die in einer halben Stunde geplante Besprechung mit Jenson zurecht und brachen auf, nachdem wir uns von Mrs. Sorenson verabschiedet hatten. Sie saß in einem Liegestuhl und las einen Roman von Jackie Collins, zu ihren Füßen verlor sich das Santa Clara Valley in der Ferne.

Die Sonne spiegelte sich in den schimmernden Bauwerken zu beiden Seiten der Page Mill Road. Kein Wohngebäude war zu sehen. Jedes architektonische Gebilde stand im Dienste des allmächtigen Computers. Hier erinnerte nichts an Glenrothes, hier war alles größer, bedeutender und geheimnisvoller. Überall breitete sich eine üppige und auf mich äußerst exotisch wirkende Vegetation aus – Palmen, Eukalyptusbäume und die eigenartigen, hoch in den Himmel ragenden Redwoods.

Links lag der Campus der Stanford University, und rechts fuhren wir am imposanten Eingang von Hewlett Packard vorbei. HP hat eine typische Silicon-Valley-Karriere hinter sich. Nach bescheidensten Anfängen in der Garage eines Einfamilienhauses ist sein Hauptsitz nun in diesem prächtigen, weitläufigen Komplex untergebracht. Jenson Computer lag ein kleines Stück die Straße hinunter, kurz vor El Camino Real, dem Herzstück des Tals. Von der Straße aus war nicht viel zu sehen. Hohe Büsche und ein kompakter Sicherheitszaun bildeten einen wirksamen Sichtschutz. Wir nannten der bewaffneten Wache am Eingangstor unsere Namen. Der Mann nahm seine Aufgabe ernst. Erst als wir uns ausgewiesen hatten und unser Termin telefonisch bestätigt worden war, durften wir passieren.

Nachdem er das Tor endlich geöffnet hatte, fuhren wir auf einen Parkplatz, der vor einem weißen sechsstöckigen und sechseckigen Gebäude lag. Zwei riesige Fahnen flatterten auf dem Vorplatz: das Sternenbanner und die Firmenflagge – grüne Buchstaben auf weißem Feld. Im Hintergrund lagen zwei graue Bauwerke. Sie sahen aus wie Raumschiffe und erweckten den

Eindruck, als schlummerten geheimnisvolle Kräfte hinter ihren Mauern.

Ich parkte auf einem der für Besucher reservierten Stellplätze vor dem weißen Gebäude, wechselte einen Blick mit Rachel, atmete tief durch und betrat hinter ihr das Gebäude. Nach zehn Minuten und zwei weiteren Sicherheitsüberprüfungen standen wir endlich in Jensons Büro.

Es war groß, aber kahl. Jenson stieß seinen Ledersessel zurück und umrundete seinen Schreibtisch, um uns zu begrüßen. Die gelbe Hose und das grüne Polohemd waren makellos gebügelt. Beide traf uns ein schneller Blick aus seinen kleinen Augen. »Hallo, Mark und Rachel. Wie geht es Ihnen? Setzen Sie sich, kommen Sie.« Er führte uns zu einem runden Glastisch, an dem wir alle drei Platz nahmen.

Beherrscht wurde das Büro von Jensons riesigem, gebogenem Schreibtisch. Darauf standen ein Telefon und zwei Computer, von denen einer mit einer Datenbrille verbunden war. Ansonsten war die Schreibtischplatte leer. Nicht ein Papierschnitzel war zu sehen. Hinter dem Schreibtisch befand sich ein riesiges Fenster. Das Büro lag zu ebener Erde, und man blickte hinaus auf eine dichte, gut bewässerte Rasenfläche und ein kleines Holzgebäude, das wie ein japanischer Tempel aussah. An den Wänden hingen abstrakte Bilder – gerade Streifen mit weißen Zwischenräumen.

»Na, Leute, was wollt ihr?«

»Wir wollen über das Projekt Plattform reden«, sagte ich.

»Aha, dann sind Sie jetzt also eingeweiht?«

Rachel antwortete: »Angesichts der Situation, in der wir uns befanden, hielt ich es für richtig, ihn zu informieren.«

»Ich denke, das ist vertretbar. Aber soweit ich weiß, haben Sie die Arbeit an dem Projekt eingestellt.«

»Nein, wir arbeiten noch immer daran«, sagte ich. »Tatsächlich sind wir jetzt in der Lage, unseren Teil des Vertrags zu erfüllen.«

»Großartig! Ich wußte, daß Sie nicht aufgeben würden.«

»Doch zuerst müssen wir zu irgendeiner Einigung kommen. Einer Vereinbarung, mit der wir beide leben können.«

»Gewiß, gewiß, darüber können wir reden.« Er goß uns Mineralwasser aus einer Flasche auf dem Tisch ein. »Aber wir haben die Hände auch nicht in den Schoß gelegt. Die Sache läßt sich hervorragend an.« Selbst begnügte er sich mit einem halben Glas. »Damit schießen wir den Vogel ab. Das Betriebssystem läuft wirklich gut auf den neuen Geräten. Das Ganze ist viel besser, als selbst ich gedacht habe.«

Rachel lächelte still in sich hinein.

»Diese Frau ist ein Genie, Mark. Ein echtes Genie. Nein, wirklich. Keiner von unseren Burschen hier hätte etwas Ähnliches zustande gebracht. Und wir haben einige der Besten aus dem ganzen Gewerbe.«

»Das will ich gerne glauben«, sagte ich.

»Kommen Sie und sehen Sie sich's an.« Jenson sprang auf und stürmte zum Büro hinaus. Wir versuchten, Schritt zu halten, und fegten an Sicherheitsposten vorbei, die froh waren, wenn sie einen flüchtigen Blick auf unsere Besucherausweise werfen konnten. Jenson sprach genauso rasch, wie er ging, aber ich konnte ihn kaum verstehen. Ein Telefon an seinem Gürtel piepte. Er bellte eine Antwort hinein, und nach fünfzehn Sekunden war das Gespräch beendet.

Wir überquerten einen geteerten Platz und gingen auf eines der geheimnisvollen »Raumschiffe« zu. »Halle A« stand darauf. Durch eine Seitentür wurden wir hereingelassen. An immer neuen Sicherheitsleuten rauschten wir in Jensons Schlepptau vorbei. Dann gingen wir einen kurzen Gang entlang und betraten einen großen Raum voller Werkbänke. Alles war aus Plastik und Metall. Das Ganze hatte viel Ähnlichkeit mit unserer Herstellungsabteilung in Glenrothes, nur daß hier alles viel größer war. Eine Tatsache, die ich irgendwie als tröstlich empfand. Bei Jenson gab es allerdings zusätzlich einige sehr teuer aussehende Maschinen.

Jenson erklärte: »Hier entwickeln, montieren und testen wir. Alle Bausteine werden von anderen Firmen hergestellt, oft in Fernost. Mit Ausnahme der Chips. Die kommen aus unserem eigenen Intercirc-Werk, nur wenige Kilometer die Straße hinunter. Sehen Sie sich das hier an, Rachel!«

Er zog uns an einen Arbeitstisch, an dem sich ein junger Mann in einem schwarzen T-Shirt über die Eingeweide eines Computers beugte. Als wir näher traten, lächelte er Rachel wie ein alter Bekannter zu, und die beiden sprachen über die Ergebnisse der Tests, die er durchgeführt hatte. Rachel schien gern mit ihm zu sprechen. Doch Jenson zog uns schon weiter zu einer Gruppe von Ingenieuren, die sich aufgeregt über Graphikchips unterhielten. Das Gespräch ging weit über meinen Horizont hinaus, nicht aber über Jensons. Seine Leute begegneten ihm geradezu mit Ehrerbietung. Bei diesem Rundgang ging eine fast gottähnliche Aura der Macht von ihm aus. Aber in diesen Reaktionen war auch Hochachtung. Er verstand etwas von seiner Sache.

Nach etwa zwanzig Minuten führte er uns wieder in sein Büro. Während er vorauslief, flüsterte Rachel mir zu: »Er hat recht. Das nimmt alles Gestalt an. In ihrem neuen Modell arbeitet das FairRender-System wirklich hervorragend. Es gibt noch ein paar kleine Fehler, aber nichts Wesentliches.« Ihre Augen glänzten; sie war genauso begeistert wie Jenson.

Als wir wieder in seinem Büro saßen, fragte er: »Na, was halten Sie davon, Rachel?«

»Es ist gut. Sobald unsere Softwareverbesserungen integriert sind, wird es phantastisch funktionieren. Aber natürlich dürfen Sie den FairRender-Chip ohne unsere Erlaubnis nicht verwenden.«

»Klar, das weiß ich doch.«

»Wollen wir dann übers Geschäft reden?« fragte ich.

Jenson antwortete nicht. Er blickte mich nur an. »Ich möchte Ihnen noch etwas zeigen. Kommen Sie!«

Er betätigte einen Schalter, und das Glasfenster hinter ihm öffnete sich. Er führte uns auf den Rasen. Das Gras unter den Füßen war naß. Erst vor kurzem war es gesprengt worden. Jenson führte uns zu dem Holzbau, der mir gleich zu Anfang aufgefallen war. Als wir zu den Eingangsstufen kamen, streifte Jenson seine Schuhe ab. Wir folgten seinem Beispiel. Dann legte er sein winziges Handy ab. Fragend blickte er uns an. Wir schüttelten den Kopf – wir waren »unbewaffnet«.

Das Gebäude war wie ein japanischer Tempel angelegt. Über Tatamimatten gingen wir zur anderen Seite des kühlen Holzraums, der sich zu einem winzigen, vielgestaltigen Garten hin öffnete, in dem zwischen Farnen und Moos kleine Bäche und Wasserfälle rieselten.

»Hinsetzen!« befahl Jenson.

Wir setzten uns, Rachel mit gekreuzten Beinen, Jenson in der Lotusposition und ich, die Beine unbequem unter meine Sitzfläche gezogen.

»Vor ein paar Jahren«, erklärte Jenson, »hat mir so ein Bursche gesagt, ich müßte langsamer treten oder ich würde es nicht mehr lange machen. Meinte, ich sollte jeden Tag meditieren. Also hab' ich's gemacht. Und es wirkt.« Er schloß die Augen. »Lassen Sie uns jetzt ein paar Minuten still sein.«

Also schwiegen wir. Jenson atmete tief – durch die Nase ein und durch den Mund aus. Ein merkwürdiger Anblick, dieses Energiebündel in solcher Ruhe zu sehen. Ich zweifelte nicht daran, daß es Jenson guttat, jeden Tag ein paar Minuten auszuspannen. Und es überraschte mich nicht, daß er die Entspannung genauso besessen betrieb wie alles andere.

Nach ein paar Minuten begannen die Ruhe und das rieselnde Wasser auch auf mich zu wirken. Für meine Beine fand sich eine bequemere Stellung, während das leise Plätschern und die Farne an einen feuchten schottischen Hügel denken ließen.

Schließlich kam wieder Bewegung in Jenson. Er atmete noch einmal tief durch und wandte sich uns zu. »Das tut gut, nicht wahr? Also, verkaufen Sie mir FairSystems?«

Sofort auf den Punkt. Ich fragte mich, ob das bizarre Ritual vielleicht nur eine Art Verhandlungstechnik war. Ich befand mich in Jensons Privatbereich, war nicht auf der Hut und leicht zu überrumpeln.

Falls das seine Absicht war, hatte er sich in den Finger geschnitten.

»Nein«, sagte ich.

»Hören Sie, Sie haben keine Wahl. Wenn Sie nicht an mich verkaufen, fährt der Zug ohne Sie ab. Aber wenn Sie es tun, machen Sie eine der besten Partien, die Sie sich vorstellen können. Kapieren Sie das nicht?«

»Na ja«, sagte ich, »ich glaube nicht, daß die Sache so einfach liegt. Wir haben gerade einen Vertrag mit einer japanischen Gesellschaft ausgehandelt, Onada Industries. Wir gestatten ihr die Nutzung unseres Simulationsmanagers und unseres Graphiksystems und erhalten dafür genügend Geld, um weiterzumachen.«

Abfällig winkte Jenson ab. »Aber sie besitzt nicht die Voraussetzungen, um die Chips herzustellen, oder? Und dann handelt es sich nur um den Markt für Spiele, ich rede hier von einer weltweiten Eroberung der VR-Märkte.«

»Sie haben völlig recht, Carl. Wenn wir mit Ihnen zusammenarbeiten, sind wir besser dran. Ich möchte Ihnen nur klarmachen, daß wir auch ohne Sie bequem überleben können. Wir brauchen Sie nicht.«

»Es ist trotzdem besser für Sie, wenn Sie verkaufen.«

»Nun, ich hoffe, daß wir die gemeinsame Arbeit am Projekt Plattform fortsetzen können. Aber wir brauchen mehr Geldmittel, und ich denke nicht daran, das Unternehmen zu verkaufen. Wenn Sie uns nicht helfen, bin ich gezwungen, einen weiteren Vertrag mit Onada abzuschließen, der ihnen diesmal die ausschließlichen Rechte am Graphiksystem zusichern würde. Ich glaube, dafür werden die Japaner gerne gut bezahlen.«

»Also, was wollen Sie?«

»Die fünfhunderttausend Pfund, die Sie uns schulden, würden für den Anfang reichen.«

Jensons kleine dunkle Augen durchbohrten mich. Mit einemmal waren sie zur Ruhe gekommen und richteten all ihre Energie und Kraft auf mich. Er konzentrierte sich völlig auf das Problem, und das Problem war ich.

Ich wartete. Ein Eichhörnchen hüpfte die Holzstufen hinunter in den anmutigen Garten.

»Damit ist es nicht getan«, sagte Jenson langsam, ohne die Augen abzuwenden. »Projekt Plattform wird die Welt verändern, davon bin ich überzeugt. Davon hängt die Zukunft meines Unternehmens ab. Und ich möchte nicht, daß Jenson

Computer auf eine unsichere Klitsche angewiesen ist, die entweder pleite geht oder mit den Japanern paktiert, wenn ich nicht hingucke. Da brauch' ich schon ein bißchen Einfluß.«

Schweigend wartete ich.

»Ich will fünfzig Prozent«, sagte er.

Fragend blickte ich Rachel an. Sie zuckte mit den Achseln. Ich mußte die Entscheidung treffen.

Das Adrenalin schoß mir in die Adern. Ein vertrautes Gefühl. Zwar saßen wir hier zu dritt in Jeans in einem pseudojapanischen Tempel, aber es hätte genausogut mein Platz bei Harrison Brothers sein können. Denn es stand eine Menge Geld auf dem Spiel. Die nächsten Minuten würden über viele Millionen Dollar entscheiden. Und ich wußte, Jenson war bereit zu verhandeln.

»Zehn.«

»Das ist kein Einfluß, sondern nur 'ne Geldanlage.«

»In Ordnung. Zwanzig Prozent. Plus eines Pakets Vorzugsaktien.«

Jensons Blick wurde noch durchdringender. Er kannte meine Verhandlungsposition und ich die seine. Wir konnten Tage oder Wochen verhandeln, oder wir konnten es jetzt zum Abschluß bringen.

»Fünfundzwanzig Prozent zum gegenwärtigen Kurs. Plus Vorzugsaktien für zwei Millionen Dollar plus zwei Sitzen im Aufsichtsrat. Ich werde besser schlafen, wenn ich weiß, daß Sie ein bißchen Geld auf der Bank haben.«

Ich zögerte und dachte nach.

»Eine Minute haben Sie Zeit, sich zu entscheiden, oder wir gehen alle nach Hause«, sagte Jenson, und ich wußte, daß er meinte, was er sagte.

Die Minute nutzte ich. Bei sechs Dollar pro Aktie mußte Jenson für seine fünfundzwanzig Prozent weitere vier Millionen Dollar in die Firma stecken. Dazu die zwei Millionen Dollar in Vorzugsaktien, das machte sechs Millionen. Damit kam FairSystems erst mal eine Weile über die Runden. Und wenn das Projekt Plattform klappte, dann würde FairSystems' Aktienkurs in die Höhe schießen. Das Unternehmen würde unabhängig bleiben, und Richards Traum würde in Erfüllung gehen.

Doch angesichts feindlich gesinnter Kleinaktionäre konnte ich in Zukunft eine Mehrheit der Stimmen nur noch mit Jensons Unterstützung bekommen. Ich mußte ihm vertrauen.

Allerdings hatte er mich schon einmal reingelegt – als er sich weigerte, die laut Plattform-Vertrag fällige Vorauszahlung zu leisten.

Ich dachte an Richards Ermordung. An Hartman, der von seinem New Yorker Büro aus versuchte, an den Besitzverhältnissen von FairSystems zu drehen. An David, der sich hinter meinem Rücken mit Onada verbündet hatte. Wem, zum Teufel, konnte ich noch vertrauen?

Ich betrachtete den rundlichen Mann, der mit gekreuzten Beinen vor mir saß. Was er wollte, war klar. Seinem Unternehmen zu möglichst großem Erfolg verhelfen. Und das konnte er nur zusammen mit FairSystems erreichen. Ob es mir nun gefiel oder nicht, wir saßen in einem Boot.

»Abgemacht.«

Ich beugte mich vor und reichte ihm die Hand.

Er lächelte, ergriff sie und sah mir direkt in die Augen. »Ich habe das Gefühl, daß Sie ein guter Partner sein werden«, sagte er. »Und offen gesagt, Rachel, wir brauchen Ihre Kenntnisse dringend. Meine Leute sind da auf ein paar Probleme gestoßen, die sie gern mit Ihnen besprechen würden.«

Am Samstag morgen kehrten wir erschöpft nach Schottland zurück. Ich setzte Rachel in ihrer Wohnung ab und fuhr nach Kirkhaven zurück, nur noch getrieben von dem Wunsch nach einem Bad und ein paar Stunden Schlaf. Auf dem Anrufbeantworter war eine Nachricht von Daphne, Karens Mutter. Ich sollte sie zurückrufen. Ich dachte nicht im Traum daran. Es gab wahrlich keinen Grund, jemals wieder mit ihr zu sprechen. Bei dem Gedanken lächelte ich.

Während ich in der Wanne lag und mich langsam entspannte, ließ ich die beiden vergangenen Tage noch einmal Revue passieren. Rachels Erwartungen in bezug auf das Projekt Plattform teilte ich mittlerweile. Es sah so aus, als sei FairSystems endlich aus dem Schneider.

Aber ich wußte auch, daß deswegen noch lange nicht alles in Ordnung war. Ganz und gar nicht. Noch immer hatte ich keine Ahnung, was an dem Tag von Richards Ermordung passiert war. Und ich hatte das höchst unangenehme Gefühl, daß sein Mörder, wer es auch sein mochte, gewillt war, auch mich umzubringen.

Ein paar Minuten lang begab ich mich im Geiste wieder auf Mördersuche, aber ich war viel zu erschöpft. Ein fruchtloses Unterfangen.

Erst spät am Nachmittag fuhr ich ins Werk. Rachel war natürlich schon seit Stunden da und arbeitete. Es war erstaunlich, was sich in den drei Tagen unserer Abwesenheit angesammelt hatte.

Um sieben ging ich in ihr Büro. Keith und Andy saßen an ihren Computern. »Schön, was man da über Plattform hört, Chef«, rief Keith mir zu, als ich vorbeiging. »Gut gemacht!«

»Danke«, sagte ich und klopfte an Rachels Tür.

»Herein.«

Mir wurde warm ums Herz, als sie mich anlächelte.

»Wie geht's dir?« fragte ich.

»Gut, aber es gibt 'ne Menge zu tun. Und was ist mit dir?«

»Kaputt.«

Einen Augenblick schwiegen wir. »Ich möchte dich nicht von wichtigen Arbeiten abhalten oder von anderen Dingen«, sagte ich schließlich, »aber hättest du nicht Lust, heute abend mit mir nach Kirkhaven zu kommen?«

Rachel lächelte. »Klar hab' ich Lust. Fahren wir!«

Wir stiegen in den BMW und verließen den Firmenparkplatz. Nachdem ich die Verkehrskreisel hinter mich gebracht hatte, fädelte ich mich auf die Straße nach Osten ein, nach Kirkhaven.

Im Rückspiegel überprüfte ich, was für Autos hinter uns fuhren. Eine Gewohnheit, die ich in den letzten Wochen angenommen hatte. Ich sah einen kleinen weißen Astra-Lieferwagen mit zwei Männern darin. Als wir durch Markinch fuhren, fiel er etwas zurück, holte aber wieder auf, als wir an der riesigen Whiskybrennerei in Leven vorbeikamen.

»Ich glaube, uns folgt jemand«, sagte ich.

Rachel drehte sich um. »Wer? Da sind jede Menge Autos hinter uns.«

»Der weiße Lieferwagen. Er ist seit Glenrothes hinter uns.«

»Gut, fahr langsamer. Wollen mal sehen, was er dann macht.«

Ich tat wie geheißen und fuhr nur noch fünfzig Stundenkilometer. Ein Auto nach dem anderen überholte uns, nicht aber der Lieferwagen. Er hielt sicheren Abstand.

Dann beschleunigte ich wieder. Der Lieferwagen blieb hinter uns.

»Du könntest recht haben«, meinte Rachel. »Was sollen wir tun?«

»Es ist noch ein Kilometer bis zur Abfahrt Kirkhaven. Wenn sie auch abbiegen, halte ich am Polizeirevier.«

An der Abzweigung ging ich mit dem Tempo herunter und blinkte. Der Lieferwagen fuhr jetzt direkt hinter uns. Zwei große Männer saßen darin. Sie sahen aus wie Arbeiter.

Ich bog rechts ab. Der Lieferwagen setzte seinen Weg in Richtung Crail und St. Andrews fort.

Ich lachte, als sich die nervöse Spannung legte. »Ich glaube, wir sehen schon Gespenster.«

Rachel seufzte. »Nein, ein bißchen Ängstlichkeit ist durchaus angebracht. Ich möchte nicht, daß man noch mal versucht, dir den Schädel einzuschlagen.«

Ich parkte vor Inch Lodge, suchte den Kai mit den Augen ab und ließ Rachel ins Haus. Sie ging umher. »Es ist unheimlich ohne Richard.«

»Vielleicht hättest du doch nicht herkommen sollen.«

»Aber nein. Ich freue mich, daß ich hier bin. Kann ich einen Blick nach oben werfen?«

Wir gingen in Richards Schlafzimmer hinauf. »Das ist dir doch nicht vertraut, oder?« fragte ich nervös.

Sie lächelte. »Nein, hier bin ich noch nie im Leben gewesen.«

Dann küßte sie mich.

Etwas weckte mich. Es war dunkel. Ein undefinierbares Klopfen. Ich blickte zu Rachel hinüber. Schemenhaft war zu erkennen, daß sie mir den Rücken zuwandte. Ich lächelte. Dann hörte ich das Geräusch erneut. Offenbar kam es von unten, nicht von draußen.

Aufmerksam lauschend lag ich im Bett. Ich meinte, ein leises Rascheln zu vernehmen. Da beschloß ich, aufzustehen und nachzusehen.

Der Morgenmantel hing im Badezimmer, aber im Haus war es so warm, daß ich ihn nicht brauchte. Daher schlich ich nackt die Treppe hinunter. Ich wußte, da war niemand. Nie ist jemand da, wenn man nachts verdächtige Geräusche hört. Aber nachsehen mußte ich.

Die Nacht draußen war so hell, daß ich das Wohnzimmer einigermaßen überblicken konnte. Es war nichts Verdächtiges zu sehen. Eine geschlagene Minute blieb ich in der Tür stehen und lauschte.

Nichts.

Dann wandte ich mich der Küche zu. Nichts.

Ich kam mir ein bißchen lächerlich vor, wie ich da splitternackt durchs Haus strich und nach eingebildeten Eindringlingen Ausschau hielt. Wenn jemand eingebrochen wäre, dann hätte ich ihn längst entdeckt. Also machte ich mich wieder auf den Weg nach oben ins Schlafzimmer.

In der Tür stockte mir das Herz. Ein riesiger Schatten hockte auf dem Bett und drückte Rachel nieder. Im selben Augenblick schlang sich ein Arm um meinen Hals und zog mich nach hinten. Ich öffnete den Mund zu einem Schrei, doch der wurde von einem Tuch erstickt, das eine kräftige Hand mir so aufs Gesicht preßte, daß auch die Nase bedeckt war. Ein starker, süßlicher Geruch verursachte mir Übelkeit.

Ich warf mich nach vorn und auf die Knie, um den Angreifer hinter mir zu Fall zu bringen.

Dann schwanden mir die Sinne.

26

Meine Beine waren kalt. Kalt und naß. Und schwer von durchnäßtem Kleiderstoff. Und ich war furchtbar müde. Wollte nur noch schlafen.

Mich fror an den Beinen. Ein Rauschen war in meinen Ohren, wie von einem Wasserfall. Unter Aufbietung aller Willenskraft versuchte ich, die Augen zu öffnen, aber es war unendlich schwer. Im Hinterkopf pochte ein dumpfer Schmerz.

Meine Beine befanden sich im Wasser. Ich lag in einem merkwürdigen Winkel und lehnte an etwas.

Endlich gelang es mir, die Augen zu öffnen. Dunkelheit umgab mich. Etwas drückte auf meine Brust und schränkte meine Bewegungsfreiheit ein. Ich berührte es. Ein Sicherheitsgurt.

Jähe Panik pumpte Adrenalin in meinen Kreislauf, und plötzlich war ich hellwach. Ich sah auf. Es war ein Auto, mein BMW. Ich war im Fahrersitz festgeschnallt. Bekleidet war ich mit den Jeans und dem T-Shirt, die ich am Abend zuvor ausgezogen hatte. Tintenschwarzes Wasser schwappte gegen die Autofenster. Durch die Belüftungsschlitze des Armaturenbretts schoß das Wasser in dickem Strahl und gurgelte um meine Beine.

Schon ging es mir bis zu den Knien und stieg rasch weiter.

Im Beifahrersitz saß eine zusammengesunkene Frauengestalt. Das dunkle Haar kannte ich: Rachel.

Rasch! Ich griff nach dem Verschluß des Sicherheitsgurtes neben mir. Nur mühsam konnte ich die Arme bewegen – das Chloroform oder was immer mich betäubt hatte, wirkte noch nach. Verzweifelt hantierte ich am Verschluß. Das Wasser bedeckte bereits die Fingerknöchel. Endlich ein Klicken, und ich konnte den Sicherheitsgurt abstreifen. Bei Rachels Sicherheitsgurt ging es schneller. Ich wuchtete mich aus dem Fahrersitz und beugte mich zu ihr hinüber.

Ich schüttelte sie. »Aufwachen!« Keine Reaktion. »Wach auf!«

Unerbittlich strömte das Wasser ins Wageninnere. Vornüber gekippt, lag das Auto in einem Gewässer, das wie ein Fluß aussah. Das Heck ragte noch heraus, während der vordere Teil rasch vollief.

Rachel ließ sich nicht aufwecken. Daher stemmte ich den Fuß gegen das Armaturenbrett, zog sie aus dem Sitz und stieß sie auf die Hinterbank. Dann kroch ich auch nach hinten. Der Wagen schlingerte, doch offenbar hingen die Hinterräder irgendwo fest, denn er blieb in seiner kopflastigen Lage.

Im hinteren Teil war es noch trocken, obwohl sich der Wagen schon weitgehend unter Wasser befand. Draußen stand das Wasser bis zur halben Höhe der Heckscheibe. Durch den verbleibenden Ausschnitt konnte ich die Silhouette einer steilen Uferböschung vor einem Sternenhimmel erkennen.

Viel Zeit blieb uns nicht mehr!

Ich lag auf dem Sitz, hatte die Beine gegen die Lehne des Fahrersitzes gestemmt und einen Arm um Rachels Brust geschlungen. Noch ein tiefer Atemzug, dann zog ich am Griff der hinteren Tür und drückte.

Sie rührte sich nicht. Der Wasserdruck hielt sie verschlossen. Ich stemmte die Schulter gegen die Tür und drückte erneut. Nur einen winzigen Spaltbreit mußte sie sich öffnen. Den Rest würde das eindringende Wasser erledigen. Aber sie gab keinen Millimeter nach. Die Fenster kamen nicht in Frage. Sie wurden durch einen elektrischen Fensterheber betätigt, der längst unter Wasser war.

Der Vordersitz war jetzt völlig überflutet, und schon wieder kletterte das Wasser an meinen Beinen hoch. Noch ein paar Minuten, und das ganze Auto würde vollgelaufen sein. Ich kroch auf die obere Kante des Rücksitzes, so daß sich mein Gesicht gegen die Heckscheibe preßte, und zog Rachel mit mir. Da meine Muskeln den Befehlen des Gehirns nur widerwillig gehorchten, war das sehr mühsam. Das Wasser bedeckte mittlerweile den Rücksitz, auf dem ich kniete. Lange konnte das nicht mehr gutgehen.

Ich versuchte, meine Gedanken zu ordnen. Das war nicht leicht. Ich wußte nicht, ob das Chloroform oder die Panik daran schuld war, aber ich konnte keinen klaren Gedanken fassen. Tief atmete ich durch, um mich zu beruhigen.

Das Wasser reichte mir mittlerweile bis zu den Oberschenkeln.

Die Heckscheibe herausschlagen! Natürlich. Sie war jetzt ganz aus dem Wasser aufgetaucht und gab den Blick auf einen Nachthimmel mit Vollmond frei.

Ich versuchte, die Heckscheibe mit dem Ellenbogen einzuschlagen. Vergeblich. Ich schlug heftiger. Nichts. Ich stieß die flachen Hände gegen die Scheibe, hämmerte mit den Fäusten. Schließlich drosch ich mit wildem Armschwung auf sie ein. Ich probierte es sogar mit Kopfstößen. Alles ohne Erfolg.

Die Panik wuchs, und immer aussichtsloser machte ich mich an der Scheibe zu schaffen. Doch es gelang mir einfach nicht, über Alternativen nachzudenken. Ich konnte nicht mehr klar denken.

Jetzt reichte mir das Wasser bis zur Brust. Immerhin hatte ich den Eindruck, daß es nicht mehr stieg. Offenbar hatte es das Niveau des Wassers draußen erreicht. Nur die Spitze des Autohecks ragte noch hinaus. Ich hörte mit der sinnlosen Hampelei auf, um Luft zu sparen.

Ganz still lag ich, hielt die bewußtlose Rachel im Arm und versuchte, langsam und gleichmäßig zu atmen.

Die Kälte drang mir bis auf die Knochen.

Plötzlich spürte ich einen heftigen Ruck, und der Wagen legte sich auf die Seite. Durch das Fenster konnte ich erkennen, daß ein langer starker Ast gegen das Auto stieß. Der Uferrand war sehr nah – nur ein oder zwei Meter entfernt. Zwei dunkle Gestalten hielten den Ast und bemühten sich, den Wagen von dem Hindernis freizubekommen, auf dem die Hinterräder ruhten. Der Wagen ruckte, blieb aber in seiner Position. Erneut stießen sie mit dem Ast zu, diesmal schien sich das Gewicht des Autos etwas zu verlagern.

Ihre Gesichter konnte ich nur als blasse Flecken erkennen. Riesig wirkten die beiden.

Nichts konnte ich tun – nichts, als Rachel festzuhalten, mich an eine sinnlose Hoffnung zu klammern und untätig zuzusehen, wie das Auto mit jedem Stoß einen Zentimeter weiterrutschte.

Plötzlich waren die beiden Männer verschwunden. Ich spürte eine Woge der Erleichterung. Doch gleich darauf waren sie mit einer Bohle zurück, länger und stabiler als der Ast, mit dem sie es vorher versucht hatten.

Damit fanden sie einen Ansatzpunkt am Wagenheck, und einer von ihnen stemmte sich mit aller Kraft gegen das andere Ende.

Tief holte ich Luft, als das Auto unter Wasser glitt. Es drehte sich, und ich verlor alle Orientierung. Tiefe Finsternis war rings um mich her. Noch immer hielt ich Rachel unter einem Arm gefaßt, aber mit einer Hand konnte ich nicht herausfinden, wo ich mich befand. Also ließ ich sie los. Ich fühlte nach der Tür und fand den Griff. Die Tür ließ sich öffnen. Natürlich! Das Wasser im Wageninneren hatte für einen Druckausgleich gesorgt. Ich glitt aus dem Auto. Noch immer wußte ich nicht, wo oben war, daher strampelte ich wild mit den Füßen umher, bis ich den Grund spürte. Dann stieß ich mich ab.

Ich tauchte auf und schnappte nach Luft. Die beiden Gestalten sah ich mit dem Rücken zu mir die Böschung hochklettern. Sie hatten mich nicht gesehen.

Ein paarmal atmete ich tief durch, dann tauchte ich wieder zum Auto hinab. Rasch hatte ich die offene Tür erreicht und griff hinein. Keine Rachel!

Noch einmal hinein in die tödliche Falle? Bei dem Gedanken schauderte mir, außerdem ging mir die Luft aus. Trotzdem zog ich mich in das wassergefüllte Fahrzeug hinein und tastete umher. Wo war sie? Schließlich spürte ich ihr Haar unter den Fingern. Ich zog daran. Sie saß fest. Jeden Augenblick mußten mir die Lungen platzen. Warum nicht auftauchen, Luft holen und wieder tauchen? Weil sie bis dahin tot sein würde! Also kroch ich noch weiter hinein. Mein Brust fühlte sich an, als hätte eine Boa constrictor sie im Würgegriff. In meinen Ohren dröhnte es.

Ihr Pullover hatte sich an der Handbremse verfangen. Ich riß ihn los, griff in ihr Haar und stieß uns beide zum Auto hinaus. Prustend durchbrach ich die Wasseroberfläche, Rachel im Arm. Ich blickte zur Uferböschung. Fast hatten die beiden den oberen Rand erreicht. Wenn sie oben waren, würden sie sich umdrehen, das wußte ich. Suchend sah ich mich um. Es war kein Fluß, sondern ein Loch – einer dieser typischen schottischen Seen. Hinter uns war ein Ufer, das wohl zu einer Insel gehörte, mit Büschen, die bis zum Wasser hinabreichten. Keine zehn Meter entfernt. Ich schwamm auf dem Rücken, versuchte, kein Geräusch zu machen und Rachels Kopf über Wasser zu halten. Leicht war es nicht, weil unsere Kleidung schwer war und ich meine Schuhe noch anhatte, aber ich schaffte es.

Ich zog sie genau in dem Augenblick unter die Büsche, als die beiden Männer oben auf der Böschung ankamen und sich umdrehten, um auf die schwarze Wasserfläche hinabzusehen, auf der sich eben noch das Auto befunden hatte. Sie wechselten ein paar Worte und verschwanden.

Daraufhin faßte ich Rachel unter den Achseln und zog sie aufs Ufer. So vorsichtig wie möglich legte ich sie auf den Rücken und sah auf sie hinab. Reglos lag sie im feuchten Gras. Ich durfte keine Zeit verlieren. Theoretisch wußte ich, wie jeder Autofahrer, was bei einer Mund-zu-Mund-Beatmung zu tun ist, aber ich hatte es noch nie an einem lebenden Menschen ausprobiert. Zumindest hoffte ich, daß sie noch lebte. Ich hatte keine Ahnung, wie lange jemand Wasser in den Lungen haben kann, ohne zu sterben.

Also tastete ich nach der Halsschlagader. Zweifellos war ein schwacher Puls zu spüren. Hastig machte ich mich an die Arbeit. Aus ihrem Mund tröpfelte etwas Wasser. Ich versuchte, ihr meinen Atem einzublasen und das Wasser mit den Händen aus der Lunge zu pressen. Keine Reaktion. Ich blies und drückte heftiger. Plötzlich spürte ich, daß sich die Brust unter mir von allein bewegte. Rachel hustete, und aus ihrem Mund ergoß sich ein Schwall Wasser. Rasch und flach setzte ihre Atmung ein. Ihre Lider flatterten.

Ich empfand unendliche Erleichterung. Dem Himmel sei Dank, sie lebte!

Ein paar Minuten lang blieb ich neben ihr sitzen und versuchte, wieder zu Atem und zu Kräften zu kommen. Mir war erbärmlich kalt! Im Mondlicht konnte ich die Umgebung erkennen. Wir befanden uns auf einer Insel in einem Loch, der von Hügeln umgeben war. Kein Anzeichen für eine menschliche Ansiedlung. Die einzigen Lichter waren die Sterne am Himmel. Aber die Männer mußten das Auto auf einem Weg ans Wasser gefahren haben, und dieser Weg mußte zu einer Straße führen.

Wir konnten nicht die ganze Nacht auf der kleinen Insel bleiben. Rachel mußte warm eingepackt und ins Krankenhaus geschafft werden. Zitternd ließ ich uns also wieder ins Wasser gleiten und schwamm zum Ufer hinüber, wobei ich ängstlich darauf achtete, daß Rachels Kopf über Wasser blieb. Sie die steile Uferböschung hinaufzuziehen war ein hartes Stück Arbeit.

Wie ich vermutet hatte, befand sich oben ein Waldweg. Ich schauderte, als ich zurückblickte und im Loch den BMW zu entdecken suchte. Seine schwarzen Umrisse ließen sich in dem dunklen Wasser nicht feststellen.

Ich nahm Rachel auf die Schulter und stapfte los. Sie war schwer in ihrer nassen Kleidung und ich müde und durchgefroren. Nach einem Zeitraum, der mir endlos erschien, erreichte ich den Waldrand und eine schmale Schotterstraße. Gebäude waren nicht zu sehen, aber in gut einem Kilometer Entfernung entdeckte ich eine Baumgruppe, die, wie ich hoffte, einen Hof verbarg. Deshalb hielt ich darauf zu.

Rachel lastete immer schwerer auf meinen Schultern, so daß ich sie kaum noch tragen konnte. Ich konzentrierte mich nur noch darauf, einen Fuß vor den anderen zu setzen. Nach und nach verwandelte die Morgendämmerung die finstere Nacht in ein Hellgrau. Doch trotz der besseren Lichtverhältnisse konnte ich immer noch kein Gehöft oder ähnliches erkennen. Es dauerte ewig, aber irgendwann erreichte ich die Bäume, hinter denen sich dann doch ein Bauernhaus verbarg. Ich lehnte mich gegen die Klingel und hörte erst auf zu läuten, als jemand öffnete.

27

Wir saßen in einem der Büroräume des Perth-Royal-Krankenhauses, ich in Krankenhauspyjama und Morgenmantel, Kerr mit bleischweren Augen, Donaldson, als wäre es neun Uhr am Montagmorgen und nicht Sonntag, sieben Uhr früh.

Rachel lag auf einer der Stationen an einem Beatmungsgerät.

Es stellte sich heraus, daß wir in einem Loch in den Bergen von Perthshire versenkt worden waren. Von Perth aus hatte man uns mit einem Rettungswagen ins Krankenhaus gefahren.

»Und Sie können uns wirklich keinen weiteren Hinweis geben? Nicht die kleinste Beschreibung?« fragte Donaldson erneut.

»Nein«, sagte ich ungeduldig. »Es waren zwei große Männer. Ich konnte ihre Gesichter nicht erkennen.«

»Und die Kleidung? Haarfarbe? Stimmen?«

»Ich habe sie nichts sagen hören. Ich glaube, einer von den beiden hatte kurzes braunes Haar.«

»Keine Ahnung, was sie für ein Auto fuhren?«

»Nein, ich war betäubt.« Dann fiel mir etwas ein. »Gestern nachmittag, als wir von Glenrothes nach Hause gefahren sind, hatten wir den Eindruck, daß wir verfolgt wurden. Zwei Arbeiter in einem Lieferwagen. Aber sie fuhren an der Abfahrt Kirkhaven vorbei.«

»Immerhin etwas«, sagte Donaldson. »Können Sie den Lieferwagen beschreiben?«

»Es war ein weißer Astra.«

»Haben Sie die Autonummer?«

»Nein!« Ich wurde ungeduldig.

»Schon gut, schon gut. Wenn Ihnen noch etwas einfällt, lassen Sie's uns wissen«, sagte Donaldson.

»Hat doch keinen Zweck«, knurrte ich.

»Bitte?« fragte Donaldson scharf, und auch Kerr hob seine Augenbrauen.

Ich war erschöpft, machte mir um Rachel Sorgen und verlor allmählich die Geduld. »Sie tun nichts anderes, als mir Fragen zu stellen, ich beantworte sie, und dann wird wieder jemand umgebracht. Wie gesagt, ich glaub' nicht, daß es Zweck hat, Ihnen noch irgendwas zu erzählen.«

Donaldson starrte mich an, dann erhob er sich wortlos und ging. Kerr rührte sich nicht vom Fleck.

Als Donaldson fort war, sagte Kerr: »Das war nicht in Ordnung, junger Mann. Wir tun unser Bestes.«

»Ich weiß«, sagte ich resigniert und schlürfte heißen Kaffee aus dem Becher, den ich in der Hand hielt. Kerr saß einfach da und wartete. Etwas sehr Menschliches, Tröstliches ging von diesem müden Polizeibeamten in seinem schlecht sitzenden Anzug aus. »Darf ich Sie was fragen?«

»Schießen Sie los!«

»Haben Sie Yoshi Ishidas Geschichte überprüft?«

»Haben wir. Er sagt die Wahrheit. Der Inhaber von Robbers' Arms bestätigt, daß er dort das Wochenende zum Golfspielen verbracht hat.«

»Vielleicht ist das nur ein Vorwand gewesen. Ich könnte schwören, daß er eine Heidenangst hatte, Akama könnte was darüber herausfinden.«

Kerr schmunzelte. »Auch das haben wir überprüft. Er wollte die Sache geheimhalten, weil er nicht allein war. In seiner Begleitung befand sich die Frau eines seiner Kollegen. Das wäre ziemlich peinlich geworden.«

»Tatsächlich?« Ich dachte darüber nach. »Kaum wahrscheinlich, daß er seine Geliebte mitgenommen hat, wenn er vorgehabt hätte, jemanden umzubringen, oder?«

Kerr nickte. »Ich denke, er kommt nicht in Frage.«

»Und was ist mit David Baker? Haben Sie den gefunden?«

»Ja. In Boston. Er wohnt bei einem Freund, den er von Harvard her kennt. Sagt, er hätte unter enormem Streß gestanden. Der Verlust des Jobs hätte ihm schwer zu schaffen gemacht. Seine Frau berichtet, sie hätten sich häufig gestritten. Er hat ihr von der Abmachung mit Onada erzählt, und da ist ihr wohl der Kragen geplatzt. Doogie Fisher kann er unmöglich umgebracht haben. Und ich glaube, auch mit dem Tod Ihres Bruders hat er nichts zu tun.«

Ich seufzte und rieb mir die Augen.

»Hören Sie, Mr. Fairfax. Egal, wer für die Geschichte gestern verantwortlich ist, er wird es vermutlich noch mal probieren. In den nächsten Tagen lass' ich Ihr Haus von einem meiner Männer beobachten, und Sergeant Cochrane bitte ich auch, die Augen offenzuhalten. Wir können Sie nicht ewig beschützen, aber wir werden tun, was wir können.«

»Danke«, sagte ich.

»So, und nun möchte ich nach Hause fahren.«

Rachel fehlte fast nichts. Zwei Tage lang blieb sie unter leichter Betäubung am Respirator, und zwei weitere Tage behielt man sie zur Beobachtung im Krankenhaus. Der Arzt versprach eine rasche und vollständige Besserung.

Ich war die Woche über damit beschäftigt, mich um das Projekt Plattform zu kümmern und mich ängstlich umzuschauen.

Das Projekt war so weit abgeschlossen, daß man es der Öffentlichkeit vorstellen konnte. Dazu hatten wir die SIGGRAPH vorgesehen, eine Messe, die Ende Juli in Florida stattfinden sollte. Kurz davor war der Beginn der Serienproduktion geplant. Bis dahin sollten die Entwicklungsarbeiten an den Bausteinen so weit abgeschlossen sein, daß die Herstellung in Singapur, Japan und Taiwan aufgenommen werden konnte. Kurz darauf würden auch die amerikanischen Zulieferer in die Produktion gehen. Im September wollten wir mit der Auslieferung des fertigen Produkts beginnen.

Und so aufmerksam ich mich auch umschaute, ich konnte nichts Verdächtiges entdecken. Doch sicher konnte ich nicht sein. Daher ließ ich alle erdenkliche Vorsicht walten.

Erneut fand ich eine Nachricht von Karens Mutter auf meinem Anrufbeantworter vor. »Mark, hier ist Daphne Chilcott. Ich mache mir wirklich Sorgen um Karen. Wir müssen über sie sprechen. Kommen Sie bitte so bald wie möglich in Godalming vorbei. Danke.«

Ich dachte nicht daran. Zum einen machte ich mir keine Sorgen um Karen, und zum anderen hörte ich nicht ungern, daß es ihr schlechtging.

Dann holte ich Rachel vom Krankenhaus ab und fuhr sie in ihre Wohnung in Glenrothes, damit sie ein paar Sachen zusammenpackte. Ich bestand darauf, daß sie bei mir wohnte. Obwohl sie aus Inch Lodge entführt worden war, glaubte ich fest, daß sie bei mir sicherer aufgehoben war, jetzt, da die Polizei das Haus im Auge behielt. Außerdem hatte ich an allen Fenstern Schlösser anbringen lassen, denn ich wollte nicht, daß ihr noch einmal etwas passierte.

Wir saßen in der Küche und tranken Tee.

»Ich habe nachgedacht«, sagte Rachel.

»Ja?«

»Über Richards Tod. Und das Feuer im Bootsschuppen. Und Doogies Tod. Ich glaube, ich weiß jetzt, wie das alles zusammenhängt.«

»Wie denn?« fragte ich wie elektrisiert.

»Es muß irgendeine Information sein«, sagte sie. »Richard muß eine Information gehabt haben und wurde deswegen ermordet. Aber der Mörder hat einen Teil dieser Information zurückgelassen, daher mußte er den Bootsschuppen niederbrennen. Um sie zu vernichten.«

»Vielleicht«, sagte ich.

Rachel fuhr fort: »Dann hat Doogie diese Information entdeckt. Daraufhin wurde er ebenfalls umgebracht.«

»Okay«, sagte ich. »Aber warum hat man versucht, auch uns zu töten?«

»Weil auch wir diese Information besitzen.«

Ich dachte darüber nach. »Du könntest recht haben. Doch was für eine Information ist das?«

Rachel seufzte. »Ich weiß nicht. Auf jeden Fall ist sie wichtig. Doogie hat gesagt, sie könnte FairSystems ruinieren. Wir können davon ausgehen, daß wir sie haben. Aber das ist auch alles.«

»Was ist mit der Liste von Unternehmen, die die SEC uns gegeben hat?«

»Daran habe ich auch gedacht. Wir wissen, daß Richard die Liste hatte. Und wie du ganz richtig sagst, jetzt haben auch wir sie. Aber wir wissen nicht, ob Doogie sie hatte. Darüber hinaus handelt es sich um eine Information, die auch die Behörden haben.«

Einen Augenblick schwiegen wir. Je mehr ich über Rachels Theorie nachdachte, desto einleuchtender erschien sie mir. Also, was hatte sich im Bootsschuppen befunden, war dann in Doogies Besitz gelangt und nun in unseren übergegangen?

Ich dachte an das Feuer im Bootsschuppen. Die vielen Papiere, die verbrannt waren. Wie ich mich zum Ausgang durchgekämpft hatte, Richards Computer an die Brust gepreßt.

»Richards Computer!« sagte ich.

»Was?«

»Egal, worum es sich bei dieser Information handelt, sie muß aus einer Notiz bestehen, die Richard sich in irgendeiner Datei gemacht hat. Hast du alle Dateien durchgesehen?«

»Nur einige. Ich hatte nicht die Zeit, mir alle anzugucken. Auf der Festplatte gibt es eine Riesenmenge solcher Dateien.«

»Dann wette ich, daß sich die gesuchte Information irgendwo dort befindet. Das Feuer sollte den Rechner zerstören, aber ich habe ihn gerettet. Als Doogie dann in die Fabrik eingebrochen ist, hat er sich die Datei auf eine Diskette überspielt. Dann hat er vermutlich versucht, jemanden damit zu erpressen. Deshalb hat man ihn umgebracht. Und noch immer haben wir die Information bei uns im Büro.«

»Gehen wir!« sagte Rachel.

Wenig später saßen wir in Rachels Büro in Glenrothes. Rachel stellte Richards Rechner an. »Da! Du hast recht. Die Festplatte ist formatiert worden, das heißt, es ist alles gelöscht.«

»Wie ist das möglich?«

»Doogie muß eine versteckte Softwarebombe hinterlassen haben. Eine Zeitlang, sagen wir eine Woche, sieht alles völlig normal aus, dann weist die Zeitbombe den Computer an, die Festplatte neu zu formatieren.«

Enttäuscht fragte ich: »Heißt das, alle Daten sind verloren?«

»Es heißt, daß die Daten für jemanden so wichtig sind, daß er sie auf jeden Fall vernichten wollte.«

»Können wir sie nicht irgendwie rekonstruieren?«

Rachel lächelte, griff in die unterste Schublade ihres Schreibtisches und holte eine kleine Kassette heraus. Dann verschwand sie und kam kurz darauf mit einem sogenannten Streamer zurück, einem Kassettenlaufwerk, mit dessen Hilfe sie die Daten wieder auf Richards Festplatte laden konnte. Ein paar Minuten später war alles wieder da.

Rachel rief die Liste der Verzeichnisse auf. Die Hälfte waren böhmische Dörfer für mich. »Konzentrieren wir uns auf die Textdateien. Die anderen können wir vergessen«, sagte sie.

In der Textverarbeitung gab es sechs Unterverzeichnisse. Jedes enthielt Dutzende von Dateien.

»Wahnsinn!« sagte ich. »Hast du die alle überprüft?«

»Nein, nur die Dateien in den Unterverzeichnissen FAIRSYS und PLATTFORM.«

»Jede Wette, daß Doogie sie alle durchgesehen hat. Also los!«

Sorgfältig nahmen wir uns die einzelnen Dateien vor. Viele waren langweilig: Rechnungen, Briefe an Versicherungen, solche Sachen. Einige interessant. Richard hatte die Angewohnheit gehabt, sich zu verschiedenen Themen Notizen zu machen und sie zu speichern, um sie später zu verändern oder zu ergänzen.

Eine von ihnen hieß »Baker«. Ich hatte recht gehabt! Richard hatte David verdächtigt, mit Onada unter einer Decke zu stecken.

»Glaubst du, das ist es?« fragte Rachel.

»Weiß nicht«, sagte ich. »Wir haben es vermutet, aber für Doogie dürfte es neu gewesen sein. Und er hätte einigen Schaden damit anrichten können. Zum Beispiel hätte er David damit erpressen können.«

»Aber reicht es als Mordmotiv?«

Ich dachte darüber nach. »Das bezweifle ich. David wußte, daß wir ihn verdächtigten. Ich kann mir nicht vorstellen, daß er oder jemand anders Doogie deshalb umgebracht hat. Nein. Weiter!«

Es gab eine Reihe von Dateien, die sich mit BOWL beschäftigten. Offenbar hatte Richard sich wegen Doogie und seiner Aktivitäten Sorgen gemacht. Aber auch da entdeckten wir nichts Sensationelles.

In einer Notiz ging es um den Motorradunfall. Eine Aktennotiz für Willie. Aber etwas wirklich Neues auch hier nicht. Abgesehen davon, hatte Doogie sie wahrscheinlich schon gesehen, als er den Bergey-Brief gestohlen hatte.

Dann machte ich mich an die erneute Lektüre von Richards Analyse der FairSystems-Kursbewegungen. Es gab viel Hintergrundmaterial, das er uns nicht gezeigt hatte. Wir brauchten einige Zeit, um es durchzusehen.

Nach zwei Stunden machten wir eine Kaffeepause. Dann ging es wieder an den Computer. Die Dateien mit den vielversprechenden Namen hatten nichts gebracht, also nahmen wir uns jetzt die anderen vor. Notizen an Keith und Rachel. Verhandlungen über den Pachtvertrag für das Fabrikgebäude. Briefe an mich. Briefe an meinen Vater. Eindrucksvolle Terminplanungen. Wir begannen schon, die Hoffnung aufzugeben.

Dann hatten wir es plötzlich schwarz auf weiß vor Augen.

Nun wußten wir es also. Aber wir mußten entscheiden, was wir mit unserem Wissen anfangen wollten. Ein unumstößlicher Beweis war es nicht, außerdem klafften große Lücken. Deshalb wollte ich noch nicht zur Polizei gehen. Ich hatte es satt, daß sie jede Information dazu benutzte, einem noch mehr Fragen zu stellen. Wir mußten ihr die Antworten liefern. Daher schmiedeten Rachel und ich einen Plan. Er war aufwendig und bedeutete, daß wir während seiner Vorbereitung das Projekt Plattform nicht weiterentwickeln konnten, aber das war uns die Sache wert.

Zu einem Termin eine Woche später luden wir die Hauptaktionäre zu einer Vorführung vom Projekt Plattform ein. Wir setzten uns mit Wagner, Jenson, Hartman, meinem Vater und Sorenson in Verbindung. Auf Karen hätte ich gern verzichtet, aber Rachel meinte, um der Vollständigkeit willen müsse auch sie anwesend sein, und überredete Willie, sie anzurufen.

Zu meiner Überraschung sagte sie zu. Nur Hartman wollte nicht kommen. Es gab keinen Grund, ihn umzustimmen.

Die Vorführung sollte im Rahmen einer virtuellen Konferenz stattfinden, deren Teilnehmer sich physisch an zwei weit auseinanderliegenden Orten versammelten, bei Jenson Computer in Palo Alto und in unserem Werk in Glenrothes.

Ein Dutzend Leute arbeitete unter Rachels Leitung rund um die Uhr. Keith und Andy flogen nach Kalifornien, um dort alles vorzubereiten.

Eine Woche später waren wir fertig.

28

»Setzen Sie bitte Ihre Helme auf!«

Wir folgten Rachels Aufforderung. Nun saßen wir alle an dem glänzenden Mahagonitisch in dem virtuellen Büro: Jenson, Wagner, Sorenson, mein Vater, Karen, Willie und ich. Die Ähnlichkeit der virtuellen Personen mit ihren realen Vorbildern war groß. Zuvor waren wir alle mehrfach mit verschiedenem Gesichtsausdruck fotografiert worden. Diese Daten hatten Rachel und ihre Leute in den Computer eingegeben. Eine kleine Kamera im Datenhelm informierte den Rechner, welchen Gesichtsausdruck er in der virtuellen Welt zu verwenden hatte. Den Raum kannte ich schon von meiner ersten Begegnung mit dem Projekt Plattform, als Rachel es mir vorgeführt hatte – ein großes Büro mit dem Blick auf eine Stadt aus Metall und Glas.

Alle betrachteten wir den Raum eingehend, um uns mit der neuen Erfahrung vertraut zu machen. Sekundenlang begegnete ich Karens Blick in der virtuellen Welt. Beide sahen wir rasch weg. Vor dieser Vorführung hatten wir jeden Kontakt vermieden, und auch jetzt wollte ich nichts mit ihr zu tun haben. Schade, daß Rachel auf Karens Kommen bestanden hatte.

»Hallo, Geoff«, Sorenson winkte meinem Vater zu und lächelte.

»Guten Abend, Walter. Oder müßte ich guten Morgen sagen?« erwiderte Dad. »Wie spät ist es hier eigentlich?«

Gute Frage. In Glenrothes war es sieben Uhr abends und in Palo Alto elf Uhr morgens. Und wie spät war es in der Virtuellen Realität?

»Entscheiden wir uns für einen Kompromiß«, sagte Rachel. Obwohl sie niemand in der virtuellen Welt sehen konnte, hörten wir alle ihre Stimme. »Wie wär's mit drei Uhr nachmittags?«

Allgemeines Gelächter am Tisch.

»Was sollen diese Helme?« fragte Scott Wagner. »Ich finde, sie sehen wie Trockenhauben aus. So was kann man doch nicht auf den Markt bringen.«

»Sind das nicht die alten Modelle?« fragte mein Vater. »Ich glaube, das erste System, das Richard zusammengebastelt hat, war mit solchen Helmen ausgestattet.«

»Ja, es sind tatsächlich die gleichen Modelle«, sagte Rachel. »Das neue System ist außerordentlich empfindlich, und diese Datenhelme liefern weit genauere Informationen von der exakten Lage des Kopfes als die elektromagnetische Datenbrille, die wir normalerweise benutzen. Aber keine Sorge, Scott, die entsprechenden Verbesserungen an unserer leichten virtuellen Brille sind fast abgeschlossen.«

Das war eine Lüge, aber glücklicherweise schienen sie sie alle zu schlucken. Jeder trug einen dieser sperrigen Datenhelme, die den Kopf weitgehend bedeckten. Jeder Helm war über einen mechanischen Arm mit dem VR-Rechner verbunden. Zwar stimmte es, daß solche Helme gelegentlich verwendet wurden, wenn es auf größere Genauigkeit ankam, aber für diesen Zweck hätten unsere modernen Datenbrillen völlig ausgereicht. Tatsächlich trug ich ein solches Modell, ohne daß die anderen es wußten. So hatte ich die Möglichkeit, nach Belieben aus der virtuellen in die reale Welt zu wechseln.

Jetzt schob ich die Brille hoch. Neben mir saßen Karen, Dad und Willie, alle unter ihren Datenhelmen. Rachel bediente den

Rechner, von dem aus sie die Vorführung steuerte. Auf einem kleinen Bildschirm neben ihr sah ich das Konferenzzimmer bei Jenson Computer, wo Jenson, Wagner und Sorenson trotz ihrer massigen Helme zu erkennen waren, während Keith, Andy und ein Jenson-Ingenieur an einem Computerterminal saßen. An der Tür erblickte ich zwei Sicherheitsleute.

Ich klinkte mich wieder in das virtuelle Büro ein. Alles wartete.

Ich räusperte mich. »Zunächst einmal möchte ich Ihnen allen dafür danken, daß Sie gekommen sind.« Ich sah mich an dem Tisch um. »Wir halten es für wichtig, daß unsere Hauptaktionäre Einblick in dieses Projekt erhalten. Dabei gilt mein besonderer Dank Scott, dem Vertreter unserer Kleinaktionäre.«

»Ich freue mich außerordentlich, hiersein zu dürfen«, sagte Wagner mit virtuellem Lächeln.

»Wir nehmen an, daß die Fähigkeit vom Projekt Plattform, Menschen, die Tausende von Kilometern entfernt sind, in virtuellen Konferenzen wie dieser zusammenzubringen, zu einer seiner häufigsten Anwendungsformen führen wird. Doch das System weist noch eine ganze Anzahl anderer Eigenschaften auf, die wir Ihnen gerne vorführen würden. Dazu möchten wir einen von Ihnen bitten, sich zu einer Reise durch eine virtuelle Welt bereit zu erklären. Walter, würden Sie als Aufsichtsratsvorsitzender so nett sein?«

»Mit Vergnügen«, sagte Sorenson.

»Gut. Wenn wir auf diese virtuelle Welt umschalten, werden wir mit Ihnen zusammen dort sein, sehen, was Sie sehen, und hören, was Sie hören. Aber Sie werden Herr der Situation sein. Mit Hilfe der 3-D-Maus können Sie sich durch diese Welt bewegen, okay?«

»Okay. Ich bin soweit. Auf geht's!«

»Sehr schön, Walter«, meldete sich Rachel zu Wort. »Am Anfang der Vorführung befinden Sie sich in einem kleinen Wäldchen. Von dort aus können Sie die Steuerung übernehmen.«

Nun wurde ich in Sorensons Welt versetzt. Durch das Medium eines virtuellen Sorenson erlebte ich seine virtuelle Welt. Genauso erging es allen anderen. Wir hielten uns in einem Kiefernwald auf. Die Sonne schien, und die Vögel sangen. Man hatte den Eindruck, es sei ein Frühlingstag. Offenbar hatte Sorenson seine Maus bewegt, denn wir begannen zu gehen. Nach etwa einer Minute gelangten wir zu einer grauen Steinmauer mit einem großen Holztor.

»Kann ich hinein?« fragte Sorenson.

»Klar. Sie brauchen nur am Knauf zu drehen«, sagte Rachel.

Erneut schob ich die Brille hoch, um auf dem kleinen Bildschirm Sorenson in Palo Alto zu beobachten. Er bot einen seltsamen Anblick, wie er in seinem Stuhl saß, den größten Teil seines Kopfes unter dem großen Helm verborgen, und versuchte, mit der 3-D-Maus in der ausgestreckten Hand einen imaginären Türknauf zu drehen. Doch als ich die Datenbrille wieder über die Augen zog, sah ich, daß er einen Tunnel betreten hatte.

Er war schlecht beleuchtet, aber am anderen Ende konnte ich eine weitere Tür erkennen. Mit dumpfem Knall fiel die Tür hinter uns ins Schloß.

Unheimlich und eng war es in dem Gang. Plötzlich flog mir – oder vielmehr uns – eine Fledermaus ins Gesicht, so daß mir der Atem stockte. Einen Augenblick zögerte Sorenson, dann setzte er seinen Weg fort. Zu unseren Füßen konnte ich es huschen und krabbeln hören.

»He, das ist wirklich gut«, sagte Sorenson. »Als ob ich tatsächlich in einem Tunnel wäre.«

Rachel gab keine Antwort.

»Rachel? Rachel?«

Keine Antwort.

Nach kurzem Zögern ging Sorenson weiter. Schließlich gelangten wir zu einem Tor am Ende des Tunnels. Er öffnete es, und wir wurden förmlich hinausgestoßen. Geräuschvoll fiel das Tor hinter uns zu.

Nun befanden wir uns auf einem Friedhof. Totenstille herrschte hier. Von allen Seiten umgab uns eine hohe Mauer. Sorenson wandte sich um, um wieder zurückzugehen, aber er konnte das Tor nicht öffnen. »Lassen Sie mich hier raus, Rachel!«

Immer noch keine Antwort.

Zögernd ging der virtuelle Sorenson über den Friedhof. Der Wind rauschte in den Bäumen, doch davon abgesehen, hörte man kein Geräusch. Mehr als die Schatten der Grabsteine und Sarkophage sowie der Bäume, die sie umstanden, war nicht zu erkennen. Zwar stand der Mond am Himmel, aber er schimmerte nur schwach hinter dunklen Wolken.

Plötzlich hörte ich ein mahlendes, quietschendes Geräusch, als einer der Steine sich bewegte. Sorenson drehte sich um. Langsam hob sich ein liegender Grabstein.

Sorenson lachte, aber in dem Lachen klang eine Spur von Nervosität an. Sehr schön.

Jetzt stand das Grab offen. Aus dem Erdreich stieg eine Gestalt und hockte sich auf den Stein. Es war zu dunkel, um ihr Gesicht erkennen zu können.

Langsam trat Sorenson näher.

In diesem Augenblick trieb der Wind die Wolken vor dem Mond davon, so daß die Gestalt deutlich zu erkennen war. Sorenson keuchte.

»Hallo, Walter«, sagte die Gestalt.

»Richard! Was, zum Teufel ...?« Panisch wandte sich Sorenson zur Flucht. Als ihm einfiel, daß es sich nur um eine elektronische Demo handelte, beruhigte er sich wieder. »Rachel, das ist geschmacklos, krank. Lassen Sie mich raus hier!«

»Sie kommen hier nicht raus«, sagte Richard. »Sie sind eingesperrt mit mir. Und ich habe einiges mit Ihnen zu besprechen.«

Ein Schauer lief mir über den Rücken. Obwohl ich wußte, daß ich meiner eigenen Stimme lauschte, die die Techniker kunstvoll verändert hatten, sah die Gestalt genauso aus und hörte sich genauso an wie Richard. In meinem Inneren tobte ein Sturm von Empfindungen. Ich wollte selbst mit ihm sprechen. Ich stellte fest, daß das zu den Dingen gehörte, die ich am meisten vermißte – mit ihm sprechen zu können. Ich spürte einen Kloß im Hals und Tränen in den Augen.

Der Himmel wußte, was Sorenson empfand. »Rachel!« brüllte er. »Mark!« Das Bild begann zu schwanken. Offenbar versuchte er den Helm abzustreifen. Als ich meine Brille hochschob und auf den Bildschirm blickte, sah ich, daß er sich in seinem Stuhl hin und her wand und an dem Helm zerrte.

»Nehmt mir das verdammte Ding ab!« schrie er.

Er versuchte aufzustehen, aber es ging nicht. Der mechanische Arm, der an dem Helm befestigt war, erlaubte ihm nur eine begrenzte Bewegungsfreiheit. Er zog an den Riemen unter seinem Kinn, aber Keith hatte sie gründlich befestigt. Sein Zappeln und Zerren blieben ohne Erfolg. Die virtuelle Welt ließ ihn nicht aus ihren Fängen.

Er saß fest in ihr.

Erneut sah ich mich im realen Raum in Glenrothes um. Willie, Karen und Vater saßen vollkommen still. Das Kinn meines Vaters hing etwas herab. Der Teil des Gesichtes, den ich unter dem Helm erkennen konnte, war leichenblaß. Es mußte hart für ihn sein. Und es würde noch schlimmer kommen. Aber das konnte ich jetzt nicht mehr ändern.

Ich klinkte mich wieder in Sorensons Welt ein. Richard lächelte ihn an. Das Mondlicht fiel auf die vertrauten Züge und warf Reflexe auf das blonde Haar. Vor neun Monaten waren Richards Gesicht und Körper eingehend kartiert worden. Alle seine Bewegungen steuerte Rachel, die hochkonzentriert an ihrem Computer saß.

»Walter, Sie können nicht entkommen. Lassen Sie uns miteinander reden.« Richards Tonfall war gelassen, vernünftig, ermutigend. »Unterhalten Sie sich mit mir.«

»Ich werde nicht mit Ihnen sprechen«, sagte Sorenson.

»Ich möchte Ihnen ein paar Dinge zeigen. Kommen Sie mit!«

Er wandte sich um und ging ein paar Stufen ins Erdreich hinunter, aus dem er gekommen war. Wieder wackelte das Bild, als Sorenson versuchte, nicht zu folgen. Aber er konnte nichts dagegen unternehmen. Seine Steuermechanismen waren außer Kraft gesetzt. Und mit ihm wurden wir alle in das Grab gezogen.

Ein paar Stufen führten zu einer Tür. Richard öffnete sie und winkte uns, ihm zu folgen. Wir folgten.

Nun befanden wir uns in Richards Büro. Die Bilder der alten VR-Geräte schmückten die Wände, und im elektronischen Fenster war der Firth of Forth zu sehen. Richard saß hinter dem Schreibtisch.

»Hallo, Walter. Vielen Dank, daß Sie gekommen sind«, sagte er. »Ich habe hier etwas sehr Merkwürdiges entdeckt, das ich Ihnen gern zeigen würde.

Wie Sie wissen, bin ich über die Kursbewegung unserer Aktien seit Februar sehr besorgt. Ich habe mit der SEC in Amerika gesprochen, und dort hat man mir mitgeteilt, daß ein gewisser Frank Hartman sich eine beträchtliche Position unserer Aktien aufgebaut hat. Außerdem glaubt die SEC, Wagner Phillips manipuliere den Kurs, um Hartman sein Geschäft zu erleichtern. Kennen Sie Hartman, Walter?«

Keine Antwort.

»Na ja, die SEC hat mir freundlicherweise eine Liste von Unternehmen zugeschickt, mit denen Hartman in den letzten Jahren bekanntermaßen zu tun gehabt hat. In allen Fällen vermutet man Insidergeschäfte. Hier ist die Liste.«

Er reichte uns ein Blatt Papier. Wir hatten keine Wahl. Wir mußten es uns ansehen.

»Erkennen Sie einen dieser Namen, Walter?«

Erneutes Schweigen.

»Und dann ist da noch dies.« Richard reichte ihm einen weiteren Bogen: eine Seite aus dem Prospekt für das öffentliche Zeichnungsangebot der FairSystems-Aktien. Dort waren Sorensons frühere Aufsichtsratsposten aufgelistet. Fünf der acht Gesellschaften, die sich auf der SEC-Liste befanden, standen auch auf dieser zweiten Liste. Sorensons virtuelle Hände hielten beide Listen zum Vergleich nebeneinander, und der reale Sorenson konnte nichts dagegen tun.

Richard fuhr fort: »Das beweist, daß Sie Frank Hartman mit Insiderinformationen über diese fünf Unternehmen versorgt haben. Im Aufsichtsrat erhielten Sie Kenntnis von bevorstehenden Übernahmen oder von der Einführung neuer Produkte, bevor sie bekanntgegeben wurden. Davon haben Sie Hartman unterrichtet, der dann durch Strohmänner Aktien kaufen ließ – vermutlich auch für Sie.«

»Alles Quatsch!« sagte Sorenson.

»Sieht aber überzeugend aus, Walter. Die eine Liste stammt von der SEC und die andere aus dem Emissionsprospekt von FairSystems. Die Übereinstimmungen können Sie nicht leugnen. Eigentlich lassen sie nur einen einzigen Schluß zu. Finden Sie nicht?«

»Ich weiß gar nicht, wovon Sie reden«, protestierte Sorenson.

»Sehen Sie sich dieses Diagramm an!« Richard reichte ihm ein weiteres Blatt. Es zeigte die Kursentwicklung und das Umsatzvolumen der FairSystems-Aktien, seit das Unternehmen im November an die Börse gegangen war.

»Wie Sie sehen, ist das Umsatzvolumen am einundzwanzigsten Februar steil nach oben gegangen. Das war eine Woche nachdem ich Ihnen von dem Projekt Plattform berichtet hatte. Sie haben es Hartman erzählt, und Hartman hat angefangen, Aktien zu kaufen. Sicherlich mit freundlicher Unterstützung von Scott Wagner.«

Ob Wagner sich gegen diese Unterstellung wehrte, konnten wir nicht hören, weil wir nur vernahmen, was Sorenson sagte. Rachel und ich wollten nicht, daß Ausrufe der anderen die Wirkung unserer Inszenierung abschwächten.

»Ich habe jetzt diesen Brief an die SEC aufgesetzt, in dem ich alles erläutere«, sagte Richard und gab uns das entsprechende Papier. »Aber ich schicke ihn nicht sofort ab. Sie haben eine Woche Zeit, sich zu überlegen, was Sie tun wollen.«

»Okay, Rachel, das reicht jetzt. Sie haben Ihren Spaß gehabt. Machen wir Schluß«, sagte Sorenson.

»Gehen wir«, sagte Richard. Wir standen auf und folgten ihm durch die Tür. Während wir durch einen neutralen Flur gingen, sprach Richard weiter. »Wir haben ein Problem, nicht wahr, Walter?« sagte er, nach wie vor in diesem verständnisvollen Tonfall. »Wenn diese Information an die Öffentlichkeit dringt, wird es sehr schwierig sein, das Geld aufzutreiben, das wir brauchen, um das Projekt Plattform abzuschließen.

Natürlich ist Ihr Problem weit größer, oder? Wenn all das ans Licht kommt, haben Sie ein Verfahren wegen Insidergeschäften am Hals. Anschließend gehen Sie für ein paar Jahre ins Gefängnis. Doch damit wird ein harter Bursche wie Sie sicherlich fertig werden.

Empfindlicher wird Sie wohl treffen, daß Ihr Ruf ruiniert ist. Dann ist es vorbei mit der Rolle als Silicon Valleys Übervater. Dann sind Sie nur noch ein kleiner Krimineller, der die vielen jungen Unternehmer, denen er angeblich geholfen hat, schnöde über den Tisch gezogen hat. Das wird bitter werden.«

Sorenson sagte nichts.

Immer noch gingen wir den Flur entlang. Er schien kein Ende zu nehmen.

»Doch bevor wir uns mit der Zukunft beschäftigen, lassen Sie uns noch einen Blick auf die Vergangenheit werfen. Zu Ihrem Glück – und zu meinem Unglück – wurde ich ermordet.« Richard hob die Hand. »Sie brauchen Ihre Unschuld nicht zu beteuern. Ich weiß, daß Sie es nicht waren. Sie waren in Chicago und hielten zum Zeitpunkt des Mordes eine Rede. Darauf kommen wir später zurück.

Ich war also tot, aber dieser Brief existierte noch. Solange es den Brief an die SEC noch gab, waren Sie in Gefahr. Aber Sie wußten, wo ich solche Unterlagen aufbewahrte. Im Bootsschuppen. Deshalb brannten Sie ihn nieder.

Nun meinten Sie, der Brief sei vernichtet. Was Sie nicht wußten, war, daß sich noch immer eine Kopie auf der Festplatte meines Computers befand, den Mark aus dem Feuer gerettet hatte. Das blieb ohne Bedeutung, bis Doogie ins Werk einbrach und meinen Computer durchsah, der sich jetzt in Rachels Büro befand. Er konnte sein Glück überhaupt nicht fassen! Doch hören wir ihn selbst.«

Richard wandte sich nach rechts durch eine schmale Tür. Wir folgten ihm. Plötzlich befanden wir uns in Doogies Wohnung in Edinburgh. Doogie selbst saß auf dem Sofa und hielt den schicksalsträchtigen Brief in der Hand.

Er lächelte, als wir eintraten. »Tja, ja«, sagte er. »Wer ist nun der Bösewicht?« In Wirklichkeit sprach nicht Doogie, sondern

Keith, der ihn nachzuahmen versuchte. Ich hörte es deutlich heraus, aber wir hofften, für Sorenson würde es nicht so offenkundig sein, kannte er doch beide Stimmen nicht sehr genau. Das Bild von Doogie war ziemlich wirklichkeitsgetreu, denn auch er war während seiner Zeit bei FairSystems einer Körperkartierung unterzogen worden.

»Also gut, machen wir ein Geschäft«, sagte er. »Ich vernichte diesen Brief und vergesse, daß ich ihn jemals gesehen hab'. Und Sie sorgen dafür, daß FairSystems den Sommer nicht übersteht.« Ich hatte keine Ahnung, ob Doogie tatsächlich eine solche Abmachung vorgeschlagen hatte, aber es klang plausibel.

»Doch Sie wollten kein Geschäft machen, nicht wahr, Walter?« sagte Richard.

Wir traten näher an Doogie heran. Sein verächtliches Lächeln verschwand. Zwei große Hände zogen ihn hoch und legten sich um seinen Hals. Doogie versuchte, sich aus ihrem Griff zu befreien, aber sie hielten seine Kehle eisern umklammert. Verzweifelt rang er nach Luft, und die Augen traten hervor.

Dann wurde alles schwarz.

Fünf Sekunden lang war nichts zu sehen. Dann fuhren wir plötzlich auf einem schmalen Weg durch die Dunkelheit. Unsere Scheinwerfer erfaßten hier und da ein Stück Hecke. Nach einer Kurve breitete sich plötzlich das Meer vor uns aus. Grau schimmerte es im Mondlicht.

»Drehen Sie sich um, Walter.« Wir sahen nach hinten. Auf dem Rücksitz saß Richard, und Doogie lag auf seinem Schoß. Er war bleich und blickte mit leeren Augen zur Decke. Rasch wandte sich Sorenson wieder der vor uns liegenden Straße zu. Unerbittlich erklang Richards Stimme hinter unseren Köpfen: »Lassen Sie uns hier halten.«

Nun fuhren wir auf einem unebenen Pfad. Er führte zu einem behelfsmäßigen Parkplatz, der zu dieser nächtlichen Stunde völlig leer war. Der Wagen hielt, und wir stiegen aus. Richard folgte unserem Beispiel. Unter uns konnten wir die See gegen die Felsen branden hören. Dreißig Zentimeter waren unsere Gesichter vom Wagenheck entfernt, während unsere virtuellen Hände das Auto auf den Klippenrand zuschoben. Ein letzter Stoß, es kippte, stürzte und tauchte in das dunkle Wasser sechs Meter unter uns ein. Wir starrten hinab in das bewegte Wasser, dessen Wogen die Klippen umtosten. Vom Auto keine Spur.

In meinen Kopfhörern hörte ich Sorenson schwer atmen, aber er sagte keinen Ton.

»Saubere Arbeit, Walter«, sagte Richard. »Doch sehen wir uns die Sache da unten ein bißchen genauer an, ja?«

Wir liefen zum Rand der Klippe und sprangen. Als die dunkle Flut uns umfing, hielt ich unwillkürlich die Luft an. Wir waren unter Wasser. Verschwommen erkannte ich die Umrisse des Autos, das auf dem Meeresgrund aus Fels und Sand lag. Richard nahm uns am Ärmel und zog uns zum Fahrersitz. Da lag Doogie. Er war angeschnallt, die Augen traten hervor, und sein weißes T-Shirt bewegte sich in der Strömung.

Mühsam kämpfte ich gegen meine Panik an. Der Schrecken jener Minuten, die ich im untergegangenen BMW verbracht hatte, drohte mich wieder zu überwältigen. Ich streifte die Datenbrille ab und lehnte mich zurück. Kalter Schweiß bedeckte meine Stirn. Ich atmete tief durch und blickte zu Rachel hinüber. »Teufel noch mal. Das war ein bißchen zu realistisch!«

Grimmig grinste sie mich an. »Dann wart erst mal die nächste Szene ab«, sagte sie. Auf ihrem Bildschirm tanzte das Unterwasserbild. Zweidimensional sah es lange nicht so bedrohlich aus, wie es mir in der virtuellen Version erschienen war.

Ich blickte zu den anderen hinüber. Willie, Karen und mein Vater saßen bewegungslos. Keiner von ihnen hätte seinen Helm abnehmen können, selbst wenn er es gewollt hätte. Hätten sie versucht, etwas zu sagen, hätte es niemand in der virtuellen Welt gehört. Ich warf einen Blick auf den kleinen Videoschirm. Die gleiche betroffene Reglosigkeit in Palo Alto.

Noch ein tiefer Atemzug, und ich zog mir die Brille wieder über die Augen. Zu meiner Erleichterung befanden wir uns wieder im Flur und folgten Richard.

»Nun war Doogie zwar zum Schweigen gebracht, aber damit waren Ihre Schwierigkeiten noch nicht vorbei. Mein Bruder war Ihnen auf der Spur. Sie versuchten ihn abzuschrecken, indem Sie ihm eins über den Kopf zogen und eine Warnung per E-Mail schickten. Aber das hatte keinen Erfolg. Als die SEC Mark und Rachel die Liste aushändigte, die sie mir zugeschickt hatte, wußten Sie, daß es nur noch eine Frage der Zeit war, bis sie die Verbindung zu Ihren Aufsichtsratsposten entdeckten. Daraufhin heuerten Sie zwei Gorillas an, um sich die beiden Störenfriede endgültig vom Halse zu schaffen.«

Rachel und ich hatten beschlossen, unser Erlebnis im Loch nicht darzustellen. Das mußte ich wahrlich nicht noch einmal durchleben.

»Kommen wir auf den Mord an mir zurück. Ich weiß, daß Sie damals nicht in Schottland waren, aber ich denke, Sie möchten wissen, wie es war. Hier entlang!«

Er öffnete eine weitere Tür, die vom Flur abging, und plötzlich fanden wir uns in Richards Bootsschuppen wieder. Ich erblickte das bekannte Durcheinander von Computerzubehör. Wir hörten Regen und rhythmisches Wellengeräusch von draußen.

Richard stand vor uns. »An diesem Tag hat mich jemand besucht. Ich ließ ihn herein und habe mit ihm gesprochen. Vielleicht war es jemand, den ich kannte. Vielleicht waren es mehrere. Vielleicht haben sie gesagt, sie hätten eine Nachricht von Ihnen.

Jedenfalls nahm ich sie mit nach draußen in den Bootsschuppen, um ihnen etwas zu zeigen.« Er begab sich an die Stelle in der Nähe der Tür, an der ich seinen Leichnam gefunden hatte. Scheinbar endlos stand er so da. »Kommen Sie näher«, sagte er. Langsam, unendlich langsam näherten wir uns, bis Richards Gesicht nur noch dreißig Zentimeter entfernt war.

»Nun wollen wir sterben, Walter – diesmal gemeinsam.«

Plötzlich veränderte sich das Bild. Jetzt befand sich ein Gesicht vor uns, ein Gesicht ohne erkennbare Züge. Das Gesicht des geheimnisvollen Mörders.

Langsam beugte sich der Mörder hinunter und ergriff eine Axt. Dann hob er sie über unseren Kopf und ließ sie dort schweben. Unser Blick erfaßte das Blatt, grau und scharf. Winzige Holzteilchen klebten an der Schneide. Schließlich schoß sie auf uns herab. Ich zuckte zusammen, als der virtuelle Kontakt erfolgte. Von Sorenson hörte ich einen Schrei. Wieder wurde die Axt gehoben, jetzt tröpfelte Blut von ihrem Blatt, und wieder fuhr sie herab. Ein erneuter Schrei.

Ich schob die Brille hoch und blickte auf den Videoschirm. Sorenson hatte seinen Helm umklammert und schrie. In regelmäßigen Abständen wurde der Helm von heftigen, ruckartigen Bewegungen erschüttert. Wir hatten ihn mit einer kolbenartigen Vorrichtung versehen, die mit jedem Schlag in der virtuellen Welt real auf Sorensons Stirn herabfuhr. Dabei hatten wir sie so eingestellt, daß sie ihm weh tat, aber nicht bewußtlos schlug. Die Wirkung mußte entsetzlich sein.

»Er hat die Augen geschlossen«, sagte Rachel. Mit Sensoren in seinem Helm konnte sie Sorensons Augenbewegungen erfassen. Natürlich beeinträchtigte es die Wirkung unserer virtuellen Inszenierung, wenn er die Augen geschlossen hielt.

»Gib ihm die Dröhnung!« sagte ich.

»In Ordnung«, sagte Rachel. »Ich schalte alle anderen Kopfhörer ab. Auf geht's!«

Aus den Lautsprechern neben Rachels Computer drang ein Kreischen, das einem das Blut in den Adern gefrieren ließ.

»Das ist noch leise«, sagte Rachel. »In seinen Kopfhörern ist es unvergleichlich viel lauter.«

Das Geräusch war das Ergebnis jahrelanger Forschungsarbeiten, die man bei FairSystems durchgeführt hatte, um zu ermitteln, welche Geräusche nicht erzeugt werden dürfen, will man VR-Benutzern körperliche und psychische Probleme ersparen. Dieses Geräusch war schwer zu beschreiben. Ein sehr hoher Ton, eine Mischung aus Babygeschrei und Fingernägeln auf einer Wandtafel.

Zehn Sekunden hielt es an, dann trat Stille ein. In Sorensons Welt flüsterte Richard: »Öffnen Sie die Augen.«

»Er hat sie noch immer geschlossen. Geben wir ihm ein

bißchen mehr Stoff«, sagte Rachel, und das grauenhafte Geräusch fing wieder an.

Die zehn Sekunden waren fast vorbei, und meine Nerven lagen bloß, als Rachel ausrief: »Sie sind offen.«

Erneut zog ich die Brille über die Augen. Und da war sie wieder – Sorensons Welt.

Richard stand vor ihm, während ihm das Blut aus einem klaffenden Loch in der Stirn stürzte. »Also, Walter. Wer hat mich umgebracht?«

Schwer keuchte Sorenson. »Nein«, flüsterte er. »Nein.«

»Dann sterben wir eben noch mal zusammen, Walter.«

Wieder hob sich das Blatt über unsere Köpfe, und wieder fiel es herab. Ich zwang mich, den Vorgang zu beobachten.

»Ich erhöhe den Kolbendruck und schalte das Geräusch ein«, sagte Rachel zu mir. »Keine Sorge, du hörst nichts.«

Wieder und wieder sauste die Axt herab. Erneut begann Sorenson zu schreien.

»Wer war es, Walter?« flüsterte Richard.

»Ich war es nicht!« rief Sorenson schließlich. »Es war nicht meine Idee! Es war ihre Schuld! Sie hätte es nicht tun dürfen! Es war dumm! Ganz dumm!«

Dann trat eine Pause ein. Ich hörte Rachels Stimme in meinem Kopfhörer. »Okay, nun müssen wir live weitermachen.«

Bis hierher hatten wir Richard sorgfältig vorbereitete Äußerungen sprechen lassen, die ich in den letzten Tagen aufgezeichnet hatte. Doch von nun an mußte ich die Fragen direkt stellen. Dabei würde meine Stimme in Echtzeit zu einer Kopie von Richards Stimme umgewandelt werden.

»Wer ist sie, Walter?« Es war merkwürdig, mitzuerleben, wie meine Worte aus Richards virtuellem Mund kamen, während ich sie sprach. Immer noch kam es mir vor, als redete er wirklich.

Keine Antwort. Nur schweres Atmen. Sorenson rang nach Luft.

»Es war eine Frau, nicht wahr?«

»Ich werde nichts mehr sagen. Machen Sie das von mir aus

sooft, wie Sie wollen, ich werde Ihnen trotzdem nichts sagen.«

»Dann wollen wir mal«, sagte Rachel. Doch Sorenson hatte sich wieder gefangen. Kein Schrei ertönte mehr, obwohl man hören konnte, wie er langsam die Luft durch die zusammengepreßten Zähne entweichen ließ.

»Wer ist sie, Walter?«

Keine Antwort.

»Ihre Frau? Eine Geliebte?« Ich erinnerte mich, was mir Dad über Sorensons Schwäche für Frauen erzählt hatte. »War es Ihre Geliebte, die mich umgebracht hat?«

»Fahr zur Hölle!« knurrte Sorenson.

»Sie war es, nicht wahr? Ihre Geliebte, Ihre Mätresse. Richard muß sie gekannt haben. Wer ist sie?«

Ich überlegte, welche Frauen zum gemeinsamen Bekanntenkreis von Richard und Sorenson gehörten. Rachel? Natürlich nicht.

Himmel! Nein. Ich wehrte mich gegen den Gedanken.

»Schalt um auf die Konferenz!«

Wieder saßen wir zu siebt um den Mahagonitisch herum. In der virtuellen Welt zeigten wir alle ausdruckslose Gesichter.

Ich wandte mich Karen zu.

»Du hast ihn umgebracht!«

Schweigen. Alle Augen richteten sich auf sie. Sie blickte zwischen Sorenson und mir hin und her. In der virtuellen Welt ließ sich nicht feststellen, was sie wirklich für einen Gesichtsausdruck zeigte.

»Ich mußte es tun«, sagte sie schließlich. »Er wollte Walter bloßstellen. Das wäre das Ende seiner geschäftlichen Laufbahn gewesen. Und wir beiden hätten auch keine Zukunft gehabt.«

»Wie konntest du?«

»Ich wollte ihn nicht umbringen. Ich wollte ihm nur ausreden, daß er sich an die SEC wendet. Aber er hat nicht auf mich gehört. Und die Axt lag da. Es war die einzige Möglichkeit, ihn zum Schweigen zu bringen.«

Ich konnte keinen Ton herausbringen, keinen klaren Gedanken fassen. Ihr Liebhaber war also gar nicht Bob Forrester gewesen, sondern Sorenson. Karen hatte meinen Bruder umgebracht. Und sogar danach hatten wir noch miteinander geschlafen. Es war entsetzlich. Ich konnte es nicht glauben. Es war zu schrecklich.

Schwach hörte ich Rachels Stimme, als sie für mich einsprang. »Und was ist mit Doogie? Und mit Mark und mir?«

»Ich habe Doogie umgebracht. Und ich habe die Männer angeheuert, die Sie und Mark töten sollten. Walter hat nichts davon gewußt. Wie er gesagt hat, es war alles meine Idee.«

»Haben Sie was davon gewußt, Walter?«

»Ich sage nichts mehr ohne meinen Anwalt«, erwiderte Sorenson müde.

»Es war mir die Sache wert«, sagte Karen. »Um deinetwillen war es mir die Sache wert, Walter. Bitte, denk immer daran.«

Plötzlich verspürte ich eine unbeschreibliche Wut. Eben war ich noch völlig erschlagen gewesen, im nächsten Augenblick spannte sich jede Faser meines Körpers in wildem Zorn.

»Du Miststück!« schrie ich, riß mir die Datenbrille herunter und wollte mich auf Karen stürzen, deren Gesicht hinter dem Helm verborgen war.

Rachel fiel mir in den Arm und umklammerte ihn. »Nein, Mark! Laß sie! Die Polizei wird sich um sie kümmern.«

Ich beherrschte mich mühsam. Zwar konnte ich Karens Augen unter dem Helm nicht sehen, aber ihr Mund war zu erkennen. Und der lächelte.

29

Wir standen vor dem kleinen Bungalow in Jericho, einem ehemaligen Arbeiterviertel von Oxford, das nun hauptsächlich von Studenten und jüngeren Dozenten bewohnt wurde. Ich war nervös. Rachel ebenfalls. Schließlich raffte ich mich auf und klingelte.

Frances kam an die Tür. »Hallo, kommt herein.«

Meine Stiefmutter war dunkelhaarig und hübsch, nicht viel älter als ich. Etwas merkwürdig war die Situation schon.

Dad freute sich wie ein Schneekönig. Als ich Rachel vorstellte, lächelte er herzlich. »Was möchtet ihr trinken?«

Rachel, Frances und ich entschieden uns für Bier, während mein Vater, ganz die alte Schule, den obligaten Sherry trank. Ich fand, daß er viel besser aussah als bei unserem Gespräch im King's Arms. Nicht so erschöpft und mutlos.

Frances hatte einen traditionellen Lammbraten im Ofen. Mir wurde bewußt, daß ich schon seit Jahren keinen mehr gegessen hatte, und ich freute mich darauf.

»Du hast dich also dazu entschieden, den Posten bei FairSystems aufzugeben?« fragte Dad, als er den Braten anschnitt.

»Ich bin in einer Krise eingesprungen, aber ich bin sicher, daß Rachel die Sache viel besser machen wird, als ich es je gekonnt hätte. Abgesehen davon würde mir der Rentenmarkt fehlen.« Ich hatte sie davon überzeugt, daß sie den Posten nicht nur übernehmen konnte, sondern auch mußte. Und langsam fand sie Gefallen an dem Gedanken.

»Und du bleibst in der City?«

»Nein«, lächelte ich, »ich habe gerade eine Stellung bei Hunter Merchant angenommen. Das ist eine Fondsverwaltungsgesellschaft in Edinburgh. Da kriege ich zwar weit weniger Geld, aber die Firma hat einen ausgezeichneten Ruf. Und ich freu' mich darauf, in Schottland zu leben. Außerdem erlaubt man mir dort, mich ein paar Tage im Monat um FairSystems zu kümmern. Das dürfte gut klappen.« Ich lächelte Rachel zu. Vom Flughafen Edinburgh hatte ich die Nase voll. Ein Leben als Wochenendpendler mußte ich nicht führen.

»Wie kommt die Polizei mit ihren Ermittlungen voran?« fragte Dad.

»Nicht sehr gut«, sagte ich. »Sorenson hält den Mund beziehungsweise leugnet alles. Karen nimmt die ganze Schuld auf sich.«

»Wie hat es sich deiner Meinung nach zugetragen?« fragte Frances.

»Das meiste kann ich mir zusammenreimen. Sorenson ist Karen vor einigen Jahren begegnet, wahrscheinlich auf einer Besprechung von Harrison Brothers. Sorenson sitzt im Aufsichtsrat amerikanischer Unternehmen, Karen verkauft ihre Aktien, da mußten sie sich irgendwann begegnen. Dann hat er sie verlassen, sie hat das nicht verkraftet, und ich hab' mich bei ihr um Schadensbegrenzung bemüht.

Ins Insidergeschäft ist Sorenson durch Geldmangel gerutscht. Er hat aufwendig gelebt, und der größte Teil seines Vermögens steckte in Softouch, das Pleite gemacht hat. Dann lernte er Hartman kennen und begann ihm Insiderinformationen zu liefern. Das war leicht verdientes Geld. Schließlich schöpfte Richard wegen der FairSystems-Aktien Verdacht und bat Karen und mich, uns für ihn umzuhören. Karen vermutete, daß Sorenson damit zu tun hatte, und setzte sich mit ihm in Verbindung, um ihn zu warnen. Ein paar Tage zuvor hatte sie ihn auf der BGL-Party gesehen. So etwa zu dieser Zeit dürften sie ihre Affäre wiederaufgenommen haben.«

Plötzlich klang meine Stimme ziemlich bitter. Ich erinnerte mich an Karens plötzliche Reisen nach Paris und Amsterdam und an die Kunden, mit denen sie abends ausgehen mußte. »Karen war wieder völlig verrückt nach ihm. Als Richard drohte, Sorensons Machenschaften aufzudecken, war sie verzweifelt. Der Gedanke, sie könnte ihn erneut verlieren, war unerträglich für sie. Deshalb flog sie nach Schottland, um es Richard auszureden, und als er sich weigerte, hat sie ihn umgebracht.

Bestimmt hat sie Sorenson erzählt, was sie getan hat. Sie sagt, sie sei stolz darauf. So habe sie ihm gezeigt, wie sehr sie ihn liebt.« Es schauderte mich. »Sorenson hat sicherlich keine Ahnung gehabt, was Karen tun würde. Doch als Richard tot war, steckten sie beide bis zum Hals in der Sache. Um ihre Spuren zu verwischen, mußten sie Doogie umbringen und versuchen, Rachel und mich zu töten.« Und die ganze Zeit hatte sie so getan, als seien wir noch zusammen. Vermutlich, um keinen Verdacht zu erregen. Und um mich im Auge zu behalten. Der Gedanke verursachte mir eine Gänsehaut.

»Den Mord an Doogie muß Sorenson begangen haben«, fuhr ich fort. »Er besuchte zwar Karen in meiner Wohnung in London, dürfte aber genügend Zeit gefunden haben, um nach Schottland zu fliegen. Die Killer könnten beide angeheuert haben.«

»Ich kann immer noch nicht glauben, daß Walter an so etwas beteiligt gewesen ist«, sagte mein Vater. »Er war immer so ehrlich, so geradeheraus.«

»Ich glaube, genau diesen Ruf hat er bewahren wollen«, sagte ich. »Wenn ihm Insidergeschäfte nachgewiesen worden wären, wäre das sein Ruin gewesen.«

Dad nickte. »Das leuchtet mir ein. Er war immer stolz auf das, was er geleistet hatte. Aber Mord?«

»Nachdem Karen Richard getötet hatte, ist er vermutlich zu dem Schluß gelangt, daß er keine Wahl mehr habe. Und ein Mann der Tat ist er gewiß.«

»Sie muß schwer gestört sein.«

»Das ist sie«, sagte ich. »Mehr, als ich ahnen konnte.« Ich seufzte. »Letzte Woche habe ich mit ihrer Mutter gesprochen. Sie hatte mich schon vor einiger Zeit angerufen und gesagt, sie mache sich wegen Karen Sorgen, aber ich habe nicht darauf reagiert. Ich hatte andere Dinge im Kopf. Jedenfalls hat mir die Mutter berichtet, Karens Zusammenbruch nach der Trennung von ihrem Vater sei viel schlimmer gewesen, als ich gedacht hatte. Auf das Haus der ›anderen Frau‹ wurde offenbar ein Brandanschlag verübt. Karen wurde nicht verdächtigt, aber nur weil die Mutter ihr ein Alibi verschafft hatte. Die Nacht nach Richards Tod hat Karen bei ihrer Mutter verbracht. Offenbar war sie in einer schlimmen Verfassung. Obwohl Daphne es wohl nicht zugeben würde, ich glaube, sie hatte ihre Tochter im Verdacht, Richard umgebracht zu haben.«

Plötzlich kam mir ein Gedanke. »Hast du etwas vermutet, Rachel? Hast du deshalb darauf bestanden, daß Karen an unserer Inszenierung teilnahm?«

Rachel lächelte. »Es war wirklich nur eine vage Vermutung, eine Art Eingebung. Ich hatte nicht den geringsten Beweis, deshalb hielt ich es für besser, dir nichts zu erzählen. Falls ich mich irrte. Aber ich war ziemlich sicher, daß wir herausfinden würden, ob Karen was damit zu tun hatte oder nicht, wenn sie an der Sitzung teilnahm.«

Alle drei sahen sie mich an: Frances, mein Vater und Rachel. Ich beantwortete ihre unausgesprochene Frage. »Sie hat mir einfach leid getan«, sagte ich. »Ich wußte, daß sie Schweres hinter sich hatte, und ihre Verletzlichkeit machte sie noch anziehender für mich. Sie gab mir das Gefühl, gebraucht zu werden.«

»Ich hoffe nur, du steckst unser Haus nicht an«, sagte Frances.

»Nein«, ich lächelte sie und Dad an, »nein, das werde ich bestimmt nicht tun.«

Der Deutsche nahm seine Datenbrille ab und lehnte sich in seinem Stuhl zurück. »Großartig. Wirklich verblüffend«, sagte er und blickte den vor ihm stehenden Jenson Computer an. Soeben hatte ich ihm den »Virtuellen Bau« vorgeführt, ein Programm, das alle Details eines Entwurfs für einen Büroblock simulierte.

»Und Sie glauben wirklich, ich kann alle meine Architekten in einem Datennetz zusammenfassen, so daß sie dann alle an einem Entwurf arbeiten?«

»Ganz bestimmt. Die Software läuft unter allen bekannten Datenübertragungsprogrammen. Ihre Leute können umhergehen und im gleichen virtuellen Gebäude arbeiten oder eigene Abwandlungen ausprobieren.«

»Und was ist mit all den Programmen, die wir jetzt auf unseren PCs haben? Laufen die auf diesem Gerät?«

»Alles, was auf einem IBM-kompatiblen mit Pentium läuft, können Sie auch hier verwenden«, beruhigte ich ihn. »Und Sie werden in der Lage sein, das Programm direkt von Windows aus aufzurufen. Später können Ihre Kunden die Entwürfe auf ihren eigenen Computern betrachten.«

Nachdenklich stand der Mann auf. Er arbeitete für eines der größten deutschen Architektenbüros und war offensichtlich beeindruckt.

Er gab mir die Hand. »Sehr interessant, Mr. Fairfax. Wann wird das System lieferbar sein?«

»Im September«, sagte ich. »Sollen wir uns mit Ihnen in Verbindung setzen?«

»Ich bitte darum.« Er gab mir seine Karte. Während er sich von dem Stand entfernte, warf er mehrfach einen Blick zurück auf das System.

»Wird er kaufen?« Als ich mich umdrehte, stand Rachel hinter mir.

»Ganz bestimmt«, antwortete ich.

»Komm, laß uns vor die Tür gehn, ich brauch' dringend einen Glimmstengel.«

Ich zögerte. Der Stand war von Neugierigen umlagert, viele von ihnen potentielle Käufer.

»Komm, wir stehen seit vier Stunden hier, wir haben uns 'ne Pause verdient.« Sie nahm mich am Arm und zog mich fort.

Mühsam drängten wir uns durch die überfüllte Messehalle in Richtung Ausgang. Auf riesigen Spruchbändern, die von der Decke hingen, stand SIGGRAPH. SIGGRAPH ist die wichtigste Messe für Virtuelle Realität, und so umfangreich wie dieses Jahr in Orlando war sie noch nie gewesen. Weder Kosten noch Mühe hatte Jenson an dem gemeinsamen FairSystems/Jenson-Stand gescheut, und unser System war der Knüller der Ausstellung. Zwar wurden noch einige andere Systeme angeboten, die ebenso leistungsfähig waren wie unseres, aber nicht annähernd so preiswert. Und keines von ihnen würde in jedem verkauften Windows-Programm gleich mitenthalten sein. Wir waren wirklich auf dem besten Weg, die Virtuelle Realität unters Volk zu bringen.

Es war der dritte Messetag. Das Projekt Plattform war unter seinem neuen Namen »VR Master« vorgestellt worden und hatte sofort Riesenaufsehen erregt. Mittlerweile standen die FairSystems-Aktien bereits bei achtzehn Dollar und stiegen weiter. Laufend gingen Aufträge ein, und die Fertigungsstraßen bei Jenson Computer in Palo Alto waren angelaufen. Richards Traum wurde Wirklichkeit.

Aus der riesigen, klimatisierten Halle traten wir in das helle Mittagslicht. Es war heiß und schwül, doch darauf nahm Rachel keine Rücksicht. Sie zündete sich eine Zigarette an und nahm einen tiefen Zug. Wir saßen auf den Stufen vor der Halle. Menschentrauben schoben sich an uns vorbei und bewegten sich mühsam in der Julihitze vorwärts. Zwanzig Meter weiter saß eine Gruppe junger Leute auf dem frisch gesprengten Rasen und aß Sandwiches.

Ich warf einen Blick auf Rachels Gesicht. Ich wußte, daß sie in der letzten Woche nicht viel Schlaf gefunden hatte, aber es war ihr nicht anzusehen. Wach und intelligent wie immer leuchteten ihre dunklen Augen unter dem zerzausten Haar. Sie sah, daß ich sie anblickte, und schlang den Arm um mich. Ein oder zwei Minuten saßen wir schweigend.

Alles fügte sich aufs beste. Jenson erwies sich als tatkräftiger Verbündeter und hatte sich entschieden dafür eingesetzt, daß Rachel die Leitung von FairSystems übernahm. Ich trat mit Vergnügen in den Hintergrund, ließ sie machen und half ihr, wo ich konnte. Die Rentenmärkte lockten. Wer ihnen einmal verfallen ist, kommt nicht mehr von ihnen los.

In diesem Augenblick hatten die jungen Leute ihren Imbiß beendet und standen auf. Sie traten näher und begannen vor der Messehalle im Kreis zu gehen. An den Hemden trugen sie das Abzeichen der »Liga für die Schöne Alte Welt«. So trotteten sie im Kreis, lachten, unterhielten sich und verteilten Flugblätter an die Passanten. Auf ihren Plakaten standen Slogans wie: »Rettet unsere Kinder«, »Die Virtuelle Hölle wartet schon«, »Laßt die Realität real bleiben«.

Nachdenklich betrachtete ich sie. Ich dachte an das Hochgefühl, das ich empfunden hatte, als ich Bondscape benutzt hatte, und an das außerordentlich traumatische Erlebnis, das wir Sorenson bereitet hatten. Richard hatte recht. Die Virtuelle Realität konnte viel Gutes bewirken. Aber ich hatte auch Doogies Worte nicht vergessen. Was würde geschehen, wenn diese Technik allen zur Verfügung stand, auch den Geisteskranken, Perversen, Psychopathen und Sadisten?

»Ich weiß, was du jetzt denkst«, sagte Rachel verständnisvoll. »Aber das hat jetzt keinen Zweck mehr.« Sie drückte ihre Zigarette aus. »Komm, wir müssen ein paar VR-Systeme verkaufen.«

Danksagung

Bei der Abfassung dieses Buches haben mir viele Menschen geholfen. Mein besonderer Dank gilt Anne Glover und ihren Kollegen bei Virtuality, Mike Bevan, einem Redakteur bei VR News, sowie Paul Marshall von Maxus Systems International, dessen Finanzsoftware das Vorbild für Bondscape war.

Gelegentlich kommen in diesem Buch auch die Namen wirklich vorhandener Unternehmen vor. Doch die Geschehnisse, in die sie hier verwickelt sind, haben rein fiktiven Charakter.

Die Unternehmen FairSystems, Jenson Computer, Onada Industries, Harrison Brothers, Banque de Genève et Lausanne und Wagner Phillips sind frei erfunden. Jede Ähnlichkeit mit tatsächlich existierenden Organisationen ist zufällig.